아기는 악당을 키운다

Babies raise villains

리샤 장편소설

2

아기는 악당을 키운다 2

초판 1쇄 발행 2022년 7월 29일
초판 1쇄 발행 2022년 8월 30일

지은이 리샤
발행인 오광백
편집 편집부
표지 내지디자인 디자인그룹 헌드레드
내지 편집 오정인
제작 조하늬

펴낸 곳 (주)삼양출판사 · 피오렛
주소 서울시 강북구 도봉로 173
대표 전화 02-980-2112 **팩스** / 02-983-0660
편집부 전화 02-980-2116 **팩스** / 02-983-8201
블로그 blog.naver.com/dan_gul
출판등록 1999년 3월 11일 제9-00046호

ISBN 979-11-283-7176-9 (04810) / 979-11-283-7174-5 (세트)

+ 이 도서의 국립중앙도서관 출판시도서목록(CIP)은 서지정보유통지원시스템홈페이지(http://seoji.nl.go.kr)와 국가자료공동목록시스템(http://www.nl.go.kr/kolisnet)에서 이용하실 수 있습니다.

fio ret 은 (주)삼양출판사의 로맨스 판타지 문학 브랜드입니다.

아기는
악당을
키운다
Babies raise villains 2
리샤 장편소설
fioret

Contents

Chapter 7.

“의사의 진료를 받아야 해요. 기다리세요. 불러오라고 할 테니까.”

“됐다니까!”

요한이 내 손목을 홱 끌어당겨서 나는 반대 손으로 그의 등짝을 찰싹! 때렸다. 아픈 와중에도 흠칫하는 것이 느껴졌다.

그는 다소 멍한 표정으로 날 쳐다봤다.

“베인 상처가 다 짓물렀잖아요. 정화해도 안 나을 거라고요! 또 막으면 볼도 꼬집어 버릴 테다.”

내가 협박하듯 쳐다보자 요한의 손에서 스르륵, 힘이 빠졌다.

난 기어코 의사를 데려와서 진료받게 하고, 아빠까지 불러들였다. 침대에 누운 요한을 본 아빠의 표정은 어두웠다. 화가 나 보이기도 했고,

기가 차 보이기도 했다.

"아팠다고."

"……."

"용병에게 당한 상처를 지금껏 혼자 버텼단 말이냐. 내게 일언반구도 하지 않고."

"뒤보스 자작저에서 진료를 받았습니다."

그래서 뒤보스저에 갔구나.

나는 한숨을 삼켰다.

'듀블레드 똥고집들.'

이놈의 고집은 대대로 이어져 내려오는 모양이다. 요한뿐만 아니라 아빠, 앙리, 이샤크가 전부 고집쟁이였다.

"두 놈이 작당하고 나를 속였군. 겁도 없이."

"그렇습니다."

그것 보라지. 절대로 잘못했다는 말은 안 한다.

아빠의 눈이 점점 더 서늘해졌다.

"아빠, 아빠."

"……."

"의사가 요한 님이 약을 먹어야 한다고 했어요. 그리고 식사도."

내가 눈썹을 늘어뜨리며 말하자 요한을 향해 눈을 찌푸리던 아빠가 이내 물러났다.

아빠는 의사에게 얼마쯤 더 요한의 상태를 들었고, 그 후에야 방을 나섰다. 의사들과 수발을 돕던 고용인들까지 떠나고 방이 다시 고요해졌다.

"원하는 대로 됐나."

요한이 서늘하게 물어서 난 미간을 좁혔다.

"아빠한테 더 혼나게 둘걸."

그러고 침대맡 의자에 앉았다. 협탁에 놓여 있던 약간 된 닭고기 수프를 떠서 그에게 내밀었다.

"……됐어."

"의사가 처방한 약, 아무것도 안 먹고 먹으면 속 엄청 쓰린 약이래요."

"……."

"빨리요. 아니면 지금 나가서 사람들한테 '요한 님이 아프대!' 하고 말하고 다닐 거예요."

손 떨어지겠네.

나는 한 번 더 수프를 내밀었다. 한동안 내가 내민 스푼을 쳐다보던 그가 곧 입을 조금 벌렸다. 그가 수프를 삼키기 무섭게 나는 다시 스푼을 내밀었다.

"옳지. 한 번 더."

"……."

"딱 한 번만 더."

"……."

"마지막."

"……."

"에이, 이거 남았는데 이건 다 먹지요?"

"……."

"와, 이제 진짜로 마지막이다."

작은 그릇에 있던 수프를 깨끗하게 비우고 약을 내밀었다.

"이것까지 먹으면 오늘치 귀찮음은 끝!"

살살 달래니 요한이 한숨과 함께 알약을 삼켰다. 손등으로 입가를 문지른 그가 날 쳐다봤다. 의미를 모를 깊고 어두운 시선이었지만, 난 이제 요한이 하나도 무섭지 않았다.

*　*　*

그 후로 며칠.

요한은 이제 아무렇지 않게 제 방에 쫄랑쫄랑 들어오는 르블레인을 빤히 쳐다보았다. 오늘은 어디서 꽃까지 잔뜩 꺾어 와선 화병에 꽂아 두었다. 그러곤 "예뻐."하고 황홀한 눈으로 쳐다본다.

최근 며칠간 저 애는 뻔질나게 제 방을 드나들었다. 와서는 할 말이 뭐 그렇게 많은지 내내 종알종알 떠들다가 돌아갔다.

"밥 먹었어요?"

"약은?"

"오늘 새우 수프가 나왔는데 맛있었어요. 내일은 닭고기 수프를 준다고 했어요."

귀찮으니 꺼지라고 면박을 줘도, 오후엔 또 와서 밥 먹었냐, 약은 먹었냐, 상태는 어떠냐 묻는다. 꽃병에 꽃을 꽂아 둔 르블레인은 언제나처럼 제 침대맡 의자에 앉았다. 그러곤 침대에 팔꿈치를 받치고 종알종알 떠들기 시작했다.

"그래서, 뒤보스 자작이 무척 혼났어요. 아빠는 별말씀을 안 하셨는데, 혼자서 굉장히 무서워하는 것 같아요."

"……."

"그리고 오늘 유니가 고용인 세탁물을 잘못 관리해서 다들 푸른 물이 든 옷을 입고 다녀야 했어요. 집사에게 혼났대요. 내일은 새 의복을 들여

올 거래요."

"……."

저 애는 파란이었다. 언제나 조용했던 공작가를 소음으로 채우는 파란.

무시하고 책을 읽으려 했지만, 도통 페이지가 넘어가지 않는다.

"그래서요, 아침엔 프렌치토스트가 나왔는데 연유를 뿌려서 맛있었어요. 아, 그렇지. 오늘 차도 엄청 좋았어요. 의사가 요한 님도 마셔도 된다고 했어요. 레아, 차를 타다 줘."

저 애는 정말이지 이상했다. 처음에는 남들처럼 제게 겁먹었는데, 어느 순간 세상에서 제일 귀찮은 존재가 되었다.

저 애 자체만이 귀찮은 게 아니었다. 저 애로 인해 영향받은 것들마저 거슬린다.

어제저녁엔 이샤크가 찾아왔다. 불퉁한 표정으로 한참 저를 보고 있기에 시비라도 걸러 왔나 싶었는데, 웬 멧돼지를 침실로 옮겨 놨다.

"그냥 지나가다가 있길래 가져왔어. 내가 일부러 잡아 온 건 아니야."

오전엔 앙리가 왔었다. 그는 제 책상에 놓인 서류를 한 아름 끌어안더니 흘깃 쳐다보곤 말했다.

"이런 거 안 해 주셔도 됩니다. 서로 부담이지 않습니까."

라며 돌아갔다.

그다음으로 찾아온 건 부친이었다. 부친은 종종 르블레인과 함께 와서 30분가량 말없이 쳐다보고 돌아간다.

책에 시선을 고정하고 있던 찰나, 한참을 떠들던 르블레인이 조용해졌다. 흘깃 쳐다보자 의자에 앉은 채로 침대에 얼굴을 반쯤 묻고 잠들어 있었다. 요한은 아이를 지그시 쳐다봤다.

하얀 얼굴에 통통한 볼살은 밀가루 반죽 같고, 코는 작고 동그라며 입술은 병아리 부리 같다. 특별할 게 없는 어린애. 그런 애로 인해 영지성은 변화하고 있었다.

언제나 어두운 고요에 파묻혀 있던 성내에 햇살이 가득 내리쬔다. 딱딱하고 호화롭기만 했던 바닥엔 푹신한 카펫이 깔렸다. 아이가 걷다 넘어져도 다치지 않도록 하기 위해서였다.

'잘 넘어지긴 하더군.'

그렇게 정원을 달리고, 온실을 달리고, 복도를 달린다. 그러다 대자로 넘어져도 울상 한 번 짓지 않고 벌떡벌떡 일어나 다시 뛰어다녔다. 귀족 영애가 아닌, 그저 평범한 아이의 모습이었다.

그가 무심코 포슬포슬한 머리카락으로 손을 뻗자 "으응." 하고 작게 잠투정한 아이가 요한의 손을 두 손으로 잡았다.

똑똑, 작은 노크 소리와 함께 하녀가 쟁반을 들고 들어왔다. 쟁반 위엔 르블레인이 요한을 위해 부탁한 홍차가 놓여 있었다.

"어머나."

하녀는 협탁에 차를 놓아두곤 말했다.

"모셔가겠습니다."

"둬라."

"예……?"

일어난 요한이 아이를 자기 대신 침대에 눕혀 두었다. 하녀의 눈빛이 잠시 가늘게 흔들렸지만, 그녀는 곧 빙그레 미소 지었다.

언제나 어둡던 요한의 방에도 잔잔한 햇살이 스며들고 있었다.

*　　　*　　　*

일어났을 땐 해가 뉘엿뉘엿 지고 있었다. 나는 멍한 얼굴로 끔뻑끔뻑 눈을 깜빡였다. 뿌연 시야가 선명해지자 익숙하지 않은 천장이 보였다.

'여긴…… 헉!'

요한을 간호하러 왔다가 잠들어 버렸다. 나는 허겁지겁 몸을 일으켰다.

'심지어 환자의 침대에서 자 버렸어.'

당황하고 있을 때 소파 쪽에서 시선이 느껴졌다. 요한이었다.

나는 손을 꼼질거리며 말했다.

"미안합니다……."

환자인 그를 쫓아내고 내가 침대를 차지해 버렸다. 기막혀할 거라고 생각했는데, 그에게서 들려오는 말은 예상외였다.

"가지고 싶은 건?"

"네?"

"날 간호한 대가 말이다."

"그런 걸 바라고 한 거 아니에요."

사람 성의를 뭐로 보고.

내가 인상을 찌푸리자 요한이 중얼거리듯 말했다.

"……알아."

"네?"

"네 목적과는 관계없이 내가 주고 싶다는 의미다."

나는 눈을 끔뻑거리다가 속으로 생각을 정리했다.

'그러니까 저건…… 고맙다는 뜻인가 봐.'

나는 속으로 어쩔 수 없다는 듯이 웃었다.

음, 별로 가지고 싶은 건 없는데…….

그렇게 생각하던 중에 별안간 머릿속의 전구에 탁, 불이 켜졌다.

"마력이요!"

"마력?"

머리카락을 받아도 되겠지만, 어차피 받는다면 그냥 마력을 단번에 받는 게 쉽고 빠르다.

요한은 미간을 좁히며 말했다.

"신성력을 가진 네겐 쓸모없는 것일 텐데."

"그래도, 그래도……!"

잠깐 날 빤히 쳐다본 그가 말했다.

"뭐, 좋아."

"정말이요?"

"그래."

"신난다!"

내가 폴짝폴짝 뛰며 기뻐하자 귓가로 작은 실소가 흘러들었다. 깜짝 놀란 난 눈을 동그랗게 뜨고 요한을 쳐다봤다. 그의 입매가 부드럽게 휘어져 있었다.

"정말로 병아리 같군."

'우와…….'

완전히 아빠의 판박이라고 생각했는데, 웃는 모습은 전혀 다르다.

'리세트 님을 닮은 게 아닐까.'

나는 그런 생각을 하면서 요한을 따라 헤헤, 웃었다.

저녁 식사를 하고 왔을 땐, 내 방 침대 위에 희고 고운 돌이 있었다. 요한의 마력석이었다.

*　*　*

그날 저녁.

난 아무도 없는 정원 구석에서 흐뭇한 얼굴로 요한의 마력석을 바라보았다.

'정말로 놀랍도록 투명한 마력이야.'

[이제 그걸 내게 줘.]

'그냥 넘기기 아까운데, 몇 개로 나눠서 하나만 줄까.'

[뭐?!]

버럭 소리친 파이몬이 붉은빛과 함께 현신하더니 인상을 찌푸렸다.

"그런 것이 어디에 있느냐!"

"순도 깊은 마력을 달라고 했지, 이 마력석을 달라고 하진 않았잖아요."

"그건! ……그렇지만."

"응."

"어차피 네겐 필요하지 않은 것이 아니냐."

"이렇게 귀한 마력석이라면 활용처가 무궁무진한걸요. 당장 마탑에 팔아도 엄청 비싸게 쳐 줄 텐데?"

"나라 제일의 부호가 네 아비인데 돈이 무슨 가치가 있어!"

"원래 돈은 많으면 많을수록 좋은 건데요?"

당황한 파이몬은 조급한 표정이 되었다.

"하면 내가 돈을 만들어 주마."

"요새 지폐엔 전부 코드가 있어서 함부로 막 만들었다가 위조범이 된다고요."

"하면 보석을 만들어 주지!"

"소환된 악마가 돌아가서 마력을 풀면 그런 건 가루가 되어 버린다고 부네가 그랬어요. 제가 뭘 믿고 보석을 받아요?"

"네가 모르는 지식을 전수해 주지."

"〈정보의 보고〉는 파이몬의 이능이잖아요. 지식을 전수할 수 있는 건 딱 한 번뿐일 텐데요?"

난 장거리 이동진에 대한 정보를 받을 거다.

내가 '사기 칠 생각하지 마.'하는 표정으로 눈을 흐리게 뜨자 파이몬이 꿀 먹은 벙어리가 되었다.

하지만 정말로 요한의 마력석이 가지고 싶은 모양인지 그는 분한 감정을 갈무리하지 못하면서도 마력석에서 시선을 떼지 못했다.

이만큼 순도 깊은 마력은 어디서도 구하기 힘들 거다. 검은 마력석이 진주처럼 희게 반짝일 정도였으니까.

'모르긴 몰라도 이걸로 만드는 악기는 대단히 아름다운 소리를 내지 않을까.'

파이몬이 저렇게 가지고 싶어 하는 걸 보면 내 생각이 맞는 것 같았다.

"좋아, 그럼 이능이 아니고, 내가 돌아가서도 없애지 못할 것을 주면 된다는 거지?"

"뭐, 그렇다면야."

대수롭지 않게 대답하고 가제보를 향해 걷고 있을 때였다. 눈앞에 반딧불이 같은 희미한 빛이 떠오르더니 실금처럼 이어졌다.

그리고 나타난 것은…….

특이한 옷을 입고, 호화로운 부채를 흔드는 장발의 청년, 땅딸막하고 수염이 있는 중년의 사내, 그리고 종아리까지 내려오는 간호복을 입은 여성이었다.

중년의 사내가 말했다.

"우리를 부른 자가 누구인고."

나는 파이몬을 쳐다봤다.

"이 사람들은……."

그는 세 사람을 등지고 양팔을 벌렸다.

"세기의 명군사. 불가능이 없는 사전을 가진 사나이. 등불을 든 천사. 내가 자랑하는 나의 권속들이다."

"……."

"골라 봐라. 네 에트왈에 담고 싶은 자가 누구인지."

나는 얼떨떨한 눈으로 파이몬을 쳐다보았고, 그는 오만한 표정으로 고개를 약간 치켜들었다.

"이들 모두 다른 세계에서 명성을 떨치는 지재였지. 웬만한 악마도 손에 넣기 힘든 특별한 영혼이다."

"저들이 저의 권속이 된다면 뭘 할 수 있는데요?"

물으니 그가 씩 웃었다.

"세기의 명 군사를 소유한다면 천하를 네 손바닥 안에 넣을 수 있을 것이다. 이전에 그의 주군이었던 자는 이 자를 얻기 위해 두 번이나 헛걸음을 해야 했다."

부채로 입가를 가린 장발의 청년이 고개를 가볍게 숙였다.

"불가능이 없는 사전을 가진 사나이는 뛰어난 장수이며, 황제지. 네가 강대국의 황제를 꿈꾼다면 좋은 길잡이가 될 터."

키 작은 중년의 사내가 오만한 표정으로 날 쳐다봤다.

"등불을 든 천사는 뛰어난 개혁가임과 동시에 행정가이며 의료인이다. 그녀를 곁에 두게 되면 넌 누구보다 훌륭한 의료원을 소유할 수 있고, 세기를 넘어 이어지는 체제를 완성할 수 있다."

간호복의 여성이 빙그레 미소 지었다.

나는 멍하니 그들을 보다가 굳은 얼굴로 파이몬을 쳐다봤다.

"……왜? 마음에 안 드는 것이냐?"

파이몬이 울컥한 표정으로 말을 이었다.

"이들은 정말로 뛰어난 영혼―"

―이라고 말하는 그에게 요한의 마력석을 덥석 안겨 줬다.

'최고야! 멋져!'

난 황홀한 눈으로 세 명의 인재들을 바라봤다.

'누굴 고르지. 누구로 할까!'

하지만 난 그날 바로 권속을 정하지 못했다.

파이몬은 끙끙 고민하는 내게 심사숙고할 시간을 주겠다며, 세 영혼을 각각 돌에 담아 주었다. 내가 권속을 결정하면 남은 두 영혼은 자연히 사라진다고 했다. 그러며 일단 돌아가겠다고 아우성이었다.

"너무 오래 서부를 비워 두었다."

말은 그렇지만 얼른 마력석으로 악기를 만들어 연주해 보고 싶다는 속내가 훤히 보였다.

권속을 고를 시간만 있다면 상관없던 터라, 난 장거리 이동진에 대한 정보를 받고서 그를 보내 주었다.

*　　*　　*

이튿날, 나는 뒤보스저로 향했다.

요한이 몸 상태를 숨긴 일로 뒤보스 자작이 질책받아서 분위기가 별로일 거로 생각했는데, 뒤보스 부인은 이전처럼 날 살갑게 맞아 주었다.

"자주 뵈어서 기뻐요, 아기님."

그녀는 티 없이 맑게 웃었다. 괜스레 내가 미안해질 정도였다.

"저기, 이번 일은 안타까워요……."

"맞아요. 이번 일은 정말로 안타까운 일이지요. 털북숭이 뒤보스는 더 호되게 혼이 났어야 하는데요."

"……네?"

"자식이 다쳤다는 걸 부모에게 일언반구도 하지 않았다니! 정말 바보 같은 일이에요. 털북숭이 뒤보스가 제 아들들이 다쳤음에도 서로 작당해 입을 다물었다면 전 엉덩이를 찰싹찰싹 때려 줬을 거랍니다."

그러며 문가에 서 있는 덩치 큰 사내 둘을 쳐다보았다.

사내들은 "어, 어머니……." 하며 당황했지만, 뒤보스 부인은 생긋 웃었다. 내가 곤란해지지 않도록 배려한 일이었다. 나는 그녀의 배려를 받아들이고 마주 웃었다.

"올라가시죠."

"네."

날 2층으로 데려다준 뒤보스 부인이 문을 두드리자, 베로니카가 벌컥 튀어나왔다.

"아기님—!"

"안녕하세요, 베로니카."

"물론이죠! 어서 들어오세요."

난 베로니카와 단둘이 그녀의 방으로 들어갔다. 방은 매우 어지럽혀져 있었다.

"오늘 제가 만든 마도구를 보실래요? 이건 여름철에 벌레를 쫓는 건데……."

"저는 더 재밌는 마도구를 보고 싶어요."

"더 재밌는 건……. 아, 자동으로 화장을 지워 주는 마도구가 있어요. 보여 드릴까요?"

"아뇨. 제가 보고 싶은 건 다른 거예요."

베로니카가 그럼 뭐냐는 듯이 고개를 갸웃해서 나는 그녀의 눈을 똑바로 응시하며 말했다.

"장거리 이동진."

"아, 아기님, 그건 가능한 일이 아니에요. 지금 이동진이 단 5킬로미터만 이동할 수 있는 건, 인간이 이동진 속에서 버틸 수 있는 거리가 그뿐이기 때문이에요. 그걸 넘어가면 온몸이 뒤틀리거나, 사지가 찢어지거나 또……."

"성장하지 않을 수도 있죠. 베로니카처럼."

"……."

베로니카의 눈빛에 한순간 노회한 노인의 날카로움이 담겼다.

파이몬이 말해 줬다. 온갖 지식에 해박한 그는 장거리 이동에 실패했을 때의 리스크 중에 베로니카와 비슷한 경우가 있다는 걸 알고 있었다.

"아기님이 그걸 어떻게 알고 계시죠? 제가 실패한 실험이 무엇인지 누구도 모를 텐데."

"추측이었어요. 베로니카는 뛰어난 마법사잖아요. 마법사답게 호기심도 많고. 저도 '왜 장거리 이동진은 없는 걸까?' 하고 궁금해하는데 베로니카라면 저보다 먼저 의문을 가졌을 것 같아서요."

"……굉장하시네요. 맞아요."

"만약에 장거리 이동이 가능하도록 신체를 보호할 수 있다면요?"

"장거리 이동진도 꿈이 아니겠지요. 하지만 그런 게 있을 리가……."

중얼거리는 말에 나는 생긋 웃었다.

"있어요."

"……!"

그녀가 벌떡 일어났다.

'관심을 가질 줄 알았어.'

베로니카는 실험에 실패하여 자라지 않게 되었다. 귀여운 몸이라 본인은 좋다고 했다지만, 정말로 좋기만 할 린 없다. 조금 친절하게 대해 준 것만으로 날 이렇게 좋아할 정도로, 그녀는 외로웠다.

외로움이 얼마나 큰 고통인지 나는 잘 안다. 그런 고통을 느끼고서도 베로니카는 여전히 마법을 실험하고, 마도구를 만들고 있었다. 그건 학문에 대한 순수한 열정 때문이었다.

그런 그녀라면 실패한 실험을 다시 성공시킬 수 있다는 말에 눈이 번뜩 뜨일 터.

"아기님, 그게 뭔지 알려 주세요."

"흐음."

"물론 대가가 필요하시겠죠? 제가 만든 모든 마도구를 드릴게요. 아니, 제작법까지 알려 드릴 수도 있어요!"

"저는 그런 게 필요 없어요."

"그럼, 그러면…… 뒤보스가의 인장이라도……!"

"그것도 됐어요. 제가 가지고 싶은 건 딱 하나예요."

"뭐든 좋아요. 말씀하세요!"

아이스티를 한 모금 마시고, 코스터 위에 잘 올려 둔 나는 베로니카를 쳐다봤다.

"제가 가지고 싶은 건 베로니카 뒤보스. 당신이에요."

베로니카가 눈을 홉뜨고 날 쳐다봤다. 시선이 와들와들 떨렸다.

"방금……."

"네."

"찌릿했어."

"……네?"

베로니카는 "아아아." 신음하며 양팔을 교차시켜 어깨를 끌어안았다.

"역시 그랬어. 드류가 가져온 영상석에서 처음 아기님을 보았을 때 느낌이 왔다고요! 이 사람이다, 하는 감각 말이에요."

"베로니카, 진정해요……."

그녀는 내 손을 덥석 잡고 콧김을 흥, 흥, 내뿜었다.

"지금 당장 충성 맹세를 해도 될까요? 꿈꾸던 것이었거든요."

"……."

"제발……."

그녀가 몹시 간절한 표정을 지어서 난 떨떠름하게 대답했다.

"네, 뭐……."

베로니카의 얼굴이 밝아졌다.

* * *

성으로 돌아가며 나는 흥얼흥얼 콧노래를 불렀다.

베로니카는 충성 맹세 후에도 "내가 충성 맹세를 하는 날이 오다니……!" 하며 몹시 흥분해 있었다. 그런 그녀를 말리느라 진땀을 뺐지만, 오늘의 수확을 생각하면 그쯤은 아무렇지 않다.

나는 베로니카에게 이동 시에 몸을 보호해 줄 수 있는 게 '엘자 나무껍질'이라는 것을 알려 줬다. 나조차 파이몬에게 듣고서 말도 안 된다며 눈을 부릅떴는데, 베로니카는 큰 깨달음을 얻은 듯 굳어졌다.

"엘자 나무라면……. 아아, 설마! 왜 그런 생각을 못 했을까. 처음부터 전제가 잘못되었기에 실험에 실패한 거야."

그러며 즉시 어려운 계산식을 줄줄줄 작성하기 시작했고, 난 뿌듯해졌다.

'좋아, 장거리 이동진을 손에 넣는 건 시간문제야.'

덤으로 대륙 제일의 마도구 제작자도 내 것이 되었다!

그렇게 생각했을 때, 때마침 마차가 멈추었다. 레아가 문을 열어줘서 난 그녀의 손을 잡고 내렸다.

"이제 식사하셔야지요?"

"응, 아빠랑 오빠들이랑 먹기로 했어."

"네."

나는 옷을 갈아입기 위해 레아의 손을 잡고 성으로 들어갔다.

그런데 이상하다. 평소 이 시간엔 하루를 마무리하기 위해 고용인들이 분주히 돌아다니는데, 오늘은 복도에 아무도 없었다. 이쯤이면 1층 중정부터 느껴져야 할 음식 냄새도 나지 않았다.

'뭐지?'

나는 고개를 갸웃하며 레아의 소매를 잡아당겼다.

"레아, 오늘 성에 무슨 일 있―"

그렇게 말하던 찰나.

"샤바놀 경!!"

누군가 위층에서 레아의 기사 시절 호칭을 불렀다. 그녀를 이렇게 부르는 건 이제 아무도 없었기 때문에, 나는 의아한 표정으로 위층 난간을 바라보았다.

'노스?'

레아와 시선이 마주친 노스는 황급히 계단을 뛰어 내려왔다. 이만큼 다급해 보이는 노스를 보는 건 처음이다. 레아도 심상치 않은 분위기를 느끼고 미간을 좁혔다.

"무슨 일이십니까."

"넷째 아가씨로 추정되는 아이가 나타났다. 각하께서 찾으시니 어서 가 봐."

뭐라고?

'아기새는 난산 끝에 죽었다지 않았어?'

당황한 나는 레아를 쳐다봤는데, 그녀는 딱딱하게 굳어져 있었다. 내 손을 잡은 레아의 손에서 스르륵, 힘이 풀렸다. 자연스럽게 내 손이 떨어지며 레아의 온기가 멀어졌다.

레아는 즉시 달려갔다. 나와 노스도 그녀를 따라갔다.

1층 알현실에 도착하자 모자를 잡은 중년의 사내와 내 또래의 여자아이가 보였다.

은발. 푸른 눈. 여자아이는 듀블레드의 상징을 모두 가지고 있었다.

아빠와 오빠들은 처음 보는 표정을 하고 있었다. 도무지 말로는 설명할 수 없는 표정이었다. 아빠가 가쁜 숨을 몰아쉬는 레아에게 말했다.

"리세트와 아이의 마지막을 함께한 것이 너이니 네 눈으로 살펴라."

고저 없는 말에 레아가 고개를 숙인 후, 은발의 여자아이에게 다가갔다.

"목을…… 목을 보여 주시겠습니까."

여자아이가 함께 온 사내를 힐끔 쳐다보자 사내는 고개를 끄덕였다. 아이가 긴 은발을 한쪽으로 넘기자 목 뒤로 기다란 상처가 드러났다.

레아가 뜨거운 숨을 토해냈다.

"전투 중에 아가씨께서 입은 상처가 맞습니다."

그녀는 손이 떨려서 차마 아이를 잡지도 못하고 있었다.

아빠는 말라붙은 눈으로 중얼거렸다.

"마법사는 확인을 마쳐라."

알현실의 좌중 속에 있던 금장의 로브를 입은 사내가 종종걸음으로 나와 아이의 손을 제 손바닥 위에 올렸다.

푸른 시동인이 떠오르고 얼마 뒤, 마법사가 뜨거운 숨을 토해내곤 아빠의 앞에 낮게 엎드렸다.

"듀블레드의 기운이 맞습니다. 감축드립니다, 각하."

"감축드립니다, 각하!"

알현실에 있던 귀족들이 일시에 외쳤다.

아빠는 눈도 깜빡이지 않고 아이를 쳐다보고 있었다. 감정이 드러나지 않은 표정이었지만, 나는 알고 있었다.

의자의 손잡이를 쥔 아빠의 손에 힘이 들어가 있음을.

* * *

의장은 내게 숨겨진 일을 알려 주었다.

9년 전, 아빠에 의해 밀려난 선대는 끝까지 포기하지 못하고 괴한을 끌어들였다.

아빠는 일 때문에 잠시 성을 비웠을 때였고, 리세트 님은 만삭의 배를 끌어안은 채 피신해야 했다. 그런 리세트 님을 호위한 것이 당시 이리였던 레아와 리세트 님의 전속 하녀였던 레아의 언니 레이나였다고 한다.

세 사람은 무사히 성을 나섰지만, 갑작스럽게 리세트 님에게 진통이 시작된 터라 급히 인근 산으로 들어갔다. 공작 부인은 무사히 아이를 낳았다. 해산을 돕고, 아이를 받은 건 레이나였다.

그동안 레아는 따라붙은 카인의 군사와 대적했는데, 홀로 그 많은 수의 군사를 물리치기엔 무리였다.

결국, 공작 부인은 돌아가셨고, 레이나는 레아에게 모포에 싸인 아기를 맡겼다. 레이나가 미끼가 되어 추적자를 따돌리려 애썼으나, 그녀는 추적자의 칼날에 생을 마감했다.

레아 또한 필사적으로 아이를 지켰다. 하지만 쏟아지는 화살에 아이를 놓쳤다.

"……이후, 각하께서 반란을 정리하시고 인근을 수색했지만, 아가씨를 찾을 순 없었습니다."

의장의 말을 들은 난 고개를 끄덕였다.

"선대가 반란의 수괴라 리세트 님의 일을 숨길 수밖에 없었구나."

선대와의 칼부림으로 아내와 자식을 잃었다는 것이 드러나면 듀블레드의 명예는 바닥으로 추락했을 것이다.

무엇보다 자식과 아내를 동시에 잃은 아빠가 잠시나마 무너졌다고 한다. 가뜩이나 뒤숭숭할 때에 다른 적이 아빠를 노려온다면 사태는 걷잡을 수 없어질 터였다.

그래서 뒤보스 자작을 필두로 한 친공작파의 가신들이 힘을 모아 사건을 덮은 모양이었다.

아이가 듀블레드 영애란 걸 알아차린 건 어떤 가신 덕이라고 한다. 여행하던 여관의 딸이 너무나 아빠를 닮아서 기이하게 여겼고, 그걸 뒤보스 자작에게 전했다고 했다.

일의 진상을 알고 있던 뒤보스 자작이 사람을 보내서 확인했더니, 아이가 없던 여관 부부가 산에서 아이를 발견해서 키워 왔던 거라고 한다.

"그런데 왜 이번 생에서야 아기새를 발견했을까. 이전 삶에선 없던 일이었어."

미래가 바뀌는 경우는 딱 하나뿐이다. 내가 개입할 때.

"어디서 상황이 바뀐 거지?"

중얼거리자 의장이 내 찻잔에 각설탕을 넣어 주며 말했다.

"아기님 덕에 가신들이 휴가를 얻었기 때문에 여행할 수 있었잖습니까. 우연이 겹친 행운이거나."

"……."

"아니면 가짜일 수도 있죠."

"두 번째는 거의 가능성이 없잖아. 리세트 님이 아이를 낳고 죽은 사실을 아는 건 듀블레드에서도 아주 소수인데."

여자아이는 은발과 청안, 듀블레드의 상징을 모두 가지고 있다. 만에 하나의 경우를 위해 마법으로 신체를 바꿨는지에 관한 확인까지 거쳤다.

거기다가 듀블레드의 기운까지.

'듀블레드의 마도국장이 잘못 판단했을 린 없어. 그는 뛰어난 마법사이고, 듀블레드에 충심이 깊다.'

그는 훗날 아빠를 지키고 죽는 충신이었다.

그렇게 생각하던 찰나였다. 온실의 문이 벌컥! 열리고 내 또래의 여자애가 들어왔다. 아이와 눈이 마주친 나는 놀라서 눈을 동그랗게 떴다.

'아기새잖아.'

"아가씨!"

그녀를 따라서 들어온 레아와 서관의 하녀들이 황급히 나와 의장에게 고개를 숙였다.

"죄송합니다, 아기님."

그러곤 아기새에게 속삭였다.

"대화 중에 함부로 들어가시면 못 써요."

"하지만 미레유, 언니가 보고 싶었는걸!"

대뜸 날 언니라고 부르는 아기새를 보고 나는 눈을 깜빡였다.

'친화력이 미나 급인걸.'

낯을 많이 가리고, 사람과 잘 어울리지 못하는 나는 신기한 기분이 들었다.

내게 다가온 아기새가 천진난만하게 웃으며 말했다.

"안녕, 미레유라고…… 아차차."

잠깐 멈칫한 아이는 치마를 넓게 펼치곤 무릎을 살짝 굽혔다.

"듀블레드 공작가의 넷째, 미레유입니다. 반갑습니다."

그러며 "어때?" 하고 레아와 하녀들을 쳐다보자, 레아는 어쩔 수 없다는 듯이 미소 짓고 하녀들도 쿡쿡 소리 죽여 웃었다.

"미레유가 소개했으니까 이제 언니도 소개해야지!"

갑자기 시선이 집중되어서 나는 엄청나게 어색한 기분이었다. 가뜩이나 낯을 가리는데, 자꾸만 훅 들어오니 당황스럽다.

"안녕, 나는 르블레인이야……."

"와아—!"

그렇게 소리친 미레유가 내 팔을 끌어안았다. 하녀들이 눈을 반짝이며 "귀여움 더하기 귀여움은 엄청 귀여움……." 하고 조그맣게 중얼거렸다.
"미레유랑 가자. 식사할 거래."
"아, 하지만 나는……."
의장이랑 할 얘기가 남았는데.
머뭇거리니 미레유가 의장을 빼꼼 보며 말했다.
"할아버지, 미레유는 언니랑 놀고 싶어요. 놀아도 되죠?"
"제게 허락받으실 일이 아닙니다."
의장이 점잖게 대답하니 미레유가 입술을 잠깐 삐죽이다가 날 끌어당겼다.
"가자, 언니. 허락받을 일 아니래."
질질 끌려가다시피 온실을 나서며 나는 의장에게 입 모양으로 "미안." 하고 말했다. 의장이 고개를 가볍게 끄덕였다.
미레유는 정말로 밝은 애였다. 걷는 내내 신이 나서 종알종알 떠들었다.
"미레유랑 언니는 사실 동갑이래. 미레유의 엄마가 미레유를 1월에 낳았고, 언니는 2월에 태어났대. 하지만 미레유는 막내인 게 좋아. 막내가 더 사랑받는 거잖아? 그러니까 언니가 언니 해."
"그건 내가 마음대로 할 수 있는 게 아닌데……."
"미레유는 엄청 소중한 사람이래. 그래서 가신 아저씨들이 뭐든 미레유가 하고 싶은 걸 하랬어. 내가 언니를 언니 삼겠다고 하니까 아빠도 안 된다고 안 했어. 아빠는 미레유가 엄청 소중한 거야."
어차피 미레유의 신분이 서류상으로도 정리되면 자연히 바로잡힐 일이라서 난 "으응." 하고 대답했다.
"있지. 미레유는 이렇게 멋있는 성은 처음 봐. 사람들도 전부 미레유한테 잘해 준다?"

"다들 좋은 사람이야."

"그런데 저 할아버지는 나쁜 거 같아."

"응?"

나는 깜짝 놀라서 미레유를 쳐다봤다.

"미레유가 좋게 물어봤는데, 막 화내잖아."

"화낸 거 아니야. 의장은 아이들이 익숙하지 않은 거야."

"왜? 저 할아버지도 자식이 있을 텐데, 왜 아이들이 익숙하지 않아? 자식이 없어?"

"있어. 있는데, 의장의 아들이 옛날에 사고를 당해서……."

"할아버지 심보가 고약해서 아들이 죽었나 보다. 그치?"

나는 너무 놀라서 걸음을 멈추고 미레유를 쳐다봤다. 절로 인상이 찌푸려졌다.

"그런 말 하면 안 돼!"

"……어?"

"사람을 슬프게 하는 못된 말이란 말이야."

미레유는 시무룩해져서 눈썹을 늘어뜨렸다.

"……알았어."

나는 한숨을 내쉬고, 미레유의 어깨를 살짝 잡았다.

"의장은 아들을 정말로 사랑했어. 네가 그런 말을 한다면 마음이 너무너무 아플 거야. 다음부턴 절대로 그런 말 하면 안 돼?"

"알겠어……. 미레유가 잘못했나 봐……. 화내지 마, 언니. 응?"

나는 고개를 끄덕였다. 그러자 미레유는 언제 시무룩했냐는 듯 다시 발랄해졌다. 식당 안으로 들어서면서도 입이 쉬지를 않았다.

식당엔 아빠와 노스, 그리고 몇 명의 가신들이 있었다. 착석한 내가 노스에게 눈인사하니, 미레유도 아빠의 곁에 바짝 붙어 앉아서 노스에게 손을 흔들었다.

"안녕?"

미레유의 목소리를 들은 가신들이 흠칫, 아이를 쳐다보았다.

"목소리가 리세트 님과……."

"그래, 자란다면 분간하기 힘들 듯하군."

그러는 동안 미레유는 노스와 대화에 푹 빠져 있었다.

"우리 어제 봤지?"

"예, 아가씨."

미레유가 양손으로 입가를 가리고 후후 웃으며 "아가씨래." 하고 기뻐했다.

"미레유는 아가씨 소리가 어색해."

"곧 익숙해지실 겁니다."

"응, 빨리 익숙해져야지. 아가씨 소리랑, 말하는 거랑 전부! 안 그러면 자꾸만 실수하게 될 거 아냐."

"실수요?"

"미레유가 오늘 언니를 화나게 했어. 못된 말을 한다고 그러더라고. 미레유는 아직 귀족의 화법에 익숙하지 않아서 그런가 봐."

식당에 있던 모두의 시선이 나를 향했다. 그러더니 어색한 표정으로 말을 돌렸다.

"그러고 보니 아가씨는 이제 어디서 생활하십니까?"

"뭘 묻나. 서관이지."

"서관에 어리신 아가씨를 위한 방이 남았던가."

아빠는 선대가 죽고 나서 듀블레드의 혈족들이 지내는 서관을 대대적으로 수리했다. 선대의 방과 죽은 형제들의 방을 없애고 완전히 새롭게 단장했다.

그러느라 아이용의 방이 적어서, 나도 듀블레드에 입적된 후, 방 공사를 새로 한 뒤에야 내 방을 가질 수 있었다.

아빠가 노스에게 물었다.

"공사는 시작했나."

"그렇습니다. 아기님의 방 공사 때와 달리 스피넬을 비축해 두어 보안 장치 설치에 시간이 크게 소요되지 않을 듯합니다."

"기간은."

"2주로 예상합니다. 아가씨의 짐은 일단 아기님의 옆방에 풀어 놨습니다만, 그곳에서 지내셔도 되겠습니까?"

그때, 미레유가 팔을 번쩍 들며 "제안이요!" 하고 소리쳤다.

"미레유는 아빠랑 같은 방 쓰고 싶어요!"

"아가씨, 그건……."

"여기 너무 커서 밤엔 무서울 것 같단 말이야. 네? 네에―? 아빠!"

"……."

"괜찮지요?"

가신들은 다소 곤란한 표정이었지만, 어리광을 부리는 아이가 귀여운 듯했다.

"각하께 이리 어리광을 부리는 분은 아가씨가 처음일 겁니다."

"예, 아기님께선 어릴 적에도 의젓한 분이셨죠."

"미레유도 의젓해. 콩도 잘 먹어요."

요리에 곁들여 나온 콩을 쏙쏙 집어 먹자 가신들이 껄껄 웃으며 "아주 의젓하십니다." 하고 말해 줬다.

그러는 동안 난 혼자 조용히 식사했다. 평소처럼 가신들이 잔뜩 말을 시키는 게 아니라서 식사하긴 편했다.

그날 저녁, 방으로 돌아가려는 내게 가신이 다가왔다. 평소에 나를 무척 예뻐해서 눈에 익은 가신이었다.

"저, 아기님……."

"응?"

"당분간은 미레유 님과 다투지 않는 것이 좋을 듯합니다. 시선이 집중되어 있으니까요."

날 화나게 했다는 미레유의 말 때문에 다툰 줄로 알았나 보다.

"아냐, 다투지 않았어."

"그렇다면 다행입니다. 아가씨가 아기님에게 한 소리 들은 것을 신경 쓰시는 것 같아서요."

그제야 가신이 안심했다는 듯 웃어서 나는 고개를 끄덕여 주었다.

가신이 따로 와서 조언해 줄 정도라면 모두 우리 사이를 신경 쓰는 모양이다.

'미레유에게 잘 지내자고 해야지.'

나는 아빠가 매번 채워 주는 사탕의 방으로 가서 간식들을 챙겨 나왔다. 곰 모양의 쿠키는 내가 정말로 아끼는 것인데, 우유와 함께 먹으면 입안에서 사르르 녹는다.

과자를 쟁반에 잘 올리고, 우유까지 챙겨서 미레유의 방으로 향했다. 노크를 하려던 중에 문 틈새에서 밝은 목소리가 새어 나왔다.

"여관의 아빠는 미레유에게 항상 동화책을 읽어 줬어요. 습관이 되어서 이제 동화책을 읽지 않으면 못 자요. 아빠도 읽어 주시면 안 돼요? 아빠는 목소리가 엄청 좋으니까 잠이 솔솔 올 것 같단 말이에요."

칭얼거리는 목소리에 이어 이샤크의 투덜거리는 말이 들려왔다.

"그냥 자. 죄다 부르기에 무슨 일인가 했더니, 귀찮게 하고 있어."

"앞으로 동화책 없이 자는 습관을 들이지 그래."

이건 앙리의 목소리였다.

"그치마안, 미레유가 온 첫날인걸. 다 같이 자고 싶단 말이야. 아아앙, 큰오빠 가지 마. 응? 아빠, 가지 말라고 해 주세요!"

"이거 놔."

"미레유, 이리 누워라."

가족끼리 시간을 보내고 있나 보다. 하기야 9년 만에 찾은 가족인데 애틋한 시간이 필요할 터였다.

오도카니 서서 쟁반 끄트머리를 매만지던 난 등을 돌렸다.

* * *

나는 자그마한 자갈 세 개를 지그시 응시했다. 파이몬이 주고 간 권속들의 영혼이 담긴 것이었다.

'역시 불가능이 없는 사전을 가진 사나이가 제일 나은가.'

혹시 모를 전쟁을 대비해서.

하지만 세기의 명군사도 전쟁엔 큰 도움이 될 거다. 평소에도 지혜를 빌릴 수 있을 것 같고.

'하지만 지금 당장 도움이 되는 건 횃불을 든 천사인데.'

의료 지식이 있다고 하니, 제도로 올라간 뒤에 필요할 일이 있을 터다.

나는 끄으응, 신음하며 책상에 엎어졌다.

'다 권속으로 만들고 싶다!'

하지만 권속으로 삼을 수 있는 건 여섯 명뿐. 기회를 함부로 쓸 순 없었다. 그런 생각을 하는 중에 노크 소리가 들렸다.

"아기님."

내 전속 하녀들이 빼꼼 문 안으로 들어와 양손에 무언가를 들고 흔들었다.

"빵이에요."

"과일이에요."

"푸딩이에요."

"나 배 안 고픈데?"

고개를 갸웃하며 말하니 그녀들이 눈썹을 늘어뜨렸다.

"최근에 간식을 잘 안 드시잖아요."

"모두 맛있는 것들로 챙겨 왔어요."

"특히 제 것이 맛있습니다."

원래 내 간식 시간은 가족들과의 소소한 다과회였다. 평소엔 늘 가족들이 불러서 간식을 먹으러 간다. 그런데 최근엔 다들 바쁜 터라 함께 차를 마실 시간이 없어서 나도 번번이 간식 때를 놓쳤다.

신경 써 주는 하녀들의 마음이 예뻐서 나는 고개를 끄덕였다.

"응, 먹을게."

"정원에 가서 드실래요?"

"봄이 오고서 완전히 날이 풀렸어요."

"정원사들이 아기님이 좋아하시는 제비꽃을 잔뜩 심어 놨답니다."

"좋아."

영혼이 든 자갈을 서랍에 잘 놓아두고서 난 하녀들을 따라 정원으로 향했다. 내가 자주 가는 흰 지붕의 가제보에 앉아서 간식을 먹고 있자니 기분이 좋아졌다.

하녀들은 내가 즐거워할 만한 얘깃거리를 잔뜩 풀어 주었다.

"그래서 서관의 파티시에가……."

"이샤크, 이것 봐!"

멀리서 미레유의 목소리가 들려왔다. 고개를 돌리자 인상을 찌푸린 채 성큼성큼 걷는 이샤크와 그런 이샤크를 졸졸 쫓아오는 미레유가 보였다. 미레유의 손에는 목검이 들려 있었다.

"미레유, 이제 휘두르는 거 무척 잘해. 노스도 칭찬해 줬다?"

"귀찮으니까 쫓아오지 말랬지. 이 밤톨을 쥐어박을 수도 없고."

허리에 달라붙은 미레유의 이마를 밀어내던 이샤크와 눈이 마주쳤다.

"꼬맹아!"

그가 활짝 웃고서 내게 왔다.

"여기서 뭐 해?"

"간식 먹어. 이거 하녀들이 줬어. 빵이랑 과일이랑 복숭아랑."

그러며 간식을 자랑하자 하녀들이 흐뭇하게 웃었다.

이샤크는 손질한 오렌지 조각을 입에 넣으며 내 어깨에 턱을 걸쳤다.

"그러고 보니까 같이 간식을 먹지 않은 지도 벌써 며칠째잖아."

그러곤 "저거 때문에." 하고 으르렁거리듯 미레유를 쳐다봤다.

이샤크가 최근에 바쁜 이유는 미레유 때문이었다. 오빠 중에 이샤크가 제일 편한지 매일매일 쫓아다니는 통에 그는 학을 떼며 피해 다녔다.

"미레유한테 저거라고 하면 안 된댔지. 아빠가?"

미레유가 허리에 손을 얹고서 따끔하게 훈계하는 척 말하자 이샤크는 한숨을 크게 내쉬고 내 어깨에 이마를 문질렀다.

"죽겠네, 진짜."

그러는 와중에 미레유가 목검을 붕, 휘둘렀다. 그러다 가제보 기둥에 부딪혀 털썩 주저앉았다. 한숨을 내쉰 그가 미레유를 일으켰다.

"제발 가. 어? 앙리 형이 도서관에 있으니까 가서 놀아 달라고 해."

"앙리 오빠가 이샤크 오빠한테 놀아 달라고 하랬어."

한 손으로 허리를 잡은 그가 고개를 푹 수그렸다. 팔다리가 길쭉길쭉해서 그림 같다.

'그러고 보니까 이샤크 엄청 많이 컸네.'

이제 성인 남성의 평균 키는 되는 것 같다. 앞으로 더 많이 자랄 테지만, 처음 봤을 때보단 훨씬 커졌다는 게 실감이 난다.

어쩐지 감동적이라 나는 빙그레 웃었다.

"왜 그렇게 웃어?"

"이샤크, 많이 커서."

"어쭈?"

악동처럼 웃은 그가 내 볼을 쭉, 잡아당겼다.

"아하! (아파!)"

"아직 검 쥐는 법도 모르는 어린애가 어딜."

"알거든."

기사들한테 다 배웠다.

"해 봐. 봐줄게."

그러자 미레유가 부루퉁해졌다.

"나는 안 봐주고."

"목검 빌려주면 꼬맹이 다음에 너도 봐줄게."

"치……."

미레유의 커다란 눈에 금세 눈물이 차올랐다. 그 애가 입술을 삐죽이며 울먹이자 이샤크가 움찔했다.

"왜, 또!"

"이샤크 오빠, 미워. 언니만 예뻐하고 미레유랑은 놀아 주지도 않고."

"네가 귀찮게 구니까 그렇지."

와앙—!

미레유가 눈물을 터뜨렸다. 하녀들이 당황해서 얼른 그녀를 달랬다.

그러나 미레유는 쉽게 눈물을 그치지 않았다. 나도 허둥지둥 그 애를 달래러 갔을 때였다.

"아가씨!"

미레유가 픽, 쓰러져 버렸다.

* * *

미레유는 급히 방으로 옮겨져서 의사의 진료를 받았다. 아이를 청진한 의사가 몸을 일으키자 아빠가 물었다.

"상태는."

"별다른 이상은 없습니다. 아무래도 환경이 바뀌고 내색은 하지 않으셨겠지만, 스트레스를 받으셨던 모양입니다. 안정될 수 있게 잘 살펴 주셔야 합니다."

때마침 미레유가 부스스 눈을 떴다. 주변을 둘러본 그 애는 다시 눈물을 터뜨릴 기세로 콧잔등에 주름을 잡았다.

"아가씨, 울지 마세요."

레아가 침대맡에 무릎을 꿇으며 아이의 뺨을 쓰다듬었다. 미레유는 그런 레아를 끌어안고 울먹였다.

"엄마 보고 싶어……."

"여관에 연락할까요?"

"진짜 엄마……."

순간, 방은 찬물이 끼얹어진 듯 조용해졌다. 고용인들이 당황하여 아빠의 눈치를 봤고, 아빠와 오빠들은 가냘프게 떠는 미레유를 쳐다봤다.

"엄마가 있으면 이샤크 오빠를 혼내 줬을 거야. 미레유랑 놀아 주라고."

"아가씨……."

"아빠는 바쁘고 오빠들은 언니만 예뻐해. 미레유는 혼자야. 엄마가 보고 싶어……."

그 일로 사람들은 거의 유리 인형처럼 미레유를 대했다. 한 번도 엄마 손길을 받지 못하고, 산에서 홀로 죽어 가는 신생아를 떠올리게 했기 때문이다.

이샤크나 앙리는 미레유를 피하지 못했고, 아빠 역시 밤마다 "엄마 ─!" 하고 소리치며 우는 미레유의 방으로 가야 했다.

며칠 뒤. 베로니카에게 보낼 편지를 작성한 후 설렁줄을 당긴 난 눈을 깜빡였다. 내 방 설렁줄은 전속 하녀인 달리아와 린다, 유니가 있는 휴게실과 연결되어 있는데 아무도 오지 않았다.

'이상하다.'

세 사람은 무척 꼼꼼해서 한 사람만은 꼭 휴게실에 남겨 두고 일한다. 이렇게 설렁줄을 당겼는데도 바로 오지 않은 건 처음이었다.

한참을 기다려도 오지 않아서 난 방 밖으로 향했다. 지나가던 하인을 잡고서 물었다.

"달리아랑 린다, 유니 봤어?"

"아가씨의 방에 계십니다."

"셋 다?"

무슨 일로?

나는 고개를 갸웃하고서 미레유의 방으로 향했다. 노크를 하려고 했는데, 이미 문이 반쯤 열려 있어서 안의 상황이 다 보였다.

"그러니까 세 사람이 미레유의 하녀가 되어 주면 안 돼?"

"하지만……."

"저희는 아기님을 모시고 있어요……."
"맞습니다……."
레아와 하녀들이 미레유의 앞에서 곤란한 표정을 짓고 있었다. 미레유는 울상을 짓고서 레아의 팔에 매달렸다.
"레아……."
"아가씨, 세 사람은 모두 아기님과 오래 함께했어요. 무작정 데려오겠다고 하시면 모두 곤란해지고, 아기님께도 실례예요."
"하지만 미레유는 저 하녀들이 마음에 드는걸! 지난번에 미레유가 정원에서 울었을 때, 상냥하게 달래 줬어. 미레유는 저 하녀들이 아니면 싫어!"
본격적으로 칭얼거리기 시작하자 레아가 한숨을 푹 내쉬었다. 그러곤 세 사람을 바라봤다.
"당분간만 부탁하마. 아가씨가 안정되시면 다시 아기님의 곁으로 복귀해도 좋아."
범죄 경력에 유연한 편인 듀블레드의 고용인들 사이에서도 세 사람은 유난히 죄질이 나빴다. 그런 그들이 귀빈을 모시는 상급 고용인이 된 건 모두 레아의 지원이 있었기 때문이었다.
고용인 선발에서도 레아의 덕을 크게 봤다. 저들에게 레아는 은인이라 부탁을 거절할 수 없을 터였다.
린다와 달리아 사이에서 입술을 꾹, 꾹 깨물던 유니가 "하지만……!" 하고 소리쳤을 때였다. 기어이 미레유의 눈에서 닭똥 같은 눈물이 떨어졌다. 레아는 황급히 미레유를 끌어안으며 고개를 숙였다.
"……."
"……."
"……."

나는 쿵, 문을 열었다.

"열려 있어서 봤어."

—하고 말하자 레아와 하녀들이 당황했다.

"데려가지 마. 달리아와 린다, 유니는 내가 아빠에게 보좌단에 넣어 달라고 한 사람들이야."

"아기님, 부탁드리겠—"

"하지 마."

단호한 말에 방에 있던 사람들이 모두 놀랐다.

나는 미레유를 쳐다봤다. 그 애는 더욱 힘을 주어 레아의 허리를 끌어안았다.

"내 하녀들을 데려가고 싶으면 네가 부탁해. 레아에게 곤란한 일을 시키지 마."

"……."

"그러니까—"

"언니는 미레유를 싫어하지?"

"……."

"언니는 고용인들과 전부 친하니까 다른 하녀를 부리면 되잖아. 그런데 이렇게 외로운 미레유에게 하녀를 못 주겠다는 건 미레유가 미워서 그런 거야."

어깨를 움츠린 그 애가 나를 쏘아봤다. 레아는 당황해서 "아가씨!" 하고 소리쳤지만 미레유의 눈에선 힘이 풀리지 않았다.

"언니는 미레유를 싫어해. 그러니까 오빠들을 자꾸 뺏어 가는 거야. 미레유는 언니랑 친해지고 싶은데…… 가족이 되고 싶은데 왜 언니는 미레유를 미워해?"

"정말로 나와 가족이 되고 싶어?"

"그럼!"

"그런데 왜 오빠들을 뺏어 간다고 생각해?"

"……어?"

나는 그 애의 시선을 피하지 않고 말했다.

"가족인 내가 오빠들과 있는 게 어째서 뺏어 가는 게 되는 거야?"

"그건…… 그건!"

"오빠들을 뺏어 간다고 생각하는 건 네가 날 미워해서인가."

"아냐!"

"그런데 왜 하녀들을 못 주겠다고 하는 난 널 미워하는 게 되지?"

미레유는 꿀 먹은 벙어리가 되었다. 어버버하며 할 말을 찾던 그 애는 "으……." 하며 주저앉았다.

그때였다.

"아기새야!"

익숙한 목소리와 함께 붉은 머리칼을 가진 여성이 뛰어 들어왔다. 아기새를 찾았다는 이야기를 듣고 제도에서 온 쟈벨린 님이었다. 쟈벨린 님은 주저앉은 미레유를 끌어안았다.

"무슨 일이야. 아기새의 상태가 왜 이런 것이냐."

레아가 당황스러운 어조로 중얼거렸다.

"스트레스에 취약하신지라……."

"누가 이 아이에게 쓰러질 정도의 스트레스를 줬단 말이야."

쟈벨린 님이 딱딱한 얼굴로 물었다.

"무슨 일이냐고 물었어."

쟈벨린 님의 목소리가 서늘해지자 레아가 주저하며 말했다.

"대화 중에 일어난 사고입니다. 아가씨께선 아직 어리셔서 감정을 다스리지 못하십니다."

"네가 이리 감싸는 걸 보니 운명의 아이로군."

"……제 탓입니다."

쟈벨린 님은 나를 흘긋 쳐다봤지만, 한숨을 삼킬 뿐 별말이 없었다. 그러는 동안 미레유는 자신을 끌어안은 아름다운 여성을 빤히 쳐다보았다.

"누구세요……?"

"쟈벨린 아리에쥬. 리세트의 절친한 친구이자, 네 고모다."

녹을 듯 다정한 미소에 미레유는 크게 숨을 들이켰다.

* * *

"정말 미레유의 고모예요?"

언제 쓰러질 뻔했냐는 듯 기운을 차린 미레유는 쟈벨린 님의 품에서 함박웃음을 지었다.

"그래. 내가 네 고모다."

"미레유, 이렇게 멋진 고모가 있는 줄 몰랐어요. 신난다!"

쟈벨린 님이 빙그레 웃고 손가락 마디로 미레유의 볼을 문질렀다.

"이렇게 늦게 나타나서 고모 속은 다 태워 놓고 신난다는 말은."

"하지만 그건 미레유의 탓이 아닌걸요."

그 말에 레아의 눈빛이 흐려졌다. 그러나 얼른 미소를 지으며 "그렇지요." 하고 대답했다.

문가에 오도카니 서 있던 내게 하녀들이 조그마한 목소리로 "가실까요, 아기님."하고 말했다. 나는 고개를 끄덕이고 문을 나섰다.

복도로 나갔을 땐, 의장이 서 있었다.

"의장!"

일부러 밝게 반겼는데, 의장의 얼굴은 딱딱하게 굳어 있었다. 아무래도 나처럼 열린 문을 통해 안에서 일어난 상황을 지켜보고 있던 모양이다.

나와 의장은 온실로 향했다. 단둘만 있는 온실에서 난 하녀들이 가져다준 주스 잔을 들었다.

"벌써 봄이야. 시간 빠르다, 그치?"

"……."

"참, 권속을 골라야 한다고 말했잖아. 의장이 보기엔 누가 제일 좋을 것 같아? 나는 역시 횃불을 든 천사가 좋지 않을까 싶은데."

"억지로 웃지 마십시오."

나는 스트로우로 오렌지 주스를 휘휘 저었다.

"별거 아니야. 그냥, 잠깐 동생과 싸운 거지."

"별 게 아닌데 왜 그리 처량한 모습으로 계십니까."

"아니거든. 그냥 옛날 생각이 나서 그래."

혼자 있는 시간이 길어질수록 자꾸만 서글퍼진다. 옛날 생각이 나기 때문이었다.

아미티에 공작과 미나를 뒤에서 지켜보던 첫 번째 삶과 외식 준비를 하며 들뜬 발루아의 가족들을 훔쳐보며 퍽퍽한 빵을 삼키던 두 번째 삶 말이다.

'우울해지지 말자.'

긍정적인 생각. 긍정적인 생각!

듀블레드의 가족들은 나를 무척 예뻐해 준다. 지금은 미레유가 온 지 얼마 안 되어서 그런 거지, 곧 내게도 관심을 나눠 줄 것이다. 지금도 앙리와 이샤크가 종종 찾아와서 밥을 먹었는지 챙겨 준다.

"결국 쟈벨린 님께서 하녀들을 미레유 쪽으로 배속시켰다고 들었습니다. 다른 때는 잘만 뒤집어엎으시면서 왜 이번엔 가만히 계시는 겁니까."

"아빠의 딸이니까."

내게 무엇보다 소중한 아빠가 아기새를 얼마나 그리워했는지 알고 있으니까. 오빠들도 내색하진 않았으나, 이따금 공작 부인을 닮았다는 아기새를 멍하니 쳐다볼 때가 있다.

내가 또렷한 눈으로 의장을 쳐다보자 그는 가늘게 한숨을 내쉬었다.

"세리아로부터 편지가 왔습니다. 5년 전, 아기님의 납치를 명했던 '손님'의 꼬리를 잡은 듯합니다."

"어떻게?"

"희망의 집에서 근무하며 노예 경매에 관여하던 자를 찾았습니다. 접촉하는 대로 아기님께 소식을 전한다고 하였습니다."

나는 고개를 끄덕였다.

의장과 호프 상단에 관한 이야기를 몇 가지 더 논하고, 베로니카가 만들고 있는 장거리 이동진의 진척을 살펴 달라고 했다.

이야기를 끝낸 후 밖으로 나오자 벌써 노을이 지고 있었다. 붉게 물든 복도를 걷던 중에 요한과 마주쳤다.

"요한 님."

"여기서 뭐 해."

"방금 의장이랑 얘기하고 왔어요. 식사하셨어요?"

오늘은 쟈벨린 님이 왔기 때문에 가족들끼리 식사할 거다. 온실에 있을 때 하녀가 나를 데리러 왔는데, 불편한 자리가 될 것 같아서 거절했다.

"아니."

"왜요?"

"시끄러운 자리는 질색이야."
"그렇구나."
"넌 식사했나."
"아직이요."
"같이하지."
"……네?"
"같이 먹자고."
나는 눈을 동그랗게 떴다.
'요한 님이 같이 식사하자고 한 건 처음이야.'
나는 "자, 잠깐만요!" 하며 지나가던 하인을 붙잡아서 저녁을 차려 달라고 했다.
"어디에 차려 둘까요?"
"으음, 그건……."
고민하는 사이, 요한이 말했다.
"3층 약초원으로."
"예."
성에 약초원이 있었어?
그런 눈으로 바라보자 요한이 내 곁을 지나치며 말했다.
"어머니가 생전에 관리하시던 곳. 지금은 쓰이지 않아."
"아."
나는 그렇게 대답하며 요한을 따라 걸었다. 3층에 약초원으로 쓰일 만한 곳이 어디 있었나 싶었더니 복도 끝에 있었다. 심지어 태피스트리가 걸려 있어서 문이 그곳에 있는 줄도 몰랐다.
'여기는 처음 와 보네.'
밭은 전혀 관리가 되어 있지 않았다. 흙이 바싹 마르고, 주변은 말라

비틀어진 풀이 전부였다.

밭의 오른쪽 가장자리에 가제보 같기도 하고, 판상 같기도 한 기이한 테이블이 있었다. 여기만큼은 깨끗하게 닦여 있었다.

요한이 신발을 벗고 올라가서 난 깜짝 놀랐다.

"그래도 돼요?"

"여긴 어머니가 밭을 관리하다가 지겨워지시면 대자로 눕고 싶다고 하셔서 만들어진 곳이야."

제도 저택에 있는 공작 부인과 아빠의 쪽지를 볼 때부터 느꼈지만, 공작 부인은 참 재밌는 분이시다.

나는 킥킥 웃었다. 그러자 요한이 "왜?" 하고 물었다.

"특이한 분이셔서."

"너와 닮았지."

"제가요? 미레유와 닮았지요."

순하게 생긴 미레유는 공작 부인을 본떠서 만든 것 같았다.

"글쎄. 내가 보기엔 네가 어머니를 더 닮은 것 같은데."

"네, 네. 그런 걸로 해요."

공작 부인처럼 미인인 데다 매력적인 분을 닮았다고 하니 기분이 썩 나쁘지 않았다.

요한과 잠시 시시콜콜한 대화를 하는 사이에 음식이 도착했다. 비스킷 위에 토마토와 모짜렐라 치즈가 가지런히 쌓인 카프레제를 한입에 넣자 입안이 황홀해졌다.

'서관 요리사들은 정말 솜씨가 좋아.'

듀블레드의 요리 재료는 품질도 정말 좋아서 뭘 만들어도 최상의 맛을 자랑했다.

내 접시에 있던 세 개의 카프레제를 전부 해치운 뒤에 파스타를 공략

하기 위하여 포크를 들었다. 그때, 요한이 냅킨으로 내 입가를 훔쳐 주었다.

"묻히고 먹긴. 이것도 어머니와 똑같군."

요한은 삼 형제 중에 제일 나이가 많은 만큼 공작 부인을 선명하게 기억하는 듯했다. 선대의 밑에서 교육을 받았으니 잘 만나지 못했을 거라고 여겼는데, 추억이 많아 보여서 다행이다.

"공작 부인은 어른이신데 묻히면서 식사를 하셨어요?"

"특히 수박을 말이지. 러스쿤 지방에서만 나는 과일인데 어머니가 무척 좋아하셔서 아버지가 자주 구해 주셨다."

"저도 수박 알아요. 여름에 자주 먹거든요. 수박을 좋아하는 건 정말로 저와 비슷하네요."

그렇게 말하던 찰나,

"야아 — !"

비명 같은 고함이 들렸다. 깜짝 놀라 문가를 쳐다보니 얼굴이 새빨개진 미레유가 씨근덕대고 있었다.

"네가 뭔데! 네가 뭔데 엄마를 닮았다고 해!"

"……."

"너는 엄마랑 피 한 방울 안 섞였잖아! 엄마 딸은 미레유인데 왜 네가 닮았다고 하는 거야!"

그렇게 말한 미레유가 달려와서 나를 퍽! 밀쳤다. 순식간에 바닥으로 떨어진 난 욱신욱신한 꼬리뼈를 문질렀다.

"뭐 하는…… 으앗!"

파스타 면과 바질, 샐러드로 나온 양상추가 마구 날아왔다. 잔뜩 흥분한 미레유가 음식을 덥석덥석 집어서 던졌다.

"취소해! 취소하란 말야! 큰오빠를 몰래 빼앗아 가서 헛소리나 하고!

이 가짜!"
"그만해!"
"숨어 있으면 내가 못 찾을 줄 알았어? 생쥐 같으니!"
나는 흙을 꽉 말아 쥐었다.
"생쥐라고?"
"맞잖아! 사람들이 그랬어. 넌 미레유가 없어서 입양된 거라고. 아빠가 미레유 대역으로 데려온 거라고 했단 말이야! 미레유 덕에 입양되었으면 애쓰는 기색이라도 보여야지— 꺄악!"
미레유의 몸이 붕 떠올랐다. 요한의 마력에 의한 일이었다. 그는 인상을 쓰고 양손에 음식을 움켜쥔 미레유를 응시했다.
"이거 놔요. 내려 줘요, 큰오빠! 으아아앙—!"
미레유가 큰 소리로 울기 시작하자 소란을 들은 사람들이 뛰어 들어왔다.
"아가씨, 무슨…… 세상에!"
허공에 둥둥 뜬 그 애를 발견한 고용인들이 사색이 되어 끌어내리려 애썼다. 하지만 마법으로 띄워 놓은 미레유는 쉽게 끌어내려지지 않았다.
쨍—!
어딘가에서 파열음이 들렸다. 쟈벨린 님이 오러로 요한의 마법을 끊어 내는 소리였다. 미레유가 휙, 바닥으로 떨어졌다. 나처럼 엉덩방아를 찧은 미레유는 더욱 크게 울었다.
"허어엉, 엉엉!"
"아가씨……."
레아가 얼른 아이를 끌어안았다.
어느새 다른 가족들도 약초원에 들어와 있었다. 아빠는 미간을 좁혔고, 앙리와 이샤크는 난장판이 된 약초원을 어이없는 표정으로 바라봤다. 나는 음식을 툭툭, 털고 일어났다.

그러는 동안에도 미레유는 이곳이 떠나가라 울었다.

"아파아! 아파—!"

비명을 지르듯 우는 그 애를 보고 아빠는 인상을 쓰며 앙리에게 눈짓했다. 앙리가 한숨을 삼키고, 미레유에게 손을 뻗었다.

구우웅—.

작은 진동과 함께 앙리의 손등에 시동인이 떠오르고 붉어진 미레유의 다리가 제 색으로 돌아왔다.

'아, 그렇지.'

앙리는 마법사 중에서 몹시 드문 치유 능력의 소유자였다. 신성력이 아닌지라 작은 상처만 치료할 수 있지만, 아마 미래유의 엉덩이는 이제 아프지 않을 거다.

"무슨 일이냐."

아빠의 말에 미레유가 훌쩍이며 말했다.

"큰오빠가 여기에 있대서 왔는데…… 그런데……."

"제대로 말해."

"언니가 미레유의 엄마랑 자기가 닮았다고 했어요."

요한이 고저 없는 목소리로 말했다.

"—그래서 르블레인을 밀치고 음식을 집어 던졌지, 네가."

가족들의 얼굴이 굳어졌다. 미레유는 가냘프게 떨며 웅얼거렸다.

"하지만 미레유의 엄마인걸. 언니는 가족들이랑 오래 지내서 다 친한데, 미레유는 그렇지 않잖아요. 미레유를 소중하게 생각하는 건 엄마밖에 없을 텐데, 언니가 엄마까지 뺏어 가면 미레유는……."

이샤크가 울컥 소리쳤다.

"무슨 말도 안 되는 소리를 하는 거야!"
"그게 르블레인을 밀치고 음식을 던질 이유가 되진 않아."
앙리까지 서늘하게 덧붙이자 미레유의 어깨가 오그라들었다.
쟈벨린 님이 입을 열었다.
"그만해라. 어린아이가 불안한 탓에 저지른 짓이 아니냐."
"고모!"
"고모님."
앙리와 이샤크가 불렀지만, 쟈벨린 님은 묵묵히 아빠를 바라봤다.
"각하께서 아기새에게 신경을 더 쓰셨다면 이 아이가 이토록 불안해하며 운명의 아이에게 싸움을 거는 일은 없었을 겁니다."
"헛소리하는 것도 재능이군."
아빠가 낮은 목소리로 대꾸하자 쟈벨린 님의 눈에 예기가 돌았다.
"아기새가 본래대로 듀블레드에서 자랐다면 이런 일이 생겼겠습니까. 이건 아기새를 지키지 못한 우리 모두의 잘못이에요."
아빠와 쟈벨린 님의 시선이 날카롭게 부딪쳤다.
"괜찮아요!"
내가 소리치자 모두의 시선이 집중되었다.
"저는 괜찮아요."
"하지만 꼬맹아……."
"별일 아니었어요. 음식이라 별로 아프지도 않았고. 그러니까 싸우지 마세요, 네?"
사람들이 모두 입을 다물었다.
나는 레아에게 다가가서 그녀에게 안긴 미레유를 쳐다봤다.
"미레유."
레아는 조심스럽게 아이를 놓아줬다. 나와 시선을 마주한 아이가 고집스럽게 바닥을 응시했다. 나는 아이의 어깨를 살살 쓰다듬는 척 속삭였다.

"너, 발루아 공작과 무슨 사이야."

"……!"

미레유가 일순 굳어졌다.

"숨어 있으면 내가 못 찾을 성싶으냐. 맹랑한 생쥐 같으니."

"위대한 학자를 몇 명이나 배출한 명문가에 운 좋게 입양되었으면 애쓰는 기색이라도 보여야지."

그 애가 소리친 말은 모두 발루아 공작의 입버릇이었다.

"무슨 말인지…… 미레유는 모르겠는데……."

그렇다면 그렇게 눈빛이 흔들리면 안 되지.

나는 그 애에게서 떨어져 생긋 웃었다.

"난 괜찮아. 너도 괜찮지?"

"……응."

난 가족들을 쳐다봤다.

"우리 둘 다 괜찮으니까 걱정하지 마세요."

그것으로 싸움이 일단락되었다.

* * *

방으로 돌아간 나는 곧바로 의장과 통신했다. 약초원에서 있었던 일을 전해 들은 의장이 헛웃음을 흘렸다.

[발루아입니까.]

"아무래도."
[각하께 알리셔야죠.]
"증거가 없잖아."
대체 무슨 수를 쓴 건지 그 애는 듀블레드의 상징인 은발과 청안을 가지고 있었고, 공작 부인과도 매우 닮았다. 거기다 마도국장이 듀블레드의 기운이 흐른다고 판단했다.
이런 와중에 내가 미레유는 가짜야! 하고 말하는 건 내 뼈만 깎는 일이었다.
[아기님의 이전 삶에서 마도국장이 듀블레드에 충성했다고 해서 이번 삶에도 그러리라 완벽하게 믿을 순 없습니다. 사람은 상황에 따라 달라질 수 있는 법이니.]
"베로니카를 성으로 불러야겠어. 마도국장보다 뛰어난 마법사이니 재확인할 수 있을 거야."
[예. 저는 마도국장과 미레유의 주변을 조사하겠습니다.]
"미레유를 발견했다는 가신도. 그리고 내일 베로니카를 정식으로 소개해 줄 테니, 성으로 들어와."
[예.]
통신을 종료하고서 난 즉시 베로니카에게 편지를 썼다.

이튿날, 오후.
베로니카가 성을 찾아왔다. 그녀는 잔뜩 상기된 얼굴로 내 손을 붙들고 위아래로 흔들었다.
"초대해 주셔서 감사해요! 정식 초대는 처음이라 정말 설렜어요."
"아니에요. 와 줘서 기뻐요. 제 방으로 가실래요?"
"네!"

나는 베로니카와 손을 꼭 잡고서 계단을 올라갔다.

때마침 내려오고 있던 미레유와 마주쳤다. 나를 본 그 애가 흠칫하더니 홱, 고개를 돌렸다. 나와 베로니카는 그녀와 스쳐 지나갔다. 꽤 멀어진 후에 베로니카가 힐끔, 뒤를 돌아보았다.

"저 애인가요? 제가 확인해야 하는 아이가."

편지로 간략하게 설명해 놓아서 그녀는 상황을 파악하고 있었다. 나는 고개를 끄덕였다.

"최대한 은밀히. 시동인 없이도 할 수 있나요?"

"물론이지요. 마주칠 시간만 주신다면 검사당하는 본인도 모르게 할 수 있어요. 제가 뒷공작은 특기라……."

그렇게 말한 그녀가 수줍게 웃었다.

'역시 듀블레드에 어울리는 인재야.'

나는 히죽 웃었다.

그러고서 우리는 함께 내 방으로 들어갔다. 손님이 온 터라 하녀들이 수발을 들기 위해 벽 가에 서 있었다.

"나가 봐도 돼."

"하지만……."

"우리 여기서 비밀 얘기할 거야."

내가 일부러 속닥속닥 말하자 하녀들이 눈을 깜빡였다.

"비밀 얘기라시면……."

"뭘 물으셔요. 단둘이 해야 할 비밀 얘기라면 한 가지죠."

유니가 음흉하게 웃으며 말하자 눈을 깜빡이며 무언가를 생각하던 달리아가 "어머, 어머!" 하더니 입을 틀어막았다.

"우리 아기님께 봄이?!"

"쉿, 쉿."

유니가 하녀들을 방 밖으로 몰아내곤 우후훗, 웃었다.
“즐거운 시간 보내셔요.”
방 밖에서 하녀들의 들뜬 목소리가 새어 들어왔다.
“눈치 없으세요. 그런 건 모른 척해 드려야죠.”
“그나저나 누굴까.”
“역시 티 파티에서 만난 영식 중 한 명?”
“미생크 자작님의 장남이 한 미모 하신다는 이야기를 들었답니다.”
그렇게 말하는 하녀들이 꺄아, 작게 비명을 질렀다. 저희끼리는 은밀히 나눈다고 하는 이야기인가 본데, 다 들린다.
그때, 베로니카가 눈을 반짝였다.
“그러고 보니 아기님은 좋아하는 남성이 없으신가요?”
내 또래 꼬꼬마들과 사이좋게 손을 잡고 “저 별은 내 별, 이 별은 네 별.” 하는 걸 상상하자 오스스 소름이 돋았다. 나는 팔을 쓰다듬으며 단호히 고개를 저었다.
“절대로요.”
“아쉬워라.”
나는 시무룩한 베로니카를 흐리게 뜬 눈으로 보았다.
“저는 남자에게 관심 없어요.”
“아기님 또래엔 그럴 수도 있지요.”
“베로니카 또래에도 없지 않나요?”
“저는 늘 사랑을 꿈꾼답니다. 하지만 취향에 맞는 영감이 없어서…….”
나는 가끔 베로니카의 나이를 실감하게 되면 움찔하게 된다.
그때, 똑똑 노크 소리가 들렸다.
‘의장인가 보다.’

"들어와."

문이 열리고, 의장이 안으로 들어왔다. 베로니카는 몸을 일으켰다. 인사를 하려는 듯했다. 그녀가 고개를 들던 찰나, 난 보고 말았다.

나를 볼 때와는 다른 의미로 몽롱하게 반짝이는 눈을.

"……베로니카?"

"아! 네, 넷!"

"듀블레드 원로원 의장이에요."

그녀가 치마를 넓게 펼치고 무릎을 가볍게 숙였다.

"베로니카 뒤보스입니다. 말로만 듣고 처음 뵙는군요."

"장마르크 누아노크입니다. 처음 뵙겠습니다."

의장은 나와 미리 주고받은 이야기대로 내가 세 번 회귀한 것과 악마를 불러낼 수 있다는 것만 빼고 상황을 자세히 설명했다.

"저는 발루아 공작가가 의심스럽습니다. 그래서 조사를 진행 중이고, 가주님께서 미레유를 확인하시면……."

"……."

"뒤보스 가주님?"

"아, 네, 넷!"

저 '네, 넷!'이 두 번째다.

나는 불안한 얼굴로 두 사람을 번갈아 보았다. 겉으론 소녀와 할아버지. 실제 나이론 베로니카 쪽이 의장보다 스무 살쯤 연상이었다. 어느 쪽이든 응원할 수가 없었다.

난 베로니카가 화장실에 간 틈에 의장의 옷을 쭉 잡아당겼다.

"혹시 스무 살 연상 좋아해?"

"무슨 말씀을……."

"그럼 소녀는?"

"저는 소녀를 노리는 성인 남성은 모두 죽어 마땅하다고 생각합니다. 나이 어린 여성과의 로맨스를 꿈꾸는 나이 많은 사내도 말이죠."

지당하신 말씀.

고개를 주억거리는 사이 베로니카가 돌아왔다. 자리에 앉은 그녀가 물었다.

"그래서 저는 어떻게 하면 된다는 거죠?"

"곧 미레유의 간식 시간이에요. 테라스로 나올 텐데 제 방 테라스와 10미터 정도 떨어져 있어요. 그 정도 거리라도 확인할 수 있나요?"

"물론이죠."

자신만만하게 웃는 베로니카를 보고 난 빙그레 미소 지었다.

역시 사람 하나 잘 골랐다니까.

베로니카와 안면을 익힌 의장이 방을 나서고, 우리는 테라스에서 미레유를 기다리기로 했다. 베로니카는 난간 아래로 지나가는 의장을 보고 "하아아……." 앓는 신음을 흘렸다.

"저기, 베로니카……."

"네, 아기님."

"혹시 의장이 마음에 드나요?"

내가 불안한 얼굴로 묻자 베로니카가 냉큼 말했다.

"어떻게 아셨어요?"

나는 아뿔싸 한 표정으로 치맛자락을 꼭 말아쥐고, 베로니카는 몽롱한 표정으로 말을 이었다.

"제 인형들 사이에 두기에 완벽한 미노년이에요!"

"……인형이요?"

"사람과 똑같은 인형을 모으거든요. 이번에 새로 들인 아이의 할아버지를 맡기면 딱 맞겠어요! 아아, 의장님 같은 인형을 어디서 구할 수 없을까요? 인형사에게 비슷한 느낌으로 제작을 맡겨야 하나."

그러며 한쪽 뺨을 감싸고 고개를 갸웃하는 베로니카를 보고 나는 안도의 한숨을 내쉬었다.

'정말 다행이야.'

까딱하면 도시락 싸 들고 다니면서 말릴 뻔했다.

그렇게 생각하면서 고개를 주억거리고 있는데, 미레유의 방 테라스 쪽에서 인기척 소리가 들렸다.

'간식 시간이다.'

나는 베로니카에게 눈짓하고 방 안으로 숨었다. 내가 있으면 미레유가 금세 자리를 피할 것 같아서였다. 잠깐 베로니카와 미레유의 말소리가 들렸다.

"그렇게 어린데 뒤보스의 가주라고? 신기하다!"

"아가씨의 생각보다 어리지 않답니다."

"그래도. 아, 그런데 언니는 어디 갔어?"

"아기님은 잠시 자리를 비우셨어요."

"손님만 두고 가다니. 나쁘네. 저기, 베로니카. 이리 넘어와서 미레유랑 같이 간식 먹지 않을래? 있지, 미레유는 속상한 일이 있었어. 어제 언니가 미레유한테……."

미레유가 혼자서 종알거리는 동안 베로니카는 침묵하고 있었다.

'확인을 시작했나 봐.'

그리고 3분쯤 뒤.

"아기님이 돌아오셨나 봐요. 저는 들어가 보겠습니다."

"그래? 아쉽다……. 다음번엔 미레유의 방에서 둘이 놀자."

방으로 복귀한 베로니카가 문을 꽉 닫고서 목소리를 죽였다.

"확인했어요."

"어땠어요?"

베로니카가 미간을 좁히며 말했다.

"저라도 마도국장처럼 듀블레드의 기운이라고 말했을 것 같아요."

"무슨 말이지요?"

"듀블레드의 기운이라고 딱 잘라 말할 순 없지만, 큰 도련님의 기운과 몹시 비슷한 느낌이었습니다."

"요한 님이요?"

"저는 큰 도련님께서 태어나시자마자 선대에게 불려와 마력을 감정했었지요. 그때 느낀 감각과 거의 같습니다."

"외모 변형 마법은 없었고요?"

"네."

그렇다면 정말로 미레유가 진짜 아기새라는 걸까. 곰곰이 생각하던 중에 별안간 베로니카와 나눈 이야기가 떠올랐다.

'인형이라고?'

인형…….

머릿속에서 마구 엉키던 조각이 완성되었다.

나는 입술을 꽉 깨물었다.

* * *

깊은 밤.

어둠 속에서 튀어나온 인영이 빠르게 복도를 내달렸다. 중정을 지나 외부까지 은밀히 나선 인영이 향한 곳은 영지성의 폐수와 쓰레기를 내버리기 위해 숲 인근에 만들어 둔 처리장이었다.

고약한 냄새가 나는 처리장에 다다른 인영이 쓰레기를 처리한 뒤, 손을 씻기 위해 비치해 둔 거대한 수통을 잡았다. 수통과 벽면 사이에 작은 틈으로 손을 집어넣어 더듬었다. 그런데 있어야 할 물건이 없다.

"뭐야……."

당황한 인영은 수통을 비추기 위해서 가지고 나온 램프에 불을 붙였다.

그때였다.

"이거 찾아?"

자그마한 목소리가 바로 옆에서 들려왔다.

소스라치게 놀란 인영이 물러나며 램프를 떨어뜨렸다. 심지에 붙어 있던 불이 잔디로 옮겨붙자, 작은 발이 불씨를 콱, 콱, 짓밟았다. 아스라한 램프 불빛에 비친 얼굴을 본 인영이 입을 틀어막았다.

"너……!"

"밤에 불장난하면 안 되지. 레아한테 혼나. ……미레유."

미레유는 빙그레 웃는 르블레인을 보며 흠칫, 치맛자락을 틀어쥐었다.

"어, 언니가, 언니가 여기 왜……."

"네가 이걸 찾을 것 같아서 돌려주려고 왔지."

르블레인이 잔디로 무언가를 툭 내던졌다. 데구루루 구르는 물건을 본 미레유는 숨을 크게 들이켰다.

"무슨 소리를 하는지 미레유는 모르겠어. 이거 내 거 아니야."

"하지만 성에서 이걸 쓰는 사람은 너뿐인걸."

르블레인이 생긋 웃으며 물건을 주워 들었다.

"염색약 말이야."

"난 그게 뭔지 모른다니까!"

"염색약을 몰라? 염료 말이야, 염료. 진짜로 몰라?"

미레유가 얼굴을 굳히자 르블레인이 말했다.
"그럼 내가 알려 줄까?"
"됐어."
"이건 말이지, 천을 염색할 때 써."
"됐다니 —"
뿌리치고 달아나려는 찰나, 르블레인이 미레유의 머리칼을 잡았다.
"사람 머리를 염색할 때도 쓰고."
목소리가 순식간에 낮아졌다. 덜덜 떠는 미레유를 쳐다본 르블레인이 다시 입을 열었다.
"네가 듀블레드를 속이기 위해서 머리를 염색할 때처럼."
나는 어찌할 바를 모르고 내 시선을 피한 미레유를 쳐다봤다.
그랬다.
듀블레드의 상징인 저 머리카락은 염색으로 만들어진 결과물이었다.
나는 미나가 차원 이동했을 적에는 붉었던 머리칼이 자라며 까맣게 되는 것을 보았다. 사람들이 어떻게 된 것이냐고 묻자 미나는 말했다.

"염색했었거든요. 정확히 말하면 탈색이지만."

그때 알았다. 사람의 머리도 물들일 수 있다는 것을. 하지만 미나를 겪지 못한 사람 중에도 머리카락을 염색할 수 있다는 걸 아는 사람은 있다.
'인형사.'
구체 관절 인형을 만드는 인형사가, 고객의 요구에 맞추기 위해 염색을 하는 경우가 종종 있었다.
나도 의장을 통해 구체 관절 인형을 구매하면서 머리 색과 동공의 색을 지정한 적이 있기에 미레유가 염색약을 썼다는 것은 쉽게 추측할 수 있었다.

미나의 세계의 염색약은 순한 것 같았지만, 우리 세계의 염색약은 그렇지 않다. 몹시 독한 염료라 살아 있지 않은 것에나 쓴다.

미레유가 픽픽 쓰러진 것은 단지 연기이기 때문만이 아니라, 머리가 자랄 때마다 염색하였으므로 정말로 몸 상태가 좋지 않았던 거다.

"리세트 님과 닮은 사람을 찾아내서 염색시킨 거야, 그렇지?"

"……."

"벽안은 드문 색이 아니니까, 운 좋게 리세트 님을 닮은 네가 벽안을 가지고 있었던 것일 테고."

"……."

"이 가짜."

"아니야!"

미레유가 발작하듯 소리쳤다.

"나는 듀블레드의 기운을 가지고 있어! 그건 어떻게 설명할 건데!"

"듀블레드의 기운이 아니라 요한 님의 마력이겠지."

"……!"

"요한 님이 제국으로 돌아올 적에 습격한 건 목숨을 노린 것이나 납치가 아니었잖아. 네게 마력을 집어넣어 주려고 한 거지!"

벼락처럼 소리치자 놀란 미레유가 풀썩 주저앉았다. 나는 이를 악물고 그 애의 어깨를 거칠게 잡았다.

"아빠가 아기새를 얼마나 기다렸는지 알아? 쟈벨린 님이 아기새를 찾기 위해 얼마나 고생했는지, 레아가 그 애에게 얼마나 미안해했는지 알아?!"

"……."

"차라리 진짜였어야지. 그냥 얄미운 정도의 아기새였어야지!"

"……."

미레유가 나를 거칠게 뿌리쳤다.

"나는 그냥 이곳에 가면 귀족 영애로 살 수 있다고 해서 시킨 대로 한 것뿐이란 말이야! 제때 염색만 하면 평생 호의호식할 수 있다고 해서……!"

그때였다. 주변이 밝아졌다.

'왔구나.'

시체처럼 파리해진 미레유가 횃불을 든 수많은 고용인과 그들 앞에 선 사람들을 바라봤다.

아빠와 오빠들, 레아, 쟈벨린 님, 그리고 의장이었다.

* * *

의장은 얘기를 나눈 대로 미레유가 정체를 토설할 타이밍을 맞추어 사람들을 끌고 왔다. 통신석을 통해 진행 상황을 공유했기 때문에 우리는 타이밍을 맞출 수 있었다.

나와 의장은 '수상하게 여긴 것은 의장이고, 의장의 부탁으로 미레유의 옆방인 내가 그 애를 감시했다'로 이야기를 정리했다.

미레유는 즉시 성으로 끌려왔다. 겁에 질린 아이는 붙들리자마자 모든 것을 토설했다. 그리고 놀라운 사실을 알게 되었는데, 미레유는 아홉 살이 아니라 스물한 살이었다. 그것도 매춘부였다.

그녀는 자신을 키워 줬다고 했던 여관 주인 부부의 딸이었다. 부모가 정말로 여관을 했던 건 아니고, 농사꾼이었단다. 모든 일은 제 부모와 공모하여 벌어진 일이었다.

미레유가 주는 콩고물을 받아먹기 위해 듀블레드령 인근에 머무르고 있던 여관 주인 부부가 끌려왔다. 엉망으로 고문당한 그들은 거품을 물고 묻는 대로 답하였다.

“웬 사내가 찾아와서…… 딸을 귀족 영애로…… 만들어 준다고 했습니다…….”

“예예, 시키는 대로 하면 평생 놀고먹을 재물을 주겠다고……. 딸이 듀블레드로 가면 저희도 귀족의 머리 꼭대기 위에서 호령할 수 있다고…….”

아빠는 여관 주인 부부의 곁에서 얼어 있는 미레유를 바라봤다.

“네 몸은 어떻게 된 것이냐.”

“그건 몰라요! 정말이에요! 눈을 가리고 사내가 안내하는 곳으로 갔는데, 끔찍한 고통 후에 이런 몸이 되었어요!”

‘금술을 썼구나.’

나만 그렇게 생각하는 건 아닌 모양이었다.

노스가 마도국장을 쳐다봤다.

“금술로 어려진 거라면 왜 국장이 잡아내지 못한 겁니까.”

“마법을 ‘유지’하여 형태를 변화시키는 게 아니라, 이미 금술로 몸이 전부 변화한 상태였기 때문입니다.”

마도국장은 쯧쯧, 혀를 차고 미레유를 쳐다봤다.

“대가를 치르게 하지 않아도 곧 무너지겠군요.”

미레유가 흠칫해서 고개를 들었다.

“무너지다니요?”

“젊음을 다시 얻을 수 있다면 세상 사람 그 누가 금술을 사용하지 않겠느냐. 시도조차 못 할 위험이 있으니 꺼리는 것이지.”

“그게 무슨…….”

“근시일 안에 뼈와 살이 죄 녹아 버릴 거다.”

그 말에 미레유가 절규하듯 소리쳤다.

"말도 안 돼! 거짓말이야!"

"멍청하긴."

"고쳐 주세요. 살려 줘요! 전부 얘기할게요. 제발……!"

엉금엉금 기어 와서 애원했지만, 그녀를 되돌려 줄 수 있는 사람은 없었다.

* * *

미레유의 가족이 모두 옥사로 끌려간 후, 나는 온실에서 의장과 대화를 나눴다. 의장을 등지고 유리창을 건너다보며 물었다.

"미레유를 발견했다는 가신 쪽은?"

"깨끗합니다. 일부러 가신에게 여행지를 추천한 사람도 없었습니다."

"가신이 갈 여행지를 이미 알고 있었다는 거네."

"예."

그렇다면 더 골치 아프다. 듀블레드 내에 세작이 있다는 뜻이 아닌가.

"발루아 공작과의 연결점은?"

"발루아 공작이 미레유를 산 적이 있다고 합니다. 꽤 마음에 들었는지, 자주 찾았다고 하더군요."

나는 멈칫해서 뒤돌아보았다.

"그것뿐이야?"

"미레유의 말은 그렇습니다. 발루아 쪽에서 미레유를 그녀 자신도 모르게 이용했을 가능성도 있습니다만."

나는 테이블 끝을 매만지며 눈을 가늘게 떴다.

'어쨌든 간에 발루아와 접촉할 필요가 있다는 거네.'

"좋아. 발루아는 계속 알아보도록 해."

"예. 그런데 문제가……."

"왜? 발루아를 조사하기 힘들어?"

"그게 아니라……."

의장이 곤란한 표정으로 말했다.

"미레유가 토설하던 순간에 맞춰서 사람들을 끌고 갔을 때 타이밍이 조금 엇나갔습니다."

"……어떻게?"

"그러니까, 사람들이 '아빠가 아기새를 얼마나 기다렸는지 알아?'부터 들었습니다."

잔뜩 긴장했던 난 어깨를 늘어뜨렸다.

거기까지는 괜찮다. 그전부터였다면 날 수상하게 여겼을 테지만, 거기서부턴 다소 똘똘한 아이의 분노로 포장할 수 있다.

*　　*　　*

레아는 정신이 반쯤 빠진 얼굴로 복도를 걸었다. 르블레인의 세 하녀가 안절부절못하며 그녀를 부축하려 했지만, 힘없이 손을 내저었다.

"가서 할 일들 하렴."

"하지만……."

"나도 미뤄 둔 일을 해야지."

"……돕겠습니다."

차라리 일에 집중하는 것이 나았다. 밤새 그깟 거짓말에 속아 희망을 품었던 자신을 원망하는 것보다는.

레아는 르블레인의 방으로 들어갔다. 아이의 잠자리를 정리하기 위해서였다.

그런데.

"방이 왜……."

다른 사람이 보기엔 깨끗한 편이었지만, 숙련된 고용인들의 눈엔 보였다.

드레스 룸에 있는 옷의 위치가 바뀌었고, 평소보다 내부가 쌀쌀했다. 르블레인은 추위를 많이 타서 그녀의 하녀들은 늘 방 안의 온도를 다소 높게 유지하는 편이었다.

"세상에……."

레아뿐만 아니라 르블레인을 줄곧 모셨던 하녀들이 모두 미레유에게 넘어가 있었기 때문에 다른 고용인들이 세세하게 챙기지 못한 것이다.

"아유, 아기님 감기 드셨겠네."

"저녁에 봤을 때 약간 코가 막힌 듯한 목소리였던 것도 같아요."

드레스 룸엔 옷장을 뒤진 흔적이 있었다.

르블레인의 옷을 고르는 것은 레아와 세 하녀의 몫이었다. 모두 옷을 골라 주는 것을 기뻐했으므로 르블레인은 스스로 고른 옷을 입고 싶을 때도 있었을 테지만, 꾹 참고 그녀들이 주는 옷을 입었을 거다.

"역시 추우셨나 봐요. 두꺼운 옷을 꺼내려고 하신 모양이에요."

"다른 하인들에게라도 여쭈시지."

"그러면 주인님 귀에 들어가서 우리를 미레유 님에게 붙인 쟈벨린 님이 곤란해지셨을 테죠."

"영리하신 분이니 조심스러우셨겠구나."

하녀들이 얼른 난방용 마도구를 조절하는 동안 레아는 르블레인의 침대맡에 있는 연고 통을 발견했다.

"아기님께서 어디 다치신 거니?"

그녀가 하녀들에게 묻기 무섭게 벌컥, 문이 열리고 앙리와 이샤크가 들어왔다.

"꼬맹이가 다쳤다고?"

"무슨 소리야?"

"연고가 있습니다."

앙리가 "이리 줘." 하며 손을 내밀었다. 연고의 냄새를 확인한 그는 눈살을 찌푸렸다.

"멍이 졌을 때 쓰는 약인데, 이거."

"그럴 리가. 다쳤으면 의사에게 갔겠지."

"아니, 못 갔겠지. 의사에게 가면 또 난리가 날 테니까."

"뭐?"

"미레유가 밀쳤을 때 다친 걸 거다."

연고엔 조금이지만 붉은 부분이 있었다. 멍과 함께 어딘가 찢어지기라도 한 것 같았다.

침대 옆 테이블엔 식사의 흔적이 있었다. 미레유와 듀블레드 사람들이 함께 식사하는 동안, 늘 이곳에서 홀로 식사한 것이다.

레아가 양손으로 입가를 가렸다.

'미쳤었구나, 레아 샤바놀.'

아기님은 뭐든지 혼자 하는 버릇이 있는 분이었다. 정말로 필요한 게 아니면 나서서 달라고 않고, 몸이 아픈 것도 자주 숨겨서 유심히 살피지 않으면 안 된다는 걸 자신이 제일 잘 알고 있었다.

넷째를 찾았다는 기쁨에 취해서, 그분을 지키지 못했다는 죄스러움에 눈이 멀어서 어리광부리는 법조차 모르는 어린 여자아이가 내내 혼자 이토록 큰 방에서 웅크리고 있게 만들었다.

*　　*　　*

의장을 돌려보내고 나서 난 터덜터덜 걸었다.

'아이고, 삭신이야.'

며칠 고생한 데다가 잠자리까지 편하지 않았던 터라 힘이 쭉 빠진다. 목 안이 조금 칼칼하고 온몸이 약간 욱신거리는 것도 같다. 목을 매만지던 나는 평소보다 약간 피부가 뜨겁게 느껴져서 음, 하고 고개를 끄덕였다.

'왔구나, 몸살.'

잔뜩 먹고 온종일 자야지!

환절기엔 으레 몸살이나 감기를 앓고 지나가서 난 어떻게 하면 빨리 건강을 찾을 수 있는지 잘 안다.

'시나몬 꿀차를 달라고 해야겠다.'

그렇게 결심하고 내 방으로 갔는데, 불이 켜져 있었다. 누가 있나 싶어서 고개를 갸웃하고 문을 열었다.

내 방엔 사람이 잔뜩이었다. 레아와 세 하녀, 앙리, 이샤크까지.

"아기님……."

하녀들이 나를 매우 조심스럽게 불렀다. 무슨 일인가 싶어 얌전히 뒷말을 기다리는데, 쉽게 말하지 못하고 몇 번이나 입술을 깨물었다. 침통한 얼굴의 하녀와 굳어진 레아의 표정을 보다가 어깨를 으쓱했다.

'미레유 일로 다들 복잡한가 보다.'

아기새가 돌아온 줄 알고 다들 정말로 기뻐했었으니, 얼마나 마음이 괴롭겠는가.

"다들 그만 가……."

마음을 좀 추스르고 다시 복귀하라는 의미였는데, 하녀들이며 오빠들까지 전부 쓰린 표정이었다.

앙리가 내게 오더니 가볍게 내 눈가를 쓸었다.

"그래, 마음이 괜찮아지면 불러 줘."

'역시 사람들이 미레유 때문에 마음이 힘든 모양이다.'

나는 조그맣게 고개를 끄덕였다.

사람들이 방을 나가고 나서 나는 옷을 갈아입고 침대에 앉았다. 이불에 들어가려고 했는데, 평소보다 방 안이 따뜻했다.

'역시 레아의 손이 닿으니까 좋네.'

그녀는 내가 어떨 때 괴로워하는지, 싫어하고 좋아하는 것은 무엇인지 전부 알고 있었다.

'내일 레아와 하녀들에게 항상 고맙다고 말해 줘야지.'

나는 설렁줄을 당겨서 하인에게 시나몬 꿀차를 가져다 달라고 하고, 꿀차와 함께 서랍 안에 있는 약상자에서 감기약까지 잘 챙겨 먹은 후 잠들었다.

얼마쯤 지났을까.

"……기님!"

"아기님!!"

주변에서 시끄러운 소리가 들리는가 싶더니, 몸이 불덩이처럼 뜨겁다는 것이 느껴졌다. 그뿐만 아니라 숨이 잘 쉬어지지 않는다.

'괴로워…….'

억지로 숨을 쉬려고 할수록 폐가 꽉 조이는 것 같았다.

겨우겨우 눈을 떠 보니 침대 주변으로 가족들과 하녀들이 있었다. 레아가 다급히 내 몸을 반쯤 일으키자 의사가 입안으로 묽은 액체를 흘려보냈다.

쓴맛. 약이다.

나는 어렵지 않게 상황을 추측할 수 있었다.

'시나몬 꿀차에 넣은 꿀이 하로꽃 꿀이었나 봐.'

이맘때쯤 하로꽃 꿀이 처음으로 출시되니까. 문제는 내게 하로꽃 알레르기가 있다는 것이다. 하로꽃의 향기만 맡아도 온몸이 간지럽고 발진이 일어난다.

엘자 나무 꽃이 신성력을 가진 사람들에게 좋다면, 하로꽃은 마력을 가진 사람들에게 좋다.

신성력을 가진 사람 중에서는 아주 드물게 하로꽃으로 만든 것들을 먹으면 알레르기 증상을 보이는 경우가 있었다. 신성력 순도가 높은 사람들이 그랬다.

신성력의 순도가 높다는 건, 정화 능력이 뛰어나다는 의미이기도 했다. 몸속에 들어온 불순물(마력)을 정화하는 과정에서 알레르기 증상 같은 걸 보이는 거다.

미나는 이걸 두고—

"감기에 걸릴 때 열이 오르는 것과 비슷하구나. 몸이 바이러스를 퇴치하려고 열을 내거든요."

—라고 했다.

'시나몬 냄새 때문에 하로꽃 꿀인 줄 몰랐어.'

정말로 숨이 꼴딱 넘어갈 것 같아서 나는 시익, 쉭, 몇 번이나 거칠게 숨을 몰아쉬었다.

"아기님, 정신 차리세요. 잠드시면 안 돼요. 계속 의식적으로 숨을 쉬셔야 해요!"

하녀들이 울부짖듯 말했다. 이렇게까지 아픈 건 성에 오고서 처음 있는 일이라, 다들 소스라치게 놀란 모양이었다.

"어떻게 좀 해 봐!"

이샤크가 안절부절못하는 의사의 멱살을 쥐며 소리쳤다.

"하, 하지만 도무지 이유를 알 수가 없어서……!"

"의사가 왜 그걸 모르는 거야!"

"감기 때문은 아닙니다. 그렇다고 음식 알레르기도 아닌 듯한데……. 꿀과 시나몬은 아기님께서 즐겨 드시던 게 아닙니까."

하로꽃이야! 여러분, 하로꽃이에요! 살려 주세요!

말하려고 낑낑거렸지만, 목이 퉁퉁 부어서 목소리가 잘 나오지 않는다. 눈앞이 가물가물한 게 정말로 큰일 나지 싶다.

굳은 얼굴로 날 보고 있던 아빠가 곁에서 대기 중이던 기사를 향해 말했다.

"……지하 옥사에서 테일러를 데려와라."

"테일러 님이라니요……!"

기사가 놀라 소리쳤지만, 아빠의 시선은 내게 고정되어 떨어질 줄을 몰랐다.

"데려와. 내 딸만 고쳐 준다면 신분을 회복시켜 주겠다고 전해라."

"각 ―"

"당장!!"

아빠가 일갈하자 기사와 고용인들이 고개를 푹 수그렸다. 나는 그 모습을 마지막으로 보고 스르륵, 눈을 감았다.

"아기님!"

"아기님, 제발!"

사람들이 비명을 지르듯 날 불렀지만, 나는 도무지 잠겨 드는 의식을 붙들 수가 없었다.

*　*　*

의식을 찾은 난 멍하니 눈을 감고 있었다. 무서워서 눈을 뜰 수가 없었다. 왜냐면 고통이 씻은 듯이 사라졌기 때문이다.

'회귀했으면 어떡해…….'

다시 일어났는데 황태후 방의 요람 위라면, 내 팔이 다시 소시지를 엮은 듯 짤뚱하다면 어떡하지.

그런데 그때였다. 쿡, 하는 낯선 웃음소리가 들려왔다.

"정신을 차리셨으면 눈을 뜨지 그래?"

처음 듣는 목소리에 나는 슬그머니 눈꺼풀을 들어 올렸다.

까마귀처럼 새카만 머리에 투명한 청안을 가진 젊은 남자가 얼굴을 불쑥 들이밀고 있었다.

"으악!"

놀라서 밀치자, 그가 턱을 잡고 눈살을 찌푸렸다.

"너무한데, 기껏 살려 놨더니. 상처받았어."

그렇게 말하면서 능글능글 웃고 있다.

"누구세요?"

그가 의자 팔걸이에 팔꿈치를 받친 채로 나른하게 턱을 괴었다.

"누구게?"

뭐야, 이 이상한 남자는.

주변을 둘러보니 듀블레드성의 내 방이다. 회귀한 것은 아니라 다행인데, 어떻게 내 방에 모르는 남자가 있는 거지. 곰곰이 생각하던 나는 "혹시……." 하며 남자를 쳐다봤다.

"……테일러 님?"
그가 씩, 웃었다. 앙리와 무척 닮은 미소였다.
"삼촌이라고 불러 줬으면 좋겠는데."
맙소사. 아빠가 기어코 이 미친 남자에게 날 치료하게 했구나.
이 남자를 부르는 말은 수두룩했다. 아빠와 쟈벨린 님의 막냇동생, 선대의 하룻밤 실수로 태어난 사생아. 하지만 가장 유명한 말은 따로 있었다.
'미치광이 의사.'
신의 손을 가졌다는 사이코가 바로 저 남자였다.
"하로꽃 알레르기를 보는 건 오랜만인데. 넌 꽤 좋은 신관이 되겠구나."
신성력을 가진 사람 중에서도 드물게 생기는 하로꽃 알레르기가 밝혀지는 건 앞으로 7년쯤 후의 일이었다.
'그걸 이때부터 알고 있었다고?'
아니, 테일러 듀블레드는 아빠를 몇 번이나 독살하려 한 죄로 선대의 명에 의해 10년 가까이 지하 옥사에 처박혀 있었으니 정확히 따지면 17년도 더 전에 알고 있었다는 게 된다.
"그래서, 생명의 은인인 내게 뭘 해 줄 거지?"
"……아빠가 신분을 회복시켜 준다고 했잖아요."
"테오도르 말고 너 말이야. 내게 생명을 빚진 당사자인 너."
"돈?"
그가 픽, 웃었다.
하기야, 신분이 회복되었으니 선대가 그의 몫으로 물려준 재산도 되찾을 수 있을 거다. 무엇보다 이 뛰어난 의사는 당장 밖에 나가는 것만으로도 돈을 짊어지고 와서 제발 도와 달라고 하는 사람이 천지일 터.

"그러면, 으으음……."

내가 고민하자 테일러가 내 턱을 가볍게 잡았다.

"귀여운 조카의 뽀뽀 정도로 봐줄까."

뭐?

곧 테일러의 얼굴이 다가왔다. 내 입술로. 닿을락, 말락 하던 그때.

"이 미친놈이ㅡ!"

문가에서 번개처럼 단검이 날아왔다. 테일러가 슥, 피하려던 때에 휙! 도약한 이샤크가 그의 얼굴을 걷어찼다.

"으악!"

비명과 함께 의자에서 구른 테일러는 잔뜩 흥분한 이샤크와 그의 뒤에서 얼굴을 굳히고 걸어오는 앙리를 쳐다봤다.

"너무한 거 아닌가. 10년 만에 만나는 삼촌에게."

"염병을 떨고 있네. 가죽을 벗겨서 내다 팔기 전에 꺼져. 꼬맹이를 살려 줬으니 살 기회를 주는 거다."

테일러는 어깨를 으쓱하고서 일어났다. 그러곤 이샤크가 썩 꺼지라며 길을 터 주는 틈에, 내 뺨에 쪽! 뽀뽀했다.

"죽고 싶어서 환장을……!"

기어이 이샤크가 검을 꺼내자 테일러는 재킷 안주머니에서 웬 약 봉투를 꺼냈다.

"앞으로도 살 기회를 자주 줘야 할 것 같은데."

"뭐야?"

"이 병아리가 완전히 회복하려면 계속 내 약을 처방받아야 할 테니까."

"……!"

이샤크가 검을 말아 쥐자 앙리가 그를 붙들었다.

"르블레인이 나을 때까진 안 돼."

"빌어먹을."

"낫고 나면 사지를 찢어 버릴 거다."

그러며 앙리가 고요하게 불타는 눈으로 테일러를 쳐다봤다. 테일러는 어깨를 으쓱하곤 내게 바짝 다가왔다.

"오늘치 약은 두고 가지. 내일 약을 주러 왔을 땐 네가 뽀뽀해 줘."

그러며 능글맞게 웃었다.

'내 목숨을 가지고 협박하시겠다?'

나는 오빠들의 눈치를 살피고 속삭였다.

"하로꽃 알레르기는 주사제 한 번이면 끝날 텐데요?"

내내 빙글거리며 웃던 테일러의 입가에서 미소가 사라졌다.

"너, 어떻게 그걸……."

"항생제를 만들려고 찾는 중인 메리아 풀은 아직 단서도 못 잡았나요?"

"……!"

"나는 아는데."

테일러가 흠칫하여 날 쳐다봤다.

'협박은 이렇게 하는 거다. 인마.'

난 생글생글 웃고 말했다.

"제국에 얼마 없는 메리아 풀을 전부 불태워 버리기 전에 조용히 일어나서 나가요. 문은 꼭 닫고."

내게서 떨어진 테일러가 정신이 나간 듯 날 바라봤다. 한참을 지긋하게 보던 그가 쿡쿡, 낮게 웃었다.

"진짜 재밌네."

"……."

"큰일이군. 정말로 마음에 들 것 같아."

그렇게 중얼거린 테일러가 눈썹을 까딱여 인사하곤 방을 나섰다.

문을 꼭 닫고.

오빠들이 기다렸다는 듯 내게 다가왔다.

"괜찮아?"

"몸은 어때?"

난 고개를 끄덕였다.

"다 나았어. 아까 삼촌이 장난친 거래. 약 안 먹어도 다 나았대."

그러자 이샤크가 음산하게 "그럼 죽여 버릴 걸 그랬잖아."하고 중얼거렸다. 그러다가 날 보고 입을 꾹 다물었다.

"왜?"

앙리가 내 손을 조심스럽게 잡고서 말했다.

"나으면…… 같이 식사하자. 정원에서 다 함께 간식도 먹고."

미레유가 넷째인 척하는 동안, 내게 신경 쓰지 못한 게 미안한 것 같았다.

"괜찮아."

"……."

"……."

"신경 쓰지 않아도 돼. 아기새인 줄 알았잖아. 친동생을 소중하게 여기는 건 당연한 거야."

내가 애써 쾌활하게 말하자 두 사람은 고개를 떨구었다.

'아이고, 분위기가…….'

나는 화제를 전환했다.

"요한 님은?"

"아버지를 대신해서 여관 부부를 고신 중."

"아빠는 뭐 하시는데?"

"일."

"일?"

"계속 일만 하셔. 오늘 아침에 널 잠깐 보고 가신 것만 빼면 항상 집무실에 계시더라고. 생각보다 이번 일에 타격을 받지 않으신 것 같던데?"

이샤크가 그렇게 말하며 앙리를 쳐다보자, 앙리는 고개를 끄덕였다.

"철저하신 분이시니까 완전히 믿진 않으셨을 테지."

"응, 미레유의 뒷조사를 하고 계셨고."

두 사람은 그렇게 말했지만, 나는 시트를 꾹 말아 쥐었다.

아빠의 성격이라면 아무리 미레유가 넷째라는 증거가 있더라도 두 번, 세 번 확인을 거쳤을 것이다. 확인을 끝낼 때까지 그 애를 전부 믿지 않았겠지.

'하지만…….'

그렇다고 해서 어떻게 타격이 없겠는가.

아빠는 미레유의 지나친 어리광에도 화 한번 낸 적이 없다. 오직 '그 애가 정말 아기새라면?' 하는 일말의 희망 때문이었을 것이다.

오빠들도 미레유가 지나치게 떼를 써도 정말로 화를 낸 적은 없다. 5년이나 함께 생활한 만큼 난 오빠들이 한번 화가 나면 얼마나 무서운지 잘 알고 있다. 귀찮은 것을, 선을 넘는 것을 얼마만큼 싫어하는지도.

그런 그들이 미레유를 참아 준 건 모두 아기새와 겹쳐 보고 있었기 때문이다.

미레유가 아기새가 아니란 게 밝혀지고 쟈벨린 님은 두문불출했다. 제도에 돌아가지도, 미레유에게 화를 내지도 못하고 온종일 멍하니 시체처럼 하늘을 보고 있었다.

다들 내색하지 않았지만 난 알고 있다. 이번 사건이 얼마나 가족들에게 쓰라린 일이었는지.

* * *

노스는 해가 저물 때까지 한 자세로 묵묵히 서류를 보는 테오도르를 바라봤다.

"저, 각하……."

"르블레인의 상태는."

"오늘 눈을 뜨셨다고 합니다."

"약속대로 테일러의 신분을 복권해라. 앞으로 르블레인의 상태가 위중해지면 쓸 수 있도록 거처는 성 인근으로 한다."

"예."

대답한 노스가 조심스레 말을 이었다.

"그보다 오늘은 이만 쉬시지요. 어제도 밤을 새우지 않으셨습니까."

테오도르는 대답이 없었다. 결국, 노스는 한숨을 내쉬며 서류를 끌어안고 집무실을 나서야 했다. 문이 닫히고, 사람의 기척이 완전히 사라지고 나서야 테오도르는 고개를 들었다.

해가 지고 있었다.

"나는 해 질 녘이 쓸쓸해서 싫어요."

문득 떠오른 목소리에 테오도르는 다시 펜을 움직였다. 일에 몰두했으나, 한 번 틈을 비집고 들어온 기억은 풍랑처럼 밀려들었다.

"테오도르, 역시 제도에서 딸기를 사 올 걸 그랬나 봐요."

"내일 사람을 보내지."

"그럼 이틀이나 걸리잖아요. 지금 같이 가요. 그 딸기를 지금 먹어야겠대요. 우리 딸이."

도무지 이길 수가 없는 모녀였다.

딸은 태어나기도 전에 이미 그의 목줄을 쥐고 있었다. 리세트의 '우리 딸이'라는 말에 새벽같이 일어나 마도 마차를 몰고 전국을 돌아다녀야 했다.

"방금 배를 찼어요. 만져 봐요!"

"왜 내가 만지면 움직이지 않는 거지?"

가뭄에 콩 나듯 보는 제 오빠들의 손이 닿을 때도 신나게 움직여 주면서 꼭 제 손이 닿을 때면 조용했다.

8개월이 넘어서야 태동을 느꼈던 순간, 기이한 감정이 북받쳤다. 목구멍이 간지럽기도 하고, 가슴에 무언가 얹힌 것 같기도 한 아주 기이한 기분이었다.

"나도 당신에게 알려 주지 못한 감정을 우리 딸이 가르쳐 주네."

펜을 쥔 손에 힘이 들어갔다. 잠가 두었던 기억들이 몰아치며 속절없이 흔들린다. 감각이 선득할 만큼 예리해졌다.

머리를 쓸어넘긴 그가 몸을 일으켰을 때였다. 밖에서 작은 발소리가 들리더니, 어느 순간 후다닥 멀어졌다.
복도와 연결된 창문 틈에 무언가 끼워져 있었다. 자그마한 쪽지였다.

[사과해 주세요.]

[내게 사과하세요.]

꾹꾹 눌러쓴 글씨에 리세트와의 추억이 재차 떠올랐다. 눈을 크게 뜬 그가 창밖을 살폈다. 모퉁이 뒤에 포슬포슬한 연갈색 머리카락이 얼핏 보인다.
"……."
잠시 쪽지를 매만지던 그가 책상 위에 놓인 메모지를 집어 들었다.

[무엇을.]

글을 적어 창문 틈에 끼워 넣고, 벽 뒤로 몸을 숨기자 또다시 후다닥 하는 발소리가 들렸다.

[어제 굿나잇 뽀뽀를 안 해 주셨어요.]

몇 차례 더 쪽지가 오갔다.

[부끄러워서 싫다고 하지 않았나.]
[어제는 부끄럽지 않았어요.]
[미안하다.]

[그럼 오늘은 굿나잇 뽀뽀를 해 주실 거예요?]

이 녀석은 어떻게 아는 걸까. 언제나 제게 가장 간절한 것을 알고 있었다.

테오도르가 문을 열자 모퉁이 뒤에 숨은 르블레인이 흠칫하는 것이 보였다. 다가가니 슬그머니 고개를 든다.

"……."

"……."

"……왜 울고 있지?"

저를 보자마자 르블레인의 커다란 눈에 물기가 어렸다.

"아빠가 슬픈 얼굴을 하니까."

목적지 없이 사막을 횡단하는 사람처럼 메마른 시선이 눈물로 젖어든 아이의 눈동자를 향했다.

무릎을 굽혀 르블레인과 시선을 마주한 테오도르가 조심스럽게 손을 뻗자 르블레인이 그의 목을 끌어안았다. 작은 몸이 가늘게 떨리고 귓가에서 훌쩍이는 소리가 들린다.

"아프고 나니 울보가 되었군."

"울보 아니에요."

"그럼?"

"저는 그냥, 그냥…… 아빠 딸이에요."

아이를 끌어안은 테오도르가 작은 어깨에 얼굴을 묻었다. 그를 지독하게 괴롭히던 상념이 어느덧 물러갔다.

* * *

나는 코가 새빨개지도록 울고 나서 아빠를 쳐다봤다. 아빠의 눈가를 손등으로 슥슥, 문질렀다. 눈가가 약간 붉어져서 더는 시체 같아 보이지 않는다. 그게 마음에 들어서 헤헤 웃는데, 배가 꼬르륵 울었다.

'으악.'

눈치 없는 배꼽시계 같으니. 방금 되게 애틋했는데!

"식사해야겠군."

"양고기 포타주가 좋아요. 저번에 먹었는데 엄청 맛있었어요."

"병상에서 일어나자마자?"

"고기를 먹어야 건강해지지요!"

그가 픽 웃었다.

"식사를 준비하라고 할 테니 기다리고 있어."

"네!"

나는 밝게 대답하고서 아빠의 품에서 폴짝 뛰어내렸다. 그리고 손을 흔들어 준 뒤, 아빠의 집무실을 떠났다.

나의 다음 목적지는 지하 옥사였다. 나를 본 경비병이 조금 당황한 목소리로 "무슨 일이십니까?"하고 물었다.

"잠깐 들어갔다가 올래."

"하지만 아무도 들이지 말라는 명이……."

"나는 아무나가 아니잖아."

평소라면 이렇게 떼를 쓰는 일이 없어서 경비병은 약간 당황한 듯했지만, 곧 물러나 주었다.

계단을 내려가자 피비린내가 물씬 풍겼다. 쇠창살 안에 여관 주인 부부가 기절하여 널브러져 있고, 그 오른쪽 철창에 미레유가 갇혀 있었다.

나는 미레유에게 다가갔다. 무릎을 끌어안고 벌벌 떨던 그 애가 고개를 들었다.

"안녕?"

"나한테 무슨 일이야."

"에이, 틀렸잖아. 미레유에게 무슨 일이야, 라고 해야지."

"……."

그 애가 고집스럽게 입을 다물었다. 들켜서 이 꼴이 된 게 모두 내 탓이라고 여기는 모양이다. 무엇보다 어차피 금술 때문에 죽어 가고 있으니 두려움이 없는 것일 터였다.

나는 빙그레 웃었다. 그리고.

쾅—!!

힘을 발동해 쇠창살을 반쯤 날려 버렸다.

"아니거든."

"뭐, 뭐?"

"요지는 '어떻게 죽느냐'이지."

나는 미레유의 목을 단번에 틀어잡았다.

"자, 이제 잘 생각하고 대답해. 누가 아기새의 정보를 알려 줬어?"

"모, 몰라, 모른다니— 아악!!"

내 손등에 시동인이 떠오르자 미레유의 목이 타들어 가듯 붉어졌다.

"잘 생각하고 대답하랬잖아."

"흐으……."

"누가 널 여기로 들여보냈지? 내 가족의 가슴을 후벼 판 사람이 누구야?"

"저, 정말로 몰라, 정말이— 꺄아아아악!!!"

내 손에서 스파크가 일었다. 미레유는 감전된 사람처럼 파르르 떨다가 사색이 되어 축 늘어져서 가쁜 숨을 몰아쉬었다.

아빠의 눈을 보고 나자 나는 이 애를 절대로 봐주고 싶지 않아졌다.

"다시, 누가 널 여기로 들여보냈지?"

"저, 정체는 모르지만 감청색 재킷을 입었고, 그리고…… 그리고, 아아아, 정말로 잘 기억나지 않아. 난 안대를 쓰고 있었어…… 제발 부탁이야……!"

"사람의 기억력을 과소평가해선 안 되지. 필사적이면 어떻게든 떠올릴 수 있거든. 여기서 더 필사적으로 만들어 볼까?"

내가 빙그레 웃으며 다시 시동인을 손등에 떠오르게 하자 미레유가 비명 지르듯 외쳤다.

"자, 잠깐, 잠깐…… 그, 그러니까, 그러니까…… 아아! 홍반! 손등에 엑스 자를 돌려놓은 것 같은(+) 모양의 홍반이 있었어!"

그 후에도 미레유는 어떻게든 범인을 떠올리려 애썼지만, 더는 생각나는 것이 없는 모양이었다.

"좋아. 거기까지 해."

내가 말하자 미레유의 얼굴이 밝아졌다. 이제 내가 놔줄 줄 아는 모양이었다.

하지만.

"아, 크으아아악!!"

끔찍한 비명을 내지르며 진저리치던 미레유가 픽, 쓰러졌다.

그때, 등 뒤로 익숙한 발소리가 따라붙었다. 지하 옥사에서 고문의 총책임자인 의장이었다.

"약속이 다르시지 않습니까. 정보를 말하면 곱게 죽도록 두는 게 아니었습니까?"

"뒤통수를 치는 건 아빠의 특기잖아. 난 그런 아빠의 딸이고."

의장이 픽 웃었다.

"자, 그럼 이제 세작을 잡아야 하는……."

그때였다.

문이 벌컥 열리고 요한, 앙리, 이샤크가 모두 들어왔다. 이샤크의 손에 멱살이 잡힌 건 익숙한 얼굴의 가신이었다.

"사, 살려 주십시오. 살려 주십시오!!"

비굴하게 외치는 그를 보고 이샤크가 인상을 찌푸렸고, 요한이 그 가신의 복부를 걷어찼다.

뻑!!

뼈가 부러지고 오장육부가 터지는 소리가 나더니 가신이 데굴데굴 굴러 계단에서 떨어졌다.

"르블레인?"

앙리가 날 발견하고서 말했다.

"으응, 안녕."

"여기서 뭐 해?"

"나는 의장을 잠깐……. 그러는 오빠들은?"

"아버지가 세작을 잡아 오라셔서."

뒤이어 이샤크가 투덜거렸다.

"반나절 줄 테니 잡아 오라잖아."

나는 가신을 쳐다봤다.

수가의 남작. 요한을 데리러 가기 위해 미생크 자작과 함께 떠났던 그 남자다.

'내게 미레유와 잘 지내라고 조언도 했었고.'

조언이 아니라 내가 미레유에게 대꾸할 수 없도록 움츠러들게 하려고 했구나.

'어쨌든 땡잡았다. 세작 안 잡아도 되겠네.'

여기서 오빠들이 고신하면 정보만 쏙쏙 받아먹을 수 있겠다. 속으로 흐뭇하게 웃고 있는데, 계단에서 내려온 오빠들이 혼이 나가서 파르르 경련하고 있는 미레유를 쳐다봤다.

"뭐야, 누가 저래 놨어?"

이샤크의 말에 나는 흠칫했다.

"그게, 그러니까, 어……."

웅얼거리던 내가 황급히 의장을 가리켰다.

"의장이! 막, 우르르쾅쾅 하더니……!"

그러자 세 오빠의 시선이 모두 의장에게 꽂혔다.

"마력이 있었어? 꽤 제대로 다룰 줄 아는데."

"잔여 마나가 남지 않았어. 최소한의 마나로 이 꼴을 낸 건 제대로 다룬다고 말할 수준이 아니지."

"이만한 실력자였나."

이샤크, 앙리, 요한이 순서대로 쳐다보자 의장이 눈살을 찌푸렸다. 왜 괜한 경계를 받도록 제게 화살을 돌리느냐는 표정이었다.

나는 오빠들의 뒤에서 의장에게 입을 벙긋거렸다.

'의장 눈부셔! 멋져! 최고야!'

필사적인 아부에 그가 떨떠름한 얼굴로 오빠들을 쳐다봤다.

"예, 제가 좀 합니다."

—하고.

내가 옥사를 나서자 의장과 오빠들은 수가외 남작의 고신을 시작했고, 지하엔 처절한 비명이 메아리쳤다.

아빠와 식사를 하고 있던 때에, 노스가 남작이 토설한 내용을 전했다.

"듀블레드 영애를 직접 만들어서 가문을 주무르려 했다, 라."

"수가외 남작은 누군가 금술로 미레유를 어려지게 만든 것은 몰랐던 모양입니다."

"뇌가 면으로 만들어진 모양이군."

"각하께서 아기님을 무척 아끼시니, 헛꿈을 꾼 모양입니다."

그놈의 헛꿈은 이번으로 두 번째다. 카틀레아를 입양시키려 한 죽은 원로도 그런 이유로 헛짓거리를 했다.

'하지만 그것만은 아닐걸.'

분명히 수가외 남작을 들쑤셔서 정보를 얻어 낸 사람이 있다. 미레유가 보았다는, 그 홍점을 가진 남자 말이다.

'홍점이 금술까지 동원하며 듀블레드 영애를 만든 이유가 뭘까.'

난 고기를 입에 쏙 집어넣고 생각했다.

'뭐, 됐어.'

일부러 홍점을 잡으려고 나서지 않아도 정히 듀블레드 영애가 필요하다면 언젠가 자연히 내 앞에 나타날 거다.

'그리고 잡히면 넌 죽는다.'

나는 내부에 핏물이 약간 고인 고기를 슥, 베어 냈다.

그때, 집사가 우편물을 들고 찾아왔다.

"아기님께 편지가 왔습니다."

"누가?"

"뒤보스 가주입니다."

나는 펄쩍 뛰어오르듯 일어나 편지를 받았다.

[아기님 두 손에 드리는 사랑의 편지입니다. 깨어나셨다는 말을 듣고 몹시 기뻤답니다. 저는 아기님이 쓰러졌다는 소식을 듣고 어찌나 슬펐는지, 악독한 아이를 죽이기 위해…….]

나는 앞선 열두 장의 편지를 휙휙 읽으며 마지막 장을 찾았다.

[……하여 기쁜 소식을 전해드립니다. 장거리 이동에 성공했습니다.]

'만세!'

나는 속으로 쾌재를 불렀다.

편지 봉투엔 카드 뭉치가 동봉되어 있었다. 나의 사랑스러운 로또, 아니, 장거리 이동진이었다.

*　　*　　*

식사를 끝내고 나온 나는 위층으로 올라갔다.

'일단 확인용으로 하나 써 보자. 아깝지만 내가 직접 확인할 필요는 있어.'

그렇게 생각하며 어두운 복도를 걸어 방으로 향했다. 마침 고용인들의 식사 시간이라서 복도며, 방이며 쥐 죽은 듯 조용하다.

'이 틈을 노려서 이동을…… 응?'

테라스에 익숙한 인영이 둘 있었다. 자벨린 님과 레아였다. 둘은 두런두런 이야기를 나누고 있었다.

"결국, 이번에도 우리는 아기새를 찾지 못했구나."

자벨린 님의 말에 레아가 고저 없이 대답했다.

"자벨린 님. 저는 이제 그만 리세트 님과 아가씨를 놓아드리려 합니다."

언제나 상냥하고 부드럽던 목소리가 기사의 그것처럼 경직되어 있었다. 나는 어쩐지 그게 진짜 레아의 모습 같다는 생각이 들었다.

"운명의 아이 때문이냐."

쟈벨린 님이 레아를 쳐다보자, 레아가 허공을 응시하며 말했다.

"저는 얼마나 한심한 존재인지요. 언제나 다른 가치를 우선하여 가장 중요한 것을 놓칩니다."

"……."

"리세트 님과 아가씨가 돌아가시던 그날도, 죽은 언니의 시체를 수습하려 하지 않았다면 아가씨를 지켰을 수도 있었습니다."

선대의 군사가 쳐들어온 날, 리세트 님을 성 밖으로 피신시킨 것이 호위 기사였던 레아와 리세트 님의 전속 하녀인 레아의 언니라고 했다.

"결국, 언니에겐 닿지도 못하고, 멍청하게 아가씨를 놓쳤습니다."

"……."

"이번에도 그렇습니다. 좀 더 유심히 살폈더라면 미레유가 가짜라는 것을 눈치챘을지도 모르지요."

"……."

"아기님을 홀로 외롭게 하지 않았을 테고요."

레아가 힘없이 고개를 떨구었다.

"아기님께선 저와 세 하녀 외엔 고용인의 이름을 부르려 하시지 않습니다. 정이 많으시지만, 버려진 상처가 깊어 인연을 만들길 겁내시는 겁니다."

"……."

"알고 있으면서도 넷째 아가씨라 믿은 그 애만 보여서 남은 하녀들까지 빼앗아 오려고 했어요. 얼마나 상처받으셨을까요."

"내가 준 상처만 할까."

쟈벨린 님이 자조 섞인 실소를 흘리자 레아의 숨이 가늘게 떨렸다.

"퇴직하려 합니다. 저는 아기님을 모실 자격이 없어요."

뭐?

나는 벌컥, 테라스의 문을 열었다. 대화에 빠져 내가 온 줄도 몰랐던 두 사람이 눈을 동그랗게 떴다. 나는 레아를 쏘아보았다.

"나 유리 공예품 아니야!"

"……네?"

"하녀를 잠시 데려가려고 한 정도로 그렇게 어마어마한 상처를 받지 않아."

"하지만 이렇게 거대한 성에서 몇 주씩이나 홀로……."

"다른 애들도 다 그래. 부모님이 일하러 가면 혼자서 밥 차려 먹는 애들이 얼마나 많은데!"

난 레아의 앞치마를 팡, 팡, 때리면서 소리쳤다.

"레아가 없는 게 훨씬, 훠얼씬 무섭단 말이야. 혼자 자고, 혼자 먹는 거 아무것도 아니야. 레아는 내가 무슨 애기인 줄 알아?"

"아기님……."

레아의 눈이 울먹울먹해졌다. 나는 인상을 찌푸리고 그런 그녀를 노려봤다.

"퇴직한다고 한 거 취소해!"

"네……."

이내 그녀가 울기 시작해서 난 어휴, 한숨을 내쉬었다.

믿었던 레아마저 애 키우는 기분이 들게 하다니.

레아가 곧 눈물 콧물을 쏟아 내기 시작해서 난 손수건을 꺼내 그녀의 얼굴을 샥샥, 닦아 줬다.

"이그, 지지."

"죄송해요……."

"흥, 해."

크응ㅡ!

크게 코를 푼 레아가 손바닥으로 눈가를 비볐다.

"이제 가서 일해."

"네."

얌전히 대답한 그녀는 몸을 일으켰다. 그리고 나를 보며 흐리게 웃었다.

"아기님을 모실 수 있는 게 제게 얼마나 큰 영광인지 모르실 거예요."

나는 턱을 착, 치켜들고 "알아." 오만하게 대답했다. 레아가 그런 날 보며 빙그레 웃고, 뺨에 입 맞췄다. 그녀가 떠난 후에 난 테라스의 테이블 의자에 앉아 있는 쟈벨린 님 곁으로 갔다.

"레아와 상담해 주셔서 고맙습니다."

"인사받을 일이 아닌데."

"하지만 레아는 제 사람인걸요."

"……넌 정말이지 리세트를 떠올리게 해."

나는 그녀의 옆에 자리를 잡았다. 테이블에 놓인 양주병과 빈 술잔에서 독한 술 냄새가 났다.

'이거 비싼 술인데.'

발루아 공작이 아끼는 비장의 술 중에서도 이게 있다. 그는 귀한 손님이 올 때나 이 술을 꺼냈다. 내가 킁, 킁, 냄새를 맡으니 쟈벨린 님이 가볍게 손등으로 내 코를 문질렀다.

"아직 술을 탐내기엔 너무 어리구나."

그러더니 양주병 근처에 있던 쟁반에서 새 컵을 꺼내고 술에 넣으려 준비해 둔 얼음을 넣어 주었다. 그녀가 내민 컵을 양손으로 잡고서 얼음을 오독오독 씹어 먹었다.

"벌써 봄이구나."

"네. 산 아래에 제비꽃도 폈어요."
"제비꽃을 좋아하니?"
"사실은 제비꽃보다 다른 게 더 좋아요."
"무엇을?"
"엘자 나무요."
그건 돈 맺는 나무다.
다른 사람들은 잎만 쓰는 줄 알지만, 잎을 말려서 팔면 용돈벌이로 쏠쏠하고, 껍질은 장거리 이동진의 재료가 되며, 화산에서 서식하고 있으면 땅을 스피넬 변형지로 쓸 수 있다. 잎은 아주 좋은 연고와 황홀한 향의 차를 만들 수 있어서 아주 고가다.
엘자 나무는 한 그루에 웬만한 지방 저택 한 채 값이었다.
'내 땅에도 엘자 나무가 많긴 하지만 그건 병든 나무라…….'
스피넬 변형지의 조건만 겨우 충족시킬 뿐이었다. 그래서 원래 소유주인 로만 자작이 엘자 나무가 있는 땅을 헐값에 판 게 아닌가.
게다가 돈이 있다고 아무나 살 수 있는 것도 아니었다. 어차피 사람의 손으로 틔울 수 없는 나무라 소유자들이 잘 안 팔려고 한다.
"그렇구나."
"쟈벨린 님은 어떤 식물을 제일 좋아하세요?"
"난 식물을 좋아하지 않아."
"왜요?"
"매일같이 선물받으니 처치 곤란이라 말이지."
제도의 영애, 영식들이 쟈벨린 님의 생일 때마다 꽃을 산처럼 쌓아 줬다는 소문을 떠올리고 나는 "음."하고 고개를 끄덕였다.
'인기가 많아도 피곤하네.'
나는 밤바람을 맞으며 쟈벨린 님과 두런두런 이야기를 나누었다. 밤이 깊어졌을 때쯤, 그녀가 말했다.

"이제 들어가서 자야지."

"네."

"잘 자라, 르블레인."

나는 너무 놀라서 눈을 홉떴다.

'쟈, 쟈, 쟈, 쟈벨린 님이 내 이름을 불러 주셨어!'

언제나 운명의 아이라고 부르셨는데. 내가 양손으로 입을 막으며 놀라자 그녀가 픽, 웃었다.

"술친구의 이름쯤은 기억해야지."

"네……!"

"좋은 꿈 꿔라."

나는 활짝 웃었다.

* * *

이튿날, 나는 기분이 좋았다.

어제 장거리 이동진도 손에 넣었고, 쟈벨린 님이 내 이름을 불러 주셨고, 또 파이몬의 권속 중에 누굴 내 권속으로 삼을지 결정했기 때문이었다.

흥얼흥얼 콧노래를 부르며 아침을 먹기 위해 식당으로 내려갔다. 평소엔 가족 식사에 참석하지 않는 쟈벨린 님이 식탁에 앉아 계셨다.

"안녕하세요."

내가 말하자 쟈벨린 님이 "안녕, 르블레인." 하고 대답해 주었다. 오빠들은 웬일이냐는 얼굴로 날 쳐다봤다.

"뭐야, 둘이 언제 그렇게 친해졌어?"

"그러게, 질투 나려고 하는데."
난 의자에 앉으며 대답했다.
"쟈벨린 님과 저는 술친구니까요."
그러자 챙그랑—! 식기 떨어지는 소리가 들렸다.
"아, 아, 아기님이 불량 아이가 되셨어……."
"부, 불량한 아기님……."
하인들이 와들와들 떨며 중얼거렸을 때, 이샤크가 소리쳤다.
"고모, 미쳤어?! 애기한테 술을 먹이면 어떡해!"
진짜 불량 아이인 이샤크가 놀랍도록 상식적인 말을 해서 나는 속으로 감탄했다.
"아홉 살이면 아기는 아니지."
쟈벨린 님이 냅킨으로 입가를 닦으며 말했다. 앙리가 눈살을 찌푸렸다.
"아이 몸에 술은 좋지 않습니다."
"네놈들이 영재원 기숙사에서 술을 처먹어서 불려 간 적 있는 내게 할 말은 아니구나."
나는 흐린 눈으로 앙리와 이샤크를 쳐다봤다. 두 사람이 움찔했다. 요한의 입꼬리가 비죽 솟았다.
그때, 쟈벨린 님이 말했다.
"선물을 사 놨으니 확인하렴, 르블레인."
"선물이요?"
"창밖에 있다."
"지금 봐도 돼요?"
"그래."
나는 뭘까 싶어서 식당과 연결된 창문을 열었다. 그리고 보인 건 엘자 나무 무더기였다. 거대한 엘자 나무가 정원부터 성문까지 수십 그루 쌓여 있었다.

'아니, 이거면 장거리 이동진이 몇 개야…….'

머릿속의 계산기가 띠롱, 띠롱, 띠롱, 소리를 내더니 찰칵! 하며 끝도 없는 '0'들이 떠올랐다.

"제일 좋아한다면서."

입을 틀어막은 난 황홀한 얼굴로 쟈벨린 님을 쳐다봤다. 나는 얼른 달려가서 쟈벨린 님을 끌어안았다.

"고모!"

— 외치면서.

그녀가 픽 웃으며 말했다.

"돈 쓴 보람이 있네."

돈 많은 고모가 최고야!

식사가 끝나기 무섭게 튀어 나가서 엘자 나무를 살살 쓰다듬었다. 까슬까슬한 나무껍질이 손바닥에 느껴지고, 엘자 나무 특유의 쌉쌀한 시트러스계 향이 비강으로 흘러들었다.

마침 등청한 의장이 성에 쌓인 엘자 나무를 보고 내게 다가왔다.

"이게 다 뭡니까?"

"내 거야."

"이게 전부 말입니까? 그럼 대체 이동진을 몇 개나……."

의장까지 기함해서 나는 흡족하게 고개를 끄덕였다.

"이동진 수량을 확보하고 판매를 시작하면 우린 더 부자가 될 거야."

"여기서 더 부자가 되어서 뭘 하실 겁니까?"

"그야 당연히 상단 세금 내야지. 이제 서류 열 장 준비해서 10프랑도 아끼지 말고 팍팍 내 버려."

내가 으헤헤 웃자 의장이 픽 웃었다.

"부자의 사고는 아니군요."

세금의 계절이 올 때마다 머리가 쪼개지는 세리아와 내 마음을 의장이 알아?

그런 눈으로 보자 의장은 어깨를 으쓱했다.

"껍질만 분리해 두겠습니다."

"응. 나뭇잎은 두고. 사람들이 이상하게 생각하지 않게."

"예. 아, 각하께서 이제 슬슬 제도로 출발할 모양이더군요."

원래 몇 주 전부터 영지 일은 거의 정리가 된 상태였다. 그런데 미레유가 나타나서 늦어진 것뿐이다.

"응. 아마 사나흘 정도면 출발할 듯해."

"통신석은?"

"항상 소지."

"좋습니다."

나는 모서리가 하나 채워진 에트왈을 매만지며 고개를 끄덕였다. 이제 드디어 본격적으로 세상에 나갈 차례였다.

* * *

우리가 제도로 출발한 건 예상대로 사흘 후였다.

이전엔 나와 앙리, 이샤크, 그리고 아빠만 탔던 마차엔 요한과 쟈벨린님도 함께였다. 요한은 학술원 방학이 끝날 때까지 우리와 함께 지내기로 했다. 원래 방학이면 항상 제도에서 지냈기에 특별할 건 없는 일이었다.

저택에 도착하자 이제 익숙해진 제도의 고용인들이 우리를 반겨 주었다.

짐 정리가 다 끝나고, 우리 가족은 차를 마시며 앞으로의 일을 논의했다.

고모가 아빠에게 말했다.

“이제 슬슬 르블레인이 사교계에 나서야 하니, 대모를 구해야겠죠.”

대모란 레이디들을 모아서 교육하며 끌어 줄 사교계의 어른을 말한다.

대모가 누구인지는 몹시 중요하다. 이것으로 사교계의 파벌이 나뉘기 때문이다. 파벌을 좋아하지 않는 사람도 물론 있지만, 어디에도 속하지 않으면 살아남기 힘든 세계가 제도의 사교계였다.

가족들은 내게 맞는 대모를 논의했다.

“조르주 부인이 현명한 편이라고 들었습니다. 맡고 있는 레이디들도 모두 침착하고, 똑똑하다고 하고요.”

제도의 인물을 속속들이 꿰고 있는 앙리가 말을 받았다.

“조르주 부인은 현명하지만, 그 남편은 그렇지 않죠. 출세에 눈먼 자입니다. 제 아내가 르블레인을 맡았다는 것을 알면 헛생각을 할 테죠.”

“이번에 그 조카가 사교 데뷔를 한다더군. 핏줄을 끔찍이 아끼는 사람이니, 조카를 위해 르블레인을 들러리로 세울 수 있어.”

“디몽테 부인은요?”

“디몽테 부인이라면 나쁘지 않은 생각이구나.”

그 뒤로도 사교계 거두들의 이름이 언급되었다. 고모와 앙리는 그들 중 누가 낫겠느냐며 아빠에게 물었다.

“누구든 르브에게 하이힐을 신기지 않는 사람으로.”

우아한 걸음걸이를 위해 아주 어릴 때부터 하이힐을 신기는 이들이 있었다. 그 점을 짚자 고모가 “당연한 것을.” 하며 차를 마셨다.

다들 내 사교계 대모를 정해 주려고 머리를 맞댔지만, 이미 난 마음속에 정해 둔 사람이 있었다. 물론, 내 제도 생활의 첫 단추를 멋지게 끼워 줄 사람이었다.

고모는 나를 사교계에 소개하고, 제도에 적응하도록 돕는 역할을 맡았다. 나를 전체적으로 쭉 둘러본 고모가 말했다.

"일단…… 쇼핑부터 해야겠구나."

"쇼핑이요?"

"제도의 하이에나들을 물러나게 할 수 있는 건 횃불이 아니라 돈 냄새거든. 샤런에게 네 옷을 부탁하지."

샤런?

그 이름을 듣자마자 난 얼른 고모에게 말했다.

"제가 직접 가서 만나면 안 될까요?"

"흐음……."

잠깐 고민하던 고모가 고개를 끄덕였다.

"소개해 두는 것도 나쁘지 않겠구나."

난 속으로 쾌재를 불렀다.

왜냐면 내가 대모로 삼고 싶은 사람이 샤런과 깊은 관계가 있거든.

* * *

고모와 함께 상점 지구로 나온 난 쏟아지는 시선에 볼이 얼얼할 지경이었다.

"세상에, 쟈벨린 님이야……."

속닥거리는 소리가 마차에서 내렸을 때부터 따라붙고 있었다. 책을 끌어안은 레이디부터, 꽃집의 총각까지 하나같이 고모에게 시선을 뺏기고 있었다.

하기야, 고모를 수식하는 말은 끝도 없었다.

지나가는 사람이 열세 번쯤 뒤돌아보다가 목이 돌아간다는 미모, 지금도 제국민들 사이에서 인기 높은 백마대의 전성기를 이끈 기사, 제도 영재원을 거쳐 학술원으로 이어진 다이아몬드 학벌, 입었다 하면 유행으로 번지는 패션 센스, 무엇보다 언니라고 부르고 싶은 이 날카롭고도 우아한 기세까지.

내가 이걸 어떻게 아냐면, 신전에서도 쟈벨린 님의 초상화를 소중하게 간직한 사람들이 있었기 때문이다. 미나도 그중의 하나였고.

"쟈벨린 님을 모른다고? 맙소사, 르블레인! 쟈벨린 님은 톱스타라고. 그것도 천상계의! 쟈느님이라고 불러야 한단 말야."

미나에게 영향을 받은 사람들이 쟈느님이라고 부르며 다녔다가 고모의 환멸 섞인 시선을 받았다.

나는 고모를 발견하고 저 멀리에서 뛰어오는 여성을 쳐다봤다.

"이게 누구람, 쟈벨린 아리에쥬! 나의 뮤즈여!"

머리가 귀밑 6센티쯤에서 뚝, 깔끔하게 잘린 저 사람의 이름은 샤런. 제도 최고의 디자이너였다. 공·후작 부인에게 인기가 좋은 데다, 값비싼 드레스를 판매하는 멜베인도 그녀와는 상대가 되지 않았다.

"무슨 일이야. 그토록 와 달라고 해도 와 주질 않더니. 눈에 가시가 돋는 줄 알았잖아. 일단 손등에 키스하게 해 줘."

그러며 샤런이 음쭈, 하고 입술을 내밀었는데, 고모가 그녀의 얼굴을 손바닥으로 막았다.

"이 아이의 옷을 구매하러 왔다."

"나는 아이의 옷은 디자인하지 않는데. 그런데 누구야, 요 다람쥐는?"

"내 조카다."
"조카?!"
샤런이 얼굴을 불쑥 내밀었다. 나는 흠칫해서 얼굴을 뒤로 젖혔다.
"네가 그 운명의 아이?"
"……그래."
대뜸 말을 놓기에 나도 말을 놓았더니 샤런의 눈이 동그래졌다. 그러곤 곧 깔깔 웃음을 터뜨렸다.
"아핫! 하하하핫핫!"
한바탕 신명 나게 웃은 후에야 치마를 잡았다.
"실례했습니다, 아기님. 샤런 루즈입니다."
"르블레인이에요."
"이제 말을 높여 주시네요?"
"고모 친구에 대한 예우로요."
"조금 전엔 제가 쟈벨린의 친구로 보이지 않았나요?"
"무례한 사람에겐 아무리 고모 친구라도 예우를 하지 않아요. 저는 공작가의 명예를 짊어진 영애니까요."
그렇게 말하니 고모가 픽, 실소를 흘리며 내 머리를 흩뜨렸다. 샤런은 다시 깔깔 웃고 말했다.
"제 옷을 입기에 걸맞은 품격이네요. 아이의 옷은 디자인해 본 적 없지만, 방금 막 영감이 떠올랐어요."
그러며 그녀는 간판이 없는 건물의 문을 열었다. 나와 고모는 그녀를 따라 안으로 들어갔다.
내부는 웅장했다. 우리를 복도 끝으로 안내한 그녀가 잠겨 있는 문을 열자 소용돌이 형태로 된 계단이 드러났다.
"자자, 가볍게 스케치하는 동안 두 분은 올라가 계세요."

난 고모의 손을 꼭 잡았다.

'여기가 샤런의 공방.'

이 계단 위를 귀족들은 샤런의 공방으로 불렀다. 하지만 그렇게 불린다고 해서 드레스를 제작하는 공간인 건 아니었다. 이곳은 최상류층이 인맥을 공유하는 이른바 클럽이었다.

멜베인이 샤런의 명성에 닿지 못하는 건, 단지 샤런이 더 뛰어난 디자이너라서가 아니었다. 최상류층 클럽의 운영자이기 때문이다.

나는 고모와 함께 계단을 올라갔다. 위엔 스무 명쯤 되는 사람들이 삼삼오오 모여 이야기를 나누고 있었다. 고모를 발견한 귀족이 "오오." 하며 다가왔다.

"아리에쥬 경!"

"이제 공(公)이지요."

"하핫, 나이가 들면 이리 기억력이 나빠져. 그래, 아리에쥬 백작."

고모는 황후의 호위 총괄인 백마대장직에서 내려온 후, 듀블레드의 분가로 독립하며 작위를 받았다.

방금 저 사내는 그래 봐야 분가를 통솔하는 기사 출신의 애송이라는 의미를 담아 말한 것이다. 그리고 고모가 그걸 정정한 것은 우습게 보면 큰코다칠 거라는 경고였다.

오랜만에 느끼는 살벌한 제도 사교계의 신경전이었다.

고모의 주위로 사람들이 몰려들었다.

"이 아이는 누구인가."

"조카입니다."

"아아, 그……."

그렇게 말하며 사내가 나를 위아래로 훑어보았다.

"안녕하세요, 아딜보르 후작님."

"나를 아나?"

"물론이죠. 제국의 건국에 일조한 공신 가문의 가주님이신걸요. 젊은 시절 중앙 기사단에서 많은 공로를 세우셨다는 이야기를 듣고 동경했어요."

아딜보르 후작은 흠칫했다.

가문을 언급하여 띄워 주었지만, 이후 기사단을 언급한 건 고모에게 '그래 봐야 기사 출신 애송이'라고 한 말에 대한 핀잔이었다.

이렇게 어린 내가 완벽한 사교 화법을 구사하는 것에 놀란 것이다.

"어머나, 아직 어려 보이는데 똑똑하기도 하군요."

다른 귀족들도 내게 관심을 보였다.

"뵙게 되어 반갑습니다. 레실라 백작 부인, 카스톨 백작님, 휘실로뱅 후작 부인."

내가 정확히 이름을 부르며 인사하니, 귀족들은 실로 놀란 표정이었다.

"어떻게 나를 알지?"

"제도에 오기 전에 이런저런 공부를 하고 왔어요. 레실라 백작 부인은 제도에서 가장 뛰어난 센스를 가지고, 햇빛을 가득 담은 것 같은 찬란한 금발의 아름다운 부인이라고 했어요. 그래서 귀부인께서 분명히 레실라 백작 부인이라고 생각했지요."

"이제 막 온 영애가 내 센스를 어떻게 알고 있니? 오늘 입은 드레스가 네가 보기에 괜찮았던 걸까."

"아니요, 일부러 휘실로뱅 후작 부인의 왼쪽으로 서신 점이요. 후작 부인께서 지팡이를 오른손에 잡고 계시니 불편하지 않도록 왼쪽으로 오신 거잖아요."

인생 4회 차의 처세술을 마구 발휘하자 귀족들의 얼굴에 미소가 떠올랐다.

"영리하기도 하지."

레실라 백작 부인이 기분 좋게 웃으며 내게 오렌지 주스를 건넸다. 나는 어린애다운 척 천진한 표정을 지으며 속으로 히죽 웃었다.

'좋아, 이 클럽에서 가장 입김이 센 레실라 백작 부인의 마음에 들었다.'

나는 오렌지 주스를 들고 얌전히 고모의 곁으로 갔다.

"레실라 부인은 사교계에서 손꼽히는 실력자지. 이본느 황비와 친분이 깊거든. 공작 영애라고 해도 제 밑으로 받아 주지 않는데, 너를 보는 눈이 달라졌구나."

그녀는 자꾸만 날 훔쳐보고 있었다. 방금은 다른 귀부인에게 내 사교 일정을 아냐고 물었다.

'하지만 내가 대모로 삼고 싶은 사람은 그녀가 아니야.'

오늘은 오지 않았나?

그렇게 생각하면서 주변을 둘러봤을 때였다.

굵게 굽이치는 흑갈색 머리를 가진 여성이 계단을 올라오고 있었다.

그 여성은 샤런의 공방에 있는 다른 귀족에 비하면 추레한 차림이었다.

계단을 올라온 그녀가 귀족들에게 인사했지만, 받아 주는 사람은 없었다. 고모와 나를 향한 반응과는 몹시 달랐다.

고모와 내가 사람들과 끊임없이 대화를 나누는 동안에도 흑갈색 머리의 여성은 홀로 벽 가에 서 있었다.

내가 그녀를 힐끔 쳐다보자 고모가 말했다.

"바르투 영애다."

눈치 빠른 고모는 내가 그녀를 궁금해하는 것 같자 이름을 말해 주었다.

"바르투 영애요?"

"레티시아 바르투. 바르투 백작가의 영애지."

"제도 귀족은 의장에게 모두 들었는데, 바르투 백작가는 못 들었어요."

"빚투성이에, 명맥만 남은 귀족이기 때문이야."

"그런데 어떻게 여기에 와요? 여기는 의장이 중요하다고 한 사람들만 있는데."

"바르투 백작은 황태후와 이본느 황비의 친정인 마르슈 공작가의 충실한 끄나풀이야. 온갖 추잡한 일을 다 하며 겨우 딸을 이곳에 보낸 거다. 권력가의 눈에 들라고. 여긴 바르투 영애에겐 맞선 자리인 거지. 네가 듣기엔 더러운 이야기다만."

나는 눈을 깜빡이고 고모를 보았다.

"의장이 그랬어요. 저는 듀블레드의 영애라서 모든 걸 가질 수 있지만, 반면에 듀블레드 영애이기 때문에 오래 어린아이여선 안 된다고요. 그러니까 더러운 것도 깨끗한 것도 다 알아야 해요."

고모는 희미하게 웃으며 내 뺨을 문질렀다.

"점점 더 마음에 들어서 큰일이야."

나는 히히 웃었다.

그때, 레티시아 바르투가 휴게실로 향했다. 나도 고모에게 "화장실이요." 하고서 그녀의 뒤를 따랐다.

레티시아는 휴게실에 비치된 세면대에서 손을 씻고 있었다. 거울에 비치는 그녀의 눈동자가 거멓게 말라붙어 있었다.

"안녕하세요, 영애."

"안녕하세요."

사람들이 날 듀블레드 영애라고 부르는 소리를 들었는지, 그녀는 내가 누군지 묻지 않았다. 내가 소파에 가서 앉자, 그녀가 쳐다봤다.

"밖에 계시는 게 좋아요. 저들에게 이 휴게실은 패배자의 쥐구멍이거든요."

"하지만 밖은 심심해요. 다 어른들이고, 어려운 이야기만 해요."

천진난만하게 말하니 레티시아는 어쩔 수 없다는 듯 웃었다.

"뭐, 듀블레드 영애시라면 저들도 함부로 우습게 여기진 못하겠죠."

"같이 놀아요!"

그렇게 말하니 레티시아가 빙그레 미소 지었다.

"좋아요. 뭘 하고 놀까요?"

"재밌는 얘기 해 주세요."

"그럴까요."

내 곁에 앉은 레티시아는 제국의 설화와 동화를 말해 주었다. 나는 간혹 손뼉을 치고, 만세를 부르며 열렬하게 반응했다.

"고래 얘기도 해 주세요!"

"고래요?"

"아빠 고래가 엄마 고래와 새끼 고래를 찾아다니는 얘기요."

최근에 유명해진 동화를 말하자 레티시아의 손이 움찔했다.

"그건……. 죄송해요, 고래 얘기는 잘 몰라요. 아, 벌써 시간이 많이 지났네요. 저는 먼저 나가 볼게요."

누가 봐도 일부러 자리를 피하는 듯했지만 나는 아무렇지도 않았다. 왜냐하면 그녀가 자리를 피하는 이유를 난 알고 있었기 때문이다.

고래 가족의 이야기는 대충 이렇다.

각자 다른 곳에 살고 있던 아빠 고래와 엄마 고래가 우연히 만나 사랑에 빠졌고, 새끼 고래가 태어난다. 엄마 고래와 새끼 고래가 불온한 사고에 휘말려 사라지고, 아빠 고래가 그들을 애타게 찾는다는 내용이다.

레티시아가 왜 이 간단한 이야기를 해 주지 않았느냐면, 이건 그녀의 이야기기 때문이다. 정확히 말하면 황제의 동생인 로카르 대공이 어느 날 갑자기 사라진 사랑하는 여자와 그 여자가 낳은 제 아이를 찾으려고 일부러 제국에 뿌린 이야기다.

레티시아는 아버지의 빚을 갚기 위해 신분을 숨기고 하녀로 일한 적이 있었다. 병으로 시력을 잃었다는 사실을 숨기기 위해 은밀히 요양 중이던 로카르 대공의 하녀로 말이다.

그때, 두 사람은 사랑에 빠졌고 아이를 낳았는데, 왜인지 레티시아는 로카르 대공의 시력이 점점 회복되자 도망쳤다.

'하지만 결국 고래 가족 이야기처럼 해피엔딩이지.'

레티시아는 훗날 대공 비가 되는 사람이었다. 그리고 내가 얻어야 할, 나의 대모에게 가는 '길'이 되어 줄 사람이었다.

*　　*　　*

샤런은 고모와 나를 불러서 완성한 스케치를 보여 주었다. 깜짝 놀랄 만큼 사랑스럽고 귀여운 디자인이었다. 어딘지 모르게 기품까지 느껴져서 나는 내가 이걸 입을 수 있나 싶을 정도였다.

고모는 고개를 끄덕였다.

"르블레인에게 잘 어울리겠군."

"말이라고~! 스케치를 완성하고 내가 내 재능에 소름이 돋았단 말이야. 이 드레스는 완벽하게 영애를 위한 거라고!"

"거기에 몇 벌 더. 액세서리도 준비해 줄 수 있겠지?"

"으으음, 나의 뮤즈가 부탁하는데 안 된다고 할 수도 없고. 뭐, 좋아. 나도 영애님이 마음에 드니까."

고모는 드레스 영수증에 아리에쥬의 인장을 찍었다. 얼마인가 싶어 고개를 빼꼼 내민 난 기절할 뻔했다.

'저게 다 얼마야!'

멜베인의 드레스와는 비교도 되지 않는다. 공이 몇 개인지 한 번에 세어지지도 않았다. 호프 상단을 통해 웬만큼 부자가 되었고, 앞으로 더 부자가 될 예정인 내게도 어깨가 와들와들 떨리는 가격이다.

'돈 냄새가 안 날 수 없는 가격이네…….'

"늘 감사합니다, 고객님."

샤런이 우훗, 웃으며 고개를 옆으로 까딱 숙였다.

그러고 집으로 돌아왔다. 아빠랑 오빠들이 우릴 기다리고 있었다.

"어떤 드레스야?"

앙리가 사르르 눈매를 접으며 말했다.

"엄–청 예쁜 드레스."

"샤런의 실력이야 익히 알지만, 네가 입는다니 더 기대되네."

나는 아빠와 오빠들에게 손짓 발짓해 가며 드레스가 얼마나 예뻤는지, 또 얼마나 비쌌는지 말했다. 가격을 말했는데도 오빠들이 '그게 뭐?' 하는 표정을 지어서 도리어 내가 당황했다.

'태생부터 부자인 사람들의 감각이란.'

나도 열심히 해서 저렇게 돈을 펑펑 써도 눈썹만 까딱하는 부자의 사고를 익혀야지!

그리고 나는 레티시아 바르투 영애에 관해서도 말했다. 미래에 관하여 큰 줄기를 알고 있긴 하지만, 미래의 그녀와 엮일 일이 별로 없었던 터라 세세한 정보가 필요했다.

아빠와 오빠들은 내 생각대로 바르투 백작가에 관해 잘 알고 있었다.

"바르투 백작이라. 고용인 봉급을 몇 달이나 밀려서 다들 나간 탓에,

딸이 직접 청소, 빨래한다고 들었어."

"제도 저택을 담보로 큰돈을 빌렸다지 않았어? 그 돈은 다 뭐하고."

"빌린 돈은 죄 큰아들과 작은아들의 교육 비용으로 쓰일 거다. 그 돈을 빌리고도 막내인 바르투 영애가 필사해 가며 학비를 지원해야 한다지."

귀족 영애가 청소와 빨래라…….

'그 큰 저택을 관리하려면 밖으로 나갈 시간이 별로 없겠는걸.'

거기다가 필사에 자기 자식도 돌봐야 하니 밖으로 나올 시간이 거의 없을 터였다.

이샤크가 미간을 좁히며 말했다.

"자식이 아니라 종처럼 부리는데 영애는 왜 의절하지 않지?"

앙리가 내 찻잔에 각설탕을 넣어 주며 대답했다.

"그래도 어릴 적엔 부녀 사이가 끔찍했다고 해. 백작이 영애를 끌어안고 살았고, 영애도 어릴 적엔 제 아버지와 결혼할 거라며 떠들었을 정도로. 그때의 기억을 못 잊는 거지."

"바보 같네."

그들이 이야기를 나누는 동안 나는 레티시아 영애와 친해질 방법을 궁리했다.

'으으음, 레티시아와 꼭 친해져야 하는데…….'

그렇게 생각하던 때였다. 어쩐지 주변이 조용해졌다. 슬그머니 고개를 들자 아빠와 오빠들이 날 쳐다보고 있었다. 아빠가 물었다.

"르브, 넌 누구와 결혼하고 싶지?"

네?

"당연한 걸 물으십니까. 꼬맹이는 저를 제일 좋아합니다."

"착각도 유분수다."

이샤크와 앙리가 순서대로 말했다.
"르브."
"꼬맹이."
"르블레인."
이글이글한 시선이 무서울 정도라 난 마른침을 삼켰다.
"편하게 말해, 르블레인."
"그래, 솔직하게 말하면 돼, 꼬맹아."
"누구냐, 르브."
세 명 중 한 사람이라고 했다간 전쟁 날 분위기였다.
나는 눈을 도르륵 굴리며 말했다.
"저는, 그러니까…… 어……."
웅얼거리다가 피난처를 발견했다.
"요한 님이요!"
요한을 제외한 세 명의 얼굴이 딱딱하게 굳어졌다. 시선이 화살촉처럼 맹렬하게 내게 박혔다.
"왜지."
아빠의 목소리가 땅을 뚫고 들어갈 듯 낮았다.
이샤크가 살벌한 눈으로 요한을 노려보며 말했다.
"왜, 저, 인간미 없는, 큰형이냐고."
중간에 얼마나 이를 가는지 말이 몇 번이나 끊겼다. 앙리의 얼굴에선늘 있던 미소가 사라졌다.
'그야 가족 중에 제일 정상이니까 그렇지.'
요한은 들고 있던 책을 탁, 덮고 일어났다.
'봐, 이런 말에 요한 님은 반응이 없잖아.'
그렇게 생각하고 있는데 아빠가 음산한 표정으로 말했다.

"어딜 가는 것이냐."
그러자 요한 님이 여상하게 대꾸했다.
"턱시도를 알아보러 갑니다."
앙리와 이샤크는 요한을 찢어 죽일 것처럼 노려봤다.
아빠가 집사를 불렀다.
"저 녀석 학술원에 처넣어 버려."
—하고.

* * *

나는 문밖으로 빼꼼 고개를 내밀고 요리조리 고개를 돌렸다.
'좋아, 없다.'
사람이 없다는 것을 확인하고서 난 침대에 인형을 잘 눕혀 둔 뒤, 주머니에서 이동진을 꺼냈다. 그리고 위치를 생각하며 북—, 하고 찢었다. 빛에 감싸인 뒤 눈을 떴을 땐, 눈앞에 세리아가 있었다.
"아기님!"
"안녕……."
내가 지친 얼굴로 인사하자 세리아는 얼른 책상에서 일어나 소파에 자리를 내주었다.
"제도에 오셨다는 편지는 받았지만, 무슨 일로 연락 없이 오셨나요?"
"세리아에게 일의 진전을 확인할 겸, 할 말도 있어서."
일의 진전이란 날 납치하고, 세리아의 동생들을 사 간 '손님'을 추적하는 것을 말했다.
"네, 희망의 집에서 근무한 자 중에 노예상과 관련된 자가 있다는 얘기를 듣고 확인을 마쳤습니다. 하지만 경계가 상당해서 일단 미행을 붙여 놨어요."

"잘했어. 겁먹고 자결이라도 하면 안 되니까. 3년 전에도 한 놈 그런 적이 있잖아."

"예. 한데 무슨 일이십니까?"

Chapter 8.

“믿을 만한 사람을 붙여 줘. 넷, 아니, 다섯은 되어야겠다.”

“조건은요?”

“살림을 잘할 것.”

세리아는 내 말이 의아한 듯했지만, 이내 고개를 끄덕였다.

“어디로 보내면 되나요?”

“바르투 백작저로.”

레티시아가 시간이 없어서 못 만난다면, 시간을 만들어 주면 될 것이 아닌가.

*　　*　　*

레티시아는 오전부터 바르투 저택을 찾아온 사람들을 보고 눈을 깜빡였다.

"면접을 보러 왔다고요?"

"예, 영애님."

인자한 인상의 중년의 여자가 눌러썼던 베레모를 벗곤 고개를 가볍게 숙였다. 그녀와 함께 온 사람들도 웃으며 인사했다.

의아한 일이었다.

고용인 광고는 매주 내고 있으나, 번번이 급료가 밀려서 그만두게 하는 바람에 사람 구하기가 하늘의 별 따기였다. 지난 3개월간 면접을 보러 오는 사람조차 없었는데, 하루아침에 다섯이나 되는 사람이 오다니. 그것도 나이와 손의 굳은살로 보아 꽤 숙련된 사람들인 듯싶었다.

"무슨 일이냐."

계단 위에서 목소리가 들려왔다. 신문을 들고서 내려오던 바르투 백작이었다. 사람들을 힐끔 쳐다본 레티시아가 제 아버지에게 다가가 목소리를 낮추었다.

"면접을 보러 왔대요."

"잘됐군. 가뜩이나 저택이 더러워 신경 쓰이던 참인데, 오늘부터 당장 일하라고 하면 되겠어."

"하지만 다섯이에요. 한 사람 봉급을 주기도 어려운데 어떻게 다섯이나 쓸 수 있겠어요."

"곧 마르슈 공작 각하께서 우리를 도와주실 거라지 않았어. 게다가 네 오빠들이 졸업을 앞두었으니, 곧 황궁에 입관할 거다. 돈 셀 일만 남았는데 시시한 걱정을 하고 있구나."

마르슈 공작이 바르투 가문을 도와줄 거라는 아버지의 믿음은 4년째 이어지고 있지만, 마르슈에선 단 한 번도 그들을 도와주지 않았다.

오히려 바르투는 영지 땅까지 저당 잡혀서 마르슈를 위해 일하는 형편이 더 안 좋아지고 있었다.

아들들이 입관할 거라는 바람도 아버지의 헛꿈일 뿐이란 걸 레티시아는 잘 알고 있었다. 거액을 들여 고위 귀족 자제들이 다니는 대학에 집어넣었지만, 오빠들은 몇 년이나 졸업이 유예되고 있었다.

레티시아가 인상을 쓰고 있자, 백작이 쯧, 혀를 차고는 그녀를 밀치고 면접을 보러 온 사람들에게 외쳤다.

"오늘부터 바로 일하도록 하여라. 바로 청소를 시작하고, 한 놈은 서재로 차를 가져와."

"아버지!"

소리치자 위층에서 아이 우는 소리가 들려왔다.

"쓸데없는 소리 하지 말고, 저 지겨운 소리나 안 들리게 해라. 엉덩이를 가볍게 놀려서 애를 낳아 돌아왔으면, 최소한 부모에게 대거리하진 말아야지."

"……."

부친이 쯧, 혀를 차고 멀어지자 레티시아는 억지로 몸을 움직였다. 방으로 올라가자 다섯 살배기 아들이 코가 새빨개지도록 울고 있었다.

"미안해. 리오넬. 엄마가 소리쳐서 놀랐구나."

아들이 콧잔등을 옴짝거리며 어깨에 얼굴을 묻었다.

"할아버지 싫어……. 엄마 괴롭혀."

"말씀은 거칠게 하셔도 속정은 많은 분이셔."

"맨날 거짓말……. 할아버지 나쁜 사람인데 좋다고 하고, 놀러 가자고 했으면서 어제 혼자 나가고."

"좋아, 오늘 나가자."

"정말?"

"그래. 그러니까 우리 아가, 이제 그만 울고 옷부터 갈아입자."

"응!"

언제 울었냐는 듯 벌떡 일어난 아이가 옷장으로 달려갔다.

'필사 일감도 받아 와야 하니까.'

사람이 없는 로셀 다리를 건너서 빙 둘러 상점 지구로 간다면, 아이의 존재를 들키지 않고 필사 방으로 갈 수 있을 것이다.

레티시아는 아이의 옷을 입혀서 뒷문을 통해 몰래 빠져나갔다.

리오넬은 처음 10여 분쯤은 홀로 걷다가 금세 지쳐 칭얼거리기 시작했다. 묵직한 아이를 안아 들고 네 시간이 넘는 거리를 걸어 필사 방까지 갈 생각을 하니 눈앞이 깜깜했다.

그때였다.

"바르투 영애!"

앳된 목소리가 들려왔다.

고개를 돌리자 귀를 가린 검은 모자를 쓰고, 샛노란 롱코트를 입은 르블레인 듀블레드가 손을 마구 흔들고 있었다.

"어디 가세요?"

"아, 상점 지구에……."

"저도 가는 길인데! 같이 가실래요? 또 옛날 동화 얘기해 주세요!"

르블레인의 등 뒤엔 제도에서조차 보기 힘든 흑단목의 호화롭고 거대한 마차가 있었다.

"하지만……."

"그런데 그 애는 누구예요?"

레티시아가 흠칫했다. 어떻게 설명해야 하나 싶었는데, 르블레인은 "아하." 하며 말을 이었다.

"사촌 동생이지요? 제가 딱 맞췄지요!"

"……."

"아가도 춥겠다. 같이 가요. 저희 마차 엄청 따뜻해요."

마침 리오넬이 콜록, 기침했다.

'어른은 없는 것 같아. 듀블레드 영애에게라면 상황을 잘 설명할 수 있을 거야.'

레티시아는 못 이기는 척 자신을 끌어당기는 아이를 따라갔다.

*　*　*

저 애가 대공의 외아들인 리오넬 로카르구나.

아이는 듀블레드의 마차를 보고 입을 헤, 벌리고 있었다. 한 번도 이런 마차에 타 본 적이 없는 모양이었다.

"안녕?"

말하자 아이가 움찔했다.

"……안녕."

나는 후후 웃고, 옆으로 맨 작은 가방에서 뽀시락 뽀시락 쿠키를 꺼냈다.

"자."

"……."

"이거 맛있어. 먹어."

아이가 괜찮냐는 듯 제 엄마를 쳐다봤다. 레티시아는 희미하게 웃으며 "감사합니다, 해야지." 하고 말해 주었다.

"감사합니다……."

쿠키를 한입 베어 문 아이는 눈을 홉떴다. 그러곤 게 눈 감추듯이 하나를 몽땅 해치웠다.

"나, 이렇게 맛있는 거 처음 먹어 봐……."
"우리 집에 놀러 와! 더 맛있는 것도 있어."
"정말? 그런데 너 이름이 뭐야?"
레티시아가 당황해서 "리오넬." 하고 조용히 아들을 불렀다.
"처음 본 사람에게 무례하게 말하면 안 되지. 듀블레드 공작 영애시다."
"영애님?"
그 애가 날 보며 그렇게 말해서 나는 고개를 끄덕였다.
"르블레인 리세트 듀블레드야."
"리오넬이야!"
"반가워, 리오넬."
인사하고서 레티시아를 쳐다봤다.
"어디서 내려 드리면 돼요?"
"후문 입구에서 내려 주시면 감사하겠습니다."
후문이라는 소리에 리오넬은 부루퉁해졌다.
"또 필사 방이야……. 누나 가면 나 또 혼자 있어야 하는데."
사람들 앞에선 누나라고 부르기로 이야기가 된 모양인지 리오넬이 그녀를 부르는 호칭이 익숙했다.
"그러면 나랑 같이 있을까?"
내가 말하니 레티시아가 눈을 동그랗게 떴다.
"그렇게 폐를 끼칠 순 없어요."
"저는 괜찮아요. 놀러 나왔는데 친구가 없어서 쓸쓸했어요. 리오넬에게 영애가 해 준 옛날얘기 해 줄 거예요."
내가 헤헤 웃으며 말하자 레티시아는 나와 마주 미소 지었다.
"정말 감사해요."

"아니에요. 리오넬이랑 제과점 가도 돼요?"

"그럼요."

그렇게 얘기하고 있을 때, 마차가 멈추었다. 우리는 후문에서 내려서 필사 방 근처까지 걸었다. 그녀가 필사 방에 다녀오는 동안 나와 리오넬은 제과점에 있기로 했는데 레티시아를 배웅하기도 전, 아이가 제과점 옆에 있는 잡화점 쇼윈도에 딱, 달라붙어 버렸다.

"우와, 우와! 이거 나 아는데! 이거 진짜 멋진 건데!"

뭔가 싶어서 봤는데, 최근에 제도에서 유행하는 장난감 활이었다. 저 장난감 활은 시위를 당기면 활촉을 대신해서 붙은 동그란 마력석에서 아주아주 미약한 화기나 냉기가 나온다. 마력석이 붙어 있는 만큼 당연히 귀족 아이들의 전유물이다. 물론, 그만큼 고가였다.

"이거 보고 가면 안 돼요? 네? 네에?"

레티시아가 칭얼거리기 시작한 아이를 보고 곤란한 표정을 지었다. 절대로 그냥 보고만 갈 리 없기 때문이다. 한번 만져 보면 사 달라고 바닥에 드러누워서 칭얼칭얼할 게 뻔했다.

하지만 레티시아는 아들에게 매우 약한 엄마인 모양이었다.

"잠깐만 보고 오는 거야. 약속할 수 있지?"

"네!"

아이가 우렁차게 대답했다.

그리고 얼마 뒤.

……내 이럴 줄 알았지.

"사 줘어~! 사 줘!!"

"얘가 정말!"

레티시아가 바닥에 드러누운 아이를 억지로 일으켜 세우려고 했다.

하지만 리오넬은 샘플용 장난감 활을 끌어안고서 바닥에 나뒹굴었다. 한숨을 내쉰 레티시아가 장난감 활의 가격표를 확인하고 흠칫했다.

10,000프랑.

저건 그녀가 한 달 내내 밤을 새워서 필사해도 못 벌 금액이었다.

"일어나. 다음에 오자."

하지만 애가 뭘 알겠는가.

"싫어. 나 이거 사 줘. 사 주세요……."

두 사람이 실랑이를 벌이고 있던 찰나에 짤랑, 풍경이 울고 꽤 잘 차려입은 귀족 사내아이들이 들어왔다.

가장 덩치가 큰 아이는 성큼성큼 우리를 향해 일직선으로 다가왔다. 그리고 바닥에 엎어진 리오넬을 보고 쯧, 혀를 차더니 그 애가 끌어안고 있는 활보다 훨씬 고가의 장난감 활을 집어 들었다.

"우와! 신상이잖아. 그거 호프 상단에서 파는 걸 빼면 제일 비싼 건데."

"우리 아버지가 사도 된다고 했어."

"지난번에 산 건 어떻게 하고?"

"버렸어. 한 번 가지고 놀았으면 됐지."

"와 씨, 멋지다, 너! 부자라서 진짜 좋겠다."

"별로. 아, 그렇지만 거지새끼처럼 싸구려 하나 사 달라고 바닥을 구르지 않아도 되는 건 좋네."

그러자 사내아이들이 리오넬을 쳐다보며 낄낄거렸다. 어린 리오넬도 남자애의 말뜻은 이해했는지 떼쓰기를 우뚝 멈추었다.

레티시아의 얼굴이 확 굳어졌다.

"너희, 무슨 말을……!"

"어? 아줌마 나 알죠."

덩치 큰 남자애가 레티시아를 쳐다봤다.

"지난번에 우리 아버지한테 돈 빌리러 왔던 그 할아버지 딸. 뭐였더라. 바, 바, 바…… 바르투!"

레티시아가 굳어지니 남자애는 씩 웃었다.

"역시 거지 맞았네."

그러며 새로 나왔다는 활을 집어 들려고 해서 내가 먼저 홱! 잡아챘다.

"이거 내가 살 거야."

"뭐? 야, 이 계집애야! 이건 내가 먼저 골랐어!"

나는 잡화점의 주인을 불렀다. 진열대를 정리하던 중년의 사내가 후다닥 다가왔다.

"무슨 일이십니까?"

"포장해 줘."

"야! 내가 먼저 골랐다니까! 아저씨, 나한테 팔아. 안 그러면 다신 안 온다!"

남자애는 꽤 단골인지 주인이 당황했다.

"저, 아가씨, 이것 말고 다른 걸 골라 보시는 게……."

"그것만 산다고 안 했어."

"예?"

나는 듀블레드의 인장을 척, 꺼내 들고 말했다.

"여기 있는 장난감 전부 산다."

주인의 눈이 휘둥그레졌다. 남자애의 무리도 입을 뻐끔거렸다.

"말도 안 돼……."

덩치 큰 남자애가 중얼거렸지만, 난 정말로 영수증에 인장을 쾅! 찍었다. 그리고 장난감 활을 종류별로 끌어안고서 리오넬에게 건네줬다.

"자."

"여, 영애님!"

레티시아가 얼른 내게 다가와서 내 손을 잡았다.

"지금이라도 물리세요. 이렇게 고가의 장난감을 주시면 안 돼요. 그것도 한두 개가 아니잖아요."

"빌려주는 거예요!"

"네?"

"리오넬한테 빌려주고 제가 가지고 놀고 싶을 때 다시 받아 올게요."

그제야 레티시아가 어쩔 수 없다는 한숨과 함께 손을 놓았다.

난 두 사람을 먼저 제과점에 보내 놓고서 그때까지 놀란 얼굴로 날 쳐다보고 있는 남자애들을 힐끔 보았다. 그리고 기사들에게 물었다.

"저 애들 누군지 알아봐."

"예, 아기님."

남자애들은 움찔하고서 시선을 교환했다. 아직 애들이라도 제도 귀족인 만큼 우위에 선 자가 누군지 확실히 분간한 모양이었다.

아닌 사람도 있는 것 같지만.

내게서 활을 빼앗긴 덩치 큰 남자애가 버럭 소리쳤다.

"내 이름은 알아서 뭐 하게, 미친년아!"

'아이고.'

시원하게 욕설을 뱉은 아이를 향해 난 속으로 묵념했다. 하필이면 기사들 앞에서 주인을 모욕했으니, 경고 정도로는 절대 끝나지 않을 터였다. 벌써 기사들의 눈이 매서웠다.

"뭐, 뭐, 뭐야."

나는 한숨을 내쉬며 말했다.

"뭐긴 뭐야. 너 때문에 너희 집 풍비박산 난 거지."

*　　*　　*

레티시아가 필사 방에 간 동안 나는 제과점 창가에 앉아서 리오넬을 챙겨 주었다. 허겁지겁 빵을 먹는 리오넬의 입가를 닦아 주었다.

"천천히 먹어. 우유도 줄까?"

"으응……."

나는 유리병에 담겨 나온 우유를 컵에 따라 줬다. 아이는 다시 열심히 빵을 해치우기 시작했다. 혹여나 체할까 봐서 기사에게 마차에 있는 소화제를 가져다 달라고 했다.

그러고서 턱을 괴고 흐뭇하게 리오넬을 쳐다봤다. 나보다 어린 애는 오랜만에 본다.

'티 파티 때 보고 처음이야.'

그 애들은 전부 노스가 고르고 고른 귀족의 자제들이라 다소 어설프지만 귀족의 예법을 알고 있었다. 하지만 리오넬은 귀족의 예법은커녕, 겉만 보면 완전히 평민 아이 같았다.

'보육원 때가 생각나네.'

그때는 나보다 어린아이들이 많아서 내가 언니, 누나 노릇을 했다.

"리오넬, 집에 있을 때 뭐 해?"

"엄…… 누나, 일하는 거 봐. 아니면 책을 읽거나, 블록 놀이하거나 또……."

"그러면 다음엔 나랑 같이 놀래?"

"진짜?!"

"응. 아, 빵 더 사 줄까?"

"그렇지만 누나가 더 받으면 안 된다고 했는데……."

"그냥 빵인걸?"

"활도 받았는데……."

"괜찮아."

정말로 괜찮아.

'왜냐하면 너희 할머니가 내 대모가 되어서 2,000배로 갚아 줄 테니까.'

나는 속으로 히죽 웃었다.

리오넬은 지금으로부터 딱 한 달 뒤에 로카르 대공의 자식임이 밝혀진다.

리오넬은 레티시아 몰래 저택을 빠져나갔다가 사고로 마차에 깔리게 되는데, 상태가 매우 심각했다. 수술을 하려면 돈이 필요했다.

그러나 바르투 백작은 레티시아가 번 돈을 죄 갈취하여 제 아들들의 교육 비용과 생활비로 썼으면서도 손자의 수술 비용엔 한 푼도 내어 주지 않았다.

결국 방법이 없는 레티시아가 찾아간 이는 대공이었다. 그는 뛰어난 의사들을 보내 아들을 수술하도록 했다.

리오넬은 목숨을 건졌지만, 불행히도 수술이 늦어진 바람에 팔이 괴사했다. 신전에 이루 말할 수 없는 거액을 바쳐 가면서 아들의 팔을 치료하려 하였으나 역부족이었다.

리오넬은 외팔로 살아갔다.

'이번엔 그런 일이 없게 해야 해.'

하지만 리오넬에게 사고가 나지 않는다면 레티시아는 대공을 찾아가지 않을 거다.

'제 가족들이 대공의 앞길을 막을까 봐.'

로카르 대공은 선황이 가장 사랑한 아들이었다. 황위는 장남인 현 황제 알렉상드르가 물려받았지만, 선황은 그에게 대공의 지위를 주고 제국에서 가장 기름진 땅을 영지로 내렸다.

'비밀 재산과 사병을 내렸다는 소문도 있고.'

당연히 황제에겐 최대의 걸림돌. 눈에 불을 켜고 질책 거리를 찾고 있다. 그런데 사고를 칠 게 확실한 제 아버지를 대공의 장인으로 만들면 무슨 일이 벌어지겠는가.

'실제로 거하게 사고를 쳐서 대공가를 말아먹을 뻔했지.'

그러니까 레티시아는 리오넬의 목숨이 달린 정도의 일이 아니라면 대공과 다시 만나기 힘들 거다.

'그래서 준비한 게 이 제과점이지.'

여긴 리오넬의 할머니이자 선황의 후비였던 카밀라 대부인의 단골집이거든!

이제 슬슬 올 때가 됐는데.

나는 힐끔 문을 쳐다봤다. 얼마쯤 바깥을 살폈을까. 문이 열리고 망토를 입은 노인이 들어왔다.

'카밀라 대부인의 시녀장.'

시녀장은 곧장 카운터로 걸어갔다.

"부탁한 것은?"

주인으로 보이는 여자가 대답했다.

"마무리 중입니다. 잠시 기다려 주세요."

일부러 카운터 근처에 자리 잡고 있던 난 리오넬에게 물었다.

"리오넬, 원래 어디서 살았어?"

"숲."

"숲?"

"응, 지빠귀 숲에서 아빠랑 엄마랑 살았어!"

지빠귀 숲이란 말에 시녀장의 시선이 아이에게 향했다.

당연한 일이었다. 몬스터가 나오기로 유명한 숲이라 사람이 살 일은 없다. 그래서 대공이 은밀히 요양하기 위해 찾은 곳이다.

"그럼 아빠랑 같이 이사 왔어?"

"아니……. 엄마가 아빠랑은 못 산대."

"왜?"

내가 묻자 아이의 얼굴이 시무룩해졌다.

"몰라. 갑자기 여기로 왔어. 아빠 눈이 보이면 같이 사냥하기로 했는데……."

"속상했겠구나."

나는 울망울망해진 리오넬을 보고 눈썹을 늘어뜨렸다. 갑자기 아빠와 떨어지게 되어 무척 쓸쓸하고 당황스러웠을 터다. 나는 아이가 안쓰러워서 손바닥으로 살짝 눈가를 문질러 주었다.

'걱정하지 마, 리오넬. 곧 아빠랑 사냥하러 갈 수 있을 거야.'

왜냐면 시녀장이 굳은 얼굴로 뛰어나갔거든.

상황을 추측하고, 확인을 거치려는 것일 터다. 얼마나 당황했는지 우리에게 이름을 물어보는 것도 잊었다. 그래서 나는 일부러 듀블레드의 인장으로 새로운 빵을 계산했다.

시녀장이 날 찾아올 수 있도록.

얼마 후, 레티시아가 일감을 잔뜩 들고서 제과점에 왔다.

"감사해서 어쩌죠. 아이와 함께 있어 주시고, 멋진 선물도 해 주시고요. 이다음에 꼭 은혜를 갚을 수 있도록 할게요."

"괜찮아요. 저도 친구가 생겨서 기뻤는걸요. 그치, 리오넬?"

"응! 우리 또 보기로 했어."

난 마차로 리오넬과 레티시아를 바르투 저택까지 데려다주었다.

*　　　*　　　*

이튿날.

아침 식사를 가져온 레티시아는 멍하니 장난감 활을 매만지는 아들을 쳐다봤다.

"리오넬?"

"……."

"아들."

"……."

'쟤가 왜 저러지?'

상점 지구에서 돌아온 뒤로 계속 멍해 보인다. 레티시아가 쟁반을 테이블에 놓고 아들의 앞에 앉았다. 리오넬이 눈썹을 늘어뜨리고 레티시아를 쳐다봤다.

"어디 아파?"

"응……."

이마를 짚어 보았지만, 평상시와 다를 게 별로 없었다.

레티시아가 염려 어린 얼굴로 아이의 얼굴을 들여다봤다.

"어디가 어떤데. 열나? 토할 것 같니?"

리오넬이 작은 손으로 발그레해진 뺨을 잡았다.

"볼이 자꾸자꾸 따뜻해지고, 목이 간질간질해."

"감기인가……."

"또, 막 기분이 좋았다가, 나빴다가 하고 가슴도 콩닥콩닥해. 머릿속에서 르블레인이 '리오넬' 하고 말해."

그러고는 휴, 한숨을 내쉬었다.

"여기 있는 장난감 전부."

위풍당당하게 반지를 척, 손에 드는 모습이 용사 같았다.

"천천히 먹어. 더 줄까?"

그러면서 우유를 따라 줄 땐 꼭 공주 같다.

레티시아는 몽롱한 표정을 짓는 아들을 보고 웃음을 참지 못했다. 마차에서 내릴 때 표정이 이상하더라니, 아들에게 이른 첫사랑이 찾아온 모양이었다.

레티시아가 짓궂은 표정으로 "흐음." 하고 눈을 가늘게 떴다.

"영애를 생각하면 그렇단 말이지? 흐음, 그럼 당근을 먹어야 낫겠는데."

"당근 싫어!"

"영애는 당근을 싫어하는 어린이는 안 좋아하실걸."

그러자 흠칫한 리오넬이 제 엄마를 덥석 붙들었다.

"아니야, 나 당근 좋아해."

"그래? 그럼 당근을 주면 먹을 수 있을까?"

레티시아가 손가락 한 마디 크기의 당근을 포크로 찍어서 건네자 리오넬은 꿀꺽, 마른침을 삼켰다. 그러곤 합, 소리를 내며 당근을 입에 넣고 오물오물 씹었다.

이상한 맛이 나서 자꾸만 인상이 써진다.

꼭꼭 씹어 꿀꺽, 삼키자 레티시아가 새로운 당근을 불쑥 내밀었다.

"두 개는 먹어야 좋아하시지 않을까?"

하나를 먹고 나니, 두 개째는 더 먹기 싫어진다.

리오넬이 무척 갈등하는 얼굴로 포크를 쳐다봤다. 격렬하게 사랑의 시련을 겪는 아들을 보고 레티시아는 웃음을 삼켰다.

*　　*　　*

나는 침대에서 뒹굴거리며 에트왈을 매만졌다.

'이제 슬슬 연락 올 때가 됐는데.'

제과점을 다녀오고 사흘째.

성격 급한 카밀라 대부인이라면 벌써 확인하고도 남았을 시간이다.

'안 통했나? 아닌데, 분명히 카밀라 부인은 손주 사랑으로 유명한 사람이었는데…….'

그렇게 생각했을 때, 문밖에서 쿵! 쿵! 쿵! 뛰는 소리가 들려왔다.

"아기님, 아기님!"

노크하는 것도 잊고서 들어온 로라를 보고 속으로 쾌재를 불렀다.

'카밀라 대부인이구나!'

"황태후께서 오셨습니다!"

……뭐? 아니, 부르지도 않은 황태후는 왜? 그것도 직접?

"아기님을 찾으세요. 내려가 보셔야겠어요."

나는 "으응." 떨떠름하게 대답하고 옷을 갈아입은 뒤에 귀빈만을 접대하는 대응접실로 내려왔다.

"아가야!"

황태후가 후후, 웃으며 내게 다가왔다.

"황가에 광영을. 제국의 어머니를 뵙습니다."

치마를 넓게 펼치며 살짝 무릎을 굽히자, 황태후가 손을 내저었다.

"내게는 그리 예의 차릴 필요가 없어. 잘 지냈니?"

"네."

"자, 이리 앉으렴."

그녀가 맞은편을 가리켜서 난 조심스럽게 자리에 앉았다.

"아가가 제도에 왔다는 이야기를 듣고 무척 기뻤지."

"저도 폐하가 계시는 제도로 와서 기뻐요."

그렇게 말하던 찰나였다. 똑똑, 노크 소리가 들렸다. 내가 황태후를 쳐다보자 괜찮다는 듯 고개를 끄덕여서 난 "들어와도 좋아."하고 말했다.

"대화 중에 송구합니다, 아기님. 손님께서 오신지라."

"손님?"

그때.

"내가 얘기하지."

다급한 목소리와 함께 탐스러운 주황색 머리가 약간 희끗희끗한 노년의 귀부인이 들어왔다.

'카밀라 대부인!'

그녀를 보자마자 황태후의 표정이 일그러졌다. 물론 카밀라 대부인의 표정도 좋지 않았다. 선황의 생전엔 사이 안 좋기로 유명했던 두 사람이다.

"자네가 여긴 무슨 일이지."

"폐하께서야말로, 무슨 일로 직접 왕림하셨는지."

"아가에게 용무가 있네."

"저도 마찬가지입니다."

그리고 두 사람이 날 쳐다봤다.

"아가야."

"영애."

……살려 주세요.

상황을 수습한 건 카밀라 대부인에 이어 대응접실로 온 고모였다. 황태후와 카밀라 대부인을 나란히 앉혀 놓고, 내 옆에 자리한 고모가 표정 없이 그들을 바라봤다.

"언질 받은 것이 없어 대접이 소홀하군요."

주인의 승낙도 없이 찾아온 두 사람에게 불쾌함을 내색한 것이었다.

카밀라 대부인이 한숨을 삼켰다.

"과한 겸손이군. 이 정도면 훌륭한 대접이지."

듀블레드에서 내온 티 세트는 제국의 황태후와 선황의 후비를 대접한다고 하기엔 다소 좋지 못한 것이었다. 찻잎도 평범한 수준이다.

그런데도 훌륭한 대접이라고 말한 건 결례를 범했음을 인정하고, 미안함을 내비치는 것이었다.

그리고 황태후는,

"대접이 소홀한 것은 아니니 다행이네."

여전히 천진난만하게 사람 복장을 뒤집어 놓는 화법을 구사했다.

고모의 눈썹이 까딱 올라갔다.

"송구합니다. 하면 준비 후에 폐하를 모실 수 있도록 오늘은 이만 돌아가 주시겠습니까."

공손하지만 명백한 축객령에 황태후의 눈이 일그러졌다.

"오만이 지나쳐. 내가 직접 아기를 만나러 온 것이 아닌가."

"까닭을 여쭙겠습니다."

"듀블레드에서 아기의 대모를 찾는다는 이야기를 들었지."

"그렇습니다."

"일전에 도움을 받은 것도 있고, 내 평소에 아기를 귀하게 생각했네. 제국을 구원할 운명의 아이에겐 그에 걸맞은 대모가 있어야지. 그래서 내가 아기의 대모가 되어 주려 하네."

나는 하마터면 입을 떡 벌릴 뻔했다.

'이 할머니가 지금 무슨 소리를 하는 거야.'

고모는 헛웃음을 삼켰다.

"당대 황후, 황비와 황태후는 사교 활동을 할 수 없다는 게 황실의 법규입니다."

"사문화된 법규이지. 수족인 귀부인들을 통해 역대 황후, 황비들이 사교계에 영향력을 뻗쳐 왔다는 걸 모르나? 나는 그런 위선이 싫네. 내가 나서나, 내 수족이 나서나 피차 같은 것이지."

카밀라 대부인이 기가 막힌 표정으로 황태후를 보았다. 나는 마음속으로 깊은 동질감을 느꼈다.

대부인은 인상을 찌푸리며 말했다.

"지금 무슨 말씀을 하시는 겁니까? 부모의 도움을 받은 아이가 시험을 보는 것과 부모가 직접 시험을 보는 정도의 차이입니다. 그게 어떻게 같습니까."

찰빵 같은 비유였다.

황비, 황후, 황태후가 전면에서 사교계에 나서는 것의 제일 위험한 점은, 그들이 사사롭게 귀족과 결탁할 수 있는 명분이 될 거라는 점이었다.

'황제가 제일 위험하게 여기는 거지.'

그가 들었다면 목 뒤를 잡고 쓰러질 일이다.

무엇보다 선례를 남길 수 없다는 명분으로 나는 사교계에서 완전히 지워진 사람이 될 터였다. 그러면 아빠가 가만히 있겠는가.

방금 황태후의 저 말은 쭉쭉 나아가면 '듀블레드와 황실이 대판 싸워야 함'으로 귀결된단 말이다.

"그게 어떻게 그것과 같나. 내가 사교계에 나서면 그나마 있던 사교계 단속이라는 자네 역할이 사라질까 봐 두려운 게 아닌가?"

황태후는 대부인을 뜨끔하게 하고 싶었던 것 같은데, 오히려 제 목적이 드러났다.

'황제가 은근히 힘을 실어 준 카밀라 대부인의 사교계 단속 역할을 빼앗고 싶었구나.'

황제는 카밀라 대부인을 각별하게 생각했다. 그로선 눈엣가시 같은 로카르 대공을 확실하게 치지 못하는 이유가 카밀라 대부인일 정도였다. 선황 생전에도 황태후는 번번이 사고를 쳤고, 화가 난 선황이 황제의 교육을 대부인에게 맡겼기 때문이다.

'어쩌면 황제가 이성적으로 자랄 수 있었던 건 다 카밀라 대부인 덕이 아닐까.'

대부인은 성정이 불같긴 해도 이성적이고, 정도 많은 사람이라 아들과 차별 없이 황제를 키웠다고 하니까.

대부인은 황태후를 보며 눈살을 찌푸렸다.

"그만 좀 하십시오. 대체 언제까지 사사건건 저를 밀어내려고 하실 겁니까."

"내가 언제 자네를 신경 썼다고!"

"그런 말씀 드린 적 없습니다."

"자네 말이 그렇지 않나."

나는 나라에서 제일 존체 높은 귀부인들이 싸우는 모습을 흐리게 뜬 눈으로 지켜봤다. 그리고 이 싸움을 종결할 최후의 카드를 꺼냈다.

"아앗! 고모, 아빠가 오실 시간이에요."

황족들도 두려워한다는 우리 아빠를 팔아먹은 것이다. 황태후와 대부인이 입을 꾹, 다물었다.

특히 네 살 때 내게 사람을 붙인 일로 아빠에게 단단히 찍혔던 황태후는 듀블레드의 화려한 뒷공작으로 고생한 전적이 있기에 피하고 싶어 했다.

"오늘은 이만 돌아가야겠어. 기분 나쁜 풍경을 보니 속이 울렁거리는군."

그러곤 떠나 버렸다.

하지만 대부인은 끝내 남아 있었다. 그리고 고모에게 나와의 독대를 부탁했다.

"꼭 나눠야만 할 이야기가 있네. 아이와 이야기를 할 수 있도록 자리를 마련해 주면 고맙겠어."

대부인쯤 되는 사람이 속내를 훤히 드러내고 간곡하게 부탁하자, 고모가 날 힐끔 쳐다봤다.

"저는 좋아요!"

"……그래."

고모는 내 대답을 듣고는 군말 없이 자리를 피해 줬다.

대부인은 마른 입술을 차로 축이며 겨우 입을 열었다.

"사흘 전에 제과점에 갔었다지."

역시 예상한 말이 나왔다. 나는 어린아이다운 표정을 지으려 노력했다. 눈을 동그랗게 뜨며 고개를 끄덕였다.

"그걸 어떻게 아세요?"

"내 시녀장이 너를 보았다."

"우와, 신기해요."

"그때 같이 있던 아이가 있었다고?"

"네! 리오넬이요."

대부인이 찻잔의 손잡이를 꽉 말아 쥐었다.

“그 애가 지빠귀 숲에서 살았다는 이야기가 사실이냐?”
“맞아요. 태어나서부터 쭉 거기서 살다가 작년에서야 왔대요.”
“……그 아이의 어미는. 어미도 만난 적 있겠지?”
“엄마 말고 누나를 봤어요. 재밌는 얘기도 많이 알고, 성실한 사람이어서 너무너무 좋아요. 그리고 사랑하는 사람들을 아주 많이 걱정하는 착한 사람이에요.”
“어미는 보지 못한 것이냐?”
“리오넬은 누나랑 산대요. 엄마랑은 같이 안 사나 봐요. 그런데 리오넬이 누나를 아주 가끔이지만 엄마라고 불러요……. 엄마가 그리운가 봐요…….”
내가 일부러 슬픈 표정을 지으며 말하자 대부인이 입술을 사리물었다.
‘힌트는 다 줬어요, 대부인.’
카밀라 대부인은 가빠진 숨을 진정시킨 후에 또렷한 눈으로 날 쳐다봤다.
“어디에 있니, 그 아이.”
“바르투 백작저에요. 바르투 백작 영애가 그 애의 누나예요.”
쨍!!
대부인이 유리 코스터에 찻잔을 세게 내려놓은 탓에 난 소리였다. 문밖까지 소음이 새어 나갔는지 놀란 시녀장이 다급하게 들어왔다.
“대부인, 괜찮으십니까?”
“귀족이었어…….”
중얼거리는 말에 시녀장이 놀라서 입을 틀어막았다. 나는 얼른 금방이라도 쓰러질 것 같은 카밀라 대부인을 부축했다.
“대부인, 괜찮으세요?”

"지긋지긋한 두통이 또 오는구나. 언제까지 날 괴롭힐 생각인지."

대공이 시력을 잃었던 일이 아직 여파를 미친다는 의미일 터다.

'고민하고 있다는 거네.'

아들에게 알릴지, 말지.

사교계의 거두인 대부인이 바르투 백작저의 소문을 모를 리 없다. 그런 사람의 딸을 제 아들과 만나게 해도 될지 고민하는 것이다.

"저……."

나는 눈썹을 늘어뜨리고 대부인을 바라봤다. 그녀가 파리한 얼굴을 내게로 돌렸다.

"옛날에 책을 읽었는데요. 지빠귀 숲은 나무에 둘러싸여 항상 어둡지만, 해 질 녘 즈음에 풍경이 다정해지는 순간이 온대요. 어둠 속에서 헤매는 게 꼭 나쁜 일만은 아니래요. 해 질 녘 어스름한 풍경의 소중함을 알게 될 거라고."

"……!"

놀랄 만도 할 것이다. 이건 대부인이 아들인 로카르 대공이 시력을 잃었을 때, 희망이 되기를 바라서 남몰래 쓴 책이었으니까.

'그런 시절이 있었잖아요.'

단지 아들이 희망을 잃지 않기만을 바라는 시절이.

대공이 시력을 찾고, 포기하려던 삶마저 되찾았으며, 며느리와 손주까지 생겼다.

'며느리에게 문제가 있더라도, 그 시절보다 더 나쁜 일이 생기겠어?'

—라는 뜻이다.

"그러니까 두통이 꼭 나쁜 것만은 아니에요. 건강해지려고 노력하게 하잖아요!"

내가 아이답게 덧붙였지만, 대부인의 시선은 내게서 떨어질 줄을 몰랐다.

"영애는…… 내게 꼭 필요한 말을 해 주는구나."

'그러니까 절 잊지 마세요.'

나는 생긋 웃었다.

며칠 후, 바르투 백작저로 보낸 세리아의 사람이 소식을 전했다. 저택으로 처음 보는 호화로운 마차가 들어왔다고.

대공이 레티시아를 찾은 것이다.

* * *

로라가 코트와 망토를 들고서 한참 고민했다.

"오늘은 날씨가 쌀쌀해서 코트가 좋을 것 같은데, 망토를 입은 아기님은 너무너무 귀엽고……! 으으음, 어쩌지요?"

"코트가 좋아!"

망토는 길어서 걸을 때 불편하니까.

오늘은 내가 제도의 사교 파티에 가는 첫날이었다. 절대로 넘어져선 안 된다.

로라가 "네에." 하고 대답하며 내게 코트를 입혀 주었다. 준비를 끝내고 거울을 보니 귀엽고도 기품 있는 꼬마 숙녀가 있었다.

'역시 샤런의 옷이야.'

코트부터 드레스, 리본이며 구두에 이르기까지 모두 엄청 예뻤다. 나는 고모의 말대로 '돈 냄새'가 풀풀 풍기는 영애 님이 되어서 방을 나섰다.

기다리고 있던 고모가 팔을 내밀었다.

"고모, 멋져요……."

나와 비슷한 청색의 롱코트에 검은 바지, 적당히 빈티지하고 잘 손질된 태가 나는 롱부츠, 포마드하여 하나로 묶은 머리까지.

어느 하나 멋지지 않은 구석이 없었다.

"오늘은 네 첫 사교 파티이니 신경을 썼지. 에스코트하마."

"백마대장의 에스코트는 굉장한 거라고 했는데! 황후 폐하나 황비님, 그리고 공주님들만 받는 거라고 했어요!"

입을 가리며 말하자 고모가 빙그레 웃곤 "전 백마대장이지만." 하고 덧붙였다.

'그래도 쟈벨린 아리에쥬 님이신걸요.'

그녀가 에스코트한 사람은 죽은 엘자 황후뿐이었다.

나는 그녀의 팔을 살포시 잡고 저택을 떠났다.

도착한 파티장은 호화로웠다. 백작가에서 주최하는 파티였는데, 황궁의 연회처럼 제대로 격식을 갖췄다.

"쟈벨린 세실 아리에쥬 님, 르블레인 리세트 듀블레드 님 드십니다!"

사내가 외치자 문이 열리고 나는 고모와 함께 파티장에 들어갔다.

오늘의 파티는 윌트로 백작 부부의 결혼 10주년 기념 파티였다. 두 사람 모두 명문가에서 태어난 데다가 백작 부인은 수없이 많은 레이디의 대모이다. 그런 만큼 어린 참석객들이 많았다.

'고모가 내 첫 파티로 윌트로 백작 부부의 파티를 선택한 이유지.'

"오랜만에 뵙는군요. 백작님."

호스트인 백작 부인이 고모를 반겼다.

"멋진 파티로군요."

"아리에쥬 백작님의 눈에 그리 보인다면 신경을 쓴 보람이 있네요."

몇 마디 인사 격의 대화가 오가고, 윌트로 백작 부인이 날 쳐다봤다.

"이쪽 꼬마 숙녀는……."

나는 치마를 넓게 펼치고 무릎을 구부렸다.

"르블레인 리세트 듀블레드입니다."

"아아, 그……. 아기님이시로군요."

나를 훑어보는 백작 부인의 눈이 감정사라도 된 듯 예리해졌다. 이건 사교계 귀부인들의 특징이었다. 처음 보는 아이를 '내 밑에 둘 아이인가'를 확인하는 것. 파벌 확장의 시작이라서 다들 처음 보는 어린아이를 날카롭게 살핀다.

백작 부인의 눈썹이 까딱, 위로 올라갔다. 그러나 언제 그랬냐는 듯 생긋 미소 짓곤 장갑을 벗으며 악수를 청했다. 나는 그녀와 악수를 하며 속으로 씩 웃었다.

'무릎을 딱 140도 둔각이 되도록 굽혔다 이거야.'

이렇게 인사하기 위해 얼마나 피나는 노력을 했던가.

백작 부인이 고모에게 말했다.

"아기님을 어떻게 교육하셨는지 비법을 나눠 주세요. 너무나도 기품 있는 자세에 감탄했어요."

"글쎄요. 딱히 가르친 건 없습니다. 영지에서 행정관에게 몇 번 배운 것 같긴 합니다만—"

두 사람이 이야기를 나누는 사이에 사람들이 몰려들었다.

"처음 뵙겠습니다, 아기님."

"만나 뵙게 되어 기쁩니다."

"생각보다 훨씬 우아한 숙녀분이시군요."

우르르 쏟아지는 인사에도 당황하지 않고 생글생글 웃으며 품위를 지키자 고모가 어쩐지 오만한 목소리로 덧붙였다.

"—타고난 모양입니다."
"어머나."
나는 조금 쑥스러워졌다.
'고모를 창피하지 않게 했어.'
잘했다, 나!
속으로 이히힛 웃었다.
고모와 어른들이 대화를 시작하자 호스트인 백작 부인이 아이들 무리에 있던 흑단처럼 검은 머리칼의 소녀를 불렀다.
"이사벨라, 아기님을 소개해 드리려무나."
"네, 대모님."
다가온 이사벨라가 "가실까요?" 하며 길을 터 주었다. 아이들 사이로 들어간 이사벨라가 먼저 자신을 소개했다.
"저는 이사벨라 하델로로예요."
"반가워요, 하델로로 양. 르블레인 듀블레드예요."
그것을 시작으로 다른 아이들과도 인사를 나누고 소소한 대화를 했다.
"듀블레드 양은 어떤 아카데미를 다니셨어요?"
"저는 영지성에서 가신들과 함께 공부했어요."
그때였다.
"그럼 바보겠네?"
남자애가 양손으로 주스 잔을 들고서 아이들 사이로 걸어 들어왔다. 아이들은 홍해라도 된 것처럼 갈라져서 그 애에게 얌전히 길을 터 줬다.
그럴 만한 아이였으니까.
'닐스 발루아.'

발루아 공작가의 둘째였다.

*　　*　　*

제도에서 생활하는 이상, 언젠가 만나게 될 줄은 알았다. 하지만 이렇게 빠르게 만나게 될 거라곤 예상하지 못했다.

저 나쁜 놈과의 끔찍한 기억이 선명하게 떠올랐다.

> "왜 내 숙제를 대신 못 하겠다는 거야? 아아, 오늘도 얻어터지고 싶어서 그런가 보네."
> "생쥐 같은 년이!"
> "달리라니까! 히힝, 울라고!!"

숙제를 못 해 주겠다고 했을 때 뺨을 맞았던 것. 배가 너무 고파서 밤에 몰래 부엌에서 양상추를 훔쳐 먹은 날, 걷어찼던 것. 아파서 제대로 걷지도 못하는 날 말처럼 달리게 하며 제 친구들과 함께 낄낄 웃던 것도.

나는 떨리는 손을 풍성한 치맛자락 속에 감추었다.

"영리한 애들한텐 먼저 제안이 오잖아. 안 그래?"

닐스가 제 뒤를 이어 온 한 무리의 소년들을 향해 말하자, 그들이 찬동했다. 이사벨라를 비롯한 본래 있던 아이들이 곤란한 표정으로 눈치를 보다가 말했다.

"저, 이분은 듀블레드의 공작 영애예요……."

소녀의 말에 닐스는 어깨를 으쓱였다.

"그런데?"

저 애는 내가 듀블레드 영애라서 더 무례하게 나오는 거다. 발루아 공작이 학을 떼는 듀블레드이기 때문에.

두 번째 삶에서 발루아 공작의 아들인 헤이턴과 닐스는 지겹도록 듀블레드에 져서는 안 된다는 이야기를 듣고 살았다. 그런데 이번 삶에선 나로 인해 찻잎 교역권까지 빼앗겼으니, 얼마나 더 이를 갈았을까.

세 공자에겐 맞서지 못하니 나를 표적으로 삼은 거다.

"영지에서 가정 교사도 아니고 가신들에게 배운 거면 안 봐도 뻔하네."

"그러는 넌 어디를 다니는데?"

"난 곧 황립 아카데미에 입학해."

우쭐한 얼굴로 말하는 그를 보고서 난 아하, 하며 고개를 끄덕였다.

"너도 제안받아서 갔나 보다."

그렇게 말하자 닐스의 추종자들이 "당연하지." 하며 말했다.

"닐스는 그 발루아가의 차남이란 말이야. 위대한 현자의 자손이라고."

"발루아 공작은 1황자 전하를 전담 교육했어."

"다른 사람과는 수준이 다르단 말이야."

닐스는 곧 나를 노려보며 소리쳤다.

"당연하지! 내가 너 같은 바보인 줄 알아? 나는 벌써 성서도 해독해서 외운다고."

아이들 사이에서 "와……." 하는 감탄사가 터져 나왔다.

저 나이에 성서를 외우거나 해독을 시작하는 사람은 없다. 그건 대부분 고등 교육 기관에서나 배우는 것이다. 그러니까 18살 이후로 말이다.

성서는 아주 오래전 기록된 책인 만큼 최근의 언어와는 달랐다. 제국

어에 고대어까지 섞여 있어서 해석하기가 몹시 어려웠다. 제국인들이 '성서를 얼마나 아나?'라고 묻는 것은 지식의 척도를 묻는 관용어일 정도다.

발루아가의 추종자들이 눈을 번쩍이며 아부의 찬스를 놓치지 않았다.

"대단한데."

"듀블레드 공자 같잖아!"

"듀블레드 공자들도 성서 해독은 못 할걸."

다들 놀란 눈으로 보자 오만해진 닐스가 성서를 읊기 시작했다.

"태초에 신과 목자는 혼돈 안에서 하나였다. 혼돈이 이 땅에 강림하여 신과 목자를 창조하였으니……."

줄줄줄 성서를 읊는 아이를 보고 아이들이 크게 감탄하자 어른들의 시선까지도 집중되었다. 하나둘 모여들기 시작하더니 종국엔 거대한 인파에 둘러싸인 꼴이 되었다.

"발루아 공자가 벌써 성서를 해석할 수 있습니까?"

누군가 묻자 어두운 적발의 귀부인이 부채를 나붓나붓 부치며 말했다.

"어찌나 제 아버지를 닮았는지 걸음마를 시작하고서부터 늘 책과 신문을 끼고 살더니 작년에 대뜸 성서를 해독하지 뭡니까. 걱정이 큽니다. 저러다 커서도 제 아버지처럼 책만 파게 될까 봐요."

"무얼 걱정하십니까. 저는 부럽기만 한데요, 발루아 공작 부인."

발루아 공작 부인이 나불나불 성서를 읊는 아들을 보며 입꼬리를 끌어당겼다.

관심이 집중되자 닐스는 점점 더 신이 났다.

"신은 목자의 피로 인간을 창조하였으매, 목자는 형제들을 아끼고 사랑하였다. 배곯은 형제들에게 감자 세 알, 귀리 한 줌을 주고……."

"이상하다?"

사람들의 시선이 일시에 내게 집중되었다. 나는 고개를 모로 틀며 말했다.

"정말로 성서를 해석한 거 맞아? 이상한데."

한창 홍이 올라 있던 닐스가 얼굴을 왈칵 찌푸렸다.

"뭐가 이상하다는 거야!"

"감자 세 알과 귀리 한 줌이 아니야. 2장 일곱 번째 줄에 있는 단어는 제국어로는 감자로 읽히지만 고대어로는 슬픔이야."

"뭐, 뭐?"

"목자가 제 감정 중에서 3할의 슬픔과 1할의 기쁨을 나눠 줬다는 거야. 배곯았다는 것도 그렇게 해석할 수 없는걸. 텅 비어 태어난 형제라고 해야지."

"무슨 헛소리야! 내 말이 맞아. 네가 뭘 안다고 그래! 이건—"

"황궁의 해독본에서 나온 거지."

직접 해독한 게 아니라, 황궁 해독본을 반출해서 외운 거잖아.

'발루아 공작 부인이 멍청한 제 아들을 황립 아카데미에 입학시키려고 이본느 황비에게 부탁해서 몰래 반출한 황궁 해독본 말이야.'

닐스의 얼굴이 새하얘졌다. 동공이 좁아지고 입을 몇 번이나 뻐끔거린다. 나는 생긋 웃으며 말했다.

"황태후 폐하의 서고에서 해석의 필사본을 봤는데, 몇 장 잠깐 보다가 오역이 있어서 덮었어."

"황립 아카데미 교재에 무슨 오역이 있다는 거야……!"

"지난주에 신관들이 고대어의 두 글자를 알아냈다고 발표했잖아. 신문을 그렇게 좋아한다더니 안 읽었어?"

"……!"

닐스가 아무런 말도 못 하고 마른침을 삼키고 있자 어른들 사이에서 말이 나왔다.

"그러게요. 귀리라는 것도 이상한데요."

"예, 보통은 귀리가 아니라 보리라고 읽죠."

그때, 인파 속으로 들어온 고모와 호스트인 월트로 백작 부인이 날 쳐다봤다. 백작 부인은 놀란 얼굴로 물었다.

"아기님은 성서를 어떻게 읽으셨습니까?"

"영지에서 심심할 때 해석했어요. 재밌어서 시간이 금방 가요! 그런데 이제 얼마 남지 않아서 아쉬워요……."

내가 일부러 시무룩한 표정을 지으니, 닐스가 소리쳤다.

"그럴 리가 없어! 그건 우리 형도 못 한다고! 신전에서도 8장 아흔두 번째 줄까지만 해석했단 말이다!"

"신이 이지를 잃어 세상이 무질서해지고, 비탄에 빠진 인간들을 위해 목자가 193일간 기도하였다는 거 말이야?"

"……!"

순식간에 기함이 터져 나왔다. 입을 틀어막고 있는 사람들 가운데서 나는 고모의 소매를 잡았다.

"고모, 저도 황궁 도서관에 가고 싶어요. 거긴 성서처럼 재밌는 책이 많겠죠? 빌려 올래요!"

"황궁 도서관은 황족이나 허가받은 자 외엔 출입할 수 없어. 반출은 불법이다."

"하지만 저 애는 황궁의 성서 해독본을 읽었는데……?"

내가 고개를 갸웃 기울이자 발루아 공작 부인이 딱딱하게 얼어붙었다. 나는 가느다란 눈으로 눈썹을 들어 올리며 은근하게 말했다.

"그러면 저 애는 불법을 저지른 건가요?"

닐스도 뭔가 잘못된 걸 느꼈는지 안절부절못했다.

'잘못된 게 맞지.'

왜냐면 네 인생의 유일한 자랑인 황립 아카데미는 범죄 경력이 있는 사람은 받아 주지 않거든.

그리고 너랑 너희 엄마 곧 잡혀가!

나는 정말로 속에서 우러나오는 천진난만한 웃음을 지었다.

발루아 모자에게 시선이 쏠렸다.

"우, 우리는, 우린……."

새파랗게 질린 얼굴로 웅얼거리던 발루아 공작 부인은 변명거리를 찾지 못했다. 제 아들의 손목을 붙든 그녀가 얼른 잡아끌었다. 공작 부인에게 끌려가던 닐스가 나를 찢어 죽일 듯 노려봤지만 나는 상큼하게 손을 흔들어 줬다.

* * *

"미카엘라 조르주입니다. 미력하지만, 아이들을 교육하고 있지요."

"칸디라 디몽테라고 합니다. 젊은 시절 황태후 폐하의 시녀로 일했습니다."

유명한 대모 후보들이 나를 둘러싸고 자신들을 소개했다. 모두 탐이 난다는 듯 번들거리는 눈빛이다.

그도 그럴 것이, 나는 입양아긴 해도 듀블레드 영애이다. 그것도 죽은 공작 부인의 성을 미들 네임으로 받지 않았던가. 그리고 지난번 루미너스 약 사건으로 나를 향한 황태후의 관심이 지대해졌다.

거기다 신전도 모르는 성서의 구절까지 해석했으니 내 주가가 천장으로 솟구친 게 당연했다.

나는 부담스러운 마음을 내색하지 않으려고 애쓰며 방긋방긋 웃었다.

'고대어를 읽을 줄 안다는 건 역시 비밀로 해야지.'

지금도 이렇게 몰려들었는데, 그것까지 밝혀지면 더 귀찮아진다. 몰려든 귀부인들 때문에 괴로워하고 있을 때, 문에서 우렁찬 목소리가 들려왔다.

"카밀라 대부인 드십니다!"

삼삼오오 모여 있던 사람들이 벽 가로 물러나며 고개를 숙였다. 나도 고모 쪽으로 다가가 허리를 조금 굽히고 카밀라 대부인을 보았다.

이전 삶에서도 보았지만, 여전히 굉장한 품격이 느껴졌다. 우아한 걸음엔 낭비되는 움직임이 조금도 없다.

주최자인 윌트로 백작 부인이 빙그레 웃으며 대부인에게 다가갔다.

"귀한 걸음 해 주셨습니다. 영광입니다, 대부인."

"훌륭한 파티로군. 세심하게 신경 쓴 것이 느껴지네."

"기쁜 말씀이시네요."

대부인이 내부를 둘러보며 말했다.

"훌륭한 파티이니 모두 아쉬움 없이 즐기도록 하시오."

가슴에 손을 얹고 허리를 조금 더 깊이 굽힌 사람들이 그제야 자세를 바로 했다. 다시 파티장에 소음이 돌아왔다.

카밀라 대부인은 너무 구석도, 중앙도 아닌 테이블에 자리를 잡았다. 자리는 별로 없지만, 사람들이 다가오기 좋은 자리였다.

'역시 사교계의 일인자.'

파종제 때의 황태후와는 전혀 다른 모습이었다. 파벌을 묵인하지만, 싸움이 과열되는 것은 제지한다. 자유롭게 사교계를 즐기도록 하나, 질서가 무너지는 것은 보지 않는다.

'역시 여전히 대모로 부탁하고 싶어 하는 사람은 많은가 봐.'

그녀의 주변으로 어린 레이디들과 아이들의 부모가 빼곡했다.
카밀라 대부인은 거목이었다. 단지 가장 강력한 입김을 자랑하기 때문만이 아니라, 모두를 공평하게 대하기 때문이었다. 그녀는 그 누구의 대모가 되어 주지도 않았다.
'먼저 말을 거는 경우조차 없으니까.'
그때였다.
"듀블레드 영애."
나는 나를 빤히 쳐다보는 그녀를 보고 깜짝 놀랐다.
'응?'
대모로 삼기 위해서 계획을 차근차근 밟아 오긴 했지만, 이렇게까지 공개된 곳에서 날 부를 줄은 몰랐다. 고모를 힐끔 보자 그녀가 고개를 끄덕여서 나는 카밀라 대부인에게 향했다.
"카밀라 대부인을 뵙습니다."
"이리 앉으렴."
그러곤 주변에 몰린 사람들에게 말했다.
"영애와 따로 나눌 이야기가 있으니 자리를 비켜 주지 않겠나."
사람들이 놀란 건 두말할 필요가 없는 일이었다. 물러나면서도 다들 호기심 어린 얼굴로 이쪽을 힐끔거렸다.
"며칠 만이구나."
"예, 대부인."
"그간 뭘 하면서 지냈니?"
"산책도 하고, 책도 읽었어요."
"지난번에 말해 준 구절이 있는 책일까."
"네! 제가 제일 좋아하는 책이거든요."
"고마운 일이구나."

그러며 대부인은 나를 부드러운 눈으로 바라봤다.

"영애에게 선물을 하고 싶어. 요새 아이들은 무엇을 제일 좋아할지 고민하다가 필요한 것을 주기로 했지. 가지고 싶은 것은 없니?"

괜한 의심을 사지 않도록 눈을 깜빡이며 물었다.

"제게 선물을요?"

"그래. 영애에게 고마운 일이 있어서 말이지. 네 덕에 소중한 것을 놓치지 않을 수 있었단다."

레티시아와 리오넬을 받아들이기로 한 모양이다.

'곧 대공 비와 공자가 되겠구나.'

난 더 이상 말하지 않고 빙그레 웃었다.

"소중한 것이 무엇인지 궁금하지 않니? 호기심이 많은 나이일 텐데."

"대부인처럼 현명하신 분께서 하시는 말씀이니 뜻이 있을 것 같아서요. 또, 자세한 것을 말씀해 주시지 않는 건 지금 들어서는 안 되는 일일 거예요."

나를 마냥 아이 대하듯 했던 그녀의 눈빛이 달라졌다.

"영애는 영리하구나. 아주."

"과찬이세요."

"아니, 정말로 영리해. 진심이다."

그녀가 날 빤히 쳐다보았다. 나는 그 눈빛을 피하지 않았다.

"대부인의 말씀은 감사하지만 가지고 싶은 것이 별로 없어요."

"가지고 싶은 것과 필요한 것은 다르지."

"필요한 거라면……."

나는 말꼬리를 늘리며 생각하는 척하다가 고개를 저었다.

"하지만 그건 대부인께서 주실 수 없는 거예요."

"내가 줄 수 없는 것은 거의 없을진대, 영애가 날 과소평가하는 것은 아닐까?"

그녀가 약간 짓궂게 물었다. 난 고개를 단호히 저었다.

"사람은 줄 수 있는 게 아니잖아요."

"사람? 영애에게 사람이 필요한가. 이미 충분히 넘칠 터인데. 아름답고 능력 있는 아버지, 뛰어난 형제, 제도 최고의 인기인인 고모. 주변엔 인재들로 넘친다고 들었다."

"제게 필요한 건 제도를 가르쳐 줄 사람이에요. 아빠가 그러셨어요. 저는 듀블레드 영애라 나중에 고모를 대신해야 한다고요. 그런데 저는 아직 어려서 아무것도 모르니까 답답해요."

"……너라면 대모가 되길 바라는 사람들이 많을 텐데?"

"하지만 함부로 사람을 구할 수 없어요. 대모님은 그냥 사교계에서의 태도를 가르쳐 주시는 분이 아니라고 했어요. 두 번째 어머니예요."

"……."

"그러니까 저는 정말로 믿을 수 있고, 어머니처럼 따를 수 있는 분이 필요해요."

카밀라 대부인이 책상을 톡, 톡, 두드렸다.

"그렇구나. 영애의 말이 맞아."

그때, 초콜릿 분수가 안으로 들어왔다. 아이들을 위한 주최자의 선물이었다. 신이 나서 달려가는 아이들을 멀뚱멀뚱 보다가 나는 아차 싶었다.

'나도 신나 해야지!'

그렇게 생각하고 "와!" 소리쳤다.

"가 보렴."

대부인의 말에 나는 벌떡 일어나 인사하고서 초콜릿 분수로 갔다. 걸으면서도 신경은 온통 등 뒤의 카밀라 부인에게 집중되어 있었다. 반질

반질한 분수에 비친 카밀라 부인은 시녀에게 손짓하고 날 보았다.
'듀블레드…… 알아 오렴…… 교육은 어디까지…… 어서.'
분수에 비치는 입 모양을 겨우겨우 읽은 난, 비스킷을 그릇에 옮기며 입꼬리를 올렸다.
아무래도 내가 대부인저에 불려갈 날이 얼마 남지 않은 듯했다.

* * *

'그리고 예상대로!'
나는 발을 까딱까딱 흔들며 마차의 창밖을 바라보았다.
카밀라 대부인이 나를 식사에 초대했다. 유례없는 일이라 듀블레드의 사람들은 당황했다.
가족들은 저의가 대체 무엇인가에 대해 논했는데, 난 냉큼 "가고 싶어요!" 하고 말했다. 아빠는 결국 날 카밀라 대부인저로 보내 주기로 했다.
"제대로 앉지 않으면 다친다."
……요한과 함께.
나는 "네……." 대답하고 얌전히 자세를 바로 했다.
호위(겸 감시)가 붙긴 했지만 괜찮다. 어차피 대부인과의 대화는 단둘이 하게 될 테니까.
단정하게 연미복을 차려입은 사내들이 마차에서 내린 우리에게 인사했다.
"듀블레드의 귀애들을 뵙습니다."
그리고 그들의 안내에 따라 방으로 들어갔다. 요한은 응접실에서 기다리게 됐고, 나는 응접실 옆에 딱 붙은 방으로 향하게 되었다.

"곤란한 질문을 하면 바로 불러."

요한이 그렇게 속삭여서 나는 고개를 끄덕이고 방 안으로 들어갔다.

"황궁에서 연락이 와서 잠시 자리를 비우셨습니다. 곧 오실 테니 기다려 주십시오."

"네."

집사가 방을 나선 후 나는 소파에 조심스럽게 앉았다.

'여기가 카밀라 대부인이 마음을 나누는 몇 명만을 초대한다는 귀빈 응접실이구나…….'

신전의 고위 사제 중 한 사람이 카밀라 대부인과 절친한 지기 사이라, 대부인저의 응접실에 관한 이야기를 들은 적이 있었다.

나는 "와……." 작게 감탄하며 주변을 둘러보았다.

엄청나게 호화로운 건 아니지만, 장식품 하나, 양탄자 하나가 모두 반질반질했다. 예스러운 멋으로 가득한 곳이다.

응접실엔 테라스가 붙어 있었는데, 커다란 창을 통해 햇빛이 쏟아지고 밖에 푸릇푸릇한 나무와 오색의 꽃이 잔뜩 있었다.

'어? 저거 하로꽃인가?'

일곱 겹의 꽃잎에 쌓인 꽃을 본 나는 속으로 비명을 질렀다. 내가 지난번 꿀차를 마시고 알레르기를 일으켰던 그 꽃이다.

냄새만 맡아도 속이 울렁거리는 터라 나는 정말 하로꽃인지 확인하고, 맞다면 창을 닫기 위해 테라스로 향했다.

'테라스는 바깥 응접실과 이어져 있네.'

그런 생각을 하며 난간 아래로 고개를 내밀었을 때였다. 멀리서 누군가를 부르는 목소리가 들렸다.

"……님 어디 계세요!"

"……자님."

"아드리안 황자님!"

그리고 툭. 무언가 위에서 툭, 하고 떨어졌다. 나는 놀라서 고개를 돌렸다. 그리고 보인 건—

"너……."

"……!"

선선한 바람에 찬란한 금발의 머리칼이 흩어지고, 선명한 적안이 드러났다.

'아드리안!'

내가 놀라서 어버버거리는 사이, 굳어져 있던 그가 입을 열었다.

"이샤크, 네가 왜……."

그가 중얼거리던 찰나.

옆의 응접실 창문에서 끼익, 경첩이 우는 소리가 들렸다.

'옆방엔 요한이!'

나는 얼른 그를 끌어당겨서 커튼 뒤로 숨었다. 그리고 아드리안의 어깨를 얼른 잡아서 무릎을 굽히게 했다. 할 수만 있다면 꼬깃꼬깃 접어서 주머니에 집어넣고 싶은 기분이었다.

심장이 콩닥콩닥 뛴다.

아드리안과 요한은 철천지원수가 따로 없었다. 서로의 목에 칼날을 꽂아 넣을 기회만을 노리는 최대의 정적이었다.

나는 요한이 문을 연 건가 싶어서 벽을 짚은 채로 슬그머니 고개를 내밀었다. 하지만 보이는 것은 연미복의 제비 꼬리 같은 깃뿐이다.

'집사가 문을 열어 줬나 봐.'

나는 한숨을 내쉬고 다시 방 안을 살핀 뒤 정면을 바라보았다. 동공이 좁아진 그가 나를 빤히 쳐다보고 있었다.

숨결이 느껴지는 가까운 거리에서.

"이렇게 벽을 쾅, 쳐서 품에 가두는 거야. 벽치기라고 해!"

순간, 미나의 말이 떠올랐다.

나는 후다닥 그에게서 멀어졌다. 그리고 주위를 살핀 뒤 테라스의 문을 꼭 닫았다.

"왜 여기 있어?"

황궁에 있어야지!

"너야말로."

아드리안의 말에 나는 조금 당황했다.

"나는 초대받아서……. 아니, 내가 먼저 물어봤는데!"

"여기서 지내고 있어."

아드리안이 카밀라 대부인의 집에서 지낸다고?

지난 삶에선 한 번도 없던 일이다. 애초에 그는 여덟 살 때 외조부의 반역으로 황궁에서 쫓겨났어야 했다.

"언제부터?"

"5년 전부터."

"그래서 편지에 답장이 없었구나."

내가 네 살 때 아드리안이 편지를 보낸 적이 있었다. 꽃다발, 그리고 구두와 함께.

아이의 모습이 눈에 밟혔던 난 그에게 답장을 써서 의장을 통해 신전으로 보냈다. 하지만 아드리안은 이미 신전을 떠난 뒤였기에 편지를 받지 못했던 것이다.

"……내게 편지를 보냈어?"

"응."

그것도 아주 자주 보냈다, 이 녀석아.

성으로 보낼 수는 없는 터라 혹시나 아드리안이 신전에 올까 봐 제를 지내는 날이나, 신전에 황궁 마차가 들어갔다는 소식이 들리는 날엔 꼭 편지를 부쳤다. 그렇게 전하지 못한 편지가 열 통이 넘어간다.

아드리안의 눈썹 끝이 늘어지고, 눈빛이 흐려졌다.

"몰랐어……."

비 맞은 강아지 같은 표정에 나는 조금 당황했다. 그의 눈이 촉촉해져서 엄청난 죄를 지은 기분이었다.

여덟 살 때도 완성형이던 얼굴은 이제 만개한 꽃처럼 아름다웠다. 쳐다보는 것만으로도 죄스러운 미인이 시무룩해지니 얼른 달래 줘야 할 것 같아진다.

"몰랐을 수도 있지. 거기에 없었잖아. 또 보낼게! 여기로 보내면 이번엔 받을 수 있겠다."

"내가 먼저 듀블레드령으로 보낼게."

"나 이제 제도에서 지내."

"제도?"

"응. 가족들이랑 여기로－"

말하다가 흠칫했다.

'아드리안은 날 듀블레드 기사단의 종자인 이샤크로 알잖아.'

그때는 망명할 줄 알고 입에서 나오는 대로 지껄였다.

'지금이라도 말할까?'

카밀라 대부인이 내 대모가 되면 어차피 알게 될 일이다.

"있잖아. 사실은－"

쾅－!!!

순식간에 테라스의 문이 반대편 벽으로 날아갔다. 그리고 저벅, 저벅,

낮은 발소리와 함께 역광을 받아 가장자리가 시리게 빛나는 은발이 보였다.

'요한……!'

내가 요한을 부를 새도 없이 아드리안이 경계 어린 눈으로 내 허리를 끌어안아서 품속에 감췄다. 요한은 검 끝을 아드리안에게 겨누며 말했다.

"그 손 놔."

"뭐 하는 놈이냐."

두 사람의 살기에 짓눌려서 난 숨이 막힐 지경이었다.

"경고는 한 번뿐이다."

그렇게 말한 요한이 아드리안을 향해 빠르게 파고들었다. 아드리안은 순식간에 나를 안은 채로 휙, 돌아 요한의 뒤로 물러났다.

벽을 박찬 반동으로 한 번에 뒤를 돈 요한이 검 끝을 다시 한번 아드리안의 목을 향해 노렸을 때, 아드리안은 장식장을 걷어차 촛대를 떨어뜨렸다.

그는 한 손은 날 안고, 다른 손으로 촛대를 받아서 들어 요한의 검을 막아냈다.

챙!!

날카로운 마찰음과 함께 공기가 크게 진동하며 폭풍처럼 바람이 휘몰아쳤다.

"그마안―!"

나는 버럭 소리쳤다.

아드리안과 요한의 시선이 일시에 나를 향했다. 고래 싸움에 새우 등 터진 난 눈이 팽팽 돌고 있었다.

*　　*　　*

“이게 무슨, 말도 안 되는……!”

카밀라 대부인이 난장판이 된 귀빈 응접실과 소파에 주르륵 앉은 요한, 나, 아드리안을 쳐다봤다.

나는 두 손을 모으고 일어나서 울먹울먹한 눈으로 카밀라 대부인을 쳐다봤다.

‘전 잘못이 없답니다.’

이건 다 저 몬스터들 탓이에요!

속으로 열심히 소리쳤지만, 나온 말은 꽉 메인 목소리의 “죄송합니다.”뿐이었다.

“정말로 죄송해요, 대부인.”

“기가 막혀서…….”

당연히 어이가 없을 것이다. 얘기를 나누려고 날 불렀는데, 와 보니까 아끼는 귀빈실이 난장판. 대부인이 듀블레드에 공식 항의를 한다고 해도 할 말이 없었다.

나는 눈을 꽉 감았다.

‘이렇게 되면 어쩔 수 없다.’

“대부인……. 지난번에 말씀하신 선물은 오늘의 실수를 잊어 주시는 것으로 하면 안 될까요?”

아까워서 땅을 치며 울고 싶었지만, 방법이 없었다.

저 웬수들 때문에.

요한은 듀블레드의 장자다. 지금은 황족이 아니지만, 아직 준황족의 대우를 받는 카밀라 대부인에게 항의를 받게 되면 명예가 바닥으로 추락할 거다.

요한의 경솔함을 물고 늘어져서 어떻게든 결함을 만들려는 사람들이 수두룩할 텐데, 거기에 제물을 놓아 주는 격이었다. 창창한 앞길에 가시덤불이 깔리는 것이다.

아드리안은 더 문제였다. 황실에서 나와 카밀라 대부인저에서 오래 지내는 걸 보면 갈 데가 여기뿐이라는 의미일 터다. 아드리안이 또 비 맞은 강아지 꼴로 거리를 배회하는 상상을 하니 머리가 아팠다.

"……영애도 이 꼴에 일조했나?"

"아니지만 그래도……."

"일단 왜 싸운 건지나 들어 보지."

나도 그걸 모르겠다.

나는 입을 꾹 다물고 있는 요한의 옆구리를 쿡 찔렀다. 입 모양으로 '빨리!'하고 말하니 미간을 좁힌 그가 겨우 입을 열었다.

"귀빈실에서 기척이 느껴졌습니다. 집사에게 물으니 안엔 르블레인뿐이라고 하는데, 기운이 단련된 자의 것이었습니다."

이번엔 아드리안을 쿡 찔렀다.

'너도 말해!'

그런 눈으로 바라보니 아드리안도 천천히 입을 열었다.

"대부인을 뵈러 왔는데, 이 아이가 있었습니다."

"또 테라스로 들어왔구나."

"아이와 잠깐 이야기하는 중이었는데 공격이 들어와서 대적했을 뿐입니다."

이야기를 다 들은 카밀라 대부인이 푹, 한숨을 내쉬었다. 나는 기죽은 눈으로 대부인을 봤는데, 그녀가 나를 향해 눈을 가늘게 좁혔다.

"영애의 소원이라니 넘어가야겠구나."

"감사합니다……."

다행이었지만, 눈앞에서 대모가 날아가 버렸다.

나는 속으로 요한과 아드리안에게 이를 갈았다. 이 빚은 저 웬수들이 성공하면 백 배로 돌려받고 말 테다.

"네게 재밌는 소문이 있더구나."

"네?"

"성서를 해독할 줄 안다지?"

"네."

"그럼 어디 이 말도 해석해 보아라."

대부인이 손짓하자 집사가 바닥에 널브러져 있던 액자를 가져왔다. 나는 집사가 건넨 액자를 바라보았다.

[눈이 있되 없어야 하며, 귀가 있되 없어야 하고, 입이 있되 없어야 한다.]

액자 안의 글귀를 읽은 난 카밀라 대부인을 바라보았다. 그녀가 말해 보라는 듯 고개를 끄덕였지만, 나는 아무것도 말하지 않았다.

응접실에 있는 사람들은 당황한 얼굴이었다. 요한과 아드리안도 나를 힐끗 바라봤다.

카밀라 대부인은,

"아하하!"

입을 가린 채로 드물게 크게 웃고 있었다.

"역시 영리해. 내가 사람을 아주 잘 본 모양이야."

'눈이 있되 없어야 한다'는 모든 것을 섬세히 살펴야 하나 당장 앞에 있는 이득에 눈이 멀지 않도록 스스로 잘 다스리라는 뜻.

'귀가 있되 없어야 한다'는 남의 이야기를 잘 경청해야 하나, 소문에

혹하지 말아야 한다는 뜻.

'입이 있되 없어야 한다'는 예의를 차려야 하나, 해야 할 말과 하지 말아야 하는 말을 구분하라는 것이다.

'그러니까 답은 눈치는 잘 보고 말은 많이 하지 말라는 거지.'

그러니까 입을 다문 것이다.

"내 대모께서 생전에 물려주신 것이다. 영애가 가지도록 해."

"……네?"

"액자까지 직접 골라서 곱게 전달하려 하였는데 난장판이 된 덕에 헛수고했구나."

그러며 싸늘한 시선으로 요한과 아드리안을 쳐다본다.

'그러니까 이거…….'

나는 환호성이 터질까 봐 입을 틀어막았다.

'성공했다!!'

내 대모가 되어 주신다는 거야!

"감사합니다, 대모님!"

내가 냉큼 말하자 그녀가 "눈치가 빨라서 좋아." 하고 말했다.

"일주일 한 번, 내 저택에서 너를 교육하도록 하마. 필요한 것이 있다면 내가 준비해 둘 터이니 넌 신경 쓸 필요가 없다. 하이힐이나, 하프(제국에서 귀족 영애의 덕목으로 꼽히는 악기) 같은 것을 가져오면 당장에 내다 버리도록 할 것이다."

"예, 대모님!"

"좋아, 그럼 이 이야기는 아리에쥬 백작과 마무리하도록 하지. 그 전에 몇 가지 주의 사항이 있다."

"말씀해 주세요."

"첫째, 난 너무 겸손한 것을 별로 좋아하지 않아. 체면을 차려야 하나 내 아이가 남들에게 지는 것은 보지 못한다."

그건 내가 아주 잘하는 거다.

나는 히히 웃고서 크게 고개를 끄덕였다.

"둘째, 과하게 오만한 자도 좋아하지 않는다. 내 위세를 빌려 헛짓거리를 하는 놈들은 혐오하지."

"네."

"좋아. 그럼 돌아가도……."

그녀가 그렇게 말하려던 찰나, 요한의 통신 마도구가 진동했다. 마도구를 확인한 요한이 다시 안주머니에 그것을 집어넣었다.

'통신 마도구를 써야 하는 일이라고?'

통신 마도구는 몹시 고가라 듀블레드에서도 구하기 힘든 것이다. 가주인 아빠와 후계인 요한만 상비하고 다녔다.

"무슨 일 있어요?"

물으니 요한이 대수롭지 않게 말했다.

"황궁에서 널 찾는 사람이 왔다는군."

"설마……."

"황태후 폐하."

그러자 카밀라 대부인의 손에 꽉 힘이 들어가고, 핏줄이 불거졌다.

"내가 마지막 하나를 잊고 있었구나."

"네?"

그녀가 나를 보며 눈썹을 까딱, 들어 올렸다.

"난 질투가 아주 많아. 내 아이가 다른 귀부인과 붙어먹는 꼴은 못 보지."

—라고 제국에서 제일 우아하다는 카밀라 대부인께서 말씀하셔서 나는 양손을 잡고서 어색하게 웃었다. 그렇게 대화가 끝나고 나와 요한이

몸을 일으켰다.

"그럼 대부인, 가 보겠습니다."

내가 말하고 요한이 고개를 숙였다. 카밀라 대부인은 고개를 끄덕였다. 요한과 함께 방을 나서려던 중에 "참." 하는 대부인의 목소리가 들렸다.

"영애는 약혼자가 있나?"

"약혼자요?"

귀족이라면 어려서부터 혼약을 맺긴 하지만, 난 아직 없다.

"아니요."

그렇게 말하자 대부인이 후후 웃었다.

"사교계에선 대모가 시어머니가 되는 경우가 심심치 않게 있단다."

나는 고개를 갸웃했는데, 요한과 아드리안이 일시에 대부인을 쳐다보았다. 아주 서늘한 시선이었다.

"듀블레드와 관련되지 않았을 때 말이죠."

요한이 고저 없는 목소리로 대꾸하자 카밀라 대부인의 입꼬리가 느른히 올라갔다.

"나는 혼약에 있어 가장 중요한 것은 당사자의 의견이라고 생각해 왔네."

그 말은 사실이다. 그러니까 대공에 비하면 한미한 가문인 데다가, 온갖 사고를 칠 것이 자명한 부모, 형제가 있는 레티시아를 며느리로 들이지 않았던가.

카밀라 대부인의 당당한 태도에 요한이 내 손을 끌어당기며 말했다.

"카밀라 대부인의 뜻은 필히 전하도록 하지요. 아버님께서 어떻게 생각하실지는 모르겠습니다만."

"협박하는 건가?"

"설마요."

여상하게 대꾸한 그가 문을 연 후에 대부인을 흘깃 쳐다보았다.

"한데 아버님 말씀이, 흑심 있는 자가 듀블레드의 문턱을 넘으려면 적어도 아버님을 죽일 각오나, 죽을 각오는 필요하다셨습니다."

요한이 내 등을 부드럽게 밀어 방 밖으로 나서게 하며 덧붙였다.

"물론 사지 멀쩡하게 아버님 앞에 설 수 있을지부터가 문제겠지만요."

카밀라 대부인이 흠칫했다.

* * *

대부인저에서 돌아온 나는 소파에 앉아 가족들을 힐끔힐끔 쳐다봤다.

"할망구가 노망이 들었나!"

요한에게서 얘기를 전해 들은 가족들이 잔뜩 흥분한 것이다. 며느리 얘기가 나오자마자 저토록 분노했다는 건, 그녀에게 내 또래 손주가 생겼다는 정보를 이미 입수한 것일 터였다.

'무섭다, 듀블레드…….'

대부인이 며느리와 손주를 찾은 건 며칠 되지 않은 일이었다.

그것도 몹시 은밀하게 진행된 일이라, 레티시아의 아버지인 바르투 백작조차도 제 딸과 대공의 사이를 모르고 있었다. 알면 그들이 여전히 마르슈 공작가의 똥개 노릇을 하고 있을 리 없으니까.

'그런데 그걸 벌써 알았다는 건 대체 어디까지 정보선이 뻗어 있다는 말일까.'

생각하니 두려워져서 난 마른침을 꼴깍 삼켰다.

서늘한 표정으로 찻잔 손잡이를 매만지던 앙리가 마찬가지로 흉흉한 얼굴의 아빠에게 말했다.

"암조(듀블레드에서 제국 곳곳에 숨겨 둔 세작) 접촉권과 유진 노스를 붙여 주십시오. 나흘 안에 그들을 쫓아내도록 하겠습니다."

으득, 이를 간 이샤크도 아빠를 쳐다봤다.

"제도군 1천을 주십시오. 그것들의 목을 전부 따 오겠습니다."

주어는 없었지만, 오빠들이 말하는 '그들'이 카밀라 대부인 내지는 대공가라는 것을 알 수 있었다. 툭, 툭, 소파 팔걸이를 두드리던 아빠의 손이 결정했다는 듯 뚝, 멎어서 나는 비명을 지를 뻔했다.

'큰일 났다!'

애써 구한 대모가 날아간다. 듀블레드의 군홧발에 대부인의 저택이 폭삭 무너지는 상상이 들자 등골이 오싹해졌다.

'이렇게 되면 하는 수 없지.'

나는 양손으로 볼을 감싸며 아효……. 하고 깊은 한숨을 내쉬었다. 가족들의 시선이 일시에 내게로 향했다.

"무슨 일이냐."

고모가 물어서 난 일부러 눈썹을 늘어뜨리며 말했다.

"저는 혼약자 같은 거 필요 없어요!"

그러자 살벌하게 얼굴을 일그러뜨렸던 듀블레드 사내들이 움찔했다. 나는 더더욱 울망울망한 눈으로 고모를 보며 외쳤다. 심정은 거의 물 한 바가지를 짊어지고 불바다 속에 뛰어드는 투사였다.

"나는 가족들이랑만 평생 살고 싶은걸."

그러자 이샤크가 큼, 헛기침하며 물었다.

"……정말?"

"응. 아빠랑 오빠들이 세상에서 제일 멋지니까."

"맞아!"

그가 씩 웃어서 나는 눈을 동그랗게 뜨고서 말을 이었다.

"아빠랑 오빠들은 모두 기사잖아. 약한 사람을 보호하고 함부로 사람을 죽이지 않는 기사! 그렇지?"

"어? 어…… 그……렇지."

이샤크가 당황해서 난 앙리를 쳐다봤다.

"나쁜 귀족들은 막 힘을 함부로 쓴다고 그랬는데 우리 가족은 안 그렇잖아. 맞지?"

"……으응."

그러고서 아빠를 쳐다봤다.

"노스가 좋은 관리보다 좋은 군주가 되는 게 훨씬, 훨—씬 어렵다고 했어요. 옳은 결정을 하는 게 제일 어려운 거라고요. 아빠는 좋은 군주니까 제일 멋진 사람인 거지요? 네?"

"……그래."

나는 방긋 웃고서 짝, 손뼉을 쳤다.

"역시 우리 가족이 제일 멋지니까 가족들이랑만 평생 살래요."

—하면서.

아빠와 오빠들이 흠칫했다.

"그 일은 다시 생각해 보도록 하지. 섣부른 결정일 수 있으니."

"예."

"네, 저는 정의로운 기사니까요."

가족들의 말을 들은 난 속으로 고개를 끄덕였다.

다행이다. 대모를 새로 구하지 않아도 되겠어.

그렇게 생각한 나는 속으로 안도의 한숨을 내쉬었다.

그 후, 난 '아빠, 오빠가 최고로 멋져.'라고 백번쯤 말해 주고서야 호랑가시나무의 방을 터덜터덜 나올 수 있었다.

계단으로 막 올라가려는데 언제 나왔는지 요한이 물었다.

"나는?"

"네?"

"……."

"……?"

"……됐다."

그렇게 말한 그가 반대편으로 걸어가서 나는 고개를 갸웃 기울였다.

*　*　*

며칠 후, 대부인에게 첫 교육을 받는 날이 되었다.

카밀라 대부인저에 도착해 마차에서 내린 난 마중 나온 그녀에게 인사했다.

"대부인을 뵙습니다."

"……그래."

대부인은 언짢은 표정으로 인사를 받아 주면서 내 마차와 함께 온 중대 셋에 이르는 기사들을 쳐다봤다.

"자네들을 전부 대접할 티 세트가 내 저택엔 없는데."

사교계에서 흔히 쓰는 점잖은 축객령에 기사들이 우렁차게 대답했다.

"세숫대야라도 괜찮습니다!"

"자네들이 모두 대기해 있을 의자가 내 저택엔 없다고."

썩 꺼지라는 의미의 말에도 기사들은 소리 높여 말했다.

"개집 지붕 위라도 저희는 괜찮습니다!"

"……멋대로들 하게."

질린 듯한 어조로 말한 대부인이 휙, 등을 돌려서 난 뒤를 쫄랑쫄랑 따라갔다. 그러다가 입구 계단에 이르러서 그녀의 팔을 잡았다.

"뭣 하는 게냐."

"저택에 들어가면 귀족가의 영양으로 점잖게 굴어야 하니 지금이라도 대부인께 안길래요!"

'사실은 무릎이 좋지 않다는 걸 알고 있기에 팔을 잡아 준 거지만.'

카밀라 대부인은 노인인 만큼 여기저기 아프지 않을 수가 없었는데, 특히 무릎이 좋지 않았다.

하지만 그녀는 나이 든 내색을 하는 것을 싫어했다. 남들 앞에선 너무나 아무렇지 않은 체하여 아무도 그녀가 관절이 아프다는 것을 모를 정도였다.

'하지만 나는 알지.'

루미너스 약 구매자 명단에 대부인이 있었으니까.

소문에 휘둘리지 않는 그녀가 왜 루미너스 약을 구매하였는가 했는데, 그녀를 유심히 살펴보면서 알았다. 대부인이 참석하는 파티는 모두 계단이 없는 곳이라는 걸. 그리고 그녀는 의자에 앉을 때마다 미미하게 미간을 찌푸리기도 했다.

'무릎이 아프다는 거야.'

난 어린애답게 천진하게 웃었다. 하지만 대부인은 내 속뜻을 짐작했는지 픽, 웃었다.

"탐이 날 수밖에 없는 아이라니까."

나는 생긋 웃고 그녀를 부축해 저택 안으로 들어갔다.

대부인이 나를 데리고 들어간 곳은 벽 한 면이 전부 창인 거대한 방이었다. 창밖으로 푸릇푸릇한 잔디와 아름다운 활엽수들이 모인 정원이 보였다.

"앞으로 네가 교육받을 수련실이다. 이 앞으로 정원이 있고, 정원 안쪽으론 유리 온실이 있지. 둘러보도록 해라."

"네, 대부인."

얌전히 대답하자, 대부인은 내가 안을 편히 둘러보도록 자리를 피해주었다.

유리문을 열고 나서자 새콤한 풀 내음이 코안 가득 밀려들었다. 햇빛이 곳곳에 가득 내리쬐고 있고, 바람은 선선해서 걷기에 무척 좋은 곳이었다. 곳곳을 둘러보던 난 온실에 이르러 우뚝 걸음을 멈추었다.

물로 이루어진 물고기가 허공을 유영하고 있었다.

'아드리안의 권속?'

5년 전, 짝으로 보이던 작은 쪽의 물고기가 사라진 후에도 여전히 남아 있는 모양이다. 나는 약간 기가 질렸다.

'아드리안은 대체 얼마나 신성력이 강한 거지?'

당시에도 2년 정도 권속을 유지했었으니 이제 거의 7년째였다.

물고기가 다가와 꼬리로 뺨을 간질였다. 마치 강아지처럼 애교가 많은 권속이 귀여워서 나는 히힛, 웃었다. 손을 내밀자 손바닥 안으로 들어와 빙글빙글 맴돈다.

"옳지, 옳지. 착하다."

그때였다.

"이리 와, 아망드."

익숙한 목소리가 들리기 무섭게 아망드가 내 손바닥에서 빠져나갔다.

"아드리안."

"……."

"잘 지냈어?"

물으니 선명한 적색의 눈동자가 나를 지그시 응시했다.

"듀블레드 영애."

'역시 알아차렸구나.'

모르는 게 이상하지만.

그 애의 눈은 깊게 가라앉아 있었다. 친구 하자고 해 놓고 이름도 거짓으로 말해 줬으니 배신감을 느꼈을 터다.

'그러니까 이럴 땐…….'

고민하는 내게 아드리안이 고저 없는 목소리로 물었다.

"날 속이는 게 재미있었―"

"잘못했어!!"

이럴 땐 차라리 선수 치는 게 최선! 미친 듯이 빌어야 한다.

"결계에 실수로 들어갔을 때, 무서워서 오빠 이름을 댔어! 다시 안 만날 줄 알고!"

"그럼 왜 아미를 묻어 줄 때―"

"미안해!! 그때 말했어야 하는데 정신이 없어서 잊어버렸어!"

"편지를 받았을 땐 어떤 기분―"

"반성할게!! 일부러 속이려고 한 건! ……맞아. 미안해. 네가 화낼 만해! 내가 나빠. 정말로 반성하고 있어. 정말로 미안해. 변명의 여지가 없어. 네가 화내는 게 당연해!"

말도 끝나기 전에 냅다 싹싹 비는 날 보고 아드리안은 당황했다.

* * *

얼마쯤 뒤.

아드리안은 언제나 같은 표정으로 잔뜩 기죽어 있는 여자아이를 바라보았다. 겁먹은 다람쥐 같기도 하고, 날아가기 직전의 작은 새 같기도 한 아이를 빤히 쳐다보던 아드리안이 천천히 입을 열었다.

"내가 싫어서 속이려던 건 아니란 거지?"

"응!"

"그럼 됐어."

아드리안이 그렇게 말하자 르블레인은 눈을 깜빡였다. 똘망똘망한 눈동자에 '그게 다야?' 하는 말이 쓰여 있는 것 같았다.

"용서해 주는 거야?"

"응."

"이렇게 쉽게?"

"응."

"……아드리안 바보야?"

여자애는 왈칵 인상을 찌푸렸다. 미안하다고 한 주제에 제가 더 답답한 표정이었다.

"내가 속였잖아. 그러면 화를 내야지!"

"화를 내려고 했는데, 너를 보니까 그냥 다 괜찮아졌어."

"바보야. 나는 네가 화낼까 봐서 빈 거란 말이야. 괘씸해야 하는 거라고."

여자애는 답답한 듯 가슴을 쿵쿵, 두드렸다. 그러며 저는 간사하고, 나쁜 애이니 화를 내야 한다고 종용했다.

"알았어? 나는 약았단 말이야. 어?"

"약은 사람은 본인이 약았다고 말하지 않아."

"이렇게 착해 빠져서 어떻게 살려고."

아이가 가슴을 쿵쿵 두드리자 아드리안은 희미하게 웃었다.

"그러면 알려 줄래? 네 진짜 이름."

저 애는 모를 것이다. 사실 정말로 약은 사람은 저였다.

미안해져서, 부채감이라도 생겨 자신을 한 번 더 생각해 준다면 그것으로 좋았다. 새카만 밤을 오로지 네 기억 하나로 밝히던 나처럼 간절하진 않더라도.

*　　*　　*

아드리안의 물음에 조금 머뭇거리던 난 조그만 목소리로 말했다.

"르블레인이야."

"……르블레인."

그 애는 되뇌듯 몇 번이나 내 이름을 부르다가 빙그레 미소 지었다.

"예쁘다, 이름."

"진짜 바보라니까……."

자꾸만 한숨이 나온다.

'얘는 이렇게 착해서 어떻게 살려고 하지?'

콩알만큼 남은 양심이 마구 찔려 올 정도라 나는 저 애가 정말로 걱정이 된다. 앞으로 저 애 앞날엔 지난날보다 더욱 날카로운 가시밭이 놓여 있을 거다.

아드리안의 미래는 왜인지 모르겠지만, 달라졌다. 외조부의 반역으로 쫓겨나야 했을 그에게 아무런 일이 없었고, 황실이 아닌 대부인저에서 살고 있다.

'아마 그건 황제가 대부인에게 아드리안을 부탁한 걸 거야.'

현재 황궁은 황실의 장남을 낳은 이본느 황비의 세상이다.

본래라면 황태후가 이본느 황비를 견제해 주어야 하지만, 두 사람은 같은 마르슈 공작가의 사람이었다. 이본느 황비가 황태후의 팔촌 조카였던 것이다.

즉, 황궁엔 아드리안을 보호해 줄 사람이 전무하다는 것이다.

물론 황제도 입장상 나설 수 없다. 아드리안에게 관심을 보이면 마르슈 공작가에서 바짝 경계할 테고, 아드리안의 외가에선 쌍수를 들고 귀족들을 포섭하기 시작할 테니.

'인생이 나만큼 기구한데, 바보처럼 착하면 안 된다고!'

여기저기 물어뜯겨서 만신창이가 될 거다.

"아드리안."

"응."

"여기 앉아 봐."

나는 잔디에 주저앉아서 옆을 톡톡 두들겼다. 아드리안이 얌전히 내 곁에 앉았다.

"남이 널 속이려고 하거나 깔아뭉개려고 하면 이렇게 눈을 부릅뜨고서 '목숨이 아깝지 않은가 보군.' 하고 말하는 거야."

"……응?"

"따라 해. 목숨이 아깝지 않은가 보군."

"목숨이…… 아깝지 않은가 보군."

"좋아. 그리고 세상에서 제일 못 돼 보이게 웃어."

내가 아빠의 표정을 따라 하자, 아드리안이 눈매를 접으며 웃었다.

"안 돼, 안 돼. 그건 그냥 잘생긴 거잖아."

엄하게 말하니 아드리안이 다시 입꼬리만 올렸다.

'음……. 아직 부족하지만, 이 정도라면.'

"자, 다음엔 '미래를 어떻게 확신할 수 있지?' 하고 말하는 거야."

"미래를 어떻게 확신할 수 있지?"

"좋아. 그리고 이제는 웃으면 안 돼. '재수가 없으면 팔다리 한 짝으론 안 끝날 텐데.' 하고 말해."

"재수가 없으면 팔다리 한 짝으론 안 끝날 텐데."

"좋아! 이제 쭉 다시 해 봐."

"목숨이 아깝지 않은가 보군. 미래를 어떻게 확신할 수 있지? 재수가 없으면 팔다리 한 짝으론 안 끝날 텐데."

"훌륭해."

그때였다.

"영애?"

멀리서 대부인의 목소리가 들렸다. 나는 후다닥 일어나서 아드리안에게 말했다.

"다음엔 더 무섭게 협박하는 법 가르쳐 줄게. 연습해 놔. 알겠지?"

"……다음에 또 올 거야?"

"응. 자주 올 거야."

아드리안은 특유의 사람 녹이는 미소를 지었다. 그에게 손을 흔들어 주고서 얼른 대부인에게 달려갔다.

대부인은 수련실 부근에서 날 기다리고 있었다.

"잘 구경했나 보구나."

"네. 재밌었어요!"

"그래. 그럼 이제 들어갈까."

"예, 대부인."

나는 그녀의 손을 잡고서 수련실 안으로 들어갔다.

*　　　*　　　*

달칵, 소서에 찻잔을 내려놓자 대부인은 빙그레 웃었다.

"흠잡을 데가 없구나."

"훌륭한 가르침 덕분입니다."

방긋 웃으면서 말하자 그녀가 내 머리카락을 귀 뒤로 넘겨 주며 흡족한 듯 고개를 끄덕였다.

'차 마시는 것쯤이야!'

이건 듀블레드에서 예법을 가르쳐 준 콩피네 부인도 처음 보자마자 혀를 내둘렀다.

두 번째 삶에서 발루아 공작 부인에게 얼마나 매섭게 가르침 받았는지 모른다. 찻잔을 내려놓는 위치, 차를 마실 때 팔의 각도, 찻잔 손잡이에 가장 먼저 닿는 손가락까지.

너무나 사소한 것까지 트집을 잡아서 밤새도록 찻잔을 들고 있게 하는가 하면, 한 모금의 양이 마음에 안 든다고 회초리를 맞았다.

'차 마시는 법은 영혼에 새겨져 있을 정도란 말이지.'

속으로 히죽 웃은 난 다시 찻잔을 들었다. 그러자 대부인이 내 손을 가볍게 눌렀다.

"테스트는 끝났으니 자유롭게 마셔도 좋아."

"하지만……."

"예법이니 네게 가르치긴 한다만 허례허식일 뿐이라고 생각한다. 이런 것까지 신경 쓰며 어찌 차향을 음미하겠니."

그렇게 말한 대부인이 스콘을 반 나누어 줬다. 나는 냉큼 받아 들고 헤헤 웃었다.

사실은 차향이 너무너무 좋은 데다가, 아이인 내가 마시기 쉽도록 크림을 듬뿍 넣어 주어서 벌컥벌컥 마시고 싶었다. 스콘을 옴뇸뇸 먹고서 차를 꼴깍꼴깍 소리 내 마시자 대부인이 쿡쿡 웃었다.

그러던 찰나, 문 두드리는 소리가 들렸다. 대부인이 입실을 허락하자 연미복을 입은 집사가 들어왔다.

"손님이 찾아오셨습니다."

대부인의 미간에 미미한 주름이 잡혔다.

"예고 없이 찾아온 자는 손님이 아니지. 돌려보내라."

"하지만 찾아오신 분의 신분이 신분이신지라."

집사가 난처한 표정으로 말을 이었다.

"발루아 공작 부인이십니다."

"……황궁의 해독본 반출 때문인가."

공작 부인이 아들인 닐스를 유수의 명문 아카데미인 황립 아카데미에 넣기 위해 황궁 해독본을 밀반출한 일을 말하는 것이다. 내가 닐스를 망신 주며 공개적으로 밀반출을 밝혔기에 쉽게 넘어갈 순 없었을 터였다.

집사가 고개를 수그렸다.

"예, 만나 주실 때까지 기다리겠노라 말씀하셨습니다."

대부인은 가늘게 한숨을 내쉬었다.

"응접실로 데려와라."

난 찻잔을 매만지며 눈썹을 가볍게 들어 올렸다.

'급하긴 급했나 보네.'

사교에서 제 소문이 안 좋게 흐르는 것을 제일 무서워하는 사람이 이토록 무례하게 억지를 부리는 걸 보면.

"체스는 다음 기회에 가르쳐 주마."

"예, 대부인."

"집사에게 네가 읽어야 할 몇 가지 책을 챙겨 주라 할 테니, 응접실 밖에서 기다리고 있으려무나."

나는 고개를 숙였다. 그리고 그녀를 따라 수련실을 나섰다.

내게 인사한 대부인이 응접실로 들어가고, 나는 그 앞에 비치된 작은 소파에 앉아서 집사가 챙겨 올 책을 기다리……는 척, 새어 나오는 대화를 엿들었다.

"대부인께서 저희를 도와주셔야 합니다."

"황궁을 나선 늙은이에게 무슨 힘이 있다고."

여상한 목소리에 발루아 공작 부인의 말투가 더욱 다급해졌다.

"황제 폐하께서도 대부인이라면 한 수 접어 주시지 않습니까."

"말을 가려 하게. 폐하께서 한낱 늙은이에게 휘둘리시다니."

"그, 그런 말이 아니라……. 대부인, 이건 사교계의 질서를 위한 일이기도 합니다. 이번 일로 고초를 겪게 되는 건 저나 제 아들뿐만이 아니에요. 이본느 황비께서도 크게 곤란해지셨습니다."

"……."

"대부인께서 이번 일만 해결해 주신다면 황비님께서 얼마나 대부인의 마음에 감격하시겠습니까."

"……."

"황태후 폐하의 위세를 믿고 사교계의 질서를 해치는 사람들을 다스릴 수 있는 건 황비님뿐이지요. 그러니 이번 기회에……."

말은 저렇지만, 속뜻은 '황태후와 결탁한 이본느 황비를 대부인의 편으로 끌어들일 기회다'라는 것이다.

"고민할 시간이 필요하니 자네는 돌아가 보게."

"긍정적인 답변을 주시리라 믿고 있겠습니다."

애절하게 대답한 발루아 공작 부인이 몸을 일으키는 소리가 났다.

'하지만 생각대로 될까?'

집사가 오기도 전에 대화가 끝났다는 건, 대부인이 그녀를 대접할 마음이 조금도 없다는 뜻이다.

'결국, 발루아 공작이 나서야겠네.'

공작이 나선다면 확실히 수습은 될 거다. 그는 그만한 힘을 가진 사람이니까. 하지만 공작 부인의 체면은 바닥으로 곤두박질칠 게 틀림없다.

그렇게 생각하기 무섭게 집사가 책과 체스판을 들고 왔다.

"대부인께서 쓰시던 체스입니다."

세월의 흔적이 고스란히 담긴 예스러운 체스판은 정말로 아름다웠다. 그 안에 담긴 상아로 만든 체스 말도 흑진주와 루비로 장식되어 무척이나 호화로웠다.

"와, 너무 예뻐요! 여기서 기다리다가 대부인께 인사드리고 갈게요."

"예."

집사가 웃으며 물러났다.

그때, 문이 벌컥 열리고 발루아 공작 부인이 홀로 응접실을 나섰다. 문을 닫은 그녀가 나를 발견하고 왈칵 인상을 찌푸렸다.

"아침부터 까마귀가 울더라니."

저건 재수 없는 사람을 만났다는 사교계의 관용어였다.

난 생긋 웃고서 인사했다.

"안녕하세요, 발루아 공작 부인."

"나를 아니?"

"파티에서 발루아 공자와 함께 가시던 걸 보았어요!"

꽁지 빠지게 도망치던 모습을 말이야.

내 말뜻을 이해한 공작 부인의 얼굴이 화르륵, 달아올랐다. 하지만 아이인 내가 일부러 그렇게 말했다는 건 몰랐는지 이를 악물 뿐이었다.

으득, 이를 간 그녀는 애써 웃었다.

"그렇구나. 나도 너를 알고 있단다."

발루아 공작 부인이 오만한 시선으로 나를 위아래로 훑었다.

"아직 신의 문장이 발현하지 않았다니 아쉽구나."

"……."

"알고 있니? 주제 모르고 넘치는 것을 끌어안은 자의 말로는 모두 끔찍했지."

가짜 따위가 운 좋게 듀블레드 영애로 사치를 누리고 있지만, 곧 진실이 밝혀지면 사지가 찢겨 죽을 거라는 의미다.

빙그레 웃은 발루아 공작 부인이 내게서 등을 돌렸다.

나는 해맑게 소리쳤다.

"너무 걱정하지 마세요!"

"……뭐?"

"아빠가 발루아 공자가 성서를 해독했다는 거짓말로 본인에게 넘치는 황실 아카데미에 입학할 뻔했지만, 끔찍하게 죽지는 않을 거라고 하셨어요."

"뭐, 뭐라고?!"

"체면이 땅에 떨어져서 매장되기는 하겠지만 죽지는 않는대요. 그러니까, 그러니까……!"

내가 위로하는 표정을 지으니 발루아 공작 부인이 새빨간 얼굴로 입술을 꽉 깨물었다.

"너……!"

소리치려던 때에 마침 대부인이 응접실에서 나왔다.

"무슨 일인가."

나는 대부인의 손을 슬쩍 잡고서 고개를 갸웃했고, 발루아 공작 부인은 주먹을 꽉 말아 쥐었다.

"……아닙니다. 영애를 만나 인사를 나누었을 뿐이에요."

내가 여전히 아줌마의 말 한마디에 상처받는 천덕꾸러기 르블레인인 줄 아냐?

난 떠나는 그녀를 향해 천진난만하게 손을 흔들어 줬다.

"안녕히 가세요!"

* * *

발루아 저택.

공작 부인은 희게 질린 얼굴로 잔뜩 흥분한 남편을 쳐다보았다.

쾅!!

그가 테이블을 내리치자 공작 부인의 어깨가 흠칫, 오므라들었다.

"여, 여보, 염려하지 마세요. 대부인이 나서면……!"

"차 한 잔 대접받지 못하고 쫓겨나듯 나왔으면서 그 늙은이가 우리를 위해 나설 거라고 여기나!"

"그, 그러면 저와 닐스는……."

떨리는 손으로 입가를 가린 공작 부인은 얼른 제 남편에게 다가갔다.

"그럼 어떻게 해야 하죠? 방법이 없나요? 여보!"

공작이 험악하게 인상을 찌푸렸다.

'빌어먹을, 빌어먹을……!'

공작은 지난달에 신관 아돌프의 처형을 저지하려 성명을 발표했다. 그러나 결국, 아돌프의 처형은 막을 수 없었고 황제의 눈 밖에 났다.

이런 때에 제 가족이 대형 사고를 쳤으니 웬만한 것으론 수습할 수 없었다.

거칠게 머리를 쓸어 넘긴 그가 설렁줄을 당겼다. 곧 행정관이 들어오자 공작이 말했다.

"가서 '그것'을 준비해라. 곧 황제에게 진상할 것이다."

남편의 말에 공작 부인이 눈을 홉떴다.

"그거라면 설마 당신이 신전과 함께 개발한 것 말인가요?"

"그래."

"그것을 받으면 황제가 마음을 돌릴까요?"

"그럴 수밖에 없지."

'그것'이 무엇이던가. 선조 때부터 모은 자료를 모두 신전에 공유하면서까지 개발한 물건이었다. 그것을 받으면 황제라도 눈이 번쩍 뜨일 터.

발루아 공작은 서랍 안에서 작은 카드를 꺼내 매만지며 입꼬리를 끌어당겼다. 이건 가족의 허물을 덮을 수 있을뿐더러, 황제와의 관계도 돈독히 할 수 있는 굉장한 물건이었다.

'눈엣가시 같은 듀블레드조차 제발 구매하게 해 달라고 내 발밑에 매달릴 그런 물건이지.'

현재 시중에 나온 단거리 이동진보다 무려 3킬로미터 이상 이동할 수 있는 이 중거리 이동진은 말이다.

* * *

햇살 좋은 오전.

나는 정원의 그네에 앉아서 세리아가 보내 준 서류를 확인했다.

이건 호프 상단의 정보 갈매기들이 물어다 준 소문, 혹은 정보들을 취합해 놓은 것이었다. 눈에 띄는 이야기는 곧 제도 외곽에 거대한 승마 경주로가 생긴다는 것이었다.

'그럼 이제 슬슬 경마가 유행할 때인가.'

도박의 일종인 경마는 평민들로부터 시작해서 귀족들에게까지 퍼졌다. 제도에 경주로가 생긴 이후로 중앙 귀족들까지 대거로 참여해 돈을 거는 바람에 후에 황실의 골칫덩이가 된다.

나는 눈을 반짝였다.

'용돈벌이가 될지도 몰라!'

난 어떤 말이 우승하는지 알고 있으니까.

거지로 살 때, 패거리들과 함께 경마장의 자리를 잡아 주는 일을 한 적이 있어서 결과를 기억하고 있다.

'세리아를 시켜서 돈을 싹 쓸어 버리면…….'

나는 양 주먹으로 입가를 가리고 이히힛, 웃었다.

머릿속에서 금화가 짤랑짤랑 소리를 내며 우수수 떨어졌다. 금화 더미 위에 올라타서 황홀한 표정으로 돈을 세는 상상까지 하던 난 아차, 하고 다시 서류를 넘겼다.

'지금 중요한 건 이게 아니지.'

대부인이 사교 모임에서 날 소개한다고 했다. 열 명 내외의 귀부인과 영애들을 모아서 가벼운 다과회를 할 예정이라고 하니, 어서 준비해야 한다.

'조르주 부인은…… 아들이 아카데미에서 낙제점을 받았어? 그럼 파티에 올 기분이 아니겠는걸.'

그럼 패스.

'몰리우드 영애는, 으악! 제데스 영애의 약혼자와 바람이 났다고? 두 사람은 절대 함께 초대하면 안 되겠어.'

이쪽도 패스.

귀족 대부분이 첫 소개 자리 때문에 골머리를 싸맨다. 사교 활동의 첫 걸음이니 절대로 문제가 생겨선 안 되는 자리였다.

'하지만 난 다르지.'

나야 대부인이 뒤에 있으니 명단만 작성해 가면 그녀가 점검하고, 대신 초청해 줄 거다. 게다가 대부인의 초청을 거절할 사람이 누가 있겠는가.

애초에 대부인이 내게 명단을 만들어 오라고 한 건 경험 정도나 쌓게 하려는 것이었다.

'역시 카밀라 대부인을 대모로 삼길 잘했어!'

그렇게 생각하며 명단을 작성하고, 서류를 챙겨서 정원을 나왔다. 계단을 막 올라가려고 하는데, 중정에서 사무관이 뛰어 들어오고 있었다.

"각하!!"

소리치는 사무관을 유심히 보니, 소매에 은제 커프스가 달려 있었다.

'뒤보스 자작 휘하의 정보부 소속인가 봐.'

무슨 일인가 싶어 나는 서류만 얼른 방에 놓아두고 아빠의 집무실로 갔다. 집무실엔 이미 사무관들과 오빠들이 있었다.

"중거리 이동진?"

이샤크의 말에 사무관이 희게 질린 얼굴로 대답했다.

"그렇습니다."

"개발을 마쳤다는 건 이미 알고 있었잖아. 하지만 시중에 유통할 때까지 아직 시간이 남았다고 하지 않았어?"

"유통을 준비하고 있답니다. 신전과 협의 후, 발루아 공작가에서 이동진 판매를 위해 상단을 출범하기로 결론 내렸습니다."

이샤크가 쯧, 혀를 찼다.

"이동진 하나로 더럽게 재게 생겼군."

나는 속으로 고개를 끄덕였다.

'벌써 유통을 시작했구나.'

발루아 공작가는 유서 깊은 명문가인 데다가, 학자들을 수도 없이 배출한 만큼 정보의 보고로 불렸다. 그들은 가진 자료를 모두 오픈하고 신전과 힘을 합친 만큼 이전과는 다른 이동진을 만드는 데 성공한다.

'여기까지는 이전 삶과 같은데, 유통 시기가 너무 빠른걸.'

발루아의 이동진엔 아주 특별한 원료가 있어야 한다. 그게 뭔지는 정확히 모르지만, 매우, 몹시, 엄청나게 고가의 물건이라 자본을 확보한 뒤에 움직였다.

투자를 받으면 이동진의 지분을 찢어 줘야 하는데, 노랑이 같은 발루아 공작이 남 좋은 일을 할 리 있겠는가. 그렇지 않아도 발루아 이동진 판매 시에 신전이 가져가는 비율이 어마어마했으니까.

'하기야 이전 삶에선 향신료 거래로 자본을 확보했지만, 지금은 어렵겠네.'

내가 향신료 거래권이 그의 손에 들어가지 못하도록 막았으니까.

무언가를 가늠하듯 눈을 가늘게 좁히고 있던 앙리가 아빠에게 말했다.

"우리 쪽에서도 이동진을 확보해야 하지 않겠습니까."

그러자 사무관이 난처한 표정으로 말했다.

"거래자는 엄격한 내부 기준에 따라 심사한다고 합니다."

이샤크가 어이없다는 듯 헛웃음을 터뜨렸다.

"개소리하고 있네. 빵 팔 때도 사는 놈이 굶주렸는지, 아닌지 따져 가면서 판매하나?"

"이동진으로 귀족들 숨통을 조이겠다는 소리지."

앙리의 목소리가 낮아지자 사무관이 대꾸했다.

"일단은 다음 달에 있는 1황자의 생일 연회에서 이동진을 공개할 모양입니다."

“황제에게 진상해서 확실하게 광고할 모양이로군요.”

앙리의 말에 이제껏 침묵하고 있던 요한이 고개를 끄덕였다.

“더불어 제 아내와 자식의 사면도 요구할 생각일 테고.”

아빠는 생각을 정리하려 테이블을 툭, 툭, 두드리고 있었다. 난 살그머니 그의 곁으로 가서 책상에 고개를 얹었다.

“아빠, 이동진 필요하세요?”

“있으면 나쁠 게 없지. 전쟁 시엔 이동진만큼 귀하게 쓰이는 물건이 없으니. 얼마큼 이동할 수 있는지로 전술이 완전히 달라질 테니까.”

“그러면 제가 이동진을 만들래요! 엄-청 좋은 걸로.”

내가 양팔을 번쩍 들며 말하자 무거웠던 방 안의 분위기가 허물어졌다.

“아기님은 어쩌면 이리도 귀여우신지!”

노스는 내가 귀여워 죽겠다는 듯 어허헛, 웃었다. 앙리와 이샤크도 양쪽에서 내 머리를 쓰다듬었다.

“넌 귀찮은 건 하지 마.”

“그래, 귀찮은 일은 우리가 할 테니 놀기만 해.”

‘하지만 이미 손에 있는걸.’

발루아의 이동진보다 훨씬 좋은 이동진이 말이지.

나는 내 뺨을 쓰다듬는 아빠의 커다란 손에 기댄 채, 속으로 음흉하게 웃었다.

* * *

며칠 후, 나는 대부인과 함께 번화가로 나섰다. 내 소개 자리로 쓰게 될 살롱을 확인하러 가기 위해서였다.

일전에 내가 준비한 명단을 받은 대부인은 크게 흡족해하였다. 본인이 생각한 명단과 비슷한데, 오히려 가문의 격만 고려하지 않아서 파벌을 갈라놓는 계기가 될 수 있을 것 같노라 극찬했다.

대부인의 손을 잡고 마차에서 내린 난 눈을 크게 떴다.

"롭테의 살롱 1층을 빌리나요?"

"2층이다."

"하지만 롭테의 살롱의 2층은 황족들을 위한 장소잖아요. 황녀님들이나 빌릴 수 있는 곳이요!"

황제의 질녀나, 선황의 딸 등 황실의 피가 흐르는 레이디들이 사용하는 곳이라, 권력가의 영양들도 2층을 빌리진 못했다.

"내 아이를 처음 선보이는 자리라면 이쯤은 되어야지."

대부인이 입꼬리를 올렸다. 나는 속으로 쾌재를 불렀다.

'능력 있는 대모 최고!'

첫 번째, 두 번째 삶에서 허름한 살롱을 빌렸던 것을 생각하면 어마어마한 발전이었다.

'눈길을 확 끌 수 있겠어.'

롭테의 살롱은 말로 듣던 것보다 훨씬 호화로운 곳이었다. 복도부터 휴게실에 이르기까지 어느 하나 호화롭지 않은 곳이 없었다. 대부인과 난 살롱 주인의 소개를 받으며 복도를 걸었다.

"대모님, 복도를 어둡게 해서 예쁜 조명을 놓고 싶어요!"

살롱의 주인이 우후훗, 웃으며 말했다.

"좋은 생각이네요. 어린 레이디들이 보면 동화 속 요정의 파티에 초대된 기분이겠어요."

그러며 그녀가 대부인에게 "영애는 센스가 좋으시군요." 하고 말하자, 대부인의 입매가 삐뚜름하게 올라갔다.

"체스를 한 번 가르친 것뿐인데, 내 집사도 상대가 안 되더군."

"세상에나. 대부인의 집사라면 벨통 후작도 이겼다고 들었는데요."

"뭘 가르치든 그저 두각을 나타내니, 어찌 가르쳐야 하나 고민이 크네."

"한 번도 레이디를 교육한 적 없는 대부인께서 어째서 듀블레드 영애를 맡으셨는지 이해가 되네요."

"곤란하지. 다른 대모들이 얼마나 나를 시기할지……."

나는 열심히 방긋방긋 웃었지만, 계속 이어지는 내 자랑에 속으론 '그만 하세요!' 하고 비명을 지르고 싶었다.

'대부인은 자랑하는 걸 좋아하는 타입인가 봐…….'

그렇게 생각하며 걷는데, 1층 파티장에서 사람들이 나오고 있었다. 발루아 공작 부인과 귀부인들이었다.

"그럼 공작 부인, 꼭 좋은 소식 부탁드리겠습니다."

"살펴 가세요. 오늘 참석해 주셔서 너무나 기뻤어요."

"좋은 찻잎이 있는데, 발루아저로 사람을 보내겠습니다."

조르주 부인을 비롯해 사교계에서 입김을 발휘하는 권력자들이 한껏 아양을 부렸다. 발루아 공작 부인이 오만한 투로 대답했다.

"이토록 환송해 주시니 민망하네요."

"민망하기는요! 와 주신 것만으로도 영광, 또 영광입니다. 저, 공작 부인……. 이번 이동진 이야기를 듣고 남편이 어찌나 흥분했는지 모릅니다. 얼마가 되었든 꼭 구매하고 싶다는 말씀 부군께 전해 주십시오."

콧대 높기로 유명한 후작 부인이 눈썹 끝을 내리며 발루아 공작 부인의 손을 잡았다. 발루아 공작 부인이 황실의 성서 해독본을 무단 반출한 일로 사교계의 망신이라며 펄펄 뛰었다더니, 발루아의 이동진 때문에 태세를 전환한 모양이었다.

"말은 전해 보도록 하지요."
"꼭 좀 부탁드립니다."
야살스레 웃는 귀부인들을 보며 부채를 나붓나붓 부치던 발루아 공작 부인이 나와 대부인을 발견했다. 나를 본 공작 부인의 얼굴이 일순 일그러졌다. 다른 귀부인들도 대부인을 발견하곤 예를 표했다.
"대부인을 뵙습니다."
인사 후, 발루아 공작 부인이 나를 힐긋 쳐다보며 다른 귀부인들에게 말했다.
"1황자 전하의 생신 연회 후 가벼운 다과회를 할까 싶어요. 여기 있는 귀부인과 영애들을 초대하지요. 음, 8일이 어떨까 싶네요."
"8일이라고요……?"
대부인의 표정이 굳어졌다.
'8일은 내 파티가 있는 날이잖아.'
그리고 초청자의 대부분이 이곳에 있는 사람들이다.
"8일엔 제 남편도 저택에 있으니 가족 동반 모임을 열어도 좋겠지요. 지겨운 이야기는 작위 받은 분들께 넘기도록 하죠."
이동진을 구매하고 싶거든 꼭 참석하라는 소리였다.
사교계는 피차 가문의 이득을 도모하기 위한 세계였다. 이동진처럼 눈에 띄게 가문에 도움이 되는 것을 얻을 수 있다면 대부인이나, 듀블레드의 눈치가 보이더라도 발루아 공작 부인의 파티에 참석해야 할 터였다.
귀부인들은 대부인의 눈치를 보느라 확답하지 않았으나, 아마도 대부분 내 파티가 아닌 발루아 공작 부인의 파티에 참석할 모양이었다.
'이렇게 치졸하게 나온다 이거지?'
나는 눈썹을 까딱, 들어 올리고 발루아 공작 부인을 쳐다봤지만, 그녀는 비리게 웃을 뿐이었다.

대부인이 날 선 목소리로 말했다.

"자네……!"

"대모님, 저 화장실에 다녀오고 싶어요."

내가 그녀의 팔을 끌어안고 말하자, 대부인이 귀부인을 노려보며 대답했다.

"그래."

"제가 다녀오는 동안 먼저 파티장을 봐주세요. 네?"

싸우지 말라는 뜻을 알아차린 대부인이 가늘게 한숨을 내쉬었다.

난 귀부인들에게 인사하고서 얼른 복도를 걸었다. 모퉁이를 돈 후에 통신석을 잡았다. 몇 번 통신석이 깜빡이고 의장의 목소리가 흘러나왔다.

[예, 아기님.]

"제작한 장거리 이동진을 전량 제도로 보내."

[그 말씀은…….]

"우리도 1황자의 생일 연회에서 장거리 이동진을 공개한다."

몰래 숨겨 놓고 나만 써먹을 생각이었지만, 이렇게 된 이상 발루아 공작가 놈들이 배 아파서 데굴데굴 구르는 꼴을 봐야겠다.

'다 죽었어.'

* * *

의장과 이야기를 끝내고 카밀라 대부인에게 돌아갔을 땐, 분위기가 어수선했다. 대부인이 드물게 노기 서린 얼굴로 귀부인들을 보고 있었다.

"내 아이에게 면목이 없군. 이 나이 되도록 사람 보는 눈이 형편없던 탓에 초대할 사람을 잘못 골랐어. 자네들은 내 아이를 소개하는 자리에 올 것 없네."

나는 속으로 신음했다.

8일엔 내 파티보다 발루아 공작 부인의 파티로 사람이 몰릴 것이다. 내 파티장의 테이블이 비는 것보다는 아예 초대장을 거두는 쪽이 내겐 이롭다.

물론 그렇게 되면 대모 쪽은 감정에 치우쳐 교육하는 아이를 생각하지 못한다는 소리를 듣겠지만.

'날 생각해 주신 거야.'

나는 살그머니 대부인의 손을 잡았다. 대부인은 나를 잠깐 바라본 후, 귀부인들을 지나쳤다. 귀부인들이 대부인에게 급히 인사했지만, 받아 주지도 않았다.

대부인은 줄곧 말이 없었다. 2층을 다 돌아보고 나서야 내 어깨를 잡고서 시선을 맞췄다.

"나와 인연이 있는 이들로 새로 초대 명단을 작성하마. 눈앞의 이득에 눈먼 자들이 아니니 너는 파티를 염려할 것이 없다."

"네, 대모님."

나는 얌전히 대답하고서 대부인의 허리를 끌어안았다.

"보는 눈이 있는데, 얘가……."

대부인은 그렇게 말했으나 싫은 기색이 아니라서 나는 헤헤 웃고 말했다.

"그렇지만 대모님이 좋은걸요!"

"어리광은."

대부인의 성정을 생각하면 어린애가 이렇게 덥석 안겨 온 건 내가 처음일 터다.

'리오넬도 낯을 가리는 애니까 대부인에게 어리광 같은 건 부리지 않겠지.'

역시나 대부인은 내 어리광이 꽤 기분 좋은지 눈매를 부드럽게 휘었다. 나는 어린애답게 천진난만하게 웃었지만, 머릿속으론 음흉한 계략을 맹렬히 생각하고 있었다.

'아까 대부인이 올 것 없다고 했을 때 은근히 기뻐하던 사람들 얼굴 다 봐 놨어.'

*　*　*

대부인과 헤어진 후, 난 저택으로 돌아왔다. 마차에서 내리자 로라가 내 모자를 받아 주며 말했다.

"아기님, 오늘 영지에서 선물이 도착했답니다!"

"선물?"

그게 뭐냐는 듯 눈을 동그랗게 뜨자 로라가 후후훗, 웃으며 저택을 힐끔 쳐다봤다. 나는 고개를 갸웃하고서 저택으로 들어갔다. 그리고 반가운 얼굴들을 보고 눈을 커다랗게 떴다.

"달리아, 린다, 유니!"

단숨에 얼굴이 밝아져서 달려가자 하녀들이 "꺄!" 소리치며 나를 끌어안아 주었다.

"어떻게 된 거야?"

세 사람은 듀블레드의 다른 고용인들에 비해서도 죄질이 무거워서 영지 밖으로 나오기 힘들었다.

"쟈벨린 님께서 불러 주셨어요!"

"고모가?"
"네, 저희의 출입 문제를 해결해 주시는 대신 아기님을 잘 모시라고 당부하셨지요!"
나는 숨을 크게 들이켜고서 고용인들 사이에 있던 고모를 쳐다봤다.
'아무리 고모라도 어려웠을 텐데.'
최근 밤낮없이 서류를 보는가 하면, 집을 비우더니 이번 일 때문이었나 보다.
단지 말 몇 마디로 할 수 있는 일이 아니었다. 죄인을 사면할 수 있는 건 오직 황제와 교황뿐. 어느 쪽과 거래해도 품이 많이 드는 일이었을 터다. 얼마의 자금이 들어갔는지는 상상하기도 어려웠다.
"감사해요, 고모!"
"기뻐해 주니 다행이구나."
그녀는 한쪽 무릎을 굽히고 나를 보며 빙그레 웃었다.
"이제 누구라도 네 사람들을 빼앗을 수 없을 거야. 물론 나라 해도."
'아…….'
미레유 사건에서 내 하녀들을 그 애에게 붙여 준 게 내내 마음 쓰였던 모양이다.
"네게 상처 준 일을 이 정도로 보상할 순 없겠지만……."
"고모, 저 배고파요."
사과하지 않아도 된다는 의미로 말을 돌리자, 눈치 빠른 고모의 눈빛이 흐려졌다.
고용인들의 배속이 변경되는 건 흔한 일인 데다가 미레유가 매번 픽픽 쓰러져 가며 난리를 치니 들어줄 수밖에 없었을 거다. 게다가 다른 가족들의 태도에 마음이 쓰이기도 했을 테고.
아빠와 오빠들은 미레유에게 붙들려 있긴 했지만, 나를 더 챙겼다. 가족들은 제도행을 준비하는 와중에도 틈틈이 나를 챙기러 왔으나, 그들이 미레유를 먼저 찾는 경우 없었다.

미레유를 아기새라고 믿은 고모로선, 그 애에게 다른 것이라도 뭐든 해 주고 싶었을 것이다.

고모는 쓰게 웃곤 내 머리카락을 쓰다듬었다.

"그래. 주방에 식사를 준비하라고 말해 두마. 씻고서 내려오렴."

"네!"

나는 하녀들의 손을 잡고 계단을 올랐다.

방에 들어가자 하녀들이 매의 눈으로 구석구석을 살폈다.

"침대가 너무 딱딱해! 아기님은 더 푹신한 것을 좋아하신다고!"

"옷이 너무 치렁치렁해! 우리 아기님이 넘어지면 어쩌려고!"

"꺄아악! 누가 향초를 침대맡에 둔 거야! 두통이 생긴다고!"

우당탕 방 안을 정리하는 하녀들을 보고 나는 속으로 '호오…….' 하고 감탄했다. 제도의 내 방도 정말로 좋은 곳이지만, 역시 오래 지낸 만큼 그들의 손이 닿으니 훨씬 편해졌다.

"자, 아기님, 옷을 갈아입도록 할까요?"

린다가 다정하게 웃으며 나를 드레스 룸으로 데려갔다. 그리고 마치 뱀을 낚아채려는 오소리처럼 날카로운 눈으로 드레스 룸을 훑더니 내가 가장 좋아하는 옷을 골라서 가져왔다.

나는 옷을 갈아입고서 손을 뽀드득뽀드득 씻은 후 내려왔다. 식당엔 고모를 비롯해 아빠와 오빠들까지 모두 모여 있었다.

"황실 연회에서 꼬맹이를 에스코트하는 건 나야."

"누구 멋대로?"

"시끄럽다. 첫 파티의 에스코트는 부친의 몫으로 정해져 있지."

이샤크와 앙리, 그리고 아빠가 서로를 맹렬하게 노려보고 있었다.

'또 이 얘기네.'

며칠 전부터 황궁 연회에서 나를 에스코트할 사람이 누군지 정하기 위해 세 사람은 거의 치고받을 기세였다.

이제 저 싸움에 질린 난 흐린 눈으로 요한의 곁에 앉았다. 그가 내 무릎에 냅킨을 깔아 주며 말했다.

"식사는 고기와 생선 중에 뭐로?"

"고기요!"

그가 집사에게 대신 말해 주자 얼마 지나지 않아 큼직하게 구워진 고기가 나왔다.

'고기…… 너무 좋아.'

나는 눈을 반짝이며 나이프로 열심히 고기를 분해했다. 적당히 자른 고기를 입에 쏙 넣자 입안에서 펑! 펑! 황홀한 불꽃놀이가 펼쳐진 것만 같았다.

요한이 내 접시 위에 무언가를 올려 주었다. 그가 먹던 연어를 조그맣게 잘라 준 것이었다.

'나 생선은 별로 안 좋아하는데.'

거지 시절에 버려진 생선을 먹고 병이 난 적이 있었다. 그래서 듀블레드에 입양된 후에도 생선은 잘 먹지 않았다.

'하지만 요한 님이 준 건데…….'

나는 잘 구워진 연분홍의 생선 살을 고민하는 눈으로 보다가 눈을 꽉 감고 합, 소리와 함께 입에 넣었다.

'이게 뭐야, 맛있어!'

나는 깜짝 놀라서 눈을 동그랗게 뜨고 양손으로 입을 가렸다.

"괜찮아?"

"네!"

"연어구이야. 주방장의 비법 소스와 함께 먹으면 더 맛있지."

그가 생선 살을 까만 소스에 쿡 찍어 주었고 나는 그것을 받아먹었다.

'이 소스 알아. 이거 초간장이야.'

간장에 레몬즙, 그리고 톡 쏘는 녹색의 식물을 갈아서 섞은 소스다. 소스를 찍어 먹으니 더 맛있다.

'이렇게 맛있는 걸 몰랐다니. 인생을 손해 본 기분이다.'

나는 감격에 젖은 눈으로 요한의 접시를 쳐다봤다.

"에스코트, 누구에게 받고 싶은지 정했나?"

요한이 물은 순간, 식당에 있는 모두의 시선이 내게 집중되었다. 나는 요한이 들이민 포크에 집중한 채로 "아니요." 하고 말했다. 그가 포크를 한 번 빙그르르 돌려서 내 고개도 빙그르르 돌아갔다.

"나로 하면 어때?"

연어에 흠뻑 빠진 난 냉큼 고개를 끄덕였다.

"네!"

"……!"

"……!"

"……!"

요한은 오만한 표정으로 내게 남은 연어를 먹여 줬다.

"좋아."

'맛있어!'

발그레해진 양 볼을 감싸고 정신없이 연어를 오물오물 씹느라 몰랐다. 아빠와 앙리, 이샤크가 하늘이 무너진 얼굴로 날 쳐다보고 있다는 것을.

*　　*　　*

그리고 시간이 흘러 연회 당일.

나는 요한의 팔을 잡고서 황궁의 연회장 입구에 도착했다. 막 안으로 들어가려다가 흘긋, 뒤를 돌아보았다. 아빠와 앙리, 이샤크의 표정이 음울했다.

'그냥 넷에게 차례로 받겠다고 할 걸 그랬나 봐.'

요한 외의 가족들이 며칠 내내 심기가 불편했던 까닭에 애꿎은 고용인들과 사무관들이 고생했다.

내가 '어떻게 하지.' 하는 눈으로 가족들을 쳐다보고 있던 찰나였다.

"영애."

"대모님!"

카밀라 대부인과 그녀를 따르는 귀부인들이 연회장 입구에서 날 반겼다. 나는 얼른 요한의 손을 놓고 그들에게 다가갔다.

"오늘도 아주 어여쁘구나."

"샤런의 드레스를 입어서요!"

그러자 귀부인들이 휘둥그레진 눈으로 말했다.

"샤런이라고요? 황태후 폐하의 주문도 거절한 사람이라던데, 어떻게……?"

"고모와 절친한 친구래요."

"아, 그렇군요."

가볍게 대화를 나누는 사이, 주변이 시끄러워졌다.

"발루아 공작 내외가……."

"오늘…… 중거리 이동진을……."

"황제 폐하께……."

수군거리는 소리와 함께 등장한 발루아 공작 가문의 사람들이 평소보다 자신만만한 태도로 연회장을 가로질러 걸었다.

"하하핫! 듀블레드 공!"

연회장을 둘러보던 발루아 공작이 나와 근처에 있던 아빠를 향해 다가왔다.

"생쥐 같은 년!"

"황태후에게 헛소리를 속살거릴 생각은 마라. 난 단지 온갖 불행을 몰고 다니는 끔찍한 계집애를 훈육했을 뿐이야."

순간, 두 번째 삶에서의 기억이 떠오르며 숨이 가빠졌다.

허공을 가르는 채찍 소리와 내 머리채를 잡고 계단을 내려가던 발루아 공작의 발소리가 귓가에 어른거린다. 자꾸만 폐가 오그라드는 것 같아서 나는 치맛자락을 꽉 비틀었다.

그때였다.

"르브?"

아빠의 다정한 온기가 손끝에 닿았다.

"괜찮으냐."

"……네."

거짓말처럼 안심이 된다.

괜찮아. 나는 이제 저 손에 얻어맞을 일이 없어. 발소리만 들려도 정신없이 옷장으로 숨어 들어가 웅크리던 난 이제 없어.

난 아빠와 나를 향해 성큼성큼 걸어오는 발루아 공작에게서 시선을 피하지 않았다.

"오랜만이오!"

발루아 공작이 호탕한 척 웃으며 아빠에게 인사했다.

두 번째 삶에서만 하더라도 아빠의 그림자만 보이면 살벌하게 이를 갈던 그가 이토록 친근하게 굴어 오는 건 속이 빤한 일이었다. 손에 중거리 이동진을 쥐고 있으니, 듀블레드의 위세를 넘어설 수 있을 거라는 오만 때문이었다.

발루아 가문은 여타 귀족 가문과 비교하면 확실히 권세 있는 가문이지만, 5공작가 중에선 최하위였다. 선조들은 대대로 명예를 최우선으로 여겼고, 귀족이 돈벌이에 관심을 기울이는 것을 힐난했다.

하지만 자금은 모든 분야의 바탕이다. 돈이 있어야 군사를 키울 수 있고, 여유가 있어야 당파를 모을 수 있는 법이다. 그런 까닭에 발루아는 자금은 물론이고, 군사력도, 당파마저 5공작가 중에 최하위였다.

그런데 발루아 선조들의 말에 따르면 '귀족의 명예를 내던져 버리고 황금 덩이에만 눈 벌건 해충'인 듀블레드가 이만큼 성공하여 위세를 떨치니, 발루아 공작 입장에선 얼마나 배가 아팠겠는가.

'지금은 자기들도 명예고, 가문의 역사고 다 내던지고서 신전과 결탁한 주제에.'

발루아 공작이 입꼬리를 비리게 올리며 아빠를 바라보았다.

"일전에 대화의 장을 마련해 달라 연통했을 땐, 그리도 바쁘다던 듀블레드 공이 오늘 파티엔 참석하셨군. 오늘은 대화할 시간이 되시오?"

지금은 제 손에 이동진이 있어 온 게 아니냐며 빈정거리는 말이었다.

그러나 아빠는 발루아 공작에겐 신경도 안 쓰고, 조금 전 상태가 안 좋았던 나를 살폈다. 한쪽 무릎을 굽히고 나와 시선을 맞춘 아빠가 내 눈꺼풀을 조금 들어 동공을 확인했다.

"아프진 않은 것 같은데."

완벽하게 개무시당한 발루아 공작의 입꼬리가 파르르 떨렸다.

"오늘도 시간이 없는가 보오."

그제야 아빠의 시선이 흘끔, 그를 향했다.

"알면 들러붙지 말고 가지 그래."

"……자존심 때문에 눈앞의 금광을 모른 척하겠다는 소리로 들리오만."

내 손에 뭐가 있는지 알면서도 고개 숙이지 않을 거냐는 표정이었다.

아빠가 몸을 일으켰다. 발루아 공작에 비해 훌쩍 키가 큰 아빠가 바로 서자, 아빠가 발루아 공작을 한참 내려다보는 꼴이 되었다.

"막 먹이를 찾은 들개는 아둔하지. 제 입에 물려 있는 것을 배부른 포식자가 원한다고 생각하니."

"뭐, 뭐라고?"

"그깟 이동진. 3킬로미터가 늘어났든 30킬로미터가 늘어났든 듀블레드와는 상관없다. 이미 시중에 나온 이동진을 대량으로 사들일 여력이 우리는 되거든."

"……!"

"장사할 생각이라면, 이동진 한 장 구매하는 데 벌벌 떠는 자들에게 가도록 하지."

—라고 대륙 최고의 부호인 아빠가 말했다.

발루아 공작의 얼굴이 새빨갛게 달아올랐다. 하지만 아무런 말도 하지 못했다.

'맞는 말이니까.'

나는 속으로 이히힛, 웃었다.

발루아 공작의 이동진이 없어도, 마탑에서 판매 중인 이동진을 두 장 사용하면 될 일이 아닌가!

'30킬로미터쯤 늘어난 게 아니라면 돈 많은 우리 아빠한테는 별 필요

가 없지요.'

물론 하나에 30만 프랑에 이르는 이동진을 어린애 장난감처럼 사들일 수 있는 아빠만이 할 수 있는 말이었다.

거무튀튀한 입술을 사리문 발루아 공작이 홱, 등을 돌렸다.

그가 가거나 말거나 아빠는 다시 내 상태를 살폈다. 사환더러 의사를 데려오라고 했을 때 난 아빠의 손을 잡았다.

"안 아파요!"

"하지만 방금……."

"긴장돼서 그런 거예요."

그러자 이샤크가 진지한 얼굴로 말했다.

"꼬맹아. 긴장할 필요 하나도 없어. 널 괴롭히는 사람이 있으면 내가 다 죽여 줄게."

"죽이면 안 돼!"

"그럼 사지를 찢어 줄게."

그것도 안 된다고 소리치려던 찰나.

"황제 폐하 드십니다!"

황제의 입실을 알리는 소리에 사람들이 우르르 벽 가로 갈라졌다. 나도 요한과 앙리의 손을 각각 잡고 벽 가로 걸어가 고개를 숙였다.

슬쩍 중앙을 바라보자 호화로운 붉은 로브를 두른 황제가 군청색 머리칼의 사내아이, 그리고 같은 군청색 머리칼을 가진 아름다운 귀부인과 함께 등장했다.

'이본느 황비와 1황자.'

나는 우아하게 미소 짓는 이본느 황비와 그녀의 곁에서 오만한 얼굴로 웃고 있는 1황자 안드레를 바라보았다.

이본느 루에르그. 마르슈 공작의 장녀.

그녀는 황태후의 도움으로 거나하게 취한 황제와 밤을 보내 1황자를 낳았다.

황제의 씨라도 황후나 황비 소생이 아닐 경우, 황자 대접을 받을 수 없었기에, 황제는 자식을 위하여 이본느를 황비로 책봉했다.

그렇게 안드레는 1황자가 되었으나, 그건 단지 이름뿐, 5개월 후 태어난 엘자 황후 소생의 아드리안이 원자(황제의 장남)의 칭호를 받았다. 당연히 정통성은 아드리안 쪽이 우월하다.

이본느 황비는 제 아들에게 황실 장남의 명패를 주기 위해 귀족들과 결탁해 황실 법을 뜯어고치려 혈안이었다.

'그러니까 이번엔 발루아 공작가에 힘을 실어 주겠지.'

발루아 공작이 이동진으로 귀족들의 숨통을 틀어막아야 황실 법 개정을 의제로 올렸을 때, 정통성에 예민한 귀족들마저 제 편을 들 수밖에 없을 테니.

"1황자의 탄신연에 참석해 준 모든 분께 감사의 뜻을 전합니다."

이본느 황비가 생긋 웃으며 회장을 돌아보자 귀족들이 허리를 깊게 숙였다.

"루에르그 황가에 광영을!"

"광영을!"

인사 후, 황제가 말했다.

"고개를 들라."

귀족들이 자세를 바로 했다. 그러자마자 이본느 황비는 "어머나." 하며 발루아 공작 가문의 사람들을 바라보았다.

"발루아 공."

"황비님을 뵙습니다."

"가문에 축하할 일이 있다는 소식을 들었습니다. 정신이 없을 터인데 연회장을 찾아 주었군요."

"아무리 바빠도 제국의 경삿날에 참석하지 않을 순 없지요."

그녀가 우후훗, 웃으며 황제를 바라보았다.

"폐하, 들으셨습니까? 발루아에서 굉장한 마도구를 생산하였답니다."

'응, 예상대로지만…….'

그래도 이렇게까지 대놓고 홍보해 줄 줄은 몰랐다.

황제도 흥미로운 표정이었다.

"짐 또한 익히 들었다. 발루아가 제국의 마도력을 한 단계 더 진보시켰다고?"

그가 발루아 공작을 바라보자, 공작은 성큼성큼 걸어 나와 황제 앞에 한쪽 무릎을 꿇었다.

"제 가문을 믿어 주신 폐하의 은덕입니다."

그 말에 이본느 황비가 물었다.

"소문은 돌지만, 발루아 공작이 직접 확답한 적은 없다고 들었습니다. 모두가 궁금해할 터인데, 이제 슬슬 이동진에 관해 이야기해 주시지요."

이때다 싶었는지 발루아 공작이 씩, 입꼬리를 끌어올렸다.

"기존의 이동진보다 3킬로미터 가까이 이동 범위를 늘린 새로운 이동진 제작에 성공하였습니다."

순간, 좌중 속에서 탄성이 흘러나왔다.

"역시 소문이 사실이었군요."

"3킬로미터라니요. 지난 백여 년간 300미터도 범위를 늘리지 못하지 않았습니까."

"발루아 공작가가 날개를 달고 상승하겠습니다."

벌써 슬금슬금 발루아 공작 부인에게 다가가는 사람들이 있을 정도였다.

황제가 "호오……. 3킬로미터라." 하고 중얼거리자 발루아 공작이 그에게 고개를 조아린 후 몸을 일으켰다.

"이 윌리엄 발루아, 폐하께 가장 먼저 발루아가 가진 기술력의 정점을 바칩니다."

그러며 그가 품 안에서 이동진 묶음을 꺼냈다. 겉보기에도 양이 상당한 것이 대충 열 장쯤 되어 보인다.

그가 황제의 앞에 다시 부복하여 이동진을 내밀었다. 황제는 호탕하게 웃으며 그의 이동진을 받아 들었다.

"발루아의 마음을 잊지 않겠다."

"영광입니다, 폐하."

아빠와 대화할 적만 해도 자존심이 상해 붉어졌던 얼굴이, 황제가 줄 포상에 대한 기대로 달아올랐다.

'이때다.'

나는 "앗!" 하고 소리쳤다. 일시에 좌중의 시선이 내게 향했다. 발루아 공작가를 비롯해 황제와 이본느 황비, 1황자의 눈길까지도.

나는 당황한 척 아빠의 손을 꼭 잡았다.

"송구합니다……."

웅얼거리자 황제가 나를 빤히 보다가 "아아." 고개를 끄덕였다.

"운명의 아이로구나."

그의 말에 앙리가 내 등을 가볍게 밀고 고개를 끄덕였다.

나는 치맛자락을 넓게 펼치며 무릎을 굽혔다.

"르블레인 리세트 듀블레드입니다. 제국의 태양께 인사드립니다."

"그래."

황제는 고개를 끄덕였고, 이본느 황비가 나를 힐끔 쳐다보았다.
“한데, 듀블레드의 귀애에게 어디 불편한 곳이라도 있었을까.”
발루아에게 집중되어야 할 시선이 내게 온 것이 마뜩잖은 모양이었다.
“그게…… 저도 폐하께 선물을 준비했는데, 발루아 공작님도 같은 것을 드리셔서요.”
“이동진을 말이냐?”
그러자 발루아 공작이 껄껄 웃음을 터뜨렸다.
“시중에 나온 이동진인가 봅니다. 예, 현재 나온 것들도 훌륭한 이동진이지요.”
그래 봐야 내 것만 하겠냐는 표정이었으나, 황제는 아빠를 흘깃 보고서 인자하게 웃었다.
“기특한 일이로고. 짐에게 보내는 정성만으로도 충분하니 그것은 넣어 두어도 좋다.”
“저……. 마탑에서 구매한 것이 아니고, 제가 듀블레드의 마법사와 함께 만든 것인데 폐하께서 필요가 없으시다면 넣어 두겠습니다.”
내가 일부러 기죽은 얼굴을 하자 황제의 눈이 일순 커졌다.
“영애가 만들었다고?”
“네. 마법사와 이야기를 나누다가 몇 가지 생각나는 것을 말해 주었는데, 다들 몹시 놀랐어요. 그리고 완성한 것인데 마법사가 굉장하다고 해서 폐하께 드리면 좋을 것 같아서……. 제일 좋은 물건은 황제 폐하께 진상하는 것이니까…….”
어린애다운 척 어물거리자 좌중 속에 섞여 있던 발루아 공작 부인이 실소를 터뜨렸다.
“이동 거리라도 조금 늘어났나 보지?”

"맞아요!"

황제가 허허 웃으며 말했다.

"그래, 영애의 이동진은 얼마나 이동할 수 있을꼬."

나는 슬그머니 이동진 두 장을 꺼내서 꼬물꼬물 만졌다.

"그러니까 팔……."

주변에서 "팔 미터?", "팔십 미터?" 하는 소리가 들렸다.

발루아 공작 가문의 식솔들이 오만한 표정으로 날 바라봤고, 얘기를 모르는 가족들도 의아한 얼굴로 내 손에 집중했다.

황제가 물었다.

"80미터이냐?"

"아니요."

"하면."

"8천 킬로미터요."

"……뭐?"

나는 발루아 공작을 똑바로 본 채로 또박또박 말했다.

"8천! 킬로미터요."

느이 이동진은 8킬로미터밖에 못 가지? 내 건 8천 킬로미터다, 인마.

그때, 황제의 손에서 발루아의 이동진이 툭, 떨어졌다.

"뭐, 뭐, 뭐? 바, 방금 뭐라고?"

나는 눈썹을 늘어뜨리며 말했다.

"그런데 폐하께서 필요가 없으시다니까 아빠에게 드릴게요."

황제의 입이 경망스럽게 떡 벌어졌다.

"파, 팔천……. 영애, 팔천이 확실한가."

황제의 물음에 나는 천진난만하게 "네!" 하고 대답했다.

"베로니카랑 같이 만들었어요. 아, 베로니카가 누구냐 하면요."

"베로니카 뒤보스."

읊조리듯 그녀의 이름을 내뱉는 황제를 본 나는 속으로 히힛, 웃었다.

'그래, 당연히 알고 있겠지.'

지방 하나를 통째로 날려 버릴 뻔한 베로니카를 직접 사면한 것이 당시 황태자였던 현 황제 알렉상드르다.

서쪽의 마녀라는 별칭과 함께 '위그젠트라 마도술의 정점'이라 불리는 베로니카 뒤보스가 언급되자 회장이 크게 술렁였다.

거무죽죽한 얼굴로 굳어 있던 발루아 공작이 소리쳤다.

"제작자가 베로니카 뒤보스라 하여도 믿을 수 없는 말입니다. 8천이라니요!"

다급히 황제의 곁으로 다가간 그가 말했다.

"생각해 보십시오, 폐하. 기존의 5킬로미터의 이동진에서 제가 단 3킬로미터를 늘리기까지 백여 년이 넘는 시간이 소요되었습니다."

"……."

"인간의 몸은 초고속에 버틸 수 없으니 공간을 압축하여야 하지요. 한데 8천 킬로미터에 이르는 공간을 압축했다면 지금까지 아무도 모른다는 것이 기이하지 않습니까?"

"……."

"저야 발루아령 내에서 실험하였으나 8천 킬로미터라면 타 영지, 아니, 제국 전역이 압축되었다는 것인데 신전과 마탑의 결계에 보호받는 제도까지 통째로 압축되었다는 게 말이나 되는 일입니까?"

사람들이 고개를 끄덕이고, 황제 또한 생각을 정리하듯 이마를 쥐었다. 비리게 웃은 발루아 공작이 날 쳐다봤다.

"어린아이의 호승심을 모르는 바는 아니나, 관심받고 싶다는 생각만으로 한 거짓말이라기엔 과하구나."

"……."

"이는 명백히 폐하를 속인 것이다. 멸문당할 죄야! 썩 무릎 꿇고 폐하께 용서를 구하여라!"

버럭 소리치는 그를 보고 나는 눈썹을 늘어뜨리며 말했다.

"정말인데……. 정말로 8천 킬로미터가 맞아요."

"증명도 할 수 없는 일을 아직 우기는 것이냐!"

"증명……할 수 있어요!"

나는 표정을 밝히며 황제를 쳐다봤다.

"영지에 있는 베로니카에게 이곳으로 직접 와서 얘기해 달라고 하면 돼요!"

"베로니카 뒤보스를 직접……."

중얼거린 황제가 부관인 듯 보이는 사내에게 물었다.

"서부 마녀의 현 위치는?"

"듀블레드령입니다. 연회 전에 확인하였습니다."

베로니카는 지방 하나를 통째로 날려 버릴 뻔한 사건 이후로 추적기를 달고 있었다. 그녀의 학문적 깊이와 기술이 아까워 사살하지 못했지만, 위험 분자로서 현재까지 제국 차원에서 관리되고 있는 것이었다.

그리고 베로니카 뒤보스의 관리를 맡은 것이 뒤보스가를 봉신으로 두고 있는 아빠였다.

황제가 아빠를 쳐다봤다. 아빠는 미간을 좁히며 품에서 통신석을 들었다. 짧은 통신이 오가는 동안 나는 내 통신석을 통해 의장에게 신호를 보냈다.

[준비는 끝냈지?]

통신석이 두 번 깜빡였다.

'좋아.'

동시에 아빠가 베로니카의 답을 통신석으로 받았다. 이윽고 황제가 부관에게 명해 제도 결계를 해제시킨 직후였다.

구우우웅―!

땅이 빠르게 진동하며 연회장 한가운데가 기이하게 일그러졌다. 곧 빛에 둘러싸인 무언가가 나타났다.

듀블레드의 장거리 이동진을 최적의 장소에서 최고의 효과로 선전할 시간이었다.

잠시 후 일그러졌던 공간이 되돌아오고, 빛이 사그라지며 나타난 것은 베로니카 뒤보스와 의장이었다.

"……!"

"말도 안 돼!"

곳곳에서 비명이 터져 나왔다. 황제 또한 직접 장거리 이동을 목도하곤 딱딱하게 굳어져 한동안 입을 뻐끔거렸다.

"저, 정말로…… 정말로 이동을……!"

제도에서부터 듀블레드령까지는 약 3,200킬로미터. 발루아의 이동진이 400장은 족히 들 거리였다. 추적용 마도구로 베로니카의 위치를 확인한 뒤, 즉시 단숨에 이동하여 왔으니 더는 장거리 이동진의 발명을 의심할 수 없었다.

베로니카 뒤보스가 생긋 웃으며 황제를 바라보았다.

"격조하였습니다, 폐하."

"영애가 그대를 도와 이동진을 제작한 것이 맞는가."

"주군께서 저를 도우신 게 아니라, 제가 주군을 도운 게지요."

“……주군이라.”

베로니카는 실력이나 위험성만큼 똥고집으로도 유명했다. 제가 원하는 자가 아니면 절대로 따르지 않는다.

황제가 수석 궁정 마법사의 자리를 제안했으나 한 줌 미련도 없이 걷어차 버리고, 선대 듀블레드 공작이나 아빠의 밑에도 절대로 들어가지 않았다.

그런 그녀가 나를 주군이라 부르자 사람들의 입이 더욱 벌어졌다.

사람들이 그러거나 말거나 베로니카는 발그레 달아오른 뺨을 양손으로 감싸며 몸을 배배 꼬았다.

“주군의 지성과 매력에 감복하여 충성의 맹세를 하고 싶노라 떼를 썼지요. 다정하신 주군께서 저를 받아 주셨습니다.”

그러며 나를 쳐다봐서 난 열심히 웃어 줬다. 그리고 슬그머니 내 곁으로 온 의장에게 입 모양으로 ‘베로니카 단속하랬지!’ 하고 속삭였다. 의장이 흐린 표정으로 중얼거렸다.

“단속한 게 저겁니다.”

꽤 고생한 모양인지 눈 밑이 퀭하다.

“8천 킬로미터가 사실일 가능성이 크다는 것이냐.”

황제가 믿을 수 없다는 듯 중얼거리자 베로니카가 생긋 웃었다.

“사실입니다. 추적 기록을 보시면 제가 듀블레드에서 제국 최남단 러버릭령으로 단숨에 이동했다는 것을 확인하실 수 있을 겁니다.”

황제는 정말이냐는 듯 부관을 쳐다봤고, 부관이 마른침을 삼키며 고개를 끄덕였다.

황제의 표정에 노기가 일었다.

“한데, 살피지 않았단 게냐!”

“관할처에서 추적기의 오류로 여긴 듯합니다.”

연회장이 터질 듯 시끄러워졌다.

"하면 정말로……?"

"베로니카 뒤보스가 직접 증명하지 않았소. 정말로 장거리 이동진이 듀블레드의 손에 있다는 소리가 아니면 뭐겠소!"

"맙소사……."

황제가 떨리는 시선으로 나를 쳐다봤고, 나는 어린애다운 표정으로 해맑게 웃으며 이동진을 꺼냈다.

'줄 때 받을 걸 그랬지?'

황제가 입을 달싹이며 내 이동진을 향해 손을 뻗었을 때, 나는 그것을 냉큼 아빠에게 건넸다.

"폐하께선 필요 없으시다니까 드릴게요!"

"……너만큼 날 놀라게 한 사람이 없을 것이다."

내가 헤헤 웃으며 아빠의 허리를 끌어안았다. 그리고 "아!" 하며 품 안에서 바스락바스락, 서류를 꺼냈다.

"베로니카가 이것도 줬어요! 의장이 그러는데 이동진이 모두 제 거라는 서류래요! 그리고 또 '서약'도 했어요."

그러자 베로니카가 뺨에 드러난 마력인을 가리켰다.

"이건 제가 주군의 것이라는 표식이지요! 저는 주군의 명 없이 입을 열면 폭발해서 죽게 되었답니다! 동북부 폭발 사건보다 더 큰 변을 당할 거예요~!"

그렇게 말하는 베로니카가 몹시 기뻐해서 의장이 고개를 절레절레 저었다.

동북부 사건을 겪은 자들도, 소문을 들은 자들도 모두 새파래졌다.

황제가 마른침을 삼키곤 아빠에게 다가왔다. 바닥에 떨어졌던 발루아의 이동진은 걷어차여 발자국이 깊게 찍혀 있었다.

"듀블레드 공, 짐과 이야기를……!"

"송구합니다. 아시다시피 가문의 일을 정리하는 게 우선인지라."

전혀 송구하지 않은 얼굴로 말한 아빠가 나를 덥석 안아 들곤 고개를 숙였다.

"시간을 내주게. 언제가 좋겠는가!"

"추후에 연락드리지요."

그 말을 끝으로 우리 가족은 성큼성큼 연회장을 나섰다. 나는 아빠에게 안긴 채, 널브러진 8킬로미터짜리 이동진을 보고 부들부들 떨고 있는 발루아 공작 가문의 사람들을 쳐다보았다.

발루아 공작은 시체처럼 파리한 얼굴이었다. 1황자의 탄신연에서 이동진을 홍보하여 듀블레드를 누르고, 피라미드의 꼭대기로 부상하려던 계획이 몽땅 어그러졌으니 그럴 만도 했다.

'아, 오늘 꿀잠 자겠네.'

그렇게 생각한 나는 이히힛, 웃으며 아빠의 어깨에 얼굴을 비볐다.

* * *

듀블레드령에서 제도까지 가신들이 단숨에 이동해 왔다. 얼떨떨한 얼굴로 찢어진 이동진을 쳐다보던 가신들이 이내 그렁그렁한 눈으로 날 쳐다보았다.

"영특하시고, 기특하시고……!"

"아아, 듀블레드의 요정이시여!"

1황자의 탄신연이고, 발루아의 이동진이고 모두 사람들의 머릿속에서 사라진 지 오래였다. 모두의 기억에 남은 건 오직 8천 킬로미터의 이동진이었다.

아빠는 내가 준 이동진을 매만졌다.

"이제 어떻게 된 일인지 설명해 주면 좋겠구나."

"전에 베로니카의 집에 놀러 갔을 때, 이동진 얘기가 나왔어요. 베로니카가 자라지 않는 게 장거리 이동 실험에 실패해서래요! 얘기를 듣다가 고속 이동을 할 때 몸을 보호할 수 있으면 굳이 압축할 필요가 없을 것 같아서, 생각나는 방법을 얘기해 줬어요. 그러니까 베로니카가 '아앗, 전제부터 잘못되었던 거야!' 하더니 이동진을 만들었어요."

베로니카, 그리고 의장과 이야기를 맞춘 대로 말해 주자 사람들이 입을 떡 벌렸다.

"그리고 아빠가 장거리 이동진이 있으면 좋겠다고 하신 게 생각나서 받아 온 거예요."

어린애답게 천진난만한 목소리로 말하고, 의장의 옆구리를 쿡 찔렀다. 그가 버튼 눌린 마도구처럼 얼른 말을 보탰다.

"대충 내용을 훑어봤는데, 어린아이기에 가능한 발상이 아니었나 싶습니다."

뒤보스 자작이 마른침을 꿀꺽 삼키곤 아빠를 보았다.

"이동진은 어찌하시겠습니까. 황실에서도 끊임없이 연락해 오고 있습니다."

황실뿐만이 아니었다. 듀블레드의 제도 저택 앞엔 그새 귀족들이 줄을 이루고 있었다.

나는 냉큼 아빠에게 이동진 계약서와 나와 베로니카의 서약에 쓰인 매개물을 건넸다.

"아빠 드릴게요!"

한동안 건네받은 계약서와 서약의 매개물을 바라보던 아빠가 내 머리를 쓰다듬으며 말했다.

"네가 만들었으니 이건 네 것이다. 다만 보관은 내가 해 두마. 네가 가지고 있기엔 위험한 물건이니."

아빠라면 그렇게 말해 줄 줄 알았지만, 막상 들으니 자꾸만 히힛 웃음이 났다.

'우리 아빠가 세상에서 제일 멋진 것 같아.'

이만한 물건이라면 눈이 돌아갈 만도 한데, 아빠는 내 의사를 존중했다.

"네가 다 자랄 때까지는 사용처를 나와 공유해야 한다."

"그러면, 그러면 지금 쓰고 싶어요."

앙리가 생긋 웃으며 물었다.

"가고 싶은 곳이라도 있어?"

"아니요, 선물하고 싶어서요!"

"선물?"

나는 아빠의 귓가에 선물하고 싶은 인물을 속삭였다. 잠깐 고민하던 아빠가 고개를 끄덕였다.

"그 사람이라면."

나는 "와아!" 소리치고 아빠의 목을 끌어안았다. 그리고 남몰래 히죽, 입꼬리를 끌어당겼다.

'이동진을 홍보만으로 끝낼 생각은 없거든.'

이왕 세상에 드러냈으니, 적들에게 제대로 엿을 먹여 줄 생각이었다.

* * *

그리고 시간이 흘러 8일, 귀부인들에게 나를 소개하는 티 파티 날이 되었다. 나는 아침부터 열심히 준비하여 파티가 있는 롭테의 살롱으로 향했다.

마침 막 도착해 있던 카밀라 대부인이 나를 반겼다.

"황제 폐하께서도 만남을 청하는 유명인을 이리 뵈니 영광이로구나."

장난스럽게 말하는 대부인을 보고 나는 헤헤 웃었다.

"들어갈까?"

"네, 대모님!"

그녀의 손을 잡기 무섭게 한 무리의 귀부인들이 다가왔다.

"여, 영애!"

"대부인!"

오늘 발루아 공작 부인의 파티에 가겠다며 초대장을 되돌려 보냈던 귀부인들이었다.

Chapter 9.

초대장을 되돌려보낸 귀부인들을 본 카밀라 대부인의 표정이 싸늘했다.

"자네들이 여긴 무슨 일인가."

"대부인, 일전의 무례를 용서하십시오. 영애께 꼭 사과의 말씀을 드리고 싶어 실례를 무릅썼습니다."

사교계에서 입김이 센 조르주 부인이 아양 섞인 어조로 말했다. 그녀는 말하는 와중에도 나를 쳐다보고 있었다.

'조르주가는 차남과 가주의 알력 싸움이 상당하댔지.'

조르주의 선대는 차남에게 가주 위와 작위를 물려주겠노라 유언을 남겼는데, 현 조르주 백작이 가신들과 마르슈 공작가의 뒷배로 부친의 유언을 무시했다.

녹스톤으로 쫓겨났던 차남이 변방에서 기른 군사들이 1티어 용병단이 되었으니, 조르주 백작 내외의 처지로선 장거리 이동진이 간절할 터였다.

언제, 어디서, 어떻게 공격당할지 모르니까.

"실례인 것을 알면 자중했어야지."

"대부인, 제 사정을 아시지 않습니까……."

조르주 부인이 곤란한 표정으로 대부인의 팔을 잡으려 하자, 대부인이 날카롭게 손을 쳐냈다. 조르주 부인의 표정이 거무죽죽해졌다.

"그대들은 영애 앞에서 대모의 체면을 헤아리지 아니하였는데, 내가 그대들의 사정을 헤아릴 필요가 있는가."

"하, 하지만……!"

"썩 돌아가게. 당분간 머리카락 한 올 보일 생각 말고."

사교 파티에도 참석하지 말라는 엄명이었다. 귀부인들이 "대부인!"하고 울며불며 매달렸으나, 카밀라 대부인의 표정은 풀리지 않았다.

'당연하지. 초대장을 돌려보냈는걸.'

사교계에선 다시 없을 무례였다. 애초에 대부인을 안 볼 생각으로 내 첫 다과회를 엉망으로 만들려던 것이다.

내게 장거리 이동진이 없었다면 끝까지 사과 한마디 없었겠지.

"영애, 요전 날의 일은 정말 큰 실례를……!"

대부인에게 사과가 먹히지 않자, 내게 직접 애걸하기 시작했다. 대부인은 그녀들을 매섭게 쳐다보고는 내 손을 부드럽게 끌었다.

"봄이 오니 날파리들이 극성이구나. 어서 들어가자."

"네, 대모님!"

나는 어린애답게 아무것도 모르는 척 해맑게 웃으며 귀부인들에겐 시선도 주지 않고 대부인을 따라갔다.

내부로 들어갔을 땐, 1층을 찾는 척 내 다과회가 있을 파티 홀 앞을 기웃거리는 사람들이 있었다. 물론 그들 중에도 초대장을 돌려보낸 사람이 포함되어 있었다.

대부인과 나는 태연히 홀로 들어갔고, 먼저 홀을 찾은 초청객들이 몸을 일으켰다.

"대부인을 뵙습니다."

"대부인을 뵙습니다."

회장 안의 귀부인들을 본 대부인의 표정이 다정하였다. 그럴 만도 한 것이, 내 파티에 오면 발루아 공작 부인에게 노여움을 살 거라는 걸 알면서도 초청에 응해 준 이들이었다.

그들 중엔 대부인과 인연이 깊은 사람도 있었고, 단지 어린 레이디의 첫 다과회가 실패로 끝나지 않기를 바란 상냥한 사람들도 있었다.

"이리 와 주어서 고맙네. 자네들의 마음은 잊지 않을 걸세."

"과한 말씀이십니다. 롭테 살롱의 2층은 언젠가 한 번 꼭 와 보고 싶은 곳이었는걸요."

"아가야, 귀빈들께 인사하려무나."

대부인이 내 등을 가볍게 쓰다듬으며 말해서 나는 치마 끝을 잡고 무릎을 굽혔다.

"반갑습니다. 르블레인 리세트 듀블레드예요!"

활기차게 말하자 초청객들이 후후, 웃으며 한 명 한 명 자신을 소개해 주었다.

"칸디라 디몽테예요, 작은 숙녀님."

"콜 시아코트랍니다."

노년의 귀부인부터 아직 어린 영애들까지 하나같이 인상 좋은 사람들이었다.

우연히 사람들을 걸러 냈다. 이게 다 발루아 공작 부인이 치졸한 덕이다.

'고마워요, 발루아 공작 부인!'

다들 배려심 있는 사람들이었다. 위세 있는 가문의 노 부인들은 가문이 한미하거나 어린 레이디들도 섞여들기 쉽도록 대화를 이끌었다. 시종일관 화기애애한 분위기였다.

대화가 무르익었을 무렵, 나는 함께 온 로라에게 상자를 가져오라 일렀다.

"저, 대모님."

"그래."

"첫 파티에 오신 분들께는 작은 선물을 준비하는 거라고 고모님께서 말씀해 주셨어요. 그래서 저도 선물을 준비했는데, 드려도 되나요?"

내가 수줍게 묻자 대부인이 우후훗, 웃으며 "물론이지." 하고 대답했다.

로라는 상자에서 꺼낸 봉투를 초청객들에게 하나씩 전해 주었다. 그리고 가장 호화로운 봉투는 내게 가져왔는데, 나는 그것을 꼭 쥐고 발그레한 얼굴로 대부인을 쳐다봤다.

먼저 봉투를 열어 본 귀부인들이 숨을 크게 들이켰다.

"이건……!"

나는 고개를 끄덕이고 말했다.

"장거리 이동진은 아빠도 가문에 사용처를 공유해야 한대요. 그래서 이건 20킬로미터까지 이동할 수 있도록 선물용으로 개량한 스크롤이에요!"

그러자 봉투를 건네받은 귀부인들의 표정이 굳어졌다. 본래 초청객이었던 이들의 얼굴 또한 새파랗게 질려 있었다. 조르주 부인이 입을 틀어막고 부르르 떠는 것이 얼핏 보인다.

나는 속으로 히죽 웃었다.

이동진을 초청객 모두에게 선물하는 계획은 앙리가 생각한 것이었다.

"이동진을 선물하는 게 어떨까."

"이동진 같은 걸 막 줘도 되는 거야? 쓸 때는 아빠한테 말해야 한다고 했는데……. 장거리 이동진은 소유한 것만으로도 위험하다고 했어."

"이동 범위를 조절하면 상관없지."

앙리는 산뜻하게 웃으며 덧붙였다.

"가끔은 손에 들린 걸 나누어야 욕심 많은 버러지들까지 네 앞에서 땅을 기게 만들 수 있거든."

그렇게 말하는 앙리의 표정이 정말로 악당 같아서 이샤크는 "역시 형은 못돼 처먹었을 때가 개 멋있다니까!" 하다가 한 대 얻어맞았다.

여하튼, 그렇게 나는 베로니카에게 개량형 이동진을 만들어 달라고 했다.

"이렇게 귀한 것을 받을 순 없어요."

디몽테 부인이 떨리는 손으로 봉투에 도로 이동진을 집어넣었다.

"고모가 그러셨어요. 소중한 인연에 주는 선물은 아깝지 않다고요."

대부인까지 빙그레 웃으며 말을 보탰다.

"아이의 정성이니, 거절하지 말게나."

"……하면 감사히 받도록 하겠습니다."

거절은 했어도, 시중에 나온 5킬로미터짜리 이동진도 30만 프랑에 이르는 매우 매우 고가인 것을 생각하면 욕심 나는 선물인지라 다들 홍분한 기색이었다.

나는 대부인에게 로라가 가져다준 가장 호화로운 봉투를 건넸다.

"이건 대부인께 드리는 제 선물이에요."

"고맙…… 아가야, 이건……!"

봉투 안에서 이동진을 꺼내 본 대부인의 얼굴이 딱딱하게 굳어졌다.

저건 8천 킬로미터까지 이동이 가능한 완전한 장거리 이동진이었다.

이미 1황자의 탄신연에서 이동진 카드의 모양을 본 적 있던 대부인이 굳어지자, 마찬가지로 탄신연에서 카드를 보았던 이들이 비명을 지르듯 소리쳤다.

"장거리 이동진……!"

"설마, 그……. 정말이에요?"

나는 이번에도 고개를 살포시 끄덕였다.

"베로니카가 시험해 봤을 땐 8,035킬로미터까지 이동했대요. 필요하실 때 쓰세요."

대부인이 내 손을 덥석 잡았다.

"아가, 이건 다른 사람에게 함부로 선물해선 안 되는 거야. 어서 집어넣어라."

"함부로 선물한 거 아닌데……. 대모님께 선물한 거예요!"

카밀라 대부인이라서, 믿으니까 줄 수 있다는 말에 그녀의 표정이 묘해졌다. 당황스러운 듯도 하고, 감격스러운 듯도 한 표정이었다.

"하지만……."

"아빠도 제 대모에게 선물하는 거라면 괜찮다고 하셨어요. 그리고 대모님이 방금 정성은 거절하는 게 아니라고 하셨는데……."

일부러 눈썹을 늘어뜨리며 말하자 부인이 한쪽 뺨을 감싸며 말했다.
"이래서 말을 조심해야 한다니까."
그러자 파티장 곳곳에서 웃음이 터졌다. 나는 활짝 웃고 그녀의 허리를 끌어안았다.
"받아 주세요! 네? 네에―?"
"정말이지……. 내가 대단한 아이의 대모가 되어 심장이 남아나질 않는구나."
그러자 초청객들이 "대부인의 복이시지요." 하며 말을 보탰다. 대부인은 내 뺨을 부드럽게 쓰다듬었다.
"이건 고맙게 받으마. 이다음에 함께 유랑을 가면 되겠다."
"좋아요!"
헤헤 웃은 난 문밖에서 시체처럼 파리한 얼굴로 굳어진 사람들을 쳐다봤다. 곧 입을 틀어막은 이들이 흩어지기 시작했다.
'배 아파 죽겠지?'
그렇게 생각한 나는 속으로 히힛, 웃었다.
가서 데굴데굴 구르면서 제도 전역에 듀블레드가 이동진을 마구 풀기 시작했다고 퍼뜨려라, 철새들아.

* * *

발루아 공작 부인은 텅 빈 정원을 보며 입술을 사리물었다.
"형, 우리 파티에 아무도 안 오는 거야?"
닐스가 당황스러운 표정으로 제 형인 헤이턴을 쳐다보았다. 헤이턴은 울컥, 인상을 썼다.
"입 닥쳐."

"그렇지만……."

닐스가 중얼거리던 찰나, 쨍ㅡ!! 날카로운 파열음이 들려왔다.

"어, 어머니……."

"어머니!"

양팔로 테이블의 화병과 티 세트를 와르르 쓸어 던진 발루아 공작 부인이 "끄흑……." 신음했다. 손에서 검붉은 피가 뚝뚝 흘러내렸다.

"찢어 죽일 계집애……!"

이게 다 그 재수 없는 고아 계집애의 탓이었다. 저와 닐스가 보안청의 대질 신문을 받게 된 것도, 닐스가 황립 아카데미에서 입학 취소 처분을 받게 된 것도. 그리고 3억 프랑 가까이 자금이 든 중거리 이동진이 종잇장이 된 것도……!

"지, 진정하세요, 어머니."

"네 아버지는! 네 아버지는 어디 계시느냐. 내가 이 꼴을 당하는 동안 그 남자는 뭘 하는 거야!"

"중앙 회의에 참석하시러……."

"내 친정의 돈을 죄 탕진해 놓고, 쓸모없는 이동진이나 끌어안고 뭘 하는 거냐고!"

정원에 발루아 공작 부인의 고함이 메아리쳤다.

그 시각, 중앙 탑.

귀족들의 시선이 상석 가까이에 자리한 미남자에게 쏠렸다. 걸출한 귀족들의 시선을 한 몸에 받으면서도 테오도르 듀블레드는 눈썹 하나 까딱하지 않았다.

"저……. 듀블레드 공. 회의가 파한 뒤에 괜찮으시면 저와 잠시 이야기를 나누시는 게……."

"어허, 이 사람! 먼저 자리를 만들고 기다린 것은 나일세!"
"다들 회의장에서 무슨 소란이십니까. 듀블레드 공의 심기를 어지럽히지 마십시오."
회의는 뒷전이고, 모두 장거리 이동진의 사용처, 혹은 판매 개시일에 촉각을 곤두세웠다. 중앙 회의의 의장인 마르슈 공작조차 테오도르 듀블레드의 입이 열리기만을 기다렸다.
느른히 팔걸이를 두드리던 듀블레드 공작이 입을 열었다.
"내 딸의 다과회 초대장을 돌려보낸 놈들이 있다고."
"……!"
"……!"
"……!"
몇몇 귀족들의 얼굴이 새파랗게 질리자, 듀블레드 공작이 무미건조한 표정으로 말을 이었다.
"나다 싶으면 회의가 파한 후, 조용히 따라와라."
나다 싶은 인물들의 손이 와들와들 떨렸다.
그때, 회의장에 노크 소리가 들렸다.
"송구합니다."
듀블레드의 문양이 새겨진 예복을 입은 사내가 무겁게 가라앉은 회의장으로 들어왔다. 듀블레드 공작에게 다가간 그가 속삭였다.
"미레유와 여관 부부에게 접촉한 자를 찾아냈습니다."
듀블레드 공작의 눈빛이 서늘하게 가라앉았다.
"즉시 암조를…… 아니, 캐딜런(암조의 수장)을 직접 붙여."
"예."
수하가 허리를 굽히고 사라지기 무섭게 듀블레드 공작의 시선이 발루아 공작에게 닿았다. 지방의 작부이던 미레유를 제도로 데려온 것이 발루아 공작이란 건 이미 파악을 마친 뒤였다.

허공에서 두 사람의 시선이 날카롭게 부딪쳤다.

*　*　*

그날 밤.

나는 다과회 초청객들에게서 받은 선물과 편지를 잘 보관하고서 소파에 앉았다. 세 하녀가 싱글벙글한 얼굴로 다리를 까딱이는 날 보고 우후후, 웃었다.

“오늘 다과회가 즐거우셨나 보네요.”

“응. 재미있었어.”

다들 점잖고 상냥한 사람들이었다. 파티에 참석한 또래 영애들과는 날이 풀리면 꽃놀이를 함께 하기로 했다.

‘또래 친구와 놀러 가는 건 처음이야!’

나는 돌아오자마자 달력에 나들이 날을 표시하고, 놀러 가기만을 손꼽아 기다리는 중이었다.

‘그리고 발루아 공작 부인 파티도 엉망이 되었고.’

내가 아는 그녀라면 배 아파 데굴데굴 구르는 것뿐만이 아니라, 테이블을 죄 와장창! 쓸어 버리고 ‘내가 이 꼴을 당했는데, 그 남자는 뭘 하는 거야!’ 하며 남편에게 원망을 쏟아 낼 터였다.

속으로 음흉하게 웃고 있는데, 방 밖이 부산스러워졌다. 하녀들이 문을 조금 열고 상황을 살핀 후에 말했다.

“주인님께서 귀가하신 모양이에요.”

“그러면 인사하고 올래.”

“네, 아기님.”

나는 얼른 문을 열고 나가서 1층으로 향했다. 그런데 평소라면 중정에서 인사를 받고, 집사로부터 저택의 일을 전해 듣고 있을 아빠가 없다.

나는 뿔뿔이 흩어지고 있던 고용인 중 한 명을 붙잡고 물었다.

"아빠는?"

"인사도 받지 않으시고 바로 서재로 향하셨습니다."

"무슨 일 있어?"

"글쎄요. 표정이 안 좋긴 하셨습니다만……."

나는 고개를 갸웃하고 아빠의 서재로 향했다.

'회의장에서 무슨 일이 있었나?'

황제가 장거리 이동진의 일로 지겹게 달라붙는다더니, 아빠의 화를 돋울 만한 일을 했을 수도 있다.

아빠의 서재 문고리를 잡으려는데 말소리가 흘러나왔다.

"미레유가 발루아 공작의 사주를 받았을 가능성이 크다고요? 저도 지방의 매춘부이던 그녀가 발루아 공작의 마음에 들어 제도로 올라왔다는 것은 보고받았습니다. 하지만 제도로 올라온 직후에는 공작이 그녀에게서 흥미를 잃었다고 하던걸요."

고모의 목소리였다. 이후 들려온 것은 요한의 말이었다.

"예, 발루아 공작에게 다시 만나 달라고 소란을 부리다가 공작 부인에게 붙들려 끔찍한 꼴을 당하고 제도에서 쫓겨났다고 했습니다."

끔찍한 꼴을 당하고 쫓겨나?

'설마 그 여자인가!'

두 번째 삶에서 저택을 찾아왔던 오만한 매춘부.

'아니야, 말도 안 돼. 나는 그 여자를 직접 봤어. 미레유와는 전혀 다르게 생겼다고!'

외모도, 목소리도, 그 어느 곳 하나 미레유와 닮은 데가 없었다. 풍만한 몸매를 가진 미인이긴 했으나, 적갈색 머리칼과 짙은 녹색 눈을 가진 여자였다.

'그 여자가 확실하다면, 단지 금술로 어리게 만든 게 아니야.'

영혼을 뜯어내 다른 사람 몸에 붙여넣은 것처럼 완전히 다른 몸을 만든 것이다.

'하지만 그게 말이 돼?'

외모를 변하게 할 수는 있다. 세리아 또한, 그런 마법을 통해서 신분을 숨기고 있으니까.

하지만 외모를 변형시키는 마법은 하루에 사용할 수 있는 시간이 한정된 데다가 천문학적인 금액이 든다.

중거리 이동진을 개발하기 위해 돈을 쏟아부은 발루아에 그런 여력이 있을 리도 없고, 무엇보다—

'듀블레드의 마도국장과 베로니카까지 변형 마법을 잡아내지 못했을 리 없잖아.'

두 사람은 마도술이 부흥한 제국에서도 최고의 실력을 자랑하는 마법사들이란 말이다.

방문에선 계속 말소리가 새어 나왔다. 이번엔 아빠였다.

"고신을 통해 알아낸 홍반의 사내가 발루아 공작과 접촉한 사실이 있다."

그때, 내 통신석이 깜빡였다. 나는 주변을 살피고 통신석을 꺼냈다. 세리아의 코드였다.

[아기님의 납치를 사주한 '손님'의 꼬리를 잡았습니다. 손등에 홍반이 있는 사내라고 합니다. 억양과 대화의 내용으로 미루

어 보아 제도 토박이로, 귀족가 출신인 듯싶습니다.]

나는 작게 실소를 흘렸다. 아무래도 발루아 공작과의 악연이 이동진으로 끝나지 않을 모양이다.

얻어맞아도, 억울한 일을 당해도 이유조차 묻지 못하던 순하고 어리석은 르블레인은 이제 없다. 받으면 받은 대로 돌려주고, 궁금한 것은 입을 찢어서라도 들어야겠다.

무미건조한 얼굴로 통신석을 내려다보던 난 세리아에게 답신을 보냈다.

[보관해 둔 내 돈을 전액 출금하고, 변방에서 기르던 군사들과 제도 전역에 풀어 놓은 세작들을 준비시켜. 발루아 공작가를 손에 넣는다.]

그리고 난 에트왈을 잡았다.

파이몬을 통해 손에 넣은 첫 번째 권속을 쓸 때가 왔다.

*　*　*

그날 새벽.

나는 제도 상점 지구 내에 있는 호프 상단으로 이동했다. 내 연락을 받은 의장도 함께였다.

"오셨습니까, 단주."

세리아가 우리를 반겼다.

나는 으그그, 신음하며 희멀건 얼굴로 소파에 드러누웠다.

"장거리 이동진은 다 좋은데 이동하고 나면 멀미가 심하게 난단 말이야……."

세리아가 눈썹을 늘어뜨리며 내게 찬물을 건넸다. 의장도 내 등을 두드려 주었다.

"베로니카가 어린아이의 몸으로도 쉽게 이동할 수 있도록 개량 중이니 기다려 주십시오."

나는 끙끙거리며 찬물을 들이켰다. 그러고 나서 휴, 한숨을 흘리고 두 사람을 쳐다봤다.

"통신석으로 전해 준 이야기는 확인했지?"

'손님'이 발루아 공작과 관련되었을 가능성이 크다는 이야기였다. 세리아의 잇새로 으득, 이 가는 소리가 들렸다.

"예."

"좋아. 그럼 조사한 내용을 공유하자."

먼저 서류를 꺼낸 것은 의장이었다.

"발루아 공작이 미레유를 만난 것이 3년 전. 제도로 데려온 것이 작년 초입니다. 본명은 앰버 플레더라고 합니다."

그러며 그는 미레유의 본래 외모가 그려진 초상화와 성으로 왔던 어린아이의 모습이 그려진 초상화를 꺼냈다. 그러자 세리아의 얼굴이 딱딱하게 굳어졌다.

"니콜!"

어린아이 모습의 미레유가 그려진 초상화를 붙잡은 세리아의 손이 덜덜 떨렸다.

"니콜이라니?"

"동생입니다. 희망원의 동생이요!"

"……역시 '손님'이 미레유를 만들었던 건가."

아기새와 비슷한 아이를 찾아내기 위해 희망원의 아이들을 사들인 게 분명하다.

"하면 다른 아이들은……."

내가 중얼거리자 의장이 건조한 목소리로 말했다.

"완벽하게 영혼을 옮기기 위해선 수없이 많은 실험이 필요했겠지요."

"찢어 죽일……!!"

세리아가 비명 같은 고함을 내질렀다. 실핏줄이 자글자글 돋은 새빨간 눈에서 그녀의 분노를 알 수 있었다. 나는 침통한 표정으로 눈시울을 붉힌 채로, 니콜의 초상화를 끌어안은 세리아를 쳐다보았다.

의장이 흐느끼는 그녀의 어깨를 잡았다.

"진정해라. 금수들의 사지를 찢기 위해선 지금은 피눈물이라 할지라도 삼켜야 해."

입술을 꾹 사리문 세리아가 헐떡이듯 말했다.

"……발루아 공작가의 자산 상태를 확인했습니다. 창고는 텅 비었고, 마르슈 공작가와 은행, 고리대금에 이르기까지 큰돈을 빌린 모양입니다. 현재로선 석 달도 버티지 못할 거예요."

"하지만 중거리 이동진의 제작권과 유통권을 전부 신전에 넘기고 탕감을 요청하면 회생할 수 있겠지."

"……발루아 공작이 동생들을 사들인 '손님'의 배후가 맞는다면 절대로 다시 회생하게 둘 수 없습니다."

세리아의 표정을 보고 난 고개를 끄덕였다.

"이번 기회를 놓칠 수 없지. 발루아를 통째로 삼키려면."

"생각해 두신 방법이 있으십니까."

의장의 질문에 나는 어깨를 으쓱였다.

"아니?"

"……예?"

"발루아 공작가는 역사 깊은 개국 공신 가문인걸. 그만큼 다른 귀족들과의 인맥이 탄탄하고. 지금은 돈이 좀 없다지만, 광활한 영지를 가지고 있으니 곧 해결되겠지. 그렇다고 영지전을 벌일 수도 없고. 개국 공신 가문과의 영지전은 황실에서 허가하지 않을걸?"

"……."

"결국, 유일한 방법은 저들이 어떻게 미레유를 만들어 냈는지 밝히는 건데, 발루아 공작의 철저한 성격이라면 미레유 일이 실패한 직후 꼬리를 잡히지 않도록 이미 뒤처리를 끝냈을 거야."

"잘 아시는군요."

그럼 어쩔 거야? 하는 표정에 나는 히죽 웃고 에트왈을 붙잡았다.

"셋이 머리를 맞대도 방법을 떠올릴 수 없다면, 다른 지혜를 빌려야지."

"예?"

나는 에트왈에 신성력을 조금 불어넣었다. 그러자 에트왈이 실금 같은 빛에 휩싸이며 방 안에 미남자가 등장했다.

"소개할게. 내 첫 번째 권속이야!"

두 사람은 빛과 함께 나타난 흑발의 미남자를 보며 입을 떡 벌렸다.

부채를 나붓나붓 부친 흑발의 미남자가 빙그레 미소 지었다.

"와룡이 주인께 인사드립니다."

황제마저도 몇 번이나 헛걸음을 만들게 한 세기의 군사였다.

"자, 그럼 우리에게 지혜를 빌려줘. 어떻게 하면 옴짝달싹 못 하도록 적을 탈탈 털어 버릴 수 있을까?"

해맑게 웃으며 하는 말에 세기의 군사가 눈썹을 까딱, 들어 올렸다.

*　　*　　*

우리에게 상황을 들은 세기의 군사는 흐음, 신음하다가 탁, 소리가 나도록 부채를 접었다.

"영혼을 뜯어내 다른 몸에 붙이는 것이 그리 어려운 마법입니까?"

"응. 이 세계에는 없는 마법. 어떻게 한 걸까?"

"방법이야 알 수 없으나, 시전한 자의 정체라면 알 수 있지요."

"……어떻게?"

"사람의 손으로 못 하는 일이라면, 당연히 사람이 아닌 자의 힘이겠지요."

사람이 아닌 자의 힘…….

나는 딱딱하게 굳어져서 이마를 짚었다.

"그렇네. 그거야. 나도 그들의 힘을 썼으면서 왜 그런 생각을 못 했지."

"예?"

세리아가 무슨 말이냐는 듯 눈을 깜빡였다.

"악마야."

"예?"

"악마를 소환한 거라고!"

왜 그렇게 많은 희망원의 아이들이 필요했는지 이제야 명확해졌다. 단지 실험하기 위해서만이 아니다. 아이들의 영혼을 매개로 악마의 힘을 빌린 것이다.

나는 흠칫해서 세기의 군사를 쳐다보았다.

"그러면 발루아를 찢어발기는 방법은……!"

"이곳엔 사도 재판이라는 것이 있다면서요."

나는 발그레한 뺨을 감싸고 생각했다.

'권속 잘 골랐어!'

내가 몹시 기뻐하자 세기의 군사의 눈매가 나붓이 휘었다.

"있잖아. 그럼 어떻게 밝혀내는 게…… 으윽!"

말하던 중에 갑자기 머리가 빙 돌았다. 시야가 좁아지고 가슴에 돌덩이가 얹힌 듯 갑갑해졌다. 눈이 핑글핑글 도는 것 같고, 숨이 잘 쉬어지지 않는다. 장거리 이동진의 멀미와는 비교도 되지 않는 고통이었다.

내가 비틀거리자, 세리아와 의장이 놀라서 부축했다.

"아기님!"

"괜찮으십니까?"

세기의 군사가 "저런." 하며 미간을 좁혔다.

"저는 돌아가 보는 것이 좋겠습니다."

권속에게 보내는 힘을 끊어 내자, 세기의 군사가 사라지며 폐를 꽉 옥죄던 것 같은 고통이 사그라들었다.

'권속을 부리는 게 악마를 소환하는 것보다 더 힘들구나.'

악마를 소환할 땐 저들에게 내 신성력을 나누어 주면 그들이 알아서 힘을 조절했다. 형태를 만들고, 인계에 붙들어 놓는 것까지 모두 악마의 기술이 들어간다는 말이다.

하지만 권속을 부릴 땐 모든 것에 내가 직접 힘을 운용해야 했다. 난 악마처럼 신성력을 낭비하지 않고 권속을 유지하는 방법을 모르니, 세수할 적에 수도꼭지를 최대로 돌린 것처럼 펑펑 힘이 새는 것이다.

'섬세한 신성력 조절을 가르쳐 줄 수 있는 악마나 권속이 필요해.'

그렇게 생각하며 끙끙거리고 있자니, 세리아가 다시 물컵을 가져다주었다. 물을 마시고도 한참이 지나서야 정신을 차릴 수 있었다.

"좀 어떠세요, 아기님?"

"집에 가고 싶어요오……."

웅얼거리던 난 헉, 숨을 들이켰고, 세리아와 의장이 눈을 동그랗게 떴다.

'큰일이다. 어른의 사고도 조절하기 힘들어.'

왜지? 다른 생에선 아홉 살쯤 되면 어른의 사고를 잘 조절할 수 있었는데.

'아아, 그렇구나. 위험할 정도로 힘을 쓰면 평소에 어른의 사고를 잘 조절할 수 있어도, 육체의 나이로 되돌아가는 거야.'

이전 삶에선 신성력 비렁뱅이라 이토록 힘을 쓴 적이 없어서 몰랐다.

"일단 집에 가는 게 좋겠어."

내가 우울한 얼굴로 중얼거리자, 의장이 고개를 끄덕였다.

"예. 제가 모시겠습니다."

세리아는 그렇게 말하는 우리를 바라보았다. 그녀에게 내 정체와 악마에 관해 말한 적이 없기에 궁금한 것이 많은 모양이었다.

나는 힘없이 그녀의 손을 잡았다.

"곧 모두 말해 줄게. 오늘 말해 줄 생각이었는데, 나 지금은ㅡ"

"기다리고 있겠습니다."

세리아가 빙그레 미소 지어서, 나는 희미하게 웃었다.

'세리아는 언제나 날 믿어 줘.'

"나도 세리아를 믿어."

"영광이에요."

우리가 마주 보며 웃고 있으니, 의장이 "동료의 정은 이만 나누시고, 지금은 바로 저택에 돌아가시는 것이 좋겠습니다." 하며 나를 안아 들었다. 난 의장에게 안긴 채로 세리아에게 손을 흔들어 주고 떠났다.

저택의 내 방으로 이동하자 의장이 날 침대에 눕혀 주고, 이불까지 잘 덮어 주었다.

“정말이지 아기님은……. 자신만만하게 권속을 꺼내시기에 제대로 부리는 방법을 아시는 줄 알았습니다, 저는.”

“아니, 나는 이렇게 힘이 드는 건 줄 몰랐지…….”

“정말로 모르셨습니까?”

의장이 눈을 부리부리하게 떠서 나는 슬쩍 시선을 돌렸다.

“……조금 예상하긴 했어.”

“언제나 본인 몸 걱정은 하지 않으시죠!”

“…….”

“자수정을 주십시오. 제가 보관하고 있겠습니다.”

그가 듀블레드의 초대 가주 초상화 액자에서 가져온 자수정을 언급하자 나는 흠칫해서 침대 옆 협탁을 쳐다봤다.

“여기에 있나 보군요.”

‘앗!’

어른의 사고를 조절하지 못하니, 다 들켜 버린다.

“아, 안 돼! 그건 새로운 악마의 통로로 추측되는 거란 말이야.”

“그러니까요.”

“하지만……!”

“부네 때도, 파이몬 때도 신성력을 쓰지 않는 한 악마의 목소리가 들린 적은 없으시다면서요. 한데, 이 ‘통로’는 아기님께 먼저 말을 걸었습니다. 얼마나 강한 힘의 악마가 담겨 있는지 알 수 없는데, 매번 막무가내인 아기님 손에 이것이 있으면 어찌 되겠습니까.”

“…….”

“필요하다 싶으시면 본인 몸 걱정은 없이 냉큼 사용하실 테지요. 안 그렇습니까?”

"그런 거 — !"

아니거든! 하고 말이 나와야 하는데, 어린이 르블레인은 거짓말을 잘 못 한다.

"— 맞아."

"제가 보관하고 있지요. 필요하실 때 말씀하시면 상황을 가늠해 보고, 이동진을 통해 보내 드리겠습니다."

"……."

"어디 갈 생각 마시고 당분간은 휴식을 취하십시오. 발루아가는 저와 세리아가 살피겠습니다."

"……."

"잠, 휴식!"

"……네."

그러며 그는 내가 침대 밑에 숨겨 놓은 서류들까지 전부 가지고 떠났다.

*　　*　　*

이튿날에도 내 상태는 호전되지 않았다.

아침까지 잠이 깨지 않아서 해가 중천에 뜨고 나서야 비몽사몽 억지로 몸을 일으켰다. 비척비척 방을 나서자, 맞은편에서 이야기를 나누며 오던 세 오빠가 날 발견하고 다가왔다.

"늦잠 잤네, 꼬맹이."

"잘 잤니, 르블레인."

"……안녕."

이샤크와 앙리, 요한이 순서대로 말해서 나는 고개를 끄덕였다.

"좋은 아침……."

반쯤 눈을 감은 채로 고개만 끄덕이자 이샤크가 눈을 동그랗게 떴다.

"뭐야, 상태가 왜 이래?"

"다과회 때문에 피곤했나?"

그렇게 말한 앙리가 내 뺨을 쓰다듬어서 난 눈을 감고 "으응……." 하고 웅얼거렸다. 자꾸만 하품이 나온다.

그때, 계단 밑에서 "아기님!"이라고 부르는 소리가 들렸다. 하녀 로라의 목소리였다.

"점심이 준비되었어요."

밥이다!

나는 눈을 부릅뜨고서 우다다다 계단을 달려 내려갔다.

"야, 넘어져, 꼬맹이!"

"르블레인!"

이샤크와 앙리가 허둥지둥 나를 쫓아왔고, 그 뒤로 요한도 따라왔다.

하지만 난 뒤도 돌아보지 않고 냉큼 식당으로 들어갔다. 새벽에 간식을 잔뜩 먹었는데도 엄청나게 배가 고팠다. 얼른 의자에 앉아서 신이 난 얼굴로 포크를 들자 달걀 프라이가 올라간 커다란 스테이크와 샐러드, 버터와 꿀을 바른 호밀 빵이 나왔다.

"도련님들의 식사도 준비할까요?"

"그래."

세 사람은 식탁에 앉아서 음식이 나오는 동안 열심히 옴뇸뇸 식사를 하는 날 쳐다봤다.

이샤크가 빙글빙글 웃으며 다람쥐처럼 빵빵한 내 뺨을 쿡쿡, 찔렀다.

"오늘은 평소보다 더 먹성이 좋은데?"

"식사 중에 만지지 마."

앙리가 이샤크의 손을 탁, 쳐내며 말했다.

그러는 동안 오빠들의 식사도 나왔다. 이샤크는 고기, 앙리는 파스타, 요한은 해산물 구이였다.

"이것도 줄까?"

앙리가 물어서 나는 얼른 고개를 끄덕였다.

"내 것도 먹을래, 꼬맹이?"

"응!"

앙리와 이샤크에 이어 요한도 제 접시를 내밀었다. 오빠들은 잘 먹는 날 보고 쿡쿡 웃었다.

"잘 먹네."

"그러게."

"……너무 잘 먹는데."

"……."

"어? 어어!"

내가 오빠들의 접시까지 깡그리 비우자 이샤크와 앙리가 눈을 동그랗게 떴다.

"그만, 르블레인."

"꼬맹아, 배 터져!"

머릿속에서 어린이인 내가 '더! 더 많이 먹을 수 있어! 과식이 숙명!'하고 소리치는 것 같았다. 두 사람이 양쪽에서 내 손을 붙잡았다.

"더 먹을 거야."

"아냐, 사람은 여기서 더 못 먹어!"

"잠깐만. 소화를 시키고 나서 먹자, 응?"

누군가 양손으로 내 옆구리를 잡고 덜렁 들어 올렸다. 요한이었다.

"음식 치워."

내가 허공에서 발을 구르는 동안, 앙리와 이샤크가 접시를 휙휙, 내던지듯 고용인에게 건넸다.

"이잉!"

절로 어린애 같은 투정이 나와서 나는 속으로 헉, 숨을 들이켰다.

'이게 무슨 소리야. 미쳤어, 나?!'

그제야 정신이 들었고, 초토화가 된 식탁이 보였다. 그때, 식당의 문가에서 인기척이 들렸다.

"왜 동생을 괴롭히지?"

아빠의 목소리였다. 그는 요한에게 들린 채로 허공에서 다리가 달랑달랑 흔들리는 날 보며 미간을 좁혔다.

"괴롭힌 거 아니에요."

"네."

이샤크와 앙리가 억울한 표정으로 아빠를 쳐다봤다.

아빠는 성큼성큼 걸어와서 날 조심스럽게 안아 들었다.

"무슨 일이냐."

아빠가 식사 시중을 들던 집사에게 물었다. 집사는 난처한 얼굴로 말했다.

"그…… 도련님들께서 아기님의 식사를 말리고 계셨습니다."

"원하는 만큼 내어 주면 될 것을 왜."

그러자 이샤크가 말했다.

"저걸 다 먹었는데요?"

하녀들 손에 들린 수많은 접시엔 플레이팅을 위해 얹은 허브 하나 남겨져 있지 않았다. 빈 접시를 둘러본 아빠가 배는 개구리처럼 볼록하고, 너무 많이 먹어서 숨도 잘 쉬어지지 않는 날 쳐다봤다.

그때.

"꼬흑……."

나도 모르게 트림이 나왔다. 그런 날 보고 아빠가 조용히 말했다.

"소화제를 가져와라."

* * *

며칠 후, 봄철에 있는 사교계의 행사인 자선기금 경매에 참석한 발루아 공작 부인은 입술을 꽉 사리물었다.

파티장에 온 후로, 단 한 명도 그녀에게 말을 걸지 않았다. 발루아 공작가에서 심혈을 기울여 만든 중거리 이동진의 판매가 시작되었지만, 상점엔 개미 새끼 한 마리 오지 않았다. 이동진이 초고가인 만큼, 쉬이 구매하지 않고 듀블레드의 장거리 이동진 가격이 정확히 나올 때까지 기다리는 것이다.

발루아 공작가가 심각한 자금난에 시달리고, 공작 부인과 아들인 닐스는 성서의 해독본을 무단 반출하여 보안청의 대질 신문을 받고 왔으니 어울리려는 귀족들이 없었다.

'나도 이따위 파티에 오고 싶지 않았어!'

남편이 이동진 개발을 위해 자금을 빌린 가문의 안주인을 만나 보라고 성화를 부리지 않았더라면 올 일도 없었다.

"레인 경이 유리아덴의 화병을 50만 프랑에 구매하셨습니다!"

주최자가 소리치자 회장 곳곳에서 탄성이 터져 나왔다.

'50만 프랑이라고? 화병 하나에?'

깜짝 놀란 발루아 공작 부인이 새빨간 바지 예복을 입은 여성을 바라보았다.

웬만한 가문의 1, 2년 내탕금으로 넉넉할 돈을 화병 하나에 쓴 여성은 빙그레 웃으며 주최자에게 주머니를 건넸다. 주머니 안에 가득 찬 다이아몬드를 확인한 주최자가 탄성을 흘리자 우레와 같은 박수가 터져 나왔다.

'레인……. 레인이라면.'

미술상을 한다던 그 여자인가.

어느 한미한 남작가 출신이라고 하는데, 몇 년 전 제도에 터를 잡고 미술상을 시작했다.

'하지만 뒤에선 고리대금 업체를 운영한다고 하던데.'

아름다운 외모와 뭐라 콕 집어 말할 수 없는 위압감이 있어서 한미한 지방 귀족 출신임에도 그녀를 기껍게 여기는 젊은이들이 많았다.

주최자로부터 화병을 받은 레인 경이 발루아 공작 부인의 근처에 서며 말했다.

"처음 뵙겠습니다. 노아 레인입니다."

"……얘기는 많이 들었어요."

"뛰어난 귀부인께서 알아주시니 영광입니다. 줄곧 뵙고 싶었거든요."

발루아 공작 부인이 부채를 나붓나붓 부치며 그녀를 힐끔 쳐다보았다.

"저를 말인가요?"

"예."

"어째서?"

"동지니까요."

동지?

발루아 공작 부인이 그녀를 힐끔 쳐다보았다.

"무슨 뜻이죠?"

"적의 적은 동지라지 않습니까. 깊이 공감하는 바입니다."

"……듀블레드를 이르는 건가요?"

"정확히 말하면 운 좋게 입양된 듀블레드의 어린 계집애 말입니다."

발루아 공작 부인이 눈을 희번덕거렸다.

"자세히 말해 보세요. 무슨 뜻인가요?"

"저는, 진정한 운명의 아이를 기다리고 있는 자입니다. 그런 가짜가 아니라."

"진짜라고요?"

레인 경이 가볍게 고개를 끄덕이자 발루아 공작 부인의 표정이 변했다.

"무슨 소리죠?"

회장을 가볍게 둘러본 레인 경이 발루아 공작 부인에게 속삭였다.

"따로 나눌 이야기가 많겠군요."

"좋아요."

부채를 접은 공작 부인이 요요히 웃었다.

*　*　*

세기의 군사를 불러낸 후로부터 일주일이 지나서야 몸 상태가 나아졌다.

곁에 있던 하녀 린다가 우후후 웃으며 물었다.

"오늘은 활기차시네요."

"응!"

"그럼 날도 선선해졌는데, 정원을 산책하시겠어요?"

"아니. 방에 있을래."

일이 쌓여 있었다. 상단 서류도 확인해 줘야 하고, 의장과 세리아로부터 발루아를 감시한 내용도 들어야 한다.

발루아가를 무너뜨릴 절호의 기회인데, 일주일이나 무의미하게 흘려보냈다. 시간이 아까워서 땅을 치고 싶은 심정이었다.

"그럼 시원한 주스를 준비할까요?"

"좋아!"

린다는 로라에게 레몬 아이스티를 내오라 일렀고, 손이 빠른 로라는 금세 맛있는 아이스티를 만들어 왔다. 유리컵에서 얼음이 짤랑짤랑 흔들리는 소리가 듣기 좋았다.

나는 스트로우를 잡고 쪽쪽, 시원한 아이스티를 마셨다.

"우리 아기님은 무엇이든 복스럽게 드시지."

영지의 세 하녀가 "하아앙……." 신음하며 날 쳐다보자, 제도 저택의 고용인들이 흠칫했다. 나는 제도 저택의 고용인들에게 '다 알아.' 하는 인자한 눈빛을 보냈다.

듀블레드는 오직 실력만으로 고용인을 발탁한다. 그랬기에 영지성의 고위급 고용인이 되려면 복마전이나 다름없는 곳에서 알력 싸움을 견뎌야 한다고 했다.

내 전속인 세 하녀는 그런 영지성에서 귀빈을 접대하는 매우 고위직이었던 터라, 동경하는 사람들이 꽤 많은 모양이었다. 동경하는 상사들이 넋 놓고 헤벌리고 있으면 나라도 놀랄 것이다.

5년간 저들의 철판급 콩깍지에 익숙해진 나도 종종 흠칫할 때가 있으니 저들은 얼마나 당황스럽겠는가.

제도 고용인 중 가장 강적인 로라만이 내 손을 조물딱 조물딱 주무르며 황홀한 표정을 짓고 있는 영지의 세 하녀를 흐뭇하게 쳐다봤다.

그러던 로라가 "아, 참."하며 말했다.

"최근에 재밌는 소문이 있는데 들으셨어요?"

"소문?"

내가 묻자 그녀가 고개를 끄덕였다.

"발루아 공작 부인이 레인 경에게 푹 빠졌대요."

영지의 세 하녀 중 가장 소문이 빠른 린다가 "레인 경?" 하고 물었다.

"레인 경이라면 미술상을 한다던 사람 말이야?"

"예."

"그런데 왜 경(Sir)이지. 기사니?"

"아니요. 젊은이들 사이에서 애칭처럼 불리는 말이에요. 레인 경은 인기가 좋거든요! 쟈벨린 님과 쌍두마차라고 불린답니다."

나는 눈을 부릅떴다.

"고모처럼 멋진 사람이 세상에 또 있을 리 없어."

단호한 말에 문가에서 픽, 실소가 들려왔다.

"고모!"

한 손에 약통과 사탕을 들고 있던 고모가 빙그레 웃곤 다가왔다.

"고마운 말이구나."

"정말인데?"

내가 고개를 갸웃하자 그녀가 머리를 쓰다듬으며 맞은편 소파에 앉았다.

"그런데, 고모. 그건 뭐예요?"

내가 약통을 보며 말하자 고모가 소파 테이블에 약통과 사탕을 내려놨다.

"소화제. 또 과식했을까 봐."

난 원래도 다른 아이들보다 먹성이 좋은 편인데, 몸 상태가 좋지 않으면 거기서 몇 배로 더 먹는다. 이틀 전엔 아빠와 오빠들의 눈을 피해 꾸역꾸역 먹다가 기어코 체해서 저택이 한바탕 뒤집혔다.

하녀들이 싱글벙글 웃으며 나 대신 말해 줬다.

"괜찮습니다. 오늘은 고기를 세 접시밖에 안 드셨거든요."

"세 접시밖에?"

고모는 심각한 표정을 지었다.

"평소보다 훨씬 적잖아. 의사의 진료를 받아야 하는 게 아닐까. 식욕이 없는—"

"넹? (네?)"

고모가 하녀들과 이야기를 나누는 동안 커다란 사탕을 두 개나 입에 집어넣어서 볼이 빵빵해진 탓에 발음이 잔뜩 샌다.

"—건 아닌 모양이네."

"……?"

하녀들이 또 "하아앙……." 신음하며 뺨을 감쌌고, 고모는 쿡쿡 웃으며 내 머리를 쓰다듬었다.

"잘 먹는 건 좋지. 아이는 잘 먹어야 해."

나는 고모의 손길을 받으며 이히힛, 웃다가 '아차.' 하고 로라를 보았다.

"발루아 공작 부인이 레인 경에게 빠졌다고?"

"그냥 빠진 게 아니라 아주 홀딱 빠졌대요. 발루아 공작가는 사람을 사귀는 데에 아주 깐깐하잖아요."

그렇지.

발루아 공작은 중앙 귀족이라 할지라도 가문의 역사가 짧으면 상대도 해 주지 않는다. 아들들이 제 기준에 맞지 않는 귀족 아이와 어울리는 것도 질겁할 정도였다.

내가 고개를 끄덕이자 로라가 눈을 빛내며 말을 이었다.

"레인 경은 고리대금업자라는 소문이 있거든요. 당연히 공작은 아내가 그런 사람과 어울리는 것을 싫어했는데, 공작 부인이 글쎄……!"

내 방에 있던 사람들이 호기심 어린 얼굴로 로라에게 집중했다.
"가출했다지 뭐예요!"
"그, 공작 부인이?"
사람들 시선을 그렇게나 무서워하는 공작 부인이 대놓고 가출했다고?
"……그럼 지금 발루아 공작 부인은 어디 있는데?"
내탕금까지 죄다 중거리 이동진 개발 비용으로 털어 줘서 돈 한 푼 없을 텐데?
"레인 경의 저택에서 지낸대요."
고모마저 헛웃음을 터뜨렸다.
"놀랍구나. 레인 경이라……. 대체 어떤 사람이기에."
"사람들은 발루아 공작을 손가락질해요. 가문이 무너질 뻔한 걸 레인 경이 도와줬거든요. 300만 프랑씩이나."
나는 질겁하여 소리쳤다.
"300만?!"
발루아에 300만 프랑을 썼다고?
나는 얼굴이 딱딱하게 굳어졌다.
'잠깐만, 그럼 지금 자금난은 해결되었다는 거잖아.'
물론 전부 해결할 수는 없겠지만 두어 달은 족히 버틸 것이다.
나는 이마를 짚었다.
'잘못하면 일이 틀어지겠어.'

*　　*　　*

발루아 공작 부인은 거울 앞에서 드레스를 대보며 앓는 듯한 신음을 터뜨렸다. 그녀를 보며 빙그레 웃은 레인 경이 물었다.

"마음에 들지 않으십니까?"

발루아 공작 부인이 큼, 헛기침하곤 고용인에게 드레스를 건넸다.

"멜베인은 언제나 귀부인 취향에 꼭 맞는 드레스를 만들죠."

"이다음엔 샤런에게 공작 부인의 드레스를 부탁할까 합니다."

"……이번에 멜베인의 샵에서 사 주신 것만 해도 꽤 고액이었을 텐데요."

그녀가 은근한 눈으로 쳐다보자 레인 경이 어깨를 으쓱하며 벽에 기댔다.

"아름다운 귀부인께 걸맞은 옷을 준비해 드릴 수 있다면 그깟 돈 몇 푼이 아깝겠습니까. 아, 장신구도 몇 종 준비해 봤습니다."

레인 경이 설렁줄을 당기자 호화로운 상자를 든 고용인들이 줄지어 들어왔다.

커다란 다이아몬드가 포도알처럼 주렁주렁 달린 목걸이부터, 그윽한 색감의 아름다운 루비 팔찌 등, 공작 부인으로 살면서도 꿈꾸지 못했던 초고가의 패물들이 가득했다.

흥분으로 얼굴이 달아오른 발루아 공작 부인이 장신구를 걸쳐 보며 말했다.

"늘 받기만 하니 죄송해서……."

"저 때문에 부인의 집안이 시끄러워졌으니, 사과하는 셈으로 치죠."

"무슨 말씀을! 전부 염치없는 제 남편의 탓이죠. 경께 그만한 돈을 융통받았으면서 은혜도 모르고……."

"공작께 제 이야기를 잘해 주십시오. 일전에 만남을 청했는데, 공작께선 여전히 제가 탐탁지 않은 모양입니다."

"물론이에요. 레인 경처럼 좋은 사람이 어디 있겠어요. 곧 집으로 돌아가 남편에게 경의 이야기를 할 생각이랍니다."

"공작 부인만 믿겠습니다."

입꼬리를 부드럽게 끌어올린 레인 경을 보고 공작 부인은 만족스럽게 웃었다.

그때, 레인 경이 구해 준 고용인이 종종걸음으로 다가왔다.

"공작 부인. 조르주 부인께서 만남을 청하십니다."

"예고도 없이 들이닥쳤단 말이냐. 예의 없긴. 나는 몸이 좋지 않아서 응대가 힘들다고 전해라."

그러자 벽에 기대 있던 레인 경이 공작 부인에게 화려한 목걸이를 걸어 주며 말했다.

"그러지 말고 만나 보시지요."

"하지만……."

조르주 부인이 이곳까지 쫓아온 이유는 뻔했다.

발루아 공작 부인은 그녀에게 은밀하게 중거리 이동진의 소문을 흘려서 돈을 부탁한 적이 있었다. 중거리 이동진의 판매가 시작되면 발루아에서 쏠쏠한 이자를 받을 수 있을 거로 생각한 조르주 부인은 남편 모르게 냉큼 돈을 빌려줬다.

하지만 중거리 이동진은 완벽하게 실패했고, 조급해진 조르주 부인은 만날 때마다 돈을 갚아 달라고 호통을 쳤다.

"돈이라면 제가 해결해 드리지요. 그렇지 않아도 보석 광산 하나를 처분하려고 합니다."

"설마 저를 위해서요?"

"발루아 공작가에 도움이 될 수 있다면 아깝지 않지요. 채권자들에게 수일 내로 돈을 갚겠다는 서류를 보내시죠."

"……세상에."

공작 부인의 눈이 감격으로 젖어 들었다.

"사교계의 거두들과 척지지 마십시오. 우리의 적은 따로 있지 않습니까."

"맞아요. 그 가짜."

발루아 공작 부인이 입술을 꽉 깨물었다. 레인 경은 나긋한 목소리로 속삭였다.

"조르주 부인을 만나시는 김에 그간 있었던 일을 말씀드리세요. 공작 부인이 가짜로 인해 얼마나 괴로우셨는지."

"예……."

공작 부인에게 레인 경은 가여운 자신을 위해 하늘에서 내린 선물이나 마찬가지였다. 레인 경의 곁에만 있으면 어려운 일이 순식간에 해결되고, 온갖 호화로운 것들을 누릴 수 있었으며, 발루아 공작마저 제 앞에서 꼼짝을 못했다.

그러다 보니 모든 것을 레인 경에게 의지했다. 사람을 만나는 것부터 시작해 사소하게는 물건을 구매하는 것마저 모두 레인 경의 의견을 묻고, 그녀의 뜻에 따라 움직였다.

"내일은 기분 전환이라도 하러 가시죠."

"기분 전환이요?"

"경마가 그리 재밌다고 하더군요."

"하지만 전 그만한 돈이……."

레인 경이 제가 있는데 무슨 걱정이냐는 듯 눈썹을 까딱, 들어 올리자 발루아 공작 부인은 빙그레 미소 지었다.

"조르주 부인을 만나러 다녀오겠어요."

레인 경은 고개를 가볍게 숙이고 길을 비켜 주었다.

발루아 공작 부인이 흥얼거리며 방을 떠난 후, 고용인들이 공작 부인의 짐을 챙겨 방을 나섰다. 방이 고요해지기 무섭게 검은 연미복의 사내가 그녀에게 다가왔다.

"새가 모래밭 위의 미끼를 물었습니다."

신호와도 같은 말에 레인 경의 입꼬리가 올라갔다.

"듀블레드 영애인가."

"노년의 신사도 함께였습니다."

"모셔라."

씩, 웃은 그녀가 명하자 연미복의 사내가 방을 나섰다. 그리고 얼마 지나지 않아 로브를 쓴 아이와 듀블레드 원로원의 의장이 문 안으로 들어왔다.

"누추한 곳을 찾아 주셔서 영광입니다."

"사람들을 물려 주지. 나눌 이야기가 있네."

의장이 저를 데려온 고용인들을 힐끔 쳐다보자 레인 경이 그들에게 눈짓했다. 곧 쿵! 소리와 함께 거대한 문이 닫히고 바깥의 소음이 완전히 차단되었다.

로브의 후드를 벗은 르블레인이 인상을 찌푸렸다.

"누가 300만 프랑이나 빌려주래! 200만으로 하랬잖아."

레인 경이 눈썹을 늘어뜨리더니 아이의 허리에 후다닥 매달렸다.

"화내지 마세요, 주인님! 잘못했어요!"

울먹거리는 제 구체 관절 인형 레인을 쳐다본 르블레인이 어휴, 한숨을 내쉬었다.

* * *

나와 의장은 손짓, 발짓을 죄 동원해 상황을 설명하는 레인을 흐린 눈으로 바라봤다.

"제가 발루아 공작 부인을 만났을 땐, 이미 신전과 마르슈 공작가에 각각 100만 프랑씩 지원받기로 이야기된 후였습니다. 300만쯤은 불러야 주인님의 돈을 빌릴 것 같아서……!"

"그래서, 독단으로 결정했단 말인가."

의장이 날카로운 눈으로 쳐다보자 레인이 꽉 쥔 두 주먹을 가슴에 붙인 채로 훌쩍였다.

"그렇지만 통신했는데 안 받으셨잖아요……! 주인님, 제 잘못이 아니에요. 이건 전부 저 바보 같은 늙은이의 탓이랍니다."

그러더니 인형은 "미워하지 마세요!" 하며 나를 와락 끌어안았다. 나는 마구 응석을 부리는 레인을 보고 고개를 절레절레 저었다.

5년 전부터 수소문한 끝에, 어마어마한 금액을 들여 제작한 나의 구체 관절 인형 레인은 인형사의 특별한 기술이 들어간 제작품이었다.

구체 관절 인형은 세상에 몇 없는 몹시 특별한 마도구로, 제작자는 금술사다. 전쟁의 무기로 쓰일 가능성이 있어서 제작 자체가 금술로 규정된 것이다.

그 때문에 명실상부한 듀블레드의 2인자로 암조와 접촉 권한이 있는 의장이 온 인맥을 동원했음에도 2년이 넘어서야 겨우 제작자를 알아냈다. 제작자는 인형을 구매하러 간 의장을 살살 꼬드겼단다.

> "귀하의 주인께선 운이 아주 좋으시군요. 제가 아주 특별한 핵을 손에 넣었습니다. 지금껏 제가 제작한 인형과는 궤가 다른 특별한 물건이 완성될 겁니다."

그렇게 말한 제작자는 시세의 세 배에 이르는 웃돈을 요구했다.

'처음 의장의 말을 들었을 땐, 거절하려고 했지.'

신개발 상품의 구매자가 된다는 건 꼭 좋은 것만은 아니었다. 상품에 일어날 위험성을 대비하기 힘들다는 말과 같으니까. 무엇보다 그만큼 특별한 인형을 본인이 소유하지 않고 판매한다는 것도 찝찝했다.

그런데도 구매한 이유는, 우리가 고민하는 동안 가격을 깎아 주기도 했고, 무엇보다 그가 제시한 새 인형의 기능이 몹시 마음에 들었기 때문이었다.

보통 구체 관절 인형을 조종하는 동안 인형사는 꼼짝없이 집중해야 하며, 강력한 마나를 보내 줘야 하는데 새로운 핵의 인형은 스스로 움직일 수 있다고 했다.

'그냥 마나 없이 움직일 수 있다는 소리인 줄 알았는데.'

마나 없이 움직일 수 있으면 나 말고 세리아나 의장도 조종할 수 있었다. 그런데 막상 받은 레인은,

'……진짜로 저 혼자 움직여.'

듣도 보도 못한 마도구에 놀란 나와 의장은 제작자를 호출했는데, 그놈은 이미 튀고 없었다. 돈은 잔뜩 받고 완성하긴 했는데, 막상 완성하고 보니 제가 보기에도 불량품이었나 보다.

레인은 내가 신성력을 충전해 줘야 움직일 수 있는데, 충전해서 눈만 뜨게 하면 자꾸 앞에 있는 누군가를 죽이려고 했다.

'보통 구체 관절 인형은 이상하면 파괴할 수라도 있는데 말이지.'

얘는 핵을 파괴하지 않는 한 망가져도 알아서 복구된다. 그리고 오직 나만이 그 특별한 핵의 정체를 알고 있었다.

신물, 오만의 발 갈퀴였다.

'성마 전쟁에서 적군이 최종 무기로 사용한 살육 인형의 재료가 된 그 신물…….'

아드리안이 핵을 성검으로 파괴한 후에야 움직이지 않던 그것…….

악신의 신물…….

나는 인형 제작을 해서 무늬만 금술사인 줄 알았지, 그놈이 진짜로 금술을 사용하는 놈인 줄은 몰랐다.

교황청에 있는 성검을 가져와서 파괴할 수는 없는지라 울며 겨자 먹기로 어떻게든 인형을 교육해 볼까 싶었는데, 진짜로 교육할 수 있었다. 그것도 아주 똑똑했다.

나는 속으로 히죽 웃었다.

'이건 몰랐지. 제작자 놈.'

잡히면 일단 죽도록 두들겨 패 줄 예정이나, 좌우지간에 레인은 쓸모가 많았다.

"보고 싶었어요, 주인님."

엄청나게 어리광쟁이이긴 하다만.

나는 내 볼에 마구 얼굴을 문대는 레인을 익숙하게 밀어냈다.

"일단 상황부터 확인해야겠어."

의장이 "예." 하고 대답하며 레인의 견갑골에 있는 톱니를 멈추려고 하자, 레인이 캭, 손톱을 세우고 의장을 노려봤다.

"노린내 나는 손 떼, 늙은이!"

"내 언젠가는 성검을 훔쳐 오고 말 것이다."

"흥, 그 전에 내가 널 죽이고 말겠어."

"이놈 자식이 죽어라 가르쳐 놨더니……!"

나는 서로를 살벌하게 노려보는 레인과 의장을 밀어내며 엄하게 소리쳤다.

"또 싸우면 혼난댔지!"

"잘못했어요, 주인님……."

"……."

어휴, 한숨을 내쉰 난 직접 레인의 톱니를 빼내고, 동작을 멈춘 레인의 손을 잡았다. 언제나 그랬듯 레인이 겪은 일들이 머릿속에 밀려들었다.

"이율이 열흘에 40 프로라고? 정녕 고리대금이 아닌가!"

"하지만 여보, 마르슈 공작가에서 돈을 받으면 곧 해결될 일이에요. 당장 제도 저택의 운영비조차 부족할 판인데, 레인 경의 도움이 없으면……!"

"경? 경이라고? 웃기는 소리! 저택을 저당 잡으려는 미친한 고리대금업자일 뿐이야!"

발루아 공작 부부의 다툼.

"이런 것을 받아도 될지……."

"마음에 들지 않으십니까?"

"설마요. 이렇게 커다란 다이아가 몇 개씩이나 달린 목걸이는 처음 걸어 보는걸요."

"발루아 공작께서 아내에게 지나치게 냉정하신가 보군요."

레인에게 푹 빠진 발루아 공작 부인.

"세상에, 전 카지노는 처음이에요."

"처음인 것치곤 훌륭한 실력이신데요. 보십시오. 딜러마저 놀라고 있지 않습니까."

"즐겁네요."

카지노를 통째로 대여해 발루아 공작 부인을 속인 레인과 그런 레인 덕에 도박에 재미를 붙인 발루아 공작 부인.

레인에게서 손을 뗀 나는 다시 톱니를 넣어 주고 고개를 끄덕였다.

"좋아. 잘했어."

"그렇지요~?"

에헤헷, 웃은 레인이 자신만만하게 고개를 치켜들었다.

"도박에 완전히 재미를 붙였다고요."

그렇겠지. 두 번째 삶에서의 발루아 공작 부인도 도박에 빠져 가산을 탕진한다.

'이번 삶에선 5년이나 빠르게 재미를 붙이게 했네.'

나는 고개를 끄덕였다.

"선물도 잔뜩 주고, 내 소문은 계속 나쁘게 퍼뜨려. 알겠지?"

"네! 저는 주인님의 착한 인형이에요!"

"맞아, 레인은 착하지."

"주인님도 착해요!"

의장은 사악한 주종이 서로 착하다고 하며 히죽 웃는 것을 보고 눈을 흐리게 떴다.

* * *

며칠 후, 발루아 공작 부인은 르블레인의 구체 관절 인형 레인과 함께 경마장으로 향했다.

몇 번의 레이스 끝에 거금을 손에 쥔 발루아 공작 부인은 흥분으로 바르르 떨었다.

"맙소사. 레인 경의 추천대로 마권을 사니 모두 성공했어요!"

"운이 좋았습니다."
레인이 빙그레 웃으며 그녀에게 얼음이 든 홍차를 권했다.
"오늘은 이만하시고 돌아갈까요. 돈은 꽤 딴 듯싶으니."
발루아 공작 부인은 마른침을 삼키며 게시판을 쳐다보았다.
'제일 큰 판이 남았어.'
발루아 공작 부인의 눈빛이 탐욕으로 번들거렸다.
"마지막으로 한 번만 더요."
"이번 레이스는 제가 가늠하기 힘든데요. 상태 좋은 말이 보이지 않습니다."
"……이번에도 질풍으로 하겠어요."
아홉 번의 레이스 중, 여섯 번을 이긴 말이 저 흑마, '질풍'이었다.
발루아 공작 부인은 지금까지 번 돈에 레인에게 거액까지 빌려 질풍의 마권을 잔뜩 구매했다.
그리고, 레이스가 시작됐다.
오늘 유난히 상태가 좋은 질풍은 두 번째로 트랙을 돌 때까지도 선두에서 달렸다.
"달려, 그래!"
발루아 공작 부인이 잔뜩 흥분하여 소리쳤다.
하지만 마지막으로 트랙을 돌려던 순간, 2위로 따라붙던 갈색 말의 기수가 약이 바짝 오른 듯 질풍에 가까이 붙어 달렸다.
기수끼리 싸움이 붙었다. 서로를 위협하듯 달리던 질풍과 갈색 말이 크게 휘청하더니 나란히 넘어졌다. 다른 말들이 모두 넘어진 말에 걸려 주춤하는 찰나였다.
꼴찌로 달리던 점박이 백마가 우왕좌왕하는 말들 사이로 쏜살같이 튀어나와 넘어진 말을 뛰어넘는다.

"말도 안 돼!"

발루아 공작 부인이 비명을 내질렀다.

그러나 넘어진 말은 일어날 생각을 못 했고, 비루먹은 말이라 비웃던 점박이 백마는 유유히 흰 선을 통과했다.

종이 쪼가리가 되어 버린 마권을 든 채로 공작 부인이 주저앉았다. 희게 질린 그녀를 본 레인이 딱하다는 듯, 혀를 차며 외투를 걸쳐 주었다.

"그러게 돌아가자고 하지 않았습니까."

"내 돈, 내 돈이……."

"다시 좋은 기회가 생길 겁니다."

당신은 이미 오늘 주인님의 돈을 20만 프랑이나 썼지만.

모든 게 르블레인의 예상대로 돌아가고 있었다.

몇 번의 레이스에서 돈맛을 본 발루아 공작 부인은 이성을 잃었고, 레인에게 다시 거금을 빌렸다. 켜켜이 쌓인 차용증의 금액이 발루아 공작에게 빌려준 300만에 육박하고 있었다.

"돈 벌긴 힘들지만, 쓰는 건 정말로 쉽거든."

주인의 말을 떠올린 인형이 비릿하게 웃었다.

* * *

나는 세리아가 가져온 금화 더미를 황홀한 표정으로 쳐다봤다.

어디서 부내 나지 않나요? 나한테서 나지!

나는 장정 둘이 들기도 힘겨운 금화 상자를 끌어안았다.

'잘했다, 점박이!'

오늘의 레이스는 다른 경마보다 훨씬 선명하게 기억하고 있었다. 아무도 예상 못 한 결과가 벌어졌으니까. 비루먹은 말이라며 손가락질받던 점박이가 처음으로 레이스에서 우승한 날이었다.

마권의 비율은 512배. 단 한 사람도 점박이에게 돈을 걸지 않았던 것이다. 그리고 이번 삶엔 이게 다 내 것이다.

"으앙앙."

나는 금화에 뺨을 문지르며 행복한 비명을 질렀다. 의장과 세리아가 그런 날 보며 웃었다.

"돈은 차고 넘칠 만큼 있으시면서 여전히 그리도 좋으십니까."

나는 깜짝 놀라서 의장을 쳐다봤다.

"돈은 많으면 많을수록 좋은 거야."

세리아가 고개를 끄덕이며 동조했다.

"단주의 말씀이 맞습니다. 돈은 좋지요."

나는 금화 일부를 잘 챙기고 남은 건 세리아에게 넘겼다.

"이건 잘 챙겨 놨다가 발루아 공작 부인한테 빌려줘."

"예. 참, 아기님께서 말씀하신 특별한 보석과 광물은 창고에 모아 두었습니다. 보시겠습니까?"

"그래."

나는 세리아의 손을 잡고 창고로 향했다. 그런 우리의 뒤를 의장이 쫓아왔다. 창고의 문을 열자 호화로운 보석과 특이한 광물이 한가득했다.

'엄청나네.'

과연 돈을 물 쓰듯이 쓴 보람이 있다. 나는 광물 앞에 쭈그려 앉아서 그것들을 하나하나 살피다가 휙, 휙, 뒤로 던졌다.

세리아가 의아한 표정으로 물었다.

"대체 그것들로 무엇을 하시려고요?"

나는 유난히 겉면이 빛나는 한 광물을 들여다보며 말했다.

"악마를 불러낼 거야."

"예?!"

의장의 말처럼 그에게 맡긴 자수정은 위험하다. 내게 먼저 말을 걸 정도의 악마라면 불러내는 것만으로도 위험할 수 있다. 그러니까 안전한 새로운 악마를 불러내야 한다.

'이번에도 부네처럼 호구…… 아니, 착한 악마였으면 좋겠다!'

나는 히힛, 웃으며 광물에 신성력을 불어 넣었다.

* * *

온종일 보석과 광물을 뒤진 난 퀭한 눈으로 마지막 보석을 상자에 잘 넣었다.

'어떻게 하나도 없을 수 있냐고.'

이 많은 것 중에 단 하나도 통로가 되는 광물이 없다!

처음부터 쉽게 찾을 수 있으리라 생각하지 않았다. 어차피 세리아가 구매해 둔 보석과 광물들은 몹시 특별하니 손해 볼 일은 없을 테지만, 실망이 되는 건 어쩔 수 없었다.

그나마 위안인 것은 육체가 어린 까닭에 몇 시간이나 쪼그려 앉고, 허리를 굽히고 있었지만 아프지 않다는 거다.

난 에트왈을 툭툭 두드렸다.

'세기의 군사를 불러서 악마를 찾는 법을 함께 고민해 달라고 할까?'

그라면 좋은 방법을 생각해 줄 수도 있을 것 같은데…….

그렇게 생각하던 난 고개를 붕붕 저었다. 가뜩이나 통로가 될 광물을 찾는다고 신성력을 꽤 소진했다. 여기서 세기의 군사를 부르면 꼴까닥 뒤로 넘어갈 거다.

내가 우울한 표정으로 보석과 광물들을 쳐다보고 있자 의장이 말했다.

"통로로 의심이 가는 보석은 계속해서 구매하겠습니다. 구매 예정인 광물과 보석도 꽤 됩니다. 창고에 있는 것들은 목록 일부일 뿐이지요."

함께 있던 세리아가 내게 목록인 듯한 서류를 건넸다.

"눈에 띄는 것이 있으면 우선 구매하겠습니다."

"응……."

나는 시무룩한 표정으로 목록을 확인했다. 개중 몇은 이전 삶에서 유명해졌던 보석도 있었다. 나는 구매할 광물과 보석을 체크하다가 어느 이름을 발견하고 눈을 깜빡였다.

"몇 가지를 목록에서 제외했네?"

보석과 광물 중에 가위표가 쳐진 것이 몇 개 있었다. 가위표 옆엔 이유도 적혀 있었는데 몇은 확인해 보니 위조품이었고, 또 몇은 소유자가 분명하지 않았다.

"그런데 이 〈노각〉이라는 보석은 이유가 없는데?"

"그건 황실에 있는 물건이라 그렇습니다. 오스턴 자작령에서 발견된 것인데 성물로 분류되어 황제에게 진상되었답니다."

그러고 보니 들은 적 있는 것 같다.

'어디서 들었더라. 노각…… 노각이…….'

곰곰이 생각하던 난 눈을 번쩍 뜨며 일어났다.

"가상전의 상품이다!"

내가 소리치자 의장이 미간을 좁히며 물었다.

"가상 전투라고요?"

황실에서 주최하는 사냥제 다음으로 큰 행사, 가상전(假想戰).

4년에 한 번 있는 가상전은 8세부터 15세 이하의 중앙 귀족 자제들이 참가하는 행사였다. 어느 한 구역을 통제하여 전투지로 설정하고, 그 안에서 가상의 전쟁을 벌여 승자를 뽑는 토너먼트 형식이었다.

최종 우승자에겐 황실 기사단에 들어갈 수 있는 영예와 황제가 내린 상품을 준다.

"응! 올해 가상전에서 황제가 이걸 상품으로 걸었거든."

"그렇군요. 하지만 다른 것들보다 딱히 특별하진 않은 것 같은데요. 성물로 분류된 보석은 이것 외에도 많지 않습니까."

"올해 가상전에 발루아 공작가의 장남인 헤이턴이 참가해."

"발루아가는 이제까지 참가한 적이 없지 않습니까. 군사력이 뛰어난 가문이 아니니까요."

가상전이라고 하나, 귀족 아이들이 직접 전투하는 경우는 거의 없다. 참가하는 아이들은 대장으로 전투를 지휘할 뿐이었다.

즉, 뛰어난 군사를 가진 가문이 승리한다.

하지만 발루아 공작가는 의장의 말처럼 강력한 군사력을 지닌 가문이 아니었고, 제 아들이 지는 꼴은 절대로 보지 못하는 발루아 공작이 공자들을 참가시킬 리 없었다.

"헤이턴이 참가한 건 신전의 부탁 때문이야."

"뭐라고요?"

분명히 보았다. 두 번째 삶에서 추기경이 직접 발루아 공자의 참전을 부탁하는 것을. 신전에서 은밀히 키운 기사들을 붙여 주기까지 했다.

신전은 발루아와 워낙에 관계가 좋으니, 황실 기사단에 헤이턴을 심어 두고 훗날 도움을 받으려는 줄 알았다. 공작가의 영식에다가 신전의 도움이 있다면 황실 기사단장이 될 가능성이 클 테니까.

하지만 에트왈의 비밀을 알고 나자 다른 의심이 생긴다.

'만약 목적이 노각이었다면?'

헤이턴은 닐스와 달리 또래보다 확실히 뛰어난 인재였다. 하지만 어디까지나 학문적인 재능이 뛰어나다는 것이지, 몸 쓰는 데엔 젬병이다.

황실 기사단에 심어 둘 자가 필요하다면 굳이 헤이턴일 필요는 없다. 우승이 예정된 아이가 있는 가문을 설득하는 게 더욱 쉽고 빠를 테니까.

'저들은 나보다 훨씬 전부터 알고 있던 거야. 보석이나 광물이 악마의 통로가 된다는 것을.'

추측을 의장에게 말해 주자 그 또한 고개를 끄덕였다.

"가능성이 크겠군요."

"우리가 먼저 손에 넣어야 해."

"다른 가문과 결탁하는 것은 위험합니다."

"알아. 그러니까 오빠들에게 부탁해서…… 아. 오러 사용자는 참가할 수 없지……."

오러를 사용할 줄 아는 기사가 투입되면 압승이 뻔하다. 가상전은 아이들의 지도력을 보는 행사인 만큼 오러 사용자의 참가를 금했다.

'그리고 오빠들은 셋 다 오러 사용자…….'

오빠들이 참가하면 우승은 떼 놓은 당상인데.

'능력이 너무 뛰어나도 문제라니!'

끙, 신음하다가 중얼거렸다.

"역시 내가 참가하는 수밖에 없나."

"연령 제한은 8세부터지만 거의 13세 이상의 아이들이 참가하지 않습니까?"

"다른 방법이 없는걸."

그러자 의장이 내 망토에 새겨진 듀블레드의 문양, 사자를 쳐다봤다.

"어떻게 각하와 공자님들을 설득하시려고요. 쇠붙이가 있는 곳엔 절대로 보내지 않으실 텐데요."

나는 마른침을 꿀꺽 삼켰다.

망토의 사자가 '르블레인 손톱의 거스러미!' 하며 사납게 우는 환청이 들리는 것만 같았다.

* * *

저택에 귀가하자 하녀들과 가족들이 날 맞아 주었다.

"제도 구경은 즐거웠니?"

고모가 빙그레 웃으며 말했다. 난 오늘 의장과 제도를 돌아보며 공부한다는 핑계로 밖에 다녀왔다.

"재밌었어요."

내가 대답하자 하녀들이 "다행이네요~!" 하며 싱글벙글 웃었다.

"그런데 아빠랑 오빠들은요?"

"회의실에 있을 거다. 음, 이제 막 끝났겠구나."

최근 오빠들은 교육의 일환으로 회의에 정식 참관하고 있었다.

"가 볼래요!"

"그래."

나는 고모에게 인사하고 하녀들에게 외투를 벗어 준 뒤, 냉큼 회의실로 향했다. 고모의 말처럼 회의실에서 막 사무관들과 가신들이 나오고 있었다.

문 안으로 빼꼼 고개를 내밀자 아빠와 오빠들이 대화를 나누는 것이 보였다.

"하면 이 문제는 요한, 네가…… 르브."

아빠가 내 인기척을 느끼고 돌아보았다. 나는 "다녀왔습니다." 인사하며 뽀르르 그에게 다가갔다.

"누아노크 자작은?"

"곧 올 거예요."

세리아와 이야기하고 있거든.

대답하니 이샤크가 턱을 괴곤 못마땅한 표정을 지었다.

"꼬맹이에게 제도 구경은 내가 시켜 주려고 했는데."

"네가 처음으로 제도 구경을 나갔을 때처럼 건물을 폭발시키고 돌아오려고?"

앙리가 상냥한 목소리로 빈정거렸고, 나는 움찔해서 그를 쳐다봤다.

'건물을 폭발시켜? 어떻게?'

내가 겁먹은 표정을 하자 이샤크가 얼른 변명했다.

"에드거 그 자식이 제 세컨하우스는 메테오가 떨어져도 무사한 요새라고 하기에 정말인가 실험해 본 것뿐이야!"

변명인 것 같은데 오히려 더 무서워져서 나는 슬그머니 앙리의 뒤로 숨었다. 이샤크가 "아니야, 꼬맹이! 너를 폭파하진 않아!" 하고 말했으나, 앙리가 달콤하게 웃으며 말했다.

"가서 아이스크림 먹을까?"

"지난번에 먹은 초콜릿 맛?"

내가 눈을 동그랗게 뜨며 말하자 앙리가 고개를 끄덕였다. 나도 모르게 끄덕일 뻔했다. 하지만 곧 목적을 상기하고 눈을 꽉 감았다.

"안 먹을래……."

"젤리도 있는데? 르블레인, 네가 좋아하는 오렌지 젤리."

'아이스크림…… 젤리…….'

그거 진짜 맛있는데.

어린애인 내가 '먹자. 다 먹어 버리자!' 소리치는 것 같았지만, 나는 꾹꾹 참고 고개를 저었다.

"여기 있을 거야."

그렇게 말하니 가족들의 표정이 딱딱하게 굳어졌다.

"……꼬맹이가 초콜릿 아이스크림을 거부해?"

"르블레인, 혹시 어디 아픈 거야? 감기?"

"몸살일 수도. 최근에 피곤해했으니까."

이샤크와 앙리, 요한이 차례로 말했다.

나는 흐린 눈으로 그들을 쳐다보다가 속으로 고개를 절레절레 저었다. 내가 먹을 걸 아주 조금 좋아하긴 한다만, 목적을 잊을 정도는 아니다.

그나마 아빠는 침착했다. '역시 성인의 여유'하고 고개를 끄덕이고 있을 찰나 아빠가 입을 열었다.

"의사!!"

……아빠가 제일 놀란 모양이었다.

얼마 후, 난 떨떠름한 표정이 되었다. 아빠와 오빠들, 거기에 고모와 노스까지 달라붙어 기어코 날 의사에게 진료를 받게 한 것이다.

네 사람과 내 하녀들의 이글이글한 시선을 받은 의사가 와들와들 떨리는 손으로 내 눈꺼풀을 위로 들추어 동공을 살폈다.

"그, 그러니까 별다른 문제는 없는 것 같은……."

말이 끝나기도 전에 이샤크가 버럭 소리쳤다.

"그런데 왜 아이스크림을 먹지 않는다는 거야! 꼬맹이가 얼마나 간식을 좋아하는지 알아? 울다가도 간식은 먹는다고!"

그러자 하녀들이 눈을 부릅뜨며 말했다.

"맞아요!"

"네! 아기님께서 간식을 얼마나 사랑하시는데!"

"자다가도 간식 시간이 되면 벌떡 일어나신다고요. 잠깐 시선만 떼면 초콜릿을 상자째로 해치우시는 분이란 말예요!"

혹시 내가 많이 먹는다고 평소에 불만이 있던 건 아닐까.

의사는 거의 울 듯한 표정으로 말했다.

"하, 하지만 진단 결과 따로 이상이 있지는 않습니다. 목이 약간 붓고 체온이 약간 높긴 하지만 영지에서 올라온 아기님의 기록을 보면……."

"체온이 높다고?"

아빠가 서늘한 목소리로 말하자 하녀들이 펄쩍 뛰었다.

"감기!"

"몸살!"

"폐렴!"

아냐, 그거 아니야.

원래 난 체온이 높은 편이다. 물론 환절기라 목이 칼칼하긴 하다만, 평소에 으레 있는 일이었다.

하녀들이 허둥지둥 담요와 따뜻한 물, 간이 난로 등을 가져왔다. 이샤크가 긴장된 표정으로 내게 물을 꼴깍꼴깍 먹여 주고, 앙리가 근처에 난로를 켜 주었으며, 요한이 조심스럽게 담요를 어깨에 걸쳐 주었다.

아빠는 말했다.

"르브가 낫지 않는다면 제도 의사들의 씨를 말려 버려라."

"예!"

우렁차게 대답하는 노스와 기사들을 보고 나는 얼굴이 샛노래졌다.

아니, 나는 가상전에 참가하고 싶다고 조르러 온 것뿐인데 왜 제도 의사들의 목숨이 경각에 달려야 한단 말인가!

불안한 예감이 들었다. '가상전'의 '가'만 꺼내도 제도가 두 쪽이 날 것 같다는 예감이.

'어떡하지…….'

기어이 아이스크림에 젤리까지 다 먹고, 으쌰으쌰! 팔을 흔들어 준 후에야 풀려날 수 있었다.

방으로 돌아온 난 널브러지듯이 소파에 앉았다. 세리아와 이야기를 끝낸 후 저택을 찾아온 의장은 몹시 피곤한 표정의 날 보며 고개를 흔들었다.

"다른 방법을 마련하시지요. 아기님껜 한없이 무른 듯해도, 안전에 관련된 일엔 단호하시지 않습니까."

"어떤 방법?"

의장은 쉬이 답하지 못했다.

다른 방법이 있다면야 나도 세간의 관심을 한 몸에 받을 일 따윈 하지 않는다. 또한 다른 방법으로 노각을 손에 넣는다면, 신전에서 듀블레드를 주목할 거다.

지금이야 아돌프의 사형과 황태후와 사이가 틀어진 일로 잠잠하지만, 에트왈과 관련된 일이라면 눈에 불을 켤 거다.

'아직은 신전과의 마찰을 피해야 해.'

교황청이 직접 나서면 듀블레드라고 해도 쉬이 막아 낼 수 없다.

'미나가 에트왈을 사용했을 것 같은 사건이 뭐였더라…….'

굵은 사건만 헤아려도 총 여섯 가지다.

일단 대가뭄을 해결한 일, 마탑의 공격을 막아 낸 일, 치유, 의식에 쓰일 성물을 찾아낸 것, 드래곤 토벌까지.

'그리고 미나를 성녀라 불리게 했던 그 힘.'

다른 건 몰라도 마탑의 공격을 막아낸 악마, 혹은 권속은 내가 먼저 찾아야 한다.

그때의 미나는 궁정 마법사와 교황청도 할 수 없던 광활하고 강력한 결계를 펼쳤다. 그것이 있다면 최악의 경우, 제국과 전면전이 벌어졌을 때 듀블레드를 지켜 낼 수 있다.

"노각이 최강의 결계일 가능성이 있다면 엎어져서 데굴데굴 구르더라도 참가해야 해."

내가 눈을 부릅뜨자 의장은 작게 한숨을 내쉬었다.

"이럴 때 보면 아기님께서 듀블레드의 핏줄인 것 같습니다."

"이럴 때?"

"한번 결정하면 뒤돌아보지 않는 고집 말이죠."

내가 입술을 삐죽이자 의장이 픽 웃으며 말을 이었다.

"아기님께서 각하를 설득하시는 동안, 전 듀블레드 내의 쓸 만한 병사들을 알아보겠습니다."

나는 고개를 끄덕였고, 의장은 허리를 깊이 숙이며 방을 떠났다.

* * *

몇 주 후, 가상전의 공지가 내려왔다. 아이들이 흥분하는 행사 중 하나다 보니 가상전의 내용이 공개된 후, 제도가 크게 들썩였다.

앙리가 제 옆에 앉은 내게 담요를 덮어 주며 말했다.

"이번에 황자들이 가상전에 참여한다는 소문이 있던데요."

"헛소문이야."

고모가 찻잔을 들며 말했다.

"역시 그렇습니까?"

"하지만 황자들과 관련해서 제도의 하이에나들이 구미 당길 일은 있다."

"무엇입니까."
"17세 이하로 이루어진 황자들의 전속 근위대가 생길 예정이다. 아마도 올해 가상전의 우승자가 근위대장이 되겠지."
"차기 태양에 끈을 댈 기회라고 침을 질질 흘리고 있겠군요."
앙리가 비릿하게 웃자 이샤크는 심드렁하게 말했다.
"17세 이하라면 보여 주기용이잖아. 하여간에 황실은 실속 없는 일에만 눈이 벌겋지."
"글쎄. 과시가 꼭 나쁘다고는 할 수 없지. 대중은 늘 제국의 상징이 그럴듯해 보이길 원하니까."
가족들이 이야기를 나누는 동안, 치고 들어갈 찬스를 재고 있던 난 눈을 반짝였다.
'이때다.'
나는 "우와!" 소리치며 짝, 하고 손뼉을 쳤다.
"대모님 저택에서 영애들에게 들었는데, 가상전은 엄청 재밌대요."
"요란할 만큼 화려한 행사니까."
"볼만은 할걸."
앙리와 이샤크가 차례대로 말했다.
"참가하지 않는 사람들도 볼 수 있어요?"
"상점가 광장에도 거대한 마경이 설치되어서 일반인들도 관람할 수 있어. 중앙 귀족 중에서 국무 회의에 발언권이 있는 자들은 황궁에 모여서 가상전을 보지."
"그렇구나."
"제 자식을 눈에 띄게 할 수 있는 행사라 귀족들이 필사적으로 준비하니, 보는 재미는 있겠지. 우승자의 가문은 천 년의 영예를 손에 넣는다고 할 정도니까."

나는 모른 척 눈을 동그랗게 떴다.
"그러면 우리도 참가해야겠다!"
앙리가 쿡쿡 웃고 말했다.
"우리는 오러 사용자라 참가할 수 없어."
"나는 아닌데?"
그러자 가족들과 시중을 들던 고용인의 시선이 일시에 내게 향했다. 나는 순진한 표정으로 웃었다.
"그리고 아홉 살이야."
나는 참여할 수 있잖아, 라는 말에 아빠가 대번에 말했다.
"안 돼."
"그렇지만 가문에 좋은 일이잖아요. 우리 병사들 무척 강하니까, 우리가 이길 수 있어요."
내가 제도군의 부단장을 보며 "그렇지?" 하고 말하자 그가 헤벌쭉 웃으려다가 가족들의 시선을 받고 흠칫, 입가를 굳혔다.
"가상전이라고 해도 날이 선 무기가 동원된다. 마법사를 부리는 자들도 있지. 다쳐서 패배하는 귀족 아이들도 다수야."
"저는 신성력이 있으니까 괜찮아요. 제 몸은 지킬 수 있어요."
"르브."
아빠가 짐짓 엄한 투로 안 된다는 듯 내 이름을 불렀다. 나는 눈썹을 늘어뜨리며 아빠의 팔에 찰싹 매달렸다.
"가상전에 참여할 기회는 별로 없다고 했어요. 하고 싶어요!"
고모가 말했다.
"4년마다 있는 행사이니 다음번에도 참여할 기회가 있단다."
그렇지만 노각을 손에 넣을 기회는 올해 한 번뿐이다.
나는 앙리와 이샤크, 그리고 요한을 울망울망한 눈으로 보았다.

"오빠……."

앙리는 상냥하게 웃었지만, 찻잔을 드는 것으로 대답을 피했다. 이샤크는 정말로 어색하게 시선을 돌렸다. 요한은 여느 때처럼 답이 없었다. 내가 일부러 시무룩한 표정을 짓자 앙리가 달래듯 말했다.

"가상전을 해 보고 싶다면 우리와 하자. 제도 병사들에게 목검을 쥐여 줘서. 상품은 아버지께 달라고 하면 돼."

"하지만 아빠가 주는 건 천 년의 영예가 아닌걸."

나는 준비했던 말을 하며 어깨를 늘어뜨렸다.

"사람들이 듀블레드를 악당이라고 했어. 그건 명예롭지 않다는 거래."

솔직히 천년의 영예 따위보다 돈이나 펑펑 쓰고, 맛있는 거나 잔뜩 먹으면서 탱자탱자 놀 수 있는 부호 가문인 게 최고라고 생각하지만, 나는 애써 애처로운 표정을 지었다.

이샤크가 왈칵 인상을 찌푸렸다.

"어떤 찢어 죽일 놈이 네게 그따위 말을……."

"그래도 나는 알아. 우리 가족은 아주 세고, 멋져!"

그러자 무척 세고 멋진 가족들이 어쩐지 오만한 표정을 지었다.

"그러니까 사람들에게도 알려 주고 싶어. 우리는 악당이 아니라, 그냥 강한 거라고."

"……."

"아빠는 영지민들을 지키기 위해서 방법을 가리지 않는 멋진 영주이고, 고모와 오빠들도 명예 같은 것보다 다른 소중한 가치를 아는 사람들이라고 알려 줄 거야."

아빠가 나와 눈을 마주치며 말했다.

"잘 아는구나. 명예보다 소중한 가치가 있지. 내게 명예보다 소중한 가치는 너희를 지키는 것이고, 너희는 그 가치를 아는 것만으로도 명예보다 중한 것을 아로새기고 있는 것이다.”

“…….”

“그러니 굳이 명예 따위를 위해 네가 위험해질 필요는 없어.”

나는 속으로 끙끙거렸다.

아, ‘소중한 가치’ 얘기는 하지 말걸.

노회한 귀족들과 살벌한 신경전을 벌이는 아빠의 말발엔 이길 수가 없었다.

‘어쩌지. 일단 울어 볼까.’

좋아, 울면서 바닥에 드러누워 보는 거야.

대공의 아들이 장난감 가게에서 드러눕던 자세를 떠올리고 슬그머니 의자에서 일어나려던 찰나였다.

“하지만 르블레인에게 좋은 경험이 되긴 하겠지요.”

고모가 말했다.

아빠의 서늘한 시선이 그녀에게 향했고, 오빠들도 못마땅한 표정으로 고모를 보았다.

“경험 때문에 꼬맹이를 위험하게 하자고?”

이샤크가 미간을 좁히자 고모가 소서 위에 찻잔을 내려놓고 말했다.

“앙리도 말하지 않았니. 과시하는 게 꼭 나쁜 것만은 아니라고.”

“그것과 이건 다른 문제……!”

“슬슬 기어오르려는 자들이 있으니 이 기회에 듀블레드의 힘을 과시하는 것도 좋을 거다.”

‘잘한다, 고모!’

나는 신이 나서 속으로 고모를 응원했다.

“너희뿐만 아니라 각하까지도 그리 대놓고 팔불출임을 티 냈으니, 귀족들은 궁지에 몰리게 되면 가장 먼저 이 아이를 떠올릴 거다.”

앙리가 차갑게 대꾸했다.

"정신이 빠지지 않는 이상 어렵죠."

"황제마저 늘 반역의 위협과 싸운다. 역당들이 가능성 크지 않은 반란을 꿈꾸는 것은 머리가 비었기 때문이냐?"

"……."

"사람은 궁지에 몰리면 못할 게 없는 족속이란 걸, 리세트를 잃은 너희가 제일 잘 알지 않니."

감히 듀블레드 공작 부인을 암살한 자들도 있는데, 나를 노리지 않을 거라는 안일한 생각은 하지 말라는 뜻이었다. 뜻밖의 지원군에 기뻐하던 난 움찔하고 가족들의 눈치를 보았다.

요한이 말했다.

"다른 방법으로도 우리의 힘을 과시할 수 있습니다. 굳이 이 아이를 위험하게 하면서 힘을 보일 필요가 없죠."

"참가하는 게 앙리나 이샤크여도 반대할 거니."

"앙리와 이샤크는—"

"그래. 스스로 몸을 지킬 수 있겠지. 그런 믿음이 있기에 참가시킬 수 있을 테고. 반대로 말하면 너희는 르블레인을 믿지 못한다는 말이겠구나."

"……."

"왜 믿지 못하는 거니? 이샤크처럼 오러를 쓸 줄 모르기에? 앙리처럼 전술에 특별한 재능이 없을 것 같아서? 아니면 스스로 몸을 지킬 줄 모르는 여자이기에?"

앙리와 이샤크가 소리쳤다.

"고모……!"

"고모님!"

고모는 여상한 표정으로 아빠를 쳐다봤다.

"안전한 울타리를 만들어 주는 것만이 자식을 키우는 전부가 아닙니다, 각하."

"……."

"성장하도록 믿고 기다려 주는 것도 육아지요."

아빠는 말없이 찻잔의 손잡이를 매만졌고, 나는 고모와 눈을 마주치고 생긋 웃었다.

'의장에게 준비하라고 연락해야겠네.'

가상전에 투입되는 병사는 총 20명. 연령은 17세 이하다. 의장이 보내온 목록을 통해 19명은 확정시켰다.

그럼 남은 하나는…….

나는 속으로 히죽 웃었다.

'이제 그를 세상 밖에 보여 줄 때인가.'

* * *

일은 르블레인의 계획대로 진행되었다.

발루아 공작 부인은 일정부터 시작해서 드레스의 색상 같은 사소한 것들까지도 모두 레인을 의지했다.

레인은 발루아 공작 부인을 등에 업고 본격적으로 중앙 사교계에 입성했고, 수많은 귀족과 연을 맺는 중이었다.

그리고 가상전은…….

"들으셨습니까? 올해 가상전에 말입니다……!"

"운명의 아이가 참가한다는 것이라면 안 그래도 그에 대해 이야기를 나누던 참이에요."

"대체 무슨 생각일까요. 아홉 살 어린애를, 그것도 여자아이가 아닙니까."

"듀블레드 공자들은 참여할 수 없는 행사이니 입양아로나마 군사력을 과시하려는 것이겠지요."

"냉정하기도 하지. 듀블레드 공작이 운명의 아이를 아낀다는 소문은 다 호사가들의 입방정에 불과했나 보군요. 딸을 아끼는 자가 아무리 축제라고는 하나 칼부림이 있는 곳에 아이를 보내겠어요?"

"그렇기야 하지만……. 좌우지간에 뭔가 노림수가 있는 것이겠지요."

자리에 모인 귀족들은 계속해서 제 주장을 펼쳤다. 르블레인의 가상전 참여 소식으로 제도가 들썩이고 있었다.

발루아 공작저.

신경질적으로 테이블을 두드리던 발루아 공작이 입매를 우그러뜨렸다.

"빌어먹을 놈들. 번번이 내 앞을 가로막는구나."

짓씹듯 중얼거린 그가 책상 앞에 선 아들들을 바라보았다. 발루아 공작가의 차남 닐스는 부친의 서슬 퍼런 시선에 어깨를 움츠리며 제 형을 쳐다보았다.

장남 헤이턴이 빙그레 웃었다.

"참여하는 기사들은 17세 이하의 소년병입니다. 듀블레드의 자랑인 이리가 참여할 것도 아닌데 뭘 그리 걱정하십니까."

이리 중엔 소년병 또한 있겠지만, 그들은 모두 오러를 사용하는 마기사들이다. 가상전에 규칙상 오러 사용자는 참여 불가. 발루아는 신전에서 은밀히 키운 성기사들을 지원받았으니, 아무리 듀블레드의 군사라 해도 실력 차이가 크지 않을 거다.

"실력에서 차이가 크지 않다면 중요한 건 지휘관의 실력이지요. 아홉 살 계집애가 제 발끝이나 따라오겠습니까."

오만하게 입꼬리를 올린 그가 말을 이었다.

"무엇보다 듀블레드의 군사들은 지휘관이랍시고 나선 멍청한 계집애를 지키는 것을 가장 중하게 여길 겁니다. 시작도 전에 발목을 잡히게 되는 셈이지요."

"……."

"그런 상황에서 천박한 계집애 따위는 제게 상대도 되지 않습니다."

아들의 자신만만한 말을 듣고 나서야 발루아 공작의 얼굴에 미소가 돌아왔다.

"그렇지. 내 자식이 천한 입양아 따위에게 질 리가 없지!"

껄껄 소리 높여 웃은 그가 헤이턴을 향해 손짓했다. 아들이 다가가자 목 뒤에 손을 두른 발루아 공작이 속삭였다.

"가상전에서 입은 부상은 상대에게 책임을 묻지 않는 것이 규칙. 헤이턴, 그 계집애를 성한 몸으로 돌려보내지 마라."

"물론입니다. 반병신쯤은 만들어야 속이 풀리죠."

마주 본 부자가 히죽, 입꼬리를 올렸다.

* * *

나는 벽에 등을 붙이고 바로 선 채 날 둘러싼 오빠들을 힐끔힐끔 쳐다봤다.

"하나."

이샤크의 말에 나는 우렁차게 소리쳤다.

"다칠 것 같으면 잽싸게 도망친다!"

"둘."

"상대 진영의 군사와 마주치면 일단 협박부터 한다!"

앙리가 생긋 웃으며 "어떻게 하라고 했지?" 물어서 난 냉큼 배운 대로 말했다.

"듀블레드는 받은 것에 곱절을 더해 돌려주지. 삼족을 멸하는 것이 내 가족의 특기다."

알려 준 대로 짝다리를 짚으며 비열하게 말하자, 이샤크가 팔짱을 끼고 고개를 끄덕였다.

"잘했어."

"……그런데 정말로 그래도 되는 거야?"

내가 눈썹을 늘어뜨리며 물었다.

가상전에서의 일은 보복하지 않는 것이 규칙이었다. 보복했다간 사교계에서 매장되는 것은 물론이고, 황제 또한 난색을 보일 거다.

내 말에 이샤크가 의기양양 대답했다.

"넌 걱정하지 마. 작은형은 더러운 뒷수작이 특기거든. 네가 그런 협박을 해도 작은형이 알아서 치사하고 졸렬하게 수습해 줄 거…… 윽!"

그렇게 말하던 이샤크가 앙리에게 걷어차였다.

요한은 내게 종이 몇 장을 내밀었다.

"가상전에 관해 자세히 설명해 줄 테니 앉아."

그러며 의자를 끌어 주어서 나는 고개를 끄덕이고 자리에 앉았다. 요한이 눈짓하자 사무관과 노스가 테이블 위에 커다란 지도를 펼쳤다.

"가상전은 예선에 통과한 가문이 토너먼트 형식으로 자웅을 가리게 됩니다."

"응."

"예선은 2주 후, 23가문의 자제들이 지도에 표시된 구역에서 치를 겁니다."

지도를 본 나는 눈을 동그랗게 떴다.

"제도에서 한단 말이야?"

거기다 상점 지구도 일부 포함되어 있다.

"예. 예선 내용은 〈보물찾기〉. 숨겨진 패를 제한 시간이 종료될 때까지 소지하는 자가 본선에 진출할 수 있죠."

"찾아야 할 패는 몇 개나 있는데?"

내 질문에 앙리가 말했다.

"열 개야."

"그렇구나……."

내가 고개를 끄덕이자 요한이 말했다.

"예선에선 몇 가지 규칙만 지킨다면 진짜 전쟁처럼 뭐든 활용하기 나름. 지략이 중요하다."

가상전의 규칙은 간단하다.

[살인하지 않을 것.]

다시 말해, 참가하는 귀족 자제든, 군사든 간에 죽이지만 않는 선에서 어떤 것이든 할 수 있다는 소리다.

초창기의 가상전에선 사로잡힌 군사의 뼈를 저며서 적진의 정보를 캐낸 적도 있었다. 하지만 그건 어디까지나 초창기의 일이고, 현재에 이르러선 과도한 위해는 가하지 않는 것이 관례였다.

"가상전은 가문 단위로 준비해. 참가하는 귀족들의 가문에선 벌써 준비 위원회를 편성했다. 노스와 나, 그리고 앙리와 이샤크가 가상전까지 너를 도울 거다."

"꼭 이길 거예요!"
이렇게 나를 도와주는 사람들에게 보답하고, 노각을 손에 넣을 거다.
눈을 부릅뜨자 이샤크가 씩 웃었다.
"좋아. 그럼 훈련부터 할까."
"응."
장거리 이동진을 통해 참가시킬 군사들을 데려왔다. 다들 창밖에서 대기 중이었다. 이샤크가 훈련을 시켜 준대서 잘됐다고 생각하고 있는데, 사람들이 날 빤히 쳐다봤다.
"……?"
고개를 갸웃하다가 '설마…….' 하는 눈으로 물었다.
"나?"
나 훈련하라고? 2주밖에 안 남아서 전술을 짤 시간도 부족한데?
이샤크가 내게 목검을 휙, 던져서 나는 얼떨결에 목검을 받았다.
"회피하는 법, 배워야지."
"나는 신성력이 있으니까 결계를 펼치면……!"
"가상전에 검 쓰는 놈들만 있는 줄 알아? 당연히 마법사나 예비 신관들도 포함된다고. 네 결계를 파괴할 수 있는 자들이 수두룩할 거다."
"내 결계 꽤 강한데?"
내가 시범용으로 결계를 펼쳤다. 그런데.
콰과과광―!!
순식간에 이샤크가 던진 목검에 의해 파괴되었다. 다치지는 않았다. 앙리가 한 번 더 결계를 펼쳐 목검을 허공에서 멈추게 했으니까.
나는 딱딱하게 굳어진 눈으로 이샤크를 보았고, 그는 손을 털며 씩 웃었다.
"강하다고?"

"……제가 착각했습니다."

울상을 지으며 말하니 앙리가 픽 웃었다.

"단지 신성력이 강하다고 강한 결계를 펼칠 수 있는 건 아니야."

나는 시무룩해졌고, 이샤크가 문을 열어 줬다.

"따라와."

"네……."

난 가상전 전까지 죽도록 회피하는 법, 줄행랑, 협박하는 법을 배워야 했다. 그리고 시간이 흘러 2주.

가상전이 시작되었다.

* * *

황궁에 모인 귀족들이 거대한 마경에 시선을 집중했다. 각 가문의 문양이 새겨진 갑주를 찬 어린 귀족들이 결기 어린 눈으로 황궁의 깃발에 절했다.

"제국에 광영을……!"

"제국에 광영을!"

왼 가슴에 손을 붙인 채로 소리치는 아이들을 본 귀족들이 흐뭇하게 말했다.

"올해는 유난히 참가자들이 많군요."

"황자 직속 근위대 때문이겠지요. 공작가도 둘씩이나 참가하였으니……."

사람들은 가장 가운데서 발루아의 문양이 새겨진 망토를 입은 헤이턴을 주시했다.

그리고 시선을 옮겨 그 옆, 커다란 투구가 버거운지 낑낑거리며 붙들고 있는 꼬마 숙녀의 어깨 갑주에 듀블레드의 문양이 새겨져 있었다.

"아이고……."

작다. 정말로 작다.

르블레인은 원체 또래보다 작은 편이었는데, 기골이 장대한 청소년들 사이에 있으니 호랑이 무리에 병아리 하나가 뽈뽈거리는 것으로 보였다.

"듀블레드 공작의 욕심이 과합니다."

누군가 속삭이자 대부분이 고개를 끄덕였다.

"검이나 제대로 쥘 수 있을는지……."

귀부인이 안타까운 표정으로 말했다.

마경을 통해 르블레인을 보고 있던 카밀라 대부인이 한숨을 내쉬며 듀블레드 공작가의 식솔들을 힐끔 쳐다보았다.

듀블레드 공작과 세 공자는 눈 한 번 깜빡이지 않고 흘러내리는 투구를 양손으로 열심히 받치고 있는 르블레인을 쳐다보았다.

'저리 걱정되면 내보내지 말 것을.'

사람들 대부분의 염려대로 아이는 가상의 전장과 어울리지 않았다.

[정렬!]

마경 속에서 심판역을 맡은 황실 기사단의 부단장이 소리쳤다. 참가자들이 한쪽 무릎을 굽히고 고개를 숙였다.

공작가의 자제인 헤이턴과 르블레인이 각각 횃불을 들고 단상으로 다가갔다. 두 사람은 동시에 횃불로 거대한 초에 불을 붙였다.

16세의 헤이턴은 쉽게 불을 붙였으나, 르블레인은 갑주가 무거운지 휘청휘청거리며 겨우 불을 놓았다. 초에 불이 붙자 북소리가 들려왔다.

둥— 둥, 둥, 둥—!

심판이 허공에 손을 젓자 마법사들이 공중에 제한 시간을 표시했다.

[10:00:00]

가상전의 시작이었다.

마경을 보고 있던 귀족들이 신음했다.

"첫 탈락자는 아마도 듀블레드 영애일……."

누군가 그렇게 중얼거리던 때였다. 초의 기둥을 박찬 르블레인이 단숨에 헤이턴의 목가에 검을 들이밀었다.

"……!"

"……!"

무거운 투구를 던져 버린 그 애가 희게 질린 헤이턴을 보며 히죽, 웃었을 때였다. 광장에 숨어 있던 듀블레드의 군사들이 일시에 튀어나와 헤이턴과 르블레인의 주변을 감쌌다.

가장 먼저 탈락할 게 분명했던 아이의 대범한 공격에 귀족들이 입을 떡 벌렸다.

* * *

목전에 검을 들이밀자 희게 질린 헤이턴이 내게 말했다.

"시작부터 무슨 짓을……! 진영에 돌아가고 나서 공격하는 게 관습이다!"

"관습이지 규칙은 아니잖아?"

거지 시절에 배웠다.

선빵 필승. 싸움은 선빵치는 놈이 이기는 법이라고.

'네가 뭔 짓을 할 게 뻔한데, 내가 널 전장에 풀어 놓을 리 있겠니.'

악에 받친 헤이턴이 소리쳤다.

"협박일 뿐이다! 듀블레드 영애는 내게 해를 입히지 못해! 어서 공격을—"
소리치던 그의 얼굴이 딱딱하게 굳었다. 턱 밑이 쓰라릴 터였다.
방금 내가 베었으니까.

"울대, 그리고 목 안부터 5센티까지는 깊게 베이면 치명상이야. 협박을 할 거라면 턱 끝부터 4센티 안쪽을 베는 게 안전해."

이샤크의 말을 떠올린 나는 속으로 히힛, 웃었다.
'잘했다, 나! 턱 끝에서 딱 3센티미터야.'
헤이턴이 믿기지 않는 표정으로 날 쳐다봤다.
"너, 너……!"

"굳이 대답할 필요 없어. 궁지에 몰리면 상대의 말보다 침묵이 무섭거든."

앙리의 조언대로 말없이 생긋 웃자 헤이턴은 사색이 되어 마른침을 삼켰다. 발루아의 군사들이 접근하지 못했다. 나는 허공에 뜬 영상석을 슬쩍 쳐다보고, 다시 발루아의 군사들에게 시선을 돌리며 어린애답게 소리쳤다.
"너희가 술래야. 백까지 세고 쫓아오기!"
천진난만한 목소리로 말하자, 발루아 군사들의 복장 터지는 소리가 들리는 것만 같았다.
참가자인 귀족 자제들은 우왕좌왕했다. 처음부터 혼전이 벌어질 거라곤 예상하지 못했기 때문이었다.
듀블레드의 소년병이 나 대신 헤이턴의 목전에 검을 겨누었고, 다른 군사가 나를 덥석 안아서 빠르게 단상에서 뛰었다.

가상전이 이뤄지는 구역은 이미 사람들을 모두 치워 놓아서 이동하기 수월했다. 그리고 미리 점찍어 둔 건물로 이동해 문을 걸어 잠갔다. 군사의 품에서 폴짝 뛰어내린 난 어깨를 토닥토닥 두드렸다.

"에고고……."

갑주가 너무 무거워.

가상전에선 허가받지 않은 마도구의 사용이 엄격히 제한되어 있어서, 어린애도 가볍고 안전한 마갑(魔甲)을 착용할 수 없었다.

'벗을까.'

너무 무거워서 걷기도 힘들다. 화살 하나 막으려다가, 상대편에게 잡힐 것 같다. 내가 갑주 끈을 꼼지락꼼지락 매만지자 도열해 있는 우리 군사들이 펄쩍 뛰었다.

"다치십니다."

"위험합니다."

"손톱의 거스러미가……!"

그러며 다시 끈을 열심히 묶어 주었다.

"……왜 자꾸 거스러미 얘기해?"

병사들은 서로를 바라보며 마른침을 꼴깍 삼켰다. 몇몇은 울먹이며 손짓, 발짓으로 가상전 전에 아빠와 오빠들이 얼마나 무섭게 협박했는지 알려 주었다.

"차라리 진짜 전쟁에 나가는 게 나을 것 같았습니다."

나는 떨떠름한 표정으로 말했다.

"갑주 차고 있을 테니까 울지 마……."

"예……."

가벼운 대화를 몇 마디 나누는 동안 헤이턴은 꽥꽥 소리쳤다.

"듀블레드에선 자식에게 비열해지는 방법이라도 강의하는 것이냐!"

나는 눈을 동그랗게 뜨고 그를 쳐다봤다.

"어떻게 알았지?"

내가 뻔뻔하게 대꾸하니 헤이턴의 표정이 왈칵 일그러졌다. 나는 생긋 웃었다.

"그런데 내가 비열한 거라면 공자도 마찬가지 아냐? 공자도 군사들을 숨겨 놨잖아."

"나는……!"

"진영으로 이동하려고 할 때, 나를 납치하려고 한 거지."

헤이턴의 얼굴이 굳어졌다.

'그럴 줄 알았다, 인마.'

나는 속으로 픽 웃고, 군사들이 헤이턴을 매어 놓았던 밧줄을 더 꼭 조였다.

"여기 계 ─ 속 있어. 알겠지?"

그러면 노각은 내 거야!

*　　*　　*

발루아의 군사들이 가상전의 구역을 샅샅이 뒤졌다. 헤이턴을 데리고 튀어 버린 르블레인과 듀블레드의 군사들이 좀처럼 보이지 않았다.

"상점가엔 없습니다."

"남은 건 데송 거리와 아시스산뿐입니다. 수색할까요?"

발루아군의 대장인 카록스가 칫, 혀를 찼다.

"아시스산은 우리 진영이 있는 곳이다. 가상전 시작 전부터 막사를 꾸려 놓았으니, 그곳일 리는 없지."

"그럼 역시 데숑 거리일까요."

"그래, 폭탄은 사용할 수 없겠군."

"건물이 밀집한 곳이니, 잘못하다간 건물이 무너지며 사상자가 나올 수도 있겠지요."

'설마 그것까지 예상한 건가.'

대체 누가? 듀블레드의 군사 중 머리를 쓸 줄 아는 자가 있는 것일까. 열 살도 되지 않은 어린 여자아이의 머릿속에서 나온 생각은 아닐 것이다.

지도를 확인한 카록스는 눈을 가느다랗게 좁혔다.

"그래 봐야 제도라면 우리 손바닥 안."

듀블레드의 제도군은 대부분 마기사이며 성인이다. 가상전이 아니라면 분명 최고의 기사들일 터이나, 그들은 가상전엔 참여할 수 없다.

'추기경께서 은밀히 손에 넣은 듀블레드의 군사 명단에 제도 토박이는 없었다.'

현재 가상전에 참여한 발루아의 군사들은 신전에서 키운 자들로 오직 가상전을 위해 몇 년이나 훈련한 자들인 데다가 제도의 토박이였다. 지도의 끄트머리를 매만지던 카록스가 픽 실소를 흘렸다.

"데숑 거리에서 숨어 있기 좋은 장소라면 몇 군데 없지."

발루아의 군사들은 신속히 카록스가 짚은 건물로 이동했다.

"예상대로 지하에서 인기척이 느껴집니다."

눈을 빛낸 카록스가 말했다.

"진입한다."

'애초에 상대가 되지 않는 게임이었다.'

지금은 예상치 못한 불상사로 허둥지둥하지만, 헤이턴을 찾는 즉시

판이 뒤집힐 터.

발루아의 군사들이 일시에 지하실의 문을 열었다.

그리고.

[여긴 줄 알았냐. 바보들~!]

"……뭐야, 이게!"

기둥에 묶인 지푸라기 인형에 종이 한 장이 덜렁 붙어 있었다. 삐뚤빼뚤한 아이의 글씨였다.

"빌어먹을!!"

바짝 약이 오른 카록스가 외마디 비명을 내질렀다.

그 시각, 황궁. 곳곳에서 탄성이 흘러나왔다.

"세상에나. 데숑 거리가 아니라 아시스산이라니!"

"등잔 밑이 어둡다는 것이지요."

"아홉 살 아이가 그런 역발상을……."

그뿐만 아니라 현재 르블레인은 발루아군의 이동 시간을 정확히 가늠하여 아시스 산어귀에서 내려오고 있었다. 헤이턴은 아무것도 하지 못하고 포박당해 이리저리 끌려다니는 중이었다.

사람들은 발루아 공작을 흘끔 쳐다보았다. 가상전 시작 전엔 오만하던 얼굴이 모멸감과 분노로 붉으락푸르락하였다.

'저 비열한 계집애가……!'

그는 쾅! 테이블을 내리치며 듀블레드 공작에게 소리쳤다.

"이런 말도 안 되는 일이 어디 있소! 성화 의식이 끝나자마자 공격하다니!"

"시작 신호를 받고서 움직였지."
"아무리 그래도 이건……!"
듀블레드 공작이 여상한 표정으로 발루아 공작을 흘끔, 쳐다보았다.
"공격을 대비한 자와 대비하지 않은 자의 차이다. 내 딸은 공격을 대비하여 최선의 방어 수단을 생각해 낸 것일 뿐. 성화 의식 후에 공격해서는 안 된다는 규칙이 어디에 명시되어 있던가."
앙리와 이샤크가 히죽 웃으며 "맞습니다, 아버지."하고 대꾸했다.
그러던 찰나.
"이럴 수가—!!"
주변이 시끄러워지기 시작했다. 이샤크의 표정이 굳어졌다.
참가 가문 중 9개 가문의 군사들이 산 초입에 있는 듀블레드군과 르블레인을 둘러쌌다.
[발루아 공자를 넘겨주십시오.]
하데모스 후작가의 차남이 검을 겨누며 말했다.
헤이턴 발루아는 시작하자마자 르블레인에게 잡혔다. 다른 참가자와 대화를 나눌 시간이 전무했다.
그런데 발루아군이 헤이턴을 구출하지 못하자 일제히 다른 가문들이 숲을 포위하고 듀블레드의 군사들을 압박한다는 것은, 사전에 밀약을 나누었다는 뜻이다.
거기다 발루아의 군사들조차 찾지 못한 헤이턴을 바로 찾았다. 밀약을 나눈 귀족들과 헤이턴이 신호를 주고받을 수 있다는 의미다.
"발루아 공자가 통신석을 소지하고 있습니까."
요한이 무미건조한 표정으로 발루아 공작을 쳐다봤다. 공작은 큼, 헛기침하며 모른 척 시침을 뗐다.
"그럴 리가. 내 아들이 허가받지 않은 마도구를 동원할 리가 없지."

마경을 지켜보던 앙리가 헛웃음을 터뜨렸다.

궁지에 몰리니 최후의 수단을 쓴 것이다.

“정작 비열한 사람은 달리 있었군.”

“말을 조심해라!”

이샤크는 쯧, 혀를 찼다.

‘귀찮게 됐잖아.’

비열하고 졸렬한 헤이턴 발루아는 아홉 가문의 자제들과 결탁했다. 참가자의 과반수에 아주 조금 못 미치는 수. 헤이턴의 반칙에 정식으로 이의를 제기하면 결탁한 자제들 또한 벌을 피하지 못할 거다.

이렇게 되면 가상전이 흐지부지 끝날 터. 이번 가상전에서 황자의 직속 근위대를 만들고 세를 과시하려는 황제의 계획조차 물거품이 되어 버릴 거다.

‘그렇게 될 게 뻔한데 정식 이의 제기를 해도 제대로 들어줄 리가 있나.’

흐지부지 넘어가겠지.

이샤크는 서늘한 표정으로 손안에서 주사위를 굴리고 있는 앙리를 쳐다보았다.

“어떻게 하지? 뒤집어엎을까.”

“생각 중이다.”

그런데 그때였다. 마경 속의 르블레인이 양 주먹으로 입가를 가리고 히힛, 웃었다. 궁지에 몰린 아이의 표정이 아니었다.

그리고.

삐익 — !!!

르블레인이 호루라기를 불자 듀블레드의 군사들이 있는 곳으로 밧줄이 내려왔다. 정확히 르블레인과 듀블레드의 군사 열 명분, 그러니까 열하나의 밧줄이.

그들이 밧줄을 잡자, 산 위에서 누군가 그들을 끌어당겼다.
"듀블레드의 남은 군사들이에요!"
헤이턴을 데리고 이동하던 군사 열을 제외한 남은 군사들이었다.
이샤크가 눈을 동그랗게 뜨고 말했다.
"남은 반은 패를 찾고 있던 게 아니었나?"
앙리와 요한도 굳은 얼굴로 마경을 쳐다봤다.
그때, 산 밑으로 홍수가 터지듯 강한 물살이 흘러왔다.
"댐을 파괴했어!"
누군가 소리치자 발루아 공작이 벌떡 몸을 일으켰다.
"무슨……!"
산 위에서 로브를 두른 감청색 머리칼의 소년이 모습을 드러냈다. 팔엔 대장임을 뜻하는 완장이 걸려 있었다.
르블레인이 소리쳤다.
[자카리!]
4인의 기사 중 한 명.
전술 천재, 불세출의 창 기사.
훗날 르블레인 리세트 듀블레드의 마지막 방어선이라 불리는 최강의 호위, 자카리의 이름이 처음 울려 퍼진 순간이었다.
자카리가 뒤늦게 밧줄을 내려 나를 끌어당겼다.
"늦어서 송구합니다."
나는 폴짝, 산 위로 올라와서 밑을 내려다봤다. 산 밑에선 물에 잠긴 군사들과 참가자들이 우왕좌왕하고 있었다.
우리는 물에 이리저리 휩쓸려 다니는 참가자들과 그들의 군사들을 한참 지켜보았다. 그리고 거의 초주검이 되어서야 낚시하듯 쏙쏙 건져 냈다. 가상전의 규칙상 사람을 죽이면 즉시 탈락하기 때문이었다.

넋을 놓은 적군은 밧줄로 둘둘 동여매서 나무 위에 던져 놓았다. 동맹 가문들의 모든 군사가 포박되어 있고, 이곳에 없는 참가자들이 경쟁자를 구해 줄 리도 없으니 저들은 탈락한 것과 진배없었다.

헤이턴은 구덩이에 처박아 놨다.

슬슬 해가 지고 있으니, 산짐승이 돌아다닐 거다. 다른 자들은 나무 위에 있지만, 얕은 구덩이 안에 있는 헤이턴에겐 산짐승이 접근할 가능성이 있다. 저 애는 아마 예선이 끝날 때까지 덜덜 떨어야 할 거다.

나는 구덩이에 처박혀 비명을 지르는 헤이턴을 향해 팔랑팔랑 손을 흔들어 줬다.

"잘 있어!"

안녕!

헤이턴이 해맑게 웃는 나를 보고 비명 같은 고함을 내질렀다.

"너…… 가만…… 안 둬!!"

연약한 몸으로 물에 휩쓸려 다닌 터라 힘에 부쳐서 제대로 말도 못 하는 그를 보며 나는 히힛, 웃었다.

일을 끝낸 뒤로는 여유롭게 패를 찾으러 다녔다.

아시스산에서 발루아 포함 열 가문을 전멸시킨 데다가, 남은 참가자들은 우리가 아홉 가문의 군을 처리했다는 이야기를 접하고서 두려웠는지 전투를 벌일 생각을 하지 못했다.

"발견했습니다."

데숑 거리에 있는 건국 황제의 기념비에 숨겨져 있었다. 나는 황가의 상징인 황금 매가 그려진 패를 확인하고 활짝 웃었다.

"그러면 이제 남은 패들을 부수러 다니자!"

다른 참가자들이 패를 못 찾아야 본선 진출자가 적어지지. 그래야 토너먼트를 한 번이라도 덜 하고, 우승 가능성이 커진다.

내가 비열한 표정을 짓자 우리 군사들이 우렁차게 "예!" 하고 대답했다.

물론 패를 부수러 다니는 건 쉬운 일은 아니었다. 남은 참가자들이 필사적으로 저지해 왔기 때문이다. 그들은 대부분 나를 노렸다.

가상전의 내 기사들은 가문과 품성을 전혀 따지지 않고 실력만으로 병사를 뽑는 듀블레드, 거기서도 가장 뛰어난 소년병들로 구성되어 있었다.

이들을 모두 처리하느니 장비도 무거워서 비틀거리는 아홉 살배기인 나를 노리는 편이 훨씬 수월했기 때문이다.

하지만 그 누구도 내 앞까지 접근하진 못했다. 운 좋게 다른 군사들을 제쳤어도, 자카리라는 산을 넘지는 못한 것이다.

* * *

황궁에 모인 귀족들은 마경을 보며 줄곧 탄성을 터뜨렸다.

"저자가 누구라고요?"

"명단의 이름은 앤디 자카리로군요. 들어본 적 없는 이름이에요."

저만한 인재가 재야에 숨어 있었단 말인가.

자카리는 오직 실력으로만 병사를 발탁하는 듀블레드의 기사들 사이에서도 단연 눈부셨다.

상대 진영의 군사들은 르블레인에게 접근도 하지 못했다. 그 애를 막아선 자카리 앞에서 성냥개비처럼 우수수 쓰러졌다.

거대한 창을 단번에 휘두르는 근력, 초 근거리 전투엔 적합하지 않은 투 핸드급 창으로 검사들과 맞붙을 적에도 밀리지 않는 기술. 속도에 전투를 읽는 두뇌까지 어느 하나 부족한 점이 없었다.

게다가 아직 청소년임에도 불구하고 이미 완성형에 가까운 외모에 귀부인들과 젊은 영애들은 안타까운 한숨을 흘렸다.

"기사의 모범입니다."

"그럼요."

앓는 듯한 신음을 흘리는 사람들을 보고 몇몇은 못마땅한 표정으로 소리쳤다.

"정말로 17세 이하인 것이 맞습니까? 아무리 봐도 아직 성장 중인 기사로는 보이지 않는데요."

그런 말이 튀어나오기 무섭게 마경 속에서 르블레인의 군과 전투 중인 베릴 후작가의 공자가 말했다.

[비, 비겁해! 가상 전에 성인을 데리고 나오는 게 어디 있어!]

[열일곱 맞아. 넉 달 후에 열여덟이 된다고.]

르블레인은 억울한 표정이었다.

베릴 공자가 꽥 소리쳤다.

[거짓말! 늙었잖아!]

[그냥 노안인 거야!]

왜 우리 애 기를 죽이고 그래!

이어지는 말에 카밀라 대부인이 쿡쿡 웃으며 듀블레드 공작에게 말했다.

"비밀 병기를 숨겨 두셔서 그리 태연했던 거요?"

저만한 실력자가 호위라면 안심이 될 만도 하다.

"가상전에 참가한 군사는 전부 제 딸이 직접 차출하였습니다."

자카리의 실력을 보고 놀란 것은 듀블레드의 식솔도 마찬가지였다.

애초에 자카리는 눈에 띄는 자가 아니었다. 르블레인이 레아에게 그를 훈련시키라 명했기에 종종 신경을 쓰긴 했지만, 그뿐.

이만큼 실력이 일취월장한 것은 알지 못했기에 듀블레드의 세 공자는 자카리가 대장이 되는 것을 탐탁지 않게 여겼다. 세 공자가 대장으로 추천한 건 제도군의 단장 세일렌의 아들, 시온이었다.

르블레인이 꼭 자카리여야 한다고 고집했기에 어쩔 수 없이 수긍했다. 그래도 마뜩잖기는 해서 가상전만 끝나면 르블레인 모르게 자카리를 치워 버릴 생각이었다.

"영애에겐 인재를 보는 눈까지 있었나 보오."

대부인 또한 "호오……." 탄성을 흘렸다.

르블레인군의 군세는 놀라웠다. 자카리를 주축으로 한 놀라운 전법과 실력으로 마주치는 상대마다 순식간에 물리쳤다.

이번 가상전의 공로는 전적으로 자카리에게 있었다.

물론 그를 중용하고, 전술 외의 영역에서 놀라운 판단력을 자랑한 아홉 살 르블레인이 사람들에게 강한 인상을 남긴 것은 두말할 게 없었다.

발루아 공작의 얼굴은 점점 더 샛노래졌다.

르블레인이 가상전에서 날아다니는 동안 헤이턴은 여전히 구덩이 안에서 오들오들 떨고 있는 중이었다.

'빌어먹을, 빌어먹을……!'

가상전을 시작으로 재도약하려던 발루아의 계획은 물거품이 되었다. 황제의 곁에서 가상 전투를 관람하는 추기경의 표정 또한 사나웠다.

추기경과 시선이 마주치자 발루아 공작은 꼬리를 마는 개처럼 흠칫 고개를 숙였다.

'찢어 죽일 계집애.'

충혈된 눈이 분노로 일렁였다.

제한 시간 종료 직전까지 르블레인이 찾아낸 패의 개수는 총 여덟. 본선으로 진출하게 된 가문의 수는 셋이 전부였다.

르블레인은 역대 가상전 중 최단 시간으로 패를 찾아냈고, 근 백여 년을 통틀어 가장 눈부신 활약을 한 참가자로 부전승까지 따냈다. 본선에 진출한 두 가문이 겨루어 승리한 가문이 르블레인과 결승을 치르게 된 것이다.

* * *

예선 후 연회.

본선 진출자들을 축하하기 위해 마련된 연회였으나, 오늘의 주인공은 나와 자카리였다.

특히 자카리는 중앙 기사단, 황실 기사단 등의 현직 기사들의 관심을 한 몸에 받았다. 거기에 기사 서임을 받은 귀족들까지 그의 곁을 떠날 줄을 몰랐다.

"자, 새롭게 등장한 영웅에게 내 축배를 건네지."

"송구합니다. 호위 중 음주는 군령에 어긋납니다."

권력자의 잔조차 점잖게 물린 그는 어린 공자가 수줍게 건넨 잔은 받았다. 사람들이 "차별하는 것인가?" 하며 농담조로 묻자 그는 우직한 투로 답했다.

"아이와 여성의 손을 민망케 하지 말라는 것이 주군의 명이십니다."

군령보다 주군, 그러니까 나의 명을 우선한다는 그를 보고 중앙 기사단장은 기사의 귀감이라며 웃었다.

"아기님께서 훌륭한 기사를 두셨습니다. 그를 직접 차출하셨다고요?"

"운이 좋았어요!"

내가 부러 천진하게 말하자 기사들이 껄껄 웃었다.
"주종이 모두 겸손하시군요."
자카리는 점잖게 고개를 숙였고, 사람들은 진중하고도 겸손한 새로운 실력자에게 호의를 가졌다.
어느 정도 연회를 즐긴 후, 나와 내 기사들은 본선을 준비한다는 핑계로 회장을 떠났다. 저택으로 돌아온 후, 나는 자카리와 함께 가상전을 위해 마련된 전략실로 들어갔다. 들어가자마자 자카리는…….
"완벽했어."
—하며 벽을 퍽, 퍽, 쳤다.
'이 내숭쟁이.'
자카리는 5년 전과 달리 몰라보게 성장했다. 청소년기를 넘은 몸은 성숙해져 완연한 사내의 풍모를 비추고, 미성에 가까웠던 목소리는 낮고도 단단해졌다.
하지만 딱 하나, 변하지 않은 것도 있다. 이 내숭 말이다.
"아까 아시스산에서 일부러 밧줄을 늦게 내렸지!"
내가 흘겨보며 말하자 자카리가 씩 웃었다.
"그래야 내 등장이 죽여 주잖아."
나는 어처구니없는 표정으로 그를 올려다보았다. 한참 자란 그는 이제 아빠만큼 훌쩍 커서 높이 올려다보아야 했다.
"심장이 쪼그라들 뻔했단 말이야!"
혹시 일이 잘못돼서 계획이 틀어졌을까 봐 심장이 입 밖으로 튀어 나가는 줄 알았다.
자카리는 히죽 웃었다.
"가슴이 뜨거워지는 연출이었지."
"그건 모르겠지만 레아에게 가슴이 뜨거워지게 두들겨 맞을 것 같긴 해.”

그러자 자카리가 히죽, 입꼬리를 올렸다.

“난 이제 네 호위대 소속이니 스승님도 함부로 패지 못한다고.”

“아닌데?”

“뭐? 왜!”

그가 소리친 찰나,

퍽!

누군가 전략실 안으로 들어와 자카리의 장딴지를 걷어찼다. 그조차 피할 수 없을 만큼 재빠른 움직임이었다.

“레아!”

“스, 스승님…….”

레아가 싸늘한 눈으로 자카리를 쳐다봐서 나는 ‘맞을 줄 알았다.’ 하는 표정으로 고개를 끄덕였다.

“왜 때리십니까! 아니, 이제 때리실 수 없다고요!”

나는 히힛, 웃으며 레아에게 팔을 벌렸고, 그녀가 나를 안아 들었다. 레아에게 안긴 채로 난 자카리에게 말했다.

“왜 못 때려? 이제 레아가 네 상관인데?”

“뭐?!”

그렇게 소리치던 자카리는 레아가 눈을 부릅뜨자 황급히 “……라고요?” 하고 존대를 붙였다.

“레아가 이제 내 호위 총괄이야. 이리로 복귀했거든.”

제도에 있는 동안 레아가 잘 보이지 않던 이유는 복귀하기 위한 훈련 때문에 영지와 제도를 오갔기 때문이다. 레아 대신 로라와 세 하녀가 나를 주로 돌본 것도 같은 이유에서다.

레아는 무미건조한 표정으로 자카리에게 시선을 고정한 채로 말했다.

“제가 저 녀석을 제대로 가르치지 못해서 아기님께 폐를 끼쳤습니다. 자카리, 너는 내 곤봉을 가져와라. 대련해야겠으니.”
“스, 스승님.”
“가져와.”
얼굴이 샛노래진 자카리가 어깨를 늘어뜨리곤 막사 밖으로 향했다. 레아의 곤봉을 가지러.
나는 레아의 뺨에 얼굴을 비비고 헤헤 웃었다.
“언제 왔어? 이제 영지에 안 가 봐도 돼?”
레아가 빙그레 웃었다.
“훈련이 끝났습니다. 이제 곁에서 아기님을 모시게 되었어요.”
영지의 이리들을 죄 곤죽으로 만들었다니, 그게 레아 나름대로 테스트였나 보다.
“신난다!”
내가 소리치자 레아가 손마디로 내 눈가를 문질렀다.
“본선 준비를 돕겠습니다. 슈헤일 공자와 라그노스 공녀가 본선에 진출했다지요?”
“응. 오빠들이 아마 슈헤일 공자가 결승에 진출할 거래.”
“슈헤일군도 그렇지만, 공자 자체도 뛰어난 기사지요. 그 나이에 그만한 실력을 지닌 자는 자카리나 도련님들 외엔 슈헤일 공자가 유일할 겁니다.”
나는 레아의 품에서 폴짝 뛰어내렸다.
“본선은 마상 경기일 가능성이 크대.”
“잘됐군요. 자카리의 특기가 아닙니까.”
“응, 다행이지 뭐야.”
얘기하던 중에 자카리가 레아의 곤봉을 가지고 들어왔다. 그가 시무룩한 표정으로 곤봉을 건넬 때였다.

레아가 굳은 얼굴로 그의 손을 낚아챘다.

"너, 언제부터……."

"예?"

"언제부터 오러를 발현시킨 것이냐."

뭐라고?

나는 깜짝 놀라서 레아를 쳐다봤다.

'그럴 리가.'

예선 전에 궁정 마법사들이 기사들을 검증하였을 때 그는 분명 오러를 발현하지 않았다고 했다. 자카리가 훈련을 시작한 건 막 청소년기에 접어들 즈음이라 아직 발현할 때가 아니기도 하다.

'설마 예선 중에 발현한 건가.'

나는 굳은 얼굴로 자카리를 올려다보았다.

'큰일 났다.'

오러 사용자는 출전 불가.

자카리가 본선에서 빠지면 우승은 무리다!

* * *

발루아 공작저.

발루아 공작은 신경질적으로 의자의 팔걸이를 두드렸다.

가상전 예선으로부터 나흘이 지났다. 수시로 교황청에 연락했으나, 추기경을 만날 수 없었다.

은밀히 기르던 성기사들까지 지원받은 가상전은 예선조차 통과하지 못했고, 아들인 헤이턴은 망신을 당했다. 이렇게 되면 신전으로부터 지원을 받는 것은 물거품이 된 것이나 다름없었다.

으득, 이를 간 그가 이마를 짚었다.

심혈을 기울인 중거리 이동진의 실패로 가문의 기둥이 이미 몇 개나 날아간 상태. 급한 대로 이번 일을 틀어막기 위해 영지민을 착취한 탓에 영지에선 봉기가 빈번하게 일어났다.

'신전의 도움이 없다면 가문은 무너진다.'

신전이 등을 돌린다면 가장 큰 투자처인 마르슈 공작가 또한 손을 거둘 터였다. 마르슈는 벌써 돈을 회수하기 위해 발루아 공작의 은닉 재산을 찾는 중이었다. 하지만 은닉해 둔 돈은 이미 탕진한 상태다.

아내의 친정에서까지 어마어마한 거금을 끌어왔고, 장인마저 매번 저택을 찾아와 돈을 갚아 달라고 통사정하는 중이었다.

아내가 데려온 여자, 그러니까 미술상을 한다던 레인에게서 자금을 지원받지 않았더라면 당장 다음 달을 버티기 힘들었을 것이다.

"제기랄!"

그가 쥐고 있던 양주잔을 거칠게 내려놓던 찰나,

"주인님!"

다급한 목소리와 함께 부관이 뛰어 들어왔다.

"무슨 일이냐."

"듀블레드에서 황궁에 군사 교체를 문의했습니다. 그것도 대장 자카리를 말입니다!"

발루아 공작이 미간을 좁혔다.

"예선에서 활약한 자를 어째서……."

"예선 중에 오러가 발현한 듯합니다."

"오러?"

발루아 공작이 혀를 찼다. 조금만 더 일찍 발현했다면 듀블레드의 계집애가 가상전을 엉망으로 만드는 일은 없었을 것을. 예선 전 검증은 통과했으니 시합 중 오러가 발현했다고 해도 문제가 될 것은 없었다.

문제는 본선이다. 본선 전에 오러 검증을 다시 거친다. 오러 사용자는 그 즉시 제외되니 최악의 경우 열아홉 명만이 본선을 치르게 될지도 모르는 일. 차라리 재빨리 자카리를 교체하는 쪽이 이로울 터였다.

'좌우지간에 발루아에겐 호조다.'

"슈헤일 후작가에 연락해라. 내가 급히 가주와 그 아들을 만나야겠노라 전해."

"예."

신전의 목적은 가상전의 상품이라고 하였으니, 예선을 말아먹었어도 그것만 쥐여 준다면 군말이 없을 터.

돌파구를 찾은 발루아 공작의 입가에 싸늘한 미소가 떠올랐다.

* * *

본선을 일주일 앞두고 제도가 떠들썩했다. 내가 가상전에서 자카리가 아닌 다른 기사를 투입한다는 소문이 퍼졌기 때문이었다.

나는 카밀라 대부인저를 찾았다. 가상전은 가상전이고, 오늘은 카밀라 대부인에게 사교 교육을 받는 날이었기 때문이다.

"영애, 기운 내세요."

"네. 꼭 우승이 아니더라도 최선을 다하셨으니……!"

대부인저를 찾은 상냥한 영애들이 나를 응원했다. 최근 나를 만나는 사람마다 이런 반응이었다. 나는 어색하게 웃으며 고개를 끄덕였다.

"염려해 주셔서 감사합니다."

의젓하게 대답하자 대부인이 후후, 웃었다.

"인사를 나누었으면 자네들은 이만 가 보게. 오늘은 이 아이와 선약이 있다네."

"예, 대부인."

귀부인들이 인사하자 그 딸들도 대부인에게 공손히 절했다. 나는 대부인과 함께 사람들을 배웅했다. 그런데 저택을 나섰던 한 영애가 급히 되돌아왔다.

'이사벨라 하델로로 양이다.'

일전에 닐스 발루아가 성서 해독본을 무단 반출했다는 것을 폭로했던 월트로 백작 부인의 파티에서 만난 영애였다.

"저……."

하델로로 양이 대부인의 눈치를 보며 우물쭈물했다. 대부인은 사려 깊게 자리를 피해 주었고, 그 후에야 하델로로 양이 입을 열었다.

"듀블레드 영애, 혹시 본선 내용을 아시나요?"

"아니요."

"제가 알아요. 〈깃발 뽑기〉예요."

뭐?

예상과 다른 답에 나는 눈을 동그랗게 떴다.

'그럴 리가!'

사람들은 결승전에선 〈마상 경기〉를 하게 될 거로 생각했다. 그리고 실제로 마상 경기가 맞다. 회귀 전에 나도 몇 번이나 보았으니까. 올해 가상전의 결승에서 마상 경기를 하는 것을.

"깃발 뽑기라는 게 뭐냐면요……."

"알아요. 상대 진영에 〈깃발〉로 정해진 사람을 사로잡으면 승리하는 게임이에요."

"그래요. 그런 게임이지요."

"그런데 그런 걸 어떻게 아셨어요?"

"슈헤일 공자와 혼담이 오가는 중이거든요. 어제 식사를 하러 갔다가 공자가 병사와 나누는 얘기를 들었어요."

아아, 그렇지.

나는 속으로 고개를 끄덕였다. 이전 삶에서 들은 적이 있다.

슈헤일 후작 부인이 이사벨라를 좋게 보아서 혼담을 제안했다. 이사벨라의 부친인 하델로로 백작은 슈헤일 후작가의 덕을 크게 본 사람이라 거절하지 못했고, 이사벨라와 슈헤일 공자는 머지않은 미래에 약혼하게 된다.

'그런데 그걸 왜 내게 말해 주지?'

제도의 귀족들이 으레 그렇듯 하델로로 양도 염세적인 편이었다. 이득 없이는 움직이지 않는다. 그걸 어떻게 아냐면, 첫 번째 삶에서 하델로로 양이 미나와 사이가 좋지 않았기 때문이다.

'약혼자가 될 슈헤일 공자가 우승하는 게 하델로로 양에겐 좋은 일일 텐데.'

내가 고개를 갸웃하던 찰나였다.

"꼬맹이."

뒤에서 들리는 목소리에 나는 얼른 고개를 돌렸다.

"앙리!"

"들어가지 않고 왜 여기에 있지?"

그는 다정히 웃으며 내 코트를 여며 주었다.

"날이 서늘한데."

"응, 하델로로 양이랑 나눌 이야기가 있어서……."

내가 그렇게 말하던 중에 하델로로 양이 소리쳤다.

"아, 아, 아, 안녕하, 하세욧, 공자님!"

뺨이 발그레하고 얼굴은 꿈꾸듯 몽롱하다.

앙리는 흘끔 그녀를 쳐다보았다. 셈이라도 해 보는 듯한 표정이 찰나 스쳐 지나갔지만, 그는 여느 때처럼 상냥한 미소를 지었다.

"오랜만에 뵙는군요."

"네, 넷! 281일 만에……!"

"그런데 제 동생과는 무슨 일로?"

"제, 제가 영애께 도움이 되는 이야기를 알려 드, 드렸어욧!"

잔뜩 긴장한 목소리는 거의 꽥꽥 소리치는 것 같았다.

"도움이 되는 이야기라……."

앙리가 눈을 가늘게 뜨자 하델로로 양이 재빨리 설명했다.

"이번 본선 종목은 깃발 뽑기예요!"

앙리는 주특기인 사람 녹이는 미소로 그녀를 바라보았다.

"말씀해 주셔서 감사합니다. 동생에게 도움이 될 겁니다."

양손을 가슴 앞에 모은 하델로로 양이 몽롱한 얼굴로 앙리를 보았다.

"뭐, 뭘요……."

"정말로 상냥하시군요."

"사, 상냥한 사람을 좋아하세요?"

"도움이 되는 사람을 좋아하죠."

"……!"

하델로로 양이 눈을 크게 떴다.

"슈헤일 공자는 나흘 전부터 훈련하고 있어요. 깃발이 될 가능성이 큰 기사는 텔버른이라고 하는데, 발이 빨라요! 그리고 슈헤일 공자의 약점은……!!"

—라고 슈헤일 공자의 예비 약혼녀는 '도움이 되는' 말을 속사포처럼 쏟아 냈다. 앙리와 악수까지 한 하델로로 양은 얼굴이 새빨개져서 비틀

비틀 마차에 올랐다. 하델로로가의 마차가 떠나고 난 앙리에게 말했다.

"영애가 오빠를 좋아하나 봐."

"3년쯤 전부터."

"알고 있었어?"

"저렇게 짙은 시선은 못 느낄 수가 없지."

"그러면 오빠도 하델로로 양을 좋아해?"

"좋아하지."

나는 숨을 크게 들이켰다.

'우와, 우와!'

가족의 연애라니! 가슴이 콩닥거린다.

'하긴, 앙리도 약혼자가 생길 때지.'

그러면 하델로로 양이 새언니가 될 수도 있는 건가?

내가 흥미로운 표정을 짓자 앙리는 하델로로 양 앞에서보다 더 달콤하게 눈꼬리를 접었다.

"꽤 도움이 되는 정보원이거든."

"그게 뭐야……."

나는 푸시식, 김빠진 표정을 지었다. 하지만 미소 몇 번과 말 한마디로 쉽게 구할 수 없는 정보를 잔뜩 얻어 낸 것은 맞다.

'미모가 무기라더니…….'

이전 삶에서 들은 말을 떠올린 난 속으로 정말 그렇다고 생각하며 고개를 주억거렸다.

"결승에서 새로 넣을 병사는 정했어?"

그가 물어서 난 "음……." 하다가 히죽, 웃었다.

"진작에 정했지."

"기대되는걸."

그날 오후, 슈헤일 공자가 승리했다는 소식이 들려왔다.

*　　*　　*

결승전 당일.

나는 긴장된 표정으로 허공에 뜬 영상석을 바라보았다. 영상석의 수가 예선보다 많다.

예선에서 활약한 나와 지난번 우승자인 슈헤일 공자가 맞붙는 결승. 기대감에 제국 전역이 들썩였고, 마경이 설치된 황궁과 광장엔 역대 가상전 중 가장 많은 관중이 모였다.

심판이 호루라기를 불었다. 나와 슈헤일 공자는 각각 아군을 등지고 중앙으로 향해 악수했다.

"예선에서처럼 시작하자마자 제 목에 칼을 들이미실 겁니까."

"그래도 돼요?"

내가 해맑게 말하자 슈헤일 공자가 쿡쿡 웃었다.

"봐주십시오. 제가 심장이 약합니다."

"저야말로. 이샤크 오빠랑 친구라면서요."

"나이는 제가 많지만요. 그래서 맞먹는 이샤크에게 유감이 있습니다."

"아이고. 그래도 제게는 유감이 없으니까 봐주세요."

우리는 웃으며 이야기를 나누는 동안 피부가 따끔따끔할 정도로 날카롭게 서로를 탐색했다.

'능구렁이네.'

슈헤일 공자도 나와 같은 생각인가 보다. 만만치 않은 상대를 보는 시선이었다.

우리는 서로에게 허리를 굽혀 인사하고 아군에게 돌아갔다. 나와 에드거 슈헤일은 모두 군사들에게 로브를 입히고 얼굴이 가려질 정도로 후드를 깊숙이 씌워 놓았다. 깃발이 된 병사의 표정을 숨기기 위해서였다.

"살살 해 주시는 것, 잊으시면 안 됩니다!"

능구렁이 에드거 슈헤일이 소리쳤다.

나는 속을 능숙하게 감추며 상점 거리에서 가장 높은 건물로 올라가 꽥 고함을 쳤다.

"그럴게요!"

그렇게 소리치자마자 우리 군사들이 상대에게 기름병을 던졌다. 그리고 나는 정말로 살살 화염 마법을 시전했다.

콰과과과과광 — !!!

굉음과 함께 불이 솟구치고 에드거 슈헤일의 표정이 왈칵 구겨졌다. 그의 군사들은 소스라치게 놀라 재빨리 뒤로 물러났다. 그러며 군사 몇몇의 로브가 벗겨졌다.

나는 그 순간을 놓치지 않았다.

'슈헤일 공자가 빨간 머리를 쳐다봤어.'

사람은 위기가 닥치면 소중한 것을 먼저 찾는다.

'저 남자가 깃발이다.'

내가 씩, 웃자 슈헤일 공자가 굳은 얼굴로 날 보았다. '살살 한다면서!'라는 표정이라 친절하게 대답해 주었다.

"나, 불 살살 던졌는데?"

내가 히죽 웃자 그의 얼굴이 왈칵 구겨졌다.

깃발로 추측되는 병사를 확인한 나와 내 군사는 빠르게 진영으로 이동했다.

우리의 진영은 상점가다.

예선에서 발루아군이 우리 진영을 데숑 거리로 추측했던 이유처럼 건물이 밀집되어 있기에 폭발시킬 순 없기 때문이다. 즉, 상대의 전술에 한계가 생기는 곳이란 이야기다.

막사로 들어온 난 우리 군사들에게 슈헤일군의 '빨간 머리'의 정보를 확인했다.

"조쉬 텔버른입니다."

> "슈헤일 공자는 나흘 전부터 훈련하고 있어요. 깃발이 될 가능성이 큰 기사는 텔버른이라고 하는데, 발이 빨라요! 그리고 슈헤일 공자의 약점은……!!"

하델로로 양의 추측대로다!

'그렇다면 지난번에 들었던 이야기는 믿을 만한 정보란 거야.'

혹여나 약혼자를 위해 거짓 정보를 누설한 것일 수도 있으므로 확인이 필요했다.

나는 고개를 끄덕이고, 남은 이야기를 들었다.

"조쉬 텔버른은 파발병으로 발이 빠르고, 기마술이 훌륭한 녀석입니다. 궁수대 출신인 터라 원거리 전투에 능하죠."

도망치기에 특화된 사람이라는 말이네.

결승은 제한 시간이 없다. 과거 삶에서는 가상전의 결승이 나흘 밤낮으로 진행된 적도 있다. 나는 막사 밖을 내다보았다. 하늘이 심상치 않더니 빗방울이 하나둘 떨어지고 있었다.

"그의 군사는 모두 제도 병력에서 차출되었으니 우리보다 이곳 지리에 익숙할 거야. 슈헤일 공자는 지난번 가상전의 우승자인 만큼 나보다 우수한 지휘관이지."

우리 군사들은 긴장된 얼굴이었다. 다들 그 점을 아는 만큼 여러모로 걱정될 터였다.

나는 생긋 웃었다.

"하지만 우리 군사의 대부분은 듀블레드령 출신으로 난전에 능숙해. 또, 우리 영지는 비와 눈이 자주 내리는 곳인 만큼 기후 변화에 빠른 대처가 가능하며 저들보다 체력적으로 우월하지. 조건은 저들에게 절대로 밀리지 않는단 소리야."

자리에서 일어난 내가 곧은 시선으로 그들을 바라봤다.

"내 아버지, 테오도르 듀블레드가 가주 위에 오른 후 듀블레드군은 그 어떤 전투에서도 패배한 적이 없다. 나는 그의 딸이야. 너희가 포기하지 않는 한 지지 않는다."

군사들이 일시에 한쪽 무릎을 굽혔고, 나는 그들에게 말했다.

"듀블레드군이 최고인 이유를 알려 줘라."

"예!"

"예!"

*　　*　　*

황궁.

마경을 바라보는 귀족 중 몇이 탄성을 흘렸다.

"듀블레드 영애는 사기가 중요하다는 것을 알고 있군요."

그에 비하면 다른 쪽 마경에 비치는 에드거 슈헤일은 홍분을 감추지 못했다.

시작부터 르블레인의 전략에 당했다. 무엇보다 제 실수로 깃발이 된 병사를 노출했다는 것을 느꼈으니 당황스러울 터였다. 아무리 능구렁이처럼 군다고 해도 고작 소년이었다.

지휘관이 조급하게 구니, 슈헤일의 군사들도 영향을 받을 수밖에 없었다.

"화염으로 놀라게 한 것은 깃발을 알아내기 위해서만이 아니었나."

"슈헤일 공자를 흥분시키기 위한 포석이었던 모양입니다. 아홉 살 아이가 영특하기도 하지."

"과연 운명의 아이."

"그보단 듀블레드의 일원답지 않습니까."

카밀라 대부인은 픽 웃고 근처에 있던 듀블레드 공작에게 말했다.

"영애가 뛰어난 지휘관인 아버지로부터 많은 것을 배운 모양이야."

"전술을 가르친 적은 없습니다. 이번 가상전에서도 조언한 적 없죠."

"없다고?"

듀블레드 공작의 말에 주변이 술렁였다. 카밀라 대부인이 놀란 기색으로 물었다.

"진정인가? 하면 배운 적도 없는 것을 어찌 아홉 살 어린 숙녀가……."

"그 어떤 전투에서도 패배한 적이 없는 아비를 둔 아이입니다. 자연히 습득한 것이 있겠죠. 물론, 제 딸이 뛰어나기에 가능한 일입니다만."

여상하게 말하지만, 우쭐한 기색을 완전히 감출 순 없었다. 카밀라 대부인은 소리 죽여 웃었다.

아비인 듀블레드 공작부터, 쟈벨린 아리에쥬, 듀블레드의 세 공자마저 뿌듯한 기색인 것이 우습고도 놀라웠다. 저들은 권력가의 일원으로 태어나, 타의 추종을 불허하는 재능을 소유한 만큼 남보다 우월한 것이 당연했을 터인데 말이다.

'하기야, 어떤 아비라도 저 아이만 한 활약을 한다면 의기양양할 테지.'

르블레인은 가상전을 통해 '운 좋게 운명의 아이가 되어 듀블레드에 입양되었다'라는 인식을 바꾸었다. 여전히 그리 생각하는 졸렬한 자들도 있으나, 사람 보는 눈이 있는 자들의 대부분은 모두 놀라움을 금치 못했다.

얼마 후, 흥미진진한 표정으로 마경을 지켜보던 자들이 펄쩍 뛰었다.

"전투가 시작되었소!"

르블레인의 군사 일부가 슈헤일 진영으로 향했다. 빗속에서의 전투는 르블레인의 말마따나 듀블레드군이 우세했다.

그러나 전투지는 상대 진영 안. 지형적으로도 듀블레드군에게 좋은 조건이 아니었던 터라 금세 뒤로 밀렸다.

"이런…… 엇!"

도망치는 듯하던 듀블레드군이 슈헤일의 군마 대기소를 파괴했다.

그리고.

쾅, 쾅, 쾅, 쾅!!

슈헤일 진영 바로 앞 건물에서 포환이 날아왔다. 놀란 말이 "히이이잉—!" 높게 울며 달아나기 시작했다. 마경 속의 슈헤일 공자의 얼굴이 희멀겋게 질렸다.

[잡아!]

듀블레드군이 쳐들어온 것은 깃발을 탈환하기 위해서가 아니었다. 말과 이동기를 없애서 기마술에 능한 슈헤일의 깃발, 조쉬 텔버른의 발을 묶어 두려는 것이다.

아무리 발이 빨라도 말과는 상대가 되지 않는다. 조쉬 텔버른이 깃발이 된 까닭이 사라졌다.

"세상에나!"

사람들은 마른침을 꼴깍 삼켰다. 예선에서도 그랬지만, 결승에서도 밀릴 것이 분명했던 르블레인이 되려 상황을 압도했다.

"영애는?!"

다른 쪽 마경에선 르블레인이 남은 절반의 군사들과 이동 중이었다. 슈헤일군의 깃발이 숨어들기 좋은 곳을 모조리 파괴하거나, 결승에서 허가받은 마도구를 설치해 덫을 놓고 있었다.

"영애가 직접 덫을 놓으러 다니는 것인가. 위험할 텐데!"

마음 약한 귀부인이 작은 소녀를 걱정 어린 표정으로 바라보았으나, 르블레인은 거의 날아다니고 있었다.

중앙 기사단의 단장이 "호오……." 탄성을 흘렸다.

가상전에 투입되는 군사의 수는 모두 동일하게 스물. 슈헤일군은 지휘관인 공자가 직접 전투에 참가하니, 듀블레드는 수적으로 밀린다.

소수의 전투에선 한 사람이 부족한 것만으로도 밀릴 터. 르블레인이 후방에서 지원하는 쪽이 당연히 기꺼울 수밖에 없었다.

기실 도움이 되지 않는다고 해도 상관없다. 수적으로 밀린다는 듀블레드군의 염려를 지울 수 있을 테니까.

'그 점을 명확히 알고 있구나.'

마도구를 든 듀블레드군은 뿔뿔이 흩어져 덫 설치 작업에 열중했다. 르블레인도 창고인 듯 보이는 허름한 건물 안으로 들어갔는데, 그곳엔 영상석이 설치되어 있지 않은지 아이의 모습이 보이지 않았다.

그때, 발루아 공작이 벌떡 몸을 일으켰다. 그러나 이미 몇몇 사람들이 잔뜩 흥분하여 반쯤 몸을 일으키거나, 일어나서 발을 동동 구르고 있기에 눈에 띄지 않았다.

'저, 저곳은……!'

"아버지?"

발루아 공작과 함께 가상전을 관람하던 헤이턴과 닐스가 의아한 표정으로 새파랗게 질린 제 아버지를 쳐다봤다. 발루아 공작은 마른침을 삼키며 다시 자리에 앉았다.

'아니다. 안에 들어간다고 해서 그것을 찾아낼 수는 없어.'

이미 정리를 끝내 놓았다. 그랬기에 가상전에 포함된 구역이라도 안심하고 있었던 게 아닌가.

'하지만 굳이 저곳에 왜 덫을 설치하려는 것인가.'

일단 건물인 만큼 숨어들 수 있긴 하지만, 상점가의 높은 건물에 둘러싸인 데다가 르블레인 진영의 바로 근처라 슈헤일군의 깃발이 멍청하지 않은 한, 숨어들지 않을 터인데……!

* * *

'여기는 발루아 공작의 비밀 창고 중 하나지!'

나는 히죽 웃고 마도구를 주머니에 잘 넣었다.

애초에 이곳에 덫을 설치할 생각 따윈 없었다. 마경을 피해 내부를 둘러보기 위해서 들어온 것이지. 그래서 일부러 깃발이 숨어들 만한 곳을 파괴한다는 핑계로 창문 근처의 영상석까지 폭발에 휘말리게 해서 치워 버렸다.

'가상전의 전투 구역 중 이곳이 있다는 걸 보자마자 계획한 일이라고.'

"상점가 창고 지하에 있는 것은 어찌 처리해야 할는지요."

"눈에 띄지 않게 조용히 처분해야 한다. 일단, 암군의 일부를……."

두 번째 삶에서 들은 기억을 떠올렸다.

'지하. 지하가 있다고 했는데…….'

횃대에 불을 놓은 후 내부를 살피다가 고개를 갸웃했다.

"이거랑 비슷한 책장이 발루아 공작의 서재에도 있는데."

낡아 보이지만 고가의 책장이란 걸 두 번째 삶에서 발루아 공작의 딸로 산 나는 알고 있다. 그런 책장을 창고에 놓아두는 게 수상해서 책장 안을 더듬었다. 그런데 모서리에 무언가 잡히는 게 있었다.

누르자,

쿠우웅…….

벽장이 갈라지더니 계단이 드러났다.

나는 실소를 흘렸다.

"그래서 내가 훔친 빵을 서재에서 몰래 먹었을 때 그렇게 흥분했구만."

혹시 비밀 장치를 들킬까 봐서.

나는 헹, 코웃음을 치고 계단을 조심조심 내려갔다. 녹슨 쇠 냄새가 물씬 난다.

'쇠 냄새? 아냐, 이건 피 냄새야!'

난 혹시 모를 사태에 대비해 손에 시동인을 새기고, 지하를 둘러보았다.

주변에 흩어져 있는 머리카락, 그리고 바닥에 새겨진 진(陳)의 흔적, 공기 중에 아직 남아 있는 소량의 마나.

"부네, 그럼 펑버만 사람은 오또케 앙마를 소한해요? (부네, 그럼 평범한 사람은 어떻게 악마를 소환해요?)"

"매개될 보석과 일정량의 마나, 제물, 그리고 소환진이 있다면 가능하지."

"소항진? (소환진?)"

"악마마다 소환진이 다르지. 악마를 불러내기 위해선 가장 중요한 것이 그것이야."

나는 헛웃음을 뱉었다.

"개자식, 여기서 악마를 소환했어."

그럼 주변에 떨어진 머리카락은 제물로 삼은, 희망의 집에서 사들인 사람의 것일 터였다.

난 돌멩이를 주워 바닥에 남은 소환진을 이어 그렸다. 마력으로 그린 진이라 흔적이 지워질 때까지 시간이 걸려서 다행이다. 선을 이어 보았더니 얼추 소환진의 그림을 확인할 수 있었다.

'일단 이 그림을 잘 기억해 놓았다가 금술사를 찾아서 어떤 악마의 소환진인지 확인하면…….'

그렇게 생각하던 찰나, 주변이 크게 흔들렸다.

콰과과광—!!

그와 동시에 통신석이 번쩍였다.

[아기님, 어서 나오십시오. 슈헤일군이 주변을 포위했습니다!]

아뿔싸. 시간을 너무 지체한 모양이다.

나는 후다닥 계단을 올라가며 말했다.

"나, 어느 쪽으로 나가야 해?"

[일단…… 이 보이는 창문…… 쪽에서 기다릴…….]

노이즈가 낀 것처럼 목소리가 들리지 않더니 통신이 뚝 끊겼다. 슈헤일군이 통신을 방해하는 마도구를 사용한 모양이다.

우리 군엔 현재 지휘관이 없다.

나는 입술을 꽉 깨물었다. 이렇게 되면 하는 수 없다. 저들이 모르는 마지막 투입 군사를 부르는 수밖에……!

'아, 마지막에 쓰려고 했는데.'

나는 발신기를 사용해 신호를 보냈다. 세 번, 돌이 깜빡였다. 그리고 얼마 지나지 않아 창밖에 나타난 사람은…….

에드거 슈헤일이 그를 발견하고 소리쳤다.

"말도 안 돼! 네가 어떻게……!"

나는 창문 밖으로 소리쳤다.

"자카리!"

"너 언제부터 오러를 발현한 것이냐."

"스승님도 참. 당연히 전략이죠."

"뭐?"

"오러를 담아 둔 마석입니다. 그래야 저들이 제가 없는 줄 알고 방심할 게 아닙니까. 아기님은 내일 당장 황궁에 군사 교체를 문의하십시오. 세상 사람 모두가 제가 오러를 발현했다고 생각하도록."

우리 군의 내숭 왕, 비열한 전략으로는 앙리에 버금가는 나의 호위.

자카리였다.

예선에서의 자카리는 누가 보더라도 여타 군사들과 확연한 차이가 있었다. 가상전을 관람한 자들이 소문을 물어다 날랐으니 그의 위용을 겪지 않은 자라도 위기감을 느낄 것이다.

슈헤일의 군사들이 그러했다. 그들은 소스라치게 놀랐다.

'그럴 만도 하지.'

우리 군사들조차 자카리가 투입된다는 것을 아침에서야 알았다.

"벽에도 귀가 있다는 말이 괜히 나온 게 아니잖습니까."

자카리의 말이었다.

동의한다. 제도에선 가문 밖의 사람만 조심해 봐야 소용없다. 저택 내에도 소문을 물어다 나르는 갈매기가 있으니까. 로라에게서 타 가문의 고용인들을 통해 여러 소문을 접하는 나는 특히 잘 알고 있었다.

우리 군사뿐 아니라 가상전 직전, 오러 검증 결과와 함께 자카리의 투입을 통보받은 황궁마저 몹시 놀라워했다. 그러니 슈헤일군은 얼마나 당황스럽겠는가.

말을 타고 달려온 자카리가 거대한 창을 휘두르며 건물 주변을 에워싼 슈헤일군의 진형을 무너뜨렸다.

"피하십시오!"

소리친 그가 와장창!! 소리와 함께 창문을 깨고 들어와 날 휙 안아 들었다.

나는 어이없는 표정으로 그를 쳐다봤다. 바보가 아니고서야 적진 한복판에 굳이 창문을 깨고 들어와 날 구할 이유가 없다. 자카리는 영리하니, 이게 얼마나 비효율적이고 위험한 일인지 모를 리가 없다.

창문 밖을 흘끔 보자 역시나 새로운 영상석들이 우리가 갇힌 건물 상공에 부유하고 있었다.

그러니까 이건…….

'전부 저 혼자 멋져 보이겠다고 저지르는 짓이란 거지.'

나는 차게 식은 눈으로 그를 바라보았다.

"이게 레아한테 더 맞아 봐야 정신을 차리지."

"밖으로 가면 구해 줄 줄 믿고 있었다고 말씀해 주십시오."

대사까지 지정한 그가 히죽 웃었다.

"어떻게 나갈 건데!"

"다 작전이 있죠."

그의 말이 끝나기 무섭게 저 멀리서 굉음이 들려오더니 비명이 터져 나왔다.

"으아악―! 레드거스산의 몬스터다!"

몬스터?

나는 놀라서 자카리를 쳐다봤다.

"레드거스산이면 가상전 전투 구역이 아니잖아. 밖에 나갔다 온 거야?"

"설마요. 끌어들였죠."

"어떻게?"

"가상전 전에 싹 굶겨 놨거든요. 이쪽에 몬스터들이 좋아하는 돼지 피와 닭 피를 뿌려 놨습니다. 배곯은 것들이 들어오도록."

"그거 규칙 위반 아냐……?"

"마도구로 불러들인 것도 아니고, 가상전 규칙상 구역 내의 모든 것을 이용 가능한데, 뭐 잘못됐습니까?"

……그렇기야 하지.

레드거스산은 듀블레드저와 인접해 있어서 '듀블레드의 군사들이 가상전 전에 저택을 지키기 위해 근경의 몬스터를 처리하려 했다' 정도로 정리하면 문제 삼기 어렵다.

"무엇보다 듀블레드 공작이 등 뒤에서 떡하니 버티고 있는 우리에게 누가 이의를 제기하겠습니까."

듀블레드 공작을 아빠로 둔 건 나인데, 자카리가 더 알뜰하게 써먹는다. 나는 고개를 절레절레 저었고, 자카리는 창밖을 향해 소리쳤다.

"투척!"

주머니 같은 것을 든 우리 군사들이 공놀이하듯 슈헤일군을 향해 그것을 투척했다.

퍽! 퍽!

슈헤일군에게 주머니가 날아 꽂힐 때마다 피비린내가 물씬 난다.

'닭 피와 돼지 피구나!'

몬스터들은 피범벅이 된 슈헤일군을 노렸고, 그들은 혼비백산하여 도망쳤다. 그 틈에 나와 자카리는 굳이, 하필, 구태여 창문을 휙! 뛰어넘어 우리 군 쪽으로 유유히 향했다.

반면에 슈헤일군은 몬스터를 피해 미친 듯이 뛰어야 했고, 종국엔 체력에 부쳐 헉헉거렸다. 중간에 맞서는 자들도 있었으나 역부족이었다.

짐승이 아니라 몬스터로 분류된 개체는 일반 무기로 상대할 수 없다. 마도사나 신관들이 포함된 토벌군을 꾸리거나 특별한 성물로만 물리칠 수 있었다.

저쪽에도 마도사가 있긴 하겠으나, 마도사는 기사들보다 전투에 당연히 약하다. 전열이 완전히 무너지고 엄호가 되지 않는 상황에서 멍청하게 홀로 나설 마도사는 없을 터.

우리 군사들은 낄낄거리며 알아서 지쳐 나가떨어져 주는 슈헤일군을 구경했다.

규칙상 저들이 죽어서는 안 되기에 중간에 신성력을 가진 내가 나섰다.

*　*　*

"맙소사……."

마경을 보던 귀족이 탄성을 흘렸다.

누구 하나 화면에 집중하지 않는 자가 없다. 화면 속엔 웬만한 기사들의 반절쯤 되는 어린 숙녀가 시동인을 그리고 있었다.

듀블레드군은 슈헤일군과는 판이한 결속력을 보였다. 완벽한 수비로 르블레인이 시동할 수 있는 시간을 충분히 주었고, 허공에 뜬 진(陳)은 이루 말할 수 없이 거대하며 섬세했다.

"저 나이대에 가능한 일인가."

황제가 궁정 마법사에게 물었다. 마법사는 마른침을 삼켰다.

"제가 아는 한에선 유일합니다."

회장이 고요해졌고, 누군가 중얼거렸다.

"운명의 아이……."

제국을 수호할 신의 딸. 대체 누가 저 아이를 가짜라 힐난했던가. 신성력을 쓸 수 없는, 그저 운이 좋을 뿐인 아이라 손가락질한 무지한 인사는 누구이던가.

사람들은 허공에 시동진이 떠오르자마자 벌떡 몸을 일으킨 추기경을 바라보았다. 어떤 순간에도 동요하지 않던 추기경의 눈동자가 잘게 흔들리고 있었다.

그는 수행 신관과 몇 마디 속삭인 후, 즉시 자리를 떠났다. 목적지는 교황청일 것이 분명했다. 저들이 가짜라 여기던 운명의 아이가 기실 진짜 신의 딸이었음을 알리기 위해서.

여기까지 모두 르블레인의 계획대로 흘러가는 중이었다. 몬스터를 내쫓은 르블레인은 공중에서 반짝이는 영상석을 지그시 응시했다.

'이제 발루아와 전면전을 벌이더라도 신전에선 내 눈치를 보느라 쉽게 나서지 못할 거야.'

진짜인지, 가짜인지 머리 터지게 고민하라지. 첫 번째 삶에서의 내가 그러했듯이.

'너희가 갈피를 잡지 못하는 동안, 난 발루아를 때려잡을 테니까.'

르블레인은 속에서 우러나오는 해맑은 미소를 지었다.

그 후, 르블레인의 군은 말도 잃고 체력도 부족한 슈헤일군을 모두 사로잡았다. 두말할 것 없는 완벽한 승리였다.

역대 가상전 중 최연소의 우승자가 탄생한 순간이었다.

* * *

가상전에서 우승한 후 나흘.

나와 가상전에 참가했던 20인의 군사는 제도를 행진하며 위용을 자랑했다.

"자카리 님!"

"자카리! 최강의 소년 기사!"

단연 눈에 띈 건 자카리였다. 그는 이만한 공을 세우고, 실력을 인정받았음에도 겸손하고 진중한 태도를 고수했다.

실력 좋은 사람은 많지만, 실력에 품성까지 갖춘 사람은 몹시 적다. 그리고 그런 사람은 언제나 인기인이 되는 법. 자카리의 인기는 하늘로 솟구쳤다.

"큽…… 푸흡…… 쿡……."

이런 푼수인 줄도 모르고.

"사람들이 듣겠다."

떨떠름하게 말하니 자카리는 얼른 입매를 굳히고 등을 곧게 폈다. 하지만 눈빛은 엄청나게 우쭐했다.

행진을 마친 우리 군사는 무려 황실 기사단장에게 월계관을 받는 영예를 누렸고, 참가자인 난…….

"제국에 새로운 영웅의 출현이라!"

황제가 직접 월계관을 씌워 주었다. 그는 껄껄 웃으며 어깨를 두드렸다.

"황궁에 자주 찾아오너라. 짐이 그대에게 궁금한 것이 많아."

"영광입니다, 폐하!"

나는 애답게 천진난만하게 웃었다.

그 후엔 아빠 소유의 홀에서 우승 기념 파티를 했다. 파티는 고모가 준비해서 나도 홀에 들어가고 나서야 얼마나 호화로운지 확인할 수 있었다.

'우와…….'

나는 약간 질린 얼굴로 내 뒤에서 뿌듯한 표정을 짓고 있는 부자를, 그러니까 고모를 쳐다봤다.

"한 병에 2,000프랑이 넘는 초고가의 술을 궤짝으로……."

"세상에, 저 샹들리에는 진짜 보석이군요."

웬만한 황궁 파티보다 훨씬 화려했다.

"고모, 감사합니다."

내가 말하자 고모가 빙그레 웃었다.

"가서 잔뜩 놀려무나."

그러며 정원을 가리켰는데, 나보다 먼저 입장했던 어린 귀족 아이들이 품위를 잊고 "호로롤로!!", "끼얏호!!" 하며 환희에 찬 비명을 지르는 것이 들렸다.

뭔가 싶어 슬그머니 나가자 배 형태로 된 기구가 앞뒤로 신나게 흔들리고 있었다. 난생처음 보는 기구는 그뿐이 아니었다. 그 뒤에도, 그 뒤에 뒤에도, 뒤에 뒤에 뒤에도…….

'파티에 대체 얼마나 쓴 거지?'

세 번의 삶 내내 궁핍하게 살았던 난 온몸의 피가 싹 가라앉는 기분이었다.

하지만 돈을 대차게 쓴 덕분에 손님은 빼곡했다. 모두 홍분한 표정으로 파티를 즐기고 있었다. 이런 파티엔 잘 나서지 않는 카밀라 대부인도 나를 위해 측근 귀부인들과 영애들을 끌고 와 주었다.

"축하한다, 아가야."

그렇게 말한 대부인이 내 뺨에 입 맞춰 주어서 나도 그녀의 뺨에 입 맞췄다.

"감사합니다, 대부인!"

다른 사람들도 축하의 말을 건넸다.

"영애!"

"아기님, 안녕하세요."

"오랜만에 뵈어요. 축하드릴 수 있어서 기뻐요."

상냥한 어린 레이디들에게 둘러싸여서 난 발그레한 뺨을 양손으로 감쌌다.

'예뻐, 착해…….'

또래 애들은 왜 이렇게 귀여운 걸까. 아직 젖내가 나는 네 살짜리 영애가 내게 꽃다발을 건넸을 땐 정말로 행복했다.

"추카함미다."

"고마워요!"

"넹."

'넹이래……. 귀여워…….'

나는 또래들과 함께 까르륵까르륵 파티를 즐기다가 흠칫했다.

'이럴 때가 아닌데.'

오늘의 목적은 발루아 공작이다. 그가 부득불 파티 참여 의사를 비친 것은 분명 이유가 있을 터. 매의 눈으로 회장을 살피려는데…….

"안녕하세요, 영애."

"반갑습니다, 아기님."

"절 기억하시는지요."

한 무리의 소년들이 내게 다가왔다. 나는 영애들 때와는 달리 입으로 대충 "아, 예……." 대답하며 눈으론 회장 안을 살피고 있었다.

"손등에 키스할 수 있는 영광을 주시겠습니까."

"예……. 예?"

무심코 대답하다가 놀라서 키가 훌쩍 크고 성장기 소년답게 여드름이 잔뜩 있는 영식을 쳐다봤다.

'데리버 공자잖아.'

데리버 백작의 아들.

그러니까 결승전 상대였던 에드거 슈헤일의 사촌이며 닐스 발루아의 절친한 지기였다. 닐스의 친구들은 제대로 된 사람이 없는데 데리버 공자도 마찬가지였다.

술 좋아하고, 도박 좋아하며, 여자를 좋아한다. 특히 여자 쪽을.

"가상전을 관람하며 전율을 느꼈습니다. 탁월하게 아름다우신 그대에게 단숨에 심장을 빼앗겨 버렸지요. 부디, 이다음엔 손등이 아닌 입술에……."

데리버 공자가 느물거리며 내 손을 잡았을 때였다.

회장이 열리고 내가 익히 아는 파티의 호스트들이 등장했다. 그러니까 요한과 앙리, 이샤크, 그리고 아빠가.

회장을 두리번거리던 그들이 곧 날 발견하고 다가왔다. 그리고 보았다. 내 손을 잡은 데리버 공자를.

Chapter 10.

이샤크가 문을 박차고 정원 안으로 들어왔다.

인생 4회 차. 눈칫밥만 배 터지게 먹어 온 덕에 자연스럽게 길러진 촉이 발동했다.

'심상치 않다.'

나는 얼른 데리버 공자의 손을 뿌리쳤다.

"르블레인, 혹시 네게 접근하는 쓰레…… 아니, 남자가 있다면 일단 이렇게 말해."

"몸 간수를 못 하면 손목 하나쯤은 쉽게 날아가는 세상에서 살고 있다는 것을 부디 깨달으셔야 할 텐데요!"

"그래, 꼬맹아. 그다음엔 이렇게 말하는 거야."

"죽고 싶지 않으면 꺼지세요!"

"그러고서 이렇게 말해라."

"듀블레드는 말보다 검이 빠른 집안입니다. 특히 첫째가 그렇습니다."

오빠들이 알려 준 말을 차례로 말했다. 세 사람이 뿌듯한 얼굴로 고개를 끄덕여서 나는 속으로 안도의 한숨을 내쉬었다.

'내가 사람 하날 살렸어.'

그리고 아빠와 오빠들에게 다가가 평소 아빠가 아주 신경 쓰는 부분을 짚어 주었다.

"손톱 밑에 거스러미는 생기진 않았어요."

애초에 만지는 정도로 생길 리는 없겠지만.

아빠는 마뜩잖은 표정이었지만, 내가 팔을 끌어당기자 비교적 순순히 따라와 주었다. 이대로 일단락되었나, 생각한 순간이었다.

"서운합니다, 영애……. 제가 뭘 어쨌다고. 허리나 한번 잡아 봤으면 억울하지도 않지요."

나는 흠칫했고, 나를 따라 정원을 나서려던 아빠와 오빠들이 일시에 데리버 공자를 쳐다보았다.

"허리?"

"누구 허릴?"

"허 — 리?"

"……."

이샤크가 검집을 매만지고, 앙리는 말했다.

"사람 눈 몰린 곳은 피해. 처리하기 번거롭다."

그러자 이샤크가 데리버 공자의 어깨에 팔을 걸쳤다.

"잠깐 나갈까."

"저랑요?!"

이샤크보다 족히 서너 살은 많아 보이는 데리버 공자는 그의 독대 요청에 무척 기뻐했다.

"물론…… 읏."

뛸 듯이 기뻐하던 그가 잠깐 신음했다. 그의 어깨를 잡은 이샤크의 손등에 핏줄이 불거져 있었다.

이샤크는 빙그레 웃으며 말했다.

"웃어, 웃어."

데리버 공자는 그제야 무언가 이상하다는 것을 느낀 모양이지만, 때는 늦었다. 그는 이미 이샤크에게 끌려 나가고 있었고, 그 뒤를 앙리와 요한이 따르고 있었으니까.

난 조용히 묵념했다.

'안녕, 공자. 나는 애썼단다.'

파티장에 다시 돌아온 데리버 공자는 새파랗게 질려서 덜덜 떨고 있었다. 왜인지 입고 있던 새빨간 바지를 갈아입고서. 그 후, 나와 눈이 마주친 그는 "히이익 ─ !!" 비명을 지르며 홀을 뛰쳐나갔다.

그리고 깨달았다. 이 파티장에 반입되어선 안 될 위험물이 넷이나 있다는 것을.

난 그들을 힐끔 쳐다보았고.

"르블레인, 주스를 가져다줄까?"

"르브, 피곤하면 먼저 돌아가도 돼."

"꼬맹아, 저거 타 볼래? 작은형이 투자한 건데……!"
"옷이 얇군. 외투를 가져오라고 하마."
……위험물 넷은 활짝 웃었다.

* * *

나는 고독한 늑대 연기에 푹 빠진 자카리를 의장이 있는 곳으로 끌고 갔다. 그리고 의장에게 말했다.
"아빠와 오빠들을 잘 살펴."
자카리는 의아한 표정이었다.
"주군과 도련님들을요? 무슨 문제가 있습니까?"
"사상자가 나오지 않도록."
"파티가 전투지도 아니고 무슨 사상자가……."
그렇게 말하던 자카리는 아빠와 오빠들 쪽을 보고 멈칫했다. 표정이 묘해졌다. 아빠와 오빠들은 지금 파티장에 있는 오만 영식들을 사냥감 탐색하듯 보고 있었다.
의장은 말했다.
"이미 파티에 참가한 가신들에게 주의 주었습니다. 각하나 도련님들께서 누군가를 죽이거나, 폭행하거나, 죽일 듯 폭행하면 목숨을 걸고 뜯어말리라고요."
"잘했어."
그러고 보니 가신들이 겁에 질린 표정으로 눈을 부릅뜨고 있었다.
자카리가 중얼거렸다.
"팔불출이라더니……."
"팔불출이기 때문만은 아니야."

"예?"

"파티장에 내 또래 영식의 비율이 과하게 높지 않아?"

회장을 둘러본 자카리가 고개를 끄덕였다.

"그렇군요. 아!"

영리한 자카리는 귀족이 아님에도 귀족의 생리를 금세 이해했다.

"이번 일로 내가 진짜 운명의 아이라고 생각하는 사람이 많아졌어. 교황청이나 신전의 반응도 심상치 않고. 거기에 난 가문에서 꽤 귀여움을 받고 있잖아?"

"탐나는 신붓감이지요."

미나 세계의 말로 하면 나는 로또쯤 되는 것이다.

"참가한 사람의 대부분이 혼맥을 노리고 온 거야. 그중엔 머리가 깡통인 사람들도 있다고."

"……약탈혼을 노리는 종자들 말이지요."

"그래."

"하지만 설마 듀블레드의 울타리 안에 있는 아기님께 손을 댈 만큼 멍청한 인사가 있을까요?"

그 말에 의장이 답했다.

"듀블레드이니 약탈혼이 가능하다고 생각하는 것이다."

"예?"

"권세가 강력한 가문의 공자, 공녀들이 지금껏 약탈혼을 맺은 이유가 무엇이겠느냐. 명예를 목숨처럼 생각하기 때문이지. 일단 납치라도 하면 손을 댔든, 안 댔든 간에 정신머리가 썩어 빠진 것들의 입에 오르내리게 될 것이 아니냐."

"일단 결혼할 수밖에 없는 흠을 만들려는 겁니까? 미친……!"

그런 일은 과거에도 왕왕 있었다. 물론 현재에 이르러 빈도수가 현저히 줄어들긴 했지만, 나는 사람이 욕심에 눈이 멀게 되면 이성을 잃는다는 것을 잘 알고 있다.

물론 아빠와 오빠들도 그렇게 생각하고 있을 것이다. 그러니 도가 지나칠 정도로 경계하는 것일 테지.

"축하드립니다, 각하! 멋진 따님을 두셨군요."

"멋지다고?"

"예?"

"멋진 정도가 아니야."

……물론 약간 팔불출이기도 하지만.

"어쨌든 잘 살펴. 나는 잠깐 홀을 비울 테니까."

"어딜 가시려고요."

"이제 빚을 회수하러 가야지."

발루아 공작 말이야.

의장은 내 말을 곧장 이해했다.

"제가 따를까요."

"아니? 의장은 연약하잖아. 툭 치면 쓰러질 것 같은걸."

"제가 왕년엔……!"

"그러니까. 왕년에는 그랬던 적도 있겠지."

의장은 시무룩해졌고, 나는 자카리의 갑주를 툭툭, 쳤다.

"뒤에서 날 호위해."

이제야 자카리를 제대로 써먹을 때가 왔다. 세리아나 의장은 호위엔 적합한 인물이 아니었다. 오히려 정말 위급한 상황이 생기면 세리아와 의장은 내가 지켜 줘야 하는 대상이었다.

자카리는 검집을 그러쥔 채 내 뒤를 따랐다. 어두운 복도를 걸어 미리 확인해 두었던 발루아 공작이 있는 곳으로 향했다.

"빚을 회수한다는 의미를 물어도 되겠습니까."
자카리의 목소리는 평소와 달리 진중했다.
그를 키우는 5년간 나는 자카리를 유심히 살폈다. 내 정체를 드러내도 되는 사람인지 아닌지. 자카리는 내가 정체를 드러내는 사람에게 있어야 할 조건을 모두 갖춘 사람이다.
충성심, 능력, 그리고 욕망이 있을 것. 즉, 나보다 소중한 게 있는 사람이어야 한다.
가족들이나 레아에게 말하지 않는 이유는 그들이 마지막 조건을 충족하지 못했기 때문이다.
의장에겐 루이를 다시 만나겠다는 욕망이, 세리아에겐 희망의 집 아이들을 찾겠다는 욕망이, 자카리에게도 함께 자란 보육원 친구들을 지키고 대륙 최고의 기사가 되겠다는 욕망이 있었다.
나보다 소중한 것이 있는 자라면 유사시에 나를 버릴 수 있다는 뜻이기도 했다. 내 시체를 보는 것이 두려워 내가 가는 길을 뜯어말리지 않는 자들이란 의미다.
"발루아 공작에게 빚이 있어. 자세한 이야기는 이다음에 할게."
"……예."
자카리는 푼수긴 해도 눈치가 빠르고, 지혜로운 사람이었다.
나와 자카리는 건물을 나섰다. 바깥으로 나오기 무섭게 자카리는 어둠 속에 몸을 숨겼고, 전등이 비치는 분수대를 바라보았다. 발루아 공작이 통신석을 들고 노발대발 소리치고 있었다.
"대체 일을 어떻게 했기에……! 듀블레드 영애."
소리치던 그가 흠칫하고 통신석을 집어넣었다.
"파티의 주인공이 무슨 일로 이곳에 있지."
"공작님을 뵈러 왔어요."

발루아 공작이 가늘게 실소를 흘렸다. 어슴푸레한 분수대 앞엔 내게 다가오는 발루아 공작의 발소리만이 내려앉았다.

"참으로 용감하구나."

허리를 숙인 채로 나와 눈을 맞춘 그가 내 어깨를 지그시 잡았다.

"아니면 간이 배 밖으로 나왔다고 해야 할까."

"……."

"내 일을 모두 그르치게 하고도 내 앞에 이리 나선 것을 보면 영리하다는 말은 순 거짓이었던 모양이로구나."

"……."

"요 깜찍한 생쥐를 어찌해야 할까."

그가 잡은 어깨엔 벌레라도 꿈틀거리는 양 소름이 끼쳤다.

나는 여전히 그가 무섭다. 스스로를 보호할 수 없었던 시절에 당한 폭행과 살을 에는 것 같은 폭언은 내 삶에 지긋지긋한 트라우마를 남겼다.

참으려 해도 흔들리는 눈동자를, 떨리는 손을 막을 수 없을 정도로.

그런 나를 본 발루아 공작은 말했다.

"네 아비가 시키더냐. 나를 농락하고 오라고? 하지만 쓸모없게 되었구나. 너는 내 앞에서 이리도 초라하니."

"쓸모없는 놈. 끔찍한 버러지 같으니."

"사람들이 모두 운명의 아이라 떠받들어 주니 세상을 모두 가진 것 같으냐."

"……."

"하지만, 아이야. 진실을 볼 수 있는 자들은 알고 있지. 너는 가짜야."

"……."

"운명의 아이라는 타이틀로 사랑받았으나, 진실이 밝혀진다면 곧 빈털터리로 쫓겨나야 할 터."

"……."

"만인의 노리개가 되어 종국엔 저 굴다리 밑에서 구걸하는 팔자가 될 것이다. 그러니 오늘의 너는 겸손해야지. 응?"

용서하고 싶은 적도 있었다. 미워하는 게 너무나 고통스러워서. 용서하게 된다면 매번 목을 죄는 공포도 사라질 것 같아서.

만약 그가 내 앞에 무릎을 꿇고 용서를 빈다면, 욕망에 져 버린 금수였다고 사죄한다면 그만두려 했다.

방금까지는.

"제가 두려우세요?"

"뭐라고?"

"아빠가 그랬어요. 공포에 질린 개는 사람을 물어뜯으려고 한대요. 어떻게든 상처를 내려고 하는 거예요. 제 공포에서 도망치려고."

"너……!"

"그런데 이제 더 무서워해야 할걸."

발루아 공작의 표정이 험악해졌다.

"그게 무슨 헛소리……!"

"돈 갚아."

"뭐?"

"당신이 레인 경에게 빌린 300만 프랑, 당신 아내가 빌린 500만 프랑. 그거 내 돈이거든."

"뭐, 뭐?!"

"내가 융자 건을 통째로 넘겨받았어요. 장거리 이동진을 팔아서. 좋은 곳에서 광고한 덕에 이렇게 값지게 판매하게 되었네요."

나는 활짝 웃었다.

"이자도 안 내셨더라고요! 우리 오빠한테 물어보니까 이럴 땐 집을 몰수할 수 있대요!"

다른 가문에선 당신 눈치 보느라 못했겠지만, 나는 아니다.

"집 빼, 쓰레기."

얼굴이 샛노래진 발루아 공작이 입을 뻐끔거렸다.

"무, 무슨…… 그럴 리가 없어!"

나는 척, 서류를 들이밀었다.

"없긴 왜 없어."

서류 내용을 확인하고 발루아 공작은 얼굴이 새빨개졌다. 꼼꼼한 그는 300만 프랑을 빌리며 서류를 검토했지만, 그 아내는 아니었다.

이자를 납부하지 못할 시, 재산 몰수.

저자가 500만 프랑을 갚을 도리는 없으니, 두 번째 삶에서 그렇게 유세 떨던 그 집도, 그 집 서재 안의 비밀 창고도 다 내 거다!

서류를 빼앗고 샅샅이 확인한 발루아 공작의 얼굴이 붉으락푸르락하였다. 부들부들 떨던 그는 이내 서류를 내동댕이치고 내 어깨를 거칠게 흔들었다.

"듀블레드 공작의 짓이냐! 그자가 기어코 내 가문을 말아먹을 생각인 거야?!"

수풀 속에서 날카로운 시선이 느껴졌다. 검집을 거머쥔 자카리가 곧 튀어나올 태세였다.

'지금은 아니야. 목숨이 위험할 때만 나서라고 했잖아.'

눈짓하자 그가 이를 악물었다.

"찢어 죽일 연놈들이 날 어떻게 보고……!"

발루아 공작이 나를 휙 떠밀었다. 나는 균형을 잃고 비틀대는 척 분수대에 허리를 부딪쳤다.
그 순간,
"아기님!"
재빨리 달려온 듀블레드의 기사들이 발루아 공작을 향해 검을 겨누었다.
'생각보다 빨리 왔네.'
내가 홀에서 없어지자마자 찾을 거로 생각하긴 했지만, 이렇게까지 빠를 줄은 몰랐다.
'조금 이르긴 하지만…….'
좋아, 하자!
나는 "어허헝……!" 눈물을 터뜨렸다. 홀 안의 사람들이 다 듣도록.
소란에 놀란 사람들이 달려 나왔다. 제일 먼저 온 사람은 우리 가족이었다. 나는 겁에 질린 꼬마인 척 열연을 펼쳤다.
"르브!"
아빠가 드물게 목소리를 높였다. 무릎을 굽힌 그가 빽빽 우는 나를 살폈다.
"무슨 일이냐."
"아파!"
아빠의 얼굴이 딱딱하게 굳었다. 이샤크가 기사들을 밀치고 내게 다가왔다.
"저자가 널 때렸어? 어?!"
나는 얼른 고개를 끄덕이고 발루아 공작에게 붙잡혀 새빨개진 어깨를 보여 주고 방금 부딪힌 허리도 콕 집었다.
"여기랑 여기. 그리고 여기도!"
내가 왕년에 엄살 왕이었다고.

속으로 악랄하게 웃었지만, 겉으론 겁에 질린 표정을 지었다. 거지 시절의 동료가 보았다면 '이제 완벽한 공갈 사기범이 되었어!' 하고 날 뿌듯해할 거다.

"세상에……."

"발루아 공작이 회장에서 술을 과하게 마시더라니……."

"술을 마셨다고 아이를 폭행한다고요?"

손님들이 경악하여 수군거렸고, 가족들의 얼굴은 싸늘해졌다.

나는 슬쩍 몸을 비틀어 이샤크와 발루아 공작 사이를 가로막았다. 이샤크가 달려들면 바로 붙잡을 수 있도록.

그런데.

"개자식!"

"고모!"

생각지도 못한 고모가 튀어 나가 발루아 공작의 멱살을 잡았다.

"애를 때려? 감히 내 조카를?"

'아뿔싸.'

고모는 듀블레드의 일원인 만큼 성인군자는 아니었으나, 상식의 선을 결코 넘는 사람이 아니었다. 그런 고모에게 애를 폭행하는 것은 있을 수 없는 일이었다.

테라모어가 앙리를 폭행했던 사건을 전해 들었을 때도 길길이 날뛰고, 제도에 있으면서도 우리 남매의 스승을 꼼꼼하게 확인했다고 들었다.

그런데 고모가 준비한 파티에서, 그것도 고모의 등 뒤에서 조카인 나를 폭행했으니 눈이 뒤집힐 만도 한 것이다. 다른 사람들도 고모의 분노에 깊게 공감한 얼굴이었다.

'그래도 안 돼!'

발루아 공작은 몹시 연약하다. 한평생 한 일이라곤 공부, 혹은 더러운 뒷공작뿐. 백마대의 대장으로 생과 사의 벽을 넘나들었던 고모에겐 한 주먹감도 안 된다.

'맞아서 혼절이라도 하면 내 계획은……!'

벌써 눈살을 찌푸린 사람들이 있었다. 아이가 폭행당했다는 것보다 귀족이 주먹으로 일을 해결하려 한다는 것에 더 기막혀하는 종자들이었다.

'이제부터 여론전이 될 거야. 가족들이 사고 치기 전에 대중들의 마음을 확실히 내 쪽으로 기울게 해야 해.'

나는 얼른 고모의 허리에 매달렸다.

"때리면 안 돼요!"

"놔라, 르블레인! 아이인 너를 폭행한 놈이야!"

"고모가 발루아 공작님을 때리면 사람들이 또 듀블레드는 악당이라고 할지도 몰라요!"

내가 소리치자 주변이 고요해졌다.

"우리는 잘못한 게 없지만, 사람들은 우리를 악당이라고 생각해요. 그러니까 숨도 조심조심 쉬어야 하고, 걸을 때도 조심조심 걸어야 해요. 그렇게 아무리 애써도 지금 고모가 공작님을 때리면 우리는 또 악당이라고 불릴 텐데…… 저는 그런 거 싫어요. 우리 가족이 나쁜 사람이 안 되었으면 좋겠어요."

"……."

"그러니까 이제 맞아도 울지 않을게요. 고모, 화내지 마세요!"

그러자 마음 약한 귀부인들이 내게 달려왔다.

"세상에, 그런 생각을 하셨군요."

대부인은 무릎을 굽히고 나와 눈을 마주쳤다.

"아니란다, 아가야. 뭣 모르는 호사가들이 떠드는 소리 때문에 너를 죽이지 마라."

나는 훌쩍훌쩍 울었지만, 속으로는 씩 웃고 있었다.

아이 키우는 부모들이 분개한 표정으로 발루아 공작을 쳐다보았다. 폭행한 것을 아이의 보호자에게 들켰다는 사실과 사람들이 보내는 힐난의 시선에 발루아 공작은 드물게 당황했다.

"운명의 아이가 내게 무어라 말하였는지 듀블레드 공은 알고 있소?! 성인군자가 들었더라도 화를 참지 못했을 거요!"

대부인이 나를 등 뒤로 숨기며 발루아 공작을 쏘아보았다.

"무어라 했기에."

"욕설을 뱉으며 나를 모욕했습니다! 발루아가 진 빚을 제가 사들였으니, 당장에 저택을 내놓으라고 말입니다! 쓰레기라더군요, 감히 나를!"

사람들이 날 쳐다봐서 난 얼른 대부인의 치맛자락을 꼭 쥐며 어깨를 움츠렸다.

"아가야, 사실이냐?"

"저는 공작님이 무슨 말씀을 하시는 건지 모르겠어요……."

발루아 공작이 신전에 날 학대한 것을 들켰을 때 했던 말과 똑같은 말을 되돌려 줬다.

> "대체 무슨 소리를 하시는 거요. 무슨 말인지 도무지 모르겠군. 아이 몸의 멍은 승마를 배우다 생긴 거요. 아내와 내가 상처를 보고 놀라 승마를 금지하니 몰래 제 오빠들의 말을 훔쳐 내어 탔소. 주의 깊게 아이를 살피지 못한 것은 우리 부부의 잘못이나, 학대라니! 말이 되는 소리를 해야지."

당시의 그는 내 몸에 남은 채찍질의 흔적, 피멍, 맞다가 혼절했을 때의 병원 기록까지 모두 내 탓으로 몰고 갔다.

'덕분에 잘 보고 배웠다, 인마.'

나는 기죽은 얼굴로 사람들을 둘러보며 말했다.

"제가 듀블레드 원로원의 의장에게서 요새 투자를 배우고 있어요. 그러다가 발루아 공작님의 융자라고 했던가……. 그것도 구매하게 되었는데, 의장에게 들으니까 이자를 못 내면 집을 빼앗기는 거라고 해서……."

"그래서?"

"집이 없으면 슬퍼요. 저도 집이 없어서 보육원에서 살았기에 알아요. 그러니까 발루아 공작님께서 집을 빼앗기기 전에……."

"공작이 곤란해질까 봐 미리 말해 주었구나."

"네……."

사람들이 발루아 공작을 노려봤다. 그는 "이, 이……!!" 하며 분개했지만, 나는 가문을 생각하는 기특한 어린아이이고 그는 취기에 눈이 돌아 애를 폭행한 쓰레기였다.

거기다가 아빠가 있는 한 권위로도, 힘으로도 날 절대 찍어 누르지 못한다. 내가 "아빠……." 하고 조그맣게 부르자 아빠가 날 얼른 안아 들었다.

그리고 그는 쫓겨났다. 기사들에게 질질 끌려서.

* * *

파티가 엉망으로 끝났다. 손님들은 듀블레드 식솔들의 눈치를 보며 물러갔고, 그들은 저택으로 돌아왔다. 쟈벨린의 무릎에 누워 잠이 든 르블레인을 보는 듀블레드 사내들의 눈빛이 서늘했다.

“금수만도 못한 놈을 어찌 처리하실 생각이십니까.”

이샤크가 짓씹는 듯한 목소리로 물었다. 듀블레드 공작의 손안에서 구르던 주사위 둘이 우뚝 멈추었다. 앙리는 르블레인에게 담요를 덮어 주며 입을 열었다.

“사지를 찢는 것만으론 부족합니다. 눈알을 죄 파내고, 사람의 꼴이라곤 할 수 없는 행색으로 막내의 앞에 무릎을 꿇은 채 처절하게 애원토록 만들어야겠지요.”

앙리가 잔혹한 성정이긴 하지만, 이토록 선연히 분노를 드러낸 적은 없었다.

테라모어의 폭행 사건에서 피해 당사자이던 앙리는 잘 알고 있었다. 폭행은 단지 단어의 뜻 그대로 얻어맞는 것만이 아니었다. 치욕임과 동시에 평생 뿌리칠 수 없는 족쇄였다.

요한이 말했다.

“감히 듀블레드의 울타리 안에서, 우리의 역린을 건드렸습니다.”

소년의 눈이 깊고 깊게 가라앉았다.

“다시는 막내를 노릴 생각조차 할 수 없도록 삼족을 멸하고, 목숨 같은 명예를 눈앞에서 찢어발겨 줘야죠.”

웅크려 있던 용의 역린을 건드렸다.

어둠 속에서 듀블레드 공작의 눈이 새파랗게 빛났다.

*　　*　　*

다음 날 일어났을 땐, 세상이 뒤집혀 있었다.

나는 잠옷 차림으로 부스스한 머리를 긁적였다.

“발루아 공작이 집 뺏겼대……?”

“새벽같이 듀블레드의 회계처장 슈곤과 행정관들이 발루아저에 들이닥쳤다고 합니다.”

‘슈곤이면 앙리의 보좌단 소속인데. 앙리구나.’

역시 앙리. 일 처리가 빠르다.

나는 히힝, 웃고서 침대에서 폴짝 뛰어내렸다.

“어제 폭행 사건 때문에 난리가 났네~!”

“기뻐할 일일까요. 앞으로 감당하기 버거운 일이 벌어질지도 모릅니다.”

“무슨 상관이야? 우리는 손 놓고 있어도 가족들이 알아서 해 줄 텐데.”

이게 권력자의 자식이 맛보는 꿀맛 중 하나지!

그럼 그동안 발루아 공작이 미레유를 만들어 내고, 악마를 소환했다는 증거만 찾으면 된다.

“좋아, 그럼 이제 레인을 만나러 가자.”

“예.”

우리는 얼른 준비를 끝내고 레인의 저택으로 향했다.

일전에 레인의 저택을 다녀오고서 사람 눈을 피해 출입할 수 있는 통로가 필요하다는 것을 깨달았다. 그래서 내부를 단장하는 척 레인의 서재로 바로 통하는 비밀통로를 따로 만들었다.

비밀통로까지는 비록 이동진으로 이동할 수밖에 없었지만. 통로의 끝, 레인의 서재와 이어진 문에서 시끄러운 말소리가 들렸다.

“어떻게 경이 제게 이럴 수 있죠?!”

발루아 공작 부인의 목소리다.

“빚이라니. 말도 안 돼! 그건 경이 제게 선물한 것들이었다고요!”

“물론 선물한 것들도 있죠. 하지만 도박 비용마저 선물한 적은 없습니다.”

“거짓말! 처음부터 나를 속이려던 거야. 사기꾼! 듀블레드가와 결탁한 거지? 그렇지! 내가 당신에게 뭘 잘못했다고 이렇게까지 하는 거야!”

비명 같은 고함이 터져 나왔다.

“내가 뭘 잘못했다고 너 같은 걸 키워야 하는 거야!”

‘어쩌면 저 집안사람들은 저토록 한결같을까.’

나는 미리 떼어 주머니에 넣어 둔 레인의 핵 일부에 신성력을 조금 흘려보냈다. 곧 보이지 않는 선이 연결되며 눈앞에 희게 질린 채 눈물짓는 발루아 공작 부인의 얼굴이 보였다.

“난 열심히 산 죄밖에 없어!”

날 때렸잖아. 화가 난다고 썩은 음식을 입에 꾸역꾸역 집어넣고, 삼키지 않고 토하면 채찍질했잖아. 날 옷장에 숨어 있게 했잖아. 곰팡이 핀 빵 하나 먹지 못하도록 만들었잖아.

숨 쉬는 것, 걷는 것, 자는 것, 살아 있는 것까지 죄스럽게 만들었잖아!

눈앞이 새빨갛게 변하는 기분이었다.

의장이 내 손을 잡았다.

“아기님.”

손끝에 닿은 온기에 겨우 현실로 돌아올 수 있었다. 나는 차분한 목소리로 말했다.

“잘못하지 않았다고 생각하는 점이 부인의 가장 큰 죄이지요.”

핵을 통해 나와 한 몸이 된 레인이 서늘한 표정으로 말하자, 발루아 공작 부인이 흠칫했다.

“겨, 경……. 제발 나를 가엽게 여기세요. 가문에서 쫓겨날지도 몰라요. 남편이, 아들들이 저를, 저를……!”

"처음부터 남의 호의는 믿지 말았어야지."
"뭐, 뭐라고?"

"가여운 생쥐야. 남의 호의는 의심해야 한단다. 혈육도 아닌 네게 그만한 호의를 베푼 이유를 의심하지 않은 네가 나빠."

"남의 호의는 의심해야 한답니다. 혈육도 아닌 부인에게 그만한 호의를 베푼 이유를 의심하지 않은 당신이 나빠요."
"……!"
공작 부인이 입을 뻐끔거리다가 주저앉았다. 희게 질려 양손에 얼굴을 묻은 그녀가 오열했다.
나는 핵에서 손을 놓았다.
여론은 내 편이 되었고, 등 뒤엔 가족이란 든든한 지원군들이 잔뜩 있으며 내 손엔 힘도, 돈도 있다.
숨을 몰아쉬며 의장에게 말했다.
"노각을 찾으러 가자."
악마 같은 자들에게 진짜 악마를 보여 주러. 이제 발루아의 악마들을 기요틴 아래에 세울 시간이다.

* * *

쾅!!
발루아 공작은 저택으로 돌아온 아내를 향해 술잔을 내던졌다. 아슬아슬하게 잔을 피한 공작 부인이 새파랗게 질린 얼굴로 입을 틀어막았다.

"여, 여보……."

"정신 빠진 계집!"

그녀는 분노에 떠는 남편에게 달려가 매달렸다.

"저도 당한 거예요. 저처럼 곱게 자란 사람이 작정하고 덤비는 사기꾼을 어떻게 알아보나요? 듀블레드에서 당신을 겨냥하고 저를……! 꺄악!"

발루아 공작은 눈이 뒤집혀 아내의 어깨를 거세게 잡았다.

"그 미술상 계집은 뭐라 하던가. 정말로 융자 전부를 듀블레드에 넘긴 거야? 그래?!"

"……."

발루아 공작 부인이 차마 대답하지 못하고 시선을 피하자, 공작은 그녀를 거칠게 떠밀고 이마를 짚었다.

동생을 대신해서 왔다는 듀블레드의 차남, 앙리 듀블레드는 소년답지 않게 서늘한 면모가 있었다.

"새벽부터 들이닥쳐 짐을 정리하라니! 공자의 아비는 도의도 모른다던가!"

"금수에게 도의를 따지는 사람이 있습니까. 공, 부디 우리를 더 자극하지 마십시오."

"뭐, 뭐라—"

"내가 이 이상 구린내를 참아 주기 힘들어졌어."

그 옛날, 테오도르 듀블레드에게서 들었던 모욕과 토씨 하나 틀리지 않는 말로 자신을 멸시했다. 피가 섞인 자식이나 피 한 방울 안 섞인 계집이나, 그 천박한 살육자와 똑같은 시선으로 자신을 본다.

천출의 태를 빌어 태어나, 고작 선대 듀블레드 공작의 7남에 불과했던 쓰레기가 발루아 공작가의 후계인 저를 발밑에 깔고 앉았던 그 날처럼.

"미안하군. 잘도 나불거리기에 검 잡는 법은 익힌 줄로 알았지."

젊은 날의 테오도르를 떠올리자 인생 최초로 모멸감에 떨던 순간이 연달아 기억났다.
귀족들이 모였던 정원, 잔디에 널브러졌던 제 검과 목전에 들어온 테오도르 듀블레드의 검, 수군거리던 목소리.

"테오, 그만해요."

제 앞을 막아서던 가녀린 등과 눈부시게 빛나던 머리칼, 윌리엄 발루아 인생에서 유일하게 가질 수 없었던 여자, 그 여자를 감싸 안던 남자의 다부진 손.
순간, 테오도르 듀블레드 곁에서 말갛게 웃던 운명의 아이와 그 여자의 얼굴이 겹쳐졌다. 발루아 공작이 주먹을 꽉 움켜쥐었다.
"탈리만!"
발루아 공작이 소리치자 챙이 넓은 모자를 쓰고, 양손을 장갑으로 가린 사내가 들어왔다.
"하명하십시오."
"지하에서 '그것들'을 가져와라."
"'강림'입니까."
"그래."

사내가 고개를 깊이 숙였다. 발루아 공작의 눈이 붉게 빛났다.

'이번에도 네게 빼앗길 줄 아느냐.'

눈부신 영광은 자신의 것이다. 그의 삶엔 소중한 것을 지키지 못했다는 치욕만이 남을 것이다.

*　*　*

가상전 우승 상품은 나흘 후에 열리는 황궁 만찬에서 수여 받는다. 나는 저택으로 돌아간 즉시 황궁에서 온 초대장에 답장을 보냈다.

그리고 오늘, 우리 가족은 황궁으로 떠났다. 만찬 테이블엔 이미 본선에 진출했던 두 가문의 아이들과 그 가족이 자리하고 있었다.

우리는 눈인사를 나눴고, 얼마 지나지 않아 황제와 1황자 안드레, 이본느 황비가 들어왔다.

보통 때는 자리에 있는 사람 중 가장 높은 직위를 가진 사람이 인사에 운을 뗀다. 하지만 오늘 인사에 운을 떼는 건 가상전 우승자인 내 몫이었다.

"제국의 태양께 신의 축복을. 영겁의 광영을 누리소서."

내가 예의 바르게 절하며 말했다.

'어때? 완벽하지?'

카밀라 대부인과 의장에게 배웠다고.

아빠와 오빠, 고모가 픽 웃는 소리가 들렸고, 이어 사람들이 나를 따라 황제에게 예를 표했다.

"영겁의 광영을 누리소서."

"영겁의 광영을 누리소서."

황제는 흐뭇하게 웃으며 고개를 끄덕였다.

"황궁에 온 것을 환영한다. 앉아라."

착석 후, 만찬장 모두는 식사를 시작했다. 소소한 대화가 오갔고, 분위기는 시종일관 화기애애했다.

결승전 상대였던 슈헤일 공자가 불편한 기색을 할까 봐 조금 염려했는데, 그는 성격이 좋은지 결승전에서의 패배는 이미 다 잊은 모양이었다. 외려 "이게 맛있습니다." 하며 내게 파이를 권했다.

"감사합니다."

"많이 드시고 쑥쑥 크셔야죠. 그래야 다음 가상전 때는 작다고 우습게 여기는 사람이 없을 겁니다."

……패배를 전부 잊은 건 아닌 모양이구만.

이샤크가 코웃음을 치며 그가 건넨 파이 위에 다른 파이를 올려 줬다.

"왜? 넌 우습게 여겨서 내 동생에게 발렸다고 생각해?"

"발렸다니. 폐하의 앞이다. 말을 곱게 해라."

"그래? 그럼 골라 봐. 말아먹었다, 망했다, 곤죽이 되었다. 뭐가 마음에 들지?"

에드거 슈헤일이 왈칵 인상을 찌푸리더니 "말을 말자." 하며 혀를 찼다. 두 사람이 아카데미에서 앙숙이라고 하더니, 정말로 사이가 안 좋은가 보다.

나는 속으로 기억해 둬야겠다고 생각하며 이샤크가 잘라 준 파이를 오물오물 씹었다.

'그나저나 상품은? 상품은!'

빨리 발루아 공작의 비밀 창고에서 본 소환진의 악마를 알아내야 해서 마음이 조급하다.

본래 금술사와 접촉해서 알아보려 했으나, 소환진을 아는 금술사는 몹시 희귀하다. 애초에 금술사를 찾는 것조차 어려워서 악마의 도움이 필요할 정도였다.

식사하며 다른 가문의 안주인들과 대화를 나누던 이본느 황비가 냅킨으로 입가를 두드렸다.

“폐하, 아이들이 기다릴 만큼 기다린 듯하니 이제 가상전의 상을 주시지요.”

황제가 고개를 끄덕여서 나는 눈을 반짝반짝 빛냈다.

‘부네를 다시 보면 제일 좋겠다. 아니라면 56번째 기둥의 악마. 부네가 그 악마는 친절하다고 했으니까.’

황제가 손을 올리자 시종들이 들어왔다. 그들은 본선 진출자들에게 봉투를 건넸다. 본선 진출자들에게도 소액의 상금이 있기 때문이었다. 그리고 내겐 두툼한 봉투와 투명함에 담긴 보석을 주었다.

‘이게 노각…….’

약간 흰 타원형의 누르스름한 보석이다. 호박이나 황수정과는 달리 색이 약간 탁하다.

내가 황제를 쳐다보니 그가 고개를 끄덕였다.

“고대의 기록에 있는 보석이다. 자세히 보아도 좋아.”

나는 얼른 함을 열어 보석을 매만졌다.

‘와…….’

손을 대자마자 알았다. 역시 노각은 내가 찾던 악마의 통로가 맞다는 것을. 손안에서 가볍게 힘이 회오리친다.

‘부네 때와는 달라.’

부네의 통로였던 ‘잠든 광물’에선 아주 다정한 기운이 느껴졌다. 비유하자면 따뜻한 물 속에 잠겨 있는 기분이었다. 그런데 이건 굳이 따지자면 파이몬의 통로였던 화석과 비슷한 기운이다. 거칠다.

‘아니, 파이몬 때보다 훨씬 거칠어.’

강력한 악마인가?

"……었으면 한다."

"……."

"영애?"

"네?!"

노각에 푹 빠져 있다가 황제의 말을 놓치고 말았다.

'아이고, 집중력이…….'

가상전 때 몬스터를 몰아내느라 신성력을 꽤 쓴 데다가, 발루아 공작 부부를 상대하며 여러모로 피곤했던 터라 어른의 사고를 유지하기 힘들다.

"영애의 생각은 어떠한가? 1황자와 2황자 중 어느 쪽이지?"

나는 슬그머니 가족들을 쳐다보았다. 어느 쪽도 모두 못마땅한 모양이다. 이본느 황비는 아주 다정하게 웃고 있었다.

'발루아가 쓸모없어지니 이번엔 듀블레드의 끈을 잡으려고?'

나는 속으로 헹, 코웃음을 쳤다.

절대로 싫다. 신전만큼 위험한 게 이본느 황비와 1황자다.

첫 번째 삶에서 이본느 황비는 1황자의 정당성을 위해 운명의 아이를 신부로 들이고 싶어 안달했다. 나야 가짜라는 의견이 팽배했으니 관심도 없었고, 미나에게 몹시 집착했다.

황비는 미나를 1황자와 연결하려 온갖 흉계를 꾸몄다. 거기에 얽혀서 내가 얼마나 고생했던가.

'결국, 답은 정해져 있지.'

"저는 2황자 아드리안 님이요!"

이본느 황비의 얼굴이 일순 굳어졌다. 냅킨을 꾹 말아 쥐었던 그녀가 애써 표정을 수습하며 물었다.

"어째서 아드리안일까? 아드리안과는 만난 적이 없지 않니?"

"대모님의, 아, 그러니까 카밀라 대부인의 저택에서 보았어요. 황자님이 제게 친구가 될 영예를 주셨어요!"

황제가 "호오……." 탄성을 흘리며 고개를 끄덕였다.

"그런가. 벌써 그 아이와……."

황제로서도 좋은 일일 것이다. 이본느 황비의 세가 너무 커져서 견제할 도구가 필요하던 시점이었다.

하지만 아드리안은 제대로 된 지지 기반이 없는 상태. 듀블레드를 등에 업은 내가 그의 곁에 있는 것만으로도 이본느 황비의 활개는 멈출 터였다.

뭣보다 듀블레드와 이본느 황비의 결탁만은 막고 싶을 테지.

고모도 아드리안 쪽이 최적의 선택이라고 생각했는지 고개를 끄덕였다. 그런데 아빠와 오빠들의 표정은 좋지 않았다. 특히 요한의 표정이. 그가 내 손을 잡아서 입 모양으로 "왜요?" 하고 물었다.

"잊지 않았지?"

"……?"

"저번에 나랑…… 아니다."

나는 고개를 갸웃했다. 이샤크가 미간을 좁힌 채로 작게 중얼거렸다.

"이상하네."

앙리도 작은 목소리로 물었다.

"뭐가."

"뭔가, 되게 열 받는…… 뭔가 소중한 것을 뺏기게 될 것 같아서 빡쳐."

"입조심. 폐하의 앞이다."

"안 들리잖아."

*　　*　　*

아빠와 오빠들은 만찬이 끝나고 나서도 기분이 안 좋았다. 나는 고모의 손을 잡고 가족들의 눈치를 보며 걸었다.

"1황자로 할 걸 그랬나요?"

"아니. 2황자 쪽이 낫지."

"그렇지요?"

그런데 왜 저렇게 기분이 안 좋담.

그렇게 생각하다가 노각을 잡았다.

'이럴 때가 아니지. 얼른 돌아가서 이 보석 안의 악마를 소환해 봐야…….'

그리고 막 황제의 궁을 벗어났을 무렵이었다. 바람이 날카롭게 휘몰아쳤다.

"이제 봄인데 무슨 바람이 이렇게……!"

이샤크가 소리쳤다. 앙리는 나를 보며 "눈에 먼지가 들어가지는 않았어?" 하고 다정하게 물었고, 아빠가 내 외투를 꼭 여며 주었다.

가족들이 그러고 있는 동안 나는 딱딱하게 굳은 채로 허공을 보고 있었다.

"저거……."

"어?"

"응?"

"무슨 일이야."

"아가?"

"르브."

나는 흔들리는 눈으로 가족들을 돌아보았다.

"저거 안 보여요?"

허공에 뜬 저 남자. 날카로운 기세로 우리를 보고 있는, 모르려야 모를 수 없는 마나 덩어리 같은 저 남자 말이다.

"무슨 소리야?"

이샤크가 물었을 때, 나는 소리쳤다.

"피해!!"

남자의 손에서 일어난 스파크가 순간 커다란 원으로 응축되어 우리를 향해 날아왔다!

나는 얼른 나를 살피고 있던 이샤크를 밀쳤다.

쾅―!!

"뭐야?!"

난데없는 굉음에 놀란 사람들이 주변을 돌아보았다.

"천둥인가?"

"말도 안 되는 소리. 비도 안 오는데 무슨 천둥이야."

가족들이 굉음의 진원지를 찾았지만, 그들은 아무것도 보이지 않는 모양이었다. 나는 허공에 뜬 남자를 노려보았다.

'뭐야, 저 이상한 건.'

남자의 눈썹이 꿈틀거렸다. 마치 내 말을 알아듣는 것처럼.

순간, 머릿속에 발루아의 비밀 창고에서 보았던 소환진이 떠올랐다.

'설마 악마인가.'

[어리석은 피조물 주제에 감히 누구의 머릿속을 뒤지는 것이냐!]

벼락같은 고함이 머리를 울리듯 전해졌다.

'역시!'

나는 입술을 꽉 깨물었다. 악마가 이곳에 있다는 건 발루아가 나, 혹은 가족들을 노리고 악마를 재소환한 것임이 틀림없다.

가족들은 악마를 인지하지 못한다. 설혹 인지하더라도 악마에 대항할 수 없을 것이다. 즉, 내가 지켜야 한다는 의미였다.

'하지만 마법을 쓸 수는 없어.'

황궁 내에서 황제의 허가 없이 마법을 쓰는 건 금기다. 이렇게 되면 하는 수 없다. 나는 품 안에 있는 노각을 잡았다. 그리고 아주 미량의 신성력을 흘려보냈다.

그런데.

'뭐야? 왜 반응이 없지?'

당황한 나는 노각을 흔들었다. 다시 신성력을 불어 넣었지만, 여전히 반응은 없었다.

'이게 〈통로〉가 아닌 거야?'

하지만 분명 식사 전에 노각을 만졌을 땐 부네와 파이몬의 통로와 같은 감각을 느꼈다.

게다가 이게 일반 보석이라면 신전이 은밀히 키운 성기사들까지 동원하며 노각을 손에 넣으려 동동거렸을 이유가 없지 않은가.

허공에 뜬 악마의 손에서 다시 한번 스파크가 일었다. 악마의 시선이 향한 곳은 아빠였다.

"안 돼!"

나는 비명을 내지르며 아빠의 앞을 가로막았다. 내 손에 시동인이 떠오르기 무섭게 악마의 불덩이 같은 것이 날아왔다.

콰과과과곽―!!

내가 펼친 결계와 악마의 힘이 맞부딪쳤다.

"르블레인!"

고모가 놀라서 달려왔다.

"뭐 하는 거야. 어서 결계를 거둬! 황궁에서 마법은……!"

"앞으로 나서지 말아요!"

"뭐?"

"뒤로 붙어요, 제발!"

금세라도 결계가 깨질 것 같았다. 온몸이 깨질 듯 조여드는 기분. 내 결계에 저 악마의 힘이 충돌하는 순간 알았다.

나는 저 악마를 절대로 이길 수 없다는 것을.

쾅―!!!

"악!"

힘의 차이를 이기지 못한 내가 뒤로 날아가자 가족들이 "르블레인!!" 하고 소리치며 달려왔다.

벽에 처박혔던 나는 신음하며 웅크렸다. 얼른 일어나려 했지만 잘못 부딪쳤는지 다리가 제대로 움직이지 않는다. 나는 주머니 안의 통신석을 움켜쥐었다.

"대체 무슨…… 꼬맹아……."

이샤크가 당황하여 나를 살폈다.

나는 악마를 쏘아보며 말했다.

"죽일 거야. 이 사람들에게 손대면 죽일 거야."

[인간 계집애 따위가 감히 나를 어떻게.]

오만하게 입매를 비튼 악마가 사뿐히 바닥에 착지하여 다가왔다. 나는 흠칫해서 억지로 몸을 일으켰다.

"백번을 죽었다 살아나서라도 죽일 거야. 정신이 나가서 짐승처럼 울부짖게 되더라도 너만은, 너만은……!"
쿡쿡 웃은 악마는 눈썹을 까딱, 들어 올렸다.

[재밌구나, 꼬마야. 네 저주 따위는 내게 그 어떤 음악보다 감미로워. 자, 어떤 것을 죽여야 네가 더 분노에 차 신음할까.]

느른히 가족들을 둘러본 악마는 무릎을 굽힌 채로 내 어깨를 잡은 아빠를 바라보았다.

[절절한 눈빛이구나. 이자를 죽인다면 네가 고통스러울까?]

내가 흠칫하자 악마가 비리게 웃었다.

[역시 이쪽이 가장 소중한가. 응?]

나는 악마의 앞을 가로막고 애원했다.
"잘못했어요. 잘못했어요! 뭐든지 다 할게요. 하라는 대로 전부 하겠어요. 죽이지 마세요. 제발."
가족들은 당황한 표정으로 날 보고 있었고, 아빠는 엉엉 울며 애원하는 날 가만히 쳐다봤다.
"거기에 뭐가 있는 것이냐."

[감이 뛰어난 인간이로군. 아니, 믿음인가.]

악마가 날카로운 손톱을 아빠의 목에 겨누었을 때였다. 내 손에서 무언가 번쩍였다.

'됐다!'

장거리 이동진의 인이 떠오르고 내 손안으로 의장이 보관 중이던 자수정이 전달되었다. 나는 얼른 자수정을 들어 보였다.

[그건……!]

이번에 흠칫한 것은 내가 아닌 악마였다.

'내가 앉아서 당하기만 기다렸을 줄 아냐?'

넘어지기 무섭게 의장에게 신호를 보내고 그가 자수정을 보내 주길 기다렸지!

물론 악마를 막아 내느라 신성력을 소비해 턱없이 힘이 부족한 지금, 내가 자수정의 악마를 불러낸다면 목숨이 위험할 터였다.

하지만 나는 부네 때의 경험으로 알고 있다. 악마는 '악마의 통로'를 알아본다는 것을.

부네가 원한 〈여신의 눈물〉은 아마도 악마의 통로였을 것이다. 그는 돌아가며 "드디어 주인님을……." 하고 감격했으니까.

자수정은 내게 말을 걸 정도로 강력했던 통로. 이 안에 담긴 것도 강력한 악마임이 분명하다. 협박 정도는 될 수 있다는 말이다.

[어리석은 것. 나는 네 생각을 읽을 수 있……!]

'그럼 알 텐데. 물러가지 않으면 내가 목숨이라도 바쳐서 자수정의 악마를 불러낼 생각이라는 것도.'

악마가 칫, 혀를 찼다. 하지만 내가 자수정을 꽉 그러쥐자 악마는 다시 한번 흠칫하며 뒤로 물러났다. 그러곤 독수리의 것과 비슷한 날개를 펼치며 다시 허공으로 비상했다. 그리고 사라졌다.

그가 사라지기 무섭게 나는 비틀거리며 주저앉았다.

'주, 죽는 줄 알았어…….'

긴장이 풀리자 고통이 밀려든다. 잔뜩 경계하고 있었던 터라 몰랐는데 벽에 부딪히며 머리가 깨진 모양이다. 관자놀이가 피로 흥건했다.

"아빠……."

중얼거린 순간이었다.

황궁 결계에 이상을 느낀 궁정 마법사들과 중앙 기사단이 달려왔다.

챙!

날카로운 마찰음과 함께 중앙 기사단의 검이 나를 겨누었다. 궁정 마법사들의 손등에도 시동인이 떠올라 있었다.

"뭐 하는 짓이야. 당장 치워!"

이샤크가 소리쳤지만, 중앙 기사단의 검은 여전히 나를 향해 있었다.

그도 그럴 게 나는 현재 황궁에서 마법을 사용한 죄인이었으니까.

*　*　*

발루아 공작저.

부관으로부터 소식을 전해 들은 발루아 공작의 만면에 미소가 떠올랐다. 껄껄 소리높여 웃은 그가 탁자에 경쾌하게 술잔을 내려놓았다.

"그래, 그 계집이 잡혀갔단 말이지."

"듀블레드에서 필사적으로 구명하려 움직이고 있으나 무리일 겁니다."

테오도르의 눈앞에서 그 계집이 죽지 않은 것은 아쉬우나, 옥사에 갇혔다고 하니 차라리 잘되었다.

황궁에서의 마법 사용은 반역에 준하는 중죄였다. 목적을 털어놓으라는 고신이 있을 것이다. 어린아이가 중앙 기사단의 고신을 견뎌 낼 리 없으니 죽든, 거짓 자백을 하든 둘 중의 하나일 터.

"잘만 되면 눈엣가시 같은 듀블레드 놈들도 모두 엮어 멸문시킬 수 있겠군."

발루아 공작이 유쾌하게 웃으며 구석에 선 헤이턴 발루아를 쳐다보았다.

"기쁘지 않으냐, 아들아."

"……."

"내가 묻잖아."

"예?! 예…… 예…… 그렇습니다."

헤이턴이 희게 질린 얼굴로 덜덜 떨리는 손을 붙들었다.

'미친…… 이런 미친!'

어릴 적부터 지하에서 무슨 일이 일어나고 있다는 것은 눈치채고 있었으나, 실제로 그것을 목격한 건 이번이 처음이었다. 그것도 부친 모르게 따라붙어서 보게 된 일.

'아버지는 미쳤어.'

인계의 것이 아닌 생물을 불러내는 일은 듀블레드의 양딸이 저지른 일보다 더한 죄였다.

거기에 또래보다 영리한 헤이턴은 알고 있었다. '강림 의식' 중에 들은 아버지의 말로 추측하자면 이번 강림 의식은 예기치 않은 일이었다. 그런데 그 많은 인간 제물을 어디에서 준비했단 말인가.

'납치나 인신매매라면 우리 가문은…… 나는…….'

헤이턴이 파랗게 질린 입술을 깨물었다. 그 곁에 선 닐스는 두려움에 찬 눈으로 제 형을 끌어당겼다.

“형…….”

“입 다물어.”

“그렇지만…….”

닐스가 겁에 질린 눈으로 주변을 살피다가 헤이턴에게 속삭였다.

“그런데 어머니는 어디에 계시지?”

“…….”

“외출한 적이 없다고 하는데 아무리 찾아도…….”

“여보……! 아아악, 윌리엄 발루아! 저주할 거야! 너를, 너를……!!”

헤이턴의 얼굴이 점점 거무죽죽해졌다.

* * *

나는 철창 밖으로 손을 쑥 내밀고 말했다.

“밥 주세요.”

“…….”

“밥 주세요!”

옥사를 지키는 근위병은 기가 막힌 얼굴로 나를 쳐다봤다.

“삼시 세끼에 간식까지 꼬박꼬박 챙겨 먹는 죄인은 아기님뿐일 겁니다.”

“하지만 아빠가 굶지 말라고 했어요.”

"……."

"아빠가. 우리 아빠. 듀블레드 공작."

"가져다드리겠습니다……."

옥사에 갇힌 지 이틀.

나는 잘 먹고, 잘 자는 중이었다. 황궁 식사는 맛있고, 이불도 꽤 두툼한 것을 준다. 베개도 푹신푹신해서 잠도 잘 왔다.

'이게 바로 권력의 꿀맛.'

황궁에선 절차상 고신을 하려고 하는 것 같은데, 나는 의자에 묶이자마자 엉엉 울며 자지러졌다.

> "허어어엉! 아빠! 고모! 오빠들! 대모님! 황태후 폐하! 엉어어어엉! 저 사람이 고신해요! 중앙 기사단 제4 부대 소속 리젤 콜데른 경! 콜데른 백작의 동생! 노모는 살아 계시고, 자식이 둘! 자식의 이름은……!!"

―하고 말하면 고신의 책임자가 새파랗게 질려서 도망갔다. 그 탓에 벌써 고신 책임자가 네 번째로 바뀌었다. 내가 풀려나면 듀블레드에서 날 고신한 놈을 그냥 둘 리 없지 않은가.

나는 슬그머니 철창 밖을 바라보았다.

'좋아, 아무도 없다.'

이때다.

난 얼른 병사에게 뇌물을 주고 들여온 노각을 잡았다.

'어제는 너무 놀라서 제대로 살펴보지 못했으니까 지금 다시…….'

그러고 노각에 신성력을 흘려보냈다.

쾅!

옥사가 흔들렸다. 창문 하나 없는 옥사에서 바람이 불어온 후, 부네 때와 같은 불기둥이 떠올랐다.

'뭐야, 되잖아!'

그런데 왜 어제는 안 됐지?

[드디어 나를 불러 줬구나. 반갑다. 나는 스물다섯 번째 기둥, 글라샤 라볼…… 너……!!]

시선을 마주친 나와 악마가 동시에 입을 떡 벌렸다.

[너, 너, 너……!]

"하. 이래서 통로가 열리지 않았구나."

나는 눈앞의 악마를 노려보았다. 어제 나와 우리 가족을 공격한 그 찢어 죽일 악마. 당황한 그가 입을 빼끔거렸다.

[어, 어제 일은 나도, 어? 그, 말이다. 그, 일 때문에 어쩔 수 없는…… 알지? 일?]

"알죠. 그럼 일단 좀 꿇어앉아 보실래요?"

죽었어, 너.

[내 원을 들어주지 않는다면 네가 위험할 텐데. 공격을 막아 낸 것만으로도 다 죽어 가고 있지 않으냐.]

그가 오만한 표정으로 말해서 나는 콧방귀를 뿡뿡 뀌었다.

"그러면 내가 신성력을 다 소진해서 미쳐 버리거나, 죽을 때까지 기다리시든가."

[뭐라!]

"그런데 통로를 연 내가 죽어 버리면 돌아갈 수는 있는 거야?"

[감히……!]

"그건 파이몬이 이미 써먹었어."

내가 눈을 부릅뜨자 악마가 흠칫했다.

인생 4회 차의 눈치로 볼 때 저 악마는 결코 부네처럼 인간에게 친화적인 타입이 아니다. 그런데도 내가 그를 불러내자마자 [반갑다.] 하고 말한 건 분명 내가 들어줘야 하는 소원이 있다는 것일 터다.

'이걸로 확실해졌어.'

악마와의 관계에서 우위를 점하는 건 내 쪽이라는 것. 부네처럼 소원이 간절하든, 파이몬처럼 딱히 소원 자체에 관심이 없든 간에 통로를 연 이상 돌려보낼 수 있는 것은 오직 나뿐이었다.

당황한 악마를 보고 나는 비열하게 웃었다. 악마는 애써 침착한 표정을 가장했다.

[세상일은 모두 순리대로 돌아가는 법. 제물을 바쳐 나를 불러낸 자들을 돕는 것 또한 순리이니라.]

"그렇게 따지면 내 가족을 해치려고 하고, 나를 이 꼴로 만든 네가 사죄하는 것을 보고 싶은 것도 순리 아냐?"

[이 빌어먹을ㅡ]

"'죄송합니다'라고 해야지."

[……못 해. 안 해!]

"좋아. 그럼 같이 죽자고."
악마는 내가 정말로 상황을 최악으로 몰아갈지 가늠하려는 듯 나를 지그시 쳐다보았다. 나는 그의 눈을 피하지 않았다.
"둘 다 같이 망해 보자. 나는 하나도 안 무서우니까."

[……니다.]

"뭐?"

[죄송합니다.]

나는 고개를 척, 치켜올렸다.
"다시는 듀블레드 가문에 손을 대지 않겠습니다."

[……다시는…… 듀블레드…….]

나를 노려보면서도 하라는 말은 꾸역꾸역 따라 한다. 나는 히죽 웃으며 말했다.

"좋아. 이제 그럼 말 시키지 마."

[……어찌 나를 그토록 괄시하는 것이냐.]

악마는 열 받다 못해 시무룩해져선 그렁그렁한 눈으로 물었다.

"말을 시키면…… 힘이 빠지니까 그렇지……. 조용히…… 있어……."

긴장이 풀린 난 바닥에 엎어져 몸을 둥글게 말았다.

'아까부터 죽을 것 같았다고…….'

끙끙 앓으며 조금이나마 공기 중의 마나를 취하려 애썼다.

악마에게 한 '죽겠다'라는 협박은 진심이었다.

옥사에서 평정을 유지하고 있었으나, 그건 가족들을 안심시키고, 외부에 내가 죄가 없으니 당당할 수 있다는 것을 보이려던 것뿐이었다.

사실 나는 궁지에 몰려 있었다. 여기서 발루아가 역모로 엮어 버리면 가족들까지 위험했다.

그래서 신성력이 얼마 남지 않은 데다가, 옥사 안이라는 최악의 상황에서 악마를 불러낼 수밖에 없었다. 악마의 도움이 절실했으니까.

하지만 신뢰 없는 관계에서의 협력은 되레 발목만 붙잡을 뿐이다.

'이 악마와의 신뢰 없는 협력으로 일을 그르치느니 차라리 내가 다 뒤집어쓰고 죽는 쪽이 나아.'

그래야 적어도 내 가족, 내 사람들은 이번 일을 피해 갈 테니.

피가 죄 빠져나간 것처럼 파리해진 날 쳐다보던 악마가 모습을 숨겼다. 그것을 마지막으로 본 나는 정신을 잃었다.

*　　*　　*

"……인."

"으……."

"르블레인."

눈이 퉁퉁 부어서 제대로 뜰 수가 없었다. 쓰라린 눈을 비비자 이마에 무언가 톡, 가볍게 맞닿았다.

'기분 좋다…….'

이상한 기분이었다. 무언가가 내게 닿자마자 터질 듯 뜨겁고 무겁던 머리가 시원해졌다. 어찌나 기분이 좋은지 무언가가 떨어지자마자 그것에 뺨을 문지르며 "더……." 하고 칭얼거릴 정도였다.

그리고 무심코 눈을 뜨자.

"헉!"

"……!"

눈앞에 웬 잘생긴 얼굴이……!!

나는 깜짝 놀라서 소리쳤다.

"아드리안?"

그 애는 내게 손을 붙잡힌 채로 눈을 홉뜨고 있었다.

"응."

"뭐야, 너 왜 여기에 있어?"

"폐하께서 부르셔서 황궁에 왔는데, 네가 느껴져서."

"내가?"

"응. 와 봤는데 네가 쓰러져 있었어."

나는 고개를 갸웃했다.

'그런 일이 가능하다고? 어? 그런데 나 지금 몸 상태가…….'

쓰러지기 전보다 몸이 가볍다. 어른의 사고도 잘 유지되는 것 같다. 아까는 어두운 옥사에 갇혔다는 공포에 금방이라도 울음을 터뜨릴 것 같았는데.

나는 눈을 끔뻑이며 내 상태를 살피다가 아드리안을 보고 흠칫했다.

"그런데 넌 혈색이 왜 이래!"

병자는 내가 아니라 아드리안 같았다. 얼굴이 희멀게져서 금세라도 쓰러질 것 같다.

'설마.'

나는 얼른 아드리안의 소매를 걷었다. 손등의 시동인이 실핏줄처럼 자글자글 팔뚝까지 번져 있었다.

"너, 나한테 신성력을 나눠 줬구나."

"……."

남들보다 좀 탁월한 줄 알았지, 이렇게까지 대단한 힘을 가진 줄은 몰랐다. 신성력을 스피넬에 담는 게 아닌, 타인에게 나눠 주는 것을 〈축복〉이라고 한다. 교황들에게 이어져 내려오는 비기였다.

"어디서 배웠어? 성하께서 네게 가르쳐 준 거야?"

"아니."

"그런데 어떻게."

"그냥 널 살리고 싶다고 생각했더니 전해 줄 수 있었어. 다행이야."

아드리안이 빙그레 웃어서 나는 기가 막혔다.

"다행이긴 뭐가 다행이야. 이거 바보 아냐!"

"……화났어?"

"이렇게까지 신성력을 나눠 주면 어떻게 해!"

나도 추기경급의 신성력을 지닌 사람이다. 신성력을 많이 가지고 있다는 건, 예를 들어서 말하면 타인보다 큰 수조를 가지고 있다는 것이었다. 컵에 물을 따라 주는 것과 거대한 수조에 물을 퍼부어 채워 주는 것은 다르다.

까딱했다간 아드리안이 신성력을 죄 소진해서 죽을 뻔했다.

"그래도 난 네가 이제 아프지 않은 것 같아서 좋아."

"……진짜 바보잖아."

아드리안은 또 말갛게 웃었다.

'하녀들이 보는 소설에 주로 나온다는 병약 미소년 같다……. 아니, 이게 아니지.'

잠깐 미모에 홀릴 뻔했지만, 정신을 붙잡고서 말했다.

"옥사엔 어떻게 들어왔어? 네겐 도와줄 만한 사람이 없을 텐데."

"네가 가르쳐 준 대로."

"내가?"

아드리안이 고개를 끄덕였다.

"설마 너……."

"목숨이 아깝지 않은가 보군. 미래를 어떻게 확신할 수 있지? 재수 없으면 팔다리 한 짝으론 안 끝날 텐데."

내가 가르쳐 준 협박을 잘 기억하고 있었나 보다. 나는 '오.' 하고 고개를 끄덕였다.

"그래, 그래. 잘했어. 다음에도 필요한 일이 있으면 상황을 봐서 협박하면 돼."

"응."

"어쨌든 오늘은 고마워."

"응."

나는 픽 웃었다.

'얘는 참 강아지 같단 말이야.'

집에서 야수들만 보다가 이렇게 순진한 강아지를 보니 마음이 몽글몽글하다.

그는 내 이마에 또 한 번 손을 대며 말했다.

"이제 정말로 괜찮은 것 같네."

그러며 눈을 사르르 접었는데, 어쩐지 지난번 삶에서 거지 패 동료인 제이를 보고 제과점 언니가 했던 말이 떠올랐다.

"저 녀석, 누나의 심금을 울리는구나."

'누나의 심금'이 뭔가 했더니, 이런 기분인가 보다. 막 지켜 주고 싶고, 볼을 꼬집고 싶다. 이번 생의 나이로 따지면 아드리안이 나보다 네 살이나 연상이긴 했지만. 이런 기분이라면 제이 덕에 제과점에서 남은 빵을 많이 얻어먹었던 것이 이해된다.

"그래, 그래. 네 덕분이야. 그렇지만 이제 돌아가. 이본느 황비가 보면 위험해."

"너는?"

"어?"

"듀블레드 공작이 널 언제 데리러 오는 거지?"

"그건……."

"트리곤 자작과는 접촉한 거야? 이번 사태의 중심에 있는 건 그야."

"그런 걸 어떻게 알아?"

나는 깜짝 놀라서 물었다.

이번 사태의 중심에 있는 게 트리곤인 건 맞다. 내가 방어용 마법을 사용했느냐, 아니면 공격용이었느냐가 이번 논란의 중점이었다.

하지만 이건 관점에 따라 달라서 황궁 결계의 책임자인 수석 궁정 마법사 트리곤의 증언에 따라 내 처우가 결정될 것이다.

"폐하께서 알려 주셨어."

"아하."

나는 빙그레 웃으며 아드리안의 머리를 쓰다듬었다.

"똑똑하네. 좋아, 좋아. 그런 거 잘 기억해 둬야 해."

"응……."

"아빠가 트리곤과 접촉하고 있을 거야. 금방 나갈 테니까 걱정하지 마."

나는 얼른 아드리안을 일으켜서 철창문 쪽으로 밀어냈다.

"여기서 나가면 보자, 아드리안."

"……그때는 나도 널 르브라고 불러도 돼?"

"물론이지."

미래에 권력자가 될 아드리안과는 관계를 잘 다져 놔야지.

나는 속으로 비열하게 웃으며 말했다.

"우리는 친구니까!"

"……."

"……?"

"……그래."

아드리안이 내 머리칼을 넘겨 주며 아주 낮은 목소리로 중얼거렸다.

"다음에 보자. ……친구."

나는 나도 모르게 움찔했다.

'얘는 정말이지 눈빛이 너무 애절하다니까.'

사람 심장 덜컥하게.

*　*　*

철창 안의 르블레인은 아드리안이 옥사를 완전히 나설 때까지 손을 흔들어 주었다. 아드리안은 문을 나선 후에도 문을 지그시 바라보았다.

"저하."

기사단복을 입은 사내가 아드리안에게 다가왔다.

"트리곤은."

아드리안이 묻자 사내는 낮은 목소리로 알아본 바를 보고했다.

"듀블레드와 신전에서 각각 접촉 중입니다만 여전히 입을 다물고 있습니다. 하지만 추기경과는 대화를 나누고 듀블레드 공작의 독대 요청을 물렸다고 합니다. 그의 저울이 듀블레드 쪽으론 기울지 않을 듯합니다."

"아니면 판돈을 더 올리려는 수작일 수도 있고."

"이쪽에서 재물을 준비할까요. 저하의 예속으로 예정된 아기님께 문제가 생기는 것은 두고 볼 수 없지 않습니까."

"재물을 풀어서 살 수 있는 마음이라면 듀블레드 공작이 진즉에 상황을 마무리했겠지."

"하면……."

"트리곤을 끌고 와라."

"아직 나서실 때가 아닙니다."

아드리안이 그에게로 느른히 시선을 옮겼다.

"저 애가 옥사에 갇혀 있는 것을 하루도 더 보고 싶지 않아졌어."

"하지만……."

"끌고 와. 반항한다면—"

아드리안의 붉은 눈에 예기가 실렸다.

"온전한 몸으로 데려올 필요는 없다."

"……예."

황제로부터 아드리안의 보육을 부탁받은 카밀라 대부인은 말했다.

"복마전 안에서 이토록 순진하여서야. 걱정이구나."

순진하다니.
사내는 속으로 실소를 흘렸다.
아드리안은 칼날이 든 요람 속에서 자란 아이였다. 어미의 젖이 아닌 적의가 그를 성장시켰다. 이 열세 살의 어린아이가 음지 안에서 무슨 일을 벌이고 있는지 안다면, 그 누구도 아드리안을 감히 그냥 아이라 부를 수 없을 터였다.

그날 밤.
궁정 마법사들이 거나하게 취한 트리곤을 염려 어린 눈으로 바라보았다.
"이러다 정말 큰일 나십니다. 이리 취하셨는데 홀로 어찌 저택으로 돌아가시려고요."
"누가 감히 내게 손을 대겠나! 저 듀블레드 공작과 그 대－단하신 추기경 나리께서도 내 앞에서는 감히 고개를 치켜들지 못한다네!"
궁정 마법사들이 뜯어말렸지만, 트리곤은 기어코 홀로 거리를 걸었다.
'신전이 제안한 것이 5천만 프랑. 잘만 하면 여기에 곱절을 얹어 줄 수도 있다고 했으니, 나는 부자야. 부자!'
듀블레드 공작은 또 얼마나 큰 금액을 부를지 가늠할 수조차 없었다.
비틀거리며 걷던 그가 흠칫했다.
"누구냐! 누가 감히 내게 따라붙은 것이냐!"

제 아비의 연줄로 수석 마법사 자리를 차지했지만, 썩어도 준치. 누군가 따라붙은 것을 모를 만큼 둔하지 않았다. 그가 소리치자 어두운 거리에 숨어든 자들이 모습을 드러냈다.

"내 주인께서 너를……."

"주군께서 부르……."

"내 의뢰인이……."

"고명하신 어른께서 널……."

"우리 주인께서 널……."

자객들이 흠칫하여 서로를 쳐다보았다.

'뭐야, 저 새끼들은.'

한두 놈이 아니다. 적어도 다섯쯤 되는 암살단이 트리곤을 감싼 채로 서로를 노려보았다.

"뭐, 뭐, 뭐, 뭐야! 너희들은!"

트리곤이 꽥 비명을 지르는 사이 암살자들은 서로를 견제했다.

"물러나라."

"당신들이나."

"내 주군의 철퇴를 맛보고 싶으냐!"

"이쪽은 너희는 상상도 못 할 거물이야!"

"우리 주인보다 거물일 리가!"

암살단이 투덕거리는 사이 트리곤이 슬그머니 손등에 시동인을 새겼다.

'신전인가, 듀블레드? 아니, 뭐 이렇게 많은 놈들이……! 일단 도망치고 보자.'

그러던 찰나.

퍽!

무언가에 얻어맞은 트리곤이 꽥 소리도 내지 못하고 스르륵 주저앉았다. 암살단이 흠칫하여 주변을 살폈다.
"무엇인가!"
보이지 않는 무언가가 이곳에 있다. 그 '무언가'는 소리 없이 중얼거렸다.

[빌어먹을. 감히 나를 심부름꾼으로 써먹다니.]

—하고.

*　　　*　　　*

[놓쳤습니다.]
쾅!
테이블을 걷어찬 이샤크가 짓씹듯 중얼거렸다.
"쓸모없는 놈."
[……송구합니다.]
맞은편 소파에 앉아 눈을 지그시 감고 있던 앙리가 관자놀이를 누르며 말했다.
"시끄럽다. 앉아."
"트리곤을 놓쳤다잖아! 여기서 그놈을 놓치면……!"
"중요한 건 데려간 자가 누구냐는 것이다."
이샤크가 씨근덕거리며 머리를 쓸어 넘겼다.
상석에 있던 요한이 통신석을 지그시 쳐다보았다.
"신전이냐."

[자리에 모인 자 중에 희미하게나마 신성력이 느껴지는 자가 있었으나, 목표물을 데려간 놈은 성기사가 아니었습니다.]

이샤크가 미간을 좁혔다.

"신전 외에도 다른 놈이 있었단 말이야?"

[적어도 다섯 이상의 암살단이 움직이고 있었습니다. 그중 한 쪽은 이리의 암보(暗步)를 사용했습니다.]

"아버지로군."

요한이 중얼거리자 통신석의 사내가 침묵으로 긍정했다.

이샤크가 물었다.

"다른 놈들은 뭐야."

[두 놈은 용병인 듯하였습니다. 한 놈은 '웨스턴의 까마귀' 소속으로…….]

"카밀라 대부인이 부리는 자들이지."

앙리가 중얼거리자 이샤크는 인상을 찌푸렸다.

"그럼 남은 두 놈은 뭐야?"

"……그게 문제인데."

통신석을 매만지던 요한이 낮은 목소리로 말했다.

"암군을 소집해라. 어떻게든 트리곤의 위치를 파악해. 두 번의 실수는 용서하지 않는다."

[예, 주군.]

통신이 종료되자마자 이샤크가 소파에 주저앉아 턱을 괴었다.

"아버지가 명을 내릴 자라면 이리의 부단장인가. 이리의 부단장과 큰형의 직속 부대 대장이 기척을 알아차리지도 못할 실력자라. 대체 어떤 놈이지?"

"글쎄. 하지만 분명한 건 앞으로 제도 돌아가는 꼴이 재밌어질 거라는 거겠지.”

“…….”

가문의 역린을 지키기 위해선 더 이상 웅크리고 있을 수 없다는 것 또한. 삼 형제의 시선이 깊게 가라앉았다.

그 시각, 호프 상단.

사무실로 배송된, 발신인 없는 거대한 상자를 연 세리아가 얼굴을 굳혔다.

“맙소사.”

상자 안엔 온몸이 묶이고 안대와 귀마개까지 착용한 트리곤이 꿈틀거리고 있었다.

“우리가 보낸 살수가 실패했다기에 걱정하였더니 목표물이 제 사무실에 있었군요.”

그녀의 말에 의장이 고개를 끄덕였다.

상자 안엔 쪽지가 담겨 있었다.

[전언. 트리곤을 우리 편으로 만들 것. 돈을 밝히고, 겁이 많지만 그렇게 나쁜 놈은 아니거든. 키워드는 그놈의 아버지야. 효자니까. 왜냐면…….]

편지를 읽기 무섭게 글자가 붉게 빛나며 곧 타들어 가기 시작했다. 금세 재가 된 편지를 바라보던 의장이 실소를 흘렸다.

“아기님이로군.”

“어찌할까요.”

“명대로 해야지.”

의장이 트리곤의 귀마개와 입의 구속구를 풀었다.

"뭐, 뭐냐! 내가 누군줄 알고……!"

"웨일 앤더미. 선대 수석 궁정 마법사 아라곤의 먼 친척."

"……!"

마법사의 동공이 좁아 들었다.

'어, 어떻게…….'

"세간의 평처럼 선대의 입김만으로 수석 마법사 자리를 차지한 건 아닌 모양이군. 잘 때도 죽은 아들 행세를 완벽하게 하도록 모습을 변화시키고 있으니."

"어찌 알았……! 아, 아니, 무슨 소리를 하는 거요!"

세리아가 쿡쿡 웃었다.

"감히 황제 폐하에게마저 신분을 속이고 있는 자가 그리 쉽게 동요해서야."

"무슨, 무슨 말을…… 나, 나는……!"

의장이 물었다.

"트리곤을 죽인 건 너인가."

"아냐! 그건 정말로……."

트리곤, 아니, 웨일의 낯빛이 새파랗게 질렸다.

"아버지에겐 말하지 마시오. 심장병을 앓고 계시오. 트리곤이 죽은 것을 안다면 그분은……!"

웨일이 트리곤을 죽이지 않았다는 것은 사실이다. 재능이 넘치나, 한미한 가문 때문에 마법사를 꿈꾸지 못하는 그를 데려온 것이 선대 궁정 마법사인 아라곤이었다.

웨일은 트리곤과는 형제처럼 지냈고, 자신을 보살펴 준 아라곤은 친부모처럼 여겼다. 마법에 재능이 있는 것을 알고, 신전에 실험체로 팔아

넘기려던 친부모 따위와는 비할 수 없는 분이셨다.

“내가 마법을 배워서 뭘 합니까. 부모에게서 구해 줬다고 내가 노예처럼 충성할 거라는 생각은 버리십시오.”

“쓸데없는 소리 말고 시킨 과제나 해 오너라.”

“헛된 희망 같은 건 내겐……!”

“트리곤! 가위를 가져와라! 헛소리만 지껄이는 저 입, 찢어서라도 책상에 앉혀야겠으니!”

사람들은 아라곤을 돈에 환장한 괴팍한 늙은이라고 했지만, 웨일에게 아라곤은 평생을 다 바쳐도 갚을 수 없는 은혜를 베푼 사람이었다.

트리곤이 죽은 것은 10년 전의 일이었다. 그는 위험한 것을 알고도 ‘어떤 실험’을 강행했고, 그 결과 온몸이 썩어들어갔다. 죽음을 예감한 트리곤은 부친을 웨일에게 부탁했다.

트리곤의 부친 아라곤은 치매기를 보이는 데다가 심장병까지 앓고 있었다. 자식은 저 하나. 친척들은 아라곤의 기생충이나 마찬가지로 트리곤이 죽으면 날름 가문을 집어삼킬 터였다.

웨일은 트리곤의 부탁을 저버리지 못하고, 그의 죽음을 웨일 앤더미의 죽음으로 가장했다. 자신을 스스로 죽인 것이나 마찬가지였으나 트리곤으로서의 삶은 행복했다.

부모에게 받은 적 없는 깊은 사랑에 매일 충만했다. 들키면 사지가 찢겨 죽는다는 것을 알지만, 다시 돌아가더라도 웨일은 트리곤으로서의 삶을 택했을 것이다.

그의 바람은 하나였다.

"에잉, 못난 놈. 이리 배움이 늘지 않아서야 언제 부자가 되어 내 원대한 야망을 이뤄 줄 테냐. 교과서에 내 이름을 실어 줄 거라던 네 녀석 포부는 다 어디 간 게야."

아버지가 농담처럼 말하는 거부가 되어, 그의 소원인 '돈과 힘없는 자들을 위한 아라곤 재단'을 설립하는 것.

그러나 르블레인의 첫 번째 삶에서 웨일은 결국 트리곤이 아님을 들켰고 단두대에 목이 잘렸다.

그 후, 치매가 깊어진 아라곤은 트리곤의 걱정대로 친척들에게 모든 재산을 빼앗기고 거리를 전전하다가 아사한다.

"제발……."

웨일이 의장의 다리에 매달려 애원했다.

세리아와 의장이 서로 시선을 교환했다. 세리아가 한쪽 무릎을 굽혀 몸을 지탱한 채로 웨일을 지그시 쳐다보았다.

"들키고 싶지 않으면 우리 명을 따라야 할 거요."

"……협박이오?"

"아니면 뭐겠소?"

의장은 비열한 표정을 짓는 세리아를 보며 고개를 절레절레 흔들었다.

'주종이 꼭 닮았군.'

르블레인이 이 장면을 보았더라면 '역시 내 일등 부하!' 하며 히죽 웃었을 게 틀림없다.

* * *

옥사에서 뒹굴거리는 나를 보고 병사는 애원하듯 말했다.

“제발 가 주십시오. 제발! 트리곤 님께서 방어 마법이었음을 증언하셔서 구속이 풀렸는데 왜 이러십니까!”

병사는 거의 울먹였다.

“배불러서 소화시키고 간다니까.”

“제발!”

“알았어요. 알았어.”

나는 부르르 기지개를 켜고, 타박타박 철창을 나왔다.

‘나름대로 휴가 같았는데, 아쉽다.’

밖에 나가면 또 머리 아픈 일이 잔뜩 있는데 말이야.

병사의 말대로 트리곤의 증언 덕분에 구속은 풀렸다. 물론 듀블레드의 집요한 지원도 있긴 했지만.

‘어쨌든 집에서 오가며 조사를 받아야 하잖아.’

나는 귀찮은 얼굴로 옥사를 나섰다. 밖엔 가족들과 내 호위가 있었다.

“르블레인.”

“꼬맹아!”

앙리와 이샤크가 내게로 달려왔다. 이샤크는 나를 잡고 이리저리 돌리며 내 상태를 확인했다.

“빌어먹을! 애가 반쪽이 되었잖아!”

잘 먹고 잘 자서 푸둥푸둥해진 볼을 잡고는 왈칵 인상을 찌푸린다.

“볼이 홀쭉해졌어!”

그럴 리가.

“하루에 네 끼나 먹었는데?”

“네 끼밖에 안 줬다고? 원래 여섯 끼 먹는 애한테?!”

가족들이 뻣뻣하게 굳어 있는 옥사장을 일시에 노려보았다.

“아, 아, 아닙니다. 네 끼지만 늘 두 그릇씩 잘 드셨습니다!”

"두 그릇? 평소엔 세 그릇을 먹는데?!"

빵이 저택의 것보다 크더라고. 그릇도 엄청나게 커서 두 그릇이면 만족스러웠다. 나는 당장이라도 옥사장에게 달려들 기세의 이샤크를 끌어당겼다.

"집에 갈래."

"아, 그래. 가서 쉬자."

세 하녀가 울먹이며 말했다.

"시트를 정리해 놓았어요."

"이불 안에 구운 돌을 넣어서 덥혀 놓았습니다."

"간식도 잔뜩 준비했어요!"

나는 정말로 잘 먹고, 잘 지냈는데 다들 왜 이렇게 안쓰러워하는지 모르겠다.

어쨌든 난 "그래."하고 답하며 가족들을 따라 황궁을 나섰다. 저택에 도착하자 내가 풀려났다는 것을 들었는지 사교계에서 안면을 익힌 사람들이 편지를 잔뜩 보내 주었다.

"왜 이렇게 많이 왔지?"

보통은 옥사에 갇힌 사람은 아는 척도 안 하는데.

내가 미나의 살인 미수를 덮어쓰고 옥사에 갇혔다가 풀려났을 땐, 거의 벌레 취급을 당했었다.

"너는 황궁의 저주를 작은 몸으로 막아 낸 영웅이니까."

앙리의 말에 나는 고개를 갸웃했다.

"아닌데?"

내가 지킨 건 우리 가족이지 황궁은 절대로 아니다. 황궁에 저주가 생긴다고 하더라도 구해 줄 마음은 조금도 없었다.

"상황을 조금만 틀면 여론은 쉽게 뒤바뀌는 법이거든."

"아하, 앙리가 그렇게 만들었구나."

그러자 이샤크는 "작은형은 그런 비열한 짓이 특기거든!" 하며 웃다가 앙리에게 얻어맞았다.

'역시 앙리야. 내가 움직일 필요도 없네. 편하다!'

그렇게 생각하며 히힛 웃고 있는데 고모가 나를 침대에 앉히곤 말했다.

"오늘은 아무 생각 없이 편히 쉬어라. 네게 무슨 일이 있었는지는 다음에 물으마. 상황은 우리가 전부 정리할 거다."

보호받는 느낌이었다. 난 조금 쑥스러워져서 "네……." 하고 기어들어가는 목소리로 답했다. 가족들이며 고용인들의 눈에 안쓰러움이 가득했다.

'아니, 나 정말 잘 지냈는데…….'

아빠가 나를 눕혀 주었고, 가족들은 내가 잠들 때까지 곁을 지켜 주었다. 내 숨소리가 깊어진 후에야 모두가 방을 나섰다. 그리고 나는 번쩍 눈을 뜨고 침대 밑을 더듬거렸다.

'통신석이…… 여기 있다!'

얼른 통신석을 잡고 세리아에게 통신했다.

"어떻게 되었어?"

[트리곤은 완전히 우리 손안에 있습니다.]

"잘했어. 다른 건?"

[말씀하신 대로 준비를 끝냈습니다.]

"좋아. 그럼 이제 터뜨려."

[예.]

대화를 마치고 통신석의 빛이 사그라든 후, 나는 창밖을 바라보았다.

나는 옥사에서 잘 지냈지만, 발루아 공작은 그리되지 않을 것이다.

'찢어발겨 주지.'

"이봐."

내 목소리에 계속 내 곁에서 모습을 숨기고 있던 악마가 현신했다.

"또 무헐 히킬 행각이냐. (또 무엇을 시킬 생각이냐.)"

"……?"

"모햐! 왜 흐런 눈흐로 날 호는 거지? (뭐야! 왜 그런 눈으로 날 보는 거지?)"

직접 말해 본 적이 없어 몰랐는데, 동물의 송곳니 같은 게 입술에 삐죽 나와 있더니만 실제로는 말을 잘 못 하는구나…….

"아냐, 알아들을 수만 있으면 됐지, 뭐."

"내 송홋니는 위험의 항징! (내 송곳니는 위엄의 상징!)"

"그래, 그래. 알겠으니까 일단 황궁에 다녀올래?"

"……어해서? (어째서?)"

"가서 황궁 좀 무너뜨리고 와."

내가 생긋 웃으며 말하자 악마가 눈을 끔뻑였다.

"왜히? (왜지?)"

"그래야 황궁이 눈에 불을 켜고 널 찾을 것 아냐."

눈에는 눈, 이에는 이. 뺨을 맞았으면 치아를 죄 털어 줘야지.

내게 반역죄를 뒤집어씌우려고 했으니 그놈도 똑같이 뒤집어씌워 주마.

* * *

몇 시간 후.

황궁, 국무 회의.

"수석 궁정 마법사의 증언만으로 황궁에서 마법을 사용한 죄인이 풀려나는 일을, 나는 본 적이 없소."

황제의 누이이자 황태후의 딸인 잉그리드 공주의 남편, 노델리 후작이 말했다. 발루아만큼이나 듀블레드와 척진 노델리 후작이 나서 힐난하자, 하나둘 동의하는 말이 흘러나왔다.

"방어를 위한 마법이 어찌 결계를 부순단 말입니까. 결계가 부서진 직후, 듀블레드 공녀가 한 일이 무엇입니까. 황궁의 지원을 요청했습니까, 공격받은 사실을 알리길 했습니까."

"예, 오히려 이동진을 통해 무언가를 황궁에 들였지요."

"옮겨 온 것이 무엇인지조차 우리는 알지 못합니다."

"심문도 제대로 진행되지 않았다는 뜻입니다. 어째서 영애만이 그러한 특혜를 누렸단 말입니까!"

듀블레드 휘하 귀족들이 나섰다.

"하면 아홉 살배기 어린아이에게 고신을 하는 게 옳다는 말이오? 심각한 후유증이 따를 것이 분명하고, 아이인 만큼 목숨의 위험까지……!"

"황궁에서 마법을 사용했어요! 반역에 애, 어른이 어디 있단 말입니까!"

"결과적으로 황궁은 무사합니다. 영애는 단 한 차례도 황궁을 향해 마법을 사용한 바 없지요."

"당장의 문제가 아니란 말입니다. 이리 멍청해서야."

"뭐요?!"

"선례가 생기는 게 문제라는 거요. 선례! 당장 문제가 없다고 죄인을 풀어 준다면, 이후에 아이를 이용해서 당장에 문제가 없는 저주라도 사용하는 자들이 나오겠지요."

"비약하지 마시오!"

서로 잡아먹을 듯 목소리를 높이는 귀족들을 보며 황제는 관자놀이를 꾹 눌렀다.

르블레인을 처벌하여야 한다는 자들의 주장엔 틀린 것이 없었다.

문제는 선례였다. 이번 일로 선례가 생긴다면 미래에 그것을 역이용하는 자들이 나올 수도 있을 터. 르블레인 듀블레드를 처벌해야 후환이 없을 것은 분명했다.

하지만…….

"그리에텐 지역의 다이아몬드 광산을 드리겠습니다. 폐하께서 노리시던 금맥과 장거리 이동진 유통 감찰권 또한."

"뇌물인가."

"영민하십니다, 폐하."

"……영애를 놓아달라? 아니 될 말일세! 자네 딸은 감히 황궁에서 마법을 사용했어! 반역에 준하는 중죄야!"

"부디 저를 궁지로 몰지 마십시오."

"뭐라?"

"딸아이를 지키기 위해 무리수를 두도록 하지 말라는 말씀입니다."

테오도르 듀블레드의 눈은 진심이었다.

이민족의 땅과 맞닿은 서부가 안전한 것은, 최서단을 지키는 듀블레드가 철혈의 요새이기 때문이었다. 듀블레드에서 방어를 포기한다면 제국은 곧장 타격을 받는다.

또한, 듀블레드령은 제국의 젖줄이라 불리는 아멘타르강의 시작점. 만약의 경우, 내전을 한다면 피해는 이루 말할 수 없을 것이다.

듀블레드는 군권뿐 아니라, 상업, 문화에 이르기까지 모두 막강한 영향력을 자랑한다. 당장 듀블레드가 빠지게 된다면 대체재가 없는 판국이었다.

'빌어먹을.'

현재로선 한 수 물러나 줘야 하는 상황이라는 것은 알고 있다.

'하지만…….'

황제가 고심하던 때에 발루아 공작이 입매를 비틀었다.

"듀블레드의 오만이 지나칩니다."

황제의 마음 한편을 차지한 골칫덩이도 그것이었다. 여기서 물러나게 된다면 듀블레드의 영향력이 황궁을 범람했다는 것을 인정하게 되는 꼴이 된다.

발루아 공작은 인상을 찌푸린 황제에게 은근한 어조로 말했다.

"천 년의 제국이 고작 가문 하나의 오만으로 흔들리는 것을 좌시하시겠습니까."

발루아 공작이 아무도 건드리지 않던 황제의 자존심을 언급한 순간, 이것은 듀블레드와 황실 간의 자존심 싸움이 되었다.

르블레인이 정말 황궁을 공격했는지, 아닌지는 중요하지 않다. 황제가 듀블레드에게 져 주느냐, 아니냐가 중요할 뿐.

"결단을 내리십시오, 폐하. 이건 단지 어린아이의 실수로 일어난 골치아픈 일이 아닙니다. 여기서 폐하께서 위엄을 보이지 않으신다면, 추후 다른 불민한 자들 또한 선을 넘어올 테지요."

'하여간에 비열한 너구리로군.'

황제의 자존심은 단지 개인의 것이 아니었다. 황궁과 제국을 대표하고 나아가 미래를 대변한다.

툭, 툭, 의자의 팔걸이를 두드리던 황제가 입을 열었다.

"황궁에서 감히 허가받지 않은 마법을 사용한 것은 있을 수 없는 일. 시전인이 아이인지, 어른인지는 중요하지 않……."

그 순간이었다.

쾅—!

콰과과광—!!

굉음과 함께 국무 회의 중이던 궁이 크게 흔들렸다.

"무, 무, 무슨……!"

귀족들은 당황했고, 황제는 빠르게 소리쳤다.

"어찌 된 일이냐!"

사람들이 우왕좌왕하는 사이, 시종장이 상황을 확인하기 위해 뛰어나갔다. 얼마 지나지 않아 궁정 마법사들이 대전 안으로 이동하여 급히 결계를 쳤다.

"보이지 않는 무언가에 황궁이 공격당하고 있습니다!"

"뭐라!"

낯빛이 새파래진 황제에게 궁정 마법사들이 말했다.

"일단 피하십시오, 폐하!"

"폐하를 엄폐호로 모셔라!"

황제가 정예 기사들과 수석 마법사들의 호위를 받으며 대전을 나서는 동안에도 공격은 이어졌다.

쾅—!

콰광—!

쾅, 쾅!

벽이 파열하며 돌무더기가 우수수 떨어졌다. 궁정 마법사들과 황궁에 배속된 신관들이 공중에서 쏟아지는 마법을 최대한 막았으나, 역부족이었다.

황제와 함께 이동 중이던 귀족들이 새파란 얼굴로 말했다.
"저, 정말로 황궁에 보이지 않는 공격이……!"
"운명의 아이 말이 사실이었소!"
황제를 호위하고 있던 트리곤이 슬쩍 눈치를 보았다.

"운명의 아이라는 말이 신호요. 그때 그대가 나서야 하오."

'젠장, 젠장……!'
운명의 아이가 황궁에서 마법을 사용한 사건으로 콩고물이나 얻어먹으려 한 것뿐인데, 왜 제가 직접 황제를 부추겨야 하는 꼴이 되었단 말인가!
트리곤, 아니, 웨일은 혀를 씹는 심정으로 주청했다.
"폐하, 운명의 아이에게 도움을 요청하셔야 합니다."
발루아 공작이 발작하듯 소리쳤다.
"경은 말을 삼가라! 황제께서 미천한 아이에게 도움을 구걸하여야 한다는 뜻인가!"
"하오나 공격의 진원지조차 알 수 없는 상황입니다. 운명의 아이는 처음 공격을 받아 냈던 전적이 있으니, 필시 도움이 될 테지요. 이대로 황궁이 무너진다면 파장은 돌이킬 수 없을 겁니다."
이마를 짚은 황제가 주변을 둘러보았다.
"폐하를 지켜라!"
"폐하를……!"
"아아악ㅡ!"
아비규환이었다. 귀족들은 대전의 테이블 아래나 가구 밑으로 몸을 피하며 비명을 질렀다.

황궁은 제국의 상징. 무너진다면 트리곤의 말처럼 돌이킬 수 없을 터. 황제는 결단을 내렸다.

"……어서 듀블레드에 연락해라."

르블레인이 도착한 건, 십여 분쯤 후의 일이었다.

이동진을 통해 듀블레드의 자랑인 마도 부대, 그리고 베로니카와 함께 나타난 르블레인이 허공을 바라보았다. 아이의 팔뚝에 황금의 실날 같은 선이 겹쳐지고 손등엔 시동인이 떠올랐다.

"세 시 방향. 쏴라!"

아이가 소리치자 듀블레드의 마도 부대와 베로니카가 지목한 곳을 향해 공격을 시전했다.

쾅―!

쾅―!

콰과과광!

커다란 굉음. 공중엔 모래바람이 휘몰아쳤다. 그리고 그 속에서 모습을 드러낸 건…….

"……!"

매의 날개와 개의 송곳니를 가진 사내였다. 새파래진 발루아 공작이 저도 모르게 중얼거렸다.

"말도 안 돼……. 어떻게 천사가……."

저것은 분명 제가 강림시킨 천사였다. 아내의 피를 마시고 나타났던 그것. 발루아 공작이 주저앉자 르블레인의 입가에 일순 미소가 떠올랐다.

*　*　*

나는 얼른 악마와 시선을 맞추었다.

'이제 알려 준 대로 해.'

"……."

악마는 마뜩잖은 듯 인상을 찌푸렸지만, 내가 눈을 부라리자 짓씹듯 입을 떼었다.

"이번헤도 네가 나를 알하봤훈. 칫, 두고 보자. (이번에도 네가 나를 알아봤군. 칫, 두고 보자.)"

어린이 연극에서나 나올 법한 대사를 하고, 악마는 나를 노려보며 사라졌다.

'아우, 부끄러워.'

세리아가 열정적으로 추천한 대사였다.

"원래 부끄러운 게 잘 먹히는 법이랍니다."

세리아는 왕년에 작가가 꿈이었다고 했지만, 내가 보기엔 꿈이 이뤄지지 않아서 다행이다.

'아니지, 그보다…….'

나는 얼른 황제에게 다가갔다.

"폐하! 괜찮으세요?"

내가 울먹울먹한 눈으로 말하자 황제는 마른침을 삼켰다.

"일전에도 저것을 알아본 것이냐."

"네! 황궁을 나서려던 중에 갑자기 공격해 오지 뭐예요? 폐하가 계신 중앙궁을 노리기에 방어했어요!"

그러며 비틀거리는 것도 잊지 않았다. 내가 "아아……." 하며 죽을 것 같은 척 헐떡거리자 베로니카가 펄쩍 뛰며 달려왔다.

"아기님! 세상에, 괜찮으세요?"

"으응……."

"이 작은 몸으로 감옥에 계시느라 얼마나 무서웠을까. 스트레스가 극심하셨을 터인데, 나오자마자 힘을 쓰셨으니……!"

나는 속으로 베로니카에게 '잘한다, 잘한다!' 외치며 양손을 가슴에 모으고 황제를 바라보았다.

"그런데 저 또 혼나요……?"

"혼?"

"저번에 폐하를 지키려고 했는데, 사람들이 저를 끌고 갔어요. 어둡고 무서운 곳에 가뒀어요. 잘못했어요, 폐하!"

황제는 당황했고, 귀족들은 움찔했다.

'나 불쌍하지? 불쌍한데 장하기까지 하지?'

황제는 내 어깨를 잡곤 고개를 저었다.

"염려하지 마라. 아가야. 황궁을 지킨 구국의 영웅을 누가 감히 죄인이라 하겠느냐."

"하지만……."

황제가 샛노래져서 벌벌 떨고 있는 귀족들을 돌아보며 소리쳤다.

"듀블레드의 작은 영웅에게 짐의 검을 하사하라!"

나는 깜짝 놀라 황제를 바라보았다.

'검까지?'

이제껏 현 황제 알렉상드르 루에르그로부터 검을 받은 건, 중앙 기사단장으로 재직할 적에 제도를 덮친 몬스터 떼를 토벌한 아미티에 공작뿐이다.

황제의 검은 단지 무기가 아니었다. 제국의 공신이라는 의미로, 황제의 허가 없이는 웬만한 죄는 물을 수도 없었다.

나는 속으로 히죽 웃었다.

'이제 누가 나를 죄인이라고 할 거야!'

"한데 폐하, 방금 황궁을 공격한 저자는 누구인가요?"

내가 묻자 황제가 눈을 가느다랗게 떴다.

"곧 알게 될 것이다. 대륙 전역을 이 잡듯 뒤져서라도 찾아낼 터이니."

나는 새파랗게 질려 덜덜 떨고 있는 발루아 공작을 쳐다보며 웃었다.

"예, 폐하."

— 하고 말하며.

저택을 빼앗겨서 지하실엔 손댈 수 없고, 네놈이 처음 악마를 불러냈던 비밀 창고도 내 손안에 있다. 거기에 불러냈던 악마까지 이쪽에 있지.

'너 어떻게 할래, 이제?'

발루아의 멸문이 한 발 앞으로 다가왔다.

*　　*　　*

조사가 시작되었다.

매의 날개와 개의 송곳니를 가졌으며, 궁정 마법사들과 황궁에 배치된 신관들조차 파훼하지 못하는 결계를 만들 수 있는 존재를 특정하는 건 어려운 일이 아니었다.

황궁은 공격한 자를 '부정한 존재'로 공표하고, 제국 전역을 이 잡듯 뒤지고 있었다.

내게 우유를 건네준 세리아가 말했다.

"황궁에서는 타국의 공격이 아니라고 확신하는 모양이지요."

"농번기잖아. 딱히 제국에서 위협한 일이 없는데, 농번기에 공격을 가할 리 없지. 제 백성들을 다 굶겨 죽이고 싶은 게 아니라면."

"예, 중요한 건 공격한 존재가 '악마'임을 알 터인 신전에서 아기님의 악마를 그저 '부정한 존재'로 공표했다는 겁니다."

의장의 말에 나는 어깨를 으쓱했다.

"신전은 절대로 악마라고 공표하지 못할걸."

신전과 교황청이 황궁과 귀족 가문으로부터 지원받고, 백성들에게 헌금을 거둬들이는 첫 번째 이유가 '악마로부터 대륙을 수호한다'라는 명분 때문이었다.

그 외에도 여러 가지 명분이 있으나, 신전의 건립 시초가 악마를 막아내기 위해서였다. 한데 악마가 지상에 강림했다는 건 신전의 직무 유기나 다름없는 일이다.

"내가 악마를 떼거리로 이끌고 와서 공격하지 않는 한 신전에선 '악마'라는 말은 절대로 쓰지 않겠지."

"악마와의 전쟁을 준비한다는 이유로 더 큰 부흥을 도모할 수도 있지 않습니까?"

세리아의 말에 나는 창밖으로 보이는 신전의 첨탑을 바라봤다.

"당대 교황은 발루아 공작보다도 명예를 목숨처럼 여기는 사람이야."

"그렇습니까?"

"그래. 크리스티앙이 제1 사제인 귄터를 밀어내고 교황이 된 건, 악마 봉인을 위해 희생한 성인이기 때문이야. 그런 그가 악마가 재래했다는 걸 제 입으로 말할 리 없지."

"수억 대륙인의 목숨보다 제 명예가 우선이라. 어리석군요."

세리아가 찻잔을 들며 입매를 비틀었다.

"어쨌든 간에 조사는 순조롭게 진행되고 있습니다. 숨어 있던 금술사들까지 잡아들이는 중이라니, 이제 곧 대귀족 가문에까지 황궁의 조사단이 들이닥치겠지요."

"발루아의 저택에도!"

그 아저씨는 타개책을 찾기 위해 내가 빼앗은 발루아 저택으로 어떻게든 다시 들어오려 안간힘을 쓰고 있을 게 뻔하다.

'하지만 소용없지.'

현재 발루아 저택을 지키고 있는 사람이 누군데!

나는 양 주먹으로 입가를 가리고 히힛 웃었다. 그때, 세리아가 찻잔을 티 코스터에 살짝 내려놓았다. 양손을 무릎에 포갠 그녀가 나를 또렷한 눈으로 응시했다.

"하면 이제 말씀해 주시겠습니까. 아기님의 정체를."

나는 고개를 가볍게 끄덕이고, 의장에게 말했다.

"자카리와 트리곤을 데려와. 그들도 들어야 하는 이야기니까."

"트리곤까지 말입니까? 마법사가 필요하다면 차라리 확실한 아기님의 편인 베로니카에게……."

"트리곤이어야 해."

"이유를 물어도 되겠습니까."

"베로니카에겐 내가 이뤄 줘야 할 욕망이 없지."

"……욕망이라고요?"

"의장에겐 아들 루이를 만나고 싶다는 욕망이, 세리아에게는 희망의 집 아이들을 찾아야 한다는 욕망이 있잖아. 마찬가지로 자카리에게도 보육원 친구들을 지키고 최강의 기사가 되겠다는 욕망이 있어. 그리고 트리곤, 아니, 웨일에겐……."

"아버지를 지켜야 한다는 욕망."

"그래."

나는 몇 번이나 회귀하며 깨달았다. 사람보다 상황을 믿어야 한다는 것을.

나는 트리곤의 부친을 살릴 방법을 안다. 향후 10년 안엔 오직 나만이 알고 있는 방법이다. 그러니 그는 절대로 나를 배신하지 못할 터였다.

반대로 내가 피치 못할 사정으로 죽는다고 해도 목표를 위해서 제 목숨을 바치지 않을 사람이기도 했다.

의장이 통신석을 들었다.

세리아는 사무실 밖에서 대기하던 자카리를 위해 문을 열어 주었다. 곧 자카리와 트리곤이 사무실 안으로 들어왔고, 나는 이야기를 시작했다.

"놀라지 말고 들어."

"저를 납치하라 지시한 것이 아홉 살배기 아기님인 것보다 놀랄 일이 있습니까……!"

트리곤은 소리쳤지만, 나는 아무렇지 않게 입을 열었다.

"나는 세 번을 죽고, 네 번째 삶을 살고 있어. 그리고 이번 생엔 악마를 불러냈지."

"뭐, 뭐, 뭐라고?!"

"예엑―?!"

턱이 빠진 듯 입을 떡 벌린 두 남자를 보고 나는 고개를 주억거렸다.

그것 봐, 놀랄 거라고 했잖아?

* * *

"커흑……!"

단말마와 함께 쓰러진 용병들을 마경을 통해 지켜보던 사내가 입술을 짓이겼다.

벌써 두 번째다. 흑단 같은 검은 머리를 틀어 올린 중년의 여자는 피 묻은 대검을 가볍게 닦아 내고 검집에 넣었다.

전력을 파악하기 위해 사내와 함께 마경을 보던 용병단의 단장이 희게 질린 얼굴로 뒷걸음질 쳤다. 사내가 단장을 향해 눈을 부릅떴다.

"당장 후기 부대를 투입해. 시간이 없다."

"모, 못 합니다!"

"내가 네놈들에게 얼마를 주었는지 잊은 게냐. 네놈은 내 의뢰를 수락했어. 가서 맹약을 지켜라!"

"그건 파수꾼이 레아 샤바놀이라는 걸 모를 때의 일이지요!"

새파랗게 질린 단장이 고개를 저었다.

레아 샤바놀이 누구인가. 이리의 부단장 출신으로, 냉혹하기로 명성 높은 이리 중에서도 가장 잔악한 성품의 기사였다.

'기사? 아니, 저 여자는 살수다!'

듀블레드의 이리는 단 한 명을 물리치기만 해도 당장에 티어를 올릴 수 있는 막강한 마기사였다.

그런 이리에 만만한 계집애가 있었으니, 얼마나 먹음직한 먹잇감이었겠는가. 수많은 용병과 기사들이 그녀에게 승부를 제안했으나, 단 한 명도 목숨을 부지한 자가 없었다.

과거에 그녀의 승부를 목격한 적이 있었다. 전장에서 자라다시피 한 자신 또한 온몸의 피가 가라앉는 듯 소름이 끼쳤다.

서임을 받은 기사임에도 그녀에겐 기사도 같은 것은 조금도 보이지 않았다. 패배한 자를 능욕하고, 처절하리만큼 잔인하게 죽였다. 마치 살인을 즐기는 것처럼.

남성 기사들과 달리 태생적으로 체력과 힘이 약한 그녀가 이리의 부단장이 된 것은 저 잔혹한 품성 때문일 터였다.

십여 년 전부터 소식이 끊겼기에 애나 낳고 사는 줄로 알았더니, 아직 검을 잡고 있던 것인가.

"대금은 돌려드리지요. 거기 너! 짐을 챙겨라. 돌아간다!"

"이봐!"

사내가 소리쳤으나, 용병들은 부리나케 꽁무니를 뺐다.

'빌어먹을, 빌어먹을……!'

사내가 마경을 내던지며 씨근덕거렸다.

오늘 오후, 황궁의 조사단이 기어이 대귀족 가문의 문을 넘어왔다. 곧 제 차례가 될 것이다.

'그 전에 지하의 진을 처리하지 않으면…….'

이마를 쥔 사내, 아니, 발루아 공작의 손이 가늘게 떨리고 있었다.

*　　*　　*

"맙소사……."

내 얘기를 모두 들은 자카리는 헛웃음을 흘렸다. 세리아는 '두 번째 삶에서 발루아 공작에게 폭행당하다 죽었다'라는 부근에서부터 눈을 꽉 감고 있었다.

"사도 재판만으론 안 됩니다. 발루아 공작에겐 더한 젖값이 필요해요."

"사도 재판은 어차피 화형식이나 다름없는걸."

"열다섯도 되지 않은 어린애를 때려죽인 놈이라고요!"

세리아가 이를 악물었다.

"어떻게, 어떻게 그럴 수가……. 어떻게 그런 일을 겪고도 아기님은……."

"난 괜찮아."

"……."

"괜찮아, 세리아."

의장에게도 발루아 공작 영애 시절의 이야기는 자세히 해 준 적이 없기에, 그는 고요히 분노하고 있었다.

"이번 삶에서 나는 그만큼 대가를 돌려줬어."

"지난 삶에는 연연하지 않으신다는 겁니까……."

세리아가 나를 안쓰러운 눈으로 쳐다봐서 나는 오만상을 찌푸렸다.

"아니? 나 아주 연연해!"

다른 사람들에겐 일어난 적 없는 일이지만, 내게는 분명 있었던 일이다.

저들이 이번 삶에서 거짓말처럼 성인군자가 되어 상냥하고, 다정하며, 진실로 거리낄 구석 하나 없이 살았더라면 모를까. 저들은 똑같은 끔찍한 악당이었다. 같은 상황이 온다면 또 날 학대했을 것이다. 분명히.

이번 삶에서도 몇 번이나 내게 위해를 가했는걸.

게다가,

"받은 건 곱절로 돌려줘야 해. 발로 차였으면 그놈 다리를 똑 부러뜨려 줄 거야. 난 치사하고 졸렬해!"

"옳으신 말씀입니다."

세리아가 흐뭇하게 고개를 끄덕여서 나도 웃었다.

"얻어맞다가 죽었으니, 저놈도 얻어맞다가 죽게 할 거야. 나보다 더 고통스럽게."

"그렇습니다!"

"단지, 지금 조급하게 굴 필요는 없다는 뜻이었어. 나는 이번 삶에선 계속해서 대가를 치르게 하고 있으니까."

"예."

나와 세리아, 의장이 비열하고 악독한 표정으로 서로 마주 보며 웃고 있을 때, 자카리는 왜인지 새파란 얼굴로 마른침을 삼켰다.

"정말이지, 무서운 사람들……."

그가 그렇게 중얼거리던 찰나였다.

"아버지가 정말로 아사했습니까."

웨일이었다. 내가 쳐다보자 그가 떨리는 손으로 입을 틀어막았다.

"아무도 그분을 돕지 않은 겁니까. 어째서요? 친척들에게 재산을 빼앗길 거라는 우려는 저와 트리곤도 생각하던 바입니다. 하지만…… 하지만……."

한참이나 말을 잇지 못하던 웨일이 겨우 입을 떼었다.

"괴팍한 노인네라고 불리지만, 속은 다정한 분이십니다. 그분이 얼마나 많은 사람을 도우셨는데요! 단 한 명도 은혜를 갚지 않았다는 말입니까?"

"누군가 수작을 부렸어."

"수작?"

"왜인지는 모르겠어. 아라곤 님을 사도로 몰고 갔어. 사도 재판에 회부된 건 아니지만, 소문이 워낙에 나빴으니 누구도 함부로 도울 수 없었을 거야. 내 추측으론 아마 네 죽음도 단지 트리곤이 아닌 것을 들켰기 때문만은 아닌 것 같아."

"그런……."

내 이야기를 들은 의장이 눈을 가늘게 떴다.

"이상하군요. 이해할 수 없는 일들이 계속해서 생기고 있어요. 그것도 아주 은밀히."

"그래. 마치 보이지 않는 손이 제국을 주무르고 있는 것처럼."

발루아가 희망의 집 아이들을 사들인 것, 희망의 집 아이들을 제물로 바쳐 악마를 불러내서 아기새를 만들려고 했던 것, 아라곤이 사도라는 소문, 그리고 두 명의 '운명의 아이'.

곰곰이 생각하던 난 의장을 보며 입을 열었다.

"그리고 이상한 게 또 있는데, 회귀 전 기억과 다른 점이……."

그때였다. 세리아의 수족이 사무실로 뛰어 들어왔다.

"단주!"

"무슨 일이야?"

묻자 그가 말했다.

"황궁에서 발루아 저택을 수색하기 시작했습니다."

시작되었구나.

나와 의장은 즉시 발루아저로 향했다.

저택 앞엔 아빠와 앙리, 노스, 그리고 황궁의 조사관이 함께 있었다. 발루아 저택의 소유권이 내게 있어서, 가택 수색 통고문이 나의 보호자인 아빠에게 전달되었기 때문이었다.

앙리는 나를 대신해 발루아 저택을 빼앗아 온 당사자이기에 아빠와 함께 온 듯했다.

조사관의 손엔 웬 커다란 양피지가 들려 있었다.

'내부 설계도구나.'

건물을 짓거나, 변형할 적엔 담당 부처에 신고해야 하는데, 전령의 손에 들린 것이 바로 발루아에서 저택을 지을 적에 제출했던 설계도였다.

"설계도에 표시된 곳 외에 증축한 공간이 있다면 사전에 말씀하여 주십시오. 수색 중에 발견되면 처벌을 피하지 못하십니다."

"저택 거래 시에 증축 건을 고지받지 못했습니다."

노스는 발루아 공작으로부터 증축 공간이 없다는 서명을 받은 서류를 건넸다.

수색이 시작되었다.

나는 수색을 구경하는 척 조사관들을 졸랑졸랑 따라다녔다.

발루아저는 3층짜리의 본채와 네 채의 별채, 고용인 숙소, 황도 기사단 병영과 독채의 거대한 서재가 있는 어마어마한 크기의 저택이었다.

지어진 지 백여 년이 넘는 고택이나, 관리가 아주 잘 되어 있어서 중후한 멋이 있을 뿐 상한 곳은 없었다.

나는 중정의 계단을 조심스럽게 매만졌다.

"세상에, 닐스. 그리 뛰어다니니 부딪히지. 어디 보자, 우리 아기. ……뭘 쥐새끼처럼 쳐다보고 있는 거야! 썩 들어가지 못해! 꼴 보기 싫은 계집애."

"죄, 죄송해요, 어머니."

열이 올라 몸조차 가눌 수 없던 여덟 살 적의 나. 약 한 알을 구하려고 살금살금 내려왔을 땐, 이마가 조금 붉어진 닐스를 공작 부인이 살뜰히 살펴 주고 있었다.

움츠렸던 어깨가 돌덩이를 인 듯이 무거웠던 것과 애써 헐떡이지 않으려 조심스럽게 내쉬던 뜨거운 숨을 기억한다.

"중정부터 1층 남쪽까진 특이 사항이 없습니다."

"다이닝룸은."

조사관을 따라 들어간 다이닝룸엔 낡은 찬장이 있었다.

배가 너무 고파 밤늦게 숨어들었던 다이닝룸. 여섯 살의 난 마르고 퍽퍽한 빵을 허겁지겁 훔쳐 먹다가 문밖의 인기척에 놀라 허겁지겁 찬장 밑으로 숨었다.

꽉 메이던 목, 덜덜 떨리던 몸, 사람이 사라진 뒤에야 막힌 가슴을 퍽퍽 두드리던 기억.

나는 멍하니 저택을 돌아보았다. 환상이 보였다.

엉성하게 잘린 곱슬머리의 어린 내가 물잔을 쥔 채, 오래된 융단이 깔린 복도를 살금살금 걷는 모습. 일곱 살의 내가 화병을 깨뜨리고 어쩔 줄 모르며 맨손으로 유리 조각을 줍는 모습. 그보다 조금 자란 내가 장식장 옆 좁은 구석에 몸을 웅크리고 벌벌 떨던 모습까지.

드레스 자락을 꾹 쥔 채로 고개를 수그렸다. 자꾸만 숨이 가빠온다.

눈앞이 뿌옇게 흐려졌을 때였다.

"……기님."

"……."

"아기님."

다정한 목소리가 들려왔다. 고개를 들자 무릎을 굽히고 나와 시선을 맞춘 레아가 보였다. 다정하게 웃은 그녀가 손등으로 내 뺨을 가볍게 문질렀다.

"우리 아기가 왜 이렇게 기운이 없을까."

그녀는 그렇게 말했다.

"어디 보자, 우리 아기."

두 번째 삶의 가여운 르블레인이 꼭 한번 듣고 싶었던 말을 해 주었다.

"어디 편찮으세요?"

"……아니."

고개를 붕붕 젓자 레아가 나를 안은 채로 일어나 상냥하게 등을 두드렸다.

"아픈 곳이 있으시다면 숨기지 마세요. 아기님의 생채기 하나에도 저는 가슴이 저며요."

"……응."

"착하기도 하지."

"응, 레아."

나는 그녀의 가슴에 얼굴을 묻었다.

레아는 신기한 사람이다. 꼭 필요할 때, 겁이 나서 어쩔 줄 모를 때면 언제나 내 손을 잡아 준다. 마치 엄마처럼.

나는 양손을 가슴께에 모으고 속삭였다.

"있잖아, 레아."

"네."

"나는 레아가 있으면 하나도 안 무서워. 이상해."

"……."

"레아의 옆에 있으면 행복하고, 마음이 따뜻해져. 이건 사랑한다는 거지?"

레아가 내 뺨에 입을 맞추고 후후 웃었다.

"저도 아기님을 사랑해요."

나는 레아의 목을 꼭 끌어안았다. 마주 보고 웃고 있으니, 곁에서 큼! 헛기침 소리가 났다.

의장이었다.

나는 레아의 품에서 떨어졌고 그녀는 몸을 일으키더니 곧 조금 멀어졌다. 그러자 의장이 속삭였다.

"조사가 마무리되어 갑니다만, 아직 그곳을 발견하지 못했습니다."

"이런 바보들."

나는 얼른 복도를 두두두두 내달렸다. 서재에서 내부 설계도를 보고 있던 조사 책임자가 "흠……." 침음하며 턱을 매만졌다.

'책장, 책장.'

아저씨, 저쪽을 보세요!

눈을 부릅뜨며 속으로 외쳤지만, 조사관의 시선은 여전히 설계도에만 고정되어 있었다. 그때, 다른 조사관들이 서재로 들어왔다.

"고용인 숙소와 병영엔 이상 없습니다."

"3층도 마찬가집니다. 발견된 것이라곤 공작 부인의 비밀 장부뿐입니다."

'바보들아, 너희 등 뒤에 비밀 공간이 있다고!'

답답해서 가슴을 쾅쾅 치고 싶은 심정이었다. 이렇게 되면 하는 수 없다. 나는 책장의 책을 마구잡이로 뽑아서 뒤로 휙, 휙 던졌다.

"이런!"

조사관이 날 보고 소리치자, 그와 함께 있던 아빠와 노스, 앙리가 나를 쳐다봤다. 나는 어린애다운 순진한 표정을 가장하며 쾌활하게 소리쳤다.

"블록 놀이할 거야. 아빠 키만큼 높게 쌓아야지!"

어느 조사관이 나를 어떻게 좀 해 보라는 듯 듀블레드 사람들에게 눈짓했다. 그러자 노스가 헐레벌떡 다가왔다.

"뛰어놀지 않고, 얌전히 책만 쌓으시겠다니 참으로 사려 깊으십니다, 아기님!"

—라고 말하며 헤벌쭉 웃은 팔불출 1이 내가 던진 책을 주워서 가져다주었다. 조사관들의 표정이 썩어들어갔다.

"각하, 황령으로 조사 중인 공간입니다. 아이는 돌려보내시지요."

조사관 하나가 점잖게 말하자, 홀로 소파에 근엄하게 앉아 있던 팔불출 2가 대답했다.

"내 딸이 책을 쌓고 싶다잖아."

아빠가 눈을 부릅뜨자 함께 온 듀블레드의 팔불출 3, 4, 5 등등이 이글이글거리는 눈으로 조사관들을 노려보았다. 황제도 어찌하지 못하는 듀블레드 공작에게 일개 조사관이 목소리를 높일 수는 없었다.

나는 팔불출들에 힘입어 열심히 책을 집어 던졌다.

'이쪽 책장 어디에 통로를 여는 버튼이 있을 텐데.'

"아기님."

의장이 시간이 없다는 듯 나를 부르곤 시계를 향해 눈짓했다. 조사관들이 하나둘 저택을 떠날 준비를 하고 있었다. 책임자도 별 소득이 없다고 생각했는지 몸을 일으키려 하는 중이었다.

나는 조급하게 책장을 살폈다. 이상하다.

'왜 없는 거지?'

책장은 분명 발루아의 비밀 창고에 있던 것과 같은데 아무리 뒤져도 입구를 여는 버튼이 없었다.

'설마 저택엔 지하실을 만들어 놓지 않은 건가. 아냐, 발루아 공작의 반응으론 분명히 저택에 의식의 장소가 있어!'

"협조해 주셔서 감사합니다. 조사는 모두 마쳤으니, 이만 돌아가 보겠습니다."

조사관들이 아빠를 향해 고개를 숙였다.

의장이 다급하게 속삭였다.

"이렇게 되면 상점가의 비밀 창고라도 발고하십시오. 그곳에서도 발루아의 실험이 이뤄졌잖습니까."

"벌써 열흘이 넘게 지났어. 공기 중에 섞여 있던 미량의 마나조차 흩어졌을 거라고. 소환진도 이미 거의 다 지워져서 완벽한 증거는 되지 못해."

발루아 저택에 있는 의식 공간과 비밀 창고, 그리고 내가 불러낸 악마가 합쳐졌을 때라야 발루아 공작이 옴짝달싹 못 하는 증거가 된다.

"하지만 도리가 없지 않습니까. 이번 기회를 놓치면 발루아 공작을 영영 몰아넣을 수 없어요. 차라리 소환진이 완전히 지워지지 않았을 때, 비밀 창고를 발고하십시오."

나는 입술을 꾹 깨물었다.

'어떻게 해야 하는가.'

*　　　*　　　*

발루아 저택의 조사가 끝났다. 발루아 공작은 껄껄 웃으며 축배를 들었다.

"그렇지. 결국 찾지 못했어. 결국은……!"

혹여나 '의식의 장소'를 찾았을까 봐 얼마나 염려했는지 모른다. 하지만, 조사단은 결국 아무것도 찾아내지 못하고 물러났다.

"일이 무사히 끝나서 다행이군요."

장갑을 낀 사내가 미소 짓자, 발루아 공작이 소파에 털썩 주저앉으며 술잔을 흔들었다.

"암, 그렇지."

"걱정을 덜었으니 다음을 도모하셔야지요. 이제 어찌하시겠습니까."

발루아 공작이 히죽 웃었다.

"테오도르, 피도 눈물도 없는 그자가 아비 역할에 꽤 심취한 모양이야. 현재 가장 소중한 것을 망가뜨리면 고매한 체하는 그 얼굴이 얼마나 일그러지겠는가."

"하면……?"

발루아 공작이 몸을 기울이며 눈썹을 까딱 들어 올렸다.

"내가 발칙한 어린 계집애 하나를 쳐 죽일 생각이네."

"운명의 아이를 이르십니까? 하지만 호위가 보통이 아닙니다. 어떤 방법으로……."

"우리는 쉽고 빠른 방법을 알지 않나."

발루아 공작이 설렁줄을 당기자, 집사가 머리에 천을 씌운 누군가를 끌고 왔다.

"사, 살려 주세요. 살려 주세요! 아아아, 누나! 제발……!"

천을 뒤집어쓴 소년이 울며불며 애원했으나, 자리에 있던 사내들은 눈썹 하나 움직이지 않았다. 술잔을 든 채로 일어난 발루아 공작이 소년의 어깨를 툭, 툭, 두드렸다.

"금술일세."

"……9년 전 그 방법입니까."

"그래."

그가 입매를 비틀었던 찰나였다.

쾅!!

문을 걷어차고 황군들이 쏟아져 들어왔다.

"포위해라!"

발루아 공작이 당황하여 주변을 둘러보았다.

"무슨…… 무슨 일로 감히……!"

"사술로 황궁을 위협한 죄인을 구속하라는 황명이오!"

뭐라고?

"내 소유였던 저택에선 아무것도 나오지 않았어. 한데 어째서 나를……!"

황군들 사이로 작은 여자아이가 뽀짝뽀짝 걸어 들어왔다.

"운명의 아이? 네가 여긴 무슨 일로……!"

공작이 얼굴을 굳히자 르블레인이 활짝 웃으며 소리쳤다.

“아저씨 잡혀가는 거 구경하러 왔지요!”

‘내가 못 찾은 줄 알았지, 쓰레기야. 철저하게 숨겨도 방법이 다 있단다.’

“발루아 저택의 지하 창고.”

“……뭐?”

“어떻게 찾았는지 궁금해?”

르블레인이 등 뒤를 힐끔 쳐다보자 누군가 조심스럽게 안으로 들어왔다. 들어온 자를 본 발루아 공작의 눈이 커졌다.

“어떻게, 네가 어떻게……!”

발루아 공작의 흔들리는 시선이 한곳에 고정되어 떠날 줄을 몰랐다. 그의 장남인 헤이턴에게로.

희게 질린 낯빛, 수그린 고개, 꽉 그러쥔 손. 모든 것에서 기막힌 예감이 들었다.

“설마 네가……!”

“…….”

헤이턴의 침묵은 더없이 확실한 대답이었다. 사람들을 헤치고 다가온 발루아 공작이 헤이턴의 어깨를 거칠게 흔들었다.

“듀블레드에서 네게 무슨 짓을 한 것이냐. 저 계집이 너를 어찌하였기에……!”

헤이턴이 천천히 고개를 들었다. 새파랗게 질린 입술을 달싹인 그가 제 아비의 시선을 피하지 않으며 중얼거렸다.

“대세를 따라야 한다고 가르치셨잖아요.”

“……뭐?”

“필요 없는 것은 서둘러 버리고, 필요한 것은 온정과 관계없이 취해야 한다고 하셨잖아요. 그래서 배운 대로 했어요."

"너, 너…… 이 불효막심한 놈!"

"아버지가 필요 없어진 어머니를 버렸듯이, 저도 아버지를 버린 거예요."

"……!"

발루아 공작이 굳어지자 헤이턴이 이를 악물곤 그의 손을 뿌리쳤다.

"배운 대로 했어, 난!"

아들에게 떠밀려 주저앉은 발루아 공작은 도무지 믿을 수 없다는 표정으로 제가 만든 괴물을 바라보았다.

그들을 지켜보던 르블레인이 생긋 미소 지었다.

* * *

몇 시간 전.

조사관들이 돌아간 직후, 내가 찾은 사람은 발루아 공작 부인이었다. 남편과의 사이가 틀어질 대로 틀어졌으니, 공작 부인의 성정이라면 새로운 기댈 곳이 필요할 터였다.

그런데 은밀히 보낸 사람이 소득 없이 돌아왔다.

"발루아 공작 부인이 돌려보낸 거야? 그럴 리가 없는데."

"아닙니다. 공작 부인은 뵙지 못했습니다."

"화가 머리끝까지 난 발루아 공작이 금족령이라도 내린 건가……."

내가 중얼거리니, 세리아의 소꿉친구이자 호프 상단의 부단주 보좌인 커티스는 묘한 얼굴로 고개를 기울였다.

"그럴 수도 있겠지만……. 단주, 찜찜한 점이 있습니다."

"이상하다고?"

"발루아에 심어 놓은 첩자의 말로는 최근 이전한 새로운 저택에 공작 부인의 짐이 들어오지 않았답니다. 자식조차 행방을 모르는 모양입니다. 차남인 닐스 발루아가 모친을 애타게 찾고 있다더군요."

"닐스만? 헤이턴은?"

"장남은 방에 틀어박혀 나오지 않는답니다."

순간, 불길한 예감에 발끝에서부터 소름이 밀려들었다. 함께 이야기를 들은 세리아가 "흠……." 하고 신음했다.

"아내의 짐조차 들이지 않았다니. 발루아 공작이 이혼이라도 염두에 둔 걸까요."

"……아니, 그게 아니야."

"예?"

"어쩌면 발루아 공작 부인은……. 커티스, 다시 새로운 발루아 저택에 다녀와. 이번엔 내 이름으로 헤이턴에게."

"무어라 전하면 될까요."

"……'어머니는 어디에 계시는가'."

"그것이면 되겠습니까."

나는 고개를 끄덕였고, 커티스는 떠났다.

'헤이턴은 똑똑한 애야. 내가 전한 말이 무슨 뜻인지 알겠지.'

그리고 만약 그 애가 나를 찾는다면, 불길한 추측은 사실인 것일 터다. 나는 양손을 꾹 잡은 채로 소파에 앉아 생각을 정리했다.

해 질 녘 즈음 커티스가 돌아왔다. 헤이턴과 함께.

나는 놀란 듯한 표정의 헤이턴을 지그시 응시했다. 자신을 부른 사람이 나일 거라고는 예상치 못한 모양이었다.

"……네 어머니, 살해당했구나."

"……."

"무서웠을 테고."

소파에서 일어난 나는 흔들리는 그 애의 눈동자를 가만히 응시했다.

"괴물에게서 너를 지켜 주겠다는 말은 안 할 거야."

헤이턴이 흠칫하며 나를 쳐다봤다.

"내게서 얻어 내고 싶은 게 있어서 부른 거라는 걸 알아. 원하는 걸 얻어 내고 싶으면 대가를 치러!"

"너도 내게서 얻어 내고 싶은 게 있지 않니. 네 아버지가 무서운 와중에도 내 사람을 따라온 거잖아."

"……어쩌자는 거야."

"제대로 된 거래를 하자고. 감정에 호소하지 말고."

나는 쾅 소리와 함께 서류를 테이블 위에 내려놓았다. 서류의 내용은 헤이턴 발루아가 18세가 될 때까지 매달 생활비를 지급하겠다는 것이었다.

"네 몸은 네가 지켜. 나는 돈과 기회를 주겠어."

"그따위 알량한 돈……."

헤이턴 발루아가 이를 사리물었고, 난 팔짱을 끼며 고개를 틀었다.

"잘 생각해. 지금까지처럼 네 아버지의 보호 아래서 살 순 없다는 걸 너는 알고 있잖아. 아내까지 잡아먹은 괴물의 다음 타깃이 네가 될까 봐 두려워서 내 사람을 따라온 것 아냐?"

"……."

"공포를 참을 수 있다고 해도, 네 가문은 곧 망할 거야. 나와 듀블레드가 어떻게 해서든 그렇게 만들 테니까. 승산이 어디 있는지 영리한 너라면 알겠지."

"……."

"그 이후엔 어떻게 할래? 발루아의 빚은 네 생각보다 거금이야. 발루아 공작이 잡혀가고 나면 채권자들이 들이닥쳐서 찻잔 하나까지 모조리 빼앗아 갈 거야. 냉방 시설조차 없는 허름한 오두막에 사는걸, 네가 상상이나 할 수 있어?"

헤이턴 발루아는 한마디도 대꾸하지 못했다. 그 애의 눈빛이 흐려져서 나는 또렷한 어조로 다시 한번 말했다.

"그러니까 기회를 줄 때 잡아."

"……원하는 게 뭐야."

"의식의 장. 악마를 소환한 그곳."

"……!"

헤이턴 발루아가 조그만 목소리로 "네가 그걸 어떻게……." 하고 중얼거렸다.

"어디에 있니."

"……."

그 애는 고민했다. 그러나 결론을 내리는 것이 오래 걸리진 않았다. 내가 '발루아 공작이 악마를 소환했다는 것'까지 알고 있으니, 승산이 전혀 없는 게임임을 확신할 것일 터였다.

"서재야."

"조사관들과 내가 발루아 공작의 서재를 샅샅이 뒤졌지만, 아무것도 없었어."

"……아버지의 서재 책장을 여는 버튼은 그곳에 없으니까."

"휴대용이야? 그 물건은 어디에 있는데?"

"물건이라고 한 적 없어."

헤이턴이 조용히 소매를 걷었다.

'흉터? ……설마!'

그 애의 팔뚝에 흉터가 선명했다. 칼끝으로 그림을 마구잡이로 그린 것처럼 끔찍하고 흉한 흉터였다. 노년의 여성으로 분하고 있던 세리아는 끔찍한 흉터를 보고 입을 틀어막았다.

"이전의 '버튼'은 어머니였고, 지금은…… 나야."

그래서 공작 부인이 살해당하는 것을 헤이턴이 지켜볼 수 있었던 거구나. 발루아 공작 부인이 그 많은 사고를 쳤어도, 발루아 공작이 그녀를 버리지 못했던 이유가 이것이었어.

나는 그 애의 팔뚝에 새겨진 문신에 조심스럽게 손을 올렸다.

"무서웠지."

"……."

"많이 아팠을 테고."

"……."

그 애는 붉어진 눈을 보이기 싫은 듯 홱, 고개를 돌렸다.

"흉해서 보기 싫을 뿐이야."

"우리 레아가 그랬어. 흉터는 고통을 이겨 냈다는 훈장이래!"

"……."

"이 흉터는 괴물에게서 벗어났다는 훈장이 될 거야."

내가 활짝 웃자 헤이턴의 시선이 가늘게 떨렸다.

그 이후, 난 헤이턴과 함께 책장의 문을 열었고, 그곳에서 금술의 증거와 소환진을 찾아내어 황궁에 발고했다.

* * *

헤이턴은 잘해 주었다. 오늘 저택에 발루아 공작이 희생양이 될 아이를 끌고 온다는 것을 말해 주고, 시기에 맞추어 내게 연락했다.

발루아 저택에 있는 증거와 그의 소유였던 상점가 비밀 창고에 남은 소환진, 그리고 제물로 잡혀 온 아이까지.

악마를 소환하였다는 증거로는 이만큼 완벽할 수 없었다.

"빌어먹을 년, 무슨 짓을 한 게냐! 내 아들에게……! 놓아라, 나는 발루아가의 21대 가주, 제국의 공신이야!"

나는 처절하게 절규하며 끌려가는 발루아 공작에게 시선을 떼지 않았다.

황군이 발루아 공작과 그의 귀빈을 끌고 간 뒤, 발루아의 새로운 저택은 마치 전쟁 후의 폐허 같았다. 고요한 그곳에 우두커니 선 내게 의장이 다가왔다.

"각하께서 대귀족을 소집하셨습니다."

"발루아 공작 건으로?"

"예, 절대로 빠져나가지 못하도록 속전속결로 사도 재판을 열 생각이신 듯합니다."

"그래. 아빠라면 철저하게 진행하겠지. 아, 그리고 이번에 제물로 쓰일 뻔했던 아이는……."

"상단에서 보살피겠습니다. 세리아와 함께 희망의 집에서 지낸 아이일 수도 있고요."

"응……."

대답하던 난 비틀거렸다. 머리가 아찔했다.

가뜩이나 부족한 신성력으로 악마를 오래 소환해 두기도 했고, 발루아 공작을 궁지로 몰아넣기 위해 내내 신경을 곤두세우고 있었다. 지치지 않은 게 이상했다.

'머리가 안 돌아가. 얼른 돌아가서 쉬어야겠어.'

그렇게 생각하고 있을 때, 누군가 나를 부축했다. 의장의 손은 아니었다. 생채기가 있는 단단한 소년의 손이다.

"아드리안."

내가 황궁에 발고하기 위한 연락책으로 택한 사람이 바로 아드리안이었다.

어린 내가 금술의 증거를 단박에 알아봤다고 하기엔 수상쩍은 점이 많았다. 그것도 발루아와 척진 상황에선 더더욱. 도리어 발루아 공작을 몰아넣기 위해 내가 증거를 조작했다고 보일 여지가 있었었다.

그래서 명목상으로나마 황실 감사단 책임자가 된 황자 중, 나와 친분이 있는 아드리안에게 부탁했다.

조사단이 돌아간 후, 마무리 점검을 하던 중에 수상한 점을 발견했다는 것으로 말을 전해 달라고.

'아드리안에겐 정말로 고마워.'

이본느 황비가 발루아 공작가와 막역한 관계였던 터라, 아드리안에게도 여파가 미칠 수 있음에도 이 애는 아무것도 묻지 않고 내 말에 따라 주었다.

"아드리안, 오늘은 정말로……."

"인사는 다음에 들을게. 오늘은 이만 쉬어."

"그럼 나중에 찾아…… 앗!"

아드리안이 나를 양손으로 번쩍 안아 들었다.

"나 무거워!"

"전혀."

"그렇지만……."

아드리안은 희미하게 웃으며 나긋한 목소리로 말했다.

"떨어진다."

난 우물쭈물하다가 그의 목에 팔을 감았다.

'사실 서 있기 힘들었는데. 아드리안은 섬세한 애네.'

기왕 이렇게 된 거 편하게 안겨서 가자!

"진짜로 안 무거워?"

"응. 하나도."

나는 조금 신기한 기분이었다. 조그맣던 애가 언제 이렇게 훌쩍 커서 나를 번쩍 안아 들게 됐을까.

그러고 보니, 어느새 손이며 근육이 성인의 것과 비슷했다. 키는 요한만큼이나 크고, 손도 아주 커다래졌다. 단단해진 어깨부터 곧게 뻗은 목에서 좋은 냄새가 난다.

아무래도 가진 신성력의 양이 큰 만큼 또래보다 성장 속도가 확연히 빠른 모양이었다.

아드리안과 내가 막 엉망이 된 응접실을 빠져나가려던 찰나였다. 누군가 내 손목을 잡아챘다. 순간, 놀라서 휘청였다.

'으악, 떨어질 뻔했어!'

아드리안이 재빨리 허리를 감싸지 않았더라면 엉덩방아를 찧었을지도 모른다.

내 손목을 잡은 헤이턴이 못마땅한 표정으로 아드리안을 쏘아보았다. 그런 주제에 말은 내게 한다.

"어디 가려고. 넌 나와 나눌 이야기가 있잖아."

"나 피곤한데. 내일 하면 안 돼?"

"지금 해."

"아니, 내일 해도 되는……."

"책임져."

당황한 내가 입을 떡 벌리자 아드리안이 낮은 목소리로 물었다.

"책임?"

하지만 헤이턴은 그의 말엔 대답하지 않고, 짙은 시선을 내게로 옮겼다.

"네가 날 지켰으면 끝까지 책임을 져."

얘가 지금 무슨 헛소리를 하는 거야!

"그 손 놔."

"못 놓습니다."

"경고는 두 번 하지 않아."

그리고 아드리안은 대체 왜 화가 났는가!

이대로라면 헤이턴이 나를 놓아주지 않을 것 같아서 나는 아드리안의 품에서 폴짝 뛰어내렸다.

내가 쳐다보자 헤이턴이 입꼬리를 조금 문질렀다. 두 번째 삶에서 저 애와 함께 살았던 난 알고 있다. 저건 헤이턴이 기쁠 때 보이는 버릇이란 걸.

'뭐가 기쁘다는 거야. 미친놈인가?'

뭘 잘못 먹었나?

"피곤하면 옆방에서 잠깐 쉬다가 ―"

"하나, 헛소리는 하지 않는다."

"뭐?"

"둘, 나는 듀블레드 영애야. 매너를 갖춰서 말해."

"자꾸 무슨 소리를……."

"셋."

나는 헤이턴의 장딴지를 걷어찼다.

"허락 없이 손대면 얻어터진다!"

악! 소리친 헤이턴이 당황한 표정으로 제 다리를 잡았다.

"너, 너……!"

"18세가 될 때까지 제대로 생활비를 받고 싶으면 기억해 놔. 죽으려고, 이게.”

“돈은 이미 지원하기로 얘기가 끝났잖아!”

“액수는 안 정했잖아.”

헤이턴은 “비열하게!” 하고 소리쳤지만, 나는 아무렇지 않게 어깨를 으쓱했다.

그래서 계약서는 꼼꼼하게 살펴야 하는 거란다.

씩씩거리는 헤이턴을 두고 나는 아드리안을 보았다.

“가자.”

“응.”

그 애의 미소가 어쩐지 기뻐 보여서 나는 속으로 실소를 흘렸다.

아드리안은 집까지 나를 바래다주었다. 내가 괜찮아질 때까지 보고 가겠다고 했지만, 집으로 들어오면 이 귀여운 강아지가 맹수들에게 물어뜯길 것 같다는 불길한 예감이 들었다.

“난 괜찮으니까 돌아가.”

“…….”

“돌아가서 푹 쉬어, 응?”

“……알았어.”

아드리안은 내가 저택으로 들어갈 때까지 줄곧 문밖에서 나를 지켜보고 있었다.

저택으로 돌아가자 가족들이 나를 기다리고 있었다. 중정 앞에 주르륵, 늘어선 채로 인상을 쓰는 가족들을 보고 나는 움찔하여 얌전히 두 손을 모았다.

“잘못했어요.”

냉큼 사과하자 고모가 가늘어진 눈으로 날 보며 말했다.

"네 잘못이 아니지. 이건 어린 네가 호위 없이 황군을 따라가도록 둔 어른의 탓이다."

"제가 가고 싶다고 우겨서……."

"아이가 우긴다고 해서 뭐든 들어주는 어른은 보육할 자격이 없어."

의장은 고개를 숙였다.

"송구합니다."

"이야기는 따로 나누도록 하지. 르블레인은……."

고모가 나를 빤히 쳐다보더니, 한쪽 무릎을 굽히고 나와 시선을 마주했다.

"네가 얼마나 많은 사람을 걱정시켰는지 보아라."

둘러보니 나의 세 하녀며 고용인들은 핼쑥했고, 아빠와 오빠들은 한숨을 내쉬었다.

"……죄송해요."

"네가 홀로 결정하는 것이 나쁘다는 게 아니야. 하지만 이번 일은 가족들과 상의하는 게 옳았어. 죄인이 악에 받쳐 네게 무슨 일을 저질렀을지도 모르지 않니."

"네……."

"네가 다치면 우리 모두 몹시 마음이 아플 거란다."

"고모도요?"

"그럼."

고모가 약간 헝클어진 내 머리칼을 귀 뒤로 정리해 주며 말을 이었다.

"차라리 내가 대신 다치기를 바랐을 거야."

내가 기죽은 얼굴로 손을 꼼지락거리자 고모가 팔을 벌렸다. 안기라는 듯이.

'용서해 주시려나 봐!'

얼굴이 환해진 난 덥석 그녀의 품에 안겼다.

"다치지 않고 돌아와 줘서 고맙다."

"네!"

'고모 냄새 좋아.'

나는 웃으며 그녀의 뺨에 얼굴을 비볐고, 그녀 또한 다정하게 내 등을 쓸어 주었다.

나를 대신해 대차게 혼이 난 건 의장이었다. 그는 억울한 표정을 지었고, 나는 고모의 품에 안겨 남모르게 '의장, 멋져! 최고야! 눈부셔!'하며 용서를 빌었다.

발루아 공작 사건의 후처리는 아빠의 몫이었다. 우리 아빠는 나를 제외한 모든 일에 피도 눈물도 없는 사람인 만큼, 없던 죄까지 덮어씌워서 발루아 공작을 쳐 죽일 놈으로 만들었다.

완벽한 마무리였다.

그렇게 며칠 만에 발루아 공작의 사도 재판이 확정되었다.

*　*　*

방문을 꼭 잠가 둔 나는 테이블 앞에 앉아 에트왈을 쥐었다. 옅은 빛과 함께 악마가 맞은편 의자에 앉았다.

[드디어 나를 제대로 불러줬군.]

지금까지 심부름꾼으로 알차게 써먹어서 그런지, 악마의 표정이 매우 못마땅했다.

"원하는 걸 말해."

[이제야 소원을 들어줄 생각이 나는 듯하고.]

"빈정거릴 시간이 없을 텐데?"

악마의 공격을 막아 낸 후로 보름이 지났지만 내 신성력은 여전히 바닥을 맴돌고 있었다.

그만큼 강력한 힘을 발휘한 직후 바로 악마를 소환했으니, 아드리안이 아니었다면 신성력이 한 줌도 남지 않아서 미쳐 버렸을지도 모른다.

칫, 혀를 찬 악마가 말했다.

[내 소원은 '원념'이다.]

"원념?"

[바닥을 보이지 않는 강력한 욕망, 원을 이루지 못해 스러진 자의 원망. 나는 황홀할 정도의 원념을 원한다.]

부네, 파이몬과 달리 정말로 악마 같은 소원이라 신기할 정도였다.

'그래서 제물을 이용한 소환에 냉큼 나타나 준 건가.'

듣자 하니 발루아 공작이 악마 소환에 쓴 '제물'만 기백 명이 넘는다고 하던데 아직도 부족하다니 대단하기도 하다.

'원념이라면 인간을 제물로 달라는 거야?'

사람을 해쳐서 악마의 소원을 들어주고 싶지는 않은데.

나는 턱을 쥔 채로 고민하다가 물었다.

"그럼 네 이능은 뭐지?"

[암살.]

"필요 없어."

[누구보다 깊게 학문을 탐구할 수도 있지. 천체학, 마도학, 과학, 모든 면에서.]

"설마!"
학문과는 완전히 동떨어진 것 같은데 무슨!
내가 경악하자 악마의 얼굴이 일그러졌다.

[너는 날 얼마만큼 괄시하고 있는 것이냐.]

"아니, 뭐……."

[내가 소망을 들어준 학자의 가문은 천여 년 가까이 가장 명예로운 가문이 되었다.]

천여 년 전의 학자?
순간, 묘한 기시감이 느껴졌다.
"설마 그거…… 발루아의 선조야?"

[머리가 영 쓸모없는 것은 아닌 모양이야.]

나는 헛웃음을 흘렸다.

'그래서 발루아 공작이 이 악마의 소환진을 알고 있었구나. 선조가 불러냈던 악마였으니까!'

악마를 소환해서 가문의 영달을 이룬 터라 선조 대대로 명예에 집착했던 것이다. 사실 그들의 명예는 빈껍데기였으니까.

"기가 막혀……."

[너도 천여 년 전의 사내와 같은 소원을 빌겠는가.]

"아니, 난 명예 같은 것은 필요 없어. 다른 건?"

[투명화. 어떤 결계에도 걸리지 않고 모든 것을 통과할 수 있지.]

눈이 번쩍 뜨였다.

'그거라면 악마의 소원과 이능을 동시에 이룰 수 있겠다.'

"좋아. 그것으로 하겠어. 다만, 이번 이능은 미리 받지."

[어림없는 일이다. 이능의 발휘는 소원을 들어준 후에야……!]

"다른 악마라면 그랬겠지. 부네나 파이몬은 내가 소원을 들어준 후에야 인계에서 이능을 발휘할 힘을 얻었지만, 넌 다르잖아."

[뭐?]

“기백 명이 넘는 제물을 통해 이미 너에겐 부네와 파이몬과는 궤가 다를 정도의 힘이 가득 차 있다는 걸 알아.”

그랬기에 이 악마를 유지하는 게 부네, 파이몬 때와 달리 수월했다. 내가 빙글거리며 웃자 악마가 분한 듯 소리쳤다.

[넌 악마보다 더 간교하고 사악한 미물이야!]

“칭찬 고마워.”

[이익……!]

“그럼 갈까, 네 소원을 이뤄 주러.”

몸을 일으키던 난 “아.” 하며 고개를 돌렸다.

“근데 너, 이름이 뭐야?”

[빌어먹을!]

이제껏 이름도 모르고 심부름꾼처럼 부려 먹었다며 악마는 분개했다. 하지만 순순히 이름을 알려 줬다. 돌려보낼 때가 되어서야 제대로 들은 그의 이름은 ‘글라샬라볼라스’. 도살자들의 왕이었다.

*　*　*

사도 재판을 세 시간 앞둔 발루아 공작은 옥사 안에서 널브러져 신음했다.

"그를…… 그를 불러 다오……. 나는 이렇게 죽을 사람이 아냐……!!"

피 맺힌 절규를 들어주는 사람은 없었다. 옥사 안은 고요했고, 사람의 숨소리조차 들리지 않았다. 정말 죽을지도 모른다는 공포가 온몸을 옥죄었다.

'빌어먹을, 빌어먹을!'

이게 모두 그 계집 때문이었다.

르블레인 듀블레드. 리세트와 닮은 그 천박한 계집! 다시 기회가 주어진다면 이번에야말로 기필코 찢어 죽여 주리라.

눈을 빼앗고, 입을 찢어 넝마 꼴이 된 그 계집을 테오도르 듀블레드의 앞에 던져 줄 것이다.

손톱이 죄 빠진 손으로 철창을 움켜쥔 발루아 공작이 소리쳤다.

"'그분'을 뵙게 해 줘!"

"그분이 누군데?"

난데없이 들리는 청아한 목소리에 발루아 공작은 흠칫하여 주변을 둘러보았다. 하지만 그 어떤 것도 보이지 않는다.

'환청인가.'

"그분이 누구냐고 물었어."

"……!"

놀란 공작의 몸이 우뚝 굳어졌다.

'이 목소리는 분명…….'

그렇게 생각하던 찰나, 철창 밖이 빛나며 곧 누군가 모습을 드러냈다.

"네가 어떻게……!"

운명의 아이였다. 그 쳐죽일 계집이 생긋 웃으며 철창 가까이 다가왔다.

"어떻게 이곳에 온 것이냐. 여긴……!"

“14중 결계가 쳐져 있어서 못 온다고?”
아이가 미소 짓자 곧 옆에 익숙한 사내가 나타났다. 독수리의 날개와 개의 송곳니를 가진 사내. 기이한 위압감과 소름 끼치는 존재감이 느껴지는 저것은 분명 제가 불러낸 천사였다.
“천사님!”
단숨에 얼굴이 밝아진 공작이 엉금엉금 기어 철창 밖으로 손을 뻗었다.
“저를 위해 다시 강림해 주셨군요!”
“…….”
“죽여 주십시오. 저 계집을 처절하게…… 아악!”
천사의 눈이 가늘어지자 순식간에 공작의 팔이 뒤틀렸다. 비명을 내지른 공작이 뒤틀린 팔을 감싸 쥔 채 물러나자 천사는 느른히 관자놀이를 눌렀다.
“이 하이가 묻는 것헤 빠흐게 대답해라. 내가 한 시도 더 인계에 힛고 히찌 않흐니. (이 아이가 묻는 것에 빠르게 대답해라. 내가 한 시도 더 있고 싶지 않으니.)”
“뭐, 뭐?”
“대합. (대답.)”
“아아악―!!”
어깨가 빠진 듯 완전히 축 늘어졌다.
르블레인은 만족스럽게 고개를 끄덕이고는 물었다.
“쉽게 끝내자. 어차피 죽을 거라면 곱게 가는 쪽이 낫잖아. 안 그래?”
“너, 너……!”
“자, 첫 번째. 네가 사들인 희망의 집 사람들, 전부 죽였니?”
공작은 믿을 수 없다는 듯 입을 뻐끔거렸다.

'저 계집이 그것을 어떻게……!'

그가 대답하지 않자, 르블레인은 악마를 쳐다보았다.

"크악ㅡ!"

이번엔 손가락이 죄 뒤틀렸다.

"모, 몰라. 희망의 집에서 아이와 노인을 사들인 건 맞지만, 다른 곳에서도 꽤 많은 인간을 사 왔기에 전부 죽었는지는……!"

"남은 사람들은 어디에 있어."

"……."

"어디에 있어!"

"……게라니움의 움막에 '보관'해 두었다."

르블레인은 서둘러 세리아에게 통신하여 사람들이 있는 위치를 알려 주었다. 통신석에 집중한 채로 그 애가 다시 입을 열었다.

"아기새를 만든 이유는 뭐지?"

"……."

"아빠의 딸. 태어나지 않은 넷째를 만들어 내서 우리 가족의 가슴에 피멍을 들인 이유 말이야."

"무슨 소리인지 모르겠군."

르블레인이 눈썹을 까딱 들어 올리며 공작을 쳐다봤다.

"목까지 뒤틀리고 싶은가?"

"……전제가 틀렸다는 소리를 하는 거다."

"틀렸다고?"

발루아 공작이 식은땀을 흘리며 입매를 비틀었다.

"네가 안다면 겁에 질릴 말을 해 줄까? 모든 것을 잃게 될까 봐 두려워서 어찌할 줄을 모르게 되는 말이지. 차라리 듣지 않았기를 바라는 말이야."

"……무슨 말이야."

발루아 공작이 히죽, 입꼬리를 올렸다.

"테오도르의 딸은 태어났어. 지금까지 잘 자라고 있지."

"뭐?"

"그 애는 지금……."

발루아 공작이 몹시 즐겁다는 듯 끌끌 웃더니 말을 이었다.

"그 애는 지금 누려야 할 것들을 모두 네게 빼앗긴 채, 제 부모가 누군지도 모르고 살고 있다."

"……."

"모두 네 탓이야."

마치 저주라도 거는 것 같은 지독하게 깊은 목소리였다.

"내 탓이라고?"

"테오도르와 듀블레드는 네가 입양되기까지 희망의 끈을 놓지 않았어. 암조의 대부분을 투입하여 넷째를 찾는 데에 혈안이었다. 그리고 올해, 가짜가 등장한 뒤로 완전히 수색을 멈췄지."

"……."

"수색만 멈추지 않았더라면 넷째를 찾을 수 있었을 터. 모두 네 탓이 아니냐."

"……."

"그 애는 살아 있다. 언젠가 돌아와 네 모든 것을 빼앗을 것이다. 그때가 되어서야 너도 느낄 것이다. 내 비통한 기분을……!"

발루아 공작은 오만하게 웃었다.

"사도 재판은 5 공작이 모두 모이는 곳. 네 아비도 재판장에 와 있을 테지? 내가 이 모든 것을 그자에게 말한다면 어찌할 테냐."

"……."

"다시 수색이 시작되고 넌 뒷전이 될 거야. 이번에야말로 진짜 딸이 나타나 네가 가진 모든 것들을 돌려받을 수도 있어."

"……."

"어떠냐. 나를 테오도르와 만나게 할 테냐?"

그가 입매를 비틀었다.

"하지만 네가 내 도주를 돕는다면 이 모든 것을 덮어 주마."

"……."

발루아 공작이 철창으로 바짝 다가와 속삭였다.

"제국 제일의 거부이며, 아름답고, 너밖에 모르는 아버지. 미래가 두려울 만큼 뛰어난 오라비들의 애정. 제국민 모두의 관심을 한 몸에 받는 특별하고 멋진 고모. 네 손가락의 상처 하나에도 벌벌 떠는 특별한 자들을 모두 빼앗기게 되는 것이다. 자, 아이야. 기회는 이번 한 번뿐이야."

순간, 머릿속에 나를 보며 미소 짓는 가족들과 내가 사랑하는 나의 사람들이 스쳐 지나갔다. 고개를 수그린 나는 힘없이 중얼거렸다.

"……네."

"그래, 그럼 나를 어서……!"

"여전히 쓰레기네."

"……뭐?"

나는 철창 안으로 불쑥 손을 집어넣어 그의 멱살을 잡았다. 오랜 고신으로 엉망이 된 몸은 어린애 손조차 뿌리치지 못했다.

"넷째가 돌아오는 게 두렵다면 여기서 너를 죽이면 되잖아?"

"사, 살인은 가상전과 달라. 네 양심이 살인을 감당할 수 있을 것 같으냐!"

"넷째가 살아 있다는 걸 숨기는 건 가족에게 죄를 짓는 건데, 그걸 감당할 만큼 양심 없는 사람이라면 살인조차 아무렇지 않겠지. 안 그래?"

"너, 너……!"

"이거 바보 아냐."

내가 헛웃음을 흘리며 말하자 발루아 공작이 뻣뻣하게 굳어졌다.

이런 협박은 두 번째 삶에서 지겹게 듣던 것이다.

"여전히 신성력을 끌어올리지 못하였으니 네가 가짜라는 게 곧 온 세상에 드러날 것이다. 신전이 널 포기하고, 황태후조차 더는 비호하지 않을 터. 나는 그런 너를 위해 '실험'을 준비한 것이다."

그렇게 나를 몰아붙이고, 제 바람을 이뤘다.

'그런데 이번에도 당할 줄 알고?'

"사도 재판을 받을 예정인 나를 죽이면 넌 평생을 황군에게 쫓겨야 할 거야. 들키면 잘난 네 아비도 수습하지 못해!"

"아저씨를 풀어 줘도 마찬가지 아냐?"

"내가 네 질문에 더는 답하지 않아도 좋다는 것이냐."

나는 생긋 웃었다.

"당신이 왜 미레유를 만들어서 보냈을까. 듀블레드를 흔들기 위해서? 아니, 당신이 넷째의 행방을 안다면 굳이 위험하게 미레유를 만들지 않고, 진짜 넷째를 인질 삼아 협박했겠지."

"……!"

"당신 성정이라면 금술을 쓰든, 실험을 하든지 간에 넷째를 허수아비로 만들어서 부렸을걸?"

발루아 공작의 미간이 좁아졌다. 두 번째 삶에서 그의 딸로 살았던 경험이 있기에 알고 있다. 이건 당황했다는 증거였다.

"내가 궁금했던 건 당신이 왜 굳이 넷째의 대역으로 '미레유'를 선택했느냐 하는 거야."

"……."

"미레유는 당신 애인이었잖아? 그러니까 그 애가 넷째를 연기하기에 완벽한 사람이 아니라는 걸 잘 알고 있었을 텐데. 굳이 왜 그 애를 넷째로 보내서 들키게 했을까. 그게 궁금했는데 이미 답을 들었어."

그가 날 협박했던 말로 충분히 목적을 알 수 있었다.

"……뭐?"

"나를 불안하게 하고 싶었던 거지?"

우뚝 굳어진 그가 마른침을 삼켰다.

"계속 듀블레드의 보호 아래 있으면 나를 빼내 올 수 없을 테니, 불안해져서 내가 누군가의 손을 스스로 잡게 하려고."

어릴 적에 '손님'이라는 자가 나를 납치하려 한 적이 있었다. 그때 실패하여 꼬리가 잡힐 뻔하였기에 방식을 바꾼 것이다.

내가 스스로 그들의 손을 잡도록.

그를 떠민 나는 탁탁, 손을 털어 내고 웃었다.

"내게 내가 모르는 뭔가가 있다는 소리겠군. 당신을 조종한 놈이 바라는 아주 간절한 무언가가."

"간악한 계집……."

"이제 내가 들어야 할 건 하나야. 널 조종한 놈, 누구야?"

발루아 공작이 움찔하며 물러났다.

"내가 그걸 말할 것 같으냐."

나는 빙그레 웃었다. 거울을 보지 않아도 알 수 있었다. 내가 저 발루아 공작과 아주 비슷한 표정을 짓고 있다는 것을 말이다.

두 번째 삶에서 그를 보며 배웠으므로.

"시간은 많아. 사람이 얼마나 고통스러워질 수 있는지 '실험'해 보자고."

내가 글라샬라볼라스에게 눈짓하자 발루아 공작의 얼굴이 희멀게졌다. 곧 옥사엔 피비린내가 물씬 풍겼고, 찢어지는 비명이 울려 퍼졌다.

발루아 공작은 사람의 꼴이 아니게 되었을 때가 되어서야 토설했다.

"이고르 마르슈!!"

이본느 황비의 부친이자, 황태후의 사촌 동생. 듀블레드를 뛰어넘는 무소불위 권력자의 이름을.

나는 얼굴을 굳혔고, 발루아 공작은 필사적으로 엉금엉금 기어와 애걸했다.

"이제 되지 않았느냐. 살려 다오. 살려 줘……!"

"……."

"제발……."

"살려 주세요, 아버지. 살려 주세요!"

그의 얼굴 위로 울부짖던 두 번째 삶의 내가 겹쳐졌다. 나는 그를 지그시 응시하며 악마에게 말했다.

"소원을 이뤄 줄게. 지긋지긋할 정도로 깊고 어두운 저 원념, 당신이 가져."

글라샬라볼라스의 입매가 비릿하게 올라갔다. 나는 미련 없이 옥사를 나섰다. 등 뒤로 처절한 단말마가 따라붙었다.

발루아 공작은 사도 재판 전에 자진한 것으로 위장되었다. 사도 재판 전의 자진은 그릇된 힘을 사용했음을 토설한 것이나 마찬가지였으므로 발루아는 멸문을 피하지 못했다.

다만, 제 아비를 고발한 헤이턴과 닐스만은 폭풍을 피해 갈 수 있었다.

* * *

재판은 흐지부지 끝났다. 발루아 공작의 시체가 성벽에 걸렸고, 사람들은 시체에마저 돌팔매질하였다.

"못난 사람. 저런 자를 아비로 두었던 자식들은 어찌 사누."

미로센 후작이 쯧쯧, 혀를 차자 사도 재판을 위해 모였던 귀족들이 하나둘 말을 보탰다.

"좌우지간 아이들이 재판을 보지 않아서 다행입니다. 증인으로 어린 애들을 부른 게 마음에 걸렸는데 말입니다. 사도 재판은 아이들이 보기엔 너무 끔찍하지요."

웨니스 백작이 아빠의 곁에 얌전히 앉아 있는 나를 쳐다보았다. 발루아 공작저의 소유자인 나는 증인으로 참석할 예정이었다. 난 아무것도 모르는 척 일어났다.

"아빠, 그러면 이제 저택에 돌아가요?"

"먼저 돌아가라."

"아빠는요?"

"귀족들과 나눌 이야기가 있다."

발루아 공작령에 관한 이야기일 터다. 멸문하였으니 공작령은 누군가 대신 맡게 될 터였다. 발루아령은 듀블레드령처럼 넓지도, 마르슈령처럼 기름지지도 않았지만, 공작령인 만큼 구미가 당기는 곳이었다.

'그리모아르 공작과 아미티에 공작은 황명에도 이곳에 오지 않았으니, 아빠나 마르슈에서 차지하게 되겠네.'

나는 속으로 아빠를 열심히 응원했다. 발루아 영지성을 아빠가 소유하게 된다면 내가 쉽게 드나들 수 있을 거다.

'거기에 뭐가 있는지 알아야겠어.'

넷째에 관한 것이 어딘가에 있을지도 모른다.

'아니, 발루아 공작의 성정이라면 마르슈 공작이라 할지라도 절대로 완전히 믿지 않았을 거야. 분명 뭔가 마르슈를 옭아맬 장치를 해 두었겠지.'

나는 곁에 있던 의장에게 속삭였다.

"발루아령, 무슨 수를 써서라도 우리가 가져와야 해. 일단 스피넬로 목을 조여 봐."

"예."

나는 아빠에게 인사하고, 의장과 함께 재판장을 나섰다.

'마르슈가 왜 나를 노렸을까.'

신전이나 황족이라면 차라리 이해가 간다. 나는 운명의 아이였으니까.

하지만 마르슈에게 나는 오히려 도움이 안 되는 존재다. 마르슈 공작은 황태후가 신심이 깊어 때때로 사고를 치는 것에 황제만큼이나 학을 뗐다. 그래서 결코 신전과 좋은 관계가 아니었다.

'황태후가 내 입양처를 정하며 본인의 가문인 마르슈를 제외한 것도 그 때문인데.'

고민하며 걷던 난 무언가에 부딪쳤다.

"악!"

"이런."

이마를 문지르고 있자, 누군가 내게 손을 뻗었다.

"괜찮은가?"

고개를 들자 인자한 표정의 노인이 내게로 손을 뻗었다.

'마르슈 공작!'

나는 흠칫하였지만, 곧 표정을 수습하고 천진하게 웃었다.

"실례했습니다, 공작님."

그는 예의 바르게 절하는 날 보고서 껄껄 웃었다. 그의 뒤로 이본느 황비와 부관인 듯 보이는 검은 모자의 남자가 있었다.

이본느 황비가 나를 소개했다.

"듀블레드 영애랍니다."

"아아, 그 운명의 아이인가. 유명 인사를 이렇게 보게 되는군. 반갑네."

"저도 뵙고 싶었어요."

"영애가 나를?"

"노스가 공작님은 제국의 방패라고 불리는 멋진 분이라고 하였어요."

"유진 노스인가……."

그는 쿡쿡 웃으며 고개를 끄덕였다.

"그를 놓친 건 아쉬운 일이었지."

"노스를 아세요?"

내가 일부러 눈을 동그랗게 떴을 때였다.

"르브."

멀리서 나를 보고 있던 아빠가 다가왔다.

"오랜만일세, 듀블레드 공."

"예."

"말이 짧은 건 여전하구먼. 젊을 때나 지금이나 변함이 없어. 영월제에서 자네 부친과 함께 처음 보았을 적에도 재미난 사람이라고 생각했지."

그러자 이본느 황비가 웃으며 대꾸했다.

"처음 뵌 것은 영월제가 아니지요. 그 전에 있었지 않습니까. 왜 '꽃의 세 공자'를 둘러싸고 영애와 영식들이 제가 추종하는 공자들이 최고라며 상점가에서 싸움을 벌였을 때 아버님께서 수습하셨잖아요."

"꽃의 세 공자…… 아아, 그래! 자네가 '블루 로즈의 그대'였구먼!"

블루 로즈의 그대가 뭐야?

나는 어리둥절한 표정으로 아빠를 쳐다보았는데, 아빠의 표정이 무시무시했다.

"……?"

마르슈 공작이 껄껄 폭소를 터뜨렸다.

"영애의 아비가 젊었을 적에 아주 인기가 좋았거든. 어린 영애들이 그리 부르곤 하였단다."

"아……."

내가 중얼거리자 마르슈 공작이 이어 말했다.

"잉그리드 공주님께서도 블루 로즈의 그대를 몹시 사모하셨지. 아, 지금의 노델리 후작 부인 말이네."

나를 슬쩍 아빠를 다시 쳐다봤고, 아빠는 이를 악물었다.

"딸 앞에서 그 얘기는 그만하시죠."

'꽃의 세 공자라고 했으니까, 다른 두 사람도 있는 거 아냐?'

다른 두 사람은 누구지?

Chapter 11.

내가 고개를 갸웃하던 찰나, 아빠가 어깨를 감싸 왔다.

"마차까지 데려다주마."

흘깃 시선을 돌리자 이본느 황비의 시선이 내게 고정되어 있었다.

황비 쪽에서 포섭하고 있던 발루아가 무너졌으니, 황자의 미래를 위해 든든한 아군이 필요할 터다.

듀블레드는 그녀의 구미에 꼭 맞을 가문이었다. 그런 데다가 가상전으로 내 주가가 솟구쳤으니 황비는 나를 어떻게든 손아귀에 넣고 싶을 것이다.

아빠가 염려할 만한 상황이었다.

'그리고 마르슈 공작이 납치 사건에 얽혀 있다는 걸 안 이상 계속 이야기를 나누는 것도 꺼림칙해.'

"네!"

아빠에게 대답한 나는 냉큼 마르슈 공작에게 고개를 숙였다.

"안녕히 계세요!"

공작은 인자한 미소를 지었고, 나도 그와 마주 보며 활짝 웃었다.

'만만치 않은 할아버지일세.'

차라리 발루아 때처럼 적개심을 대놓고 드러내는 쪽이 상대하기 쉽다. 마르슈 공작과 같이 흉계 따윈 모른다는 듯 인자한 표정의 노인은 훨씬 까다로운 적이었다. 속을 전혀 가늠할 수 없으니까.

"그럼."

아빠와 나는 함께 마차 대여소로 향했다. 나를 안아서 마차 안에 들여보낸 후, 아빠가 검게 가라앉은 눈으로 호위들을 돌아보았다.

"각별히 주변을 살펴라. 먹잇감을 눈앞에 둔 날짐승은 더러 천지 분간을 못 하기도 하니."

발루아령을 차지하려고 눈이 벌건 귀족들을 이르는 말이었다.

"명 받잡습니다."

호위들의 얼굴에 긴장감이 어렸다.

"르브."

"네."

"당분간 저택 밖으로 나갈 일이 있으면 필히 의장과 이리들을 대동하여야 한다."

나는 고개를 끄덕였다. 아빠의 목을 끌어안아 주는 것으로 인사한 뒤에야 마차가 출발했다.

그전까지 해맑은 웃음으로 아빠에게 인사하던 나는 단숨에 표정을 바꾸며 창에 달린 커튼을 닫았다. 그리고 나와 단둘이 마차 내부에 있던 의장에게 발루아 공작에게서 들은 내용을 공유했다.

이야기를 들은 의장이 느른히 턱을 쓸었다.

"수괴가 마르슈 공작이었다―라. 그가 무슨 연유로요?"

"글쎄. 미루어 짐작해 보자면 끝도 없지. 권력에 미쳤든가, 내게 내가 모르는 엄청난 힘이 숨어 있든가."

"흠……."

"나와 마르슈를 서로 적대하게 만들려는 발루아 공작의 최후 발악일 수도 있고."

눈을 가늘게 뜬 의장이 눈썹을 까딱 들어 올렸다.

"좌우지간 마르슈를 파 볼 가치는 있겠군요."

"정보 정도로만. 괜히 진짜 수괴인지 알아낸답시고 마르슈 공작이 경계할 정도로 움직일 필요는 없어."

"어째서요?"

"수괴라면 내게 필시 원하는 게 있을 테니, 굳이 우리가 알아내려 하지 않아도 먼저 움직이겠지."

"그래도 방비가 필요하지 않겠습니까. 다른 사람도 아니고 마르슈 공작입니다. 각별히 조심할 필요가 있죠."

의장의 말마따나 마르슈 공작은 발루아 공작의 경우와는 다르다.

발루아 공작가는 5공작가 중 최하위로, 따로 결탁한 가문 없이는 듀블레드에 감히 맞서기 힘들었다.

하지만 마르슈는 다르다. 마르슈 공작은 황제의 장인, 내궁을 장악한 이본느 황비의 부친이자 현재 가장 황위와 가까운 황자의 외조부다.

뿐만인가. 건국의 일등 공신 가문으로 개문 이래 줄곧 권력의 최정점을 차지하고 있었다. 지금까지 쌓아 온 부가 듀블레드에 이르고, 부를 기반으로 한 강대한 군사력을 가졌으며 듀블레드를 뛰어넘는 걸출한 인재의 보고였다.

"그래도 몇 가지 다행인 점이 있지. 하나는 수괴가 원하는 게 뭔지는 몰라도 그것을 내가 쥐고 있다는 점."

"그리고요?"

"나를 공격하지 못한다는 점."

"……예?"

"마르슈가 수괴라면 나를 노릴 타이밍이 잔뜩 있었어. 특히 가상전 말이야. 그런데 발루아 공작처럼 비겁한 자가 가상전에 손을 대서 직접 날 죽일 생각은 못 했단 말이야."

"아기님께서 죽어선 안 될 이유가 있다는 겁니까."

"그래."

나는 검지로 스스로 가리키며 말을 이었다.

"즉, 인질은 내 손안에 있다는 거야."

"스스로 인질로 잡는 경우가 어디에 있습니까?"

의장이 어처구니없는 투로 말해서 나는 히죽, 비열하게 웃었다.

"할 수만 있다면 더한 것도 인질로 잡을 수 있는데, 나 자신쯤이야."

"어쨌든 우위를 점하고 있는 건 아기님이시라는 거군요."

"저들은 모르잖아. 내 목숨이 사실 내게는 크게 가치가 없다는 걸. 난 죽어도 다시 회귀하니까. 수괴를 알아내고 회귀할 수 있으면 남는 장사다 이거야."

신의 저주 같던 회귀의 반복이 이토록 소중해질 때가 올 줄이야.

'사람 일은 모르는 거라니까.'

양손으로 입가를 가리고 히힛 웃자, 의장이 못 말린다는 듯 실소를 흘렸다.

'수괴는 조급해하고 있어. 시간은 우리 편이라는 말이지.'

그럼 나는 수괴가 움직일 때까지 한갓지게 지내면 되겠다.

*　　*　　*

저택에 도착하자 고모와 오빠들이 나를 기다리고 있었다.

"꼬맹아, 발루아 공작이 죽었다며?"

이샤크가 히죽 웃었고.

"끔찍한 사도 재판을 안 봐도 돼서 다행이다."

앙리는 빙그레 웃으며 내 머리를 쓰다듬었다. 고모와 요한도 앙리의 말에 동의하는 것 같았는데, 난 속으로 고개를 갸웃했다.

'구경거리를 놓친 건데?'

발루아 공작은 내게 더 끔찍한 실험을 몇 번이고 했는데, 내가 사도 재판을 끔찍해하겠는가. 하지만 굳이 '나 복수엔 피도 눈물도 없는 어린이야!' 하고 광고할 필요는 없어서 어색하게 시선을 돌렸다.

"으응, 뭐……."

"가자. 차와 과자를 준비해 두라고 했어."

"신난다!"

배가 고팠던 터라 난 외투만 벗고 냉큼 오빠들을 따라갔다. 소파에 앉으니 앙리가 따뜻한 밀크티를 건네줬고, 이샤크는 커다란 쿠키를 쥐여주었다. 나는 그것들을 호로록 옴뇸뇸 먹으며 가족들의 이야기를 경청했다.

"황제가 대단히 뿔이 난 것 같은데? 아무리 황궁을 공격한 범인인 게 밝혀졌다고 해도 이토록 빠르게 사도 재판을 연 걸 보면."

이샤크의 말에 고모는 찻잔을 들곤 대답했다.

"이때다 싶었던 게지. 귀족들이 똘똘 뭉쳐 황권을 견제한 탓에 그토록 소원인 황권 강화는 내내 꿈만 꾸고 있었잖니."

"황권을 강화하고 싶으면 쉽고 간단한 방법이 있잖아요. 후계끼리 싸움을 붙이는 거. 조부가 그랬듯이 말예요."

이샤크의 말에 앙리가 내 입가에 묻은 쿠키 부스러기를 살살 털어 주며 대꾸했다.

"그래서 이번에 2황자 아드리안을 다시 황궁으로 불러들였잖아. 하지만 쉽지 않을걸. 이본느 황비가 황궁을 장악하고 있으니."

다리를 꼬고 있던 요한이 무릎을 툭, 툭, 느른히 두드렸다.

"고모님, 황궁의 움직임은 주시하고 계십니까?"

"물론이지. 왜? 걸리는 거라도 있나?"

"황제가 이번 찬스를 놓칠 리 없지 않습니까. 슬슬 황비 간택 얘기를 꺼낼 듯합니다만."

"그도 그렇구나……. 귀족들이 발루아령에 눈이 벌건 것을 노려 황비 간택령을 내릴 수도 있겠어."

"예, 지금까지 간택령을 내리지 못한 것은 마르슈 공작과 이본느 황비에게 포섭된 귀족들이 똘똘 뭉쳐 있었기 때문이니까요. 찬스라면 지금뿐이죠."

나는 쿠키를 오독오독 씹으며 생각에 잠겼다.

'황비 간택령이라.'

황비는 단지 황제의 부인, 혹은 애첩이 아니다. 신전의 교리 때문에 일부다처제가 금지된 지금, 황제가 다수의 황비를 둘 수 있는 건 모두 정치적인 목적을 위해서였다.

현재의 〈황비〉는 손이 귀한 황가의 미래를 준비하고, 각 지방과 황가를 잇는 창구인 동시에, 황제를 도와 나라를 다스리는 관직과 비슷한 의미였다.

회귀 전에도 황제가 새 황비를 두려고 한 적이 있었는데 이본느 황비에 의해 실패했었다.
'독살당했다고 했는데. 그 사람이 누구였더라…….'
빼어난 가문의 영애는 아니었던 데다가 이본느 황비가 철저히 입단속을 해 놔서 이름조차 듣지 못했다.
'그래도 난 황태후를 보러 가서 만난 적이 있는데.'
악마를 돌려보낸 지 얼마 되지 않아서 아직 어른의 사고가 잘되지 않는 모양이다. 얼굴이 떠오를락 말락 했다.
'그러니까 그 사람이……. 으으음.'
"그런데 아버지는 왜 꼬맹이와 함께 오지 않았지?"
"더 나눌 이야기가 있대. 마르슈 공작님도 계셔서 오늘 늦으실 것 같아."
"마르슈 공작? 웬일로? 아버지가 무척 싫어하시는데?"
"응. 싫어하셨어. '블루 로즈의 그대'라고 아빠를 놀려서……."
"뭐야, 그 웃기는 이름은."
"아빠가 옛날에 블루 로즈의 그대였대."
순간, 오빠들의 시선이 일시에 나를 향했다.
고모는 픽 실소를 흘렸다.
"그리운 이름이구나."
이샤크가 눈을 번쩍이며 고모에게 몸을 기울였다.
"그게 뭔데? 블루 로즈의 그대라니. 뭔 이름이 그렇게 수치스러워?"
"내 입으로 말하기엔 거북하구나. 레아, 말해 주지 그러니."
소파 뒤에서 나를 호위하던 레아가 곤란한 듯 미소 지었다.
"그게……."
앙리가 달콤하게 미소 지었다.
"말해 줘."

이샤크는 "당장." 하고 덧붙였고, 요한마저 레아에게 집중했다.

"과거에 영애, 영식들 사이에서 인기가 좋은 공자님들을 '꽃의 세 공자'라고 불렀다고 합니다."

"누군데, 그렇게 불린 불쌍한 사람들이?"

"아미티에 공작과 그리모아르 공작, 그리고 주인님이 그리 불렸지요."

레아의 곁에서 콧김을 뿡뿡 뿜고 있던 로라가 번쩍 손을 들었다.

"제가 그분들의 별칭을 알고 있습니다. 괜찮으시면 말씀해 드릴까요?!"

"그래. 어서."

이샤크가 눈을 희번덕 뜨자, 로라가 꿈꾸는 듯한 표정으로 손을 모으며 말했다.

"아미티에 공작님께서 흰 수선화의 그대, 그리모아르 공작님께서 검은 제비꽃의 그대였지요. 그리고 주인님께선……!"

"블루 로즈의 그대였다 이거지."

이샤크가 음산하게 중얼거렸고, 앙리가 무섭도록 달콤하게 입꼬리를 올렸으며, 요한이 눈썹을 슥 들어 올렸다. 고모는 책으로 입을 가리고 있었지만, 드물게 아주 즐거운 표정이었다.

그 사이에 있던 난 왜인지 모르게 등줄기가 오싹해졌다.

* * *

테오도르가 귀가했다. 저택의 집사가 그의 외투를 받으며 말했다.

"목욕물을 준비해 두었습니다."

"식사부터 하지. 르브가 기다리고 있었을 테니. 어디에 있나."

"그게……."

집사가 당혹스러운 듯 말꼬리를 늘였다.
“르브에게 무슨 일이 ─ ”
“아버님.”
“오셨습니까.”
“늦으셨네요.”
고개를 돌린 테오도르가 미간을 좁혔다. 평소엔 귀가 인사라곤 모르던 아들 셋이 몰려나와 그를 반겼다.
“……무슨 일이냐.”
“별일 아닙니다.”
“별일이 아닌데 왜 너희들이…… 이건 무슨 냄새지?”
아들들이 걸어온 쪽부터 짙은 꽃향기가 느껴졌다. 그것도 몹시 거북한 향기였다. 여름이면 정원을 기피하게 만드는 그 향기 말이다.
복도로 조그만 아이가 낑낑거리며 꽃다발을 들고서 걷고 있었다. 르블레인이었다. 꽃을 본 테오도르의 표정이 굳어졌다.
“그건…….”
푸른 장미. 지금까지도 그를 열 받게 만드는 유일한 꽃이었다.
아들들이 우물쭈물하는 르블레인에게 손짓했다.
“이리 와, 꼬맹아.”
테오도르가 무시무시한 표정으로 아들들을 돌아보았다.
“르블레인의 선물입니다.”
“블루 로즈의 그대에게.”
푸흡.
공자들은 고개를 돌리고 어깨를 들썩였고, 꽃다발을 든 채로 낑낑 걷던 르블레인은 제 아버지의 표정을 확인하곤 흠칫했다.
악귀다. 악귀가 여기에 있었다.

인생 4회 차가 가진 머릿속의 경고등이 깜빡깜빡 울린다. 르블레인은 슬그머니 뒷걸음질 치며 중얼거렸다.

"아, 아, 아이, 졸려라."

그러자 세 공자가 르블레인을 감싸며 다정히 물었다.

"그럴래? 가서 잘까?"

"그래, 꼬맹아."

"가지."

르블레인은 "응!" 하며 냉큼 제 방으로 내뺐고, 아이의 뒤를 따라 계단을 오르던 공자들이 슬며시 제 아버지를 쳐다봤다.

"블루 로즈의 그대…… 풉."

"큭."

"훗."

남매가 사이좋게 사라진 후, 테오도르는 음산한 목소리로 말했다.

"노스."

중정에서 장차 있을 대사건의 시발점을 지켜본 노스가 딱딱하게 굳은 얼굴로 마른침을 삼켰다.

"예."

"별호가 마음에 드는 모양이니 저놈들에게도 하나씩 갖다 붙여 줘라."

"예? ……예."

테오도르의 눈이 검게 일렁였다.

* * *

다음 날, 잠에서 깬 나는 화병에 꽂힌 푸른 장미를 보고 끙, 신음했다.

"아버지께 드리면 기뻐하실 거야."

앙리가 도무지 거부할 수 없게 생글생글 웃는 바람에 덜컥 받은 것이 문제였다.

꽃 선물을 포기해서 망정이지, 정말로 건넸다면 저택이 무너졌을지도 몰라.

나는 어제 보았던 악귀 같은 아빠를 떠올리고 어깨를 부르르 떨었다. 얼마나 무서웠는지 꿈에서도 푸른 장미를 들고 입에서 불을 토하는 아빠를 볼 정도였다.

그때, 몇 번의 노크가 들리더니 익숙한 목소리가 들려왔다.

"아기님, 기침하셨나요?"

로라였다.

"응!"

소리치자 문이 열리고, 세숫물을 든 로라와 세 하녀가 들어왔다. 나는 하녀들의 도움을 받으며 씻고, 옷을 갈아입었다.

"오늘 일정은 어떻게 되시나요?"

"점심 식사는 저택에서 하시겠어요?"

"외투를 준비해야 할까요?"

하녀들이 물어서 난 "으음……." 하고 신음하다가 고개를 끄덕였다.

"오늘은 밖에 나갈래. 상점가를 구경할 테야."

"누아노크 공께 전하겠습니다."

발루아령을 둘러싼 귀족들의 신경전이 치열해졌다. 듀블레드에서 발루아령을 차지할 가능성이 컸기 때문에, 아빠는 탐욕에 눈먼 하이에나 무리를 우려해서 내 외출 시에 필히 의장이 따라붙도록 하였다.

'나야 나쁠 것 없지.'

오늘은 호프 상단의 사무실로 갈 거니까, 어차피 의장과 함께 가야 하거든!

나는 머릿속으로 앞으로 할 일을 생각했다.

일단 희망의 집 아이들을 찾으러 간 세리아 대신 상단 일을 해야 하고…… 아, 사교 활동을 한 지도 꽤 되었으니까 귀부인과 영애들을 만나야 해.

'제일 중요한 건 마르슈 공작이 공격해 왔을 때 대응할 방법을 찾는 거야.'

의장에겐 뻔뻔하게 괜찮다고 했지만, 사실 그건 내 사람들을 안심시키기 위한 말이었다. 죽어서 다시 회귀하는 건 최후의 방법이다.

'뭐, 의장도 눈치채고 모른 척해 준 거겠지만.'

나는 우리 가문을 무척 사랑하지만, 객관적으로 현재 듀블레드는 마르슈 공작가에 밀린다.

'몇 년 후엔 다르겠지만, 그건 대륙 전쟁 이후의 이야기야.'

아직은 몇 년이나 남은 상황. 그 전에 마르슈가 공격해 온다면 대응할 방법이 마땅히 없다.

'한시라도 빨리 듀블레드가 마르슈를 뛰어넘는 권력가가 돼야 해. 쉽진 않겠지만 손 놓고 있을 순 없으니, 방법을 찾아보자.'

할 일을 머릿속으로 정리한 나는 연락 받고 저택으로 온 의장과 함께 상점가로 떠났다.

사무실로 들어가자 세리아의 부관역인 커티스가 우리를 맞아 주었다.

"오셨습니까, 단주."

"응. 세리아에게 연락 왔어?"

"발루아 공작이 '제물 예정인 인간'을 숨겨 둔 구역은 허가 없이 드나들기 힘든 곳이라 시간이 걸리는 듯합니다. 부단주께선 꼭 당신의 눈으로 아이들을 확인하고 싶어 하셔서요."

"그럴 만도 하지. 세리아에게 소중한 형제들인걸."

내가 발루아 공작이 '제물 예정의 인간'을 숨겨 둔 장소를 말해 주었을 때, 세리아는 크게 흥분해 있었다.

'아이들이 전부 죽은 건 아니었으면 좋겠는데.'

그렇게 생각하며 커티스가 가져온 서류를 확인했다. 호프 상단은 제국 전역에 뻗은 지점에서부터 정보를 수집하고 있었기 때문에 흥미로운 소문들을 접할 수 있었다.

"노델리 후작이 폐허가 된 광산을 사들이고 있다고?"

서류를 확인한 내가 어리둥절한 표정을 짓자, 커티스가 내 앞에 찻잔을 내려놓으며 고개를 끄덕였다.

"뭔가 찾고 있는지 광산이란 광산은 죄 사들이고 있는 모양입니다."

'어째서?'

회귀 전엔 그런 일은 없었다.

무엇보다 웬만한 좋은 광산은 모두 소유자가 있어서 이런 시기에 광산은 좋은 투자처도 아니었다.

'노델리 가문은 후작이 잉그리드 공주와 결혼할 때 선황으로부터 다이아몬드 광산을 받았기도 하고.'

그 다이아몬드 광산엔 질 좋은 블랙 다이아가 잔뜩 나왔다.

책상을 툭, 툭, 두드리던 난 별안간 떠오른 생각에 벌떡 몸을 일으켰다.

"맞아, 그거야!"

소파에 앉으려던 의장이 "예?"하며 나를 돌아보았다.

"커티스, 나가 봐."

"예."

커티스를 내보낸 나는 창문과 문밖의 기척을 살피고 목소리를 죽였다.

"노델리에서 '수원(水原)'을 찾는 거야."

"수원이라면…… 물을 생성하는 정령석 말입니까? 하지만 그건 전설의 산물이 아닙니까."

"아니, 수원은 정말로 있어."

머지않은 미래에 수원이 시중에 나오게 된다.

소유자는 노델리 후작.

'전설 속에선 님프의 호수 깊은 곳에 있다고 하더니만, 그게 광산이었어?'

노델리 후작이 광산에 수원이 있다는 걸 어떻게 알았는지는 모르겠지만, 그게 아니라면 폐허가 된 광산을 굳이 사들일 이유가 없다.

"하지만 대부분의 지방은 아멘타르강을 기점으로 물을 공급받기 때문에 수원이 있어 봐야 별 필요가 없을 텐데요. 5년 전처럼 큰 가뭄이 오지 않는다면요."

"온다면?"

"그야…… 설마!"

"곧 대가뭄이 올 거야. 제국의 젖줄이라고 하는 아멘타르강이 마를 정도의 극심한 가뭄이."

노델리 후작은 사업 머리가 없는 사람이었다. 결혼하며 받은 광산에서 엄청난 수익이 생겨서 다행이지, 아니었더라면 벌써 집안을 말아먹었을 터였다.

사람들은 그의 수원 사업 또한 헛수고라고 비웃었다. 수원을 찾아서 한 일이라는 게, 오랜 건기에 고통받는 타국에 유통하는 것이 다였다. 투

자금과 노력에 비하면 수익은 크지 않았다.

대가뭄이 오기 전까진.

'대가뭄이 온 후에 수원의 가격이 천정부지로 치솟았지.'

대가뭄의 기간은 3년.

그동안 제국엔 비 한 방울이 떨어지지 않았고, 아멘타르강이 제 기능을 하기까진 2년이 더 걸린다. 그동안 수원은 황제를 뛰어넘는 권력이 되었다.

'그거라면 단기간에 마르슈를 뛰어넘을 수 있어!'

"내가 찾아야겠어."

"수원을요?"

"그래, 일단 내가 노델리 후작이 사들였던 광산들이 뭐였는지 떠올려 볼 테니까…… 으음."

"전부 아시는 건 아니지 않습니까."

"그럼 우리도 전부 사들이는 수밖에."

"아기님도 상당한 부자이시지만, 노델리가에는 아직 못 미치시지요. 후작이 눈을 뒤집고 나온다면 그땐 어쩌시겠습니까."

"그렇게 나오면……."

턱을 매만지며 "으음." 하고 신음한 난 히죽 웃었다.

"방법이 있지!"

* * *

나는 아빠를 찾아갔다. 오늘 아빠의 일정은 대귀족 회의였으므로, 대귀족들의 회의장인 로자리오의 탑이 목적지였다. 탑 앞에서 내려 30분쯤 서성이자 회의가 끝난 모양인지 귀족들이 나오고 있었다.

"아빠!"

내가 반갑게 고개를 번쩍 드니, 귀족들과 대화하며 탑을 나오던 아빠가 고개를 돌렸다.

"르브?"

"상점가에서 놀다가 의장이 아빠 일이 끝날 시간이라고 해서 왔어요."

"무슨 일로?"

"그건…… 그러니까……."

마땅한 핑곗거리가 없어서 난 눈을 도르륵 돌리다가 "아." 하고 소리쳤다.

"아빠가 보고 싶어서!"

그러자 귀족들이 껄껄 웃었다.

"사랑스러운 따님이시군요."

나는 헤헤하고 천진난만하게 웃었는데, 아빠는 나를 번쩍 안아 들었다. 그러곤 귀족들을 힐끔 돌아보았다.

"자네 자식도 자주 마중을 나오는가?"

"예? 아…… 마중은 무슨, 전혀 아닙니다. 요샌 뭐에 빠졌는지 아비가 제 방에 가도 귀찮아합니다."

"귀찮아하기만 합니까. 제 딸은 사춘기가 오더니 그렇게 방문을 잠그더이다!"

"그래도 역시 딸이 귀엽지. 전 시커먼 아들 녀석들뿐이라 부럽습니다."

허허헛, 웃는 귀족들 사이에서 아빠의 표정이 오만해졌다.

"이 녀석은 항상 내가 귀가할 때까지 졸린 눈을 비비며 기다리더군."

"부럽습니다!"

"대문 앞에 나와 있기도 하지. 자주."

“오오!”

“오늘도 나를 보겠다고 찾아왔고.”

“제국에서 제일 귀여운 딸이 아닙니까!”

버튼을 눌린 마도구처럼 꽥꽥 부럽다고 소리 지르는 귀족들을 보고 아빠는 씩 입꼬리를 올렸다.

“장거리 이동진 건은 긍정적으로 생각하도록 하지.”

“제국의 천 년 역사에 길이 남을 기특한 따님이십니다!”

아빠는 만족스럽게 고개를 끄덕였고, 나는 ‘말은 아빠가 했는데 수치는 내 몫인 상황’에서 억지로 시선을 돌렸다.

“제국의 천 년 역사에 길이 남을 기특한 네게 무슨 선물을 주어야 할까.”

아빠가 흐뭇한 얼굴로 말해서 나는 눈을 번쩍 떴다.

‘그 말을 기다렸다.’

“용돈이요!”

귀족들이 껄껄껄껄 웃었다.

“아주 많 — 이 주셔야겠습니다.”

“용돈이라. 확실히 귀엽습니다. 제 자식들은 내탕금을 주기 시작한 뒤로 용돈을 조른 적이 없어요.”

“예. 웬만한 건 인장으로 구매할 수 있으니 조를 만한 일이 딱히 없지요.”

아빠가 손마디로 내 볼을 가볍게 문지르며 말했다.

“얼마나 필요하지?”

“음, 그러니까…….”

나는 허공을 보며 속으로 금액을 계산했다.

‘상단에서 운용할 수 있는 돈이 이 정도니까, 더 필요한 금액이…….’

계산을 마친 난 해맑은 얼굴로 말했다.

“5천만 프랑이요.”

“……!”

“뭐, 뭣?!”

“오, 오, 오, 오천만?!”

어허헛 웃던 귀족들이 꽝꽝 얼어붙어서 입을 뻐끔거렸다. 웬만한 영지의 1년 예산쯤 되는 금액이 ‘용돈’으로 둔갑할 줄은 몰랐던 모양이었다.

나는 두 손을 얌전히 내밀며, 하녀들을 비롯해 이리의 대장마저 함락한 필살의 자세를 취했다.

“주세요…….”

5천만 프랑. 나, 그걸로 수원 사야 해.

아빠는 잠시 침묵하더니 노스를 쳐다봤다.

“노스.”

귀족들은 ‘혼나겠군.’ 하는 표정으로 내게 애도의 눈빛을 보내왔다.

아빠가 말했다.

“섬 몇 개 처분해라.”

“……예?!”

놀란 노스가 입을 뻐끔거리자 아빠는 눈을 부릅떴다.

“용돈이 필요하다잖아, 내 딸이.”

나는 아빠에게 덥석 안겨서 까르륵 웃었고, 아빠의 눈매도 부드럽게 휘었다. 다정한 표정의 듀블레드 공작을 본 사람들은 ‘5천만 프랑’을 들었을 때보다도 더 크게 술렁였다.

내 등을 부드럽게 쓰다듬던 아빠가 물었다.

“한데, 무얼 갖고 싶기에?”

이 말을 기다렸다.

'사람들이 용돈을 준다는 얘기는 다 들었으니까 이제…….'

나는 손을 꼬물꼬물 매만지며 어린애다운 순진한 표정을 지었다.

"있지요. 오늘 상점가 분수대에 갔는데요. 의장이 님프의 전설을 말해주었어요."

"님프?"

"네! 님프의 호수엔 수원이라는 신비한 돌이 있대요. 옛날 옛날에 용사님이 검이랑 방패랑 수원이랑 가지고 있었대요."

내 이야기를 듣던 귀족들이 고개를 끄덕였다.

"용사 테슬라의 전설입니까."

"용사와 마왕의 이야기라면 저도 압니다. 어릴 적에 테슬라의 검을 사달라고 부모님을 조르던 기억이 있습니다."

"우리 때야 그렇지만, 요새 아이들은 잘 모르는 이야기일 터인데."

나는 팔을 번쩍 들고서 말을 이었다.

"아빠는 세상에서 제일 강하지요?"

"그래."

"용사님은 세상에서 제일 강한 사람이래요. 우리 아빠가 용사님이야. 그러니까 내가 수원을 사 올 거예요!"

그러자 주변에서 일시에 웃음이 터졌다.

"듀블레드 공이 딸에게 푹 빠진 이유를 알 것 같구만."

"이런 딸이라면 귀여울 수밖에요."

그렇지? 나, 어린이 같았지?

세 번의 회귀를 거듭한 영혼이 수치스럽다고 부르짖는 것 같았지만, 애써 무시한 난 속으로 비열하게 웃었다. 아빠는 픽 웃고 내 머리를 쓰다듬었다.

"그래? 우리 딸이 수원을 구해 올 수 있나 볼까."
"응!"
아빠의 목을 끌어안은 난 해맑게 웃었다.
'꼭 구할 거야.'
듀블레드를 권력의 최정점으로 가게 할 급행 티켓!

*　　*　　*

나는 아빠, 그리고 의장과 함께 저택으로 들어왔다. 아빠는 내내 기분이 좋았다.
"올라가 볼게요."
"그래."
웃으며 이야기한 후, 나는 의장을 끌고 냉큼 저택의 온실로 향했다.
"커티스에게 당장 소문을 퍼뜨리라고 해."
"소문이요?"
"내가 님프 호수의 수원을 구하려고 한다는 소문 말이야. 아빠가 5천만 프랑 이상을 지원해 준다는 것도."
"그래서 일부러 사람들 앞에서 그 일을 언급하신 겁니까?"
"제도의 모든 싸움은 여론전에서 시작되니까."
나는 우쭐한 표정으로 고개를 척 치켜들었고, 의장은 쿡쿡 웃었다.
"현명하십니다. 소문이 나면 노델리 후작가에서 지레 겁먹고 포기할지도 모르지요."
그렇게 되면 노델리와 애초에 매입 경쟁을 할 필요가 없으니, 가격이 오를 일이 없다. 잘만 하면 본래 생각해 둔 예산의 절반, 아니, 그보다 더 적은 금액으로 폐광을 사들일 수 있을 터였다.

"아니라도 님프의 호수에 관련된 소문을 돈에 눈 벌건 하이에나들이 물어올 테고. 폐광과 관련된 이야기라도 물고 온다면, 폐광 소유주들이 앞다퉈 내게 매입을 청할 거야."

"커티스에게 내용을 전달하도록 하겠습니다."

나는 고개를 끄덕였다. 문제는 현재 호프 상단엔 세리아가 없다는 거다. 노델리 후작가에선 이미 폐광을 사들이기 시작했다. 그들이 너무 큰 돈을 투자해 발 빼기 어려워지기 전에 소문을 퍼뜨려야 했다.

'커티스가 세리아처럼 내 명을 철저하고 빠르게 진행할 수 있을까?'

하지만 우려와 달리 커티스의 진행력은 세리아를 웃돌았다. 단 사흘 만에 제국 전역에 소문이 퍼졌다. 그것도 아주 만족스럽게.

며칠 후.

상점 거리를 걷던 난 주변에서 수군거리는 소리를 들었다.

"듀블레드 공작이 딸의 동심을 지켜 주기 위해 님프의 호수를 찾으려고 한다면서요?"

"이걸 우습다고 해야 할지, 낭만적이라고 해야 할지……."

"듀블레드 공작이라면 만들어서라도 찾아 주지 않겠어요?"

우후훗 웃는 소리에 나는 입꼬리를 씩 올렸다.

'아빠의 이름을 소문의 맨 앞에 두었네.'

잘했다, 커티스!

소문은 권력자와 얽힐수록 부풀고, 빠르게 퍼진다. 듀블레드 영애보다 듀블레드 공작이 소문의 앞줄에 있으니 제국인이라면 '듀블레드가 수원을 노리고 있다'라는 이야기를 모르는 사람이 없었다.

'나, 이번 생에선 인복이 많은가 봐.'

양 주먹으로 입가를 가리고 이히힛 웃고 있으니, 곁에 있던 대부인이 물었다.

“오늘은 아기가 기분이 좋은 모양이구나.”

“네.”

“다행인걸.”

“대모님께서도 기분이 좋아 보이세요.”

“신경 쓰이는 일이 처리되었거든.”

부채로 입가를 가렸지만, 눈매는 부드럽게 휘어 있었다.

나는 목소리를 바짝 죽이고 물었다.

“며느님에 관한 일이요?”

“영리하기도 하지.”

카밀라 대부인과 나는 몹시 친해졌다. 그녀는 어린애답게 천진하지만, 때론 어른보다 더 과묵한 내게 여러 가지 이야기를 해 주었다.

‘대공 비에 관한 이야기도 말이지.’

“대공 비 전하의 가족이 결국 제도에서 물러났군요!”

“그래. 오래도 버텼지.”

대부인이 탁, 소리가 나도록 부채를 접었다.

‘대모님도 무서운 분이란 말이야.’

평생 대공 비의 고혈을 빨아먹은 주제에, 그녀가 결혼하고도 거머리가 될 기세이던 친정 가족들을 완전히 몰아붙였다.

어떤 방법을 쓴 건지는 모르겠지만, 욕망에 불타던 대공 비의 친정 가족이 제도에서 물러날 테니 살려만 달라고 애걸하게 했다.

‘후환은 절대로 남겨 두지 않는 분이시지.’

그 일로 바쁜 와중에도 사교계까지 잘 단속해서 황제는 현재 친모보다 대공 비를 훨씬 더 신임했다.

“잘됐어요.”

내가 말하자 대부인이 후후 웃으며 머리를 쓰다듬었다.

"고맙구나. 자, 그럼 들어갈까?"

"네."

오늘은 사교계의 큰 행사인 자선 파티가 있는 날이다. 대부인과 절친한 지기인 에스테라 노부인이 주관하는 행사라, 나와 대부인 또한 자선 파티에 참가하기로 했다.

"제 또래 영애와 영식들이 온다고 했지요?"

"그래, 그리고…… 아니, 이건 선물로 남겨 두기로 하자."

나는 고개를 갸웃했지만, 대부인은 말을 돌렸다.

"아기는 곧 신학원에 들어갈 테지?"

"네, 올가을에 오빠들이 국외의 학술원으로 떠나면 저는 신학원에 들어갈 거래요."

제도의 모든 귀족 아이들은 신학원을 거쳐 황립 아카데미나 영재원에 진학한다. 신학원이 제도 귀족들의 필수 교육원인 셈이었다.

오빠들 같은 천재들은 바로 영재원으로 가기도 하지만, 대부분은 신학원을 거친다. 모든 아이의 교육원인 만큼 인맥을 쌓을 수 있는 최고의 공간이기 때문이다.

'난 신학원만 다니고 가문 내에서 교육을 받기로 했지.'

내 목숨이나 힘을 노리는 사람들이 많기에 어쩔 수 없는 선택이었다. 신학원은 호위를 대동할 수 있는 데다가 각자 저택에서 통학하므로 경호에 문제가 없었다.

"신학원에 입학할 아이들과 오늘 자선 파티에서 얼굴을 익힐 거야."

"그래서 이번 파티의 초대장을 구하려고 다들 소란스러운 거군요!"

"그래, 봄의 자선 파티는 신학원에서도 최고 중의 최고들로만 무리를 형성할 수 있도록 미리 준비하는 행사이기도 하지."

나는 속으로 고개를 끄덕였다.

'제도 치맛바람의 거점이라는 소리로구만.'

대부인이 내 눈가를 부드럽게 매만지며 말했다.

"너는 아무런 걱정하지 말려무나."

난 히히 웃으며 그녀의 손에 얼굴을 맡겼다. 고르고 골라 대모를 구한 보람이 있었다.

파티장 안으로 들어가자, 귀부인들이 몸을 일으켰다.

"황가에 광영을. 대부인을 뵙습니다."

"대부인을 뵙습니다."

대부인이 웃으며 고개를 끄덕였다.

"환대에 감사를 표하네. 다들 앉게나."

나도 대부인 옆에서 예의 바르게 인사했다.

"안녕하세요, 유셀타 부인, 로뎅 부인, 아리우드 부인."

귀부인들은 우후훗, 웃으며 반겨 주었다.

"반가워요, 작은 영애님."

인사하는 사람 중엔 익숙한 면면이 꽤 있었다. 대부인의 절친한 지기가 주관하는 행사인 만큼, 대부인의 사람들이 잔뜩 있기 때문이었다.

대부인은 인품 좋은 사람을 위주로 사귀기 때문에 하나같이 다정한 이들이었다. 모친이 없어서 대모와 함께 행사를 참가한 내가 소외감을 느끼지 않도록 날 살뜰히 챙겨 주었다.

"저쪽 정원에 아이들이 모여 있단다. 가서 함께 놀려무나. 음, 주스를 가져갈래?"

"감사합니다!"

나는 인사하고서 정원으로 갔다.

"영애!"

"어서 와요. 이리, 이리로!"

'다들 어쩜 이렇게 착하고 귀여울까.'

나는 황홀한 얼굴로 단풍잎 같은 조그만 손을 내미는 아이들을 돌아보았다. 부모님들에게 나를 잘 챙겨 주라는 언질을 들은 모양인지, 다들 날 챙겨 주려고 열심이었다.

"안녕하세요, 영애들."

"네. 아, 벌써 주스를 가져오셨군요……."

내게 주려고 주스를 들고 있던 모양인지 호박색의 머리칼을 가진 꼬마 아가씨가 시무룩한 표정을 지었다.

"두 잔 마실 수 있어요!"

"저도 준비했는데……."

"석 잔도 마실 수 있어요!"

"고마워요!"

우리는 주스를 주거니 받거니 하며 까르륵까르륵 웃었다.

'즐겁다…….'

아이들은 귀엽고, 정원은 아름다우며, 다들 친절하다.

'상냥한 세계에 떨어진 것 같아.'

과거에 또래들과 친하게 지낸 적이 없던 난 아주 즐거웠다.

'하지만 사람의 성품이 제각각인 만큼 ㅡ'

"거기, 내가 자리를 맡아 두었는데요."

"비키세요."

ㅡ상냥하지 않은 아이들도 있을 수밖에 없다.

뺨에 짙은 점을 가진 금발의 영애와 물결치는 아름다운 적발의 곱슬머리를 가진 영애가 오만한 표정으로 내 곁의 영애들을 물렸다.

'유셀타 영애와 로이드 영애야.'

손이 귀한 권력가의 핏줄로 어느 파티에서도 대장 격의 아이들이었다. 유셀타 영애가 생글생글 웃으며 내 손을 덥석 잡았다.

"안녕하세요, 듀블레드 영애."

"안녕하세요."

"지난번 가상전을 황궁에서 관람했어요. 저희 아버님께서 황궁의 수비대장이시거든요! 그런데 요한 님은 잘 지내시나요?"

반대쪽에선 로이드 영애가 손을 잡아 왔다.

"가상전에서 정말로 멋지셨어요! 그런데 이샤크 님께선 오시지 않았나요?"

그리고 저 멀리서 흥분한 표정의 영애가 종종걸음으로 달려왔다.

"하델로로 양."

"기억해 주셨군요! 기뻐요. 앙리 님은 잘 지내시나요?"

잘생긴 오빠를 셋이나 둔 덕에 나는 이들 속에서도 인기인이었다. 세 영애의 뒤로 물러난 아이들도 얼굴을 붉히고 몽롱한 표정을 지었다.

"요한 님이……."

"앙리 님……."

"이샤크 기사님……."

눈빛이 부담스러워서 난 어색한 표정으로 말했다.

"다음에 데리고 올까요……?"

"부디!"

"제발!"

"부탁해요!"

동시에 버럭 소리를 지르는 통에 깜짝 놀랐다. 내가 움찔하자 아이들이 에헤헷, 웃었다.

"세 공자님은 파티에 잘 오지 않으시니까요."

"네, 자주 못 뵈니 궁금해서……."

나는 픽, 실소를 흘렸다.

'좋을 때다.'

그런데 오빠들이 인기가 좋은 건 알고 있었지만, 이토록 하늘을 찔렀던가? 궁금해져서 물었다.

"우리 오빠들이 그렇게나 인기가 좋은가요?"

눈을 동그랗게 뜨니, 영애들은 화들짝 놀라며 소리쳤다.

"당연한 말씀을요!"

"그럼요. 듀블레드의 세 공자님은 참으로…… 아아."

"고독한 은빛, 요한 님……."

"붉은 선율, 앙리 님."

"어둠의 카리스마, 이샤크 님!"

뭐?

나는 얼이 빠져서 눈을 끔뻑였다.

"고독한…… 뭐요?"

"고독한 은빛, 붉은 선율, 어둠의 카리스마요! 최근에 그렇게 불린답니다!"

"누군지 몰라도 참으로 별호를 잘 지었어요! 그렇지요?"

오빠들이 들으면 악귀가 셋이 될 말이었다. 나는 마른침을 꼴깍 삼켰다. 그때였다.

"안녕하세요, 영애들!"

발랄한 목소리와 함께 탐스러운 금발의 영애가 정원으로 들어왔다. 나는 깜짝 놀라 뒤를 돌아보았다.

'노델리 영애?'

그녀가 어째서?

황태후의 딸인 노델리 후작 부인은 카밀라 대부인과는 앙숙이라 이런 행사에 잘 참석하지 않는다. 나를 본 노델리 영애가 고개를 비스듬하게 기울였다.

"어머나, 듀블레드 양은 여기 무슨 일로 오셨죠?"

"예?"

"이런 데 참석할 분이 아니신 것 같은데요. 여긴 모녀의 행사인데 영애는…… 어머니가 없으시잖아요?"

"……네?"

"아, 참. 어머니만 없는 게 아니었죠."

그 애가 나를 위아래로 훑어보았다.

'이것 봐라?'

엘리자베스 노델리. 아홉 살의 꼬마 숙녀인 이 아이는 제국의 금지옥엽이었다. 엘리자베스를 지칭하는 말은 끝도 없었다.

잉그리드 공주의 딸, 황태후의 외손녀, 황제의 친조카. 거기에 마르슈 공작과 이본느 황비와도 인척이었는데, 이 모든 수식어가 하나같이 귀하디귀한 핏줄임을 뜻했다.

황가에선 어찌나 귀여움을 받았는지 오직 황제의 직계만이 사사로이 출입이 가능한 황궁을 제집처럼 드나들었고, 이따금 공식 석상에서마저 황태후의 무릎을 의자 삼았다.

호사가들이 우스갯소리로 '황제는 잉그리드 공주가 사고를 쳐도, 엘리자베스가 귀여워 어찌하지 못한다'라고 떠들어댈 정도니 오죽 대단한 꼬마이겠는가.

사교계에 잔뼈 굵은 귀부인들도 어찌하지 못하고, 난다긴다하는 이본느 황비조차 한 수 접어 주는 작은 폭군이다.

나를 빤히 쳐다보던 엘리자베스가 눈을 깜빡였다.

"듀블레드 양은 왜 인사를 하지 않지요?"

나는 아무렇지 않은 얼굴로 말했다.

"안녕하세요."

"예법을 배우지 못했어요?"

순진한 얼굴로 묻던 그 애가 짝! 손뼉을 쳤다.

"그러면 본녀가 알려 줄게요. 자, 이렇게."

엘리자베스가 내 머리를 푹 눌러 고개를 숙이게 하곤 활짝 웃었다.

"이렇게 고개를 숙여서 인사하는 거예요."

어린애답지 않게 손아귀 힘이 엄청났다. 그 애가 잡은 부분이 욱신욱신했고, 하녀들이 비지땀 흘리며 손질했던 머리가 잔뜩 헝클어졌다.

나는 가만히 고개를 숙이고 있었다. 정수리 위로 해맑은 웃음과 손뼉 치는 소리가 칼날처럼 떨어졌다.

"황족에겐 이렇게 고개를 숙여서 인사하는 거예요! 이제 잘 알았지요?"

"……."

정원이 크게 술렁였다. 주변의 아이들이 어쩔 줄을 모르고 발을 동동 구르는 것이 보였다.

허락 없이 사람의 몸에 손대는 건 명백한 무례다. 제국의 귀족들 사이에선 목 위로는 '만져도 되느냐'라고 묻는 것조차 비상식적인 일이었다.

안절부절못하던 하델로로 양이 "저, 저어……!" 하고 소리쳤다.

"머, 머리는 만지면 안 되는……! 그러니까, 그러니까 노델리 양이 무, 무례……!"

엘리자베스는 당황해서 횡설수설하는 하델로로 양을 보고 시무룩한 목소리로 말했다.

"왜 화를 내요?"

"네?"

"방금 리즈에게 화를 내셨어요. 소리를 지르셨어요!"

시무룩하던 목소리는 이내 울먹임으로 들리는가 싶더니 종국엔 울음으로 바뀌었다.

"흐으응……."

엘리자베스가 훌쩍이기 시작하자 깜짝 놀란 귀부인들이 우르르 정원에 들어왔다.

"세상에, 리즈!"

나는 이 목소리를 알고 있다.

'잉그리드 공주.'

그녀가 몹시 놀란 듯 엘리자베스 앞으로 다가와 딸애의 눈가를 문질렀다.

"어, 어머니, 흑, 어머니!"

"그래, 그래."

등을 두드리며 딸을 다독이던 그녀가 "무슨 일이니?"하고 묻자, 엘리자베스는 하델로로 양을 가리켰다.

"하델로로 영애가 리즈에게 화를 내었어요. 리즈는 너무 무서워서……."

당황한 하델로로 양이 얼른 손을 내저었다.

"그게 아니라, 저는 그게 아니라……."

하지만 쏟아지는 시선에 몹시 당황한 터라, 평소에도 수줍음이 많은 하델로로 양은 어찌할 바를 모르고 어물거리기만 했다. 그러던 찰나, 내가 고개를 들었다.

그리고,

"으아앙ㅡ!!"

대번에 눈물을 터뜨렸다.

'너만 울 줄 알아?'

어린애가 한 일이라고 마냥 참아 주는 선량한 르블레인은 이번 삶에 없다. 여기 있는 나는 한 대 맞으면 열 대로 돌려주는 악랄한 어린이다.

내가 엉엉 울고 있으니 이번엔 카밀라 대부인이 달려왔다.

"아가야."

"대모님…… 허어어엉!"

"무슨 일이니. 대관절 무슨 일이기에 의젓한 아이가 울음을 터뜨려?"

"머리가 아파서……. 깜짝 놀라서 눈물이 났어요. 죄송해요! 으아앙!"

"갑자기 머리가 아프다고? 두통이니?"

나는 엘리자베스가 하델로로 양에게 그러했듯 검지를 쭉 펼쳐서 엘리자베스를 가리켰다.

"노델리 양이 때렸어요!"

"뭐라고?"

대부인을 비롯한 귀부인들이 소스라치게 놀라 엘리자베스를 쳐다보았다. 그 애의 모친인 잉그리드 공주조차 숨을 크게 들이켰다.

"정말이야?"

"때린 게 아니고 누른 거예요. 듀블레드 양이 예법을 몰라서 가르쳐 줬어요. 어머니가 인사는 잘해야 한다고 하셨잖아요? 제가 잘못한 거예요?"

나는 속으로 실소를 삼켰다. 정원에 들어오자마자 저 애는 날 적대감 어린 눈으로 쳐다봤다. 쟤가 내 머리를 누른 것도 틀림없이 모욕하기 위해서였다.

'가짜로 우는 법도 알고 있잖아.'

어떻게 해야 어른들의 마음을 얻을 수 있는지 아주 잘 알고 있었다.

나이를 무기로 타인의 속을 뒤집는 게 익숙해 보인다. 만만치 않은 상대다.

'하지만 나이를 무기로 하는 건 내 특기기도 하거든!'

나는 눈썹을 늘어뜨리고 고개를 저었다.

"아니에요! 저는 예법을 알아요. 대모님이 제게 다 알려 주셨어요!"

"하지만 듀블레드 양은 황족인 리즈에게 고개를 숙이지 않았잖아요?"

"그렇지만 노델리 양은 황족이 아니잖아요……."

"아냐! 리즈는 선황 폐하의 손녀야!"

엘리자베스가 빽 소리쳐서 난 고개를 갸웃 기울였다.

"하지만 국법엔 황제 폐하와 폐하의 직계, 그리고 황후, 황비님들만이 황족이라고 했는걸요? 여기 계신 대부인도 그래서 지금은 준황족이에요."

"황제 폐하와 황태후 폐하께서 날 얼마나 예뻐하시는 줄 알아?!"

"그렇지만 황족은 아니에요."

"너……!"

"황제 폐하를 부친, 혹은 모친으로 둔 사람만이 황족이에요. 그리고 공작가의 자식인 저는 황족에게만 고개를 숙이는 거예요."

"리즈는…… 리즈는……."

얼굴이 새빨갛게 달아오른 엘리자베스가 이를 악물었다.

"고아 주제에."

짓씹듯 뱉은 말에 사람들이 모두 흠칫했다.

"친자식이 아니잖아. 너 평민이잖아. 평민 주제에 귀족 세계에 들어온 불순물인 거잖아!"

"노델리 영애! 그만하지 못하겠니! 어쩌면 그리 지독한 말을……!"

대부인이 소리치며 내 귀를 막았다. 하지만 그런다고 해서 악에 받친 말들이 들리지 않겠는가.

"이 가짜! 귀족의 수치!"

나는 대부인 품에 안겨 가만히 엘리자베스를 쳐다보았다.

그런데 이상하다. 옛날엔 고아라거나, 불순물이라거나, 가짜라는 이야기를 들으면 아닌 체해도 마음이 아팠는데 지금은 조금도 동요가 일지 않았다.

'아, 그렇구나.'

충분히 사랑받고 있어서 아무렇지 않은 거구나.

나는 대부인의 주름진 손을 살짝 잡은 채로 여전히 악을 내지르는 엘리자베스를 지그시 쳐다보았다.

"나에게 소리를 지른다고 해서 황족이 되는 게 아니에요."

"시끄러워!"

"나는 입양되었지만, 듀블레드 영애예요. 아빠가, 오빠들이, 고모가 저를 진심으로 사랑해요. 하지만 노델리 양."

"……."

"노델리 양은 절대로 황족이 될 순 없어요."

"이, 이……!!"

"이본느 황비님께서 낳은 아이가 황녀가 되는 거예요."

이제 엘리자베스는 몹시 불안해질 거다. 정말로 황녀가 태어나서 제게 와야 할 관심과 사랑을 모두 빼앗으면 어쩌나, 하는 생각으로.

'네가 바른 사람으로 자라면 금세 잊힐 고민이겠지만, 오늘처럼 악마로 지낸다면 평생 고민하게 될 거다, 인마.'

벌써 엘리자베스 노델리의 얼굴이 새파랬다. 두려워서 어쩔 줄을 모르고 있었다. 제대로 갚아 준 나는 속 시원해져서 대부인을 보았다.

"소란 피워서 죄송해요."

"이런 모욕에도 침착하다니, 과연 내 아이다."

대부인이 빙그레 미소 지었고, 귀부인들은 내가 안쓰러워 어쩔 줄을 몰랐다.

사실 처음에 이 중 몇몇은 내가 혹여라도 제 아이의 아카데미 자리를 빼앗아갈까 봐 견제하고 있었다. 하지만 이젠 모두 나를 보는 눈에 적의는 없었다.

어떻게 친해져야 하나 싶었는데 다행이다. 엘리자베스 덕에 손 안 대고 코 풀었다.

'고맙다, 인마!'

나는 진심으로 울음을 터뜨린 엘리자베스를 보고 속으로 비열하게 웃어 줬다.

* * *

엘리자베스는 입술을 꽉 깨물었다.

르블레인 듀블레드는 듣던 것보다 더 영악하고 못된 애였다. 착하고 귀여운 엘리자베스를 질투해서 나쁜 말을 지껄이고, 자신을 못된 애로 만들었다.

정원에서 코가 새빨개지도록 울었지만, 어른들은 그 못된 애만 안쓰럽게 생각하고 제겐 시선 한 자락 주지 않았다.

'어떻게 이럴 수 있어? 고아 따위가 뭔데!'

세상의 모든 사람은 자신을 사랑한다. 그건 태어날 때부터 당연하던 일이었다.

제국의 황제가 제 외삼촌이고, 황태후는 외조모다. 둘 다 자신을 무척 귀여워했고, 부모는 저를 위해 못 해 줄 게 없었다. 세상 사람 모두가 제 앞에서 고개를 숙였다. 그건 모두 자신이 세상에서 제일 사랑스럽기 때문이었다.

그런데 어느 순간 저 고아가 제도에 나타났다.

운명의 아이라고 불리며 제게 와야 할 관심을 빼앗아가더니, 가상전에서 승리해서 제 인기마저 빼앗아갔다. 사람이 둘만 모였다 하면 꼭 저 못된 애의 이름이 나왔다.

'그분'의 말씀이 맞다. 저 애는 이 세계의 불순물이다.

엘리자베스는 주머니 안에 있는 물건을 매만졌다.

> "어린아이라면 호위들도 경계하지 않을 겁니다. 거기다 선황의 손녀를 감히 누가 의심하겠습니까. 시기를 보아서 운명의 아이 음식에 '이 약'을 넣으세요."

이 약이 아주 위험한 약이라는 건 어렴풋이 알고 있었다. 하지만 상관없다. 그렇게 못된 애는 아픈 꼴을 당해 봐야 한다.

'차라리 죽어 버리라지.'

엘리자베스가 약병을 손에 꼭 쥔 채로 복도의 모퉁이를 돌던 순간이었다.

"앗!"

다급하게 걷다가 누군가와 부딪치고 말았다. 코를 문지른 엘리자베스는 버럭 성질을 내며 고개를 들었다.

"제대로 보고 다니지 못……!"

"와서 부딪친 건 그쪽이었어."

"……와."

키가 큰 소년이 넘어져 엉덩방아를 찧은 자신을 내려다보고 있었다.

눈부신 은발, 호수처럼 깊은 푸른 눈동자. 그림책에서 튀어나온 것 같은 왕자님이 여기에 있었다. 심장이 터질 듯 뛰어서 귓가로 맥박이 들려오는 것 같다.

그때, 누군가 소년에게 다가왔다.

"공자님."

"그 애는 어디 있지?"

"위치를 알아 왔습니다. 모시지요. 후후, 큰오빠가 온 것을 보면 영애님께서 기뻐하시겠군요."

"……."

소년은 연미복을 입은 사내를 따라갔고, 엘리자베스는 멍한 표정으로 소년의 뒷모습을 쳐다보았다.

"이, 이름…… 이름을 물어봤어야 하는데……."

누구실까, 저 아름다운 분은.

* * *

로자리오의 탑, 국무 회의의 의결권을 가진 자들이 모이는 최고 의결 기관.

가문의 역사가 개국의 이전부터 시작하는 자, 퍼도 퍼도 마르지 않는 재물을 움켜쥔 자, 백만 단위의 군대를 소유한 자 등 나라를 움직이는 노회한 정치인들만이 출입 가능한 공간이다.

"5년 전 대가뭄과 태풍, 발루아령은 이미 농작지의 기능을 상실했소. 윌리엄 발루아의 폭정으로 곳곳에서 봉기가 일어나는 실정이오. 그들을 다스릴 여유와 인망이 있는 자가 필요하오."

윌트로 백작의 말에 곰보가 핀 노귀족이 입매를 비틀었다.

“인망으로만 따지면 해마다 빈민 구제에 애쓰는 월트로 가문만 한 곳이 없지.”
“굳이 겸양을 떨진 않겠소. 영민들은 영주에게 신의를 상실한 이때라면 고매한 중망이 필요하지 않겠소? 나라면 영지의 혼란을 잠재울 수 있을 거요.”
팔짱을 끼고 있던 슈헤일 후작이 실소를 터뜨렸다.
“영주 가문이 몰락한 땅은 인접한 영지에 귀속되는 선례가 몇 차례나 있었소. 발루아령과 인접한 건 나의 영지요. 영지민들이 쉬이 안정을 찾을 수 있도록 형편을 잘 아는 내가.”
“10만 평 이하의 군소령인 경우에만 그렇겠지. 하지만 발루아령은 33가문의 지방 귀족이 모인 거대한 장원이네. 장원의 귀속은 황제 폐하의 결정에 따르는 것이 국법.”
“하면 우리가 회의할 필요가 무에 있습니까. 폐하의 결단을 기다리면 될 일일 터인데. 제국력 21년, 공신 가문이 몰락한 후, 로자리오의 탑에서 의결하여 귀속한 선례가 있습니다.”
흥분한 자들이 목청을 높이기 시작하자 누군가 테이블을 탁, 탁, 두드리며 나섰다.
“회의에서 어찌 결정이 나든 폐하께 귀족의 뜻을 전하는 것은 5공작의 역할입니다. 당사자들의 의견을 들어 볼 필요가 있어요.”
귀족들의 시선이 상석에 앉은 두 사람, 듀블레드 공작과 마르슈 공작에게 향했다. 마르슈 공작은 여느 때와 같은 인자한 미소를 입매에 드리웠다.
“듀블레드 공의 생각부터 들어 보지.”
여상한 표정으로 회의를 관망하던 듀블레드 공작이 입을 열었다.
“이놈이나 저놈이나 개소리만 지껄이는군.”

순간, 회의장이 얼어붙었다.

테오도르 듀블레드는 당황을 금치 못하는 귀족들을 느른히 둘러보며 말을 이었다.

"여기 발루아 영민들을 위해 모인 자가 하나라도 있나? 다들 탐욕으로 눈이 뒤집혀서 득달같이 달려온 게지."

"듀블레드 공작께선 말을 삼가시오! 어찌 귀족이 구호를 기다리는 백성들보다 사리사욕을 우선한다는 말이오!"

월트로 백작이 노기 서린 목소리로 듀블레드 공작을 힐난했지만, 테오도르 듀블레드는 실소를 흘렸다.

"다 아는 사이에 내숭은 집어치워. 발루아에서 독점하고 있던 기술력과 그것을 기반으로 한 제국 제일의 함대가 욕심나는 것이잖은가."

"듀블레드 공!"

"하면 발루아의 자료와 함대는 황궁에 넘기고, 발루아의 병든 땅만을 의제에 올리지 그래?"

회의장이 또 한 번 고요해졌다. 눈을 감은 테오도르가 관자놀이를 가볍게 주물렀다.

"논지를 흐리지 마라. 결국, 이 자리는 경매장이다. 어떤 놈이 발루아의 기술력과 함대를 가장 비싸게 사들이느냐, 하는."

귀족들은 신음을 흘렸으나, 반박하지 못했다. 분위기가 가라앉은 가운데, 테오도르는 마르슈 공작을 바라봤다.

"피차 저와 마르슈 공의 싸움일 테니 쉽게 끝내시죠."

"곤란하군. 나도 발루아의 함대라면 탐이 나서 말이지."

"다 늙어 무슨 욕심을 그리 부리십니까. 공이 얼마를 제시하든 저는 공 하나 더 붙일 생각입니다."

"저런. 그렇다면 더더욱 물러설 수 없지."

테오도르 듀블레드와 이고르 마르슈의 시선이 공중에서 부딪쳤다.
매우 날카롭게.

*　　*　　*

대부인의 권유로 휴게실에서 잠깐 쉬고 돌아온 나는 익숙한 소년을 보고 눈을 동그랗게 떴다.

"요한 님."

"그래."

요한은 언제나처럼 무감한 얼굴로 내게 다가왔다.

"어쩐 일로 오셨어요?"

여긴 제도 치맛바람의 중심지로 국외의 학술원에 다니는 요한이 찾을 만한 곳이 아니었다.

요한은 한참 나를 바라보다가 천천히 입을 뗐다.

"……지나가다가."

"지나가다가?"

이곳은 상점가에 있긴 하지만, 외곽이다. 무엇보다 권력가의 안주인들이 모이는 곳인 만큼, 철저한 경비를 자랑했다.

'지나가다가 올 만한 곳이 아닌데?'

눈을 끔뻑이자 곁에 있던 대부인이 입가를 가리고 어깨를 떨었다.

"그래, 우연이군."

말끝에도 웃음기가 묻어 있어서 나는 고개를 갸우뚱 기울였지만, 요한은 아무렇지 않게 그녀에게 예를 표했다.

"불청객이 된 것은 아닌지요."

"듀블레드의 장남이 불청객일 리가."

대부인의 말이 맞는다.

사교계에선 초청받지 않고 들이닥친 자를 불한당으로 여기는데, 적어도 이 자리엔 요한의 방문을 불쾌하게 여기는 사람이 없었다. 어린 숙녀들은 요한에게서 시선을 떼지 못했고, 나이 지긋한 귀부인들마저 호기심 어린 얼굴로 우리를 보고 있었다.

요한은 대륙 최고의 학술원을 신학원조차 거치지 않고 바로 입학한 천재였다. 자식 교육에 눈 벌건 사람이라면 흥미롭지 않을 수가 없는 것이다.

거기다 듀블레드의 장자로 작위를 이어받는 것이 확실한 소년인 데다가, 이맘때면 으레 맺는 혼약조차 없다. 딸 가진 부모들이면 군침을 흘릴 먹잇감이었다.

사람들의 눈빛이 부담스러울 정도라 나는 요한의 팔을 붙들고 속삭였다.

"대모님께 인사하셨으니 돌아가세요."

"어째서?"

"사람 많은 곳을 싫어하시잖아요? 여기 사람 많은데."

"됐어."

요한은 그를 보는 광적인 눈빛을 보며 눈살을 찌푸리곤 덧붙였다.

"고행이라고 생각하지."

고행이라고 여겨질 정도야?

'설마 나 때문에 일부러 온 건가?'

다른 아이들은 모두 부모와 함께 찾는 곳인데, 나만 대모와 있는 것이 마음이 쓰여서?

'에이, 설마…….'

그렇게 생각하던 찰나, 모임의 호스트 격인 귀부인이 우후훗 웃으며 자리를 내주었다.

"이왕 오셨으니 담소라도 나누시지요. 사교계에 모습을 잘 드러내지 않는 분이라 다들 궁금한 점이 많답니다."

'특히 내 딸과 잘 어울릴지가!'라는 무언의 압박이 느껴졌다.

"유명 인사를 이렇게 보네요. 작은 공자님, 막내 공자님과는 파티에서 종종 만나지만, 큰 공자님은 뵌 적이 없어요."

"하지만 최근엔 자주 외출하시는 것 같던걸요. 1황자님의 탄신연이라든지, 가상전에 말이죠. 아, 가상전에서 제 딸아이가 인사드린 적이 있답니다."

나는 혹시라도 요한이 짜증이라도 낼까 봐 불안했다.

그런데.

"레, 레일라 넬콕이에요. 뵈, 뵈, 뵙게 되어 영, 영광……!"

"요한 듀블레드다."

인사까지 해 주는 게 아닌가!

눈을 동그랗게 뜨고 있으니 대부인이 후훗, 웃으며 나를 쳐다봤다.

"영애는 좋은 오라비를 두었구나."

"……역시 일부러 오신 걸까요?"

"요한 듀블레드는 보기완 달리 사려 깊은 소년이란다."

그때, 요한이 나를 불렀다.

"르블레인."

"네?"

"이리 와."

그가 옆자리를 가리켰다.

요한은 앙리, 이샤크와 달리 함께 지낸 시간이 짧은 데다가 말수도 적고, 워낙 풍문이 많은 사람이다 보니 조금 어려운 사람이었다. 하지만 지금 와서 생각해 보니 앙리나, 이샤크보다도 훨씬 섬세하게 나를 챙겨 주었다.

깨달으니 마음에 훈풍이 살랑살랑 불어오는 것 같았다. 나는 히히 웃고, 요한에게 말했다.

"요한 님, 차 드세요."

"……."

"다즐링도 있고, 아쌈도 있어요. 그리고, 그리고 오렌지 페코랑……."

"나는 왜 아직 요한 님이지?"

"네?"

"……앙리와 이샤크는 다르게 부르지 않나?"

"두 사람은 이름을 부르는데요?"

"'님'은 붙이지 않잖아."

내가 눈을 깜빡이니 요한은 "……됐어." 하며 찻잔에 손을 뻗었다. 그 후에야 난 '아아!' 하며 고개를 끄덕였다.

"요한 오라버니."

"……."

찻잔을 집으려던 그의 손이 멈칫했다.

'이건 아닌가?'

요한이 사실 나를 좋아했다는 것을 깨닫고 기뻐서 오버한 걸까. 나는 약간 기죽은 얼굴로 손을 꼼지락거렸다.

"그냥 요한으로 할까요?"

"……아니."

"네?"

"오라버니가 좋아."

그렇게 말하는 요한은 희미하게 웃고 있었다.

'우와…….'

웃으니까 인상이 전혀 달라 보인다. 무표정한 요한은 아빠를 똑 닮아서 엄청나게 서늘하다고 느껴졌는데, 웃으니 아주 순해 보였다.

'이렇게 웃는 건 처음 보는 것 같은…… 응?'

무심코 고개를 돌리던 나는 흠칫했다.

"하으으……."

"하아아아……."

주변의 영애들이 동시에 앓는 한숨을 터뜨리고, 귀부인들마저 몹시 흐뭇한 표정으로 요한을 쳐다보고 있었다.

* * *

'듀블레드 영애다.'

'르블레인 양이야.'

'운명의 아이야!'

듀블레드 공자들 곁으로 가는 최단 코스!

공작가의 사람들이 새로 생긴 딸에게 푹 빠졌다는 이야기는 익히 들었지만, 반신반의했다. 푸른 피를 가졌다는 괴물들이 딸, 혹은 동생이라고 진정 애지중지하겠는가. 무언가 목적이 있기에 귀여움받는 것이라 여겼다.

요한 듀블레드의 미소를 보기 전까진!

어린 숙녀들과 귀부인의 눈이 요한이 쥐여 준 주스를 쫍쫍 마시는 르블레인에게 고정되었다.

"듀블레드 양, 최근에 재밌는 오페라를 공연 중이에요. 저희 가문은 제도에서 제일 큰 공연장을 가지고 있지요. 괜찮으시면 저와 함께……!"

“오페라는 한물간 지 오래죠. 저택에 아주 귀여운 사슴을 두 마리나 들였답니다. 동물을 좋아하시나요? 괜찮으시면 저희 집에……!”

“저희 가문은 보석상을 하고 있답니다. 영애와 어울리는 특별한 보석이 있어요. 꼭 받아 주셨으면 좋겠는데, 괜찮으시면 저와 함께……!”

처음 파티장에 도착했을 때보다도 열렬한 반응이었다. 흡사 구애하다시피 하는 영애들을 보고 르블레인은 흠칫했다. 산전수전에 공중전까지 겪은 르블레인마저 당혹스러울 정도의 뜨거운 눈빛이었다.

“아, 그게…….”

당황해서 우물쭈물하는 사이 통신석이 깜빡였다.

‘잘됐다!’

“앗, 통신이 와서요. 잠시 자리를 비울게요!”

핑계 겸 일어난 르블레인은 복도로 나섰다.

‘요한이 정말로 인기가 좋네.’

한숨을 내쉰 아이가 통신석을 연결했다.

[누아노크입니다.]

“응. 무슨 일이야?”

[오늘 로자리오의 탑에서 오간 이야기를 공유하겠습니다.]

로자리오의 탑에선 역시나 발루아 영지에 관한 이야기로 뜨거웠나 보다. 듀블레드 공작과 마르슈 공작이 본격적으로 마찰했다는 이야기를 들은 그 애가 끙, 신음을 삼켰다.

‘결국, 재물 경쟁인가. 마르슈가 이렇게 나오면 아빠에게서 수원을 사들일 자금을 지원받기 힘든데…….’

“일단 알겠어. 상황을 잘 살펴 두고…….”

이야기하던 르블레인은 복도 끝에서 들리는 인기척에 서둘러 통신을 종료했다.

"그러니까 은발에 푸른 눈, 그림처럼 잘생긴 소년이라니까!"

"아래층엔 영애께서 말씀하신 소년은 없었습니다."

"그럴 리가. 오늘 살롱에선 어머니회의 파티 말곤, 아래층 파티뿐이잖아. 어머니회 파티엔 없는 사람…… 뭐예요?"

이야기하며 오던 엘리자베스 노델리가 왈칵 인상을 찌푸렸다.

"왜 그렇게 쳐다봐요?"

"아직 돌아가지 않으신 건가 싶어서요."

"흥, 내가 왜 자리를 피하는 것처럼 돌아가야 해요? 간다면 당연히 이런 파티에 어울리지 않는 영애 쪽이지."

"아직도 내가 불순물이라고 생각하는가 보네요."

"고아에 평민이 맞잖아요?"

표독하게 눈꼬리를 올린 엘리자베스가 르블레인에게 바짝 다가가 말했다.

"확실하게 말할게요. 나는 영애가 싫어요."

"그거 잘됐네요. 나도 그러니까."

"정말이지 끔찍해. 주제도 모르는……!"

그때였다.

"르블레인."

파티장에서 걸어 나온 소년을 본 엘리자베스가 우뚝 굳어졌다. 은발에 청안을 가진 아름다운 소년. 한순간에 엘리자베스의 왕자님이 되어버린 그!

"왕…… 아, 아니, 공자님! 안녕하세요."

엘리자베스가 수줍은 얼굴로 고개를 숙였을 때였다.

"요한 오라버니."

……뭐?

르블레인의 말에 엘리자베스가 우뚝 굳어졌다.

*　　*　　*

요한을 부른 난 잠깐 멈칫했다. 엘리자베스 노델리의 분위기가 이상하다. 저 애는 요한을 보며 꿈꾸듯 몽롱한 표정을 지었다가, 나를 돌아보고 벼락 맞은 것 같은 얼굴이 되었다.

"무슨 일이야?"

요한이 옆을 흘낏, 쳐다보며 말했다. 그의 시선이 닿자마자 엘리자베스의 얼굴이 토마토처럼 새빨갛게 달아올랐다.

'이거…… 그거 같은데.'

홀 안에서 요한에게 쏟아지던 숙녀들의 눈빛. 쑥스럽고, 애가 타고, 설레서 어쩔 줄을 모르던 그 시선 말이다.

'확인해 볼까?'

"그게요. 노델리 양이 제게 자꾸만 고……."

—까지 말하자, 엘리자베스가 흠칫하며 굳어졌다.

"고?"

"……맙다고 해서요."

"네게 왜 고맙다는 거지?"

"글쎄요. 그런데 오라버니."

"그래."

"아까 귀부인께서 혼약 이야기를 하시던데, 오라버니께서도 약혼자가 생기실까요?"

"아니."

이번엔 엘리자베스의 얼굴이 더없이 환해졌다.

'맞구만.'

엘리자베스는 요한에게 푹 빠진 것이 분명했다. 조금 전 상황을 미루어 보면 요한이 나의 오빠, 즉 듀블레드 공자라는 것은 몰랐던 모양이다.

하기야 엘리자베스는 1, 2년 전에야 사교 활동을 시작했고, 그때 요한은 학술원에서 한참 바빴던 데다가, 가뭄에 콩 나듯 제도를 찾을 적에도 어린 귀족 영양이 갈 만한 파티엔 출입하지 않았다.

'그런데 취향은 유전되는 걸까?'

잉그리드 공주도 결혼 전에 아빠를 쫓아다녔다더니, 딸도 아빠와 가장 많이 닮은 아들에게 푹 빠졌다.

그리고 이건,

'내게는 좋은 일이지!'

나는 속으로 매우 비열한 표정을 지었다.

"있지요. 오라버니."

"그래."

"누군가 제게 고아라고 한다거나ㅡ"

엘리자베스가 다시 흠칫했다.

"불순물이라고 한다거나ㅡ"

엘리자베스는 희게 질린 얼굴로 치맛자락을 꽉 비틀었다.

"귀족의 수치라고 하면ㅡ"

엘리자베스가 내게 손을 뻗었다가, 도로 물렀다가 하며 어쩔 줄을 몰라 했다.

"새언니는 되지 못하는 거지요?"

"절대로."

요한의 대답에 어디선가 콰과광ㅡ!! 하는 낙뢰 소리가 들리는 것 같았다. 정수리에 벼락이라도 맞은 듯한 엘리자베스를 보고 나는 속으로 고소를 머금었다.

"누가 네게 그런 소리를 했지?"

"혹시요. 혹시 그런 소리를 하는 사람이 있다면요."

"그런 사람이 있다면 꼭 내게 말해."

"예."

나는 딱딱하게 굳어 있는 엘리자베스에게 "그럼." 하며 묵례한 후 파티장에 돌아갔다. 한 시간가량 자리를 지키고 있다가, 해가 질 즈음 그와 함께 일어났다.

"너무 아쉬워요."

"다음에 꼭 뵈어요, 영애."

"조심해서 돌아가세요."

영애, 영식들의 열렬한 환송을 받는 중에 엘리자베스가 "저, 저기 ─!" 하며 다가왔다.

내가 쳐다보자, 그 애는 우물쭈물하다가 겨우 입을 뗐다.

"아니에요."

"그래요."

"……."

엘리자베스는 울상이 되었다.

* * *

듀블레드저.

저녁을 먹은 뒤, 가족들과 함께 둘러앉은 나는 커다란 종이를 앞에 두고 펜을 쥐었다. 내 숙제를 힐끔 쳐다본 이샤크가 말했다.

"옛말은 왜 쓰는 거야?"

"대모님께서 숙제를 내주셨어."

"왜? 우리가 태어나기 전에나 유행하던 건데."

그 말에 앙리가 내가 틀린 문제를 고쳐 주며 말했다.

"나이 지긋한 분들 사이에선 요새도 종종 사용되곤 하지. 어린 르블레인이 옛말을 쓰면 성의 있다고 느껴질 거다. 대화를 이어가기 위해 노력하는 아이를 싫어하는 사람은 없을 테니까."

이샤크는 "귀찮네." 하며 중얼거렸다.

'그러니까 〈말씀〉이 〈데엘레〉고…….'

열심히 글자를 썼지만, 아직 관절이 어른처럼 섬세하게 움직이지 않아서 글씨가 삐뚤빼뚤하다. 괴발개발 하던 다섯 살 시절과는 달리 알아볼 순 있지만…….

'어린 애 손이란.'

못마땅한 표정으로 어리숙한 필체를 본 나는 콧잔등에 주름을 잡으며 종이를 한 장 더 꺼냈다.

"왜? 다했잖아."

"글씨가 예쁘지 않아."

"그게 뭔 상관이야? 알아볼 수만 있으면 됐지."

"오늘 파티에서 대모님께서 글씨가 단정하신 걸 좋아하신다고 하셨어."

그러니까 이번에 노력해서 써 가면 내가 얼마나 예뻐 보이겠는가.

마음을 이미 사로잡았다고 노력을 게을리하면 안 된다. 고모는 잡은 고기에게도 먹이를 꾸준히 줘야 든든한 인맥이 되는 거라고 말씀하셨다. 그리고 나는 든든한 인맥을 만들 줄 아는 영악한 어린이다.

"그치요, 요한 오라버니?"

내가 말하자 요한이 고개를 끄덕였다.

'우린 오늘 좀 친해진 것 같아!'

뿌듯하게 고개를 끄덕이고 있노라니 옆에서 음산한 목소리가 들렸다.

"요한 오라버니?"

"오—라버니?"

양옆에 있던 앙리와 이샤크였다.

아빠는 약간 눈이 커졌고, 고모는 가는 실소를 흘렸다.

"왜 큰형이 오라버니야?"

"오라버니 맞는데."

언니는 아니잖아.

내가 어리둥절한 표정으로 쳐다보자 이샤크가 험악하게 인상을 구겼다.

"오라버니……. 나도 꼬맹이에게 못 들었는데."

쟈벨린 고모는 어깨를 으쓱하며 책장을 넘겼다.

"굳이 들을 필요가 있니. 제국엔 서로 호칭을 부르지 않는 남매도 많은데. 시대착오적이구나."

맞는 말이다. 제국에 형제 · 자매들에게 쓰는 호칭이 있긴 하지만, 여전히 '언니, 오빠'를 따지는 건 평민들뿐일 거다.

귀족들은 작위를 받으므로 자연히 호칭이 달라지기도 하고, 형제 · 자매라도 해도 나이가 차면 신분이 달라지는 경우가 있으므로 어릴 때는 대개 호칭을 생략한다.

'고모도 아빠를 각하라고 부르잖아.'

고모의 말에 앙리의 눈이 약간 가늘어졌다.

"하지만 호칭은 절친하다는 증거죠. 노델리 후작 부인이 공개 석상에서 황제 폐하를 여전히 오라버니라고 부르는 이유가 무엇이겠습니까."

"그래! 우애 좋은 형제 · 자매는 쓴다고!"

'그렇긴 하지.'

아무렇지 않게 고개를 끄덕이자 앙리와 이샤크의 눈빛이 점점 이글거리는 것 같았다.

'부담스러워…….'

그렇지 않아도 오늘 파티장에서 시선을 장대비처럼 맞은 나는 펜과 종이를 끌어안고서 슬그머니 몸을 일으켰다.

* * *

르블레인이 떠나고, 테오도르와 쟈벨린 또한 몸을 일으켰다. 앙리와 이샤크는 아무렇지 않은 표정으로 차를 마시는 요한을 쏘아보았다.

"왜."

"꼬맹이에게 무슨 짓을 했어?"

"아무 짓도."

"그럼 왜 꼬맹이가 형에게만……!"

그러던 찰나, 요한의 부관이 다가왔다.

"도련님, 노델리 영애의 조사를 마쳤습니다."

"확인하지."

찻잔을 내려놓은 요한이 몸을 일으켰다. 문을 나서려던 그가 멈칫, 두 동생을 쳐다봤다.

"르블레인은 내가 더 좋은 모양이지."

"우리와 큰형의 호칭이 왜 다르냐고? 그야, 꼬맹이가 우리를 더 좋아하는 모양이지!"

되로 주고 말로 받은 동생들이 분노로 몸을 떠는 사이, 입매를 삐뚜름하게 올린 요한은 유유히 방을 떠났다.

이샤크는 으득, 이를 갈았다. 왜 제 형들은 하나같이 재수가 없을까. 이 집안에 사랑스러운 것은 꼬맹이 단 한 사람이었다.

"왜 큰형을 더 좋아하지?"

당근을 먹을 줄 안다고 화를 내서 그런가? 작은 손을 꼬물거리는 게 신기해서 자꾸 손을 조물딱거리는 게 싫었나? 꼬맹이라고 부르는 게 별로인 걸까!

이샤크가 시무룩하게 앙리를 쳐다보았다. 앙리는 평소답지 않게 가라앉은 표정으로 대꾸하지 않았다.

앙리의 머릿속도 복잡한 건 마찬가지였다. 옆의 바보는 당근 같은 사소한 일을 떠올리고 있겠지만, 저는 정말로 실수한 게 있었다.

입양된 녀석을 정말로 가족이라고 생각하는 사람은 없다고 말하지 말걸.

자꾸만 자신의 마음속을 비집고 들어오는 르블레인이 무서워서 입에 가시를 물었던 어린 자신을 죽이고 싶었다.

"……그래도 싫어하는 건 아닐 거야."

르블레인은 호불호가 분명한 아이였다. 싫은 사람은 절대로 곁에 두지 않는다. 하지만 지금 상황에선 형제 중 요한이 제일 앞서고 있다는 건 부정할 수 없었다.

"이샤크."

"협력?"

"그래."

르블레인을 사이에 둔 2차 전쟁이 발발하는 순간이었다.

그 시각, 르블레인은…….

"귀가 왜 이렇게 가렵지?"

"귀가 가려우셔요?! 의사! 의사!!"

하녀들의 극진한 팔불출에 눈이 흐려졌다.

*　　*　　*

어머니회 파티에서 나는 결심했다.

'이왕 잘생긴 오빠들을 두었으니, 이용해 먹자!'

나는 오빠들의 미모를 단지 대단하다고 생각하는 선량한 어린이가 아니었다. 이용할 건 모두 다 써먹을 줄 아는 비열한 어린이였다.

"의장."

"예, 아기님."

"폐광을 소유하고 있는 가문의 영애들을 초대하자. 노델리가 노리고 있는 폐광부터."

"제도에 터를 두지 않는 가문도 많습니다. 이곳까지 올라오려고 할까요? 이미 노델리에서 단속해 두었을 테니 가주들은 몸을 사릴 텐데요. 그게 아니라도 가격을 올리기 위해 이쪽, 저쪽으로 줄다리기하려 할 테고요."

"오빠들이 올 거라고 해."

"……예?"

지난 삶에서 거지로 살며 보았다. 대륙에서 미남으로 유명한 음유시인이 제도를 찾았을 때, 지방 귀족들이 개떼처럼 몰려드는 것을.

팬심은 이따금 효심을 넘어서는 법. 오빠들이 오는 자리라고 하면 영애들은 담을 뛰어넘어서라도 올 거다.

'물론 부모 중에서 듀블레드의 사돈 자리를 노리는 사람들도 있을 거고.'

"하면 저택에서 파티를 여실 겁니까?"

"아무래도. 지방 귀족이 모이는 자리에 살롱을 빌리는 건 제도 귀족들이 싫어할 테니까."

"하면 주인님께 이야기를 드려야겠군요."

"응!"

시계를 보니 곧 아빠가 귀가할 시간이었다. 나는 귀가 인사를 할 겸해서 중정으로 내려갔다. 그런데 이상했다.

'왜 이렇게 소란스럽지?'

중정에 사람들이 모여 있었다. 심지어는 열린 문으로 의료원의 의사들이 쏟아져 들어왔다.

'무슨 일…… 피 냄새.'

1층으로 내려갈수록 냄새가 짙어졌다. 순간, 불길한 기운이 스멀스멀 올라왔다. 나는 모여 있는 사람들 틈을 비집고 들어갔다.

"아빠……!!"

아빠의 셔츠는 붉게 물들었고, 드러난 피부 곳곳에 생채기와 핏자국이 듬성듬성 보인다. 의사가 소매를 걷자 팔뚝에 자상이 깊었다. 전투의 흔적이다.

내가 새파랗게 질린 찰나, 다른 가족들이 중정으로 달려왔다. 아빠의 자상을 확인한 요한이 고저 없는 목소리로 물었다.

"무슨 일입니까."

아빠를 대신해 그의 곁에 있던 노스가 대답했다.

"습격이 있었습니다."

"누가 감히!"

이샤크가 날카롭게 소리치자, 앙리는 한쪽 팔로 그를 가로막고서 차분히 물었다.

"습격한 자는 붙잡지 못했나."

"각하께서 제압한 순간, 모두 자진하였습니다."

"아버지가 그들이 자진할 시간을 주었을 리 없다."

"마법이었습니다. 붙잡힌 순간 폭발하였습니다. 무엇보다 신상을 확인할 수 없도록 얼굴과 손, 발을 사전에 화상을 입혀 놓았고, 머리카락 한 올 없는 스킨헤드였던 것으로 보아 애초에 자살 테러를 위해 길러진 부대인 듯싶습니다."

"하루 이틀 만에 계획된 일은 아닌 모양이군."

아빠의 자상을 지그시 응시하던 요한이 앙리를 쳐다봤다.

"앙리."

"내가 암조(듀블레드의 첩보부)의 지휘를 맡을게. 정보는 모이는 대로 공유하지."

"그래. 이샤크 넌 세일렌(듀블레드의 제도군 단장)과 함께 병력을 통솔해라. 아버지와 내가 빠진 자리를 메꿀 수 있는 지휘관을 영지에서 불러오도록 하고."

"어."

"전원, 비상 체제에 돌입한다. 제도 안에서 전투가 벌어질 경우까지 상정하도록."

행정관과 기사들이 일제히 부복했다.

가족들의 표정이 평소와는 전혀 달랐다. 듀블레드의 가주가 공격당한 유례없는 상황. 저택엔 온몸의 털이 삐쭉 설 만큼 날카로운 긴장이 감돌았다.

*　*　*

"큰 도련님께선 의지가 되는 분이시지요?"

"소년이라고는 믿을 수 없는 지휘력입니다. 미래가 기대돼요."

"주인께서 잠시 자리를 비우셔도 안심이 된다니까요!"

나를 둘러싼 하녀들이 애써 활기찬 표정을 지으며 날 안심시키려 하였다.

"……그렇네."

고용인들의 마음을 알지만, 대답은 기계적으로 흘러나왔다. 가라앉은 눈빛으로 소파의 팔걸이를 툭, 툭, 두드리는 날 보고 하녀들이 눈썹을 늘어뜨렸다.

"너무 걱정하지 마세요. 주인님의 상처는 깊지 않았고, 습격에 실패하였으니 적은 당분간 쉽게 움직이지 못할 거예요."

세 하녀 중 가장 어른스러운 린다가 내 손등을 쓰다듬으며 위로했다.

"응……."

내 표정이 풀어지지 않자 하녀들은 곤란한 시선을 교환했다.

"따뜻한 우유를 가져올게요."

"그림책도요."

"내 정신 좀 봐. 퍼즐이 어디 있었는데, 깜빡했네."

하녀들이 내 기분을 환기해 줄 무언가를 찾아 바쁘게 움직였다. 나는 그녀들이 떠나자마자, 통신석을 쥐었다. 수신자는 의장이었다.

[예, 아기님.]

"트리곤, 자카리와 함께 온실로 와."

[사무실로 가시지 않고요?]

"내가 나가면 가족들이 불안할 거야. 수석 궁정 마법사인 트리곤은 사사롭게 귀족 저택을 드나들 수 없으니 은밀하게 움직여."

[명 받잡습니다.]

나는 돌아온 세 하녀에게 쉬고 싶다는 핑계를 대고 방을 나섰다. 그녀들은 시무룩한 표정을 지었지만, 이내 고개를 수그렸다.

그리고 세탁실에 있던, 아빠가 습격당했을 당시 입고 있던 셔츠를 몰래 가져왔다.

온실에서 얼마쯤 기다리자 로브를 푹 눌러쓴 사내와 자카리, 그리고 의장이 도착했다.

로브의 사내는 예상대로 트리곤이었다. 그는 온실의 문이 닫히자마자 후드를 거칠게 젖히며 신경질적으로 눈을 부릅떴다.

"저택으로 오라 가라 하시면 어찌합니까. 들키면 전 죽은 목숨이라고요."

나는 대꾸하지 않고, 아빠의 셔츠를 테이블에 내려놓았다.

"추적할 수 있지?"

"이것만으론 어렵습니다. 살점이나 머리카락 정도는 되어야지요."

"핏자국만으로 추적이 가능한 금술이 있다는 걸 알아."

첫 번째 삶에서 분명 보았다. 트리곤이 황태후에게 불려 와 누군가를 '추적'하던 것을.

"……!"

"아, 아기님."

"무슨……!"

트리곤은 물론이고, 자카리와 의장의 표정조차 얼어붙었다.

의장이 마른침을 삼키며 나를 만류했다.

"시전자에게 상당한 부담이 갈 겁니다."

"내 성력과 에트왈을 매개로 한다면 다르지. 에트왈엔 나의 권속이 있다. 즉, 악마가 남긴 힘이 있다는 말이야. 시전은 내가 한다. 트리곤, 너는 방법만 알려 주면 돼."

트리곤이 양손을 가볍게 들며 뒷걸음질 쳤다.

"부친의 힘으로 오른 자리라지만, 명색이 수석 궁정 마법사입니다. 그런 제게서 금술을 배우시겠다니요. 아기님, 이건 사도와 다를 바 없는 일입니다. 그렇게 되면 우리가 저들과 다를 게 뭡니까? 이성적으로 생각하십……!"

나는 자리에서 벌떡 일어나 그의 앞으로 다가갔다.

"저쪽은 자살 테러까지 벌이며 내 가족을 공격했어. 나는 상대가 비열하게 나와도 정도(正道)를 걷는 선량한 인간이 아니야."

"……."

"받은 만큼 돌려준다. 그게 듀블레드의 가훈이다."

선하디선했던 첫 번째 삶에선 무엇이 남았나.

온갖 악행에 옳은 방법으로 대응하였으나, 제물이 되어 몸이 부스러졌다. 부모에게 순종하고, 나라와 백성에 충의를 잃지 않았던 두 번째 삶에선 어떻게 되었던가. 부모에게 맞아 죽었다.

"무수히 많은 적이 창, 검을 들고 달려오는데 나는 맨몸으로 맞서라고? 누구 좋으라고?"

"……."

지친 얼굴로 얼굴을 벅벅 문지른 그가 한숨을 내쉬며 자리에 앉았다.

"저는 말렸습니다. 후회하지 마십시오."

그가 나의 손을 잡자마자 손등에 시동인이 떠올랐다.

"집중하십시오. 웰턴의 식(式)입니다."

"웰턴?!"

웰턴의 식이 사용되는 경우는 딱 한 가지다.

'공격할 때.'

어째서 공격을……?

머릿속으로 생각을 정리하던 난 이내 헛웃음을 터뜨렸다.

'금술로 규정된 마법은 이유가 있는 법이구나.'

정확히 파고들면 이건 추적 마법이 아니었던 거다. 피를 매개로 저들과 엮인 자를 공격하는 마법이었다.

난 히죽, 입꼬리를 올렸다.

*　　*　　*

사내는 끅, 끅, 소리 내 웃으며 호쾌하게 무릎을 두드렸다.

"그래, 듀블레드에서 비상 경계령을 내렸단 말이지. 테오도르 듀블레드, 그 오만한 놈이 겁을 먹고 꼬리를 만 게야!"

젊었을 때부터 마음에 들지 않는 놈이었다. 첩출인 주제에 세상 위에 군림한 듯한 오만한 태도, 귀족 세계의 불순물 같던 그를 떠받들던 머리 빈 연놈들까지.

'그런데 이제는 내 것까지 탐을 내?'

"훌륭하군. 훌륭해. 자네 말을 따라 해서 손해 본 일이 없어."

"계속 아껴 주십시오. 목숨 바쳐 공께서 이루고자 하는 대업을 돕겠습니다."

"그래."

장갑을 낀 검은 모자의 사내가 빙그레 웃자 사내는 입가에 흐뭇한 미소를 띠었다.

"자, 그럼 이제 말해 보게. 수원이 숨겨진 장소를."

"예. ……노델리 공."

노델리 후작이 검은 모자의 사내를 만난 것은 두 달 전. 발루아 공작이 소수의 대귀족을 모아 중거리 이동진의 개발이 완료되었다는 것을 넌지시 언질 주던 술자리에서였다.

"여기 이 사내들이 큰 도움을 주었지. 사귀어 두면 나쁠 게 없는 사람이네. 하지만 조심하게. 셈이 빠른 자이니."

"약속은 지켜 주시겠지요?"

검은 모자의 사내가 묻자 노델리 후작이 육중한 몸을 일으키며 말했다.

"죽은 발루아 공작과 함께 붙잡힌 사내 말이지?"

"그렇습니다."

"황군과 근위대, 치안대에 내 사람들이 깔려 있어. 그자 하나 처리하는 게 무에 대수겠는가. 처음부터 내 수중에 있던 자이니, 자네는 걱정하지 말게."

찬장에서 술병을 꺼낸 노델리 후작이 대수롭지 않은 투로 말을 이었다.

"죽여 흔적을 없애는 것 따위, 내겐 어린애 목을 비틀기보다 쉽다네. 자, 술이라도 들면서……."

노델리 후작이 고개를 돌렸을 찰나였다.

"컥!"

검은 모자의 사내가 입을 틀어막으며 주저앉았다. 양탄자가 검붉은 선혈에 젖어 들었다.

"끄아아악―!!"

목부터 핏줄이 도드라졌다. 마치 거미줄에 얽힌 사람처럼.

얼굴이 새파랗게 질린 사내를 본 노델리 후작이 당황하여 소리쳤다.

"무, 무슨…… 의사!! 밖에 누구 없나! 의사를 불러와라!"

문이 벌컥 열리며 고용인들과 의사들이 뛰어 들어오는 동안에도 검은 모자의 사내는 사지가 뒤틀려 갔다.

"대체 이게 무슨 일이야!"

노델리 후작의 얼굴이 딱딱하게 굳어졌다.

서재 안에서 소란이 벌어지자 문으로 다가온 엘리자베스가 고개를 내밀었다.

"뭐야? 무슨 일 있어? 아빠!"

아이의 목소리에 노델리 후작이 꽉 메인 목소리로 외쳤다.

"엘리자베스를 데려가!"

"아가씨."

"대체 무슨 일이기에 그래. 싫어, 안 갈 거야~! 와이즈가 왔다면서. 나, 물어볼 말이……!"

"송구합니다."

"놓으라니까!"

집사에게 안겨 버둥거리던 엘리자베스가 왈칵 인상을 찌푸렸다. 최근 제 아버지와 절친하게 지내는 검은 모자의 사내에게 물어볼 말이 있다.

'약…… 못 썼는데.'

꼭 그날 써야 하는 약이라고 했는데. 또, 세상에서 가장 멋진 왕자님을 제 것으로 만들기 위해선 어떻게 해야 할지도 물어봐야 했다. 그 못된 계집애를 그분에게서 떼어 놓을 방법도.

그 시각, 듀블레드 공작저.

희게 질린 얼굴로 빛나는 에트왈을 쥐고 있던 르블레인이 미소 지었다.

'잡았다, 이놈.'

*　　　*　　　*

분명, 느낌이 있었다. 손아귀에 누군가의 목이 잡히는 것 같은 감각이 느껴졌다. 금술이 성공한 것이 틀림없다.

'그런데 금술이라는 거, 진짜 괴롭네. 하지 말란 데엔 다 이유가 있다니까.'

몸살이 걸린 것처럼 온몸이 욱신거린다. 무엇보다, 기분이 더러웠다. 정말로 사람의 목을 조였던 것처럼. 금술을 사용하고서 반나절이 지났지만, 손안에서 감각이 사라지지 않는다.

트리곤은 돌아갔고, 자카리에겐 그의 호위를 맡겼다.

'이 금술을 사용할 줄 아는 건 트리곤뿐이니까. 혹시나 아는 사람이 생기면 그가 위험해.'

의장과 마주 앉아 이런저런 이야기를 의논하고 있을 때였다. 로라가 종종걸음으로 온실에 들어왔다.

"아가씨, 알아보라시던 일을 확인했습니다."

"그래, 어떻게 되었어?"

"아가씨께서 말씀하신 시간에 소란이 있었던 건 툴르즈로가와 노델리가입니다. 툴르즈로가는 정원에 들개가 들어왔다고 하고, 노델리가는 의사들을 소집했다고 합니다."

의장의 눈이 가늘어졌다.

"노델리로군요."

"……그래."

나는 고개를 끄덕이고 로라에게 말했다.

“가서 달리아와 린다, 유니를 불러와.”
“예.”
로라가 밖을 나서자 의장이 의아한 얼굴로 물었다.
“무슨 일로 하녀들을 소집하십니까?”
“노델리 놈들이 아빠를 공격한 이유는 중요하지 않아. 수원 때문일 가능성이 크지. 노델리 후작은 아빠에게 열등감이 심한 인물이라고도 하니까.”
“그래서요?”
“내게 중요한 건 아빠를 공격했다는 것. 받은 만큼 돌려줘야지. 내겐 자살 테러를 위해 기른 병사는 없지만―”
때마침 세 하녀가 온실로 들어왔고, 난 생긋 미소 지었다.
“자살 테러범들보다 무서운 범죄자 아군이 있거든.”
강간범을 백 명쯤 죽인 연쇄 살인마와 웬만한 영지의 1년 예산을 들고 나른 대사기범, 제도를 주름잡던 고리대금업자, 그리고 사이비 종교 교주의 딸이.
“있지.”
눈을 동그랗게 뜬 하녀들을 보고 나는 천진난만한 표정을 지었다.
“목표는 노델리 후작의 자식, 엘리자베스. 노델리 후작이 펄쩍 뛸 정도의 대사건을 일으키고 싶은데 말이야. 도와줄래?”
‘받은 것에 곱절을 더해 돌려준다.’
그게 우리 집 가훈이다.
하녀들은 어리둥절한 표정으로 서로를 쳐다보며 몇 번 눈을 깜빡였다. 이내 하녀 중에 가장 나이가 많은 달리아가 고개를 수그렸다.
“아기님께서 원하시는 것은 무엇이든.”
“명하십시오.”

린다와 유니, 로라도 달리아의 뒤를 이어 대답했다.

“좋아, 그러면 가서 테러를 일으켜 줄래?”

“엘리자베스 노델리 양에게요?”

로라가 깜짝 놀라며 대답하자 나는 고개를 살랑살랑 젓고서 말했다.

“아니. 대귀족들.”

“예?”

“덜컥 엘리자베스부터 대놓고 노리면 노델리에서 당연히 우리가 움직였다는 걸 알 것 아냐. 전면전은 되도록 피하고 싶어. 그래서 굳이 엘리자베스를 이용해서 노델리 후작을 파멸시키려는 거야.”

대귀족의 다툼을 황제가 기꺼워할 리 없고, 만약 수괴가 마르슈 공작이라면 우리는 두 번의 전쟁을 치러야 한다.

우리가 노델리 후작 이후로 마르슈 공작까지 치면 승패가 어찌 되었건 간에 귀족들은 불안에 떨 터. ‘다음 차례는 자신이 되지 않을까?’ 하고.

귀족들이 듀블레드를 노리고 서로 결탁하는 것은 피하고 싶다. 그러니 노델리 건은 최대한 은밀히 움직여야 한다.

‘하지만 그동안 노델리 후작을 가만히 놔둘 생각은 없지!’

“하면 어떻게 하면 좋을까요?”

“아빠의 습격 사건을 키워야겠어.”

하녀 중 가장 지혜로운 린다의 눈이 가늘어졌다.

“…… ‘듀블레드 공작 피습 사건’이 아니라 ‘대귀족을 노린 피습’으로 말이지요?”

“그래.”

나는 자리에서 일어나 하녀들을 바라보았다.

“가서 대귀족들의 마차란 마차는 죄다 박살을 내고 와. 황제가 아빠를 노린 용의자를 찾을 수밖에 없도록."
"명 받잡습니다."
하녀들이 치맛자락을 잡고 무릎을 가볍게 굽혔다.
자살 테러단? 웃기지 말라 이거야. 나한텐 현상 수배단이 있다!

그리고 몇 주 후.
"오늘은 슈헤일 후작이 피습당했다지요?"
"지난번엔 월트로 백작을 노렸다더니. 세상이 어찌 되려고……."
복도를 걷던 난 고용인들이 쑥덕이는 것을 들으며 씩, 입꼬리를 올렸다.
애써 동요하지 않았지만, 속으론 복도를 데굴데굴 구르며 유쾌한 웃음을 터뜨리고 싶었다.
'잘한다, 잘한다!'
하녀들은 정말이지 유능했다. 계획의 골조는 대사기범 출신 린다가 짜고, 병사를 구하는 것은 고리대금업자 출신 유니가, 그리고 실행은 성폭행범을 백여 명쯤 죽이는 동안 한 차례도 잡힌 적 없는 연쇄 살인범 달리아가 맡았다.
당연히 제도는 난리가 났다. 대귀족들은 피습이 두려워 외출을 피했으며, 황실에선 테러범을 찾기 위해 사건의 첫 피해자였던 아빠를 찾아왔다. 일이 이렇게 되니 노델리 후작을 보지 않아도 알겠다.
'오금이 저릴 것이다!'
난 책을 끌어안고 콧노래를 부르며 콩콩, 뛰듯이 걸었다. 아빠의 방문을 열고서 빼꼼, 목을 집어넣었다.
"저, 들어가도 돼요?"
아빠가 고개를 끄덕이자 노스가 웃으며 문을 열어 주었다. 나는 익숙하게 의자를 끌어와서 아빠 옆에 앉았다. 그리고 각종 약초와 연고를 널브려 놓고서 책을 펼쳤다.

최근 내 취미는 아빠에게 자상에 좋은 약과 약초를 넘치도록 발라 주는 것이었다. 내가 잔뜩 집중한 표정으로 아빠의 팔에 연고를 살살 발랐다.

노스가 쿡쿡 웃었다.

“아기님께서 그렇게 열심이시니 빠르게 아물지 않는 게 이상하지요.”

“맞아. 아빠의 팔이 많이 나았지?”

나는 에헴, 하고 턱을 치켜들었다. 아빠가 픽 웃곤 내 머리를 가볍게 헝클어뜨렸다. 옆에 함께 있던 고모도 가는 실소를 흘렸다.

“처음에 약을 바르겠다고 왔을 땐 그리 울더니.”

‘그건 잊어 줘요!’

지난주의 흑역사가 떠올랐다.

아빠가 의사도 물리고 일에 집중하고 있다는 소식을 듣고 찾아갔는데, 상처가 예상보다 깊어서 엄청나게 당황했다.

‘그날은 금술까지 써서…….’

신성력이 부족해서 어른의 사고가 잘되지 않았던 거다.

‘응, 그런 거지. 내가 진짜 애처럼 상처에 놀라서 운 건 아냐.’

“아빠, 약 바르…… 허어어어어엉…… 데이비드 경(의료원 총괄)이 좋은 약이라고 했…… 어허어엉!!”

펑펑 우는 나를 보고 가족들은 고개를 돌린 채로 어깨를 가늘게 떨었다.

"뭐가 웃겨! 나빠! 아빠는 다쳤는데…… 허어어어엉!!"

창피한 기억을 떠올린 나는 불그스름해져서 고개를 붕붕 저었다.

"다 큰 줄 알았더니, 아직 애더구나."

고모가 놀리듯 말해서 나는 어흠, 헛기침을 하고 말을 돌렸다.

"고모."

"그래."

"저택에서 파티해도 돼요?"

"이 시기에?"

"의장은 이 시기니까 필요하다고 했어요. 습격당했어도 듀블레드는 아무렇지 않다는 걸 보여 줄 수 있다고요."

고모가 "흠……." 신음하며 턱을 매만졌다.

"귀족들이 아이들을 밖으로 내보내려고 할까."

"그건 제가 생각이 있어요. 만약에 파티가 성황이면 듀블레드의 경비력을 재확인시킬 수 있을 거예요."

"뭐……. 원하는 대로 해라. 안주인이 없는 집안의 내저 총괄은 가주의 딸이 맡는 법이지 않니. 내게 묻지 않아도 돼."

나는 쾌활하게 "네!" 하고 대답했다.

'자, 그럼 이제 도움을 받아야 하는데…….'

나는 아빠의 집무실 소파에 앉아 있는 앙리와 이샤크를 힐끔 쳐다봤다. 내가 은근한 눈빛을 보내자 그들은 무슨 일이냐는 듯한 얼굴이었다.

"바빠?"

"욕 나오게 바쁘지."

"파티 도와줄 시간은 없겠지……?"

"귀찮게 파티는 무슨…… 윽!"

그렇게 중얼거리던 이샤크가 난데없이 발을 끌어안고 앙리를 쏘아봤다.

"왜 밟ㅡ"

앙리가 이샤크의 입을 틀어막고 눈매를 접었다.

"파티를 도와줄 시간은 있어, 르블레인."

그러자 이샤크도 눈을 도르륵 굴리더니 "아." 하고 얼른 말을 바꿨다.

"그래, 그 정도 시간은 있어. 큰형은 없어도 우린 있지."

왜 갑자기 마음이 바뀌었는지 모르겠지만, 내겐 좋은 일이었다.

난 활짝 웃고 "고마워!" 하며 오빠들의 손을 맞잡고 붕붕 흔들었다.

* * *

엘리자베스는 초대장을 끌어안고 해맑게 웃는 영애들을 보며 입술을 삐죽였다.

"듀블레드 양은 생각이 부족해요."

"네? 어째서요?"

"이런 시기에 파티라니요. 어머니가 그러시는데, 보호자를 배려하지 않는 거래요. 공작가의 초대는 물리기 힘든데, 위험한 시기에 자식을 내보내는 게 부모로선 곤란할 거라고요."

엘리자베스가 투덜거리자 영애들이 어색하게 웃었다. 그런 해석이 있을 수는 있겠지만, 매일같이 자신들을 저택으로 불러들이는 엘리자베스가 할 말은 아니었다.

주근깨 있는 명랑한 인상의 영애가 활짝 웃으며 말했다.

"하지만 저택으로 호위대를 보내 준다고 했어요! 듀블레드의 호위대라면 안심이 되지 않나요?"

"흥, 듀블레드 공작도 피습당하는 판국에 호위대가 무슨 필요가 있어요?"

"하지만 호위로 오시는 게 세 분 공자님이시라고 했는걸요……."

영애들이 얼굴을 붉히고 입술을 모았다.

귀빈을 모실 때 호스트의 친족이 에스코트하러 저택에 찾아오는 일은 있지만, 듀블레드 공자쯤 되는 사람의 에스코트는 유례없는 일이었다.

듀블레드에서 파티에 성의를 보이는 일이라 부모 중 불편하게 여기는 사람은 거의 없었다. 듀블레드의 세 공자는 아직 아무도 혼약하지 않았기에 혼맥을 노리는 부모들이 상당했다.

"앙리 님이 오셨으면 좋겠어요."

"저는 이샤크 님이……."

"요한 님께서도 오실까요?"

엘리자베스의 손이 움찔했다.

'요한 님이 다른 숙녀를 에스코트한다고?'

얼굴이 대번에 일그러졌다.

'나쁜 계집애!'

요한 님은 피습당한 공작 대신에 이런저런 일을 관리하느라 정신이 없을 텐데, 그런 부담까지 안겨 주다니. 정말이지 생각이 없는 계집애였다.

'그 애가 울고불고한 게 틀림없어. 상냥한 요한 님께서 어쩔 수 없이 청을 들어주신 걸 거야.'

그렇지 않고서야 점잖은 요한 님께서 저 말고 다른 숙녀를 에스코트할 리가 없다.

엘리자베스가 입술을 꽉 사리물었다.

'내겐 초대장도 오지 않았는데!'

요한이 다른 숙녀의 손을 잡는다고 생각하니 머리끝까지 피가 솟구쳤다.

"……그 파티, 별로 재미없을 것 같아요. 그러지 말고 제 온실에서 함께 놀아요. 황태후 폐하께서 제게 꽃사슴을 선물해 주셨어요. 보여 드릴게요. 얼마나 귀여운데요!"

평소라면 엘리자베스의 생떼에 져 주었을 영애들이 곤란한 듯 대답하지 않았다. 듀블레드의 가상전 우승 파티가 얼마나 휘황찬란했던가.

'거기다 듀블레드 영애의 온실엔 꽃사슴보다 아름다운 세 공자가 있는걸!'

미남은 보는 것만으로도 즐거우니, 파티가 재미없을 리가.

"함께 황궁에 갈까요? 황궁은 정말로 안전하니까요! 저와 함께 가면 황제 폐하를 볼 수 있어요. 황제 폐하께서 제게 얼마나 다정하신데요. 늘 귀여운 엘리자베스라고 부르신답니다."

"……."

"네? 여러분!"

하지만 영애들은 끝끝내 대답하지 않고 돌아갔다. 엘리자베스는 울상을 지었다. 사람들이 사랑스러운 자신의 부탁을 들어주지 않는 일은 없었다. 그 계집애가 제도에 오기 전까진!

'나빴어. 못된 애야, 듀블레드 영애는.'

"엘리자베스?"

"어머니……."

마침 온실에 들어온 제 어머니를 보고 엘리자베스는 이때다 싶어 울음을 터뜨렸다.

"무슨 일이니."

"듀블레드 영애가 나빠요!"

잉그리드 공주는 자신을 보고 엉엉 울음을 터뜨린 딸을 보고 당황했다.

"무슨 일이기에."

"이 시기에 파티하잖아요! 배려가 없어요. 그렇지요? 그 애가 나쁘지요? 친구들을 위험하게 해요. 그리고 제겐…… 제게는 초대장도 보내 주지 않았어요!"

초대장 같은 건 제일 먼저 나에게 보내야 하는 게 아닌가? 자신을 황제 폐하도, 황태후 폐하도 얼마나 귀여워하시는데. 자신은 이 나라에서 제일 귀한 아이였다.

"그랬구나. 속상했겠어."

자존심이 강한 아이가 얼마나 마음이 아팠을는지.

딸의 등을 쓰다듬던 잉그리드 공주가 한숨을 내쉬었다. 울다 지친 엘리자베스를 재우고 나온 그녀는 남편의 집무실로 향했다.

신경질적으로 서류를 집어 던지고 있던 노델리 후작이 노크 없이 방안에 들어온 아내를 보고 인상을 찌푸렸다.

"무슨 일이십니까."

"엘리자베스가 듀블레드가에서 초대장을 받지 못해 속상한 모양이야."

"그래서요?"

"당신이 초대장을 구해 줬으면 하는데."

노델리 후작의 얼굴이 왈칵 일그러졌다.

"그걸 말이라고 하십니까?! 가뜩이나 대귀족 피습 사건 때문에 골치가 아픈데!"

듀블레드 공작을 노린 습격이 누군지 모를 반편이 때문에 대귀족 피습 사건으로 바뀌었다. 귀족들의 원성이 하늘을 찌르는 터라, 황궁에선 필사적으로 사건의 용의자를 찾고 있었다.

'이대로 가다간 내가 덤터기를 쓰게 생겼어.'

잉그리드 공주의 눈이 샐쭉해졌다.

"됐어! 당신에게 부탁한 내가 바보야. 어머니께 부탁하겠어."

"듀블레드가에 우리 딸을 보낼 생각은 마십시오! 찢어 죽여도 시원치 않을 놈의 저택에 내 딸이 간다니요!"

잉그리드 공주는 대답 없이 흥, 콧방귀를 뀌곤 방을 나섰다.

'역시 이 결혼은 잘못된 선택이었어.'

그녀는 듀블레드 공작이 결혼하고도 그를 잊지 못했다. 아내가 있다는 건 알았지만, 애타는 마음을 누를 길이 없어서 그를 찾아갔다. 자신이라는 제대로 된 선택을 해 달라고.

하지만 매몰차게 거절당했고, 실의에 빠진 잉그리드 공주는 노델리 후작을 택했다.

'아아, 테오도르…….'

숨겨 둔 듀블레드 공작의 사진을 품에 안은 잉그리드 공주는 뜨거운 한숨을 흘렸다.

* * *

나는 황태후에게서 온 편지를 보고 입매를 비틀었다.

[……손녀에게 네 파티의 초대장을 보내 다오. 사랑스러운 아이이니, 두 사람은 좋은 친구가 될 수 있을 게야.]

자카리가 인상을 찌푸렸다.

"하여간에 황태후는……. 아기님과 노델리 영애의 일을 알 텐데 이런 부탁을 하다니요."

"뭐 어때. 중요한 건―"

나는 빙그레 웃고 미리 써 둔 초대장을 바라보았다.

[잉그리드 노델리 후작 부인과 엘리자베스 노델리 영애 앞.]

"―엘리자베스가 미끼를 물었다는 건데."

"네, 듀블레드 양! 노델리 영애의 앞에서 요한 님의 이름을 꺼냈어요. 엄청나게 흥분하던데요?"

나는 잉그리드 공주와 엘리자베스의 초상화를 보며 입매를 비틀었다.

"내 가족을 공격했으니, 집안이 풍비박산쯤은 되어야 수지가 맞지. 안 그래?"

* * *

파티는 화려했다.

아빠가 가주를 이은 후로 저택에서 열리는 첫 파티였고, 아빠가 습격당한 후인 터라 듀블레드의 위용엔 문제가 없음을 널리 보여 주기 위함이었다.

"샴페인은 치워. 주량 조절 못 하는 자들이 소란을 피우지 않도록. 아이들이 모이는 자리에서 그보다 보기 흉한 것이 없다."

"예, 노스 경."

"저택 외부 호위는 창병을 세워 둬라. 벽엔 궁수들을 배치하고, 이리의 휘장을 단 자들이 파티장 내를 감시토록 하여라."

"명 받잡습니다."

노스와 고모가 세심하게 살펴 준 터라 나는 파티의 진행에 관해선 신경 쓸 일이 없었다. 내 몫은 오직 손님들의 접대였다.

'하델로로 가문은 강력한 마도군을 가지고 있지.'

하델로로의 수석 마도사는 학식이 높은 사람이니, 수원에 관해서 알고 있을지도 모른다.

'라그노스 가문은 귀족 가문 중 가장 많은 광산을 소유했고.'

수원이 꼭 폐광에만 있다고 생각할 순 없다. 노델리 후작이 폐광을 사들이는 건, 현재 광석을 채굴하고 있는 광산이라면 수원이 발견되었을 만도 하므로 일단 선택지에서 제쳐 놓았기 때문일 것이다.

"하델로로 양과 라그노스 양의 자리는 내 테이블에 배치해."

"예, 아기님."

수첩에 내 말을 메모하던 의장이 날 힐끔 쳐다봤다.

"오늘 오전 회의에서 가신들이 요한 도련님의 결혼을 언급한 것을 아십니까?"

"요한의 결혼?"

보통 귀족이라면 내 나이 또래의 혼약이 논의되니 요한은 한참 늦은 편이긴 하다.

'그런데 아빠가 피습당해서 정신없는 이 시기에 갑자기?'

순간 불길한 예감이 들었다. 나는 미간을 좁히고 의장을 쳐다봤다.

"상대가 누군데?"

"엘리자베스 노델리입니다."

내가 벌떡 일어나자 의장이 얼른 날 붙잡았다.

“어디에 가시려고요.”

“아빠에게. 아빠를 피습한 가문의 딸과 요한을 결혼시키자고? 말이 돼?”

“이성적으로 생각하십시오. 엘리자베스 노델리와 결혼하게 되면 더는 공격당할 위험이 없죠. 노델리 후작이 목숨처럼 아끼는 딸을 인질 삼을 수 있단 말입니다.”

“가신들은 아빠의 습격을 지시한 게 노델리인 줄 모르잖아. 그런데 왜 요한과 혼약해야 한다는 거야.”

“발루아령 때문입니다.”

‘발루아의 함대.’

듀블레드는 지상전에선 무패의 위용을 자랑하지만, 해전만큼은 아니었다. 발루아의 기술력을 기반으로 한 제국 제일의 함대를 가질 수 있다면 듀블레드는 해상전도 제패할 수 있을 것이다.

거기다 발루아 공작가엔 천 명의 학자를 배출하며 모은 자료들이 있다. 파이몬이 이계의 ‘정보의 보고’라면 제국의 ‘정보의 보고’는 발루아다.

발루아는 재물이 부족하여 군사를 많이 보유하진 못했다. 다른 가문의 5분의 1도 못 미치는 수였지만, 그래도 타 가문에 밀리지 않았던 건 그들이 독점한 정보 때문이었다.

“각하께서 습격당하였으니 더더욱 발루아의 함대와 정보가 절실한 겁니다. 그런데, 아기님. 듀블레드의 문제점을 아십니까?”

“……타 귀족 가문과 관계가 좋지 못하다는 점.”

“각하의 당파는 모두 재물로 포섭된 겁니다. 제대로 된 우호 가문이 없어요. 하지만 마르슈 공작가는 다릅니다.”

듀블레드의 경우, 대부분 문제는 군사와 재물로 해결할 수 있으니 딱히 귀족들과 관계를 다질 필요가 없었다.

아빠의 집권기에는 더더욱 다른 가문과 관계가 소원했다. 다른 가문과 교섭인 역할을 하는 안주인이 오랫동안 부재했던 탓이다.

"다음 달 국무 회의에서 발루아령의 관리자가 결정됩니다. 의결권을 쥔 귀족들의 7할이 마르슈 공작을 지지하고 있어요."

"그래서 마르슈만큼 타 가문과 관계가 좋은 노델리가의 도움이 필요하다는 거야?"

"예. 이전까지 관계가 나빴다고 해도 듀블레드와 사돈이 된다면 딸을 위해 우릴 지지할 수밖에 없을 겁니다. 무엇보다 엘리자베스 노델리만큼 우수한 혈통을 가진 아이가 없죠."

의장의 목소리가 낮아졌다.

"아기님도 아시지 않습니까. 권력의 우위로만 따지면, 아기님은 엘리자베스 노델리를 이길 수 없습니다. 그 애 뒤엔 황실이 있어요. 아기님도 황태후, 황제와 관계가 좋지만, 피가 물보다 진하다는 말이 괜히 있는 것이 아닙니다."

의장의 말은 틀린 게 없었다.

나와 황태후, 황제는 서로 이득을 도모하기 위해 돈독해졌을 뿐이었다. 내가 엘리자베스와 전쟁을 벌이면, 애써 쌓은 친분이 와르르 무너질 터였다.

"그 애 눈물 한 방울이면 황태후는 물소가 되어 나설 테고, 황제 또한 반쪽이나마 제 핏줄을 건드리는 것을 좌시하지 않을 겁니다."

"그래서 요한에게 싫은 결혼을 강요하라고?"

"그게 권력의 꼭대기에서 영화를 누려 온 자가 짊어져야 하는 짐이죠."

"응, 안 돼."

“아기님.”

의자에 걸쳐진 코트를 걸치면서 나는 의장을 힐끗 쳐다봤다.

“질 것 같아서 피하는 짓, 나는 안 해.”

코트의 단추를 빠짐없이 꼭꼭 여민 난 왈칵, 인상을 썼다.

“하나를 주고 하나를 받는다니. 듀블레드는 너무 공명정대해서 탈이라니까. 사람들이 너무 선해!”

의장이 기가 막힌 얼굴로 나를 쳐다봤다.

“듀블레드가 선하다고요?”

문을 지키고 있던 자카리도 입을 떡 벌렸다. 그러곤 말도 안 되는 소리를 들은 것처럼 귀를 후빈다.

“엘리자베스를 이용할 거라면 이용만 해야지. 어? 국무 회의 때까지만 혼담을 나누고, 그다음엔 팽한다든가!”

“정말이지 아기님이 듀블레드의 핏줄이 아니란 것이 놀랍습니다.”

“있잖아, 의장.”

“예.”

“내가 살아 보니까 말이야. 착하게 살아 봤자, 뒤통수밖에 안 맞더라.”

—라고 아홉 살배기인 내가 반백 년을 훌쩍 넘게 산 의장에게 말하자 그가 실소를 흘렸다.

난 아무렇지 않게 어깨를 으쓱였다. 나는 인생 4회차, 의장은 꼴랑 1회차. 4회차는 4회차만의 깨달음이 있는 법이다.

“요한의 이름은 이용해 주겠어. 강제 결혼만은 시키고 싶지 않으니까.”

또, 날 고아에 불순물이라 부르며 버러지 취급한 엘리자베스에게 소소한 복수도 하고 싶고 말이지.

“의장은 가서 가신들을 막아.”

"제가 어떻게 말입니까? 이미 다들 노델리와의 혼약에 찬성하는 눈치였습니다."

"바닥을 구르든, 뒤집어지든, 협박하든. 어떻게 해서라도 그런 말도 안 되는 이야기는 쏙 집어넣어. 자, 실시!"

내가 명랑하게 외치자 의장이 지친 얼굴로 마른세수를 했다.

* * *

파티가 시작되자 손님이 정원으로 들어오기 시작했다.

"안녕하세요, 듀블레드 양."

"와 주셔서 감사합니다."

"무슨 말씀이세요. 감사 인사는 제가 해야지요……."

얼굴이 발그레해진 하델로로 영애는 다른 사람과 이야기를 나누는 앙리를 힐끔거렸다.

'앙리가 잘해 줬나 보네.'

이런 시기에 귀족 가에서 아이들을 내보내기 꺼릴 것 같아서 오빠들을 좀 써먹었는데, 아주 좋은 선택이었다.

초대장을 받은 사람 중 감기로 고열에 시달린다는 모 자작 영애를 빼면 전부 초청에 응했다. 초대받지 못한 사람들도 어떻게든 초대장을 손에 넣으려고 난리였다.

'문제는 이샤크가 데리러 간 영애들인데……."

이샤크 성격에 혹시 영애들에게 험한 말을 했을까 봐 나는 염려를 지우지 못했다.

로라에게 듣자 하니, 이샤크의 추종자들은 대체로 머리에 나사 하나씩 빠진 사람들이라고 했다. 1, 2년 전만 해도 그 무서운 이샤크를 스토

킹하던 영애들도 있단다.

'제발 소리만 지르지 말아 줘, 이샤크!'

마침 이샤크가 데리러 간 사람들이 들어오기 시작했다.

"머리카락을 주신다던 약속을 잊지 않으셨지요?"

"손톱 빠진 것, 혹시 있으세요? 훈련 중엔 자주 빠진다던데. 있으시면 저 주세요."

"저요! 저도!"

이샤크를 둘러싼 영애들이 게걸음으로 파티장에 도착했다. 이샤크는 인상을 찌푸렸다.

"알았! ……다니까. 알았으니까 이제 좀 들어가! ……세요."

버럭! 소리치다가 쥐어짜듯 목소리를 죽이고, 왈칵! 소리치다가 이를 갈며 공대했다.

나는 속으로 '웬일이람!' 하고 놀랐다. 저 영애들의 행동을 보니 이샤크가 오는 동안 몇 번은 뒤집혔어도 이상하지 않은데.

"안녕하세요, 듀블레드 영애!"

"초대해 주셔서 기뻐요!"

"영애는 제 은인이에요!"

발랄한 영애들이 까르르륵 웃으며 내 손을 잡고 붕붕 흔들었다. 산전수전을 다 겪은 나조차도 이샤크 추종자들의 기세에 밀려서 당황했다.

"아…… 네, 와 주셔서 감사해요."

"감사라니요. 당연히 와야죠. 우리 도련님 있는 곳이라면 시궁창이라도! 아, 이건 저희가 준비한 선물이에요."

영애들이 내게 커다란 상자를 건넸다.

'우와…….'

상자 안에는 꽃이 다발 채로 가득 담겨 있었다. 옆에 있던 다른 영애들도 이런저런 화환이나 꽃을 선물해 줘서 나는 낑낑거리며 하인에게 그것들을 넘겼다. 그러자 앙리와 함께 온 영애들마저 "아, 저희도……." 하며 수줍은 표정으로 호화롭게 포장된 꽃을 내밀었다.

'처음으로 주최한 파티에선 꽃다발이나 화환을 선물받지, 참.'

하인들도 힘에 부쳐 도로 내려놨는지, 어느새 발밑에 그득 쌓인 선물더미를 나는 질린 눈으로 쳐다봤다. 내 곁에서 시중을 들던 로라는 잔뜩 흥분한 얼굴로 콧김을 뿡뿡, 내뿜으며 중얼거렸다.

"광신도들의 조공 전쟁인가……!"

로라가 말한 '조공 전쟁'이라는 저것을 정리한 건 요한을 따라온 영애들이었다.

"조심해서 옮기게."

하인들이 텅! 소리와 함께 선물들을 죄 밀어내며 바닥에 웬 황금상(像)을 내려놓았다. 요한 또래로 보이는 키가 훌쩍 큰 영애가 빙그레 웃으며 말했다.

"화환을 대신해서요."

"아……. 감사합니다."

"잘 부탁해요."

어른스러운 영애들이 나를 보며 싱긋, 웃었다. 로라는 여전히 흥분한 표정으로 내게 바짝 다가와 속삭였다.

"요한 님을 사랑하는 모임의 회원들이에요! 저 적발의 영애는 알렉산드라 셰비네 양이랍니다."

알고 있다.

'엘리자베스를 초청한 이유가 그녀이니까.'

최연소 백마대 입대자. 그리고 다이애나 셰비네 백작님의 장녀로 선황, 카를로스 대제의 사생아.

'엘리자베스와 달리 진짜 공주님.'

물론 제국은 사생아를 인정하지 않으므로 공주라고 불릴 일은 없겠지만, 알렉산드라는 다르다. 미래에 백마대장으로 무수한 공적을 세워 공주의 한 단계 밑인 보주(保主)의 칭호를 받는다.

"우리 잘 지내 봐요."

알렉산드라가 손을 내밀어서 나는 냉큼 그녀의 손을 잡았다.

"요한 오라버니에게 좋은 지인이 있다니 기뻐요!"

내가 애교 있게 웃자, 알렉산드라는 "어머나." 하며 쿡쿡 웃었다. 다른 요한의 추종자들도 날 귀여워해 줬다.

"소문보다 훨씬 사랑스러운 분이시네요. 편하게 언니라고 불러요. 우리끼리는 서로 언니, 동생이라고 부르니까."

"언니요?"

내가 일부러 눈을 동그랗게 뜨자 요한의 추종자들이 우후훗, 웃었다.

"걱정하지 말아요. 우리는 요한 님과 그 어떤 깊은 관계를 노리는 사람들이 아니니까."

"그저 그분의 품위를 흠모할 뿐이랍니다."

나는 속으로 박수를 쳤다. 멋진 언니들이다. 그리고 미래엔 더더욱 멋져질 거다. 미래의 백마대장, 미래의 마탑주 후보, 미래의 상인 길드 중추. 오빠는 잘생기고 볼 일이다.

'덕분에 힘 하나 안 들이고 미래의 권력자들과 연을 맺었거든!'

오늘 파티에 온 사람들이 듀블레드가 가진 단 하나의 약점을 보완해 줄 것이다.

'귀족들과의 관계 말이지.'

그게 굳이 이 시기에 파티를 연 목적이 아니던가.

그때였다.

"파티장이 협소하네."

흐음, 마뜩잖은 콧소리와 함께 엘리자베스가 정원에 들어왔다. 정원을 둘러보던 그 애는 뺨이 붉어져서 "요한 님!" 하고 소리쳤다.

"저, 저기…… 아까 마차에선 이야기를 잘 나누지 못해서……."

"안녕하세요, 노델리 양."

나는 생긋 웃으며 그 애에게 다가갔다. 일순 눈이 굳어진 그 애가 "예……." 하며 대충 대답했다.

"오늘은 유난히 반갑네요."

"듀블레드 양이 저를요?"

"그럼요! 오늘 오전에도 가신들이 회의에서 영애의 이야기를 한걸요."

가신들이 회의에서 이름을 언급했다는 건 보통 혼약과 관련된 일이었다. 가신들이 세 공자 중 누구의 혼약을 의중에 뒀는지는 일부러 언급하지 않았다.

세 오빠의 추종자 부대가 일시에 매서운 눈으로 엘리자베스를 응시했다.

'이걸 위해서.'

난생처음으로 시선의 화살 속에 놓인 엘리자베스는 당황했고, 나는 생긋 웃으며 그녀에게 악수를 청했다.

'적진에 온 걸 환영한다.'

"뭐야. 왜 날 그렇게 보지요?"

엘리자베스가 왈칵, 인상을 쓰자 영애들이 흠칫하여 얼른 시선을 돌렸다. 오늘 파티 경비에 배속된 자카리가 내게로 다가와 속삭였다.

"생각보다 영애들이 얌전한데. 네 생각대로 움직이진 않겠어."

"왜?"

"오늘 파티를 계기로 노델리 영애를 고립시키려던 거잖아?"

"그건 맞지만, 남자 때문에 고립되진 않지."

나는 어깨를 으쓱했다.

영애들은 오빠들 때문에 엘리자베스에게 해를 입힌다거나, 수군거릴 사람들은 아니었다. 제가 사랑하는 사람과 맺어질 가능성이 크다고 해서 질투하여 천박한 입방정을 떠는 저열한 사람은 없었다.

"노델리 양, 여기 앉으세요. 영애의 테이블은 이쪽이에요."

저들이 시선을 돌린 건 엘리자베스의 말에 겁먹어서가 아니다. 단지 좋아하는 사람과 맺어질 가능성이 있는 아이에게 우울한 마음을 저도 모르게 내색한 것이 겸연쩍기 때문이다.

"노델리 양. 이쪽으로 앉으세요. 여기가 영애의 테이블이에요."

"일전에 뵈었지요? 잘 지내셨나요?"

이곳엔 오히려 상냥한 사람이 훨씬 많았다. 그들은 순간이나마 시선이 몰려서 아이가 놀랐을까 봐 먼저 손을 내밀었다. 엘리자베스가 흥, 하며 고개를 돌렸다. 그러곤 요한의 곁을 맴돌면서 입술을 삐죽였다.

"저기……."

"말씀하십시오."

"다들 엘리자베스가 파티에 온 게 불편한가 봐요."

"글쎄요."

요한이 여상하게 말하며 반대편으로 걸어가자, 엘리자베스는 그 뒤를 졸졸 쫓아가며 어리광부리듯 말했다.

"영애들은 왜인지 엘리자베스를 좋아하지 않거든요. 어머니 말씀이 엘리자베스가 귀여워서 질투하는 거래요."

요한이 음료 잔을 들며 "그래서요?" 하고 엘리자베스를 돌아보았다. 그 애는 수줍은 얼굴로 종알거렸다.

"어머니가 없는 자리는 두려운데, 요한 님께서 곁에 계셔 주세요."

"두려운 일은 없을 겁니다."

"제가 저쪽 테이블에 가면 은근히 저를 속상하게 할걸요?"

면전에서 배려가 투기로 뒤바뀐 영애들의 표정이 굳어졌다. 요한은 음료 잔을 들고 내게로 다가왔다.

"볼이 빨갛다."

일이 원하는 대로 흘러가니 재밌어 죽겠기 때문에 약간 흥분했다. 하지만 나는 속을 능숙히 감추며 손가락으로 볼을 꾹꾹 눌렀다.

"첫 파티라 긴장했나 봐요!"

"마셔."

"네."

"1부까진 내가 파티장에 있을 거야."

'그럼 나야 좋지!'

1부는 어린 레이디들의 파티지만, 2부는 귀부인들이 도착하며 파티의 규모가 좀 더 커진다.

'요한이 없어도 귀부인들이 있으면 파티를 단속하기 쉬워.'

내가 활짝 웃자, 요한도 희미하게 미소 지었다. 엘리자베스는 요한의 뒤에 매달리듯 바짝 다가서서 나를 노려봤다. 그러나 요한이 다시 걸음을 돌리자, 다시 그 뒤를 쫄랑쫄랑 따랐다.

자카리는 소리 죽여 킬킬 웃었다.

"뭐 눈엔 뭐만 보인다."

"제가 질투 많은 사람이니, 다들 저를 질투하는 줄 알겠지. 영애들이 아무 짓을 하지 않아도."

필시 다른 자리에선 영애들에게 비난받았다며 울상을 지을 거다. 그럼 아무리 다정한 성품의 영애들이라도 터질 수밖에 없다. 그간 꾹꾹 참아 왔던 것까지.

나는 비열하게 웃으며 요한이 준 음료를 홀짝 마셨다.

*　　　*　　　*

시작부터 화려했던 파티는 시종일관 즐거운 일이 가득했다. 케이터링은 섬세하고 아름다우며 맛까지 훌륭했고, 르블레인은 다 함께 어울릴 수 있는 작은 게임들을 준비해서 파티는 시종일관 화기애애한 분위기가 이어졌다.

"이번에도 하델로로 양이 일등이네요."

"게임은 좋아해요. 주말엔 저녁 식사 후에 가족들과 게임을 한답니다. 체스를 두기도 하고요."

"어머나, 다음엔 저도 하델로로 양과 함께 체스를 두고 싶어요."

르블레인이 앙리에게 생글생글 웃으며 말했다.

"하델로로 양은 게임을 잘한대! 앙리도 체스가 특기지?"

"좋아하지. 우린 취미가 잘 맞는군요."

"저, 정말요? 기, 기뻐요……."

"체스는 저보다 형님이 더 잘 둡니다. 그렇죠, 형님?"

요한이 가볍게 고개를 끄덕였을 때였다.

"엘리자베스가 파란색이 좋다고 하니까 폐하께서 축제의 깃발을 모두 파란색으로 해 주셨어요! 폐하께선 엘리자베스 말이라면 뭐든 들어주시거든요."

다시 말하지만, 분위기는 화기애애한 편이었다. 엘리자베스 노델리만 아니라면. 엘리자베스는 세 공자와 영애들의 대화를 결코 두고 보지 않았다.

"앙리 님, 앙리 님. 다음번엔 저희 저택에 오세요. 엄청나게 아름다운 체스판과 핀이 있어요. 이국의 사신이 황태후 폐하께 선물한 건데, 엘리자베스가 가지고 싶다니까 선뜻 내주셨어요."

"기회가 된다면요."

"이샤크 님, 엘리자베스에게 검을 가르쳐 주세요. 저는 보검을 가지고 있어요. 용사의 검이래요. 황제 폐하께서 주셨어요. 엘리자베스를 엄청나게 귀여워하시거든요."

"제발 부탁이니까 입 좀 다물어."

"나빠요! 하지만 특별히 용서해 드릴게요! 아, 요한 님! 어디 가세요? 저만 두고 가시려는 건 아니죠? 영애들만 있는 곳은 무서워요."

세 공자와의 만남을 기대하던 영애들은 우울한 표정이었다. 세 공자는 개인적인 파티나, 사석엔 잘 나서지 않기에 이런 날이 아니면 대화의 기회는 영영 없을 것이다.

엘리자베스는 정말로 듀블레드의 안주인이라도 된 것처럼 세 공자의 뒤에서 떨어지지 않았다.

"공자님!"

영애 중 한 사람이 용기를 내서 앙리를 불렀다.

"저, 저어…… 지난번 사냥제에서 넘어질 뻔한 저를 잡아 주셔서 감사해요. 아, 저는―!"

"헤라 디미트리 영애."

"기, 기억하고 계셨나요?"

"물론이죠. 숙부께서 추기경이시잖습니까."

"엘리자베스도 디미트리 양을 알아요!"

대화에 끼어든 엘리자베스가 해맑게 웃으며 말을 이었다.

"신학원에서 꼴찌 하셨다면서요."

"꼬, 꼴찌는 아니었는데요……. 꼴찌에서 두 번째였는데……."

"그거나 그거나. 안 그래요, 앙리 님? 우리같이 똑똑한 사람에겐 꼴찌나, 꼴찌에서 두 번째나 그게 그거잖아요. 똑같이 바보 같아 보이죠?"

디미트리 영애가 울상을 지으며 고개를 숙였다.

엘리자베스는 세 공자가 다른 사람과 대화만 시작하면 있는 일, 없는 일을 다 끄집어내어 창피를 주었다. 스스로 대화의 기회를 포기하도록.

요한 추종회의 영애들은 인상을 찌푸렸다.

"노델리 양이 오늘은 유난히 과하네요."

셰비네 영애는 보드 게임의 주사위를 굴리며, 파티장에서 영애들에게 번번이 창피를 주는 엘리자베스를 쳐다봤다.

보통 9－10세쯤 사교 데뷔를 하기에 엘리자베스는 사교계에선 막내뻘이었다. 오만하기 그지없는 행동을 묵인한 건, 단지 저 애가 황제의 조카이기 때문만은 아니었다. 막내뻘의 새내기 사교인에게 아량을 베푼 것이다.

"두고 보실 건가요, 셰비네 양?"

알렉산드라 셰비네는 세 공자가 르블레인에게 다가가기만 하면 발작하듯 다른 영애들이 저를 노려본다며 소리치는 엘리자베스를 가만히 쳐다보았다.

"……두고 보기만 해선 안 되겠네요."

다른 영애가 인상을 쓰며 핑거 푸드를 집었다.

"관둬요. 우리가 질투한다며 뒤집어질 텐데. 여자의 적은 여자라고 클럽에서 또 말이 나올 거예요."

주사위를 테이블에 탁, 소리와 함께 내려놓은 알렉산드라가 생긋 웃었다.

"구더기가 무서웠다면 전 애초에 사교계에 나설 수 없었겠죠. 제 태생을 아시잖아요. 저는 그런 질 낮은 말보다 동지를 지키는 게 우선이에요."

알렉산드라가 “세 공자를 사랑하는 동지들 말이에요.” 하며 농담하자 다른 영애가 우후훗, 웃으며 턱을 괴었다.

“여성을 지키는 백마대의 최연소 입대자는 뭐가 달라도 다른 모양이군요.”

차를 단숨에 들이켠 알렉산드라가 빈 찻잔을 뒤집었다. 그러자 다른 영애들도 하나둘 그녀를 따라 빈 찻잔을 뒤집기 시작했다.

멀리서 상황을 지켜보던 르블레인이 씩, 입꼬리를 올렸다.

‘시작됐다.’

파티에서 불쾌감을 표현하는 대표적인 행위. 이샤크의 추종자들도 따라서 찻잔을 뒤집었다. 대체로 순하고 다정한 성품인 앙리의 추종자들은 우물쭈물하였다.

하지만,

“뭐, 뭐예요? 왜들 그러는 거예요? 역시 엘리자베스를 질투하는 거죠! 봐요, 공자님들. 저는 너무 무서워서…….”

엘리자베스가 울상을 지으며 영애들을 힐난하자, 앙리의 추종자들 역시 찻잔을 뒤집었다.

순식간에 모든 테이블의 찻잔이 뒤집혔다. 불쾌한 일이 해결되지 않는 한 파티를 지속하지 않겠다는 의미였다.

르블레인은 이때다 싶어 나섰다.

“노델리 영애—”

그러자 알렉산드라가 나섰다.

“송구해요, 듀블레드 양. 이번엔 제게 발언의 기회를 주시겠어요?”

“네?”

알렉산드라가 르블레인을 등 뒤로 감추며 엘리자베스를 쳐다봤다.

“사교계의 선진으로서 정중히 부탁드립니다. 부디 우리가 듀블레드 양에게 그녀가 받아선 안 될 피해를 입히지 않도록 오늘은 이만 돌아가 주세요."

"뭐라고요?! 영애가 뭔데, 내게……!"

"듀블레드 양의 첫 파티에서 소란이 일어나는 것을 더는 묵인하지 않겠어요. 내가 장갑을 던지지 않도록 이만 돌아가세요."

"말도 안 돼! 어떻게 엘리자베스에게 이런 창피를……!!"

"그만!"

또각, 또각. 굽 낮은 구두 소리가 고요한 회장에 메아리쳤다. 엘리자베스에게 바싹 다가간 알렉산드라는 빙그레 미소 지었다.

"세 번까지 말하게 하지 말아요. 사교계의 막내에게 아량을 베푸는 건 오늘이 마지막이에요."

"……!"

입술을 꾹 깨문 엘리자베스가 파르르 떨며 주변을 둘러보았다. 도움을 구하듯이. 하지만 엘리자베스의 행태에 질린 사람들은 아무도 그녀를 옹호하지 않았다.

요한의 앞에서 망신을 당한 엘리자베스는 울음을 터뜨리며 파티장을 나섰다.

르블레인은 속으로 쾌재를 불렀다.

'이제 물꼬는 텄어.'

원래 애 싸움이 어른 싸움 되는 법. 엘리자베스가 망신을 당하고 돌아가면 딸을 몹시 아끼는 노델리 후작이 가만히 있을 리 없다. 그럼 이 안에 있는 영애들의 부모도 자식을 위해 나설 거다.

다른 영애들이 알렉산드라를 보며 눈썹을 늘어뜨렸다.

"저희를 위해 나서 주셔서 감사해요. 하지만 곧 잉그리드 공주님께서 오실 텐데, 괜찮으시겠어요?"

그때, 르블레인이 활짝 웃으며 나섰다.

"셰비네 양."

"네?"

"제 파티를 위해 나서 주셨으니, 이번엔 제가 셰비네 양을 위해 무언가를 하고 싶어요."

"……?"

마침, 1부의 끝을 알리는 음악 소리가 흘러나왔다. 대기실에 있던 귀부인들이 하나둘 파티장으로 들어오기 시작했다. 르블레인은 알렉산드라를 정중하게 자리에 앉히곤 귀부인들을 맞이했다. 귀부인들의 무리 속에서 잉그리드 공주가 모습을 드러냈다.

그와 동시에.

"아빠……."

내 부탁으로 정원에 도착한 아빠가 나를 향해 고개를 돌렸다.

"……왜 표정이 어둡지."

"그게……."

나는 잉그리드 공주를 힐끔 쳐다보고서 아주 단호한 어투로—

"노델리 양이 파티에서 실수하셨어요. 영애들이 제 첫 파티를 위해 나서 주셨는데, 혹여나 영애들에게 피해가 갈까 봐 걱정돼요."

—아빠에게 일러바쳤다.

아빠의 시선이 잉그리드 공주에게 향했다. 첫사랑이 인상을 찌푸리자, 가뜩이나 내 말에 당황해 있던 잉그리드 공주의 안색이 희멀게졌다.

'창피하지?'

그럼 가서 엘리자베스가 황태후와 황제에게 울고불고하지 못하도록 단속해.

'그동안 나는 수원을 확보하고, 아빠가 발루아령의 관리자가 되도록

영애들과 친분을 쌓아야겠으니까.'

파티 초청객 모두 엘리자베스의 무례를 목격했다. 동시에 불쾌하게 여겼으며, 이들 전부 내 편이다.

'아, 완벽한 파티였다.'

나는 아빠와 시선도 마주치지 못하고 얼굴이 붉게 달아오른 잉그리드 공주를 보며, 속으로 낄낄 웃었다.

* * *

"엘리자베스!"

노델리저로 돌아온 잉그리드는 굳게 닫힌 딸의 방문을 두드렸다.

"이리 나오지 못해? 어서!"

"무슨 소란입니까."

노델리 후작이 잔뜩 노기 서린 아내를 보고 인상을 찌푸렸다.

"두세요. 파티에서 돌아오자마자 틀어박혀 울고 있습니다. 대체 듀블레드는 내 딸에게 무슨 짓을……!"

"무슨 짓을 한 건 당신 딸이야. 오죽했으면 영애들이 전부 찻잔을 뒤집었겠어?"

"뭐요? 그 계집애들이 감히!"

분기탱천한 노델리 후작이 노성을 내질렀다. 이번 듀블레드 파티엔 노델리와 관계가 좋은 가문의 영양들이 대거 참석했다.

'무지한 것들.'

할 줄 아는 거라곤 무리 지어 차나 홀짝이는 계집애들이라 영 멍청하다. 제 아비가 누구의 밑에 있는지 알려 줘야겠다.

'다시 서열을 정리할 필요가 있다.'

잉그리드 공주는 인상을 찌푸린 남편을 보고 실소를 흘렸다.

"함께 파티에 갔던 내가 얼마나 곤란했는지는 묻지도 않는군."

"엘리자베스가 투정을 부리는 일이 오늘만 있었던 것도 아니고 어미가 되었으면 그마저 감싸야지, 무얼……."

노델리 후작이 쯧, 혀를 차자 잉그리드 공주의 표정이 굳어졌다.

"당신이 마냥 오냐오냐하니 천지 분간을 못 하는 거야. 초청받지 않았던 어머니회 파티에 부득불 찾아갔을 때도 듀블레드 영애에게 고아니, 불순물이니, 얼마나 끔찍한 말을 떠들었는지 알기나 해?"

"틀린 말은 아니잖습니까."

"당신이 언제나 애 앞에서 그따위 말을 지껄이니까, 내가 테오도르에게 창피를……!"

"지껄여? 테오도르?"

노델리 후작의 얼굴이 딱딱하게 굳어졌다. 잉그리드 공주는 입술을 꾹 깨물며 고개를 돌렸다.

"왜? 이번에야말로 나와 헤어지고 듀블레드의 안주인이라도 되고 싶으십니까? 10년 전, 듀블레드 공작에게 아내의 자리를 애걸했듯이? 그래서 당신 딸보다 테오도르 듀블레드의 딸을 우선하는 겁니까?"

"필립 노델리!"

잉그리드 공주는 모멸감에 희게 질려 남편을 노려봤다.

"그렇겠죠. 이번에도 내 탓이겠죠. 내가 태어난 것이 잘못이지!"

노델리 후작이 더는 대화하고 싶지 않다는 듯이 등을 돌렸다.

"어디 가! 당신은 항상 이래. 나와 대화하려 하지 않아. 당신이 나를 진심으로 사랑해 줬다면……!"

"다 내 탓이라지 않았습니까. 공주가 모두 옳으니, 쳐죽일 놈은 이만 가려는 겁니다. 에잇, 빌어먹을 집구석."

노델리 후작이 떠나고, 잉그리드는 바닥에 주저앉아 한 손으로 눈을 가렸다.

그 시간, 방 안에서 씩씩거리고 있던 엘리자베스는 손에 잡히는 대로 뭐든 내던졌다.

쨍―!!

날카로운 파열음과 함께 아이의 눈이 매서워졌다.

'이게 다 주제 모르는 바보들 때문이야. 감히 내 앞에서 찻잔을…… 아냐, 아니지. 전부 악랄한 고아 계집애가 이렇게 만들었어.'

이를 악문 엘리자베스는 침대맡 협탁을 뒤졌다. 부친의 손님이라던 검은 모자가 준 자그마한 약병을 꽉 그러쥐었다.

'넌 혼이 날 필요가 있어. 르블레인.'

아이의 눈동자가 검게 일렁였다.

* * *

일주일 후.

나는 파티에 참석해 줬던 영애들에게서 온 초대장을 황홀한 눈으로 보았다.

"하델로로 가문과 라그노스 가문에서도 왔어."

내가 발그레한 뺨을 양손으로 감싸니 맞은 편에서 서류를 넘기던 의장이 픽, 실소를 흘렸다.

"그리 좋으십니까."

"하델로로의 선대가 작고하며 폐광을 전부 영애에게 상속했대."

"쓸모없는 재산이니 어린 손녀가 가지고 있더라도 딱히 문제가 없었겠죠."

"잘 보여서 사들이면……."

나는 번쩍번쩍 빛나는 눈으로 아름다운 미래를 그렸다.

'수원, 빨리 나와라.'

"권력가 영애의 자존심 같은 것은 없으십니까. 아기님이 듀블레드 영애로 영화를 누린 것이 5년째잖습니까. 이전 삶에서도 공작 영애로 사셨는데도 잘 보인다는 말이 쉬우신 것 같군요."

"자존심 부리다 쫄딱 망하면 다리 밑에서 구걸이라도 해야 하는데, 이쯤이야."

난 히죽 웃고서 초대장을 상자 안에 잘 넣어 두었다. 그러고 찻잔을 들며 말을 이었다.

"그리고 나도 자존심 부릴 땐 부린다고."

"공격받았을 때 말이죠?"

"그건 때에 따라 달라. 이번엔 자존심은 넣어 두려고."

"무슨 일로?"

나는 초대장 중에 가장 호화로운 봉투를 꺼내 테이블에 내려놓았다.

"그건 황비의 초대장이 아닙니까."

눈을 가늘게 뜬 의장이 낮은 목소리로 덧붙였다.

"……가상전 우승자 특전."

"그래. 황자의 호위대 입대 건. 발루아의 사건과 대귀족 피습 사건으로 미루던 일이 슬슬 진행되고 있는 모양이야."

"아기님께서 아드리안 황자를 택했으니, 이본느 황비가 불안한 모양이군요. 황궁까지 아기님을 초청한 것을 보면."

"나만 초대한 건 아냐. 다른 대귀족들도 초대되었어. 물론 노델리가도."

"그렇겠죠. 아기님만 초대하면 회유하려는 속내가 훤히 드러날 테니."

나는 초대장을 툭, 툭, 두드렸다.

"가서 잔뜩 아부하고 와야지."

"엘리자베스 노델리와 다르게 말이죠?"

"그것도 그렇지만, 다른 목적도 있어."

가볍게 어깨를 으쓱인 난 악당 같은 표정으로 킬킬거렸다.

그리고 며칠이 쏜살처럼 지나 황비의 티 파티 당일이 되었다. 나는 아침 일찍 준비를 시작해서, 황비의 부탁대로 남들보다 일찍 황궁을 찾았다. 나와 함께 와 준 건 요한이었다.

마차에서 내리기 전, 요한은 내게 몇 가지를 주의시켰다.

"황비가 어떤 말을 해도 확답을 주지 마라."

"네."

"그래."

"그런데 저 오늘 착한 어린이 같나요?"

내가 눈을 빛내며 요한의 앞에서 빙그르르 돌았다. 오늘 '목적'을 위해선 영악하게 보이면 안 된다.

요한이 눈을 가늘게 좁혔다.

"평소와 같은데."

"평소 같다고요?"

나는 꽈과광－! 충격받은 얼굴로 어깨를 늘어뜨렸다.

"평소처럼 귀여워."

요한이 희미하게 웃으며 머리를 쓰다듬었다. 어쩐지 볼이 발그레해졌다. 이럴 때의 요한을 보면 '요한을 사랑하는 모임'의 언니들이 왜 그가 가끔 아주 요망할 때가 있다면서 콧김을 뿡뿡 내뿜는지 알 것도 같았다.

요한이 손을 내밀어서 나는 냉큼 그의 손을 잡고 황비궁에 들었다.

'호화롭긴 엄청 호화롭단 말이야.'

듀블레드의 돈 냄새에 익숙해졌는데도 황비궁의 화려함은 약간 기가 질린다. 궁에 들어가자마자 기다리고 있던 황비의 시녀가 우리를 맞이했다.

"아기님과 공자님을 환영합니다. 황비궁의 일등 시녀, 오드레 노쉐어입니다."

"안녕하세요. 노쉐어 시녀님."

후훗, 웃은 시녀가 약간 무릎을 굽혔다.

"멀리서 뵈었을 때보다 훨씬 사랑스러운 분이시군요. 가상전에서 보이셨던 뛰어난 기량을 보고 흠모하였어요."

'아부가 익숙한 사람이네.'

훌륭한 처세다.

하지만 결코 느낌이 좋은 사람은 아니다. 오드레는 우아하고 아름다운 중년의 여성이고, 예법과 눈빛, 상대를 대하는 표정 하나조차 거슬리는 게 없는 사람인데도 불구하고 이상하게 기분이 나쁘다. 내가 이전 삶에서 오드레와 잘못 얽힌 일이 있었던 것도 아닌데 말이다.

하지만 속을 능숙하게 숨기고 "감사해요!" 하고 쾌활하게 인사했다.

나와 요한은 오드레의 안내를 받아 황비의 응접실로 향했다. 안에 들어가자 햇살이 가득 쏟아지는 창을 등지고 호화로운 의자에 앉아 있는 황비가 보였다.

먼저 요한이 인사했다.

"황가에 광영을."

"황가에 광영이 있기를. 제국의 작은 주인을 뵙습니다."

나도 오드레만큼이나 한 처세한단 말이지!

내가 일부러 작은 주인을 언급하며 인사하자 황비의 눈매가 부드럽게 휘어졌다.

"어서 오게, 듀블레드의 작은 주인들. 기다리고 있었네. 자, 이리 앉지."

황비가 손을 내저어서 우리는 자세를 바로 하고, 황비가 가리킨 자리에 앉았다.

'찻잔이 여섯?'

우리는 황비의 부탁으로 티 파티 시간보다 훨씬 일찍 도착했다. 그런데 찻잔이 여섯이라니. 올 사람이 더 있나?

내가 의아하게 여기고 있을 때, 노크 소리가 들렸다.

"황비님을 뵙습…… 듀블레드 공자."

껄껄 웃으며 들어오던 노델리 후작이 아빠의 축소형이라고 불릴 만큼 비슷한 요한을 보며 왈칵 인상을 찌푸렸다.

'우웩.'

저 아저씨가 왜 이렇게 일찍 왔지? 노델리 후작뿐만 아니라 잉그리드 공주와 엘리자베스도 함께였다.

"이리 앉으세요."

노델리가의 식솔들, 그리고 요한과 나는 서로를 떨떠름한 시선으로 보았다. 그나마 우리는 불쾌한 속을 표정으로 내색하진 않았지만, 노델리 후작의 얼굴은 완전히 일그러져 있었다.

"듀블레드 공자, 공녀와 선약이 있는 줄 알았으면 시간에 맞춰 왔을 텐데요."

투덜거리는 말에도 황비는 미소를 유지했다.

"내가 공을 일부러 일찍 불렀지. 노델리 영애와 듀블레드 영애 사이에 불미스러운 일이 있었다고 들어서 말이야. 황태후 폐하께서 걱정이 크시네."

엘리자베스는 흥, 콧방귀를 뀌려다가 요한을 보고 흠칫 어깨를 오므렸다.

'지난번 사건이 부끄러웠나 보지?'

이전처럼 요한에게 추근대진 못했다. 하지만 수줍은 표정만은 지우지 못했다. 엘리자베스가 제 아버지보다 서둘러 다가와 요한의 옆자리에 앉았다. 원형 테이블인 만큼, 옆자리를 차지하는 것이 가능했다.

"노델리 양은 오늘도 아주 귀엽구나. 황족에게 없는 천진함이 있기에 황제 폐하께서도 노델리 양을 아끼시는 걸까?"

"평소처럼 엘리자베스라고 불러 주세요, 황비님! 언제나 절 친근하게 불러 주시잖아요!"

엘리자베스가 으스대듯 나를 힐끔 쳐다봤다. 나는 속으로 가볍게 고개를 저었다.

'바보야, 황비는 널 탓하고 있는 거다.'

너무 어린애처럼 방만하게 굴지 말라는 의미였다. 엘리자베스는 아무것도 모르고 에헤헷 웃고 있지만, 노델리 부부의 표정은 좋지 않았다.

"딸아이가 순수하다는 것은 저도 알고 있어요, 언니. 하지만 안드레도 천진한 건 마찬가지 아닌가요?"

잉그리드 공주가 빈정거리는 어조로 말하자 황비의 입매가 약간 굳어졌다. 잉그리드 공주가 엘리자베스를 잔뜩 혼냈다더니, 그래도 남이 자기 자식을 욕하는 건 못 보는 모양이다.

'좋아, 좋아. 그렇게 황비랑 틀어져 버려라.'

나는 올라가려는 입가를 찻잔으로 가렸다.

"가문의 격이 맞는 데다 또래라 얼마나 좋으니. 노델리 양과 듀블레드 양은 끈끈한 관계가 될 수 있을 게야."

황비는 나와 엘리자베스를 화해시키고 싶은 모양이었다. 내가 엘리자베스를 꺼려서 그 애와 관련된 사람들까지 싫어하지 않도록.

‘그래서 안드레 황자의 호위대를 택하게 하려고?’

어림없었지만, 난 불쾌한 내색을 하는 엘리자베스와 달리 의젓하게 고개를 숙였다.

“나랏일로 바쁘셨을 황비님께 고민을 안겨 주어서 부끄러워요.”

“세상에, 듀블레드 양은 어쩌면 이리 기특할까. 볼수록 마음에 드는 아이야.”

엘리자베스가 홱, 고개를 돌리고 나를 노려봤다. 내가 황비에게 칭찬을 들은 것이 아니꼬운 모양이었다.

“화장실 갈래요.”

엘리자베스가 자리에서 일어나자, 노델리 후작도 슬그머니 몸을 일으켰다.

“저도 잠시.”

홀로 남은 잉그리드 공주는 내내 기분이 저조했다. 표정이 워낙에 안 좋아서 이본느 황비가 나설 정도였다.

“공주, 따로 이야기 나누지.”

“……예.”

황비가 나와 요한에게 양해를 구하고 잉그리드 공주와 함께 자리에서 일어났다.

‘자, 그러면 이제 노델리 후작을 완전히 망가뜨릴 방법을 찾아볼까.’

“오라버니, 저도 화장실에 다녀올래요.”

“그래.”

슬그머니 응접실을 나선 난 화장실을 가는 척, 노델리 후작의 발소리가 났던 곳으로 향했다.

‘후작은 바보니까 조금만 자극하면…… 아, 한 대 맞는 게 딱인데. 발

루아 공작처럼 흥분해서 손을 들어 주지 않으려나?'

그렇게 생각하며 코너를 돌 때였다.

"아이, 남들이 보면 어쩌려고요."

황비의 시녀인 오드레의 목소리였다.

"여기까지 누가 온단 말이야. 자자, 내 여자 살냄새 좀 맡아 보자고."

"당신도 참."

나는 오드레의 허리를 쓰다듬는 노델리 후작을 보고 입을 떡 벌렸다.

'일이 잘되려니까 이렇게 풀리네?'

'바람피우는 연놈은 당장에 발가벗겨 절벽에 매달아야 한다'가 나의 지론이었지만, 잠깐 참기로 했다. 살금살금 뒷걸음쳐서 도망친 나는 양 주먹으로 입가를 가리고 킬킬 웃었다.

사업만 벌였다 하면 말아먹는 노델리가 지금까지 망하지 않은 이유는 하나다.

'선황이 잉그리드 공주의 결혼 선물로 내린 대륙 제일의 다이아몬드 광산.'

그런데 잉그리드 공주가 이혼하면서 광산을 가져온다면, 수원을 확보하려 폐광을 사들이긴커녕 영지도 쪼개서 팔아야 할 거다.

'완벽해!'

나는 주먹을 꽉 쥐고 바르르 흔들었다.

잉그리드 공주의 자존심에 남편의 바람을 견딜 수 있을 리 없다. 바람을 견디고 사는 건 너무나 서글픈 일이었다.

'고맙다, 엘리자베스. 네가 번번이 내 일에 깽판을 쳐서 황태후가 염려할 사이가 되지 않았더라면 이런 일을 목격할 기회가 없었을 거야.'

감사, 또 감사!

* * *

나는 황비의 응접실로 돌아가는 동안 생각을 정리했다.

'이걸 어떻게 터뜨리지?'

최대한 잉그리드 공주와 황태후가 분노하도록 터뜨려야 한다. 그것도 빠른 시일 내에. 노델리 후작이 먼저 수원을 확보하면 준비한 일이 말짱 도루묵이 되어 버릴 거다.

고민하는 얼굴로 응접실에 돌아왔을 땐, 몇몇 손님들이 도착한 직후였다.

"안녕하세요, 아기님."

"듀블레드 영애, 반가워요."

이런저런 파티에서 얼굴을 익힌 사람들이다. 나는 예의 바르게 인사한 후 요한의 곁으로 향했다.

"황비님과 공주님은 오셨어요?"

"저기."

이야기를 짧게 끝냈는지, 황비는 응접실과 이어진 투명한 문 안에서 귀부인들과 인사를 나누는 중이었다. 곧 하인들이 트레이를 밀고 들어왔다. 정원은 금세 북적였고, 황비는 내내 곁에서 날 챙겨줬다.

'바람둥이는 바람피우느라 늦는구만.'

난 차가 다시 세팅되는 동안 내부를 슥, 둘러보았다. 그런데 이상하다.

'엘리자베스는 왜 이렇게 늦지?'

조금 전 황비가 날 칭찬한 것이 못 견디게 화가 나서 마음을 추스르는 데에 오래 걸리는 걸까.

"앉게."

황비가 인자한 목소리로 말하자 정원에서 삼삼오오 모여 이야기를 나누던 사람들이 커다란 원형 테이블에 모였다.

일반 티 파티보다는 훨씬 규모가 작지만, 황비가 주최하는 만큼 손님들은 어디서도 보기 힘든 권력가의 식솔들이었다. 내 파티나, 대부인의 파티에서도 모습을 잘 드러내지 않는 황비의 측근 말이다.

그 사이에서 황비는 날 옆자리에 앉혔다.

"소중한 지인들을 위해 아끼던 차를 준비했단다. 아이의 취향에도 맞는다면 기쁘겠구나."

황비가 가볍게 손을 올리자, 하인들이 정중한 태도로 찻잔을 옮겼다.

'티 팟이 없네.'

일반적으론 티 팟에 차를 우려서 각자 찻잔에 나누어 마신다. 그런데 이번엔 찻잔에 미리 차가 담겨 있었다. 귀부인이 생긋 웃으며 말했다.

"예쁘죠?"

찻잔 안을 빼꼼 들여다본 나는 잠깐 당황했다. 평범한 차와 달리 이것은 꽃을 통째로 말려 우린 차였다. 보리술처럼 맑은 황색의 찻물 안에 국화꽃이 피어 있었다.

'미역 같은데…….'

내가 보기엔 좀 기괴한 모양이었지만, 처세를 제일로 여기는 비열한 어린이였던 난 활짝 웃었다.

"찻잔 안에 봄이 있어요!"

내 말에 사람들이 귀엽다는 듯 웃음을 터뜨렸다.

"처음 마셔 봐요? 황비님이 내겐 자주 주셨는데."

어느새 정원에 돌아온 엘리자베스가 뽐내듯이 말했다. 어느 귀부인이 그 애의 말에 가벼운 설명을 덧붙였다.

"황비님께서 귀빈에게 내어 주시는 차랍니다."

황비가 고개를 끄덕였다.

"영애만 한 귀빈이 없지. 찻잔 하나, 찻잎 하나 신경 써서 준비했지. 맛보렴."

손을 무릎에 포개고 있던 내가 "네." 하고 대답하던 찰나였다. 어딘가에서 나비가 날아왔다. 황비의 찻잔 위를 맴돌자, 그녀는 비명을 내질렀다. 이본느 황비가 나비를 싫어한다는 것은 유명했다. 이 호화로운 정원에 향기를 자아내는 꽃이 단 한 송이도 없을 만큼.

파티에 참석한 모든 사람이 걱정스러운 얼굴로 희게 질린 황비를 살폈다.

"괜찮으신가요?"

"……그래. 소란을 피웠군. 듀블레드 영애, 괘념치 말고 차를 즐기도록 해."

"예, 황비님."

나는 홀짝 차를 머금었다. 머릿속에서 어린애인 내가 당장 우유와 크림을 듬뿍 넣으라고 종용했지만, 겉으론 활짝 웃었다. 맛있다며 손뼉을 짝! 치며 기뻐하는 것도 잊지 않았다.

"향기가 너무 좋아요. 정말로 멋진 차예요."

황비는 기분 좋은 듯 고개를 끄덕였다.

그런데, 그때였다.

* * *

"어……?"

눈을 깜빡이던 르블레인이 이마를 잡고 미간을 좁혔다.

"르블레인."

"영애?"

요한과 황비가 무슨 일이냐는 듯 불렀지만, 아이는 고개를 휘휘 저을 뿐 대답이 없었다.

"어지러워……. 왜……."

멍하니 중얼거리던 르블레인이 툭, 의자에서 쓰러졌다.

"르블레인!"

꺄악—!

쓰러진 아이를 본 귀족들이 사색이 되어 비명을 내질렀다.

"독이다!"

"차에 독이……!!"

요한이 달려와 르블레인을 끌어안았다.

"당장 의사를!"

요한의 목소리에 시종들이 허겁지겁 달려 나가기 시작했다. 정원은 순식간에 아수라장이 되고, 황비마저 희게 질린 채 어찌할 바를 몰랐다.

듀블레드 공작 일가가 황궁에 도착했다. 황제마저 공무를 물리고, 궁정 의사로부터 진료 중인 르블레인을 찾았다. 궁정 마법사들과 조사관들은 황비의 정원을 쑥대밭으로 만들며 조사를 거듭했다.

"독이 맞습니다."

마법사의 말에 이본느 황비가 발작하듯 소리쳤다.

"독이라니, 말도 안 돼! 황궁에 어찌 독을 들일 수 있다는 것이냐! 만에 하나 누군가 독을 들여왔다면 반입 검사에서 들통이 났을 터인데."

"일반적인 독이 아닙니다. 황궁 반입물 검사 시엔 확인할 수 없었을 겁니다. 저주의 매개물과 같은 것으로 사람 몸에 투입된 후에야 효과를 발휘하니까요."

"그런……."

르블레인의 음독이 사실로 밝혀진 후, 황비궁이 폐쇄되었다. 파티에 초청된 손님들은 개별실에 구금당했고, 황비 또한 궁에 발이 묶였다.

이본느 황비는 초조한 기색으로 손톱을 물어뜯었다.

"대체 이게 어떻게 된 거야!"

신경질적으로 소리치는 황비를 본 시녀들이 곤란한 기색으로 고개를 수그렸다.

'영애의 찻잔에 손을 댄 손님은 없었다. 모두가 보았으니, 독을 넣은 자를 꾸며 낼 수도 없어.'

이건, 차가 나오기 이전에 독을 넣었다는 뜻이었다.

'사람들은 내가 음독을 지시했다고 생각할 거다.'

명분마저 있지 않던가. 르블레인이 아드리안을 택한 일 말이다. 아드리안 황자와 듀블레드가 결탁할까 두려워서, 둘 사이에 통로가 될 르블레인을 해쳤다고 여겨질 거다.

'설사 그렇지 않더라도 관리 소홀로 책임을 피할 수 없을 것이다.'

"그것도 하필이면 지금……."

새로운 황비 간택령 이야기가 나오는 지금 이런 사건이 벌어지다니.

"화, 황비님……."

오늘 르블레인이 마신 차를 관리했던 시녀, 오드레가 새파란 얼굴로 다가왔다. 황비의 눈이 일순 매서워졌다.

짝—!

날카로운 마찰음과 함께 오드레의 고개가 돌아갔다.

"넌 대체 뭘 한 게야. 뭘 했기에 차에 독이 들어가도록 몰랐느냔 말이야!"

시녀장이 달려와 황비를 만류했다.

"진정하십시오. 이런다고 해서 이미 벌어진 일이 수습되진 않습니다. 후일을 도모하셔야지요."

노년의 시녀장이 은근한 눈으로 파르르 떨고 있는 오드레를 쳐다보았다. 오드레는 흠칫했다.

'뭐야, 저 눈빛은.'

불안감이 발목을 타고 스멀스멀 올라왔다.

잠시 숨을 몰아쉬던 황비가 털썩 자리에 앉자, 시녀장이 묘한 미소를 지으며 오드레의 어깨를 부드럽게 잡았다.

"나가 봐라."

"테라사 님……!"

"이번 일은 서운해 말고, 나가서 대기하고 있으려무나. 따로 부를 터이니."

시녀장 테라사에 의해 쫓겨나듯 방을 나선 오드레는 벽에 몸을 기댄 채로 덜덜 떨었다.

'나를 버리는 말로 쓰려는 거야.'

희게 질린 오드레가 향한 곳은 노델리 후작이 구금당한 개별실이었다.

"필립!"

"뭐야, 당신 무슨 일이기에 표정이……."

"어떻게 해요. 황비가 이번 일을 내게 덮어씌울 거예요."

"무슨……. 그럴 리가 없잖아. 당신은 황비의 충실한 수족이 아니었나."

"이본느 황비가 그런 걸 따질 위인으로 보이세요?"

"말도 안 돼. 당신이 무슨 까닭으로 듀블레드의 고아 계집애에게 독을 먹이겠어?"

"갖다 붙이면 뭐든 이유가 되겠죠. 내가 그릇된 충심으로 아드리안 황자를 택한 듀블레드 영애를 죽이려고 했다고 할지도 몰라요. 어떻게 해요, 나……! 이게 다 당신 때문이에요!"

"나 때문이라니."

"당신이 차 준비를 하던 날 끌고 가지만 않았어도, 아니, 당신 딸의 부탁을 들어주지만 않았으면……!"

"내 딸의 부탁?"

"엘리자베스가 내게 듀블레드 영애의 잔을 물어봤다고요! 차는 내가 준비했어요. 나는 절대로 독 같은 걸 넣은 적이 없으니 누구겠어요? 당신 딸이지!"

오드레가 비명을 지르듯 외치자 노델리 후작이 그녀에게서 멀어졌다.

"그럴 리가 없어. 아홉 살배기인 내 딸이 뭘 안다고 그런 잔인한 짓을 할 리가……!"

외치던 그가 멈칫했다.

"이거요? 와이즈가 선물해 줬어요. 이게 있으면 엘리자베스가 싫어하는 사람이 전부 사라질 거래요."

저택에서 출발하기 전에 작은 약병을 들고 해맑게 웃던 딸이 생각났다.

"엘리자베스는…… 아냐, 말도 안 돼……."

"역시 나보다 딸이 우선인가요?"

오드레가 입술을 꾹 깨물며 원망스러운 듯 노델리 후작을 노려봤다.

"당신을 사랑하는 게 아니었어요. 날 버리고 공주와 결혼하겠다고 했을 때 잊었어야 했어. 당신에게 나는 침대를 데울 뿐인 하찮은 존재였던 거죠?"

"오, 오드레!"

노델리 후작이 그녀를 품에 안고 말했다.

"그럴 리가 없잖아. 내가 사랑하는 건 오직 당신뿐이야."

"저, 어떻게 해요……."

가련하게 떠는 오드레를 보며 후작이 가는 한숨을 내쉬었다.

'엘리자베스는 잉그리드의 딸이다. 독을 먹인 게 밝혀진다고 해서 목숨이 경각에 달릴 일은 없지.'

황태후와 잉그리드가 가만히 있을 리 없을 테니까.

"내가 해결할 테니. 날 믿어."

"필립……. 사랑해요."

"그래."

오드레의 등을 쓰다듬던 노델리 후작의 눈동자가 날카로워졌다.

* * *

"죽여 주십시오, 폐하!"

노델리 후작이 황제의 앞에 부복했다. 황제는 기가 막힌 얼굴로 한숨을 흘렸다.

"그러니까 엘리자베스가 독을 넣었단 말인가."

"딸을 잘못 키운 죄, 달게 받겠습니다."

"대체 무슨 일로 그런 끔찍한 짓을 벌여!"

당황한 엘리자베스가 찢어지는 비명을 내질렀다.

"아냐! 아니에요! 나는, 나는 그런 적 없어요! 정말이야!"

"저 애의 몸을 수색해 보면 약병이 있다는 걸 알게 되실 겁니다."

"후작!!"
잉그리드 공주가 비명 같은 고함을 내질렀다.
"당신 미쳤어? 당신 딸에게 무슨 짓을 하고 있는지 알기나 해?!"
"지금이라도 달게 벌을 받게 하는 것이 옳습니다. 그래야 엘리자베스가 더 나은 어른이—"
짝!!
잉그리드 공주가 노델리 후작의 뺨을 내리쳤다.
"잉그리드!"
황제가 소리쳤으나, 잉그리드의 눈이 검게 일렁였다.
"대체 뭐에 미쳐서 이러는 거야, 당신."
"어머니, 아버지! 저는 정말로 아니에요. 와이즈가 준 약물을 그 애의 잔에 넣으려고 했던 건 맞지만, 그렇지만 시간이 없어서…… 오드레가 생각보다 빨리 돌아와서 못 넣었다고요!"
엘리자베스는 샛노란 얼굴로 울음을 터뜨렸고, 황제는 고저 없이 명했다.
"엘리자베스 노델리를 지하 옥사로 보내라."
"아냐! 난 그런 적 없어요! 폐하, 폐하!"
"엘리자베스!"
황궁엔 한바탕 난리가 일었다. 뒷목을 잡은 황제는 끙, 신음했다. 두통이 가실 날이 없었다.

그 시각, 황궁 병동.
의장은 죽은 듯 눈을 감고 있는 르블레인을 지그시 쳐다봤다.
"대체 아기님은……."
"……."

"각하와 도련님들은 모두 황제 폐하를 뵈러 갔으니 쓰러진 척은 그만 하십시오!"

르블레인이 번쩍 눈을 떴다. 단숨에 몸을 일으키고, 주변을 둘러보더니 목소리를 죽였다.

"그런 말을 이렇게 크게 하면 어떻게 해. 누가 들으면 어쩌려고."

"누가 상상이나 하겠습니까. 아기님께서 음독을 꾸며 내실 거라는 걸요!"

Chapter 12.

나는 끙, 신음과 함께 부르르 기지개를 켰다.

음독 자작극을 생각한 건 황비가 내준 차가 개별적으로 잔에 담겨 나왔을 때였다.

"찻잔에 담겨서, 그것도 황비가 손님 한 명 한 명을 위해 찻잔을 따로 골랐으니 수작 부리기 쉽잖아."

"그렇겠지요."

누구 하나쯤은 수작을 부릴 거로 생각했다.

"가능성이 가장 큰 건 엘리자베스지. 자리를 너무 오래 비워 둔 게 이상하잖아?"

"그렇기야 하지만, 그것만으로 독을 준비했다는 걸 확신하긴 어렵지 않습니까?"

"확신까진 필요 없어. 조그만 불안이라도 있다면 대비해야 해."

내가 겪은 사교계는 맹수의 소굴이었다. 경계를 풀면 당하는 건 이쪽. 사교계에선 당하는 사람이 나쁘다.

'그러니까 조그만 건수라도 있으면 흘려넘기지 말아야 해.'

"황비의 티 파티에 있던 사람 중에 내게 원한을 가질 만한 사람은 황비 본인이 아니면 엘리자베스나 노델리 후작이잖아? 셋 중 누가 범인이 되어도 내겐 이득이라고."

"황비가 범인이 되면 마르슈 공작은 황비를 돕기 위해 발루아령을 포기할 수밖에 없었을 테고, 노델리 후작이나 엘리자베스가 범인이라면 수원 확보에 차질이 생겼겠죠."

수석 궁정 마법사인 트리곤이 내 편이라는 건 정말로 큰 도움이 되었다. 결계의 관리자이니, 내가 황궁에서 신성력을 사용해도 결계에 걸리지 않도록 수습해 줄 수 있었다.

나는 내가 쓰러진 후, 파티가 아수라장이 되어 혹여나 찻잔이 섞이게 될까 봐 신성력을 이용해 내 찻잔에 '어떤 표시'를 해 두었다. 그러려면 남들 눈을 피해야 했기에, 황비의 정원에 나비를 나타나게 하여 시선을 돌린 것이다.

'거기다 그가 조사관이라 없는 독을 있다고 꾸며 내기까지 했으니까!'

엘리자베스가 가진 약을 특정하는 건 어렵지 않았다. 황궁 반입물 검사에서 걸리지 않을 독이라면 저주의 매개물뿐이었다.

나는 히힝, 하고 웃으며 침대에서 폴짝 뛰어내렸다. 의장은 한숨을 푹 내쉬었다.

"아기님과 손을 잡은 후엔 해가 갈 때마다 심장이 쪼그라들고 있습니다. 아십니까?"

"해가 갈 때마다 부흥하고 있기도 하잖아. 그나저나 엘리자베스는?"

"노델리 후작의 발고로 옥사에 갇혔습니다. 잉그리드 공주가 크게 분노했어요."

그의 말을 들은 난 눈을 번쩍, 빛냈다.

'가장 범인이 되었으면 하는 사람이 당첨됐네.'

의장은 도통 모르겠다는 듯 미간을 좁혔다.

"노델리 후작은 대관절 무슨 연유로 제 딸을 발고했는지……."

"차 관리를 오드레가 했거든."

"오드레라고요?"

"황비의 시녀야. 노델리 후작과 불륜 중이고."

의장이 왈칵 인상을 찌푸렸다.

"내연녀를 위해 제 딸을 희생시켰단 말입니까? 그런 미친 작자를 보았나……!"

나는 손가락을 퉁긴 후 검지로 의장을 가리켰다.

"그거야!"

"예?"

"잉그리드 공주가 알면 절대로 용서하지 못하겠지?"

"당연한 말씀을…… 설마, 이것까지 노리셨습니까?"

노델리 후작이 아무리 멍청해도 대귀족 가문의 가주였다. 사랑에 눈멀었다는 이유만으로 자식을 발고해서 가문을 쑥대밭으로 만들진 않았을 거다. 엘리자베스가 독을 가지고 있다는 걸 알고 있었을 수도 있고. 수색이 시작되면 피차 곤란해질 테니, 내연녀에게 기 좀 세울 겸 먼저 선수를 쳤을 가능성도 있다.

"하지만 사람들은 모두 의장처럼 말할 거야."

"내연녀에게 미쳐 자식까지 팔아먹은 파렴치한이라고 말이죠."

"빙고."
나는 다시 침대에 걸터앉아서 다리를 동동 흔들었다.
"사교계는 쉽게 말하면 안주인들이 외교를 하는 곳이잖아."
"그렇습니다."
"그리고 불륜 때문에 자식을 팔아먹는 건 안주인들이 제일 혐오하는 일이라고. 누가 노델리 가문을 옹호하겠어?"
"거기다 아기님의 파티에서 영애들이 찻잔을 뒤집은 일로 노델리 후작이 휘하 귀족들을 이 잡듯 잡았으니……."
우리는 마주 보고 비열하게 입꼬리를 올렸다.
"이제 우리는 노델리가 어떻게 망할지 두고 보기만 하면 돼."
"문제는 그의 불륜을 어떻게 탄로 나게 하는지가 아닙니까?"
"그래서 말인데……."
내가 목소리를 바짝 낮추고 속삭이자 의장이 고개를 끄덕였다.

*　　*　　*

"역시 자기라니까."
오드레는 노델리 후작을 끌어안고 그의 뺨 이곳저곳에 입을 맞췄다.
"그런데 황태후가 눈을 뒤집고 나오면 어쩌지?"
"어떻게 하겠어. 엘리자베스 손에 독약이 들려 있던 건 사실인데. 빌어먹을 와이즈, 머리가 쓸 만해서 살려 두었더니 감히 내 딸에게 독약을 쥐여 줘?"
"그 인간은 어떻게 하려고?"
"목을 비틀어 버리려고 그놈의 거처에 군사를 보냈는데, 이미 도망친 뒤더군."

노델리 후작이 투덜거리자 오드레가 "흐음……." 신음하며 고개를 끄덕였다.

"소식이 빠른걸. 음독 사건은 영애가 쓰러지자마자 황제 폐하께서 입단속을 시키셨는데 어떻게 알았을까……. 황궁에 그자의 사람이라도 있는 걸까?"

"그건 그렇군……."

오드레가 노델리 후작의 팔을 끌어안으며 속삭였다.

"그만큼 소식이 빠른 사람이라면 이곳저곳에 끈이 있다는 걸 거야. 지금 버리기엔 아깝지."

"하지만 그놈 때문에……."

"그러니까 더더욱 버릴 수 없는 거야. 당신 손아귀에 쥐고 있어야 나중에 목을 비틀든, 사지를 끊어 내든 할 것 아냐? 물론 이용할 만큼 이용한 뒤에."

노델리 후작이 씩 웃으며 오드레의 뺨을 가볍게 꼬집었다.

"이 귀염둥이. 이렇게 지혜로우니 내가 푹 빠져서 헤어 나오질 못하지."

"말만?"

"설마. 마음 같아선 당장이라도 아내와 이혼하고 싶다고. 그놈의 다이아몬드 광산만 아니었더라면 진작……."

그때였다. 멀리서 누군가의 발소리가 들려왔다.

오드레는 그에게서 후다닥 멀어졌고, 노델리 후작의 부관이 모습을 드러냈다. 부관은 후작과 오드레의 흐트러진 옷을 보곤 익숙한 듯 고개를 숙였다.

"귀족들이 어전에 모였습니다."

"엘리자베스 때문이냐?"

"그렇습니다."

쯧, 혀를 찬 노델리 후작이 오드레의 허리를 두드리곤 걸음을 옮겼다.

어전.

황제는 한 손으로 머리를 붙든 채로 눈을 꽉 감았다. 노델리 후작이 어흠, 헛기침하며 변명하듯 말했다.

"엘리자베스가 알고 있었을 리 없잖소. 그 애는 고작 아홉 살이오. 단지, 속상한 마음에 장난을 치려 한 거요."

"장난? 지금 장난이라고 하셨습니까?"

듀블레드 공작과 함께 있던 이샤크가 인상을 찌푸리며 땅을 박찼다. 앙리가 한쪽 팔로 그를 가로막으며 말했다.

"결과만 놓고 보면 노델리 영애의 장난 때문에 제 동생은 사경을 헤매고 있습니다. 한데, 영애는 제 동생에게 대체 어떻게 독약을 먹인 겁니까?"

"그건……."

"영애가 홀로 독을 넣었다고 어떻게 확신할 수 있죠? 후작이나 공주, 혹은 황비님께서 도우셨을 수도 있지 않습니까?"

노델리 후작이 흠칫했다.

'저 간교한 녀석이……!'

엘리자베스를 버리지 않으면 누구 하나는 물고 늘어지겠다는 말이었다. 뱀보다 간사한 듀블레드의 차남은 틈을 놓치는 법이 없었다.

'이러다간 나까지 얽힐지도 모른다.'

"그래서 어쩌자는 말이오! 국법엔 12세 이하 미성년의 죄는 심판할 수 없다고 나와 있소."

"단, 황권과 신권을 침범한 경우, 논외로 친다."

앙리가 눈을 접으며 덧붙였다.

"—라는 것도 제국 법전에 명시되어 있습니다."

"무슨……!"

"황궁에 삿된 약을 반입하였으니 반역. 운명의 아이인 제 동생을 독살하려 한 것은 교황의 뜻에 반한 일. 엘리자베스 노델리는 극형을 피할 수 없습니다."

안절부절못하며 사태를 지켜보던 황태후가 "이보게, 듀블레드 공자!" 하며 소리치자 장남, 요한이 나섰다.

"신전에서 나서야 하겠습니까?"

"늙은이를 협박하는 게냐!"

"르블레인을 입양할 적에 황태후 폐하께서 입회하셨던 서약에 분명히 명시가 되어 있지 않습니까. 〈르블레인에게 문제가 생길 시 듀블레드는 신전의 '도움'을 받는다〉 말입니다."

황태후가 고집을 부려 기재된 조항이었으므로 그녀는 할 말이 없었다.

앙리 듀블레드가 말했다.

"저희의 조건은 셋입니다. 첫째, 파티의 주최자와 초청된 자 모두의 조사. 필요하다면 구속 수사까지 진행해 주십시오. 둘째, 폐하의 주치의가 동생을 진료하게 해 주십시오."

"셋째는?"

"엘리자베스 노델리의 단독 범행이 확실할 시, 31년에 일어난 에슬라 백작가와 슈헤일 후작가의 선례에 따라 가문의 깃발을 걸고 승부를 겨루게 해 주십시오."

"……!"

어전이 얼어붙었다.

선대 슈헤일 후작이 에슬라 백작의 검에 죽은 뒤, 그의 아들이 가주 위에 올라 에슬라 백작과 승부를 겨뤘던 일이 있었다. 각각 다섯 명의 가주의 핏줄이 나서서 황제의 입회하에 승부를 겨뤘고, 패배한 에슬라 백작의 목이 잘렸다.

'마, 말도 안 돼!'

저쪽은 듀블레드 공작과 세 공자, 그리고 쟈벨린 아리에쥬까지 혈족 다섯 명이 모두 오러 사용자였다.

"폐하!"

승부를 겨루게 되면 필시 죽음을 면치 못하리라.

황제는 언짢은 표정으로 듀블레드 공작을 바라보았다.

"이렇게까지 해야겠는가."

"일전에 저를 궁지로 몰지 마십사 청한 적이 있습니다. 오늘 저는 선에 발을 걸쳤습니다. 부디 넘어가지 않도록 황은을 베푸십시오."

듀블레드 공작의 눈이 새파랗게 빛났다.

"선을 넘는다면 저도 제가 어디까지 갈지 확신할 수 없으니."

'방자한 놈.'

황제는 소리 없이 혀를 찼다. 하지만 그리 애지중지하는 딸이 황궁에서 음독하였으니 눈이 뒤집혀도 할 말이 없다.

'하필이면 운명의 아이이기까지 하니 신전에서 이 핑계로 황권을 침범하게 할 바에야…….'

황제는 마지못해 고개를 끄덕였다. 노델리 후작이 새파랗게 질렸다.

어전에 모였던 귀족들이 서로 시선을 교환했다.

'이렇게 되면 노델리 후작에게 방법은 하나뿐이다.'

'어떻게든 황비와 이번 일을 엮으려 하겠지.'

'그래야 마르슈 공작이 직접 나서서 상황을 정리하려 할 테니까. 듀블

레드로서도 황실과 마르슈 공작이 협력하면 뒤로 물러날 수밖에 없을 거다.'

'하지만 황제는 이본느 황비가 엮이는 쪽이 차라리 기꺼울 것이다. 황비의 위세가 황제 위를 범람하는 지금, 이 일로 황비궁의 권위가 바닥에 떨어진다면 그 틈에 내궁의 분위기를 역전시킬 수 있다.'

어디로 붙어야 하는가. 귀족들이 빠르게 눈치를 살폈다.

그 시각, 황비궁.

와장창! 소리와 함께 테이블 위에 있던 물건이 바닥을 나뒹굴었다.

"진정하십시오, 황비님."

"진정하게 생겼어?! 아버님은 이런 때에 뭘 하시고 계시는 거야!"

"……."

황비가 아무 말 없이 미간을 좁힌 시녀장 테라사를 쳐다봤다.

"왜 말이 없어? 아버님은 뭘 하고 계시지?"

"……."

"테라사!"

"노델리 후작과 만나고 계십니다."

"뭐라고? 일을 이 지경으로 만든 자를 왜!"

황비가 입술을 꽉 깨물었다.

제 아버지가 남들 몰래 노델리 후작과 끈끈하게 결탁했다는 건 알고 있었다. 하지만 노델리에서 자신에게 발톱을 드러낸 때에까지 그를 만나고 있다니, 대체 왜?

"약점이라도 잡힌 게 아니면 어째서……."

그때였다.

젊은 시녀가 종종걸음으로 침실 안에 들어왔다.

"황비님!!"

"무슨 일이냐."

"듀블레드 영애가 깨어났습니다."

이마를 잡은 황비가 의자에 스르륵 주저앉았다.

'그나마 다행이로군.'

운명의 아이가 끝끝내 눈을 뜨지 못했다면, 듀블레드 공작가의 서슬이 제국을 뒤집었을 터였다.

"의료원에 영애의 회복을 위해 최선을 다하도록 지시하여라. 필요한 것이 있다면 무엇이든, 얼마든 내어 주고 영애에겐 회복이 되면 본궁을 찾아달라 전하…… 아아, 음독까지 한 마당에 내 궁을 찾을 린 없겠군. 본궁이 친히 영애를 찾겠노라 전해."

"그것이……."

황비가 미간을 좁혔다.

"본궁을 만나고 싶지 않다더냐?"

"아뇨, 지금 이야기를 나누고 싶다고 합니다. 은밀하게."

"뭐?"

황비의 표정이 묘해졌다.

* * *

황비는 내가 말을 전한 대로 몹시 은밀한 대화의 장을 만들어 주었다. 그것도 몸소 의료원을 찾아오기까지 하여.

"어려운 부탁을 들어줬군. 경의 도움은 잊지 않겠네."

"도움이라니요! 황비님을 향한 존경과 진심입니다."

황궁의는 두 손바닥을 파리처럼 싹싹 비비며 아양 섞인 말을 쏟아 냈다. 황비는 익숙한 듯 눈썹을 까딱 올리며 힐끔 그를 쳐다보았다.

"영애와 단둘이 나눌 말이 있네."

"예, 예. 말이 새어 나오지 않게 잘 단속할 터이니 편히 말씀 나누십시오."

황궁의가 나가자 황비는 내 침대맡 의자에 살포시 앉았다.

"세상에나. 이렇게 작은 몸으로 독을 견뎌 내기가 얼마나 힘들었을까. 깨어나서 정말로 다행이다."

힘없는 척 침대에 늘어진 나는 속으로 고소를 머금었다.

"황비님……."

"염려하지 마라. 너를 이렇게 만든 범인은 내가 용서하지 않을 터이니. 그런데…… 영애는 무슨 일로 나를 찾았을까?"

나는 손을 꼼질대다가 황비의 옷자락을 슬그머니 잡았다.

"의장이 그러는데, 이제 황비님이 곤란해지실지도 모른대요."

한껏 자애로운 표정으로 내 뺨을 쓰다듬지만, 눈빛에 스민 불안한 감정만은 숨기지 못했다.

'상황이 이렇게 돌아가서 제대로 열 받으셨구만.'

하기야, 의장에게 듣자 하니 사색이 되어 황궁을 나선 노델리 후작이 가장 먼저 찾은 사람이 마르슈 공작이라니 불안할 만도 할 터였다.

'노델리 후작은 멍청한데, 이런 쪽에선 촉이 빠르단 말이야.'

사업 머리도 없고, 뭐가 중요한지는 모르면서 궁지에 몰리니 판을 뒤집을 수 있는 인물을 정확하게 점찍었다.

자식보다 제가 일군 것들이 중요한 자들이 있다. 피비린내 나는 제국의, 그리고 가문의 권력 싸움에서 살아남은 권력자 중에 그런 사람이 많았는데, 마르슈 공작도 마찬가지였다.

이고르 마르슈는 딸인 황비보다 일신의 영화와 가문을 우선하는 사람이다.

'그러니까 딸을 황비로 만든 것이겠지만.'

자식인 황비는 누구보다 제 아버지의 성정을 잘 알 것이다. 거기다 이번 사건에 황비가 엮이면 관리 소홀로 위신이 크게 상하긴 하겠지만, 그뿐.

제가 뒤에서 돕는다면 언제고 회복될 일이니, 노델리라는 패를 놓는 것보다 황비의 위신을 상하게 하는 쪽이 나을지도 모른다.

'불안하지?'

황비는 애써 입꼬리를 올렸다.

"이런 상황에서도 나를 염려해 주니 고맙구나. 그래서? 내게 할 말은 그것뿐이니?"

"황비님의 시녀인 오드레 노쉐어 님과 노델리 후작이 서로 좋아하는 사이예요."

"……뭐?"

"황비님께서 잉그리드 공주님과 대화를 나누러 가셨을 때, 저도 잠시 화장실에 갔어요. 그때 보았어요. 두 사람이 이렇게 끌어안고 '내 여자 살냄새를 맡아 보자' 그랬어요."

내가 눈을 동그랗게 뜨고 말하니 황비는 숨을 크게 들이켰다.

"그런…… 하!"

벌떡 몸을 일으킨 황비는 거칠게 머리칼을 쓸어 넘겼다.

"더러운 것들. 감히 내 궁에서 내 눈을 피해 그따위 짓을 해?"

난 살짝 일어나 침대 헤드에 등을 기댄 채로 황비를 올려다보았다.

"의장이 노쉐어 시녀님이 차 관리를 하지 못해서 독이 들어간 거래요. 그래서 황비님이 곤란해지시는 거라고 했어요. 그런데…… 나쁜 건 노델리 후작이잖아요?"

“……그래. 오드레를 일부러 꾀어내서 제 딸에게 기회를 만들어 줬을 수도 있지. 나는 당한 거야.”

황비의 눈이 검게 일렁였다. 진득한 분노가 고요한 공간을 가득 메웠다.

나는 손끝으로 살짝 입가를 가리고 씩 웃었다.

‘그래, 그래. 나 대신 노델리를 절벽에서 밀어 버려.’

“그런데 영애는 내게 왜 이런 말을 해 주는 거지?”

“그야 황비님은 멋진걸요!”

“……내가?”

나는 가슴께에 양손을 포개고 열심히 고개를 끄덕였다.

“황족은 신의 핏줄을 타고났으니 태어나자마자 나라에서 가장 귀하지만, 황비님은 스스로 이 나라에서 제일 지체 높은 여성이 되었잖아요? 그건 아주 대단하고, 멋진 거예요.”

눈을 반짝이는 것도 잊지 않자 황비의 입술이 잠깐 실룩였다. 내게 바짝 다가온 황비가 살짝 내 뺨을 쓰다듬자, 나는 고양이처럼 냉큼 그 손에 기대 기분 좋은 표정을 지었다.

“나는 영애가 아주 마음에 들어. 진심으로.”

“저도 황비님이 좋아요.”

“그 마음을 잊지 말려무나. 하면 나의 영화, 영광, 영예를 나누어 줄 것이다. ……르블레인.”

나는 속으로 깜짝 놀라서 고개를 들었다. 황비는 곁에 사람이 아주 많지만, 그 누구도 친근하게 여기지 않는다.

‘미나조차 이름으로 부르지 않았어.’

운명의 아이라거나, 소녀, 혹은 아미티에 영애라고 불렀다.

‘완벽하게 마음에 들었어.’

나는 속으로 입꼬리를 씩 올렸다.

얼마 뒤.

황비는 파티 일로 고생한 시녀들에게 휴가를 준다는 핑계로 그들을 궁 밖에 내보냈고, 오드레와 노델리 후작이 한 침대에 누웠을 때 병사들을 들이닥치도록 하였다.

* * *

황궁 의료원에 꼬박 열흘 동안 입원해 있던 나는 드디어 저택에 돌아가게 되었다.

"의료원장은 퇴원을 만류해야 한다던데요."

문가에 삐딱하게 서 있던 트리곤이 투덜대듯 말했다. 나는 의장에게 내 음독 사건의 진행 상황이 적힌 서류를 받으며 어깨를 으쓱였다.

"어차피 진짜로 저주에 걸린 건 아니었는데, 뭐."

"아기님께서 음독을 꾸며 내신 바람에 제가 얼마나 바빴는지 알긴 하십니까?"

"고맙게 생각해. 하지만 의사인 의료원장이 저주를 알 리도 없고, 할 수 있는 건 고작 간호의 수준이니까 수석 궁정 마법사가 붙은 건걸."

나는 '내가 한 거 아니야. 황비가 시켰잖아.' 하는 뻔뻔한 표정을 지었다. 트리곤이 한숨을 푹 내쉬었다.

"그런데 그간 왜 듀블레드 사람들의 문병도 받지 않으신 겁니까?"

"아빠와 오빠, 고모들도 대단한 마법사니까. 처음에야 당황해서 정신없이 지나갔지만, 마음을 추스르고 보면 내가 진짜 저주에 걸린 게 아니라는 걸 알 수도 있잖아."

나는 의장이 준 서류를 훑어보며 말을 이었다.

"아, 아빠가 이해할 수 있는 저주의 경과를 내게 알려 줘. 그대로 연기해야 하니까."

"……제가 이미 걱정하지 않으셔도 된다는 것을 전했습니다."

서류를 넘기던 나는 멈칫했다. 난 대번에 트리곤을 노려보았다.

"왜 시키지도 않은 짓을 해! 말하지 말랬잖아! 아빠는 눈치가 빨라서 그게 무슨 뜻인지 알 거라고!"

"아기님께서 쓰러진 후, 듀블레드의 사람들이 얼마나 고통스러워했는지 아십니까? 공자들은 정신이 나갔었고, 각하께선 시체처럼……!"

"내가 정말로 죽는 것보단 낫잖아!"

"……예?"

"모르겠어? 내가 운명의 아이가 아니란 게 밝혀지면 난 제물로 쓰인다고. 어차피 죽게 될 거란 말이야!"

"하지만 듀블레드에서 그걸 가만히 놔둘 리가……."

"없겠지! 없으니까 아빠에게 내 정체를 말하지 못하는 거야! 나를 지키려고 죽을 테니까!"

정신이 반쯤 나가 고함을 내지르는 나를 보고 트리곤은 주춤, 뒤로 물러났다.

"듀블레드는 5공작가를 밀어낼 정도의 권력가가 된다면서요. 그러면……."

"그렇다고 황궁과 신전 세력을 단숨에 이길 수 있을 것 같아? 귀족들은? 황궁과 신전이 명하면 이 나라의 모든 귀족이 대의를 위한다는 핑계로 나를 노릴 거야!"

그 수많은 칼날과 화살을 피해 아빠와 오빠들이 날 지킬 가능성은 얼마나 될까. 그 전쟁 속에서 듀블레드의 사람들은 몇이나 살아남을 수 있을까.

세상이 뒤집혀 아빠가 나를 지키더라도 우리는 끔찍한 희생을 겪어야 할 거다. 그 희생 속에서 스러질 목숨은 자카리가 될지도 모르고, 레아가 될지도 모르고, 세 하녀가 될지도 모른다.

'아빠나 오빠들이 죽을 수도 있어.'

그러니까 수원이 필요한 거다. 그래서 내가 가짜라는 게 밝혀지기 전에 황궁과 신전조차 듀블레드에 손을 댈 수 없도록 강력한 가문을 만들어야 하는 것이었다.

나 자신을 지키고, 나를 위해 죽음도 감수할 가족들을 지키기 위해.

내가 눈이 새빨개지도록 흥분하자 의장이 나를 붙들었다.

"방음이 잘되는 곳이긴 하지만, 누군가 들어올지도 모릅니다. 일단 돌아가시지요."

"……아빠가 언제부터 면회 신청을 하지 않았지?"

"닷새가 되었습니다."

나는 눈을 꽉 감았다.

'아빠는 내가 음독을 꾸며 냈다는 걸 이미 알고 있는 거야.'

트리곤은 희멀게진 나를 보고 입을 열지 못했다. 나와 의장은 그를 스쳐 지나가 문을 열었다. 의료원 앞에 대기하고 있던 마차에 오르자, 금세 바퀴가 구르기 시작했다.

저택에 돌아왔을 적엔 내부가 온통 어두웠다. 고용인들은 서로 눈치를 보다가 내게 애써 웃어 보였다.

"오셨습니까. 회복하셔서 다행입니다. 식사를 준비해 두었으니……."

"아빠는?"

"그게……."

"어디 계셔?"

집사가 곤란한 얼굴로 아빠의 집무실을 돌아보았다. 나는 떨리는 걸음을 옮겼다. 집무실에선 말소리가 새어 나오고 있었다. 내가 똑똑, 문을 두드리며 "저예요." 하고 조그맣게 말하자 스르륵 문이 열렸다.

의자에 앉아 있던 아빠가 표정 없이 나를 바라보았다.

* * *

트리곤의 입가에서 한숨 같은 궐련 연기가 뿜어져 나왔다. 일반적인 저주의 경과를 작성하던 그의 미간이 조금 일그러졌다.

"이런 상황에서 아기님은 어떻게 그리 즐거워 보이시는 겁니까? 쾌활하게 웃으니, 저는 안심이 되어서……."

호프 상단의 사무실에 함께 있던 의장이 그를 힐끔 돌아보았다.

"우리가 안심하라고 그러시는 게지."

"……예?"

"아기님은 새벽엔 매번 뒤척이신다네. 늘 악몽을 꾸시니 제대로 잠을 이루지 못하는 거야. 하지만 아기님이 불안을 드러내면 그 밑에 있는 우리의 심정은 어떻겠는가."

"……."

"세 번을 죽고 네 번을 살고 계신 분이야. 우리는 그분의 삶을 상상도 하지 못할 걸세."

"하지만 가족으로선……."

의장이 한숨을 내쉬며 쥐고 있던 서류를 내려놓았다.

"아기님은 황비의 차를 마셨어. 독이 들었을지도 모른다는 걸 알면서."

"……."

"그만큼 절박하다는 뜻이고, 물러설 데가 없다는 의미일세."

"……."

"오늘 듀블레드저에서 아무런 일이 없기만을 기원하게. 네 번의 삶을 전부 고아로 살았던 아기님께 가족이 어떤 의미인지 자네는 상상할 수도 없을 거야."

트리곤의 어깨가 힘없이 떨어졌다.

"아, 그런데 말입니다. 하나 신경 쓰이는 게 있습니다."

"무엇인가."

"노델리가 지하 옥사에서 마르슈 공작을 저주했답니다. 어째서일까요. 독을 넣은 제 딸도, 불륜을 발고한 황비도 아닌 마르슈 공작이라니……?"

의장의 눈이 가늘어졌다.

* * *

"아빠!"

나는 일부러 몹시 반가운 척 아빠에게 포르르 달려갔다. 책상 위에 턱을 걸치고, 팔을 쭉 내밀어 그의 옷깃을 흔들었다.

"엄청, 엄－청 보고 싶었어요."

무미건조한 시선이 생글생글 웃고 있는 나를 지그시 훑었다. 오금이 저릴 만치 냉랭한 시선에 무심코 손에 힘이 들어간 난 흠칫했다.

'아차, 내색해 버렸다…….'

나는 진정하려 애쓰며, 아빠를 향해 해맑게 웃었다.

'들키면 안 돼. 가족을 잃을 수 없어.'

"배고파요. 메이주 경(황궁의)이 회복식을 먹어야 한다고 해서 매일 오트밀만 먹었어요. 있지요. 회복식은 달지도, 짜지도 않아서 맛이 없—"

"장거리 이동진."

"네?"

"젊음의 약."

"……!"

장거리 이동진이란 뜬금없는 말에 눈을 동그랗게 뜨던 난, 젊음의 약이란 말에 흠칫 드레스 자락을 움켜쥐었다.

장거리 이동진은 베로니카의 도움을 받아서 내가 개발했다는 걸 모두가 알지만, 젊음의 약은 아니다. 젊음의 약의 개발과 유통은 '듀블레드 영애'와는 전혀 관계가 없는 일이었다.

"호프 상단."

기어이 아빠에게서 가장 듣고 싶지 않았던 이름까지 나왔다. 와들와들 떨며 고개를 푹 숙이자, 정수리로 칼날 같은 시선이 떨어졌다.

"언제가 되어야 너는 내게 모든 이야기를 해 줄까."

"어, 어떻게……."

"기어코 내 입에서 먼저 언질이 나갔을 때, 네 대답이 이유를 묻는 말만은 아니길 바랐다."

"……."

아빠의 시선은 아주 또렷하고, 곧았다.

"저는, 그러니까, 전……."

"변명 또한 아니길 바라지."

나는 눈을 꽉 감았다.

알고 있었다. 노회한 정치인들 틈에서 매번 피비린내 나는 공방전을 벌이는 듀블레드 공작을 완벽하게 속이기란 불가능에 가까운 일이란 걸.

'하지만 아빠 앞에선 조금 더 어린애고 싶었어요.'

음독을 꾸며 냈다는 것을 인정하는 건 어려운 일이 아니다. 문제는 그 후였다. 아빠가 속인 이유를 물으면 나는 할 말이 없다.

노델리 후작이 아빠를 피습한 주범임을 내가 알고 있다고도, 노델리 후작가에서 손에 넣을 예정인 수원을 먼저 찾아야 한다는 것도 말할 수 없다. 그걸 말하는 건 내가 세 번이나 회귀하였음을 밝히는 것과 다름없다.

내가 진짜 운명의 아이가 아니라는 걸 말해야 한다.

'가족들이 실망할 거야.'

소름 끼쳐 할지도 몰라. 무서워할 거야. 더는 나를 가족으로 여기지 않을지도 몰라.

무려 5년이나 나를 진심으로 사랑하는 가족들을 속였다. 평범한 아이인 척, 아무것도 모르는 양 저들의 마음을 얻고서 음지에서 수많은 일을 꾸몄다.

물론, 모두 듀블레드를 위한 일이었으나 그것만으로 5년 간 가족들을 속인 일이 쉽게 용서될 리 없다.

호의로 입양한 아이가 사실은 아이가 아니었고, 듀블레드의 권력에 기생해 살아남는 것이 목표였음을 알게 된다면 다들 무슨 생각을 할까?

'나라도 용서할 수 없어.'

만에 하나 가족들이 나를 용서한다고 해도 우리 관계는 변할 것이다. 이전처럼 평화롭고 단란한 가정을 유지할 수 없을지도 모른다.

'또 가족을 잃으면…….'

"네게 실망했다, 르블레인. 너를 자식으로 여겼던 지난 10여 년이 후회되는구나."

"나는 진심으로 너를 가족이라고 생각했어. 우린 자매라고, 서로 의지할 수 있다고 믿었어. ……그만 가 줘, 르블레인. 지금은 널 보고 싶지 않아."

첫 번째 삶에서 아미티에 공작과 미나에게서 들었던 이야기가 떠올랐다. 그때는 억울하게 독살범으로 몰렸지만, 이번엔 억울할 것도 없다. 의도를 가지고 가족을 속인 게 맞으니까.

"너는 살아남으려고 필사적이던 내가 얼마나 우스웠니. 끔찍해. 넌 정말로 소름 끼치는 애야, 르브."

지난 삶을 통틀어 유일하게 친구라고 부를 수 있던 '그 아이'에게 내 정체를 밝혔을 때의 일도 머릿속을 스쳐 지나갔다.

등받이에 깊게 몸을 기댄 아빠가 느른히 다리를 꼬았다.

"르블레인."

"……."

"르블레인 듀블레드."

"……어요. 잘못했어요."

"……."

나는 엉엉 울며 양손을 비볐다. 필사적이고, 또 필사적이게.

"잘못했어요. 공작님, 죄송해요. 잘못했어요. 미워하지 마세요."

스르륵 무릎을 꿇고 엉엉 우는 날 보고 아빠는 몸을 일으켰다.

"듀블레드에 피해 입히려던 게 아니었어요. 저는 그냥, 그냥, 살고 싶었어요. 또 제물이 되기 싫었어요. 잘못했어요. 잘못했어요."

얼굴이 전부 젖도록 샘솟는 눈물 덕에 시야가 온통 뿌옜다. 하지만 내게로 걸어오는 아빠에게서 시선을 떼지 않았다.

"용서해 주세요. 버리지 마세요……!"

"……블레인."

"잘못했어요. 더 잘할게요. 잘할 수 있어요. 그러니까, 그러니까……."

"르블레인!!"

잔뜩 성이 난 듯한 고함을 듣고서야 정신이 들었다. 눈을 꽉 감았다 뜨자, 고였던 눈물이 후드득 떨어지며 시야가 맑아졌다.

아빠는 인상을 찌푸리고 있었다. 아주 고통스럽게.

"이 이상 나를 슬프게 하지 마라."

필사적으로 비비던 손을 스르륵, 내리자 아빠가 나를 끌어안았다. 덜덜 떨리던 몸에 가장 사랑하는 사람의 온기가 닿았다. 나는 아빠의 허리춤을 꽉 쥔 채로 엉엉, 소리 높여 울었다.

이 온기를 절대로 잃고 싶지 않다. 몇 번을 더 죽어도 좋다. 육체가 바스러지고, 영혼이 죄 찢어발겨져도 괜찮아.

'나를 계속 르블레인 리세트 듀블레드로 있게 해 줘.'

* * *

앙리는 벽에 귀를 딱 붙인 채로 인상을 쓰고 있는 이샤크에게 시선을 돌렸다.

"그만 까불고 앉아."

"왜 아무 말도 하지 않지? 아버지가 또 울린 것 아냐?"

요한이 이샤크의 목덜미를 잡아채 의자에 던지듯 앉혔다.

세 형제는 르블레인과 테오도르의 대화가 시작될 적부터 이야기를 엿듣고 있었다.

르블레인의 음독이 앞뒤가 맞지 않다는 건 처음부터 눈치채고 있었다. 더군다나 그 자리에 함께 있던 요한은, 타이밍 좋게 나타났던 나비가 사실 르블레인이 신성력으로 만들어 낸 것임을 확신했다.

무엇보다 막내딸에게 한없이 약한 아버지가 딸이 황궁에 입원해 있는 동안 한 번도 찾아가지 않았다. 일이 나도 단단히 난 게 틀림없었다.

르블레인이 오늘 돌아오니, 두 사람이 이야기를 나눌 것이란 건 추측하기 어렵지 않았다. 그래서 세 사람은 테오도르의 집무실 옆방을 서성이고 있었던 거다.

"그래서 뭔데. 꼬맹이가 왜 독을 먹어야 했던 건데? 잘못했다는 건 또 뭐고?"

이샤크가 조급하게 묻자 앙리는 인상을 쓰며 그의 장딴지를 걷어찼다.

"악! 뭐야, 왜?"

"멍청한 놈."

둔한 이샤크야 모르지만, 앙리와 요한은 눈치채고 있었다. 르블레인이 저들은 알지 못하는 어떤 거대한 일을 숨기고 있다는 걸. 그러니 무엇을 말해도 놀라지 않을 자신이 있…….

[세 번을 죽고, 네 번 회귀했어요. 전 신전이 잘못 점찍은 가짜이고, 진짜 운명의 아이가 온 뒤엔 제물로 바쳐지게 되거든요.]

'뭐?!'

앙리의 눈이 커졌다. 요한 또한 굳어져 집무실 방향을 쳐다보았다. 이마를 쥔 앙리는 드물게 속내를 모두 비치며 혼란스러워하고 있었다.

'말도 안 돼.'

그럴 리가 없다. 가능한 일이 아니었다. 시간과 관련된 마법은 있을 리가 없다.

요한 또한 당황한 얼굴로 소파의 팔걸이를 꽉 쥐고 있었다.

가족들을 놀리는 것인가. 사실 신전과 결탁했기에 도저히 진실을 얘기할 자신이 없는 걸까.

오만 생각이 머릿속을 헤집던 때였다.

"아."

이샤크가 아무렇지 않은 얼굴로 고개를 끄덕였다.

"그래서 어른스러웠군."

"뭐?"

"어릴 때 말이야. 네 살 아기인데 되게 어른스러운 말을 했거든. …… 당근도 잘 먹고."

팔짱을 낀 이샤크가 "그랬던 거군." 하며 고개를 끄덕이자 앙리가 인상을 찌푸렸다.

"넌 저 말을 믿는다는 거야? 멍청한 것도 정도가……."

"꼬맹이가 그렇다잖아."

"……."

"형들 바보야? 꼬맹이는 우리 동생이니까, 설령 꼬맹이가 거짓말을 하더라도 믿는 거야."

앙리와 요한이 눈을 조금 크게 뜬 채 이샤크를 쳐다보았다. 이내 요한이 픽 웃음을 터뜨렸고, 앙리도 쿡쿡 웃으며 고개를 모로 꼬았다.

"그러다 뒤통수 맞으면 어쩌려고?"

"엄하게 혼내는 거지."

"네가 퍽이나 르블레인을 혼내겠군."

그때였다. 테오도르의 집무실에서 다시 이야기가 시작되었다.

부친은 이샤크와는 전혀 닮은 곳이 없다고 생각했는데, 결정적인 순간에 사랑하는 사람에게 보이는 모습은 이샤크와 똑 닮았던 모양이다.

[그래서.]

묻는 목소리가 아주 평온했다.

[제물이 되기 싫어서 애썼는데, 항상 죽었어요. 아미티에 공작 영애로 살 때도, 발루아 공작 영애로 살 때도……. 아미티에 공작 영애일 땐 제물이 되어서 죽었지만, 발루아 공작 영애일 땐 맞아서 죽었어요. 아무래도 이곳에선 ─]

[뭐?]

[네?]

[맞아서 죽었다는 게 무슨 소리야.]

[발루아 공작이 저를 학대해서…… 아, 괜찮아요. 저도 이번 삶에서 발루아 공작을 학대해 줘서 ─]

르블레인이 훌쩍이는 목소리로 천진하게 말하자, 테오도르의 집무실엔 한동안 침묵이 감돌았다.

요한이 물었다.

"윌리엄 발루아의 시체가 어디에 묻혔지?"

"사지가 찢어져 성문에 걸렸으니 진즉에 가루가 되었을 거야."

요한의 주먹에 힘이 들어갔다.

앙리는 옆을 흘끔 쳐다보았다. 길길이 날뛸 거로 생각했던 이샤크가 왜인지 얌전했다. 오히려 고민하는 듯 턱을 쥐고, 미간까지 좁히고 있었다.

"뭐야, 왜?"

앙리가 묻자 이샤크가 진지한 얼굴로 물었다.

"……세 번을 살았으니까 꼬맹이가 나보다 누나인가?"

"뭐?"

이샤크는 시무룩한 목소리로 물었다.

"그럼 이제 꼬맹이가 아니라 누나라고 불러야 하는 거야?"

앙리는 이샤크를 길가의 지렁이 보는 듯한 눈으로 쳐다봤다.

*　　*　　*

말을 하면 할수록 체온이 낮아지는 것만 같았다. 곱아들어서 뻣뻣해진 손바닥을 문지르며 나는 가까스로 다시 입을 열었다.

"거리로 도망쳤던 지난 삶에선 굶어 죽었어요. 그래서 이번엔…… 이번 삶에선 돈을 모아서 망명하려고 했어요."

"그래서 나를 택한 건가."

"네……."

아빠는 가는 한숨을 흘렸다.

"이제까지 계속 망명을 위해 이곳에서 버틴 거냐."

"아니에요!"

나는 번쩍 고개를 들었다. 제발 오해하지 말아 달라는 마음이 일그러진 표정으로 대변되었음을 깨닫고, 황급히 입술을 깨물었다.

"처음에만, 네 살 때만 그랬어요. 악마를 불러낸 후에 의장과 마음을 터놓고, 그가 저도 모르던 제 고민을 짚어 준 후로는……!"

"악마를 불러내?"

"이번 삶에선 특별한 일들이 있었어요. 지난 삶에서 제가 가짜라고 확정되었던 이유는 신성력이 거의 없었기 때문이거든요. 그런데 아빠가 황제에게 주려고 했던 뉴이트를 만지고 나서 신성력이 개화되었어요."

나는 주절주절 힘에 관한 이야기를 털어놓았다. 요지는 신성력이 개화되고, 에트왈을 손에 넣은 후에 '통로를 통해서 악마를 소환할 수 있는 능력'이 생겼다는 거다.

그리고 의장과 호프 상단의 부단주 세리아, 자카리, 트리곤과 같은 내 사람들의 이야기를 해 주었다.

아빠는 무언가를 가늠하듯 눈을 가늘게 뜨며 고개를 끄덕였다.

"의장이 짚어 주었다는 고민은 뭐지?"

"……시간이 지날수록 제 운명이 아니라, 가족에게서 도망치고 싶어 한다는 거요."

"……."

"아미티에 공작님이나 발루아 공작처럼 저를 싫어하게 될까 봐 두려웠어요. 아빠와 오빠들, 듀블레드 사람들이 저를 싫어한다면 지난 삶처럼 버틸 수 없을 테니까 그게 너무너무 무서워서……."

아빠는 눈물을 뚝뚝 흘리며 웅얼거리는 나를 가만히 바라보았다. 목소리엔 물기가 잔뜩 어려 제대로 알아들을 수도 없는 데다, 횡설수설하는 말을 아빠는 가만히 들어 주었다.

이야기가 끝날 무렵엔 겁이 나 어쩔 줄 모르는 내게 손을 뻗어, 젖은 얼굴을 손바닥으로 문질러 주었다.

"시, 싫어하지 마세요. 미워하지……."

"네가 내게 숨기는 것이 있다고 싫어할 수 있었다면 애초에 너를 내보냈을 거야. 르브, 나는 네 생각보다 더 오래전에 네게 특별한 무언가가 있음을 짐작하고 있었어. 그리고 그건……."

"제가 숨기는 게 있다는 것을요?"

아빠는 곤란한 듯 웃으며 나를 안아 들었다.

"아니, 이 녀석에게 언젠가 심장마저 바치게 될 거란 걸."

겨우 멈추었던 눈물이 다시 샘솟았다. 아빠는 이마를 내 이마에 붙이곤 속삭였다.

"네가 음독을 꾸며 냈다는 것을 눈치채고 있었음에도 화가 난 건, 내가 네 아비이기 때문이다."

언제나 같은 낮은 목소리가 오늘은 봄 햇살보다 따사롭게 느껴졌다. 나는 얼굴을 온통 일그러뜨리고 아빠의 목을 꽉 끌어안았다.

"못생겼군."

아빠가 장난스럽게 말하며 내 뺨을 살짝 꼬집었다.

나는 안다. 오늘 그의 말은 평생 자신의 감정을 죽이고 살아온 그가 할 수 있는 최대한의 애정 표현이란 것을.

"못생겼구나."

아주 오래전에 들었던 말이 불현듯 떠올랐다.

그때부터 너를 사랑했어.

듀블레드 공작이 못된 말을 한다고 투덜거렸던 그때부터 그가 나를 사랑하고 있었음을 깨달은 나는 엉엉 소리 내서 울었다.

나는 이제 금은보화도, 호화로운 저택과 맛있는 식사도 필요하지 않았다.

"아, 아빠가…… 저는 아빠가 다치지 않았으면 좋겠어요."

"그래."

"저, 저를 위해서 위, 위험해지지 않기를 바라요."

"……그래."

"아빠 딸로 평생 살고 싶어요!"

나를 끌어안은 아빠는 꽉 잠긴 목소리로 "그래." 하고 속삭였다.

*　*　*

테오도르는 쓰러지듯 잠든 르블레인을 한참 동안 바라보았다.

"낳지 마."

"우리 아이를 낳지 말라고요? 테오도르!"

"나는 우리 아이를 사랑할 자신이 없어. 내 자식으로 태어나 봐야 발밑에 온갖 가시밭길이 깔릴 뿐이야. 내가 듀블레드 공자로서 살아왔듯이."

"세상에, 테오도르. 이제 보니 당신은 겁쟁이였군요."

"나는……!"

"지킬 수 없을까 봐 겁이 나는 거잖아요. 그건 당신 같은 삶을 살게 될까 봐 염려된다는 뜻이에요."

"당신은 늘 내 말을 곡해하는 재주가 있어."

"하면, 당신이 아버님에게 그러했듯이 이 아이도 당신의 뒤를 노릴까 두려운가요? 가족이란 이름으로 매인 주제에 틈이 날 때마다 서로를 죽일 기회를 엿볼까 봐서 걱정되는 거예요?"

"차라리 그쪽이 가깝겠군. 그런 걸로 하지. 그래서 아이에게 나라는 부모는 필요하지 않을 거다."

요한을 임신한 리세트에게 매정한 말을 지껄였던 과거의 자신이 떠올랐다. 팔짱을 낀 채로 삐딱하게 서 있던 그 강한 여자는 어쩔 수 없다는 듯 웃으며, 제 손을 부른 배에 얹히고 속삭였다.

"부모만이 아이를 키우는 건 아니에요. 아이 또한 부모를 키우죠. 아주 다정한 감정을 알려 줄 테니까."

"……."

"언젠가 아이가 당신을 자라게 하는 순간이 올 거예요."

그 사람의 말은 언제나 옳았고, 그건 이번에도 마찬가지였다. 그가 르블레인을 키운 것이 아니었다. 르블레인이 그를 키웠다. 아주 다정한 감정을 알려 주었다.

손득을 따지지 않는 아둔함도, 알면서 속아 줄 수밖에 없는 간절함도, 눈물 한 방울에 가슴이 저미는 애틋함도.

"내 아바디가 되어 주세요."

아이의 머리를 쓰다듬자 부드러운 머리칼이 손 틈새로 흩어졌다.

그러던 찰나 벽을 툭, 두드리는 소리가 들렸다. 세 아들이 열린 문 앞에서 그를 바라보고 있었다. 가장 먼저 소파로 다가온 이샤크가 잠든 르블레인을 바라보았다.

"누가 업어 가도 모르겠네."

"그렇게 울었으니까."

형제들은 어른스러웠던 동생이 이토록 쉽게 우는 것을 본 적이 없었다. 기절하듯 까무룩 잠든 아이를 픽 웃으며 보던 형제들이 맞은편 소파에 자리 잡았다.

요한이 물었다.

"이제 어떻게 하실 겁니까."

"이 아이를 노리는 자들을 어찌 처리할지 묻는 게냐."

앙리가 웃으며 어깨를 으쓱였다.

"설마요. 그자들은 이미 아버님의 살생부에 기록되었다는 것을 모를 정도로 아둔하지 않습니다. 저희가 궁금한 건 르블레인이 언급한 독립입니다."

이샤크가 깍지 낀 손으로 뒤통수를 받치며 말했다.

"합시다. 해요. 피차 우리에게도 좋은 일이 아닙니까. 진짜 운명의 아이인지 뭔지가 오면 꼬맹이가 위험해질 텐데 그걸 어떻게 봐요?"

눈살을 찌푸린 앙리는 르블레인에게 담요를 덮어 주곤 입을 열었다.

"그게 쉬운 일이었으면 진즉에 독립했겠지. 듀블레드의 독립은 영지에 터를 둔 자들의 숙원이었지만 당대까지 이뤄지지 않았어."

아들들의 말을 조용히 듣고 있던 테오도르가 말했다.

"그래. 단기간으로 이룰 수 있는 일이 아니지."

"예. 적어도 20년—"

"10년."

어둠 속에서 테오도르의 눈이 날카롭게 빛났다.

"새로운 운명의 아이가 '의식'을 시작하기 전에 우리는 독립한다."

"제국의 간섭을 받지 않기 위해선 공국으론 어림도 없습니다."

"자식을 위해 어림없는 일이라도 해내는 것이 부모다."

"그것 봐, 형들. 내가 그럴 거라고 했지? 아버지는 꼬맹이에겐 약하시니—"

"너희는 내 자식이 아니냐."

눈을 홉뜬 형제들이 여상한 표정의 테오도르를 바라보았다.

"예?"

"너희도 내 자식이야."

그는 아들들이 저 모르게 고뇌하는 바 또한 짐작하고 있었다.

요한의 외모는 자신의 축소형인 양 닮았으나, 성품은 리세트를 더 닮았다. 역대 듀블레드 가주처럼 잔인하고 혹독하게 영지민과 주변을 몰아붙일 수 있는 녀석이 아니었다.

그랬기에 더더욱 장남으로서 필사적이었던 거다. 다쳐도 아프다고 내색할 수 없었고, 성품에 반하는 일을 아무렇지 않게 행하기 위해 죽을힘을 다했다.

반대로 앙리와 이샤크는 장남이 아니기에 길을 잃었다. 재능으로만 따지자면 그 누구보다 뛰어나지만, 적장자 상속을 원칙으로 하는 제국에선 능력을 펼칠 기회가 없다. 가주에게 뛰어난 형제는 가족이 아닌 정적일 뿐이었다.

그 예로 쟈벨린은 재능으로만 따지면 세 공자 못지않았고 분가의 우두머리가 되었지만, 결국 정치엔 나서지 못하고, 본가로부터 보조금을 받아서 생활한다. 안주인의 빈자리를 대신한다는 명목이 아니었더라면 영지 끄트머리에 매여 평생을 인형처럼 살아야 했을 터였다.

듀블레드의 차남과 삼남은 그 능력이 뛰어났기에 더더욱 전면에 나설 수 없는 처지였다.

“듀블레드가 독립을 하면 너희는 왕족으로 할 일이 생기겠지.”

“…….”

“…….”

앙리와 이샤크가 주먹을 꽉 움켜쥐었다. 형제 중 누구보다 욕망이 강하지만, 자신의 자리를 잘 이해하고 있었던 앙리는 고개를 푹 수그렸다. 코끝이 빨개진 이샤크가 히히 웃었다.

“아, 지금처럼 놀고먹긴 글렀네!”

“…….”

“그렇지, 작은형? 어? 뭐야, 형 우냐?”

“이 멍청이가……. 누가 운다는 거야.”

요한은 티격태격하는 동생들을 보며 희미하게 웃었다.

"아버님은…… 다른 아버지들과는 달라요."
"다른 아버지는 어떤데?"
"다른 아버지들은 자식을 사랑하잖아요."
"요한, 아이를 낳자마자 부모가 되는 건 사실 몹시 어려운 일이란다."
"하지만……."
"아이가 부모를 자라게 하지. 언젠가 그도 너희들의 아버지로 자라게 될 거야."

아버지는 알까. 울다 지쳐 잠든 르블레인은 알고 있을까. 저 애가 테오도르를 아버지로 자라게 했음을. 저 작은 아이가 세상에서 제일 이기적이고, 흉포하던 악당들을 가족으로 키웠다는 것을.
요한은 단란한 풍경 안에서 내내 미소 짓고 있었다.

* * *

다음 날 오후.
저택에 온 의장은 나를 보며 미간을 좁혔다.
"안 본 새에 붕어가 되셨습니다."
"이씨!"
내가 왈칵 인상을 찌푸리자 그가 픽 웃었다.
"눈은 붕어가 되었는데, 표정은 편안하신 걸 보니 일이 잘 풀린 모양이군요."

나는 흠, 헛기침하며 고개를 돌렸다.

"의장, 아빠가 집무실로 오래."

"……오늘 드디어 제가 죽습니까?"

"그건 모르겠는데, 어쨌든 아빠랑 오빠들이 내 정체를 알았어. 의장이 내 사람인 것도."

나는 어제 분명 아빠에게만 말했는데, 아침에 일어나 보니 오빠들이 우르르 와선 "꼬맹이, 오늘은 어른의 사고가 제대로 되냐?" 하고 물었다. 내가 당황해서 우물쭈물하고 있으니 앙리가 "오늘은 되는 모양이네. 약간 아쉬운걸." 하고 웃었다.

'아빠가 말했나 봐.'

그리고 오빠들은 날 용서해 준 모양이다. 정말로 다행이었다.

의장은 한숨을 내쉬었다.

"오늘 죽을 수도 있겠군요."

"그래도 아빠는 어제 날 용서하셨으니까—"

"아기님이 말하지 않는 것과 가신인 제가 말하지 않는 건 다르죠."

그렇긴 하다. 의장은 듀블레드를 수호해야 할 원로원의 총책임자이다. 듀블레드에 해가 될 정보를 알고 있으면서도 알리지 않았다는 건 역적이나 다름없었다.

'그것도 정체를 밝힐 수 없는 이유 중 하나였지.'

고민하고 있던 찰나였다.

"르블레인."

계단 위에서 들리는 목소리에 나는 고개를 번쩍 들었다.

"앙리!"

그의 뒤로 함께 내려오는 요한과 이샤크가 보였다.

"꼬맹이, 집무실로 가지? 아버지가 우리도 부르셨어."

"응. 그리고……."

내가 의장을 힐끔 바라보자 눈치 빠른 앙리는 빙그레 미소 지었다. 계단을 내려온 그가 내게 손을 내밀며 말했다.

"괜찮아. 의장을 죽일 셈이었다면 어제 이리들이 명을 받았을 거야."

"그렇겠지……?"

앙리는 고개를 끄덕이곤 의장을 흘끔 쳐다봤다.

"이성적으로 생각하면 의장이 널 도운 게 다행이었잖아. 그나마 상황을 통제할 수 있는 사람이 붙어 있던 거니까."

"맞아! 의장이 ㅡ"

"감정은 다른 문제겠지만."

앙리의 눈이 싸늘해지자 의장이 크흠, 하며 신음했다. 하지만 곧 차림새를 정리하곤 오빠들의 뒤를 따랐다.

5년간 나와 함께 있으면서 많이 인자해졌지만, 그래도 아빠의 최대 정적이었던 원로원 의장이다. 말은 두렵다지만, 아빠를 설득하거나 살아남을 자신이 있을 터였다.

'그러니까 나도 의장을 곁에 둘 수 있었던 거고.'

나와 의장, 그리고 오빠들은 아빠의 집무실에 들어갔다. 우리가 소파에 앉자 아빠가 이야기를 시작했다.

"앞으로의 일을 상의하지."

상의라는 말에 의장은 놀란 눈으로 아빠를 쳐다봤다. 나 또한 눈이 동그래졌다. 듀블레드 공작은 명하는 존재이지, 타인과 상의하는 사람이 아니었다.

가장 먼저 입을 연 건 앙리였다.

"우선 중요한 건 신뢰겠죠. 르블레인의 정체를 절대로 발설하지 않겠다는 약조 말입니다."

앙리가 품 안에서 꺼낸 마도구와 종이를 본 나는 벌떡 몸을 일으켰다.

"연명구……."

"맞아, 르블레인."

"저건 약속을 어기면 몸을 파괴하는 위험한 성물이야!"

"그러니 지금 필요한 거지."

"의장은 어떤 경우에도 내 정체를 발설하지 않을 거야."

"정말로 그렇게 생각해?"

앙리의 말에 난 움찔했다.

"네가 선택했다는 사람들을 살펴봤어. 호프 상단의 부단주, 부단주 보좌, 자카리와 의장. 모두 너보다 소중한 게 있는 사람들이지. 만에 하나의 경우, 너를 위해 희생하지 않을 사람들."

"……."

"네 뜻을 모르는 바는 아냐. 너는 다시 회귀할 수 있을 테니, 네가 죽어도 그들은 살아남길 바라기에 이 사람들을 택했겠지. 네가 가장 사랑하는 레아를 택하지 않은 건, 널 위해 무조건 희생할 존재기 때문이잖아."

"……."

"너와 네 사람들 사이엔 신뢰가 있겠지만, 우리는 그것만으로 안심할 수 없어. 확실한 끈이 필요해. 우리는 듀블레드를 독립국으로 만들 거니까."

"……날 위해서?"

"우리 모두를 위해서."

의장이 내 소매를 잡았다.

"앙리 님의 말씀이 맞습니다. 우리는 역당입니다. 나라에 반하는 일을 도모하고 있죠."

"하지만……!"

"선택에 책임을 지게 해 주십시오. 아기님, 당신이 우리에게서 책임을 빼앗을 권리는 없습니다."

"……."

"살아도 함께 살고, 죽어도 함께 죽습니다. 그것이 이 늙은이가 당신께 인생을 건 대가입니다."

의장이 가장 먼저 연명장에 이름을 적었다. 곧 마도구가 붉게 빛나며 의장의 몸에 실금 같은 문신이 나타났다. 그것은 금세 사라졌지만, 마치 목줄과 같았다.

그다음은 요한. 그리고 앙리, 이샤크, 마지막은 아빠였다.

이름을 적는 사람들을 보는 기분은 아주 이상했다. 몹시 슬펐지만, 동시에 어떤 감정이 북받쳐 올랐다. 세 번을 죽고, 네 번째 삶 만에 나를 절대적으로 신뢰하고 사랑하는 사람들을 만났다.

'나는 얼마나 행복한 사람인가.'

누군가 나를 위해 희생하게 될 것을 두려워하면서도 막상 도달한 이곳에서 행복하다니, 이상한 일이었다. 내가 코를 훌쩍이자 이샤크가 짓궂게 웃으며 내 코를 잡고 흔들었다.

"또 우네. 울보가."

"……."

"역시 너는 누나보다는 동생이 어울려."

이샤크는 팔짱을 끼곤 근엄하게 고개를 끄덕였다.

"뭐?"

"나는 네 이전 삶을 몰라. 내가 아는 건 아홉 살의 너야. 그러니까 내가 오빠인 거지! 알겠어?"

무슨 소리를 하는 거지?

나는 고개를 갸웃했지만, 앙리와 요한은 픽 웃었다. 한참 소리 죽여 쿡쿡거리던 앙리가 다시 입을 열었다.

"좋아. 그럼 의장은 세리아와 자카리, 그리고 트리곤에게도 연명을 받아 오십시오."

"예."

"다음은 노델리 후작이 문제인데…… 아버지, 르블레인이 죽은 발루아에게서 들었던 것처럼 마르슈 공작이 수괴라면 기회입니다."

의장이 "기회라고요?" 하고 물었다.

"마르슈와 노델리는 특별한 관계거든. 노델리의 말도 안 되는 사업에 마르슈가 계속 지원했을 만큼."

"지원이라고?"

나는 깜짝 놀라서 눈을 부릅떴다.

'마르슈가? 말도 안 돼!'

그 지혜로운 노인이 어째서?

"르블레인, 마르슈는 로코너스라는 상단을 음지에서 운영하고 있어."

"로코너스…… 어디서 들어 봤는데……."

"아마 노델리를 조사하면서 들었을 거야. 로코너스는 노델리가 매번 우산 사업이니, 먼지를 흡수하는 시스템이니 하는 엉망진창인 사업 계획을 세울 때마다 도운 곳이니까."

나는 고개를 끄덕였다.

나와 의장, 호프 상단은 구할 수 없는 정보였다.

'확실히 아빠와 오빠들의 도움을 받으니 일이 쉬워.'

제국 제일의 정보 단체 암조를 소유한 아빠나 접촉권이 있는 앙리, 요한 쪽이 훨씬 우월한 정보력을 가지고 있었다.

'아, 그런데 로코너스는 다른 곳에서 들었던 것 같은데…….'

어제 너무 충격을 받은 데다가 쓰러질 때까지 울었더니 회귀 전 기억이 번쩍번쩍 떠오르지 않는다.

'뭐였더라.'

"우산 사업은 뭐야. 마탑에서 이미 기능이 넘치는 우산을 판매하는 것으로 시장을 선점하고 있는데 미친 거 아냐? 먼지를 흡수하는 시스템은 또 뭐고. 제도 주변을 거대한 산맥이 휘감고 있어서 따로 필요가 없잖아."

"로코너스 상단주가 사실 마르슈 공작의 사촌 형인 제너드거든."

"황태후의 남동생?"

"그래, 기상관 출신으로 기후를 탐구하는……."

'기후!'

나는 헉, 숨을 들이켰다.

"미나의 상단!"

"……뭐?"

"진짜 운명의 아이인 미나요. 미나가 첫 번째 삶에서 구호 자금을 벌겠다고 여러 상단을 사들이는데, 그중 하나가 로코너스 상단이었어요."

"모르는 사람들 눈엔 로코너스는 빈 깡통일 텐데 신전의 비호를 받는 진짜 운명의 아이가 어째서 그런 상단을……?"

내가 아빠를 쳐다보자 아빠와 오빠들, 그리고 의장까지 눈을 가느다랗게 떴다. 아빠가 말했다.

"마르슈가 음지에서 운영하는 상단을 그냥 넘겼을 리 없다."

"그럼……."

"진짜 운명의 아이와 얽혔을 가능성이 크지."

"로코너스 상단이 미나의 것이 된 후에 말도 안 되게 성장하긴 해요. 그 후엔 너스 상단으로 이름을 바꾸어서 로코너스라는 이름은 다들 기억을 못 했지만, 너스 상단은 아주 유명하거든요."

"어째서?"

"수완이 엄청나서. 자연재해가 일어날 때면 누구보다 빠르게 필요한 물품을 준비하는…… 대가뭄."

그래, 대가뭄!

수원이 필요한 이유는 곧 대가뭄이 오기 때문이다. 그런데 너스 상단, 아니, 로코너스 상단은 미나의 것이 되기 이전부터 재해와 얽혀 있었다.

내가 그것을 말하자 앙리가 헛웃음을 터뜨렸다.

"재해가 일어날 것을 미리 알고 있었군."

"……대가뭄이 온다는 걸 마르슈에서 노델리 후작에게 말해 준 거예요."

"재해는 예측할 수 없지. 그렇다는 건……."

우리 모두의 눈빛이 싸늘해졌다.

"재해를 만들어 낸 거야. 재물을 손에 넣기 위해."

내 말에 이샤크가 인상을 찌푸렸다.

"하지만 어떻게? 만약 정말로 재해를 예측했다면 이제까지 노델리의 사업이 번번이 망하지 않았을 것 아냐."

"완벽하게 재해를 만들어 낼 순 없는 거야. 실패할 가능성도 있다는 거겠지. 그러니까 마르슈에서 노델리를 끌어들여서 제게 부과될 위험성을 낮춘 거고."

의장이 고개를 끄덕였다.

"노델리와 마르슈가 결탁하고 있는 건 확실하군요. 그런데 노델리와 마르슈가 틀어진다면……."

앙리의 입꼬리가 실룩였다.

"우리 쪽에서 가여운 노델리에게 손을 내밀어 줘야 합니다. 그의 입이 가벼워지도록. 물론 절벽으로 몬 후에.”

아빠가 몸을 일으켰다.

“절벽으로 모는 것은 내가 하지.”

나는 해맑게 웃으며 손을 번쩍 들었다.

“손은 호프 상단에서 내밀게요! 노델리와 잉그리드 공주가 이혼하면 돈이 아주 많이 필요해질 테니까 호프 상단의 도움을 거절할 수 없을 거예요.”

가족들과 의장의 입매에 악당 같은 미소가 걸렸다.

그리고 수일.

아빠는 귀족들을 이끌고 황궁을 찾아, 노델리 후작의 처벌을 청원했다. 물론 자식을 이용해 나를 음독하려고 한 것으로 알려진 노델리 후작은 처벌을 피할 수 없었다.

노델리 후작 본인은 채찍형에 처해졌다. 개국공신 가문임을 참작하여 그나마 형벌이 줄어든 것이었다. 등짝이 너덜너덜해져서 거의 초주검이 된 그에게 잉그리드 공주는 이혼장을 내밀었다.

* * *

한여름이 된 어느 날, 노델리 후작이 드디어 이혼했다!

잉그리드 공주는 다이아몬드 광산을 빼앗아 황태후의 사저로 들어갔다.

황태후가 딸에게 재산을 내리기 위해선 황족으로 복권되어야 했는데, 그러려면 후계가 없어야 했다. 노델리 후작가의 후계가 아닌, 잉그리드 공주의 자식은 황위 계승권을 가지기 때문이다.

결국, 엘리자베스는 잉그리드 공주의 슬하에서 이름을 지울 수밖에 없었다. 그 애가 그렇게나 자랑스러워했던 준 황족의 신분을 영영 빼앗기고 단지 후작 영애가 된 것이다.

당연히 후작이 다이아몬드 광산을 빼앗겼기 때문에 노델리 후작가는 몹시 가난해졌다.

엘리자베스는 이제 사교계에서 완전히 매장당하고, 어떠한 응석도 부릴 수 없었다. 잉그리드 공주의 딸로서 꽤 난리를 치고 다녔는지, 복수하려고 일부러 찾아가는 사람들도 있단다.

그리고 난 기분이 매우 좋았다.

'이제 노델리 후작에게 손을 내밀 차례네!'

상단으로 가기 위해 홍얼거리며 상점가로 나왔다.

"오늘은 유난히 기분이 좋으시네요."

"응!"

너무너무 기분이 좋아서 거의 뛰듯이 걷다가 앞을 제대로 보지 못했다.

"앗!"

누군가와 부딪친 난 이마를 문지르며 고개를 들었다.

"실례했군. 괜찮나."

익숙한 목소리였다.

딱딱하게 굳어진 난 마른침을 삼키며 고개를 들었다.

"많이 다친 건가? 내게 보여 다오."

나는 이 사람을 아주 잘 알고 있다. 첫 번째 삶의 아버지였으니까.

"아미티에 공작님……."

흑단같이 새카만 머리칼, 단정한 눈매, 고집스럽지만 약한 자에겐 유연한 입매, 궂은일을 마다하지 않은 까닭에 생긴 굳은살과 상처로 엉망이 된 손까지.

아미티에 공작은 기억 속의 모습과 어느 한 점도 다르지 않았다.

'이 사람이 여긴 왜…….'

언제고 마주칠 줄은 알았지만, 정작 마주쳤을 때 이토록 당황스러울 줄 몰랐다. 내가 움직이지 못하고, 멍하니 바라만 보고 있자 그가 한쪽 무릎을 굽히고 나를 살펴보았다.

"많이 다친 것이냐."

"……."

"어디 보자."

커다란 손이 뺨으로 다가와서 나는 무심코 눈을 꽉 감았다.

"내 딸의 몸에 손대지 마라."

내 등 뒤로 익숙한 목소리가 들려왔다. 흠칫, 고개를 돌리자 어느새 상점가에 온 아빠가 나를 안아 들었다.

"테오도르."

"이름을 허락한 적 없을 텐데, 아미티에 공."

나를 사이에 둔 두 공작의 눈빛이 허공에서 부딪쳤다.

"여전히 예의를 모르는군."

"네놈은 여전히 쓸데없는 것에 목을 매고."

그와 아빠는 태생부터 상극이었다.

아미티에 공작가는 선조가 건국 황제의 지기로 개국공신 가문 중에도 가장 명예로운 가문이었다. 대대로 황제의 방패라 불리며 제국을 수호한 영웅이다.

반면에 듀블레드 공작가는 돈으로 작위를 사들였다고 봐도 무방한 케이스였다. 나라 사정이 어렵던 제국 초창기에 고리대금업과 용병업을 하던 선조가 황실에 돈을 헌납하고 작위를 받았다. 지금도 여전히 귀족들이 저질이라고 생각하는 사업을 아무렇지 않게 운영 중이다.

그러한 까닭에 두 사람은 태생도 차이가 심하지만, 성격도 완전히 반대였다. 아미티에 공작이 대의와 정의를 중시하는 사람이라면, 아빠는 개인주의, 이기주의의 표본 같은 사람이었다.

결국, 원수가 될 수밖에 없는 사이란 거다.

'실제로 원수처럼 여기기도 하고.'

"상점가엔 무슨 일이지. 자네가 오늘 자선 행사에 참여할 리는 없을 텐데."

"네놈에게 내 일정을 보고해야 할 의무가 있던가."

"말을 섞고 싶지 않게 하는 재주는 여전하군."

"네놈도 낯짝만으로도 사람을 불쾌하게 하는 재주는 여전한 모양이다."

노골적인 적의에 살갗이 따끔따끔할 지경이었다.

나는 아빠의 품에서 폴짝 뛰어내려, 바지춤을 잡고 흔들었다.

"가요. 네?"

"……."

아빠는 잠시 미간을 찌푸렸지만, 아미티에 공작과 더 말을 섞지 않고 걸음을 옮겼다.

'거리에서 대판 싸우는 줄 알았네.'

그게 걱정스러워서 아미티에 공작을 만났다는 당혹감은 저 멀리 사라졌다. 난 아빠의 손을 잡고 쫄랑쫄랑 걸으며 물었다.

"여긴 무슨 일로 오셨어요?"

주변을 힐끔 쳐다본 아빠가 목소리를 낮추고 말했다.

"저놈…… 아미티에 공작이 제도에 올라왔다는데, 상점가에서 자선 행사가 있다기에."

아미티에 공작은 국무 회의엔 참석하지 않아도 서민을 위한 행사엔 언제나 빠지지 않는 사람이다.

나는 히히 웃으며 아빠를 잡지 않은 손을 팔랑팔랑 흔들었다.

'마주칠까 봐 걱정하셨구나.'

"조금 놀라긴 했는데 괜찮아요."

"두, 세 번째 삶에선 만난 적이 없었나?"

"네. 첫 번째 삶에선 저 때문에…… 아, 제가 교황청에서 교육을 받아야 했거든요. 그래서 제도에 계셨던 거지, 원래 제도에 잘 올라오시는 분이 아니시잖아요."

아빠와 달리 아미티에 공작은 제도에 올라오지 않아도 권력에서 멀어질 일이 없다.

첫 번째 이유는 황제가 그를 친형제처럼 신임하고 있기 때문이다. 황제는 그를 불러들이지 못해 안달하는 사람이라, 그가 제도에 올라오기만 하면 중책을 맡기려 혈안이었다.

두 번째 이유는 민심. 그는 '귀족의 권력은 백성에게서 나온다.'라는 격언을 증명하는 사람이었다. 아미티에 공작에게 무슨 일만 있으면 민심이 요동을 치니, 귀족들은 그에게 손을 대기 힘들었다. 오히려 민심을 위해 아미티에 공작을 이용하고 싶어 하는 귀족들이 셀 수 없이 많았다.

'아미티에 공작은 백성의 영웅이지…….'

그때였다.

"아기님!"

뒤에서 웬 중년의 여성이 달려왔다. 아미티에 공작가에 있는 유일한 하녀인 페르마였다. 그녀는 아빠에게 고개를 숙이고 내게 웬 약통을 건넸다.

"아미티에 공작님께서 주변을 살피고 걷지 못해 미안하다는 말씀과 함께 전하셨습니다."

빈센트 아미티에는 이런 남자였다. 혐오하는 사람의 자식이라도 묶어서 싫어하지 않고, 아이와 약자에겐 누구보다 유했다. 선의를 믿고, 행하는 사람. 그랬기에 나의 유일한 자랑이자, 평생토록 동경한 대상이었다.

미워하고 싶었지만, 온 마음을 다해서 사랑했기에 미워할 수조차 없었던 나의 첫 아버지.

나는 페르마에게서 약통을 건네받기 위해 손을 뻗었다.

"감사하다고 전—"

"내 자식은 내가 신경 쓸 테니, 허튼수작을 부리지 말라고 전해라."

아빠가 나를 끌어당기며 뒤쪽에 눈짓하자 레아가 얼른 달려와 연고를 꺼냈다.

페르마는 어색한 표정으로 말했다.

"아미티에 공작가의 대대로 전해지는 비법 연고입니다. 제 주인의 호의이니 부디—"

"듀블레드에도 좋은 약은 많습니다."

레아의 대꾸에 페르마는 인상을 찌푸렸다. 두 사람의 시선이 이글이글해서 나는 얼른 끼어들어 손을 휘휘 내저었다.

"둘 다 바르면 되지!"

내가 아미티에 공작가의 약을 받자 페르마의 얼굴이 밝아졌다.

"오늘은 듀블레드의 약을 바를게."

이번엔 레아가 환히 웃었다.

나는 두 약을 주머니에 쏙쏙 집어넣고 레아의 소매를 끌어당겼다.

"가자!"

페르마와 한참 눈싸움을 하던 레아가 "예, 아기님." 대답하곤 뒤로 물러났다.

'듀블레드 사람들과 아미티에 사람들은 마주치지 않도록 해야겠어.'

까딱 잘못하면 전쟁 나겠다. 나는 그렇게 결심하고 속으로 한숨을 내쉬었다.

*　　*　　*

아빠는 나를 호프 상단 인근으로 데려다준 후에 레아와 듀블레드 사람들을 이끌고 떠났다. 내 일 처리가 쉽도록 배려한 것이었다.

'비밀을 공유하니까 편한걸.'

나는 싱글벙글 웃으며 인근에 만들어 놓은 비밀 통로를 통해 호프 상단의 사무실로 들어갔다.

"오셨습니까."

"세리아! 이제 왔구나!"

"오래 자리를 비웠지요. 그간 별고 없으셨나요."

"별고 많았…… 응?"

나는 세리아의 뒤에서 어색한 표정을 짓고 있는 사람들을 보고 눈을 홉떴다.

"혹시……?"

"맞습니다. 제 형제들이에요. 유난히 똘똘한 아이들이라 상단 일을 돕게 하려고 합니다. 인사드려. 한스, 듀크. 세토."

한스, 듀크, 세토.

……하나, 둘, 셋?

내가 아연한 표정으로 쳐다보니 세리아는 해맑게 웃었다.

희망의 집 아이들을 찾기 위해 만든 상단이라 대충 호프 상단으로 지은 나도 나지만, 세리아의 이름 감각은 정말……. 아기님의 상단이니 아키 상단으로 하자고 할 때부터 알아봤어야 했다.

"그런데 세리아, 아이들과 함께 살지 않는 거야?"

세리아는 쓰게 웃었다.

"남은 형제들이 별로 없기도 하고, 형제들을 키우려면 돈이 아주 많이 필요하거든요. 이곳에서 계속 일하게 해 주시면 기쁠 거예요."

'나야 좋지!'

사실 세리아가 떠나겠다고 하면 어쩌나 고민했는데. 나는 고개를 끄덕이고 손을 내밀었다.

"잘 부탁해."

"저, 저, 저희야말로……!"

한스, 듀크, 세토 삼 형제 중에 가장 나이가 많아 보이는 한스는 어쩔 줄 몰랐다.

"그렇게 긴장하지 않아도 돼."

"하, 하지만 아기님이시고, 또 엄청 높은 귀족이시고, 저희를 구해 주셨고, 또……!"

나와 세리아는 와들와들 떠는 한스를 보고 쿡쿡 웃었다.

"세리아, 애들이 먹을 간식을 가져다줘."

"예. 잠시 있으렴. 아기님께 실수하면 안 된다?"

세리아가 나간 후, 나는 한스에게 말했다.

"주의점은 들었지? 세리아가 데려온 아이들이니 믿음은 가지만 누구에게도 내 정체를 말하면 안 돼."

"매, 맹세했어요!"

한스가 옷깃을 들췄다. 앙리가 가져온 마도구에 서명한 자만이 생기는 '맹세의 인'이 있었다.

나는 대번에 굳어져서 물었다.

"의장이 너희에게 그런 걸 시킨 거야?"
"아, 아뇨. 저희가 하겠다고 했어요."
"뭘 모르는 모양인데, 그건……."
"알아요. 아기님의 정체를 말하면 죽는 거예요."
"그런데 왜 그런 걸 새긴 거야. 세리아가 너희를 구하기 위해 어떤 위험한 일을 했는데!"
내가 엄하게 말하자 한스가 바지춤을 꽉 말아쥐었다.
"은혜를 입었으니까요. 아기님은 동생들을 살려 주셨어요. 그러니까 형인 제가 은혜를 갚아야 해요."
"누가 세리아의 동생들이 아니라고……."
내가 한숨을 내쉬었을 때였다.
쨍—!!
날카로운 파열음이 들린 곳으로 고개를 돌리자 새파래진 듀크와 세토가 보였다. 한스가 벌떡 몸을 일으켰다.
"이 녀석들! 사고 치지 말라고 했잖아!"
"내가 친 거 아닌데……. 나는 그냥 봤을 뿐인데 저게 움직인 거야……."
셋 중에 가장 나이 어린 세토가 울먹였다. 한스와 듀크는 허둥지둥 맨손으로 유리를 수습하기 시작했다.
"그만, 그만!"
나는 얼른 소리치고 애들을 일으켰다.
"다치니까 하지 마. 이건 사람을 불러서…… 어?"
이건 수원이 숨겨진 폐광을 알아볼 때, 광산주가 가져온 돌이었다.
'마력석 광산에서 마력석을 모두 파내고 부스러기만 묻은 돌인데…….'

예쁘지만 쓰레기일 뿐이었다. 하지만 광산주는 이것을 채굴해 평민들에게 기념품으로 판매하고 있으므로 폐광은 아니노라 하며 웃돈을 요구했었다.

"이게 움직였다고?"

내가 묻자 세토가 고개를 끄덕였고, 아이와 함께 있던 듀크가 얼른 옹호했다.

"정말이에요. 보기만 했는데 움직였어요!"

순간, 수원이 기록되어 있었던 전설이 떠올랐다.

[순수한 영(靈)을 사랑하는 선한 정령은 나이 어린 용사에게 가호를 내리매, 용사는 샘에 깃든 마물을 토벌하고 수원을 찾았다.]

나이 어린 용사에게 가호.

……어린 자만이 받을 수 있는 가호!

'그래서 아이들에게 반응한 거야! 잠깐만, 그럼 왜 내게선 반응하지 않은 거지?'

나도 아홉 살인데?

그렇게 생각하던 나는 '순수한 영을 사랑하는 선한 정령'이라는 구절을 떠올리고 흙 씹은 얼굴이 되어 돌을 노려봤다.

"나는 순수한 영이 아니라는 거야? 이씨……."

하기야 영혼의 나이로 따지면 난 어리지는 않을 터였다.

그때였다.

"아기님!"

세리아와 의장이 방 안으로 뛰어 들어왔다.

"무슨 일이야?"

"에누스 지방의 농토에 십자 인이 생겼습니다. 대가뭄의 전조 말입니다!"

"벌써? 그럴 리가……."

아직 대가뭄이 시작되려면 몇 개월 정도 시간이 남았다.

내가 인상을 쓰자 의장이 말했다.

"노델리 후작 때문이겠지요. 마르슈에서도 노델리 후작의 입에서 무슨 이야기가 나올지 모르니 계속 저들을 잡고 있어야 하지 않겠습니까. 다른 것도 아니고 재해를 만들어 내는 것을 공유하고 있으니, 아무리 마르슈라도 노델리를 풀어놓을 순 없을 겁니다."

"그래. 노델리는 다이아몬드 광산을 빼앗겨서 돈 나올 구멍이 간절할 테니, 수원 사업에 눈이 벌게질 수밖에 없을 거야. 마르슈의 손을 놓을 수 없지. 비열하긴……."

"어찌합니까. 노델리가 마르슈의 손을 놓지 않으면, 그에게서 마르슈의 정보를 빼내겠다는 우리 계획이……!"

나는 흥, 콧방귀를 뀌고 몸을 일으켰다.

"괜찮아. 우리에게 가호가 깃들었거든. 정확히 말하면……."

"예?"

나는 세토의 토실토실한 뺨을 쓰다듬으며 말했다.

"우리 예쁜이에게."

"……?"

세리아와 의장은 어리둥절한 표정으로 서로를 쳐다봤고 나는 세토의 등을 토닥토닥 두들겼다.

"오구오구, 우리 애기. 이제 누나랑 수원 찾으러 가자~?"

얼굴이 새빨개진 세토가 양 뺨을 손으로 감싸며 멍하니 고개를 끄덕였다.

"네…… 누나……."

* * *

세토가 정령의 가호를 받았다는 것을 알게 된 후에 나는 곧장 돌을 채굴한 광산의 주인을 찾았다.

"에스톤 남작? 으음…… 어디서 들어 본 것 같은데."

"에스테라 가문과 헷갈리신 게 아닙니까? 에스톤은 지방 귀족입니다. 감히 듀블레드에 직접 찾아와 멍청한 말로 웃돈을 요구할 만큼 제국 사정을 모르는 자이지요. 아기님께서 아실 만한 자가 아닙니다."

때론 모르기에 용감한 사람이 있는데, 에스톤 남작이 꼭 그런 타입인 모양이었다.

나는 복숭아를 베어 물며 고개를 끄덕였다.

'간이 배 밖으로 나온 하룻강아지란 소리네.'

"그 하룻강아지가 원하는 만큼 쥐여 주더라도 하루빨리 정령의 광산을 손에 넣어야겠어."

"연락만 넣으면 당장에 제도로 날아올 사람이니 염려하지 마십시오."

에스톤 남작을 직접 만난 건 의장이었다. 사람 보는 눈이 정확한 의장이라면 쉽게 일을 끝내리라 생각했다. 에스톤 남작의 오만한 편지를 받기 전까지는.

며칠 후, 의장의 앞으로 온 에스톤 남작의 편지를 본 나는 헛웃음을 흘렸다.

[그 가격에 거래하겠다고 했던 건 봄날의 일이지요. 이미 시간이 많이 흘렀습니다. 허비한 시간만큼의 대가를 보여 주십시오.]

함께 편지 내용을 확인한 세리아는 인상을 찌푸렸다.

"누군가 접촉한 걸까요. 이렇게 자신만만한 태도를 보인다는 건 제 광산의 가치를 알고 있다는 게 아닙니까."

"노델리에선 접촉하기 힘들어. 지금 당장은 융통할 돈이 없잖아. 그렇다고 마르슈에서 직접 나섰을 리도 없고. 마르슈 공작이 얼마나 간교한 노인네인데. 꼬리 잡힐 일은 절대로 하지 않지. 무엇보다 우리도 우연히 발견한 가호를 저들이 알 리 없잖아."

"그럼 정말로 간이 배 밖으로 나온 것이겠군요."

광산을 사들이려고 하는 건 호프 상단주인 내가 아니라 듀블레드 영애였다. 거래야 의장이 직접 하지만, 그 뒤에 듀블레드 공작이 있다는 걸 모르는 사람은 없을 터.

'이번 기회에 듀블레드와 엮여서 가문의 위상을 떨쳐 보시겠다?'

듀블레드와의 거래에서 승리했다는 건 엄청난 무용담이 될 테니 말이다.

나는 슬그머니 의장을 쳐다보았다. 여느 때와 다름없는 여유로운 표정이었지만, 5년간 매일같이 붙어 있다시피 한 나는 알고 있었다.

'에스톤 남작 죽었다…….'

의장이 몸을 일으켰다.

"아무래도 그간 듀블레드가 한없이 유했던 모양입니다. 날개미까지 기어오르는 것을 보면."

"……."

“제게 맡겨 주시죠. 아기님 앞에서 더는 면이 상하지 않도록 빠르게 조치하겠습니다.”

“으응…….”

나는 속으로 묵념했다.

의장은 내 앞에선 일 잘하고 재밌는 할아버지지만, 그렇다고 해서 본성을 잊으면 안 된다.

저 남자는 듀블레드 공작의 최대 정적이었던 사람이다. 대귀족의 가신으로, 듀블레드의 2인자로 신전 및 대귀족들과 끈끈한 관계를 맺은 데다, 선대 듀블레드 공작조차 어찌하지 못했던 듀블레드 원로원의 최강자였다.

장마르크 누아노크라는 이름 하나면 나이 지긋한 대귀족도 한 수 물러 주는, 듀블레드 최전방을 수호하는 사령탑 말이다.

“잠시 다녀오겠습니다.”

나는 문을 나서려는 의장에게 소리쳤다.

“죽이지는 말고……!”

의장이 고개를 까딱 숙이곤 문을 닫았다. 쿵! 문 닫히는 소리가 살벌했다.

*　　*　　*

며칠 후.

해 질 녘부터 거나하게 취한 에스톤 남작은 지인에게 기대 히끅, 히끅, 딸꾹질하며 저택에 돌아왔다.

“이제 이 오마르 에스톤의 앞날에 광채가 비출 거란 말이야! 어?”

“아이고, 말해 뭐 하겠습니까. 대－단 하십니다. 제발 제대로 걸으십시오."

"듀블레드라는 이름 앞에서 다들 겁을 먹어 그렇지, 사실 그렇게 두려워할 것도 없어! 거래란 말이야, 블러핑이야. 누가 더 상황을, 어? 쥐고 주무르냐 하는 두뇌 싸움, 알아?"

"예, 예."

에스톤 남작은 오만한 사람이었다. 능력으로는 대귀족 못지않은 자신이 단지 집안이 조금 기운다는 이유만으로 대귀족들에게 밀린다는 것이 평생의 한이었다.

"이번 기회에 내 이름이 온 제국에 널리 퍼질 거라 이 말이야. 이 오마르 에스톤이 얼마나 뛰어난 사내인지 다들……!"

가슴을 두드리며 저택의 중정에 들어온 에스톤 남작이 인상을 찌푸렸다.

"가주가 집에 들어왔는데, 왜 한 놈도 없는 거야! 이놈들이……!!"

그가 벌컥, 소리를 쳤을 때였다.

"주, 주인님."

하녀 하나가 종종걸음으로 다가왔다.

"손님이 오셨습니다."

"주인 없는 저택에 찾아온 건 손님이 아니라 불청객이지! 어떤 놈이 감히 내게 무례하게 ―"

"듀블레드 원로원의 의장입니다."

하녀의 말에 에스톤 남작의 눈이 번쩍 뜨였다.

'장마르크 누아노크가?'

순식간에 취기가 가시는 기분이었다. 남작의 지인이 "호……." 신음하며 고개를 끄덕였다.

"과연 공이십니다. 어찌하셨으면 그 잘난 늙은이까지 몸소 찾아오게 하셨습니다."

"흥, 제깟 게 아무리 엉덩이가 무거워 봐야 일개 대귀족의 봉신일 뿐이지. 늙은이는 어디에 있느냐!"

그때였다.

"찾지 않아도 되네. 내 몸소 왔으니."

낮은 목소리와 함께 무언가 발밑으로 툭, 쓰러졌다. 피범벅이 된 에스톤가의 병사가 발밑에 쓰러져 벌레처럼 꿈틀거렸다.

"무, 무슨…… 이게 무슨 짓이오!"

의장은 손끝에 묻은 피를 손수건으로 가볍게 문질렀다.

"주인을 닮아 참으로 오만하더군. 감히 내 앞을 창, 검으로 가로막기에 원대로 뱃가죽을 쑤셔 주었지."

"이, 이……! 황실에 고발하겠소! 저택에 침입해 병사를 해하다니, 제정신이오?"

의장의 입매가 비틀렸다.

"우둔한 작자로군. 시선, 혀끝, 손가락 마디 하나에까지 칼날을 숨긴 자들과 대적하며 어찌 제정신으로 살 수 있겠는가."

"뭐, 뭐?"

의장이 느른히 몸을 움직여 에스톤 남작에게 다가갔다.

"날 때부터 제정신으로 살긴 그른 운명이었네. 도덕, 대의, 신뢰 같은 것은 어미 태에 두고 나왔지."

"다, 다가오지 마시오! 당장 황궁에……!"

"이봐. 하나 묻지."

에스톤 남작에게 바짝 다가간 의장이 물었다.

"황궁의 군사들이 나를 잡아들이는 것이 먼저겠는가, 내가 자네의 멱을 따는 것이 먼저겠는가."

"……!"

"황궁에서 사람들이 도착할 때면 나는 이미 이곳을 모두 수습하고 떠났을 터인데, 시체가 되어 있을 자네가 무엇을 발고할 수 있나."

"그, 그런…… 그런…… 아무리 듀블레드의 봉신이라도 귀족 살해는……!"

"하나 더 묻겠네."

의장이 그의 어깨에 툭, 손을 얹으며 물었다.

"내가 지금까지 듀블레드를 위해 몇 놈이나 죽였을까."

"정말로 듀블레드와 대적할 거요? 듀블레드는 세상에 다시없을 악인들이 모인 곳이라고 하더이다. 인세에 지옥이 있다면 그곳일 거요. 위상이 무엇이 중요하오. 목숨보다 귀중한 게 있겠소?"

누군가에게 들었던 말이 떠올랐다. 희게 질린 에스톤 남작이 마른침을 삼켰다.

"시체 무덤에 자네 하나 추가하는 게 내겐 그리 어려운 일이 아니야."

"저, 저는, 저는…… 제, 제가 한 말은 그러니까……."

새파랗게 질린 에스톤 남작이 스르륵 주저앉았다.

"살려 주십시오……."

"광산 문서를 가져와라."

에스톤 남작이 하녀를 향해 벌벌 떨리는 팔을 휘저었다. 하녀가 허겁지겁 달려가 광산 매매 서류를 가져왔다. 남작은 두 번 생각하지 않고 즉시 인장을 찍었다. 떨리는 손으로 서류를 건넸을 때, 의장이 그의 손을 짓밟았다.

"크윽……."

"명심하게. 자네가 오늘 살아 있는 것은, 상냥한 주군께서 목숨만은 살려 주라 명하셨기 때문일세."

"예, 예……. 으, 은혜가 하늘과 같습니다."

"훗날 목숨 빚을 갚아야 할 게야."

남작이 고개를 푹, 수그렸다.

*　　*　　*

돌아온 의장의 손엔 광산 문서가 들려 있었다. 그는 평소와 다름없이 반쯤 얼빠진 할아버지 같은 표정이었다. 자주 봐서 익숙한 표정이다.

"……어떻게 해결했어?"

"대화로 잘 해결했습니다."

"미심쩍은데……."

눈을 가늘게 뜨고 의장을 쳐다보던 나는 "뭐, 됐어." 하며 서류를 받았다.

"세토를 준비시켜. 광산행은 나도 함께한다."

"각하께서 허락하시겠습니까?"

"앙리나 이샤크 중에 한 사람을 데려가래. 요한은 바쁜가 봐."

"대업의 후계가 될 테니까요."

그 말에 나는 왕세자가 된 요한을 떠올렸다.

'멋져, 멋져.'

요한은 꽤 자애로운 편인 데다가 능력도 뛰어나니 완벽한 왕세자 감이다. 앙리나 이샤크도 훌륭한 왕자님이 되겠지.

'훌륭해지도록 잘 키우자.'

나는 그렇게 결심하고 고개를 끄덕였다.
“그럼 의장은 서류를 정리해. 나는 저택으로 돌아가야겠어.”
“예.”
세리아와 의장의 배웅을 받으며 상단을 나섰다. 마차가 대기한 곳으로 가려는데 멀리서 누군가 나를 불렀다.
“누……! 아니, 아기님!”
“세토?”
나는 허겁지겁 달려온 그 애를 보고 빙그레 웃었다.
“뭘 그렇게 뛰어와. 넘어질라. 아이고, 옷이 지지다. 지지.”
아침에 깨끗한 옷을 주었는데 벌써 꼬질꼬질해졌다. 나는 흙먼지가 묻은 소매를 탁탁 털어 줬다.
“이, 이거 선물……. 아, 아기님을 닮은 꽃……. 저기, 제가 산에서……!”
“나를 닮은 꽃이라 산에서 따 왔다고?”
“네…….”
세토는 수줍게 어깨를 움츠렸다.
‘귀엽다, 귀여워!’
어린애들은 왜 이렇게 귀엽담.
나는 킥킥 웃고 너덜너덜한 들꽃을 손수건 위에 조심스럽게 올려 두었다.
“고마워. 잘 보관할게.”
세토는 또 얼굴이 새빨개져서 우물쭈물했다.
그때였다.
“야!”
이건 또 뭐야?

익숙한 목소리에 나는 대번에 인상을 쓰며 고개를 돌렸다.
"헤이턴."
"왜 이렇게 연락을 안 받아?"
"생활비는 줬잖아."
"돈 문제가 아니라……. 뭐야, 그 더러운 건."
헤이턴이 인상을 찌푸리며 세토가 준 꽃을 노려봤다.
"말씨하곤. 더러운 게 아니라 꽃이야. 선물 받은 거라고."
"흥, 그따위 들풀이 선물은 무슨."
그러고 보니 헤이턴도 웬 커다란 꽃다발을 들고 있었다.
그런데.
"누나!"
"르블레인."
나는 당황해서 주변을 둘러봤다.
"리오넬? 아드리안…… 아니, 황자님은 여기 왜?"
얼굴이 붉어진 리오넬이 내 앞으로 달려왔다.
"상점가에 있다고 해서……."
달려온 모양인지 헉, 헉, 숨을 몰아쉰다.
"이제 밖으로 나와도 돼?"
"응! 나 이제 대공자님이니까!"
이제야 수속이 끝났나 보다. 나는 웃으며 리오넬의 어깨를 두드렸다.
"그래, 고생했다. 그런데 황자님은 여기 왜 왔어?"
"……."
"응?"
"보고 싶어서."
"……어?"

내가 묻던 찰나, 사방에서 날카로운 눈빛이 마구 느껴졌다.

'아니, 얘들은 왜 갑자기 여기 다 모여서 싸울 태세인 거야!'

이놈들이 한날한시에 계시라도 받지 않은 이상 우연히, 하필이면 오늘, 이 시간에 모이는 건 거의 불가능한 일이었다.

난 인상을 쓰며 물었다.

"뭔데. 왜 갑자기 다들 온 건데."

헤이턴 발루아가 큼, 헛기침하고 아드리안이 말을 고르듯 침묵했다. 그러느라 가장 먼저 입을 연 건 리오넬이었다.

"오늘 꽃을 주는 날이니까."

"꽃? ……아아."

그제야 나는 고개를 끄덕였다.

'그렇구나. 오늘이 그 날이었어.'

감사하는 상대나, 좋아하는 상대에게 꽃을 선물하는 날이 있다. 내일은 당신에게 더 특별해지고 싶다는 의미였다.

'의도를 가지고 주는 것이니 뇌물인 거지.'

그러고 보니 아드리안과 헤이턴, 리오넬 모두 꽃다발 하나씩을 가지고 있었다.

순간, 불길한 기운이 느껴졌다. 곰곰이 생각하던 나는 흠칫, 물러났다.

"설마 너희 나한테……."

내가 눈을 가느다랗게 뜨자 세 명의 표정이 달라졌다. 헤이턴은 흠, 하며 고개를 돌리고, 리오넬은 얼굴을 붉혔으며, 아드리안은 나를 지긋한 시선으로 보고 있었다.

"……부탁할 게 있구나!"

"……."

"……."

"……."

나는 한숨을 크게 내쉬고 팔짱을 꼈다.

"뭔지 모르겠지만, 깜짝 놀랐잖아!"

"……."

"……."

"……."

"나는 꽃 같은 건 뇌물로 취급 안 해. 원하는 게 있으면 그만한 대가를 가진 걸 내놔야지. 마음? 그런 건 눈에 안 보이잖아."

저들 미래에 피가 되고 살이 되는 조언을 해 준 후에 고개를 끄덕이고 한숨을 내쉬었다.

"혹시나 너희가 날 좋아하는 건가 싶어서 엄청 무서웠다고. 편하게 보기 힘들잖아. 내가 아닌 다른 영애였으면 오해했을걸?"

내가 허허헛, 하고 웃자 리오넬이 눈썹을 착 늘어뜨렸다.

"누나를 좋아하면 이제 우리 못 봐?"

"당연하지! 리오넬은 대공 전하의 외아들이고, 아드리안은 황자님이고, 헤이턴 너는 그냥 싫은걸."

"나는 왜 그냥 싫은데!"

"너, 가상전에서 폭탄 숨겨 놨더라. 실수인 척 나 죽이려고 했지?"

"……."

헤이턴이 슬쩍 내 시선을 피했다. 그러며 "그건 아버지 명 때문에…… 이젠 하래도 안 한다고……." 하고 중얼거린다.

세 사람은 묘하게 말이 없어졌다. 나는 다시 불안해져서 몇 걸음 물러났다.

"설마 너희 정말로 나를……!"

꺄아악! 내가 질겁하여 소리치자 세 사람이 동시에 말했다.
“미쳤냐. 내가 너를 왜!”
“아, 아니야, 영애님…….”
“상점가에 들렀다가 네가 있다는 소리를 듣고 왔어.”
나는 흐뭇한 표정으로 고개를 끄덕였다.
“그래, 고마워. 하지만 꽃은 받지 않을게. 괜한 소문이 날 수도 있으니까. 다음부턴 조심하렴, 이 어리석은 꼬꼬마들아. 하하하하하.”
“…….”
“으응.”
“…….”
상황을 정리한 나는 “안녕!”하고 손을 살랑살랑 흔들며 마차로 돌아갔다.

*　　*　　*

한시름 놨다는 듯 기분 좋은 표정으로 멀어지는 르블레인을 보며 세토를 포함한 네 소년은 각기 다른 표정을 지었다.
“누가 누구더러 어리석은 꼬꼬마라는 거야…….”
쯧, 혀를 찬 헤이턴은 곁눈질로 아드리안을 쳐다봤다.
“전하께선 속 좀 쓰리시겠습니다. 저야 상황이 상황인지라 어쩔 수 없겠지만, 훨씬 나은 조건인 전하께 저리 질겁을 하는 건 앞으로도 전하를 전혀 고려하지 않겠다는 의미가 아닐는지요.”
“조건조차 갖추지 못한 놈보다야 덜 쓰리겠지.”
“제가 언제까지 이 상태일 거로 생각하십니까? 미래를 확신하지 마십시오. 언젠가 다시 도약하게 될 테니.”

르블레인이 완전히 사라질 때까지 바라보고 있던 아드리안이 고개를 돌렸다. 여전히 시무룩한 리오넬과 세토를 힐끗 쳐다본 그가 목소리를 낮추어 속삭였다.

"르블레인이 주는 생활비를 모아서 얼마나 기어 올라오는지 지켜보도록 하지."

"생활비는 거래의 대가로……!"

소리치던 헤이턴이 흠칫, 입을 다물었다.

'그걸 저 녀석이 어떻게 알고 있는 거지.'

르블레인이 말해 줬을 리는 없다.

헤이턴은 제게 생활비를 내주는 호프 상단을 듀블레드가 물밑에서 운영하는 사업체로 짐작했다. 저 영악한 르블레인이 듀블레드의 대외비를 황자에게 언질 주었을 리가 없지 않은가.

세간에서 아드리안을 부르는 말은 여럿이었다. 가엾은 천덕꾸러기 황자, 보호받지 못한 들고양이, 신에게 버려진 루에르그.

이본느 황비와 마르슈 공작가의 견제로 아드리안은 제대로 된 스승조차 없었다. 호사가들의 입에서 아드리안이 언급될 때면 언제나 글이나 읽을 수 있을지 모르겠다는 비아냥이 함께했다.

"……전하께선 소문과는 다르시군요."

"……."

"하지만 지혜롭진 않으십니다. 제가 황비궁에 달려가 토설한다면 어찌하시겠습니까."

"해 봐."

헤이턴의 얼굴이 굳어지자 아드리안은 느른히 그의 얼굴을 훑어보았다.

"공자를 믿는 사람이 있다면 좋겠군. 그래야 아비가 죽고 과대망상에 사로잡힌 가여운 소년이라는 소리만은 듣지 않을 테니."

"……!"

"난 듀블레드의 물밑 사업을 고해바친 네가 테오도르 듀블레드의 손에서 무사하기를 빌지. 그 전에 무사히 황궁을 넘을 수 있을지 모르겠지만."

곧은 자세로 걸어간 그가 헤이턴의 어깨를 지그시 잡았다.

"부디 선을 넘지 마, 공자. 난 르블레인이 일말이나마 안타까워할 일은 하고 싶지 않아."

나긋이 속삭인 아드리안이 등을 돌렸다. 부서질 듯 욱신거리는 어깨를 잡은 채로 아드리안의 뒷모습을 쳐다보던 헤이턴이 헛웃음을 흘렸다. 역시 어리석은 꼬마는 르블레인이다.

'멍청한 르블레인. 네가 어떤 괴물의 마음에 불을 지폈는지 알고나 있는 거야?'

그때, 우울한 듯 꽃다발을 만지작거리던 리오넬이 중얼거렸다.

"꽃다발……. 별로 안 예뻐서 받아 주지 않았나?"

헤이턴이 리오넬을 보며 인상을 찌푸렸다.

"뭐라고?"

"역시 분홍색이 좋았던 걸까! 지금이라도 다시 가서 분홍색 꽃다발을……!"

"……."

헤이턴은 이 와중에 멍청한 소리를 하는 리오넬을 보며 고개를 절레절레 젓곤 자리에서 떠났다.

*　　*　　*

머칠 후, 에스톤 광산행 준비를 마친 나는 앙리, 이샤크와 함께 마차의 문을 열었다. 앙리와 이샤크는 출발 직전까지도 불안한 표정이었다.

"꼬맹아, 꼭 가야겠어? 우리만 가도 충분해."

"그래, 르블레인. 꼭 가지 않아도……."

어제도 저 소리를 스무 번쯤은 들었다. 나는 먼저 마차에 폴짝 뛰어 올라가서 오빠들을 돌아봤다.

"여기서 나 말고 수원을 만져 본 사람 있어?"

이전 삶의 기억이 고스란히 있는 나 말고는 수원이 어떻게 생겼는지도, 어떤 기운이 느껴지는지도 모르면서 잘도 가져오겠다.

"하지만 위험하다고. 정령의 가호를 받은 아이가 생겼다는 건 정말로 전설 속의 님프도 실존할 수 있다는 소리잖아."

"르블레인, 님프는 동화 속에 나오는 작고 귀여운 소 인간 같은 존재가 아니야. 오히려 몬스터와 비슷하지. 사납고 끔찍하며 영악해."

"잘됐네!"

내가 짝! 손뼉을 치며 해맑게 웃자 이샤크가 인상을 찌푸렸다.

"왜?"

"대의니, 정의니 하는 것을 찾아 대는 선하고 사랑스러운 존재라면, 수원을 찾기 위해서 그들의 마음을 얻어야 하잖아? 하지만 악랄한 존재라면 거래할 수 있어."

"그건…… 그렇네?"

"게다가 최악의 상황에서는 빼앗아야 하는데 귀여운 걸 어떻게 공격해? 험악하게 생겨야 싸울 마음도 드는 거지."

정말 다행이다!

내가 고개를 주억거리자 이샤크는 "아아." 하며 밝아졌다.

"정말 그렇잖아. 꼬맹이, 너 똑똑하네~!"

"그렇지?"

의장은 그런 우리를 어처구니없는 표정으로 보았다.

"누가 아기님을 듀블레드가 아니라고 생각하겠습니까……."

우리를 배웅하기 위해 나왔던 아빠와 요한은 픽 웃었고, 앙리도 어쩔 수 없다는 듯 내 머리를 쓰다듬었다. 오빠들이 내 맞은편에 착석하자 아빠가 내 어깨에 로브를 걸쳐 주며 말했다.

"광산행 조건을 잊지 마라."

나는 몇 번이나 주의받아서 이제 달달 외워 버린 조건을 떠올렸다.

"내가 뭐라고 했지?"

나는 마차 밖에 있는 사람들을 힐끗 보며 우물쭈물했다. 조건이 너무 수치스러워서 여기서 읊고 싶지 않았기 때문이었다.

"조건은."

하지만 읊지 않으면 보내 주지 않을 기세라 나는 눈을 꽉 감고 우렁차게 소리쳤다.

"하나, 말보다 주먹이 빠르다! 말이 통하지 않는 상대라면 주먹을 꽂아 줘라! 집에서 아빠가 사랑스러운 르블레인을 애타게 기다리기 때문이다!"

"그리고?"

"둘, 질 것 같으면 냅다 도망친다! 남이 죽든 말든 상관하지 않는다. 일단 나 사는 게 제일 중요하다! 집에서 아빠가 귀여운 르블레인을 오매불망 기다리기 때문이다!"

"마지막은?"

"셋, 죽음 앞에 자존심은 쓸데없다! 유사시엔 살려 달라고 싹싹 빈다! 집에서 아빠가 예쁜 르블레인을 자나 깨나 기다리기 때문이다!"

"좋아."

아빠와 요한이 고개를 끄덕였고, 앙리와 이샤크는 픽 웃었다. 아빠가 내 머리를 쓰다듬으며 말했다.

"광산행이 길어져선 안 된다. 마르슈에서 냄새를 맡으면 위험해져."

그게 아빠가 직접 따라오지 못하고, 우리가 장거리 이동진을 사용하지 못하는 이유기도 했다.

나와 앙리, 이샤크는 나들이를 가장해 떠난다. 대부분의 사람은 아마 아빠가 날 황자의 호위대로 보내고 싶지 않아서 몸을 피하게 하는 것으로 여길 터였다.

'절대로 마르슈에서 눈치채지 못하도록 해야 해.'

수원을 빼앗기면 듀블레드는 향후, 7년간 마르슈를 이기지 못한다. 성마 전쟁 이후로 판도가 뒤바뀌긴 하지만, 듀블레드의 독립이 목표라면 한시라도 빠르게 나라의 정점에 올라야 했다.

"다녀올게요."

아빠의 목을 끌어안고 인사하자, 그가 내 등을 가볍게 두드리며 말했다.

"……그래."

마차의 문이 닫히고, 우리는 제도를 벗어났다. 나는 눈을 감고, 악마의 통로로 확신하는 자수정을 주머니째로 꽉 쥐었다.

'위험할 땐 잘 부탁해.'

오러 사용자인 오빠들과 이리 중에서도 최정예 몇, 거기에 자카리까지 함께하긴 하지만 위험한 상황인 건 맞다. 잊힌 존재인 정령이 얼마나 강력한지 알 수 없으니까.

'좋아, 힘내자.'

그때까지 나는 몰랐다. 이번 광산행이 내게 어떤 것을 주고, 어떤 것을 빼앗아갈지.

*　　*　　*

마차는 엿새를 꼬박 달렸다. 광산 인근에 도착해 내린 나는 녹초가 되어 있었다. 함께 마차에서 내린 이샤크가 나를 마치 죽기 일보 직전의 노인 보듯 말했다.

"꼬맹이는 엄청 연약하네."

나는 어이가 없었다.

내가 약한 게 아니라 이 강행군을 엿새나 하고도 펄펄 나는 다른 사람들이 괴물인 거다!

워낙 길이 험한 탓에 멀미가 심했다. 하지만 엿새 동안 굶을 순 없었기 때문에 먹고 게워 내길 반복했다. 때때로 화장실도 가야 했고, 여름이라 미치게 덥기도 했다.

마력석을 사용해 좀 편하게 올 수도 있지만, 그렇게 되면 달려온 길을 따라 잔여 마력이 남는다. 은밀히 움직여야 하는 우리는 마력석을 사용할 수도 없었다.

"르블레인, 쉬다 가는 게 어때?"

손을 쥐었다 편 나는 "응."하고 고개를 끄덕였다.

너무 피곤해서 신성력이 제대로 발휘되지 않는다. 정령과 전투를 벌일지도 모르는데, 이 상태라면 위험하다.

"산어귀에서 잠시 야영한다."

이리 부대장의 말에 이리들이 움직이기 시작했다. 그리고 이샤크는 산 주변을 둘러보고, 앙리는 세토와 함께 선발대를 꾸려 광산 내부를 수색하기로 했다. 그동안 나는 막사를 짓는 이리들 근처에 우두커니 서 있었다.

"의자를 가져다드릴까요?"

"아니, 바위면 됐어."

"멀미는 괜찮으십니까?"

"저택에서 가져온 약이 효과가 좋은가 봐. 이제 아무렇지 않아. 그보다 나 배가 고픈데……."

평범한 사람보다 식욕이 배는 왕성한 내가 멀미 때문에 온종일 쫄쫄 굶다시피 했다. 내가 울망울망 쳐다보자 나를 호위하던 이리가 "마차에서 요기할 것을 찾아오겠습니다." 하며 떠났다.

자카리가 내 앞에서 막사 기둥을 세우고 있어서 안심한 것이다.

꾸륵.

"……."

"……."

꾸르르륵.

"……."

"……."

꾸르륵.

"배에 거지가 든 거야?"

땅에 기둥을 박아 넣던 자카리는 어처구니없는 표정으로 날 쳐다봤고, 나는 불쌍한 얼굴로 고개를 끄덕였다.

"거지가 한 놈만 든 게 아닌 것 같아……."

"땅콩이 있는데. 그거라도 줄—"

나는 냅다 달려가 손을 내밀었다.

"누가 널 귀족 영애로 보겠냐."

땅콩 주머니를 넘겨받은 난 다시 바위로 돌아가 얌전히 땅콩 껍질을 벗겼다.

'거지 시절엔 종종 먹었는데.'

상점 인근을 맴돌면 맘씨 착한 일꾼이 주인 모르게 한 주먹씩 주곤 했다.

땅콩을 꼭꼭 씹어 먹고 있을 찰나, 어딘가에서 부스럭거리는 소리가 들려왔다. 막 막사의 기둥을 다 세운 자카리가 흠칫하더니 창을 들고 내 곁에 바짝 붙어 섰다.

"산짐승?"

땅콩 주머니를 소중하게 끌어안고서 묻자, 자카리가 긴장된 얼굴로 고개를 저었다.

"살기다. 한두 명이 아니야."

나는 고개를 끄덕이고 자카리의 옷깃을 꽉 잡았다. 자카리는 약간 몸을 낮추었다. 언제라도 튀어 나갈 수 있도록 땅을 단단히 디딘 그가 목에 걸린 호루라기를 잡았다.

"신호하면 반대쪽으로 뛰—"

그때였다.

"끼야악—!!"

몬스터의 비명 같은 소리가 사방에서 울려 퍼지더니, 무언가 일시에 튀어나왔다. 그 순간 자카리가 호루라기를 불었다. 이리를 소집하는 신호였다.

나는 반대쪽으로 냅다 뛰었다. 자카리가 내게 활로를 열어 주기 위해 창 자루로 괴한 몇을 단숨에 후려쳤다. 하지만 워낙에 많은 수가 튀어나온 터라 한 놈이 자카리를 뚫고 내게 달려왔다.

그리고.

"악!"
괴한이 내 손에서 땅콩 주머니를 채갔다.
"내 땅콩! 땅콩 도둑이야―!"
"끼이이이익―!"
땅콩 주머니를 끌어안은 괴한은 자카리에 의해 쓰러진 무리 쪽으로 달려갔다. 자카리는 괴한이 가까워지는 순간을 놓치지 않고, 목덜미를 낚아챘다.
후다다닥 달려간 나는 자카리가 잡은 괴한을 보고 인상을 찌푸렸다.
"인간형 몬스터?"
팔다리와 눈, 코, 입이 있다는 점은 인간과 같지만, 난쟁이처럼 작고 배가 볼록하다. 피부는 마치 물고기처럼 미끈하며, 눈은 강아지처럼 검은 홍채만 크게 보였다.
"끼익! 끽!"
"고블린?"
"비슷하긴 하지만, 고블린의 몇몇 특징이 안 보여."
우리를 덮친 괴한은 모두 땅콩 도둑과 동족이었다. 땅콩 도둑 무리에서 유난히 작은 괴한이 자카리의 무릎을 투닥투닥 때렸다.
"끼! 끼이! 끼!"
"내려 달라는 건가?"
내가 그렇게 중얼거리던 찰나, 이리와 이샤크가 우리에게로 달려왔다.
"무슨 일…… 뭐야."
이샤크가 인상을 쓰며 땅콩 도둑 무리를 쳐다봤다.

* * *

이샤크는 말린 과일과 견과류를 허겁지겁 먹어 치우는 몬스터들을 기가 막힌 얼굴로 쳐다봤다.

"저 녀석은 얼마나 더 처먹을 생각이지?"

나도 수북하게 쌓인 식량 주머니를 보고 아연한 표정을 지었다.

여섯밖에 되지 않는 몬스터들은 우리 군사의 이틀 치 식량을 다 먹고도 아직 배가 차지 않은 모양이다.

가장 작은 몬스터에게 육포를 건네자, 몬스터는 호기심 어린 얼굴로 킁킁 냄새를 맡다가 육포를 받아들었다.

"캬악! 퉤!"

육포는 입에 맞지 않는가 보다. 캑캑거리며 육포를 뱉는 몬스터를 보고 이샤크가 실소를 흘렸다.

"얼씨구. 얻어먹는 처지에 음식 투정까지?"

"그게 아니라 고기를 못 먹는 것 같아."

"그럼 확실히 고블린은 아니란 말인데…… 설마 님프?"

전설 속에 수원이 보관된 장소는 님프의 호수였다. 즉, 님프가 사는 곳이라는 말이다. 님프는 물의 정령을 모시는 존재인데, 이곳에 오며 읽은 책에 따르면 저들과 비슷한 모습이긴 하다.

"하지만 님프는 깨끗한 물속에서 산다고 했어. 물속을 나오면 한 시간도 버티지 못한다고 했는데, 이 아이들은 못 해도 두 시간은 우리와 함께 있었잖아."

"돌연변이인가. 아니면 님프가 아닐 수도 있고."

이때.

"님프가 맞아."

선발대와 함께 한발 먼저 광산을 수색하고 돌아온 앙리였다. 그리고 그 뒤엔 나와 함께 있던 몬스터와 동족으로 보이는 거대한 몬스터가 끌려오는 중이었다.

"끼이익―!"

내게서 땅콩 주머니를 훔쳐 갔던 몬스터가 손톱을 세우고 재빨리 달려갔다. 하지만, 앙리에게 다가가지 못하고 콰―!! 소리와 함께 뒤로 날아왔다.

"거슬리게 하지 마라."

앙리의 손에 시동인이 비치고 있었다. 그러고 보니 목이며 얼굴에 생채기가 있었다. 함께 갔던 이리들도 상처를 입은 것 같았다.

"앙리!"

새파랗게 질린 내가 달려가자 앙리는 머리를 쓰다듬어 줬다.

"걱정할 만한 상처는 아냐."

"저 거인 님프를 잡으면서 다친 거야?"

"그래. 저 녀석이 세토 앞에서 주저하지 않았다면 사로잡지도 못했을 거다."

"정령의 가호를 받은 아이라서 정령의 권속인 님프들이 해할 수 없었던 모양이네."

앙리와 이리들은 오러 사용자다. 웬만한 일로는 피 한 방울 흘리지 않는 강자들이 님프 한 마리 사로잡는 데에 이만한 상처가 생겼다니.

"한 마리가 아니야."

앙리의 말에 나는 눈을 동그랗게 떴다.

"뭐?"

"적어도 수십. 많으면 기백은 되는 수가 저 광산 안에 있어."

나와 이샤크가 굳어지자 앙리가 검날에 묻은 보랏빛 피를 헝겊에 닦아 내며 말했다.
"하지만 더 큰 문제가 여기 있었군."
이샤크가 인상을 찌푸리며 물었다.
"무슨 소리야?"
"너희와 함께 있던 것들은 님프 새끼일 거다. 성체 님프들이 새끼를 영역 밖으로 내돌릴 리 없지."
"……이 산 전체가 님프의 영역이란 말이야?"
"그래, 광산에 있는 님프는 일부. 더 많은 수의 님프가 이 산에 포진하고 있어."
앙리의 눈빛이 가라앉았다.
"우리는 님프에게 포위된 것이나 마찬가지란 뜻이다."
"그 많은 수의 님프가 새끼들이 사라진 걸 안다면…… 빌어먹을."
상황이 급박하게 돌아가는 것을 깨달은 이리의 부대장이 소리쳤다.
"막사를 접고 불을 꺼라!"
이리들이 일사불란하게 움직이는 동안, 나와 이샤크, 앙리는 대책을 의논했다.
"한 마리를 잡는 데도 선발대 전체가 상처를 입었어. 수원 수색을 접고 돌아가야 해."
내 말에 이샤크가 난색을 보였다.
"하지만 이번 기회를 놓칠 순 없어. 마르슈가 노델리 후작의 일과 발루아 영지 귀속 건으로 정신없을 때를 노려야 한다고."
"일단 르블레인은 돌려보내야 해. 이번엔 추적당할 위험이 있더라도 장거리 이동진을 사용해야겠다."
"앙리와 이샤크가 가지 않으면 나도 안 갈 테야!"
내가 소리치자 앙리가 드물게 서늘한 얼굴로 내 어깨를 잡았다.

"우리는 은밀히 움직일 수 있는 최대한의 군사를 데려왔어. 여기서 더 군사를 지원받을 수 없다. 결국, 이곳 군사들로만 수원을 찾아야 한다는 거야. 네게 호위를 빼 줄 여력이 없어."

"그건…… 알아."

"전투할 수 없는 자는 발목을 잡을 뿐이야."

"……나도 싸울 수 있어. 이리보다 도움이 될 거야."

"싸울 수 있느냐, 없느냐의 문제가 아니야. 논지는 죽일 수 있느냐, 없느냐다. 위기의 순간에 주저하지 않고 상대를 살해할 자신이 네게 있어?"

나는 아무것에도 대답하지 못하고 입술을 깨물었다. 앙리의 말이 맞다. 내겐 각오가 없다. 그렇다고 세토처럼 도움이 되는 것도, 가호를 받아서 님프에게 공격당하지 않는 것도 아니다.

내가 시무룩한 얼굴로 이동진을 꺼내자, 오빠들이 씩 웃었다.

"꼬맹이, 위험하다 싶으면 우리도 도망칠 거야. 작은형이 얼마나 야비한데 죽자고 싸우겠어?"

"그래. 돌아갈게."

나는 손바닥으로 어느새 눈에 가득 맺힌 눈물을 비벼 닦았다.

"약속이야. 꼭, 꼭 살아 돌아와야 해?"

"우리가 너와 한 약속을 안 지킨 적이 있었나?"

"……이번에도 꼭 지켜."

앙리와 이샤크를 끌어안은 난 글썽거리는 눈으로 이동진을 찢었다.

그런데.

"……?"

"뭐야."

"어째서……."

새로운 이동진을 꺼내서 찢었다.

"……."

"……."

"……."

이동진이 발동하지 않는다.

우리 남매 엄청 아련하게 이별했는데 여기서 이동진이 발동하지 않으면 민망해지는데요?

슬그머니 주변을 둘러보자 눈물의 인사를 슬픈 표정으로 지켜보던 기사들이 눈을 끔뻑이고 있었다. 나는 찢어진 이동진을 재빨리 주머니에 욱여넣고 말했다.

"돌아가라니 무슨 소리야! 죽어도 함께 죽고 살아도 함께 살 거야!"

"……."

"……."

"가자! 수원을 찾으러!"

내가 비장한 척 외치자 딱딱하게 굳어 있던 앙리와 이샤크가 어처구니없는 표정으로 날 쳐다봤다.

*　　*　　*

문제는 이동진만이 아니었다. 통신석도 먹통이다. 혹시나 해서 마력석을 시험해 봤는데, 마력석도 쓸모가 없었다.

"마력이 아예 안 듣는 건가?"

"나는 마법을 발동할 수 있었어. 마력을 사용할 수 없는 건 아냐. 마도구에만 문제가 생긴 거지."

"이동진에 통신석, 마력석까지 한 번에 고장 났다는 게 말이 돼?"

"……마력 매개물에만 발휘되는 특정한 파장이 이 산에 있을 수도 있고."

"그럼 에스톤 남작은 대체 어떻게 돌을 채굴할 수 있었던 거지? 한 달 전까지 분명히 여기서 채굴해 왔다면서."

마력 매개물이 먹통이 되는 산. 그것도 듀블레드의 이리들도 상대할 수 없는 강력한 님프까지 있다. 두 사람의 대화를 듣고 있던 난 불현듯 드는 생각에 미간을 찌푸렸다.

"……가호."

우리는 일시에 세토를 쳐다봤다.

"가호가 어떤 신호가 아닐까?"

내가 말하자 이샤크가 중얼거렸다.

"님프가 나타나게 하고, 마력 매개물을 방해하는 파장이 생기게 하는 신호……."

앙리는 관자놀이를 주무르며 말했다.

"그렇다면 전설을 완수해야만 이 말도 안 되는 상황이 마무리된다는 뜻이겠지."

그건 결국 광산 안으로 들어가서 어린 용사의 전설을 끝내야만 한다는 의미였다.

'즉, 정령을 만나라는 거지.'

그런데 이상하다. 왜 하필 세토였을까. 하고 많은 아이 중에 왜 세토만이 정령에게 선택받은 거지? 그것도 우연히 나와 한 공간에 있을 때 말이다.

'어쨌든 죽으나 사나 가는 수밖에 없겠어.'

우리 남매는 님프에게 공격당하지 않는 용사 세토를 앞세워 광산으로 들어갔다.

꼬꼬마 용사는 씩씩했다.

"제가 지켜 드릴게요!"

"세토, 멋져!"

"님프가 나타나면 이렇게 팔을 벌려서 막을 거예요."

"세토, 최고야!"

"아기님은 저만 믿으세요!"

"세토, 눈부셔!"

나는 위풍당당 걸어가는 세토의 뒤에 철썩 붙어서 걸었다. 혹시 몰라 손등에 시동인까지 만들어 놓고 한 걸음 뗄 때마다 샥, 샥, 주변을 둘러보았다.

"그렇게까지 안 살펴도 괜찮거든."

자카리가 픽 웃으며 말했지만, 난 털을 바짝 세운 고양이처럼 경계를 늦추지 않았다.

'내 목숨, 매우 소중해.'

나는 죽어도 회귀할 수 있지만, 그렇게 되면 듀블레드 가족들과의 관계를 다시 형성해야 한다. 다음엔 아무것도 모르던 때처럼 자연스럽게 가족들과 가까워지기 힘들 것이다. 만에 하나 지금과 같은 관계가 되지 못한다면 견딜 자신이 없었다.

'난 그게 제일 무서워.'

그러니까 회귀는 최후의 방법. 우선은 필사적으로 목숨을 지켜야 했다. 오빠들은 세상에 다시없을 겁쟁이처럼 한 걸음, 한 걸음 신중하게 걷는 나를 보고 흐뭇하게 웃었다.

"좋아, 좋아."

"르블레인, 절대로 세토에게서 떨어지지 마."

다른 때 같았으면 '너무 가까워!', '감히 꼬맹이에게 등을 들이밀어? 거

열형에 처해 주마.'라고 했을 앙리와 이샤크는 무척이나 기뻐했다. 내가 고개를 갸웃하자 자카리가 속삭였다.

"토템이야."

"토템?"

"액막이, 혹은 방어막이랄까. 일단 인간으로도 보지 않는다는 소리지. 암만 봐도 넌 결혼하긴 글렀……."

그때였다.

"키에에엑—!"

찢어지는 비명 같은 소리가 들리고 날카로운 치아가 무수하게 많은 님프가 달려들었다.

내 뒤에 있던 자카리가 단숨에 도약하여 창 자루 끝으로 님프를 찍어 눌렀다. 자카리가 창병에 어울리는 건 투 핸드 급의 창을 한 손으로 가볍게 휘두르는 괴력 때문이었다.

보통이라면 자루에 찍혀 제압당한 순간 힘에 밀려 움직이지 못한다. 하지만 님프가 몇 차례 버둥거리자 창 자루가 약간 휘어졌다.

그 틈을 이용해 약간 몸을 일으킨 님프가 "키엑!!" 하는 소리와 함께 창을 물어뜯자, 창이 흐물흐물 녹았다.

"산을 배출하는 놈입니다!"

자카리가 이리들에게 소리치며 뒤로 물러났다. 마법 특화형의 이리가 결계를 만들려던 참이었다. 세토가 앞으로 뛰쳐나갔다.

"세토!"

나는 허겁지겁 그 애의 허리춤을 잡았다.

"괜찮아요. 저는 공격 못—"

"바보! 네가 앞에 있었는데도 우리를 향해 달려들었잖아. 그건 바짝 다가가지 않는 한 너를 알아볼 수 없단 말이야. 저 산을 배출하는 놈처럼 중 · 장거리 기술이 있는 님프면 네게 해를 미칠 가능성이 있다고!"

"아……."

나는 얼른 세토를 끌고 왔다. 다행히 자카리에게 공격당한 후 제대로 움직이지 못했던지라, 세토가 바짝 다가갈 때까지 산을 뿜어내진 않았다.

"키이익…… 키익……."

'조금 순해졌어. 세토를 알아본 거야.'

그럼 적어도 3, 4미터까지 가까이 다가가야 한다는 말이다.

'갈수록 태산이네.'

님프는 세토가 물러날 때까지 가만히 숨죽이고 있었다. 그러나 아이가 이리들 사이로 숨자, 다시 눈에 살기가 돌았다. 몸을 바짝 낮춰 한 손으로 땅을 짚고 있던 님프가 금방이라도 도약할 듯하던 찰나,

쾅 ─ !!

소리와 함께 등 뒤에서 사슬 같은 것이 빠르게 튀어나와 님프를 옭아맸다. 붉은 사슬과 푸른 사슬. 앙리와 이샤크의 손등 인(印)으로부터 생성된 것이었다.

사슬은 님프의 발부터 머리끝까지 온몸을 제압했다. 입조차 제대로 벌리지 못하는 님프가 꿈틀거리며 씨근덕거렸다.

"쉬 ─ , 얌전히."

"얌전히 있으란다고 얌전히 있겠어? 일단 주둥이부터 찢어 줘야 말을 들어 먹지."

앙리와 이샤크가 차례로 말하곤 뚜벅, 뚜벅, 님프에게 다가갔다. 꿈틀거리는 님프의 머리채를 잡아 올린 이샤크가 눈살을 찌푸렸다.

"죽일까. 끌고 가기 귀찮은데."

이샤크의 말에 앙리는 고개를 젓곤 검지로 님프의 이마를 툭, 쳤다.

이마에 앙리의 인이 새겨지더니, 곧 님프의 눈이 흐려졌다.

앙리와 이샤크가 사슬을 거두자 눈에 실핏줄이 자글자글 돋은 님프가 "키이익…… 키익……!!" 하며 고통스러워했다.

"인간의 말은 할 수 없어도 알아들을 순 있겠지. 맞는다면 고개를 끄덕여라."

목에도 핏줄이 새파랗게 돋은 님프가 격렬하게 몸을 떨었다. 대답하고 싶지 않은 것처럼. 님프는 눈물을 흘리며 고통스럽게 몸부림쳤으나, 곧 고개를 끄덕였다.

"너는 경비병인가."

님프가 고개를 끄덕였다.

"앞으로 몇이나 더 있나? 열? 스물?"

"키이익…… 키익!!"

"스물이냐."

고개를 끄덕인다.

"경비병이 있다는 건 뭔가를 지키고 있다는 뜻이냐. 수원?"

"키익……."

"종족 중 약한 개체가 있는 것이냐?"

기어이 님프의 흰자위 실핏줄이 터지며 눈물에 피가 섞여들었다. 그는 울부짖었다. 듣는 상대가 고통스러울 만치 처절하게 울부짖던 님프가 아주 천천히 고개를 끄덕였다.

"약한 개체……. 새끼겠군."

이샤크가 중얼거리자 몸을 일으킨 앙리가 이리들에게 명했다.

"광산 밖에서 사로잡은 새끼들을 데려와라. 행렬 앞에 세운다."

끔찍한 장면에 새파랗게 질려 있던 세토가 "저, 저기……!" 하고 소리쳤다.

"새끼로 협박하는 건 정의롭지 않은 건데…… 그러니까 도덕적으로…… 어, 그러니까 귀족은 정의로울 의무가 있다고 그랬는데……."

앙리는 표정 없는 얼굴로 세토를 돌아보았고, 이샤크는 헛웃음을 흘렸다.

"헛소리하지 말고, 정신 똑바로 차려. 다시 한번 객기로 튀어 나가서 꼬맹이를 위험하게 했다간 님프보다 네가 먼저 요단강을 건너게 될 테니까."

"하, 하지만……."

"정의가 내 군사들을 지켜 줄 수 있어?"

"예?"

"도덕 따위가 내 꼬맹이 미래를 지켜 줄 수 있나? 대의 때문에 포기해야 할 수원이 내 영지민을 몇이나 배불리 먹여 줄 수 있는지 알아?"

"……."

"어떤 비열한 짓을 해서라도 우리 영지민, 우리 군사, 우리 꼬맹이를 지키는 게 내 의무야. 쓸데없는 정의까지 짊어질 생각은 추호도 없어."

앙리와 이샤크는 님프의 새끼들을 앞세웠다. 님프들이 새끼에 정이 깊은 존재라면 절대로 우릴 공격하지 못할 거라는 짐작에서였다.

앙리의 짐작은 맞았다. 님프들은 겁에 질린 새끼들 때문에 우리를 공격하지 못하고, 길을 열어 줄 수밖에 없었다. 덕분에 우리는 광산 중반부까지 수월하게 왔다.

"이상해. 왜 수원이 없지? 아무리 봐도 그냥 마력석의 부스러기뿐이야."

"좀 더 들어가 보자."

하지만 끝에 다다랐을 때까지 수원은 보이지 않았다.

'이곳이 아닌 건가?'

님프들이 세토를 공격하지 않은 걸 보면 분명 정령의 가호가 존재한다는 의미였다.

"용사 테슬라 전설에 우리가 모르는 부분이 있는 건가."

"역시 정령부터 찾아야 하는 걸까? 그럼 님프들이 모인 곳으로 가야 하잖아."

"그건 너무 위험해."

"일단 정찰대를 먼저 보내는 것이 어떻겠습니까."

우리 남매와 이리들이 의견을 나누고 있던 찰나였다.

"캬악―!!"

"으아악―!"

세토의 비명이었다. 황급히 뒤를 돌아보자 내 땅콩 주머니를 훔쳤던 님프가 풀려나 있었다. 새끼들을 안쓰러워하던 세토가 우리 몰래 풀어주려 한 모양이었다.

독이 바짝 오른 새끼들이 날카로운 손톱으로 세토를 공격했다.

"저 바보가!"

이샤크가 세토에게 뛰어갔지만, 새끼 님프가 빨랐다. 세토의 목에 손톱을 겨누었다.

'가호를 받은 세토를 공격했어?'

이샤크는 이를 악물었다.

"물러난다고. 지금 물러나고 있잖아. 그 멍청일 풀어 줘!"

"캬아아악―!!"

세토가 위협당한 터라 우리는 움직이지 못했다. 그 틈에 풀려났던 다른 새끼가 님프들의 쇠사슬을 물어뜯었다.

새끼 님프들이 허공을 향해 입을 뻐끔거렸다. 웅, 웅, 웅, 마치 노랫소리 같은 진동이 느껴졌다. 그리고 얼마 지나지 않아 주변으로 새로운 님프들이 몰려들었다.

우리는 완전히 포위당했다.

'어떻게 하지.'

나는 입술을 꽉 깨물었다.

'이 바보, 세토를 잘 살폈어야 했는데!'

새끼 님프들이 성체 님프들에게 달려가는 것을 본 이샤크가 그 틈을 놓치지 않고 세토의 목덜미를 잡아채 끌어왔다.

그런데 그때.

"키아아악—!!"

성체 님프 하나가 이샤크의 목덜미를 향해 입을 쩍 벌리고 달려들었다.

"이샤크!"

아무 생각도 들지 않았다. 단지 이샤크를 구해야 한다는 생각만이 머릿속을 가득 메웠다. 나는 반사적으로 시동인을 띄우고 이샤크에게 뛰어갔다. 그런데.

"……어?"

이샤크에게 달려들던 님프가 우뚝, 움직임을 멈추고 물러났다.

"왜……?"

나는 멍하게 주변을 둘러보았다. 님프들이 하나둘 나를 향해 무릎을 굽혔다. 그 사이로 주름이 자글자글하고 허리가 굽은 님프가 걸어 나왔다.

"도, 돌아오셨…… 주인…… 늙은 종…… 인사……!"

"뭐라고? 돌아오다니?"

내가 눈을 끔뻑이며 말하자 이샤크가 미간을 좁히며 날 쳐다봤다.

"무슨 소릴 하는 거야?"

"방금 말했잖아. 저 님프가."
"말이라니. 평범하게 키에엑 거리는데?"
뭐?
나는 당황하여 주변을 둘러보았다. 하지만 정말로 아무도 늙은 님프의 말을 알아듣지 못한 모양이었다.
'잠깐만. 광산 밖에서 새끼 님프들이 왜 내게 다가왔던 거지?'
굶주려 있었기 때문에 내 땅콩을 노리고 달려들었다고만 여겼는데, 곰곰이 생각해 보니 이상했다.
다른 새끼들은 자카리를 공격했다. 하지만 나는 땅콩 주머니를 빼앗겼을 뿐 지금까지 님프에게 공격당한 적이 없다.
'설마 광산 안에서 성체 님프가 세토를 공격하지 못했던 건 혹시 나 때문이었던 건가.'
그럼 처음 선발대들이 광산에 들어갔을 땐 세토를 보고 왜 공격을 멈춘 거지?
순간, 네 살 때 앙리, 이샤크와 함께 노예 경매장에 갔던 때가 떠올랐다.

"이종족과의 교배로 태어난……!"
"보기보다 어립니다."

이종족 혼혈 중엔 아이라도 나이가 많아 보이는 쪽도 있고, 반대로 나이가 많아도 어려 보이는 쪽도 있다.
세토는 희망의 집에 있던, 버려진 아이였다. 왜 버려졌을까.
'새끼를 아끼는 님프…….'
세리아가 하나, 둘, 셋을 따서 한스, 듀크, 세토라고 이름 붙인 줄 알았다. 세토가 애 중 제일 작기도 했으니까.

"세토."

"예, 예?"

"너 몇 살이야."

"열다섯인데요……."

"너, 님프 혼혈이구나!"

그래서 유난히 님프를 안타까워한 거야!

세토가 해맑게 고개를 끄덕였다.

"아아, 제가 어떤 몬스터와 혼혈인가 했더니 님프였군요!"

이종족과의 혼혈은 성장이 느리다. 육체뿐만이 아니라 정신의 성장도 마찬가지였다. 세토가 대여섯 살쯤 되어 보이는 외모를 가지고, 15세라기엔 너무 순진한 성격을 가진 것처럼.

'그렇긴 하지만 세토는 너무 인간처럼 생겼잖아. 보통 종족의 특징 하나쯤은 보이는데.'

기록에 따르면 웨어울프 반인(半人)은 귀가 있다고 하고, 4살 때 노예경매장에서 날 공격했던 혼혈 사내도 손등이나 팔, 다리 등에 파충류 외피 같은 피부가 엿보였다.

이해했다는 표정으로 끄덕이고 있던 세토가 "아!" 하며 덧붙였다.

"정확히 말하면 쿼터예요. 할머니가 이종족이셨대요. 할머니께서 님프였나 봐요!"

그렇다면 세토가 겉보기엔 완전히 인간이라는 게 이해가 간다.

"그게 무슨 소리야. 열다섯? 여얼다서엇?! 다 큰 놈이 이따위로 멍청한 짓을 했단…… 잠깐만, 너! 열다섯이나 먹어서 꼬맹이랑 붙어 있었단 말이야?!"

이샤크가 나이에만 집중해서 길길이 날뛰는 사이, 눈치 빠른 앙리는 나와 세토가 몇 마디 말을 나눈 것으로 전모를 파악한 모양이다.
"그만."
"뭐야, 형은 열 받지도 않아?"
"지금은 그게 중요한 게 아냐. 가호를 받은 사람이 르블레인일 가능성이 있으니 우린—"
그때였다.
"주, 주인…… 모험자…… 도, 돌려줘!"
뭐?
나는 다급히 소리쳤다.
"자카리!"
늙은 님프가 "캬아아악!!" 하며 무수히 많은 이빨을 드러내자 그의 앞에 선 거대한 님프들이 한꺼번에 달려들었다. 순식간에 뛰어나온 자카리가 장창을 휘둘러 거대한 님프들을 떨쳐 냈다.
그 틈에 앙리가 결계를 만들었다. 하나둘씩 거리를 좁히던 님프들은 앙리의 결계에 가로막혀 비명을 질렀다. 이샤크와 앙리가 양쪽에서 나를 감쌌다.
"뭐야. 꼬맹이가 가호를 받았다면 우릴 공격할 이유가 없잖아."
"르블레인, 너는 저 늙은 님프의 말을 알아들을 수 있는 거지? 저자가 왜 우리를 노리는 거야?"
이샤크와 앙리가 순서대로 말했다. 나는 마른침을 삼키며 고개를 저었다.
"모르겠어. 나를 주인이라고 부르면서 돌려달라고…… 아!"
"귀찮게 됐네."
나와 앙리가 무언가를 눈치채고 시선을 교환하자 이샤크가 다급하게 물었다.

"대체 뭔데!"
"저들은 우릴 르블레인을 사로잡은 적으로 여기는 거다."
이샤크가 기어코 앙리의 결계를 깨뜨리고 바싹 다가온 님프를 떨쳐냈다. 그가 휙, 도약하여 검 끝을 쓰러진 님프에게 겨누던 찰나 내가 소리쳤다.
"잠깐, 잠깐!"
멈칫한 이샤크가 억지로 검날의 궤도를 비틀었다. 나는 균형이 무너진 이샤크의 셔츠 깃을 덥석 잡아서 내 곁으로 끌어오며 말했다.
"동족에 대한 애정이 깊은 자들이야. 여기서 님프를 하나라도 죽이면 아예 대화가 통하지 않을 거라고!"
하지만 님프는 원체 강력한 존재였다. 다른 몬스터들은 일대일로 상대가 가능한 이리들이 어찌할 바를 모르고 휘둘리고 있었다.
님프는 잊힌 존재였다. 세토의 조부가 어떻게 님프에게서 아이를 보았는지 알 수 없을 만큼 특별한 존재. 즉, 고대의 몬스터라는 뜻이다.
'고대 몬스터는 현대의 몬스터보다 수백 배는 더 강하다더니 정말이었잖아!'
어차피 우리 힘만으론 저 님프들을 이길 수 없다. 그렇다면 집으로 무사히 돌아갈 방법은 하나.
나는 몇 걸음 앞으로 나서며 말했다.
"우리 대화해요. 대화."
앙리와 이샤크가 "르블레인!", "꼬맹아, 위험해!" 하고 외쳤지만 나는 결심 어린 표정으로 마른침을 꼴깍 삼켰다.
"내 말, 알아들을 수 있죠?"
날카로운 이빨을 드러내며 흥분했던 늙은 님프는 아주 천천히 입을 다물었다.

"기, 기다리고 이, 있었다. 우, 우리의 신께서 안배한 존재, 모, 모험자를."

통한다, 대화!

나는 활짝 웃었다.

*　　　*　　　*

우리 일행은 님프들을 따라 광산 내부를 걸었다.

"대체 어디까지 가는 거야?"

인상을 쓴 이샤크가 투덜거렸다. 오래 걷는 데에 대한 짜증이 아니라, 오히려 염려 때문이었다.

우리는 님프가 몰려들기 이전에 광산 끝까지 갔었다. 그런데 님프들이 가는 곳은 입구 쪽이었다. 저들에게 소중한 님프 새끼들을 보호하려면 안쪽이 더 안전할 텐데, 입구라니.

지능을 가진 님프가 우리를 함정에 빠뜨리려는 건 아닐까 싶을 정도로 염려스러운 길이었다.

'이 상황에서 믿을 건 늙은 님프의 말 한마디라니.'

"우, 우리 동족, 모, 모험자를 주, 죽이지 않는다."

혹시 모를 사태에 대비해 도망치려고 했지만, 여전히 통신석과 이동진은 발동하지 않았다.

'이 많은 수의 님프에게서 물리력으론 도망칠 순 없으니 죽으나 사나 가는 수밖에 없어.'

님프는 입구 근처에서 멈추어 섰다. 그리고,

"어?"

늙은 님프가 벽을 훑자 쿠구구궁! 하는 둔탁한 굉음과 함께 벽이 열렸다.

"모, 모험자, 초, 초대."

그렇게 말한 님프가 길을 비켜 주었다. 갈라진 벽 안엔 제대로 된 계단이 갖추어져 있었다. 내부를 확인한 앙리가 미간을 좁혔다.

"님프가 만들 수 있는 게 아냐. 이건 인간의 기술이다."

"대체 누가……."

"선대 용사였을 가능성이 크지."

"맙소사."

우리는 기함을 하며 계단을 내려갔다. 어두운 내부를 반딧불이와 빛이 나는 꽃망울이 밝히고 있었다. 저 꽃은 생전 처음 보는 것이었다.

[소년은 스스로 발광하는 백야화를 따라 걸었다. 그것은 어린 용사의 인생에 다시없을 신묘한 경험이었다. 용기와 의기로 가슴과 육체가 충만해지는 것이 느껴졌다.]

용사 테슬라 전설은 사실이었다. 과장된 점 하나 없고, 도리어 축소되었다고 느껴졌다. 왜냐하면, 꽃망울에 닿은 자카리의 상처가 아물고 있었기 때문이었다.

전설을 동경하는 기사들이 감격한 표정을 지었다. 하지만—

'갖다 팔면 저게 다 얼마야!'

세상에 찌든 내 머릿속엔 철컥, 철컥, 땡—! 소리와 함께 온갖 0의 향연이 펼쳐지고 있을 뿐이었다.

그러자,

"어?"
내 가까이에 있던 꽃망울이 빛을 잃고 시들었다.
늙은 님프는 분노해 소리쳤다.
"누, 누가, 부, 불온한 상상으로 우, 우리의 안식처를 더럽히고 있다!"
'옴마야…….'
나는 마른침을 꿀꺽 삼켰고, 늙은 님프는 여전히 길길이 날뛰었다.
"모, 모험자, 동료, 쓰레기! 쓰레기!"
나는 냉큼 동조했다.
"그래! 누가 쓰레기 같은 생각을 해!"
나요!
나는 머릿속에서 애써 돈다발을 지워 내며 모른 체 님프를 따라 걸었다. 계단을 내려가자 무수히 많은 백야화와 거대한 단상, 몇 개의 모포가 있었다. 그리고…….
"아."
경비병 님프들이 필사적으로 우리를 공격한 이유를 알 것 같았다.
깡마른 님프 새끼들과 여성체, 병든 남성체의 님프들이 경계 어린 눈빛으로 바들바들 떨고 있었다. 님프 굴의 내부는 겨울이 다시 온 듯이 추웠는데 제대로 된 옷을 걸친 개체가 없었다.
나와 기사들이 당황하여 주변을 둘러보는 틈에 내게서 땅콩을 빼앗아 갔던 새끼 님프가 동굴에 숨어 있던 님프들에게 달려갔다. 그러곤 내게서 훔친 땅콩 주머니를 건네줬다.
"숨어 있는 동족들의 식량을 구하러 나갔던 건가 봐요……."
세토가 안쓰럽다는 듯이 말했다.
숨어 있던 개체들이 새끼 님프가 건넨 땅콩을 허겁지겁 먹었다. 껍질까지 모조리.

"끼…… 끼이익……."

아주 작은 새끼 님프가 땅콩 주머니를 훔친 님프에게 땅콩 껍데기를 내밀었으나, 땅콩 주머니를 훔친 님프는 고개를 저었다.

'저 애는 아까 얼마 먹지 못했는데.'

나는 이샤크를 더듬었다.

"어, 어어? 꼬맹이, 뭐 하는 거야? 변태야?"

이샤크는 당황해서 말했지만, 난 그의 주머니에 있던 비상용 비스킷과 초콜릿을 잔뜩 꺼내서 님프들에게 줬다.

"자, 이것도 먹어."

"……."

경계 어린 눈으로 날 보던 님프들이 슬그머니 비스킷을 가져갔다. 한 입 맛보더니, 눈이 커다래져선 허겁지겁 과자를 해치웠다.

이샤크가 칫, 혀를 찼다.

"언제까지 여기 있어야 하는지 모르는데 귀중한 식량을 이렇게 소모하면 어떡해. 우리 군사들 먹일 것도 부족하다고."

나는 쉿! 하며 목소리를 낮췄다.

"내가 거지로 살아 봐서 아는데 배고플 때 먹을 것을 주는 사람은 신처럼 보인다고. 비스킷, 초콜릿 몇 개로 님프의 도움을 받을 수 있다면 싸게 먹히는 거지."

그러고서 히죽, 웃자 이샤크의 표정이 밝아졌다.

"역시 듀블레드에 어울리는 비열한 꼬맹이라니까!"

"이샤크도 듀블레드 공자님답게 못돼 처먹었어!"

나와 이샤크가 신이 나서 서로 칭찬하자 기사들과 세토가 당황했다.

"사, 상냥한 모, 모험자. 님프를 대표해 가, 감사합니다."

늙은 님프의 표정이 인자해졌다.

'좋아, 이제 대화의 물꼬가 텄다.'
"제가 용사인가요?"
"모, 모험자, 용사인가?"
용사라는 말을 모르는 건가?
"그러니까 테슬라 같은 사람이요."
"테, 테슬라!"
늙은 님프가 소리치자 님프들 전체가 술렁였다.
"처, 첫 번째 모험자."
'역시, 내가 용사가 맞나 봐.'
그렇게 생각했던 찰나였다. 늙은 님프가 카악, 퉤! 침을 뱉으며 소리쳤다.
"비열한 모험자!"
"나쁜!"
"나아쁜!"
"못된 모험자!"
이제까지 캬아악 거리기만 했던 님프들이 입을 모아 테슬라를 욕했다.
"비, 비열한 모험자가 빼앗았다. 주인님, 우리 주인님을 노예처럼 부려 먹었다. 나쁜, 나아쁜……!"
늙은 님프의 말에 거인 님프들이 캬아악, 이빨을 드러냈다.
이샤크와 앙리가 흘끔 나를 쳐다봤다.
"저것들이 뭐라고 하는 거야?"
"르블레인?"
님프의 말을 알아들을 수 있는 건 나뿐이라서 아무도 눈치채지 못한 모양이었다. 어쩌면 내가 용사, 아니, 모험자인 것이 아주 불리한 상황이란 것을.

'어떡하지.'

마른침을 꿀꺽 삼킨 난 소리쳤다.

"그거참 못된 사람이네요! 어떻게 그럴 수가 있어요! 어? 아주 혼쭐이 나야…… 어?!"

그러자 늙은 님프가 인자하게 웃었다.

"두 번째 모험자는 착한 인간. 우리에게 먹을 것을 주, 주었다."

"네! 저는 착해요! 님프에게서 뭔가를 뺏지 않아요. 주인님을 노예처럼 부려 먹지 않아요!"

"우, 우리 다정한 모험자를 도와서 계시를 와, 완성한다."

"계시?"

늙은 님프가 마치 제단 같은 단상 위로 올라갔다. 그가 양팔을 펼치자 무수히 많은 반딧불이가 제단 위의 석판에 몰려들었다. 반딧불이는 곧 어떤 글자가 되었다.

"고대어?"

앙리의 말에 이샤크가 눈살을 찌푸렸다. 고위 귀족 자제들은 고대어로 이루어진 성서를 해석하는 것이 교육의 일환이었으므로, 앙리와 이샤크도 단어 몇 개는 읽을 수 있었다.

"때가…… 어, 때가 오면, 물, 지킨다?"

"신의 종, 계시의 때가 올 때까지 신의 눈물 속에 잠들라."

고대어를 읽을 줄 아는 내가 멍하니 중얼거리자 늙은 님프가 크게 기뻐했다.

"계, 계시의 때, 모험자가 나타난다. 우, 우리, 잠들어 있었다. 모험자가 깨웠다. 우리를!"

"신의 눈물 속……."

나는 굳은 얼굴로 님프를 쳐다봤다.

"그러고 보니 이상해. 님프는 물속에서 산다고 했는데 어떻게 수중이 아닌 공간에서 사는 거죠?"

"이, 이곳, 신의 눈물 속. 이 산의 모든 것이 신의 눈물."

[어린 용사는 순수한 자의 도움으로 말미암아 신의 눈물, 수원을 거머쥐었다.]

"수원……."

"우리는 이 산의 모든 것을 신의 눈물로 정제할 수 있다. 나, 나쁜 모험자. 우리를 속여서 신의 눈물을 가짜로 만들었다. 신의 눈물, 우리의 것, 나쁜 인간들에게 주었다!"

늙은 님프는 제단에서 무언가를 가져왔다.

"우리 주인님, 모험자, 뵙게 해 달라. 우리 주인님, 기둥!"

"기둥?"

나는 그가 가져온 것을 가만히 쳐다봤다. 손을 올리자 가슴이 울렁거렸다. 보자마자 알았다. 이건…….

"악마의 통로!"

나는 입을 틀어막았다. 그러자 앙리와 이샤크가 얼른 다가와서 물었다.

"왜 그래, 무슨 일이야!"

"르블레인."

"앙리, 이샤크."

내가 울먹이자 두 사람이 긴장한 표정으로 날 쳐다봤고, 나는 말했다.

"나 세 번째 로또 맞았나 봐……."

우리 돈벼락 맞겠어!
"뭐?"
"어?"
나는 냉큼 늙은 님프가 준 광물을 손에 쥐었다.
'자, 너는 어떤 악마냐.'
늙은 님프에게서 광물을 받아든 나는 눈을 가느다랗게 떴다.
'색이 탁하긴 하지만 이건 보석. 칼세도니아다.'
이 통로의 악마는 누구일까.
물과 관련된 악마를 떠올렸지만, 딱히 떠오르는 건 없었다.
'지금 꺼낼까.'
나는 고민하다가 속으로 고개를 저었다.
광산으로 오는 내내 제대로 먹은 것이 없고, 심한 멀미를 한 데다가 님프 때문에 몸을 회복할 겨를이 없었다. 몸 상태가 좋지 않을 때 악마를 불러냈다가 쓰러지기라도 하면 곤란하다.
'님프들은 모험자를 죽이지 않겠다고 한 거지, 모험자의 동료들까지 죽이지 않겠다고 한 건 아냐.'
님프 혼혈인 세토는 몰라도, 내가 쓰러지면 앙리, 이샤크와 우리 군사들은 위험해질 거다.
하지만 님프들은 지금 이 자리에서 주인을 소환해 주길 바라는 것 같았다. 나는 어떻게 할까 고민하다가 칼세도니아를 주머니에 쏙 집어넣었다.
"모, 모험자. 주인을 뵙게 해 달라."
"모험자, 주인을."
"주인을!"
님프들이 내게 몰려들었다. 간절한 얼굴을 보니 콩알만큼 남은 양심이 쿡쿡 찔려 왔다.

‘이렇게 바라는데 이들을 믿고 소환해 줄…… 미쳤어, 르블레인!’

나는 양손으로 짝, 얼굴을 때렸다.

“뭐 하는 거야, 꼬맹이! 왜 널 때려, 차라리 형을 때려!”

“르블레인!”

정의를 믿던 첫 번째 삶에서 거하게 뒤통수를 맞고, 양심을 지키던 두 번째 삶에서 맞아 죽었던 걸 잊을 뻔했다.

양심 때문에 앙리, 이샤크와 군사들을 사지로 몰고 갈 순 없어.

‘양심 같은 건 쓸데없다. 세상은 오직 탐욕!’

나는 듀블레드의 가풍을 다시금 떠올리고 고개를 휘휘 털어 냈다. 님프들을 어떻게 다독일까 고민하던 나는 첫 번째 삶에서 미나에게 들었던 이야기를 떠올렸다.

“제 세계에도 비슷한 동화가 있어요. 옛날, 옛날에 거북이가 용왕의 병을 낫게 하려고 토끼의 간을 찾아오라는 명을 받아 육지에 올라가요. 토끼는 거북이에게 속아서 용궁에 가게 되지요. 배를 갈라서 간을 꺼낼 위기에서 토끼는……!”

‘토끼가 어떻게 했다더라…….’

곰곰이 생각하던 나는 토끼의 묘안을 떠올리고 님프들을 슬그머니 쳐다봤다.

“모, 모험자.”

나는 “아뿔싸!” 하며 놀란 척 손뼉을 짝, 쳤다.

“무, 무슨 일인가, 모험자.”

“일이 이렇게 될지 모르고 간을 놓고 왔…… 아니, 신성력을 놓고 왔어요. 어쩌죠? 신을 소환하려면 신성력이 필요한데."

"거, 거짓말. 두 번째 모험자 거짓말을 하고 있다. 신성력은 놓고 올 수 있는 게 아냐."

"그걸 님프님이 어떻게 아세요?"

"인간, 신성력 놓고 다니지 않는다!"

늙은 님프가 가슴을 쿵, 쿵, 내리치며 분개했다. 다른 님프들도 그를 따라 거짓말을 하지 말라며 날 표독스럽게 노려봤다.

"저는 모험자잖아요. 그냥 인간이 아니라."

"그건……."

"생각해 보세요. 모험자는 특별한 인간이라서 주인님을 소환할 수 있는 거예요. 특별한 인간에게 특별한 힘이 있는 게 이상한가요?"

"……."

님프들이 서로 시선을 교환했다. 그들은 인간에게 익숙하지 않은 데다가 순수했다.

'그러니 첫 번째 용사였던 테슬라에게도 속은 거겠지.'

거기다 이들은 테슬라 이후로 깊은 잠에 빠져 있었던 것 같다. 그렇지 않고서야 에스톤 남작가에서 그동안 이 광산에서 광물을 채굴할 수 없었을 테니까.

'잠에서 깨어난 건 내가 님프의 일족인 세토와 접촉했거나, 수원으로 정제 가능한 광물을 만졌기 때문이겠지.'

아주 오래 인세와 접촉하지 않은 그들로선 내 말이 말도 안 되는 헛소리라는 걸 어렴풋이 알더라도, 확신하긴 어려울 터였다. 미심쩍은 눈으로 날 보던 늙은 님프가 물었다.

"두, 두 번째 모험자 착한 사람. 우리 종족을 속이지 않는다. 우리 종족, 두 번째 모험자를 믿는다."

나는 속으로 악랄하게 웃었다.

'믿을 수밖에 없는 거겠지.'

저들의 숙원을 위해선 내가 악마를 소환해 주어야 하는데, 못 한다고 어깃장을 부린다면 믿는 수밖에 도리가 없는 것이다. 저 늙은 님프는 다른 님프들과 달리 지혜로운 모양이다.

"맞아요. 저는 착해요!"

"그, 그러면 가서 가져와라. 신성력."

"알겠어요. 그런데 가져오려면 장거리 이동진이라는 것을 사용해야 해요. 하지만 여기선 마도구를 사용할 수 없던데, 왜죠?"

"여, 여기 님프의 구역. 님프의 허락 없이 불온한 힘을 사용할 수 없다."

나는 속으로 쾌재를 불렀다.

'역시 로또가 맞았나 봐!'

마도구를 사용할 수 없는 공간이라니. 무궁무진한 이용 가치가 있다.

'군사 전투에서 써먹을 수도 있고 말이야. 아유, 예쁜 요정님들!'

나는 눈을 반짝이며 말했다.

"그러면 허가해 주세요. 우리가 돌아가서 신성력을 가지고 오겠어요."

"도, 돌아가는 건 모험자 한 사람. 다른 인간은 여기 남는다."

대번에 얼굴이 굳었다. 그러니까 저 말은 인질을 삼겠다는 거다. 내가 돌아올 수밖에 없도록.

'이 비열한 몬스터들이…….'

"그건 안 돼요. 당신들이 내 형제와 내 군사들에게 무슨 짓을 할 줄 알고 내가 이 사람들을 놓고 가요?"

"우, 우리 종족, 모험자를 믿는다. 모험자도 믿는다, 우리 종족."

"나는 인정이나 신의 같은 건 믿지 않아요. 당신들이 앙리, 이샤크와 내 군사들에게 해를 미칠 가능성이 조금이라도 있다면 홀로 못 돌—"

그때, 앙리가 한쪽 팔로 나를 가로막았다.

"홀로 돌아가."

"하지만……!"

그는 목소리를 바짝 낮추고 내 귓가에 속삭였다.

"수원을 찾은 거지?"

"응."

"그럼 이제 마르슈 모르게 움직이지 않아도 돼. 지금에 와서 마르슈가 움직여 봐야 님프와 대화가 통하는 건 르블레인 너 하나니까."

"그럼……."

"가서 군사들을 끌고 와."

내가 눈을 홉뜨며 쳐다보자 앙리가 고개를 끄덕였다.

"죽이자는 거야?"

"설마. 님프들이 순순히 거래에 응할 수 있는 완벽한 대화의 장을 만들려는 것뿐이지."

창, 검으로 님프들을 협박하겠다는 뜻이었다.

나는 눈을 갸름하게 뜬 채로 머릿속의 주판알을 두드렸다. 머릿속에서 철컥, 철컥, 땡! 소리가 오가며 무수히 많은 0이 떠올랐다.

나는 님프를 돌아보며 해맑게 웃었다.

"좋아요~!"

늙은 님프도 히죽 웃었다. 그와 님프들이 허공에 성호를 그렸다.

울렁.

가슴이 묘하게 두근거리자마자 깨달았다. 이제 마도구를 쓸 수 있다는 것을. 이동진을 찢자 실금 같은 빛이 내 몸을 감쌌다.

다시 눈을 떴을 때, 나는 제도 저택의 내 방으로 이동해 있었다.

'빨리, 빨리……!'

난 후다닥 방문을 열고 나섰다. 얼른 아빠에게 소식을 알리고 영지 병력을 에스톤 광산에 집결시켜야 한다.

계단을 뛰어 내려가자 나를 발견한 집사장이 눈을 부릅떴다.

"아기님!"

"아빠는 어디 계셔?!"

"저택을 비우셨습니다."

'이런…….'

님프들이 언제 마음을 바꿔서 광산에 있는 내 사람들을 해할지 모른다는 생각이 들자 마음이 조급했다.

"그럼 요한 오라버니는?"

아빠가 없을 때 군사 전권은 후계인 요한에게 넘어간다. 내가 다급하게 묻자 집사장의 표정이 흐려졌다. 순간 불길한 예감이 불쑥 고개를 들었다.

"아빠는 왜 저택을 비우셨지?"

"황명으로 이민족을 토벌하기 위해 떠나셨습니다."

"아빠가 제도를 비운 지금, 왜 요한 오라버니는 저택에 없는 거야."

"……."

"대답해!"

소리치자 계단 아래에서 "아기님?" 하는 목소리가 들렸다. 레아였다.

"벌써 돌아오셨나요? 다른 분들은……."

"아빠와 요한 오라버니에게 무슨 일이 생겼지?"

집사장이 "레아 샤바놀." 하고 엄히 불렀지만, 레아는 입술을 꾹 깨물다가 내게 다가왔다.

"진정하고 들으세요. 요한 도련님께서 대귀족 습격 사건의 범인으로 지목되었습니다. 오늘 아침, 황군들이 도련님을 끌고 갔어요."
"말도 안 돼!"
대귀족 습격 사건은 내가 노델리 후작의 목을 조이기 위해 꾸민 일이었다.
'내가 꾸민 일임을 들킨 건가.'
고민하던 찰나, 세 하녀가 내 목소리를 듣고 다급히 달려왔다.
"아기님……!"
'저들이 잡혀가지 않았다는 건 내 짓임이 탄로 나지 않았다는 거야.'
그런데 왜…….
로라가 종종걸음으로 다가왔다. 그리고 내 팔을 잡곤 계단 끝으로 가서 속삭였다.
"마르슈 공작가에서 수를 썼어요. 주인님께서 안 계시는 지금, 요한 도련님까지 옥사에 집어넣고 듀블레드의 입김이 닿지 않는 곳에서 발루아령의 관리자를 결정한대요."
로라는 빠득, 이를 가는 나를 보며 흠칫 어깨를 좁혔다.
"저……."
"가서 의장을 불러와."
잠시 당황하던 로라는 이내 "예."하며 허리를 굽혔다.
나는 계단 아래를 바라보며 소리쳤다.
"제도군을 집결시켜라."
내 말에 집사장이 당황하여 소리쳤다.
"아기님, 그것은……!"
"아빠와 오빠들이 제도에 없는 지금, 듀블레드의 가주 대행은 나야."
집사장은 마른침을 삼키며 몸을 물렸고, 제도군단장과 대대장들이 중정에 모였다.

"제도 전군, 군사 훈련에 돌입한다. 훈련 중 사상자가 나오는 것을 염려치 마라. 설령 그것이 — !"

나는 치맛자락을 꽉 틀어쥔 채로 선언했다.

"마르슈 공작이라 할지라도."

암살령이나 다름없는 명령에 기사들이 일시에 무릎을 굽혔다.

"명 받잡습니다."

제도군에게 명령을 마친 내게로 의장이 달려왔다.

"황제의 허가 없는 군사 훈련은 긁어 부스럼만 만들 수 있습니다. 아기님, 진정하시고 — "

"허가는 지금 받으러 가면 돼."

"……예?"

나는 검게 물든 눈으로 의장을 돌아보았다.

* * *

중앙탑에 모인 귀족들이 헛웃음을 터뜨렸다.

"제도 내에서 군사 훈련이라니요! 미치지 않고서야 가당키나 한 일입니까? 공작과 후계가 없는 지금, 어떤 미친 자가 이토록 막무가내로 일을 벌인단 말입니까."

"나들이 갔던 듀블레드 영애가 돌아왔답니다."

"정신 나간 계집 같으니."

"어린 것이 간덩이가 부어도 단단히 부었습니다. 평민 주제에 공작의 무릎 위에서 뛰놀더니 결국에 일을 치는군요."

슈헤일 후작이 비죽, 입꼬리를 올렸다.

"하지만 우리에겐 잘된 일이 아닙니까."

술잔을 가볍게 흔든 그가 눈썹을 치켜올리며 상석에 앉은 마르슈 공작을 쳐다보았다.

"피차 듀블레드 공작이 돌아오면 제 아들을 가둬 놓았다고 소란스러워질 테지요. 이번 기회에 항변조차 못 할 일을 만들면 요한 듀블레드 투옥 건까지 수습할 수 있습니다."

느른히 술병의 마개를 매만진 마르슈 공작이 슈헤일 후작과 시선을 맞추었다.

"고약한 인사일세. 어린아이를 어디까지 몰아갈 생각인가."

"저야 늘 각하께서 원하는 곳까지 가죠."

껄껄 웃은 마르슈 공작이 몸을 일으켰다.

"가지. 오랜만에 폐하를 뵈어야겠네."

그의 휘하 귀족들이 마르슈 공작을 따라 문을 나섰다.

대귀족이 대전으로 몰려들었다. 마르슈 공작이 대전 앞을 지키는 시종에게 말했다.

"폐하께서 계시는가."

"빈객을 맞이하고 계십니다."

"이런……. 우리도 화급을 다투는 일이니, 결례를 범할 수밖에 없겠구먼. 고해 주게."

대전에 들어갔던 시종은 빠르게 되돌아왔다.

"입실을 윤허하셨습니다."

듀블레드의 군사 훈련이 황제의 귀에까지 들어간 모양이다. 그렇지 않고서야 예고 없이 들이닥친 대귀족들에게 언짢은 내색도 없이 입실을 허가하는 것을 보면.

거대한 문이 열리고, 대귀족들이 입실했을 때였다.

쨍 ―!!

날카로운 파열음과 함께 찻잔이 날아왔다.

"폐, 폐하."

슈헤일 후작에게.

마르슈 공작의 얼굴이 굳었다.

"폐하, 어찌 그리 언짢으십니까."

"감히 황제를 속이고, 대귀족의 목숨을 노린 죄인을 추포해라!"

뭐?

마르슈 공작이 미간을 좁혔다. 그때, 황제의 뒤에서 르블레인이 걸어 나왔다.

"저도 함께 벌하여 주십시오! 수족이 슈헤일 후작에게 협박당하는 것을 이제껏 알지 못한 제가 죄인이에요!"

황제의 앞에 부복하고 있는 것은 린다로 르블레인의 하녀였다. 르블레인은 가련하게 어깨를 떨며 말했다.

"마르슈 공작님!"

"이게 대체 무슨……."

"제가 하녀를 발고했답니다. 이 아이가 슈헤일 후작령에서 사기를 친 것을 이제 알았어요. 지금껏 협박당해 대귀족을 습격했대요!"

마르슈 공작이 이를 악물었다.

'저 비열한 꼬맹이가 ―!'

황제의 뒤에서 르블레인은 입꼬리를 올렸다.

'내가 앉아서 당할 줄 알았어?'

'멍청한……. 어차피 대귀족 사건과는 관련 없는 자다. 조사하여 밝혀지면 더한 죗값을 치러야 할 터.'

르블레인이 “폐하…….” 하며 울먹였다. 애처로운 듯 고개 숙인 아이가 악당처럼 간악하게 조소 중이란 것을 아무도 알지 못했다.

‘지금은 린다를 빼앗겨 주마.’

하지만 곧 되찾아 올 것이다.

“그런데, 또 드릴 말씀이 있어요.”

“오오, 그래. 편히 말하려무나.”

“제가 수원을 찾았습니다.”

천년의 광영과 함께!

〈다음 권에 계속〉